Charlotte Lyne

Die zwölfte Nacht

Historischer Roman

blanvalet

Verlagsgruppe Random House FSC® N001967
Das FSC®-zertifizierte Papier *Holmen Book Cream* für dieses Buch
liefert Holmen Paper, Hallstavik, Schweden.

1. Auflage
Taschenbuchausgabe Mai 2015 bei Blanvalet Verlag,
einem Unternehmen der
Verlagsgruppe Random House GmbH, München
Copyright © 2008 by Blanvalet Verlag,
in der Verlagsgruppe Random House, München
Ein Projekt der AVA international GmbH
Autoren- und Verlagsagentur
Umschlaggestaltung: © Johannes Wiebel | punchdesign
unter Verwendung von Motiven von Shutterstock.com
LH · Herstellung: sam
Satz: Uhl + Massopust, Aalen
Druck und Bindung: GGP Media GmbH, Pößneck
Printed in Germany
ISBN: 978-3-7341-0125-0

www.blanvalet.de

Für meine Kinder.
Klaus, Lynn und Raúl

*On the first day of Christmas my true love gave to me
A partridge in a pear tree.
On the second day of Christmas my true love gave to me
Two turtle doves.
On the third day of Christmas my true love gave to me
Three French hens.
On the fourth day of Christmas my true love gave to me
Four calling birds.
On the fifth day of Christmas my true love gave to me
Five gold rings.
On the sixth day of Christmas my true love gave to me
Six geese a-laying.
On the seventh day of Christmas my true love gave to me
Seven swans a-swimming.
On the eighth day of Christmas my true love gave to me
Eight maids a-milking.
On the ninth day of Christmas my true love gave to me
Nine ladies dancing.
On the tenth day of Christmas my true love gave to me
Ten lords a-leaping.
On the eleventh day of Christmas my true love gave to me
Eleven pipers piping.
On the twelfth day of Christmas my true love gave to me
Twelve drummers drumming.*

Englisches Weihnachtslied; 16. Jahrhundert

Prolog

Oxford
März 1556

Da kommt er! Der Ketzer Cranmer kommt!«
Wie ein massiges Tier, ein Fabelwesen mit zahllosen Köpfen, bäumte die Menge sich auf. Maggie, an der Hand ihrer Patin, hüpfte, so hoch sie konnte. Für ihre sieben Jahre war sie ein großes Mädchen, aber der Männerrücken vor ihr erwies sich als unüberwindliches Hindernis. Das Graubraun seiner Kutte verschwamm in Tränen der Enttäuschung. Seit Stunden stand sie im feinen Regen am Hang des Stadtgrabens, ließ sich begaffen, gar befingern, und wartete. Ein fettes Weib hatte an dem Umschlagtuch aus königsblauem Samt, Maggies prächtigstem Kleidungsstück, gezupft, und ein Kerl hatte ihr ins Haar gelangt. »Oh, eine Herrschaftliche. Und was für hübsches Fell auf dem Köpfchen sprießt.«

Allem Ekel zum Trotz harrte Maggie aus. Nie zuvor hatte sie eine Hinrichtung erlebt und war entschlossen, sich diese durch nichts verleiden zu lassen. War nicht Kate, die sie Tante Kate nannte, obgleich sie einander nicht verwandt waren, eigens dazu mit ihr in die Stadt Oxford gereist? Gestern, in der noch nachtkalten Herrgottsfrühe, hatte sie Maggie aus dem Schlaf gerissen: »Kleide dich an. Wir reisen ein Stück, der Wagen wartet schon.«

»Aber weshalb, was tun wir?«

»Frag nicht, eil dich. Wir fahren zu einer Hinrichtung.«

Hinrichtung, so hatte Guy, der Sohn des Stallmeisters, erklärt, *ist, wenn sie einen vom Leben, dessen er nicht wert ist, einem gewaltigen, grausamen Tod zuführen. Da graust es einem Christenmenschen, und im Grausen reinigt es ihn.*

Auf den langen Stunden der Fahrt vergrub Tante Kate sich in gewohnter Wortkargheit. Von ihr war keine Auskunft zu erwarten, doch in dem Gasthaus, in dem sie schließlich einkehrten, schwatzten Wirt und Zecher sich die Köpfe heiß: Ein vorzügliches Spektakel sollte es geben, eine geweihte Versammlung vor dem Scheiterhaufen, für den Holz und Reisig längst aufgeschichtet waren. Maggie erträumte sich Bischöfe in leuchtenden Messgewändern, Gardisten der Krone im Prunk roter Schauben, Jongleure mit wirbelnden Keulen, Fiedler und Sänger, Stelzengänger und womöglich einen Bärenführer. Was hätte sie daheim in Chelsea zu berichten! Guy, der sie ständig verhöhnte, weil sie die Namen ihrer Eltern nicht kannte, wäre stumm vor Neid.

Doch statt der Märzsonne, die Maggies Festtag vergolden sollte, fiel seit dem Morgengrauen dünner Regen. Von Bäumen getriebene Blüten klebten zertreten auf Pflastersteinen, in den Nebel duckten sich die Bauten des Balliol College, und die Versammlung wurde in eine Kirche verlegt, zu der Frauen und Kinder keinen Zutritt hatten. Zwischen Leiber in stinkenden Kleidern gezwängt, warteten Maggie und ihre Patin ab, bis man den Ketzer brachte. Tante Kate stand wie üblich still, als könne kein Sturm sie erschüttern, Maggie aber hätte vor Erregung zappeln wollen. Hatte der Unhold wüstes Haar, glühten seine Augen vom Höllenfeuer? War er ein Riese wie die Ringer auf dem Fischmarkt, zerrte er an Ketten und stieß Flüche gegen die Zuschauer aus? »Sie kommen!«, schrie eine Frau. »Das ist der Mann, dem unsere Königin ihr Unglück dankt!«

»Brennen soll der Gotteslästerer!«

»Lang lebe Königin Mary!«

Noch einmal versuchte Maggie sich an einem Sprung, doch ohne Erfolg. Zornig stampfte sie mit dem Fuß, dass der Schlamm der Uferwiese der Patin den Mantel bespritzte. Ihren Trauermantel. Tante Kate trug niemals lichtere Farben. Gleich darauf fühlte Maggie sich an den Armen gepackt und in die Höhe gestemmt. »Recht so, kleine Mistress. Einen Satansbraten wie den bekommst du dein Lebtag nicht noch mal zu sehen.«

Der Mann, der hinter ihr gestanden und sie aufgehoben hatte, setzte sie sich auf die Schultern. Ihr Herz polterte dumpf, derweil die Worte des gehässigen Guy ihr an die Schläfen hieben: *Warum wohl spricht die Patin nie von deinen Eltern? Weil sie Satansbraten sind, die in der Hölle schmoren. Die Brut von Ketzern bist du.* Über der Kappe des Mannes ballte Maggie die Fäuste. Dann sah sie die Prozession.

Die Straße hinunter kamen sie, vorbei an der Reihe umnebelter Gebäude, umsprungen von einem Buntgekleideten, der eine kleine Flöte blies. Vorneweg tanzte ein wenig Volk, trippelten ein paar Kinder, dann folgten die Trommler, die spanischen Mönche, deren Kutten in der Nässe schleiften, dahinter der Pulk des Klerus und schließlich die Wachen mit dem Verurteilten. Maggie entfuhr ein Laut der Überraschung, den das Wutgeheul der Menge schluckte. Sie hatte einen Riesen mit höllischen Augen erwartet, doch die Gestalt, die sich stolpernd schleifen ließ, war ein Greis mit zerzaustem Bart.

»Verbrennt ihn, Rache für More und Fisher!«

»Gott schütze unsere gute Königin!«

Der Greis trug nichts als einen Kittel am Leib und eine Bundhaube um den geschorenen Kopf. *Er friert*, durchfuhr es Maggie. Aber an Kälte würde er nicht sterben. Entschlossen packte sie ihren Träger bei den Ohren und beugte sich vornüber. Jetzt sah sie den schmächtigen Alten deutlich, jede Furche in dem wohl hundertjährigen Gesicht. Am Arm riss einer der Schergen ihn voran. »Na wird's bald, Eminenz. Da vorn wartet ein wackeres Feuerchen auf Eure Frostbeulen.«

Gelächter. Johlen. Eine Frau reckte die Faust und schleuderte dem Greis eine Verwünschung entgegen. Der Ketzer, in dem doch kein Funken Kraft mehr zu stecken schien, blieb so ruckartig stehen, dass er die Schergen zum Halt zwang.

»Ja, flucht mir, gute Frau«, rief er. »Ich bin ein schändlicher Sünder, denn ich habe mein Wort verleugnet. Aber alles gilt, alles gilt! Meinen Widerruf schrieb ich in Todesangst, und meine Hand soll dafür brennen.«

Die Versammelten heulten vor Empörung auf. Ein rot gekleideter Hüne sprang hinzu und versuchte, dem Greis den Mund zuzuhalten. Dieser aber kämpfte sich einen Herzschlag lang frei. »Wenn es den Antichristen auf Erden gibt, so ist es der Papst mit seiner klobigen Kirche, die uns den Blick in den Himmel versperrt.«

Ehe die Wachen ihn niederrangen, schien es Maggie, als hefte sich sein Blick auf ihr Gesicht. »Gott schaue auf Euch«, hörte sie seine Stimme. Im nächsten Moment hatte Tante Kate sie an den Beinen gepackt und von den Schultern des Mannes gezerrt.

Sie landete unsanft auf einem Fuß und fand sich eingekeilt zwischen Leibern in feuchter Wolle. »Ich sehe nichts mehr«, begehrte sie auf. »Was tun die, ich muss doch sehen, was sie tun!«

»Sie schlagen ihn. Das musst du nicht sehen, wie eine haltlose Horde auf einen alten Mann einschlägt.« Die Patin zog Maggie an sich, begrub des Kindes Gesicht in den Mantelfalten. So standen sie still, und die Welt schien auch stillzustehen, an Maggies Wangen die Wärme nassen Stoffes, die Geborgenheit des Leibes, der darin eingewickelt war. Dann ließ die andere sie los. Maggie blinzelte. Die Menschenmenge hatte sich rings um die Richtstätte verteilt, in die Länge gezogen, so dass sie beide sich zwischen zwei Körpern nach vorn drängen konnten. Alle Köpfe waren starr geradeaus gewandt.

Holz und gebündelter Reisig umgaben den Pfahl, der in den steingrauen Himmel ragte. Geschrei und Gejohle waren verstummt. In die Stille platzten die Flöte des Buntgekleideten und die Frauenstimmen, die neben Maggie tuschelten. »Wenn's weiter so aus Kübeln schüttet, wird's wie bei dem Ridley, den sie letzthin geröstet haben.«

»Ihr sagt es. Bei dem Hundewetter hat es eine Ewigkeit gedauert, bis der Teufel den geholt hat, und wie Vieh verreckt ist der.«

»Wie ein Mann gestorben ist er.« Der hellen Mädchenstimme folgte das Klatschen einer Ohrfeige. Über das Reisig schleiften die Wachen den Greis hinauf an den Pfahl. Einer riss ihm die Haube vom Kopf, zwei weitere bogen ihm die Arme nach hinten und schlangen eine Kette um seinen Leib. Der Regen war nicht stärker geworden. Er fiel dünn wie verschlissenes Tuch. Das Spiel der Flöte brach ab. Die Wachen hakten die Kette am Pfahl fest. Dann sprangen sie zu Boden und ließen den alten Mann allein.

Ins Flüstern des Regens fiel der verhaltene Wirbel der Trommeln. Hinter dem Scheiterhaufen traten zwei Henker hervor, die Köpfe gesichtslos, umschmiegt von schwarzem Leder. Die Fackeln, die sie in die Höhe hielten, loderten kraftvoll genug, um dem kümmerlichen Niederschlag zu trotzen. Der rot gewandete Hüne hob den Arm. »Für Gott, für England, für die Königin!« Am Pfahl stand reglos der Greis. *Er sieht mich an,* durchfuhr es Maggie, *von all den Menschen mich.* Die zwei Henker gingen in Stellung und senkten die Fackeln auf das Reisig.

»Schließ die Augen, Kind.«

Maggie versuchte es, doch ihre Lider schlugen immer wieder auf. Die Patin starrte unverwandt nach vorn.

»Wenn ihr das Abendmahl empfangt, so gedenkt dabei Christi, unseres gütigen Herrn! Er wird bei euch sein. Als euer Bruder. Nicht als Brot der Hostie.« Was redete der Alte im Angesicht des Todes? Es war, als riefe seine Stimme Maggie zu sich. Wie befürchtet, fing das Reisig nur stockend Feuer. Schwarzer Rauch quoll auf, und erste Flammen leckten nach den Füßen des Gefesselten. Seine Stimme klang dennoch wie ein Frohlocken. Er stand aufrecht, das Gesicht himmelwärts, in den Regen gewandt.

Ein Windstoß trieb Qualm herüber, hüllte die Menge in beißendes Dunkel. Maggie schlug sich ihr Tuch vor den Mund, schmeckte pelzigen Samt. Als der Schwaden sich lichtete, entdeckte sie eine einzelne Flamme, die vor dem Greis in die Höhe flackerte. »Ich sehe den Himmel offen, und Christus sitzt zur Rechten Gottes!« Die letzte Silbe ging in ein Schrillen über, das sich in die Höhe schraubte und kein Ende nahm. Kein Menschenlaut mehr. Schmerz, der das Menschsein wie einen Vorhang zerriss. Lohen zuckten. Gestank verdickte die Luft. Frauen kreischten, Männer brüllten. »Eine Kerze für England!« Kraftvoll drang eine einzelne Stimme durch das Getöse an ihr Ohr. »Unser Erzbischof Cranmer wird leben!«

Maggie keuchte, würgte, hörte ihren Blutstrom rauschen. Finsternis zog vor ihre Augen. *War der Mann schon tot?* Noch immer meinte sie, seinen Blick auf sich zu fühlen, und seine Worte gellten ihr in den Ohren: *Gott schaue auf Euch!* Ihr Leib krümmte sich. Sie würde fallen. Als laste ihr Gewicht nicht auf Beinen, sondern hinge an Schnüren, knickten ihr die Knie weg. Das Letzte, was sie spürte, war die Liebkosung des Samtes, der ihr den Rücken hinunterglitt. Dann nahte der Boden. Sie hob die Hände zum Schutz vor ihr Gesicht, aber ehe sie hinschlug, fingen die Arme der Patin sie auf.

Als sie zu sich kam, hatte die Menge sich aufgelöst. Die Patin half ihr auf, schlang ihr das verschmutzte Umschlagtuch mit Sorgfalt um die Schultern und führte sie die Straße hinunter. Der Himmel hing bleiern, es regnete nicht mehr, und in der Luft klumpte der beißende Geruch von versengtem Fleisch. »Dreh dich nicht um.« Eilig strich die Patin über ihren Rücken. Nie, solange Maggie sich erinnerte, war diese Frau mit ihr zärtlich gewesen. Wer mochte es ihr verdenken? Mit solchem Kind, dem Balg von Namenlosen, war man so wenig zärtlich wie mit Ratten.

Ihre Beine schleppten sich müde, als wäre sie schon weit gegangen. »Ich lasse den Wagen anspannen«, sagte Tante Kate. »Wenn du nicht hungrig bist, brechen wir gleich auf.«

Am Rand der Straße stand ein einzelner Baum, der aus der Ferne kahl wirkte und erst im Näherkommen die winzigen Blattknospen preisgab, mit denen jeder Zweig gesprenkelt war. Auf einem Ast, der sich über die Straße neigte, hockte ein Vogel, eine Kohlmeise mit schimmerndem Gefieder. Vielleicht von den Menschenschritten erschrocken, flatterte sie auf und flog davon. Der Ast, auf dem ihr Leichtgewicht gelastet hatte, federte nach. Maggie blieb stehen. »Warum seid Ihr mit mir hierhergefahren?«

Die Patin blieb ebenfalls stehen. Auf ihren Wangen glänzten Rinnsale wie Schneckenspuren. »Verzeih mir, Margery. Ich hätte dich nicht mitnehmen dürfen.«

Niemand in dem Haus in Chelsea hatte je Tränen vergossen und niemand hatte sie je Margery genannt. »Wer war der alte Mann?«

»Komm weiter.« Die Stimme der Patin klang erstickt.

»Nein.« Ehe sie sich besann, war Maggie in eine Lache gestampft. »Keinen Schritt weiter gehe ich, bis Ihr mir sagt, wer der Mann war und warum Ihr um ihn weint.«

»O Margery.« Unverhofft hockte die Patin sich nieder und legte einen Arm um sie. »Dieser Mann war der gütigste Mann meiner Zeit. Er war der Letzte von uns.«

»Er war ... Euer Freund?«

Die Patin nickte. »Ja. Er war mein Freund, vor Jahren, als ich noch Freunde hatte. Ich denke, er wäre gern auch der deine gewesen.«

»Warum?«

»Er war ein Freund deiner Eltern.«

Maggie schüttelte sich frei. »Erzählt mir von meinen Eltern. Mich schreckt ja nicht, dass sie Ketzer waren, denn das weiß ich längst.«

Fassungslos sah Maggie, wie die Patin eine Hand vor ihr nasses Gesicht schlug und auflachte. »Was ist zum Lachen daran?«

»Ja, was ist zum Lachen daran, was ist zum Lachen an diesem Leben? Dass du aussiehst wie dein Vater, wenn du so stampfst und schnaubst. Er hätte seine Freude an dir, dein schöner Unhold von Vater. Im nächsten Jahr, zu Zwölfnacht, würde er die Gaillarde mit dir tanzen.«

Einen Herzschlag lang vergaß Maggie allen Schrecken. »Ich will die Gaillarde tanzen! Ich will Zwölfnacht feiern.«

»Wie du weißt, hat Königin Mary solche Ausschweifungen verboten.«

»Erst in diesem Jahr. In Eurem Haus gab es noch nie ein Fest.«

»Ja, du hast Recht.« Ihre Kleiderfalten raffend, stand die Patin auf. »Für mich gibt es kein Fest zu Zwölfnacht mehr. Menschen wie ich überleben ihre eigene Zeit.«

Maggie biss sich auf die Lippen. Als die Patin sie weiterziehen wollte, schüttelte sie den Kopf.

Die Ältere packte sie bei den Händen und zwang sie zu sich herum. »Du hast Recht, Margery. Sie steht dir wohl zu.«

»Was steht mir zu?«

»Die Geschichte deiner Eltern. Wenngleich ich nicht weiß, ob ich sie erzählen kann. Es scheint ja alles ein Leben und einen Tod lang her und kaum noch wahr.« Sie langte in ihren Beutel und hielt Maggie auf dem Handteller ein kirschgroßes Stück Silber hin.

»Was ist das?«

»Eine Zwölfnachtsbohne. Sie hat deiner Mutter gehört.« Die Patin nahm die silberne Bohne zwischen Daumen und Zeigefinger und legte sie dann Maggie in die Hand. Dann strich sie ihr das blaue Samttuch um die Schultern glatt. Über ihre Wangen strömten fortwährend Tränen. »Wir fahren nicht nach Hause. Ich weiß einen anderen Ort, heute Abend können wir schon dort sein. Und gewiss bleiben, bis die Geschichte erzählt ist. Ich fürchte, ich werde zwölf Nächte dazu brauchen. Aber ich schulde sie dir. Und ihm auch.«

»Wem?«

»Cranmer. Meinem Erzbischof.« Ohne Maggie noch einmal zu berühren, ging die Patin voraus. Sacht und lautlos begann es wieder zu regnen. Maggie gab der Bohne, deren Versilberung matt und zersprungen war, einen letzten Blick, dann schloss sie die Faust darum und folgte mit gesenktem Kopf.

Die erste Nacht

Wulf Hall
1518

*In der ersten Nacht des Christfestes
schenkte mir mein Liebster
ein Rebhuhn in einem Birnbaum.*

Wo die Sonne auf den Abhang fiel, da leuchtete das Gras. Zartgrün wie das Laub der Weißbirken. »Wart auf mich, Janie!«, rief Catherine und rannte los. »Ich will dich fliegen sehen.« So schnell sie konnte, stürmte sie den Hügel hinunter, stolperte, schlang blitzschnell die Arme um die Knie und rollte einer Kugel gleich bergab.

Vom Fuß des Hügels erstreckte sich einer der drei Gärten, die das Haus umgaben, eine Wiese bis an den Saum der Waldung, auf der sich ein Obstbaum an den nächsten reihte. Schwer von Früchten neigten sich die Zweige, und die Luft schleppte sich an einem Duft, der süßer und sämiger als Honig war.

Schmerzhaft schlug Catherine mit dem Hinterteil auf einem Feldstein auf. Erdbrocken aus Haar und Kleidern schüttelnd, rappelte sie sich auf. Keine zwanzig Schritte weit sah sie die anderen Kinder im Halbkreis um den höchsten Birnbaum stehen. Ihren Bruder William, ihre winzige Schwester Anne, Nan genannt, und die kaum größere Liz Seymour, die einander verängstigt an den Händen hielten, dazu die Seymour-Söhne Thomas und Henry. Sie alle hatten die Köpfe in die Nacken gelegt und starrten hinauf. Janie hätte auf die Kleineren, Will, Liz und Nan, Acht geben sollen, doch stattdessen war sie auf diesen Baum geklettert, um ihrem Bruder zu beweisen, dass sie fliegen konnte.

»Komm da runter, Janie.«

»Wie denn? Wenn sie springt, bricht sie sich den Hals.« Die Stimme des neunjährigen Henry klang erregter, als man es von ihm kannte. Er war ein dicklicher, leutseliger Bursche, den für gewöhnlich nichts aus der Ruhe brachte. Sein Bruder Thomas hingegen war ruppig und kräftig und hatte Haar so rot wie dunkle Kirschen.

»Und was kratzt mich das? Die Närrin ist aus freiem Willen dort hinaufgestiegen, oder etwa nicht?«

Die kleine Nan, braunlockig, hübsch, kaum vier Jahre alt, brach in ein schrilles Weinen aus.

»Flieg, Janie! Zeig es ihm!« Atemlos schob sich Catherine zwischen Will und Liz und sah nach oben. Wie ein todesfürchtiges Tier hing ihre Freundin an den Stamm geklammert. Der Ast, schwer von goldgelben Früchten, der ihr wohl als Tritt gedient hatte, war unter ihren Füßen weggesplittert. Ein Blick ließ Catherine begreifen, dass Janie so wenig fliegen konnte wie sie selbst. »Nur Geduld, Cathie. Still sein und warten muss ich wie Vater, wenn er Barben fängt.«

»Und dann?«

»Dann fliege ich.«

»Aber Janie, woher weißt du denn, dass du es kannst?«

»Gott hat es mir gesagt. Letzte Nacht im Traum. Gott weiß, dass Tom mich Feigling schimpft, weil ich mich fürchte, auf Bäume zu steigen. Steig in den Birnbaum, Janie, hat Gott gesagt. Warte geduldig ab, und ich lehre dich fliegen.«

»So ein Unsinn.« Das war Tom. »Meinst du, Gott hat nichts Besseres zu tun, als mit einem dummen Ding wie dir Maulaffen feilzuhalten?«

Catherine schoss zu ihm herum. »Janie ist kein dummes Ding. Es ist deine Schuld, dass sie da oben hockt.«

Er würde sie schlagen. Die Kinder der Pächter, der Dienstleute, sie alle hatten Angst vor ihm. Catherine verschränkte die Arme vorm Gesicht. Mit einem Sprung war er bei ihr, traf der warme Atem ihre Stirn. Er roch nach Leder, Gras und etwas, das sie nicht kannte. Feste Finger umschlossen ihr Kinn. »Du weißt, dass sie nicht fliegen kann, oder?«

Sie wusste es, seit sie Jane an dem Stamm hatte kleben sehen. Was sie zuvor geglaubt hatte, behielt sie tunlichst für sich. Seine Finger wanderten ihre Wange hinauf. »Erde im Haar? Sag bloß, auch dir hat Gott eingeschwatzt, dass du ein Vogel bist, und du hast's ausprobiert?«

Toms Lachen klang, als schlüge man zwei Schlägel aus Silber aufeinander. »Klug bist du.«

Über ihren Köpfen knackte ein Zweig. Lange würde Janie dort oben nicht durchhalten. Stumm zählte Catherine bis drei, dann riss sie sich los und jagte davon, um Hilfe zu holen.

Durch kniehohes Gras eilte sie den Hügel hinauf. Oben angekommen, öffnete sie das Gatter und rannte den Pfad unter den Ulmen entlang auf das Haus zu. Wulf Hall Manor. Wenn sie einmal verheiratet war, wollte Catherine ein Haus wie dieses besitzen, aus weiß verputztem Geflecht und mächtigen Eichenbalken, deren Duft sie allabendlich in den Schlaf lullte. Das Haus schmiegte sich in ein Baumkronendach. Ihm zur Seite stand eine riesige Scheune, in der die Seymours ihren Taubenschlag hatten, ihr Heu und im Gebälk die in Sträußen aufgehängten Kräuter.

»Sir John«, rief Catherine und lief durch das Tor in den Hof. Die Augustsonne badete ihr den Rücken in Schweiß. »Sir John, Ihr müsst kommen!«

Der gepflasterte Hof war eine stille Insel. Reben des purpurfarbenen Weines trieben auf den Mauern ihr Schattenspiel. In der Mitte stand ein kreisrunder Tisch, an dem die Seymours aßen, so lange das Wetter es erlaubte. Catherine liebte die Mahlzeiten auf Wulf Hall. Die süße Butter, das würzige Brot, das Lamm in seiner Thymiankruste, die Taubenpastete, die gekräuterten Suppen. Am meisten aber liebte sie, dass dabei alle Seymours und ein halbes Dutzend Gäste um diesen Tisch gedrängt saßen, lärmten und lachten, einander die Schüsseln entrissen und Bissen aus den Fingern stibitzten. In dem Haus in Blackfriars, in der großen Stadt London, wo sie und ihre Geschwister bis vor kurzem unter Aufsicht ihrer Erzieherin gewohnt hatten, aßen die Kinder allein in einer kühlen Halle, es ging gesittet zu, und das Essen lag im Mund wie Stroh.

Jetzt saß der bärtige Sir John, der Herr von Wulf Hall, an jenem Tisch beim Wein. Gesellschaft leisteten ihm sein Freund Francis Bryan mit der Augenklappe und ein Fremder in dunkler Reisekleidung. Im Winkel, auf einem Schemel, kauerte Edward, der älteste der Seymour-Söhne, und las in einem Buch. So versunken war er, dass er nicht wie die anderen aufblickte, als Catherine in den Hof stürmte. »Sir John«, wollte sie noch einmal rufen, aber die Stimme versagte ihr. Schwer atmend musste sie stehen bleiben.

»Kleine Cathie, wie gut sich das trifft. Schau, wer auf Besuch gekommen ist.« Sir John stand auf und wies nach dem blassen Fremden, der sich ebenfalls erhob. »Erkennst du den Herrn nicht?«

Catherine, deren Atem noch immer in Stößen ging, ließ unschlüssig Blicke fliegen. Am Tisch brach Francis Bryan in sein bärenhaftes Gelächter aus. »Da seht Ihr's, Kamerad. Ihr mögt mit Lordkanzler Wolsey speisen und Schach um Europa spielen, aber Euer eigenes Völkchen kennt nicht einmal Euer Gesicht.«

»Kardinal Wolsey«, berichtigte der Fremde matt. »Seit der Ernennung durch den Papst lautet die Anrede Kardinal.«

»Nun hört schon auf, ihr macht die kleine Cathie ja wirr.« Sir John trat zu ihr und nahm sie bei der Hand. Catherine lehnte sich gegen sein Bein. Er roch nach Heu und Augustwärme. Zuweilen erträumte sich Catherine, Sir John und seine Frau, Lady Margery, wären ihre Eltern.

»Begrüße unseren Gast, Cathie.«

Sie rührte sich nicht.

»Es ist mein Freund Thomas Parr. Dein Vater, Kind.«

Ein Gedanke durchzuckte sie: *Ist er hier, um uns wegzuholen?* Sonst nichts. Kein Erkennen, kein Erinnern, nichts als ein Ziehen in der Brust, ein Schmerz ohne Namen. Sie sah den Fremden nicht an. »Ich komme nicht mit Euch. Ich will auf Wulf Hall bleiben.«

Bryan lachte noch lauter. Catherine fielen Jane und der Baum wieder ein. »Ihr müsst kommen, Sir John.« Sie zerrte ihn am Ärmel. »Janie ist in einen Birnbaum gestiegen, weil sie Tom zeigen wollte, dass sie fliegen kann. Aber sie kann es ja gar nicht, und der Ast ist gebrochen, und lange dauert's nicht mehr, bis sie fällt.«

Sir John sah auf sie hinunter, als habe er von ihrem Redeschwall kein Wort verstanden. Gleich darauf erhob sich in seinem Winkel Edward, tauchte auf aus seiner fernen Welt.

»Sir Thomas, gestattet Ihr eine Frage?« Sein Buch in die Höhe haltend, trat er an den Tisch. Er war hoch aufgeschossen wie ein Schilfhalm. »Ihr kennt Kardinal Wolsey, nicht wahr, Ihr arbeitet mit ihm an dem Friedensabkommen? Stimmt es, dass er allmächtig ist wie König Henry selbst?«

»Wer stellt denn derlei abenteuerliche Behauptungen auf?«, fragte der fremde Vater zurück.

»Desiderius Erasmus«, kam es triumphierend von Edward. »Der Gelehrte, dessen Werk ich lese. Ich glaube, er ist der klügste Mann meiner Zeit.«

»Hört, hört. Und das kannst du beurteilen, Herr Siebenschlau?« Bryan schnappte ihm das Buch aus der Hand und musterte es mit seinem einen Auge. »*Lob der Torheit*. Unglaublich, womit die Jugend sich dieser Tage den Kopf verstopft. Als ich in deinem Alter war, las ich Brieflein, die mir verliebte Jungfern schrieben.«

»Das war eine andere Zeit.« Edward riss Bryan das Buch weg und presste es an seine Brust. »Unter dem guten König Henry soll England ein Garten der Gelehrsamkeit werden. Deshalb lädt er sich Männer wie Erasmus und Thomas More an den Hof. Einen Liebesbrief könnte wohl auch ein brünstiges Tier schreiben, wenn es die Fingerfertigkeit besäße. Dies hier aber«, er schwenkte das Buch, »zeichnet einzig den Menschen aus.«

Eines Tages werde ich auch ein Buch lesen, dachte Catherine. Woher kam ihr solcher Wunsch, was lag ihr an dem Buch, dass sie es anstarren musste und um ein Haar Janie vergaß? Sie schüttelte sich. »Ihr haltet Reden, und Janie bricht sich den Hals!« Damit ließ sie Sir Johns Hand los und wirbelte herum.

»Warte, Cathie! Was sagst du von Jane?«

Catherine aber war schon losgerannt. Diesmal bewältigte sie den Hügel ohne Sturz. »Ich komme, Janie, halte aus, ich komme.«

Die Kinder standen noch immer um den Baum. Der dreiste Tom hatte die Hände in die Hüften gestemmt. »Na los, worauf wartest du? Schwing dich in die Lüfte.«

»Halt den Mund«, fuhr Henry ihn an.

Sie haben Angst, erkannte Catherine. *Sogar Tom, das Großmaul, hat Angst.* Stockstarr krallte Jane sich an den Stamm. Sie war ein schmächtiges Mädchen, bleich wie Leinen. Gewiss waren ihr die Kräfte längst erlahmt.

»Zur Hölle, jetzt habe ich genug von diesem Ulk.« Tom sprang vor, packte den Stamm und begann, sich nach Katzenart hinaufzuziehen. Eine rote Katze war er, ein Kater, der Gefahr brachte, so schön sein geschmeidiger Leib auch anzusehen war.

An Catherine vorbei drängten Sir John und Edward. Dann schien alles in der Zeitspanne eines Herzschlags zu geschehen. Toms Hand hangelte nach Janes Wade. Jane ließ den Stamm los, breitete die Arme wie Flügel aus und stürzte sich kopfüber in die Tiefe. Nan und Liz brüllten. Mit einem grauenhaft dumpfen Laut schlug der Körper auf dem Boden auf.

Sie war tot. Ihre Janie, ihre Herzensschwester, hatte sich den Hals gebrochen, und sie, Catherine, stand in der Welt allein. Von irgendwoher tauchten Francis Bryan und der fremde Vater auf und beugten sich mit Sir John über die reglose Gestalt.

Endlich hob Bryan den Kopf. »Dein Rebküken hatte mehr Glück als Verstand, John. Dieses Bein allerdings sollte sich der Arzt ansehen.«

Catherine wagte sich einen Schritt vor. Jane lag auf dem Rücken. Sie war nicht tot, sondern hatte die Augen geöffnet und kämpfte um ein Lächeln. Mit zitternden Fingern strich Sir John ihr über die Stirn. Dann erhob er sich und drehte sich von seiner Tochter fort zu seinem Sohn. Catherine hatte ihn nie zuvor so gesehen. Sein Gesicht erschien versteinert, die Haut rot wie von zu viel Wein. Von dem gesplitterten Ast, der am Boden lag, brach er einen Prügel. »Du Kreuz von einem törichten Bengel! Genügt es dir nicht, deinen eigenen Hals aufs Spiel zu setzen? Womit hat dieses Engelsgesicht einen Satan wie dich zum Bruder verdient?« Beidhändig holte er aus. Tom hielt still. Nur wer genau hinsah, bemerkte, wie ihm die Schultern bebten.

»Vater, nicht! Tut doch Tom kein Leid.«

Das war Jane. Sir Johns Arme sackten herunter wie Puppenglieder. Den Prügel wegwerfend, ließ er Tom stehen, bückte sich und hob Jane auf seine Arme. Vereint im Schweigen, folgten ihm die Übrigen zurück zum Haus. Bryan und der Vater, Henry und Will und der schlaksige Edward, der Liz und Nan an den Händen führte.

Catherine blickte ihnen nach, bis sie das Gatter auf dem Hügelkamm erreichten. Dann sah sie zur Seite. Tom stand unter dem Birnbaum wie angeschmiedet. Sie glaubte zu spüren, wie ihm die Wangen brannten, wie sich in seiner Brust etwas ballte, ihm die Kehle hinaufkroch und zum Klumpen schwoll. Die Schläge, vor denen seine Schwester ihn bewahrt hatte, wären barmherziger gewesen als dies. Ehe sie sich's versah, stand sie vor ihm.

»Janie ist dir nicht böse, sie wollte es ja so.«

Ihre Blicke trafen sich. Toms Augen waren weit. »Aber ich...«

»Aber du kannst gar nichts dazu. Wenn Janie wünscht, für dich zu fliegen, dann fliegt sie, und niemand hält sie auf. Deines Vaters Schelte war nicht gerecht.« Sie stockte. Dann fügte sie hastig hinzu: »Und meine auch nicht, vorhin.«

Ungläubig starrte er sie an, die weiten Augen funkelnd. Sie hatte noch nie ein Paar Menschenaugen so lange angesehen. Dann verzog sich sein Mund, und seine Braue hob sich in die Stirn. »Du bist ein kluges Mädchen, Mistress Catherine Parr.«

Beherzt hielt Catherine ihm stand. »Ich weiß.«

Wenn es etwas gab, das John Seymour so teuer war wie seine Familie, so war es der Wald, der seine Güter umgab. Sein König selbst hatte ihm das elfenbeinerne Horn mit den silbernen Beschlägen in die Arme gelegt und ihn damit zum Hüter über den sich weit erstreckenden Jagdgrund bestellt. John nahm seine Pflichten ernst. Sein Wald, der Savernake, war so geradlinig und dabei so reich an Facetten wie ein gutes Weib, wie seine Margery mit dem nussbraunen Haar.

Als der Bote aus London eingetroffen war, hatte er an einem Fluch schlucken müssen. Wie konnte man ihn jetzt von Wulf Hall fortrufen? Es war Erntezeit, und zudem ging das Gerücht, in der Umgebung grassiere das gefürchtete Schweißfieber. Des Königs Abkommen ging ihn im Grunde gar nichts an. Gesandte der Fürsten Europas, Franzosen, Spanier, Vertreter des Kaisers und des Papstes würden in der Hauptstadt zusammentreffen, um einen Vertrag zur Friedensordnung zu besiegeln. Monatelang hatten König Henry und sein Lordkanzler Wolsey darum gerungen, und zur Feier beriefen sie den gesamten Adel an den Hof. Für John jedoch mochte all dies ebenso gut auf einem jener weltentfernten Kontinente geschehen, die man letzthin überall entdeckt hatte. Die Insel, auf der sein Leben stattfand, hieß Wulf Hall.

Von den Hufen der Pferde aufgepflügt, stoben Erdbrocken gegen die Wagenflanken. »Armer John.« Francis Bryan beugte sich vor und patschte ihm aufs Knie. »Zum Hofleben sind wahrlich andere geschaffen als du.«

»Du selbst zum Beispiel.« Er zupfte Bryan am juwelenbesetzten Ärmel seiner Schecke. Der Freund gluckste.

Dass er mit seinen Freunden reiste, versüßte John das Unterfangen. Bryan war ihm vertraut wie ein Welpe aus eigenem Zwinger, derweil Thomas Parr, neben dem er als Jungspund in Frankreich gekämpft hatte, ihm rätselhaft blieb. Nichtsdestotrotz war er ihm zugetan, hieß ihn seinen *fremden Freund* und hatte seinen Sohn nach ihm benannt, den Zweitgeborenen, der mit dem beherrschten Parr leider nichts gemein hatte. Wie immer, wenn John an seinen Sohn Thomas dachte, beschlich ihn ein Schwarm dunkler Ahnungen, obgleich der Knabe kerngesund und mehr als wohlgestalt war. Wüste Alpträume zeigten ihm seinen Sohn auf den hölzernen Stufen zum Schafott. Der Unfügsame bedurfte zu seinem Schutz einer strengen Hand, die derb den Stock schnalzen ließ und ihm den Starrsinn ausklopfte. John hingegen war milde wie Pflaumenwein. Sosehr er sich mühte, seine Hiebe entlockten dem stämmigen Tom keinen Laut, und nach jeder Züchtigung funkelten ihm die Augen noch verstockter als zuvor.

»Woran denkst du?«, rief Bryan. »Wie üblich an deine Kinder? Du sorgst dich zu viel. Die tapfere Janie wird bis zum Frühjahr wieder hüpfen, und deine Söhne sind Prachtkerle, allen voran der wilde Tom, dem nur ein wenig Schliff fehlt. Edward hingegen, unserm kleinen Gelehrten, fehlt es an Lebensart.«

»Was willst du damit sagen, Francis?«

»Ach, weniger als nichts. Nur dass ich meinem Jungen Ablenkung verschaffte, ehe er die Schriften eines Aufrührers liest.«

»Ich denke, dieser Erasmus wird von König Henry geschätzt?«

»Das mag schon sein. Aber von den Eiern, die dieser Erasmus legt, ist's nicht weit zu den Küken, die der deutsche Ketzermönch Luther ausbrütet. Der brave Edward hat zu viel Zeit zum Grübeln. Gib ihm Zerstreuung, Tanz, lass ihn Versuchungen erliegen. Und Tom, der rote Springbock, bekommt derweil einen Striegel übers juckende Fell.«

»Du meinst also, ich sollte meine Söhne an den Hof schicken?«

Bryan schüttelte den Kopf, dass seine Hutfeder wippte. »Nicht an unseren Hof. Sosehr sich der König und sein Wolsey ins Zeug legen mögen, was höfische Kultur betrifft, lebt England noch in der Barbarei. Schick Tom und Edward nach Frankreich, jetzt da wir Frieden haben und die Prinzessin mit dem Dauphin verlobt wird. Lass französische Kavaliere aus den beiden machen.«

»Prinzessin Mary wird mit dem Dauphin verlobt? Aber wer soll denn dann England regieren, ein König von Frankreich vielleicht?«

Das Licht verdüsterte sich, als der Wagen in dichteres Gehölz tauchte. Harsch streifte ein Tannenzweig Johns Gesicht. Mit seinem einen Auge sah Bryan ihn verständnislos an. »Weshalb sollte uns ein Franzose regieren? Prinzessin Mary und der kleine Louis werden das Thronfolgerpaar von Frankreich sein.«

»Wenn es erlaubt ist«, erhob sich die ruhige Stimme Parrs,

»ich glaube zu wissen, was John zu sagen begehrt: Mary ist auch Englands Thronfolgerin. Heiratet sie einen fremden Monarchen, so werden auch wir künftig von jenem Fremden regiert.«

Daran ließ sich nicht rütteln. König Henry hatte keinen Sohn. Bryan langte nach der Lederflasche an seinem Gurt. »Hinfort mit euch Kleingläubigen. Ist Königin Catalina nicht gesegneten Leibes? Ich jedenfalls trink mir eins auf die Geburt von Englands Prinzen.« Als er die Flasche absetzte, klebte ihm Bierschaum im Bart.

»Gesegneten Leibes war die Königin schon oft«, wandte Parr ein und ließ ungesagt, was jeder wusste: Von all ihren Kindern hatte nur ein Mädchen, Mary, das Säuglingsalter überlebt.

»Bah, so viel Schwarzreden. Sind wir zu einem Freudenfest oder auf ein Begräbnis geladen?« Bryan reichte John die Flasche. »Trink, Freund. Auf alle stolzen Söhne Englands.«

»Und auf die Töchter«, ergänzte Parr leise.

»Mein fremder Freund, Ihr sprecht mir aus dem Herzen.« John trank ihm zu. »Meine Janie ist mir nicht weniger lieb als ihre Brüder, und Eure Cathie ist ein Sonnenschein. Was meint Ihr, würdet Ihr erwägen, sie einem meiner Jungen zur Frau zu geben? Edward ist ja bereits verlobt, doch da wäre mein Thomas. Ein wenig ungebärdig zwar, aber kein schlechter Kerl.«

Der Andere blieb stumm, seine Miene unlesbar. Hatte John ihn beleidigt? »Wulf Hall ist kein großer Besitz und Tom nur mein Zweitgeborener«, fügte er zögernd hinzu. »Vermutlich wollt Ihr mit Eurer Cathie höher hinaus.«

Parrs Lippen zuckten. »Sie ist nicht eben ein hübsches Kind.«

»Ist sie das nicht?« Dass an dem reizenden Springinsfeld etwas auszusetzen war, hatte John nicht bemerkt.

»Ein bisschen fad vielleicht«, mischte sich der Kenner Bryan, der in der Sechsjährigen gewiss schon die erblühende Frau erkannte, ein. »Lassen wir doch den Jungvögeln noch ein wenig Zeit.«

»Hoffen wir, dass ihr Leben ihnen Zeit lässt.« John lehnte sich zurück und spürte seine Gedanken abschweifen. Sollte er wirklich zwei seiner Söhne an den französischen Königshof senden? All das Gerede um Friedensverträge überstieg sein Fassungsvermögen. Mit seinen fünfunddreißig Jahren fühlte er sich zu alt, den Erzfeind Frankreich, gegen den er im Feld gestanden hatte, auf einmal als Verbündeten zu feiern. Die Welt aber, in der seine Söhne Männer sein würden, mochte eine andere sein, eine unermessliche Welt, in der England und seine Nachbarn nur mehr Zwerge unter Riesen wären. Und wie neue Länder Häuptern von Seeschlangen gleich aus dem Meer auftauchten, so wurde allerorten nie Gehörtes laut, das Begeisterte *Neues Lernen* nannten. Einer, der zur See fuhr, warf seine Karten weg, und einer, der an Land blieb, seinen guten Glauben.

John sah Edward mit dem seltsamen Buch vor sich und hörte Bryans Warnung über den Deutschen, Luther, den Rom zum Ketzer erklärt hatte. Vielleicht tat er das Beste für seine zwei Ältesten, wenn er ihnen erlaubte, ihre Nasen in den neuen Wind zu stecken. Henry hingegen, der sonnige Drittgeborene, bliebe den Eltern zum Trost auf Wulf Hall.

Nicht lange darauf erspähte John die Stadtmauern, die in der Abendröte rosig schimmerten. Hingestreckt wie zur Liebe, lag die Verführerin London. John war die Stadt zu eng, zu laut, zu atemlos. Sie stank nach Menschenleibern, zusammengequetscht wie Fische in der Reuse, nach Vergärendem und Verfaulendem, nach Brunft und Kot. Mühselig zwängte sich ihr Wagen durch Gassen, scheuchte schlenderndes Volk auseinander. »Ah, Stadtluft«, jubelte Bryan und sog hörbar durch die Nase ein. »Wir werden im Palast von Greenwich logieren, der sich recht hübsch herausgemacht hat. Seit du zuletzt hier warst, John, hat König Henry einen neuen Turnierhof, einen Waffensaal und eine Festhalle bauen lassen. Reizvoller als Greenwich wird allerdings...« Ein plötzliches Holpern des Wagens stieß den Hingerissenen auf den Sitz zurück.

»Reizvoller als Greenwich wird allerdings Hampton

Court«, beendete Parr Bryans Satz. »Der neue Palast des Kardinal Wolsey, von dem ja mancher behauptet, dass er uns regiert.«

Den viel zitierten Wolsey bekam John am folgenden Vormittag zu Gesicht, als dieser in der Kathedrale von St. Paul als päpstlicher Legat das Hochamt zelebrierte. Die Unterzeichnung des Vertrages bedurfte der Absegnung durch den Allmächtigen. Erstmals gelobten die Herrscher Europas einander schweigende Waffen. In dem zum Bersten gefüllten Kirchenschiff ließ sich kein Raunen, kaum ein Atemzug vernehmen.

Kardinal Wolsey war ein aufgeschwollener Mann, der die Blüte seiner Jahre überschritten hatte. Die Sonne, die durch die hohen Fenster fiel, umgab den Würdenträger in seinem Habit aus roter italienischer Seide mit einer Gloriole aus Licht. An den Fingern, die die Hostie hoben, glommen juwelenschwere Ringe. Trotz alledem verspürte John mehr Andacht in seiner eigenen Kapelle auf Wulf Hall, wo der Priester James allmorgendlich die Messe las. Hier wie dort verstand er wenig, obgleich er den vertrauten Klang der Liturgie gern mochte. Das im Knabenalter erlernte Latein war ihm, seit er fern des Hofes lebte, entglitten. Für einen Mann in seiner Stellung gab es Wichtigeres zu behalten.

Seine Jungen studierten natürlich ebenfalls Latein, wie es sich für Söhne eines Landeigners gehörte. Als aber sein Edward ihn gefragt hatte, warum er nicht auch Janie und Liz unterrichten ließ, wie es in Mode kam, hatte er verwundert zurückgefragt, ob Frauen neuerdings Priester würden.

»Haben nur Priester Köpfe?«, war der unverschämte Tom dazwischengefahren. »Denken befreit.«

Daran hegte John keinen Zweifel, fragte sich aber, wie viel Befreiung seinen Kindern frommte und ob es nicht seinen Sinn hatte, wenn man das Lesen der Bibel seinem Priester überließ. Waren nicht all die Wagehälse, die versucht hatten, die Bibel gar ins Englische zu übersetzen, zu Asche verkohlt oder außer Landes gejagt worden? Über zu viel Wissen verlor sich leicht der Kopf. John und seine Margery lebten glücklich in den abgesteckten Grenzen von Wulf Hall, und er hätte seinen Kindern ein ähnlich unerschüttertes Glück gewünscht. Sein fremder Freund schien ihm Recht zu geben. Die kleine Cathie lernte auch kein Latein.

Nach der Feier wurden die Gäste in einer Reihe geschmückter Barken die Themse hinauf nach Greenwich gerudert. Der Himmel strahlte, und die Sonne setzte den Flusswellen Glanzlichter auf. Greenwich war eine in Grün getauchte Landzunge. Von der Anlegestelle führten Stufen zum Torhaus, und sodann ging es durch eine Allee junger Bäumchen im Herbstkleid zum Palast. »Was ist das?«, entfuhr es John, der jeden Baum in seinen Gärten liebte.

»Die Pfirsichbäume von Greenwich.« Bryan griente wie ein stolzer Vater. »König Henry hat sie sich aus Italien schicken lassen, weil kein anderer Baum so betörend duftet. Dereinst soll sein Töchterchen im Brautschmuck mit ihrem Dauphin darunter wandeln.«

Der Ruf der Silbertrompeten beendete ihr Gespräch. Das Bankett, dem sich Mummenschanz und Tanz anschließen würden, fand in der neu errichteten Festhalle statt. John hatte beiden Tudor-Königen, dem siebenten wie dem achten Henry gedient und in ihrer Gesellschaft gespeist. Der heutige Aufwand aber übertraf jede Erinnerung: Die Tische waren in blendendem Leinen gedeckt, und selbst auf denen für den niederen Adel, an dem John und seine Freunde Platz fanden, warteten Trinkpokale und Fingerschalen aus Gold. Sie teilten den Tisch mit mehreren Landedelleuten und Damen, darunter Parrs Frau, Lady Maud, die als Kammerfrau Königin Catalinas bei Hof lebte.

Einen sehnsüchtigen Herzschlag lang wünschte sich John, er hätte seine Margery bei sich. So wie der Freund hätte er nicht leben mögen, ständig in Missionen für den König unterwegs, von seiner Frau getrennt und dem eigenen Blut ein Fremder. Bryan zufolge sagte man Parr eine große, glänzende Karriere bei Hof voraus, aber wog das die zärtliche Liebe von Frau und Kindern auf? Laute Trompetenklänge unterbrachen sein Grübeln. Wie ein Mann sank die Schar der Gäste auf die Knie.

»Henry, König von England, und Königin Catalina!«

Bei seiner Thronbesteigung war der junge Henry als schönster Prinz der Christenheit bejubelt worden. Inzwischen regierte er England seit bald einem Jahrzehnt, doch John, der ihn vor fünf Jahren letztmals gesehen hatte, schien er kaum gealtert. Er trug ein Wams und eine pelzbesetzte Schaube in der Farbe von Südwein. Noch immer verblüfften sein Wuchs und seine von den Kleidern noch betonte Breite. Die Königin neben ihm schien winzig, eine Trockenpflaume an der Seite eines prallen Apfels. »Seid Uns gegrüßt, teure Gäste. Eure Gegenwart in dieser Freudenstunde erfüllt England mit Stolz.« Dem Brustkorb eines Ringkämpfers entwand sich der zitternde Sopran eines Knaben.

Sein Essen liebte John eher deftig als raffiniert. Von dem Überfluss, der hier aufgetischt wurde, vom Gewirr der Düfte, dem Summen der Stimmen und Klirren der Becher wurde ihm der Magen schwach. Kaum war ein Gericht aufgetragen, da paradierten die Aufwarter schon mit dem nächsten herein. Den Abschluss bildete ein dreistöckiger, von Marzipan überzogener Kuchen, den die rot-weiße Rose der Tudors zierte. Dazu wurde Wein nachgeschenkt, sooft ein Mann seinen Kelch absetzte.

Nach dem Essen trieben Narren ihre Possen, und vor einer blutroten Sonnenscheibe stellte ein Mirakelspiel den Hochzeitszug der Königin von Saba nach. Hernach begann der Tanz. Im Nu zerfloss die Ordnung des Saales in einen Strudel aus Farbe. Die Pavane, den Schreittanz, zu dem die Paare sich in Reihen stellten, tat John noch mit. Als sich zu den englischen Musikern jedoch französische gesellten und ein Sprungtanz ganz neuer Art, eine Gaillarde, angekündigt wurde, trottete er an seinen Platz zurück. Der Tag hatte ihn mehr erschöpft als eine Jagd im Wald von Savernake.

Eine Hand berührte seinen Arm. John fuhr herum. Hinter ihm stand Parr und schenkte ihm ein Lächeln. Seine Stirn war in Schweiß gebadet. »Ihr seid auch kein Tänzer, John?«

»Oh, daheim bei meiner Margery schwinge ich mein Tanzbein durchaus. Aber diese aus Frankreich hergebrachte Finesse stellt mich, fürchte ich, vor meine Grenzen.«

Das Lachen des Freundes klang, als zerbreche ein zierliches Gefäß. »Das geht mir nicht anders. Meine Frau und Euer Freund Bryan hingegen finden heute Nacht wohl ihre Meister nicht.«

Bryan und Maud tummelten sich einander gegenüber, schwangen die Arme und warfen die Beine im Takt. Weiter vorn tanzte das Königspaar. Die schwangere Catalina erinnerte an eine Barke im Seegang, König Henrys wirbelnde Gliedmaßen aber nahmen es mit den Schlägeln eines Trommlers auf. Von dem pfauenbunten Flimmern schmerzten John die Augen.

Parr ergriff ihn am Ärmel. »Hört, John, was Euren Antrag betrifft – ich will morgen mit Maud darüber sprechen. Wenn sie zustimmt, hätte ich von Herzen gern Euren Thomas als Bräutigam für meine Catherine.«

John umarmte ihn. Wacker harrte er aus, bis das Fest ein Ende fand, und begab sich dann bester Stimmung in das Kämmerchen, das er mit Bryan und weiteren Gästen teilte. In zwei Tagen würde er abreisen, mit froher Kunde für Margery. Parrs älteste Tochter war ein beherztes Geschöpf, das sich nicht scheuen würde, einem bockenden Kerl die Zügel stramm zu ziehen, und für John, den künftigen Schwiegervater, war die kleine Cathie ohnehin längst Teil der Familie.

Am anderen Morgen kam ein Bediensteter in die Schlafkammer, kaum dass John sich angekleidet hatte. Bryan schnarchte noch weinselig in den Kissen und ließ sich von dem erregten Mann nicht stören. Dieser brachte schlimme Kunde: Das Schweißfieber, der Mörder ohne Zaudern und Zagen, war im Palast. Thomas Parr hatte noch während der Nacht das Bewusstsein verloren und war in den Morgenstunden verstorben.

Janies Bein brauchte den ganzen Herbst und den Winter, um zu heilen. In dieser Zeit erledigte sie alle Näharbeit des Haushalts. In der Halle, auf eine Liege gebettet, stichelte sie Stunde um Stunde. Sie las nicht gern. Catherine wäre selig gewesen, hätte sie eines der Bücher besessen, die Edward für seine Schwester herbeischleppte. Janie aber sagte: »Danke, mein Edward«, und ließ die Bücher liegen. Stattdessen säumte sie Hemden und bestickte Kragen.

Wenn sie des Abends beim Feuer saßen, zog es Catherine mit einer Macht zu den Büchern, die sich kaum bezähmen ließ. Sie stapelten sich vor Janes Platz am Boden, und Catherine stellte sich vor, wie sich ihr lederner Einband in den Fingern anfühlen mochte, wie die Seiten beim Umblättern knisterten und ob die Lettern schwarz wie Onyx glänzten. Tagsüber aber gab es anderes als Bücher. Von der Frühe bis in die Dämmerung streifte sie durch winterliches Land, das geheimnisvoll leuchtete, mit spiegelndem Eis und Schneegestöber lockte, mit bereiften Zweigen und dem Rot von Beeren der Stechpalme, mit dem langen Fell der Ponys, das vor Kälte dampfte.

Er lehrte sie reiten. Galoppieren, dass Schnee ihr in die Augen stob. Er lehrte sie über das Eis des Waldsees gleiten, sich drehen wie zu Tanzmusik. Er lehrte sie Spuren lesen, einen Hasen erlegen, ohne Hunde und Jagdhelfer, ihn ausnehmen und rösten, auch wenn der Hase verbrannte und sie keinen Bissen davon aßen. Er. Tom. Sie war ein tapferes Mädchen gewesen, solange sie denken konnte. Will und Nan mochten weinen, aber Catherine war die Älteste und weinte nicht. Nicht im vergangenen Jahr, als die Erzieherin ihnen mitgeteilt hatte, ihr Vater habe sie einem Freund, John Seymour, zur Pflege anvertraut, und nicht in diesem, als Lady Margery sie alle drei an den rauen Stoff ihres Rockes zog und ihnen sagte, ihr Vater sei gestorben. Sie war ein tapferes Mädchen, sie zeigte keine Angst. Jetzt aber, mit Tom, war alles anders.

»Fürchtest du dich?« Es wurde dunkel, und sie ritten noch tiefer in den Wald, duckten sich unter schneeschweren Zweigen, derweil die Pferde durch knietiefes Weiß stapften. Keine Armlänge weit sah sie Toms roten Schopf. Sie fürchtete sich nicht. »Ich beschütze dich«, warf Tom über die Schulter zurück. »Oder etwa nicht?«

Als das Gehölz für die Ponys zu dicht wurde, stiegen sie ab und setzten sich auf eine aufgewölbte Wurzel, machten aber kein Feuer, weil Tom keinen Zunder bei sich hatte. Catherine war außer Atem und fror. Nach kurzem Zögern lehnte sie sich gegen ihn. Sein Leib hatte etwas Dampfendes, Warmes wie die Pferdeleiber. Er breitete den Arm um sie und zog sie näher zu sich. »So besser?«

Sie sah nach der Seite zu ihm auf. Sein Gesicht, das verschlossen und grimmig sein konnte, war jetzt ruhig und aufmerksam. Sie sah es gern an. *Es gibt kein Gesicht*, bemerkte sie, *das ich besser kenne*. Die Worte sprudelten, ehe sie sich besann: »Tom, glaubst du, ich habe kein Herz?«

»Weshalb sollte ich das glauben?«

»Ich hab's Eure Magd sagen hören, die Bridget: Die kleine Nan ist honigsüß, hat sie gesagt, aber die Große, die Maushaarige, die hat kein Herz. Ihr armer Vater ist gestorben, und das kalte Ding zuckt kein Lid.« Kamen ihr Tränen, war sie kein tapferes Mädchen mehr? Hastig fuhr sie sich übers Gesicht. »Ich hab doch den Vater gar nicht gekannt«, warf sie hinterdrein und kniff die Augen zu.

Etwas fuhr ihr unter den Mantel. Toms Hand wie ein schmiegsames, zutrauliches Tier. Schob sich unter den Stoff. Blieb flach auf ihrer Brust liegen. Gleich darauf spürte sie, wie es in kraftvollem Gleichmaß gegen seine Finger schlug. »Bin kein Quacksalber«, sagte Tom, ihre Herzseite streichelnd. »Aber wenn du mich fragst, sitzt es genau da, wo es zu sitzen hat. Weshalb sollst du dich um Volk grämen, das du nicht kennst? Sind nicht wir deine Familie, und würdest du um uns nicht weinen?«

Man tat das nicht. Aber sie schlang die Arme um ihn und hielt sich an ihm fest. Sein Leib war voll Wärme und Stärke, und alles an ihm schien zu pochen. Sie saßen lange still, hörten dem Wald und dem Schnaufen der Pferde zu, ehe sie schließlich zurückritten.

Catherines Gesicht glühte, als sie ins Haus kamen, und

ihre Finger, die sie ans Feuer hielt, kribbelten. In der Halle stand der runde Tisch, um den der Haushalt sich zum Essen scharte. Tom stürzte sich auf den Braten wie ein ausgehungerter Keiler. Kaum war die Schüssel, die er mit Edward und Henry teilte, leer, bediente er sich vom Anteil seiner Eltern. Mit beiden Händen rupfte er Fleisch von den Knochen und stopfte sich den Mund voll. Seine Mutter, ohne zu fackeln, versetzte ihm herzhaft zwei Backpfeifen. »Übe dich in Beherrschung, Thomas.« Das scharfe Klatschen, die Male, die auf seine Wangen traten, schmerzten Catherine.

Tom aber zuckte nur kurz mit den Lippen, dann langte er über den Arm seiner Mutter hinweg nach einem Hühnerschenkel. »Von Euren Schlägen werde ich nicht satt.«

Nach dem Essen räumten sie Tisch und Stühle beiseite, und es gab Spiel und Musik. Das Kaminfeuer flackerte in Rot- und Gelbtönen. Tom lehrte sie das Schachspiel. Tollkühn und schludrig waren seine Züge. Wenn der bedachtere Edward ihn zu besiegen drohte, stahl er ihm unter den Augen die Figuren. Er versuchte, sie eine Melodie auf der Laute zu lehren, aber zum geduldigen Lehrmeister taugte er nicht. Als Catherine sich allzu linkisch anstellte, nahm er ihr das Instrument, das aus schimmernder Fichte gefertigt und mit Kirschholz eingelegt war, von den Knien und schlug es selbst. Sein Gesang war nicht schön, aber strotzte vor Kraft, und seine Lieder waren samt und sonders unanständig.

In den zwölf Nächten des Christfestes glänzte Wulf Hall wie die polierten Äpfel in der Schale. Es wurde getanzt, gespielt und gesungen, bis die Ausgelassenheit in der zwölften Nacht ihren Gipfel fand. Die zwölfte Nacht war die Nacht, in der die Heiligen Drei Könige die Stadt Bethlehem erreichten, um ihre Geschenke darzubringen und ein Wunder zu bestaunen. Deshalb war die zwölfte Nacht noch immer voller Geschenke. Und voller Wunder. Dem Brauch gemäß übertrug Sir John einem Bediensteten, Rob, dem Pferdeburschen, für die Dauer der Feiern die Herrschaft über den Besitz. Das verkehrte Gesetz trat in Kraft: In der zwölften Nacht war alles möglich und alles, was möglich war, erlaubt. Alte und

Kinder tanzten umeinander, unvermählte Paare schwelgten in Küssen, Kniffen, Liebesschwüren. Eine Nacht lang wurden Menschen zu Spielzeugfiguren, die aus ihren Kisten sprangen, sobald man diese einen Spalt weit aufzog. Man tauschte die eigene Rolle gegen eine andere, die niederste gegen die höchste, das Vertraute gegen das Verwehrte. Tom lehrte sie tanzen. Er trug Wams und Kappe eines Schäferknaben.

»Du bist meine Schäferin.« In der Drehung setzte er ihr die Kappe auf den Kopf.

Sie sah sein Haar gern unbedeckt. Mit Freuden hätte sie hineingefasst wie in die schimmernde Mähne ihres Pferdes. Vermochte die Kraft der zwölften Nacht nicht alles, was ein Mensch sich wünschte? Als er mit dem nächsten Flötenton sich wieder zu ihr drehte, griff sie flugs in sein Haar und hielt es fest. Keines Pferdes Schweif war dichter.

Unmäßig laut schrie er auf, brach in der Wendung ab und riss sich frei. Sie standen still. Er hielt sich den Kopf, sie blickte auf ihre Hand. Zwischen den Fingern glänzten kirschrote Fäden.

»Hast du deine Erbse von Verstand verloren? Du bist wohl doch zu klein, um Zwölfnacht zu feiern, und gehörst wie deine Schwester ins Bett.«

»Gehöre ich nicht. Ich werde sieben dies Jahr.« Sie sah zu ihm auf. »Wenn mein Verstand eine Erbse ist, dann ist der deine das Gran Salz obendrauf.«

Einen Augenblick lang starrte Tom sie aus weiten Augen an. Dann musste er lachen. »Ich sollte dir böse sein, oder nicht? Aber du machst mir solchen Heidenspaß.«

Catherine wünschte sich rasch etwas von der Kraft der zwölften Nacht, die nicht ganz heilig war und die man deshalb anrufen durfte, selbst wenn man kein Latein konnte: *Ich will zu Zwölfnacht immer tanzen. Und immer soll Tom bei mir sein.*

Er lehrte sie Pfeile zu schnitzen und sich an Rebhühner heranzuschleichen. Er lehrte sie, dass die Rebhenne sich selbst ausliefert, sobald sie ein Gelege zu schützen hat, dass sie im Winter aber schwierig zu erlegen ist. Er lehrte sie Reif von Winteräpfeln abzukratzen.

Dann kam der Frühling. Das Eis auf dem Waldsee knackte, dass die Ponys scheuten. Der Schnee schmolz über Nacht. Von den Dachrinnen stürzten Zapfen. Janies Arzt befreite ihr Bein von der Schiene, gab ihr eine Krücke aus Eichenholz und wies sie an, erste Schritte zu üben. »Sie wird wieder gehen lernen«, sagte er zu Sir John. »Auch wenn sie keine große Tänzerin abgeben wird.«

Janie, die an ihrer Krücke zwei Schritte weit gehumpelt war, drehte sich um. »Das schmerzt mich nicht.« Über den Winter war sie noch bleicher geworden und sah mit ihren knapp zehn Jahren schon erwachsen aus. »Ich tue alles so, wie ich es mit Gottes Beistand eben kann.«

Die Schmelze befreite die Zufahrtswege. Es trafen wieder Gäste ein, die sich mit Sir John zum Würzwein setzten, und Boten, die Nachrichten brachten. Oft stand Edward vor den anderen Kindern wie James, der Priester, und erklärte ihnen in umständlichen Sätzen, was es Neues gab: Ein Kaiser namens Maximilian sei gestorben und ein neuer würde gewählt. »Vielleicht wählen sie unsern Henry!«, rief Tom dazwischen. Von seinen Stiefeln tropfte Schlamm auf die tonroten Fliesen. Als Catherine an sich hinuntersah, entdeckte sie, dass ihr Kleidsaum schwärzlich verkrustet war.

Edward drehte sich nach ihnen um. »Das wäre ein Unglück für England, denn ein König gleicht ja dem Landmann, der seine Scholle mit seinen Händen beackern muss. Wenn er ihr fernbleibt, verkümmert sie. Auf der Insel Utopia betrachten die Landesherren sich als Bebauer, nicht als Beherrscher des Bodens.«

»Wo?«

»Oh, verzeih mir, Bruder. Ich dachte an das Buch des Thomas More, das ich just las.« Er bückte sich und suchte in dem Stapel vor Janies Pritsche. Catherine krallte die Nägel in Toms Hand, um nicht loszulachen. Mit seinen vierzehn Jahren überragte Edward bereits seinen Vater, blieb aber schmal wie ein Schilfhalm, und sein Gesicht sah aus, als müsse auf Wulf Hall jemand hungern. Offenbar fand er nicht das Erhoffte und richtete sich auf. Die Augen, halbblind von all dem Lesen, hatte er zu Schlitzen gekniffen. »Ohnehin hat König Henry sich um seine vornehmste Pflicht zu kümmern. Gott hat es gefallen, der Königin ihr Kind zu nehmen. Somit braucht England noch immer einen Erben.«

»Der zeugt sich in fremdem Bett vielleicht fröhlicher als auf der alten Ehevettel.« Immer wenn Tom so sprach, sah Catherine sich furchtsam um, als folge die Bestrafung auf dem Fuß. Unter den Seymour-Söhnen war Tom mit seinem schamlosen Mundwerk der Einzige, an dem der sanfte Sir John seinen Haselstock nicht zimperlich gebrauchte. Catherine schüttelte sich.

»Da magst du nicht Unrecht haben«, hörte sie Edward erwidern.

»Wie könnt ihr so sprechen?« Janie ließ ihre Handarbeit fallen. »Soll jemand euch hören?«

»Mich mag hören, wer will«, entgegnete Tom.

»Und wenn du Prügel bekommst?«

»Dann zwackt mir der Hintern, aber denken kann ich gottlob mit dem Kopf. Eine Frage noch, Ned: Was ist ein König wert, der seine Macht beweisen muss, indem er einem abgehalfterten Graubart den Kopf abschlägt?«

»Von wem sprichst du?« Edward, den einzig Tom bei der Kurzform *Ned* rief, hob die Brauen in die Stirn.

»Von diesem Steuereintreiber seines Vaters, Dudley, oder wie der Kerl hieß. König Henry hat ihn aufs Schafott geschickt, weil die Leute ihn nicht mochten. Kann so einer halten, was dein Erasmus sich von ihm verspricht, einen Garten der Gelehrsamkeit? Hat nicht in Wahrheit Erasmus längst enttäuscht das Weite gesucht?«

Edward hatte offenbar Janies entsetztes Gesicht bemerkt und schwenkte heftig die Arme, um das Thema zu beenden. Catherine fühlte sich betrogen. Die Antwort des Älteren würde sie nicht zu hören bekommen, die war für die Ohren von Mädchen nicht bestimmt. Sie sah die Brüder mit einem

Zwinkern ihr Gespräch auf später verschieben und wünschte sich einen zornigen Herzschlag lang, als Knabe geboren zu sein.

Es war ein prächtiger Frühling, in dem sich Sonne und Regen die Hand reichten, so dass das wartende Grün die Erde platzen ließ. Nie hatte Catherine so viele Töne von Grün gesehen. Dass all diese Kraft eines Tages wieder verblassen, graugelb und schließlich welk werden würde, war unvorstellbar. Tom lehrte sie die Stimmen der Vögel nachahmen. Er saß mit gekreuzten Beinen auf der Wiese, legte den Kopf in den Nacken und trug ihr das Balzlied des Finken vor. Catherine malte sich aus, wie ein Schwarm liebestoller Finkenweibchen sich auf seinen Schultern niederließe, und lachte laut heraus. Tom hörte zu balzen auf.

»Cathie«, sagte er. »Ich bin bald zwölf, schon so gut wie ein Mann. Vater schickt Edward und mich nach Ostern an den französischen Hof.«

Catherine sah es mit einem Schlag: Die Verwesungsfarbe, die sich als Schimmel auf das frische Grün setzen würde, die Wolken, die schon bald die Sonne schluckten, das verlassene Gelege. *Wulf Hall ohne Tom.* Dann kam ihr ein Gedanke: »Nimmst du mich mit?«

»Du sprichst kein Französisch, oder?«

»Ich kann es lernen. Schneller als du, denke ich.«

Tom schüttelte den Kopf. »Du wartest auf mich auf Wulf Hall. Das ist, was Mädchen tun. Schau, Janie und Liz warten auch.«

Catherine sah auf das flach gedrückte Gras, dem der Duft feuchter Erde entstieg. Vielleicht war das Ganze nicht so schlimm. Sie bliebe auf Wulf Hall, und Tom wäre irgendwann wieder da, nicht auf immer verschwunden wie der Vater, von dem sie zuweilen nicht glauben konnte, dass es ihn überhaupt gegeben hatte. »So einfach wird es wohl nicht werden. Janie und Liz sind deine Schwestern, aber ich bin es nicht.«

Er überlegte. »Was können wir da tun?«

»Ich werde deine Braut sein müssen.«

Einen Menschen zu kennen, hieß, zu wissen, wann er eine

Braue hob. Toms Augen weiteten sich, und Catherine entdeckte, dass sie grün waren. »Und du meinst, darauf lasse ich mich ein? Ich bin der schöne Tom, ich könnte eine Hübschere bekommen.«

»Eben drum. Hübsche kannst du viele bekommen. Aber mich nur einmal.«

Sie wusste auch, wann sein unmanierliches Gelächter aus ihm herausplatzen würde, aber diesmal täuschte sie sich. »Fein. Ich soll also dich zur Braut wollen. Und warum willst du mich?«

»Das ist einfach. Weil ich nirgendwo anders leben, sondern immer auf Wulf Hall bleiben will.«

An diesem Abend war es zum ersten Mal warm genug, den Tisch in den Hof zu tragen. Die Würze des Kanincheneintopfs mischte sich mit der Süße der Birkensäfte. Catherine beschloss, sich den Duft einzuprägen, denn es war der Duft ihres Verlobungstages. Als sie trotz der Kühle, die aufkam, bei einer Schale mürber Winteräpfel noch im Hof sitzen blieben, drangen von der Zufahrt Hufschläge her, und Sir John stand auf. »Wie es aussieht, bekommen wir späten Besuch.«

Den Hufschlägen folgten Stimmengewirr und das Schnauben erschöpfter Wagenpferde. Kurz darauf erschien Sir John mit den Gästen. Es waren ein Herr und zwei städtisch gewandete Damen, eine in Schwarz, die andere in Braun. Eine Amsel sang ihr Abendlied. »Ihr gestattet, meine Lieben? Ich habe die Ehre, euch Lady Maud Parr vorzustellen, die Gattin meines verlorenen Freundes.«

Jetzt erkannte Catherine die Dame in den steifen Witwenkleidern. Ihr Herz, von dem sie nun sicher war, dass sie es besaß, begann, dumpf zu hämmern.

»Sir William Parr von Horton.« Sir John wies auf den Herrn. »Der Bruder meines Freundes. Und seine Gemahlin, Lady Mary.«

Die Damen tänzelten an Catherine, Will und Nan vorbei und küssten sie auf die Köpfe. Catherine wünschte, sie hätte sich ducken, ihren Kopf zur Seite drehen dürfen. Die Frau war ihre Mutter, aber hatte sie wirklich etwas mit ihr gemein und ein Recht an ihr? Sie schüttelte sich. *Sind nicht wir deine Familie*, glaubte sie Toms Stimme über das allgemeine Gemurmel hinweg zu hören. Warum waren die drei gekommen, warum erklärte man ihr nichts? Unter dem Tisch trat Tom ihr in die Wade. »Deine Mutter sieht aus wie eine Krähe mit Brüsten«, flüsterte er so laut, dass Lady Margery ihm drei Plätze weiter mit dem Finger drohte.

Am nächsten Tag, in der Frühe, gingen sie alle zur Messe in die Kapelle. Wie üblich verstand Catherine kein Wort. Hernach, als sie hintereinander den Weg zum Haus zurückgingen, dachte sie: *Wenn ich Latein könnte, würde ich zu Gott sprechen. Ich würde ihm sagen: Gott, ich bin wichtig. Deine Tochter Catherine bin ich. Tom Seymours Braut.* Sie half Janie, die ihren Arm zur Stütze brauchte, und hing im Trotten ihren Gedanken nach.

Auf einmal blieb Sir John, der voranging, stehen. Er sagte etwas zu Edward, dann wandten beide sich um. Linkisch bot Edward seiner Schwester die Hand. »Komm, Janie, du gehst mit mir.«

Sir John legte einen Arm um Catherine und führte sie vom Weg fort, zwischen die frisch umgegrabenen Beete des Küchengartens. »Kleine Cathie. Ich habe ein Wort mit dir zu reden.« Catherine hatte sich auf ihr Frühstück gefreut, das dampfend im Haus auf sie wartete, aber im Arm von Sir John zu gehen, gefiel ihr gut. Ein jeder bekam somit zu sehen, wie bedeutend sie war.

»Ich will, dass du weißt: Ich habe mich um die Vormundschaft für dich bemüht«, sagte Sir John. »Aber deine Mutter hat anders entschieden. Du wirst in Northamptonshire, im Haus deines Oheims, aufwachsen. Er ist gekommen, um dich abzuholen.«

Sie brachen auf, ehe der Morgen graute. Catherine sah Wulf Hall nicht noch einmal im Tageslicht. Es war, als hätten die Gärten, die Felder und der Wald ein nicht ganz reines Kleid angelegt. Catherine selbst trug ein bräunliches Reisegewand, das einer unbekannten Base gehört hatte. Ihr Körper, so schien es, zog sich zusammen, weil ihn vor der fremden Stoffschicht ekelte.

Tante und Oheim gegenüber saß sie auf der Bank und ließ sich schleudern, derweil der Wagen über Waldwege rumpelte. Zwischen ihren Füßen lag das schlaffe Bündel, in das die Tante ihren Besitz geschnürt hatte, daneben der Beutel mit Proviant von Lady Margery. Sie würde das Brot, den Käse und Honigkuchen nicht anrühren, sondern die Klumpen aufbewahren, bis sie versteinerten.

Der Wald begann sich zu lichten. Hinter den letzten Baumgruppen brach Sonne durch Frühnebel. Flach erstreckte sich das Land. Catherine wusste nicht, welchen Namen es trug, nur dass das Land, das sie verließen, Wiltshire hieß. »Lasst uns in Oxford nicht rasten«, sagte die Tante zum Oheim. »Ich wäre gern vor Einbruch der Dunkelheit daheim.« Daheim aber, das wusste Catherine, war ein Haus namens Wulf Hall, und dort würde sie nicht sein, wenn die Dunkelheit kam.

Als am frühen Morgen der Wagen vorgefahren war, hatten sich alle an der Zufahrt versammelt, um zuzusehen, wie die Verwandten mit Catherine einstiegen. Alle, bis auf Tom. Ihre kleine Schwester Nan, ein Feengeschöpf mit einem Springquell von Locken, zog ihren Kopf zu sich und raunte ihr ins Ohr: »Will und ich gehen mit Mutter an den Hof. Ich lerne schreiben, und wenn ich es kann, dann schreibe ich dir einen Brief.«

»Gott behüte dich«, sagte Janie, die sich wacker auf ihrer Krücke hielt. »Du weißt, was Vater gesagt hat: Wenn du eine Dame geworden bist, kommst du wieder, und keiner von uns erkennt dich mehr. Wirst du noch mit mir sprechen, wenn du eine Dame bist und ich ein Huhn aus Wiltshire?«

»Tom«, brüllte Sir John ins Geflüster der Nacht. »Zum Henker, wo steckt der Bengel?«

Lady Margery spreizte hilflos die Finger. »Ich hatte ihn am Kragen, doch er ist mir entwischt, als ich den Käse für Cathie schnitt.«

»Und wünscht unserm Gast nicht Lebwohl? Na warte,

Bürschlein, dir predigt heute noch das Haselholz, was Anstand heißt.« Sir John packte Catherine, die schon auf dem Tritt des Wagens stand, bei der Hand. »Wie so oft muss ich für meinen Tom um Nachsicht bitten. Gib auf dich Acht, kleine Cathie.«

Catherine nickte und fühlte, wie der Stolz auf Tom ihr in der Kehle brannte. Hätte sie Latein gekonnt, so hätte sie Gott beordert: *Herr, mein Gott, beschütze Tom. Mach, dass Sir John ihn nicht allzu arg verdrischt, dass er auf der Fahrt nach Calais nicht ertrinkt und dass der König von Frankreich ihm genug zu essen gibt.*

Ein Wolf war ihr Tom, der sich von Schlägen nicht das Kreuz krümmen ließ. Sie hingegen hockte in braunes Gewand verschnürt beim Gepäck und hörte den sich wälzenden Rädern zu. Was unterschied sie von den Schafen, die Wulf Halls Schäfer nach Bedwyn auf den Viehmarkt trieben? Nichts, nur dass sie, statt zu blöken, auf die sinnlosen Fragen der Tante schwieg.

»Was hältst du da eigentlich auf dem Schoß, Catherine? Warum legst du das Ding nicht beiseite und machst es dir bequem?«

Und das unterschied sie. Das längliche Brett mit dem Griff aus Leder, das sie mit den Fäusten umklammert hielt. Kein Schaf wüsste damit etwas anzufangen. Das Brett war auf einer Seite mit Papier bespannt und zum Schutz mit Horn überzogen. Eine Buchstabentafel. Auf dem Papier standen in sorgsamer Handschrift aneinandergereiht die Lettern des Alphabets und darunter ein Text auf Lateinisch. Ein Gebet. *Pater noster, qui es in caelis.* »Ich habe bemerkt, dass du nach meinen Büchern schaust«, hatte Edward zu ihr gesagt, in Wulf Halls Hof, am vergangenen Abend. »Nimm dies, um lesen zu üben. Es kann dich trösten, wenn du dich verlassen fühlst und nicht weißt, ob du Mensch bist oder Tier.«

Catherine spürte, wie ihre kurz gebissenen Nägel sich ins Holz gruben. »He, Mädchen, ich habe dir eine Frage gestellt. Bist du zu allem Unglück auch noch taub?«

Zumindest wäre ich dann kein taubes Schaf, dachte Catherine und sah von der fliegenden Landschaft fort, auf das Holz in ihrem Schoß.

Palast von Greenwich, am 12. April 1522.
Liebste Catherine,

Nun stand es da. Nan Parr musste sich die Hand auf den Mund pressen, um nicht aufzujubeln. Sie legte keinen Wert darauf, die Aufmerksamkeit der übrigen Mädchen, die sich über Stickzeug beugten, der Mutter oder gar der Erzieherin auf sich zu lenken. Eilig streute sie Löschsand auf das Blatt, um die kostbaren Lettern nicht wieder zu verlieren. Dann hielt sie inne. Über dem Schreibpult stand ein Fenster offen.

Die Bäumchen, die den Weg zum Fluss hin säumten, blühten rosaweiß. Zum zweiten, nein, schon zum dritten Mal, seit Nan unter den Töchtern der Hofdamen lebte und mit ihnen von Palast zu Palast zog. Das dunkle Richmond war ihr ein Gräuel, im Vergleich dazu kam Greenwich einer Wohltat gleich. Auch wenn das Schloss eher zweckdienlich als liebevoll ausgestattet war, gab es hier Tanz und Vergnügen, Barkenfahrten auf dem Fluss, glänzende Kleider und ebensolche Stimmung. Ein wenig Zauber. Nan wünschte, sie hätte etwas davon einfangen und für ihre Schwester aufs Papier bannen können.

Liebste Catherine,

endlich schreibe ich Dir wieder. Sei nicht böse, dass es so lange gedauert hat. Ich bin eine faule Schreiberin, sagt Master Vives, und außerdem wusste ich, seit Will fort war, nicht, wie ich einen Brief an Dich versenden sollte. Aber jetzt ist ja Will aus Frankreich zurück. Will sagt, er wird einen Boten finden, der den Brief zu Dir trägt.

Ja, Will ist wieder hier und mit ihm ein ganzer Schwarm Jungvolk, auch Ned und Tom Seymour aus Wulf Hall, erinnerst Du Dich? Ned ist ein Stockfisch, der seine Nase nicht aus seinem Buch bekommt, aber Tom ist lustig. Sein Haar ist röter als Blutsuppe. In Frankreich hat er einen Tanz gelernt, bei dem man sich im Luftsprung einmal um sich selbst dreht.

Die Jungen sind nach England zurück beordert, weil Frankreich den Friedensvertrag gebrochen hat und es nun Krieg geben soll. Hier in Greenwich spricht aber keiner vom Krieg, sondern alles vergnügt sich. Auf den Gängen hört man Lachen und sieht endlich mehr junge Leute als alte.

Mir geht es gut. Tom Rotschopf, dem alle Jungfern Briefe schreiben, hat gesagt, ich werde hübsch. Zu Pfingsten gibt es ein großes Turnier, und der König selbst tritt in die Schranken. Schade, dass Du nicht herkommen und den König sehen kannst. Er ist der prächtigste König der Christenheit, nur leider ist die Königin hässlich und einhundert Jahre alt.

Feste Finger schlossen sich um ihre Schultern. »Woran schreibst du denn, Nan?«

Nan schrak zusammen, dass ihr die Feder aus der Hand fiel. Über das reine Blatt und gut die Hälfte der Zeilen ergoss sich eine schwarze Lache. »An meiner Arbeit«, stieß sie hastig heraus, »eine Übung, die Master Vives mir aufgegeben hat.«

Sie wusste selbst nicht, warum sie der Mutter nicht sagen mochte, dass sie an Catherine schrieb. Weshalb hätte diese es verbieten sollen? Sie kam ohnehin nur selten in die Räume der Mädchen, überließ Nans Unterweisung der Erzieherin und hätte sich um den Brief wohl kaum geschert. Dennoch hatte Nan sogar ihrem Bruder Will das Versprechen abgenommen, keiner Seele etwas zu erzählen. Nur Ned Seymour. Den brauchte Will, um den Boten zu besorgen, aber Ned war schon ein Mann und hatte Besseres zu tun, als Kindereien an Maud Parr auszuschwatzen.

»Sehr gut«, sagte die Mutter. »Es freut mich, dass dir der Unterricht bei Master Vives von Nutzen ist.«

Er ist mir ja gar nicht von Nutzen, wäre es Nan fast entschlüpft, aber die Mutter hatte ihre Schultern schon losgelassen, drehte sich um und verließ den Raum. Nan atmete auf. Kurz sah sie hinaus in den sich rötenden Himmel, schluckte den Brocken hinunter, der ihr die Kehle verklumpte, und griff nach der Feder.

Liebe Catherine,

Du musst nicht böse sein, dass mir Tinte auf den Brief ge-

flossen ist, denn was ich geschrieben habe, war alles falsch. Es geht mir nicht gut. Ich bin traurig, weil Du nicht bei uns bist. Tom sagt, wenn Pfingsten vorbei ist, fahren wir nach Wulf Hall und besuchen Janie und Liz. Janie, sagt Tom, mag nicht bei Hof sein. Ich mag bei Hof sein, ich tanze gern, aber manchmal ist mir, als wäre ich hier ganz allein. Ich wünschte, Du könntest mit uns nach Wulf Hall kommen. Ich schreibe Dir bald wieder. Bitte schreib mir auch. Deine dich liebende und vermissende Schwester Nan Parr.

Das Gasthaus war ein gewöhnliches, zweistöckiges Gebäude am Ende der Straße. Die *White Horse Tavern* glich unzähligen Trinkstuben in unzähligen Marktflecken Englands. Dem Reiter aber, der schweißbedeckt sein Pferd um die Biegung lenkte, schien der helle Stein durch den trüben Sommertag zu leuchten. Sein Pferd zügelnd, wandte er sich an seinen Begleiter: »Da vorne ist es, Tom.«

»Der Hölle sei Dank. Ich dachte schon, ich müsste wie ein Kröterich vertrocknen, weil mein Bruder mir nicht glaubt, dass dem Dürstenden eine Schenke so gut ist wie die andere.«

Edward lachte. »Du bist kaum siebzehn. Es sollte geistige Nahrung sein, nach der du dürstest.«

»Geistige Nahrung?« Sein Bruder zog die linke Braue in die Stirn. »Ist das giftig? Wird mein zarter Magen davon krank?«

Edward schlug mit dem Zügel nach ihm, Tom wich geschmeidig aus und sprang vom Pferd. Als Edward es ihm nachtat, stolperte er und fiel dem Bruder in den Arm. Von einem Glückssturm übermannt, umschlang er ihn. »Danke, dass du mitgekommen bist.«

»Geschenkt, mein Bester. Oder sagen wir, verkauft um den Preis von einer Kanne Ale.«

Mit Tom zu lachen, diesem Ausbund von Kraft die Schultern zu klopfen, tat so gut, wie Erasmus zu lesen, wie im Kreis gelehrter Männer beim Gespräch zu sitzen, wie an Wulf Hall zu denken. War er kein glücklicher Mann? Was mehr konnte sich ein Kerl von neunzehn Jahren, vor dem das Leben sich wie ein frisch bebauter Acker dehnte, wünschen? Er war in Cambridge, seinem Cambridge, sein Freund erwartete ihn, und er hatte seinen Bruder bei sich. Tom wand sich los und boxte ihm gegen die Schulter. »He, du könntest noch eins drauflegen, wenn das Geld dir heute locker sitzt. Ein paar herzige Mädchen wird es in deiner Gelehrtenschenke ja geben, oder etwa nicht?«

»Tom!«

Der Bruder zuckte die Achseln. »Ich bin aus Fleisch und trüben Säften, fürcht ich, nicht aus Leim und blässlichem Papier.«

Die Tür der Schänke wurde aufgedrückt. Heraus trat ein Mann in dunkler Kutte. »Die Brüder Seymour, nehme ich an? Doktor Cranmers Gäste?« Der Mann streckte Edward die Hand hin. Sein Gesicht unter der Tonsur war vollkommen rund wie bei einem, der gern Bier trinkt und herzlich lacht. »Tretet ein ohne Furcht. Man schenkt Ale aus und spricht gesalzenes Englisch, auch wenn manch böse Zunge unser Haus ›Klein-Deutschland‹ schimpft.«

Vor Verlegenheit vergaß Edward, die Hand zu ergreifen.

»Deutschland? Ist das nicht da, wo prall der Wein auf sanften Hügeln sprießt?« Die Bewegung, die Tom beidhändig vor seiner Brust vollführte, ließ keinen Zweifel daran, was für Hügel er meinte.

Der andere hatte ein Lachen wie Gewitterdonner. Er klatschte Tom seine Pranke auf den Rücken. »Als Augustiner dürfte ich mir darüber kein Urteil anmaßen. Aber mein kleiner Finger sagt mir, dass Ihr Recht habt, junger Freund. *Honi soit qui mal y pense.* Gestattet? Ich bin Robert Barnes, der Augustiner-Prior von Cambridge.«

»Tom Seymour aus Wiltshire. Und dieses schüchterne Gestänge ist mein Bruder Ned.«

Barnes winkte einem Knecht, der ihnen die Pferde abnahm, und führte Edward und Tom ins Dunkel der Wirtschaft. Der Tag war heiß gewesen, drückend, als drohe ein Sturm. Unter der niedrigen Decke des Schankraums hing die Hitze wie ein Klumpen. Edward holte Atem. Es roch nach Rauch, Bier und gesottenem Gemüse. Nur wenige Tische waren besetzt. Im Winkel hinter dem Tresen erspähte er seinen Freund mit zwei Männern. Kurz spürte Edward Enttäuschung, weil sie nicht allein sein würden. Dann erhob sich der andere und lächelte ihm durch die Düsternis des Raumes zu.

Tom stieß ihm den Ellenbogen in die Seite. »Ist er das? Dein Griechischlehrer? Ein Mönchlein?«

Aber Thomas Cranmer war weder ein Griechischlehrer noch ein Mönch, auch wenn er in seinem bodenlangen Rock so aussehen mochte. Als Dozent des Jesus-Colleges trug er sein Haar zur Tonsur geschoren. Edward kannte ihn, seit er im letzten Sommer aus Frankreich zurückgekehrt und nach Cambridge gekommen war, um Griechisch zu lernen. Sein Vater war außer sich geraten, als der Sohn ihm erklärt hatte, er brauche das Griechische für seine Lektüre der Bibel. »Willst du zu allem Unglück jetzt Priester werden?«

Das wollte Edward keineswegs. Wäre es ihm um die Bibel gegangen, die zu lesen dem Klerus vorbehalten war, so hätte ihm sein Latein genügt. Ihm aber lag an der griechischen Ausgabe des Neuen Testaments, die Erasmus bearbeitet hatte. *Sein* Erasmus legte den Lernwilligen das Studium des Griechischen ans Herz, rief sie auf, sich mit einer einzigen Wurzel des Wissens, dem Lateinischen, nicht zufriedenzugeben. Es schmerzte ihn, den Vater zu enttäuschen. Doch dem Rat des Erasmus nicht zu folgen, schmeckte nach Verrat. In einsamen Stunden kam ihm der große Mann wie der Gefährte im Geiste vor, den er weder in Frankreich noch bei Hof und nicht einmal auf Wulf Hall hatte finden können.

Er hatte sich einen solchen Gefährten hier erhofft, in Cambridge, in den Griechischlektionen des Dozenten Croke. Der jedoch schien einer verflossenen Zeit entsprungen und setzte seinen Studenten alles andere als neuzeitliche Seelenbetörer vor. Eines Morgens dann hatte ihn beim Verlassen des Saales ein Mann angesprochen, als kennten sie sich: »Ich glaube, Ihr fühlt Euch nicht gut aufgehoben. Ihr sprächet wohl auch das Griechische lieber nach Erasmus als nach Reuchlin aus? Mein Name ist Thomas Cranmer, ich bin Dozent am Jesus-College. Wenn Ihr wollt, könnte ich Euch unterrichten.«

Edward zögerte keinen Augenblick. Von Anfang an hatte er gewusst, dass seine Stunden in Cambridge gezählt waren, dass er nach einem einzigen seligen Sommer zurück an den Hof und zu seinen Pflichten als Gutserbe musste. Er hatte sie in sich aufgesogen, alle Augenblicke in Cranmers Gesellschaft, all die Stille, in der die Schwere uralten Wissens hallte und er ihr zuhören durfte. Mit Cranmer über Platons *Politeia* gebeugt, fühlte er sich einmal nicht linkisch, nicht fehl am Platz. *Denken befreit*, lautete einer der Grundsätze, deren Klang er liebte und die er seit der Knabenzeit seinem Bruder vorgesprochen hatte. Jetzt spürte er am eigenen Leib das Leben, das darin steckte, und wollte es herausschreien, wie Tom es zu tun pflegte. Er erzählte es Cranmer, sie traten ans Fenster und flüsterten es in den Sommerregen. *Denken befreit.* An diesem Tag begann ihre Freundschaft.

Der Dozent war fünfzehn Jahre älter als er und hatte mehr Leid hinter sich, als Edward sich vorzustellen wagte. Er war ein Verstoßener, ein Mann ohne Familie. Edward hätte um nichts auf der Welt ohne seine Familie sein wollen. Seine Schar auf Wulf Hall mochte ihn mit Spott zu Tränen reizen, aber sie hätte sich durch nichts, was er tat, von ihm trennen lassen. Er war ein Teil von ihr, gehörte dazu, wie jeder Birnbaum zum Garten.

Wie hatte er sich darauf gefreut, dem Freund seinen Bruder vorzustellen. Das Jahr über hatte Edward keine der raren Gelegenheiten zu einem Besuch in Cambridge ausgelassen, und nun hatte Cranmer ihm geschrieben: Er sei zum Doktor der Theologie ernannt, wolle gern mit Edward einen bescheidenen Becher teilen, und dieser solle doch den viel gepriesenen Bruder mitbringen. So standen sie hier. Er und Tom und der Augustiner Barnes, und am Ende des Schankraums wartete Cranmer. »Weiber sehe ich hier keine«, zischte Tom und zog ihn weiter.

»Halt den Mund.« In Edwards Stimme schwang Jubel.

Die Männer am Tisch erhoben sich. Der frisch gekürte

Doktor ergriff Edwards Hand. »Mein Freund. Wie schön, dass Ihr es einrichten konntet. Und Ihr müsst mein Namensvetter, der Bruder Thomas, sein.«

»In der Tat. Aber mit Bruderschaft habe ich nichts am Hut. In einem Bett mit zu viel Platz kann ich nicht schlafen.«

Ehe Edward etwas einwerfen konnte, brachen alle vier Männer in Gelächter aus. »Das verdenke ich Euch nicht.« Cranmer trank Tom zu. »In der Tat frage ich mich nicht selten, warum mein Nachtlager eigentlich so kalt sein muss.«

Vor Schrecken schlug Edward die Hand vor den Mund. Cranmer bemerkte es und schüttelte den Kopf. »Keine Sorge, mein Lieber. In diesem Kreis versteht mich niemand falsch. Wir sind unter Freunden. Erlaubt Ihr, dass ich Euch bekannt mache? Der werte Barnes, der Gründer unserer Runde, hat Euch bereits begrüßt, und hier habt Ihr seinen unentbehrlichen Sekretär.«

Mit einer Kopfbewegung wies er auf einen älteren Mann im Priesterrock. »Miles Coverdale«, nannte dieser seinen Namen. »Ich bin erfreut, auch wenn ich gleich wieder aufbrechen muss.«

»Nein, wartet, Miles«, rief der Vierte, ein völlig unscheinbarer Mann, dazwischen. »Ich habe Euch etwas zu sagen. Es ist wichtig.«

»William, ich bitte Euch.« Rasch schwenkte Coverdale den Arm in Richtung Edward und Tom. »Nicht jetzt, nicht hier.«

»Warum denn nicht? Vor den Gästen unseres lieben Cranmer habe ich nichts zu verbergen. Verzeiht.« Der kleine Mann lächelte, und das farblose Gesicht verwandelte sich. »Ich vergaß, mich vorzustellen. William Tyndale ist mein Name. Bis vor drei Tagen war ich Privatlehrer in einem Haushalt in Sodbury.«

»Bis vor drei Tagen? Was soll das heißen, William?«

»Wollen wir uns nicht erst einmal setzen und noch Getränke kommen lassen? Es ist ein heißer Tag.«

Edward starrte den kleinen Mann an, ohne sich erklären zu können, worin dessen Zauber bestand. Seine Stimme war leise, verhuscht. Dennoch schien ihm nichts von der Scheu anzuhaften, die Edward und sogar seinen klugen Freund Cranmer quälte. Dieser war zum Schanktisch gegangen, um frisches Ale zu holen. Ungeniert griff Tom nach einer der auf dem Tisch verstreuten Schriften. »Oho, ist das nicht verboten? Ich dachte, man hätte Papiere dieser Art jüngst mit mächtigem Wirbel verfeuert.«

Edward spähte über seine Schulter. Im nächsten Moment hatte er Tom die Schrift entrissen. »Wer hat dir gesagt, was das ist?«

»Ach, du weißt doch: Was verboten ist, interessiert mich sozusagen brennend.«

Bestürzt hörte Edward den kleinen Tyndale lachen. Er selbst saß wie erstarrt mit der Schrift in der Hand. *De Babylonica Captivitate* stand in verwischtem Druck auf dem Deckblatt. *Abhandlung von Doktor Martin Luther*. Einer der Texte, die John Fisher, der Kanzler von Cambridge, als Satanswerke ins Feuer geworfen hatte. Cranmer kam zurück und verteilte Becher. Sacht landete seine Hand auf Edwards Schulter. »Bitte erschreckt nicht, mein Lieber.«

»Ihr ... ihr seid Lutheraner?«

»Wir sind Männer, die sich gern ihr eigenes Urteil bilden.«

»Aber das kann Euch den Kopf kosten!«

Cranmer ging zu seinem Platz und setzte sich. »Ihr kennt mich, Edward. Ich bin ein vorsichtiger, ach was, ein feiger Mann. Wer aber soll sich daran stören, was ein paar bedeutungslose Gelehrte in Cambridge lesen?«

»Und wenn sich jemand daran störte?« Alle Köpfe wandten sich Tyndale zu, dessen Gesicht hinter seinem Becher fast verschwand. »Fändet Ihr das rechtens, mein Herr aus Wiltshire, dass man einem klugen Mann wie Euch vorschreibt, was er liest?«

Edward hörte sein Herz pumpen. Er wollte den Kopf schütteln, diesen Männern beweisen, dass er Mut besaß, aber sein Kopf saß wie festgeschraubt zwischen erhobenen Schultern. »Nein«, kam es stattdessen von Tom, der sein Haar in den Nacken schüttelte und ihm die Schrift aus den Fingern pflückte. »Ich lese, was ich will. Zumindest, wenn ich nichts Besseres zu tun habe.«

Tyndale hob den Becher und strahlte. »Gott lasse Burschen von Eurem Schlag wie Pilze aus Englands Erde sprießen.«

Tom trank, musste lachen und prustete einen Sprühregen von Ale mit aus. »Ich fürchte, dem ist das alte England nicht gewachsen. Also los, heraus mit der Sprache. Was hat's auf sich mit dieser babylonischen Gefangenschaft?«

Tyndale, der sich offenbar prächtig vergnügte, wollte Antwort geben, aber Cranmer hob die Hand und sprach selbst. »In dieser Schrift wendet Doktor Luther sich gegen Kirchenmänner, die dem Volk nicht den Willen Gottes, sondern ihren eigenen aufzwingen.«

»Aber der Wille der Kirche ist der Wille Gottes.«

»So sollte es wohl sein, Edward«, erwiderte Cranmer ruhig. »Aber gesetzt den Fall, es wäre nicht so – welche Möglichkeit hätte der Mann auf der Gasse, der Mann am Pflug, an der Schlachtbank, sich zu vergewissern?«

»Ganz genau, ganz genau!« Tyndale sprang auf, dass sein Becher hüpfte. »Darüber wollte ich mit Euch sprechen. Nein, Miles, geht noch nicht, es ist wichtig, dass Ihr dies mit anhört.« Im Niedersetzen zog er den im Aufbruch befindlichen Coverdale zurück auf die Bank. »Tag und Nacht habe ich zu Gott um eine Antwort gefleht: Was soll ich mit meinem Leben beginnen, wie soll ich Dir, mein Schöpfer, dienlich sein, mein England aus der Nacht zu führen? Gott hat meine Gebete erhört. Ich habe meine Stellung aufgegeben und gehe nach London, um zu tun, was ich tun muss. Im Griechischen bin ich bewandert, und Hebräisch kann ich lernen. Ich werde das Wort meines Herrn in die englische Sprache übersetzen, damit jeder Mann und jede Frau im Land sich daran stärken kann.«

Es wurde so still am Tisch, dass die gedämpften Gespräche der übrigen Gäste, das Scharren ihrer Schemel und das Klappern von Zinndeckeln sich in Edwards Kopf zu einem Rauschen mischten. Ewig schien es zu dauern, bis der freundliche Mönch Barnes seine Pranke über die kleine Hand Tyndales deckte. »Wer Euch kennt, mein Waghals William, weiß, dass Euch nichts davon abbringen wird. Ich wette sogar, Ihr habt längst angefangen.«

Tyndale nickte. »Ich musste doch ausprobieren, ob ich es kann.«

»Und könnt Ihr?«

Der kleine Mann zuckte die Schultern. »Die Vorlage unseres Erasmus ist so trefflich, dass sie sich wie von selbst ins Englische schmiegt. Die Heilige Schrift verlangt nach einer englischen Stimme. Sie hat lange genug darauf gewartet.«

»Und Männer genug sind dafür gestorben«, hörte Edward Cranmer an seiner Seite murmeln. »Ihr seid mein Freund, William. Ihr wisst, wie sehr ich mir die englische Bibel wünsche. Aber ich möchte Euch nicht brennen sehen.«

Edward wollte etwas sagen, etwas Kluges, Bemerkenswertes, aber die Worte steckten in der Kehle fest. Zu ungeheuerlich war der Gedanke, zu ketzerisch, zu wundervoll. Wie so oft ergriff statt seiner Tom das Wort. »Eine Frage hätte ich, Master Tyndale. Ihr sagt, nicht nur jeder Mann, sondern auch jede Frau soll Eure Bibel lesen. Aber wo gibt's denn Weiber, die sie lesen wollen? Meine Schwester Janie stichelt lieber Krausen an Hemdkragen.«

Spannung löste sich in verhaltenem Gelächter. »Gott segne Eure Schwester«, sagte Tyndale. »Aber Ihr seht mir nach einem Jungspund aus, der sich auf Mädchen versteht. Wisst Ihr wirklich keines, das zum Buch statt zur Nadel griffe, wenn es die Wahl hätte?«

Einen Herzschlag lang schien selbst der um kein Wort verlegene Tom verblüfft. Dann platzte er heraus: »Doch, eines weiß ich. Und Ihr habt ganz Recht. Übersetzt die Bibel und bringt beim König durch, dass, wer Lust hat, darin lesen darf. Dann gebe ich sie der kleinen Cathie Parr, die kann mir erzählen, was drinnen steht.«

»Cathie Parr, ist das Maud Parrs Tochter?« Coverdale erhob sich erneut. »Die lasst besser aus dem Spiel. Lady Maud steht dem Bischof von London nahe, und der hätte wohl kaum viel übrig für das, was Ihr der jungen Dame antragen wollt.«

»Sprecht Ihr von Bischof Tunstall, Miles?« Tyndale packte den Älteren beim Ärmel. »Aber der ist ein guter Mann, gelehrt und aufgeschlossen. Selbst unser Erasmus preist ihn. An ihn will ich mich um Unterstützung wenden, um eine Lizenz, die das Verbot von Übersetzungen der Bibel aufhebt.«

»Ihr müsst wissen, was Ihr tut, William. Ich bitte Euch nur, dem Tunstall und seinem Kumpan More mit Vorsicht zu begegnen.«

»Thomas More? Erasmus' Freund? Das ist nicht Euer Ernst.«

»Erasmus ist ein Mensch und kann irren. Ich muss gehen. Gebt auf Euch Acht.«

»Was Gott mir bestimmt, soll geschehen«, erwiderte Tyndale. »Wenn er mein Leben bewahrt, will ich in die Hand jedes englischen Pflugburschen eine Bibel legen. Wenn er aber anders entscheidet, will ich, dass Ihr, Miles, das Werk für mich beendet.«

Der Sitzende und der Stehende tauschten einen Blick und ein Schweigen. Endlich löste sich Coverdale aus des anderen Griff. »Das werde ich tun«, sagte er. »Möge Gott sich entscheiden, Euch zu schützen.«

In einem Gasthof beim Stadttor hatte Cranmer ihnen für die Nacht Quartier bestellt. Der Freund begleitete sie zu den Pferden. »Gott schaue auf Euch. Ich hoffe, wir sehen uns bald wieder.«

»Warum bewerbt Ihr Euch nicht um einen Platz bei Hof?«, entfuhr es Edward.

Cranmer sandte ihm sein halbes Lächeln. »Dort wäre ein Kauz wie ich fehl am Platz. Menschen machen mir Angst.«

So wie mir, dachte Edward. Cranmer half ihm beim Aufsteigen. »Grämt Euch nicht. Bräuchte Gott uns in vorderster Reihe, so verliehe er uns auch den Mut dazu.« Dann wandte er sich an Tom, der bereits im Sattel saß. »Derzeit ist er mit Euresgleichen besser bedient. Die Schrift Luthers, die Ihr eingesteckt habt, behaltet ruhig. Aber habt Acht, dass kein falscher Blick daraufällt.«

Die Nacht war warm. Durch die schlafende Straße hallte der gemächliche Hufschlag der zwei Pferde. »Ned«, sagte Tom endlich. »Ich kann deinen Bierhausprediger gut leiden.«

»Er dich auch.«

»Ja, seltsam, was? Für gewöhnlich hasst mich das Priestervolk wie Pest und Schweißfieber zugleich.« Der Bruder räkelte sich auf dem Pferderücken wie nach einer langen Nacht im Bett. »Dein Cranmer ist jedenfalls ein Mann nach meinem Herzen und das dicke Mönchlein und der Bibelübersetzer nicht minder. Und weißt du, warum? Weil sie nicht um Brei und Pastete schwatzen, sondern ein Ding beim Namen nennen. Weil sie eingestehen, dass sie Männer sind, die's nächtens zwischen den Schenkeln juckt wie dir und mir.«

Wie dir und mir. Edward schluckte trocken. Der Bruder traf einen Nagel auf den Kopf, aber daran mochte Edward nicht denken. Das Verlangen seines Leibes jagte ihm Furcht ein, ebenso wie das Gewimmel von Mädchen, dem sich bei Hof nicht ausweichen ließ. Am meisten fürchtete er das Mädchen, mit dem er seit seinem achten Lebensjahr verlobt war, Kate Fillol, eine silberblonde Schönheit, in deren Nähe er kein Wort herausbekam. Eilig wechselte er das Thema. »Tom, warum hast du die verbotene Luther-Schrift mitgenommen? Willst du sie lesen?«

»Lesen? Ich?« Wie eine Silberschelle hallte Toms Lachen durch die Stille. »Der Teufel bewahre mich, die ist nicht für mich bestimmt.«

»Für wen dann?«

»Für Cathie Parr. Schickst du sie ihr, mein Bester? Deine Handschrift ist ohnegleichen, und du weißt doch, wie faul ich bin.«

Das Kleid lag auf den Dielen aufgefaltet. Es war zumindest nicht braun, sondern von einem matten Violett, das hier und da ins Schwarz spielte. Ein Winterkleid aus schwerem Samt. Vor der Fensterluke fiel wie aus Bottichen Schnee.

Ihr erstes Weihnachtsgeschenk. Catherine hätte jubeln sollen. Auch Maud, die Base, hatte das gesagt. »Wie großzügig von deiner Mutter! Ich würde jubeln, wenn ich ein solches Kleid bekäme.«

Am Morgen, als der Bote trotz der Stürme Horton Place erreichte und mit den Briefen vom Hof das Paket für sie brachte, war Catherine zum Jubeln zumute gewesen. Die Christnächte waren vorüber, aber das Geschenk war doch gekommen. Nan hatte also getan, was Catherine ihr aufgetragen hatte: *Sage Mutter, sie soll mir ein Geschenk schicken. Es gehört sich so. Ich wünsche mir ein Buch, um Latein zu lernen.«*

In der Kammer, die sie mit Maud teilte, stand ein Schreibpult. Nach Jahren hatte die Tante sich bewegen lassen, es hier aufzustellen. Des Nachts, wenn Maud schlief, hatte Catherine mit ihrem Tafelmesser an der Unterseite ein Brett gelöst, sich ein Fach mit Stoff ausgekleidet und es wieder verschlossen. In dieser geheimen Lade bewahrte sie die Schriften, die Edward ihr geschickt hatte: den Band des Erasmus, den er so liebte, Auszüge aus Thomas Mores *Utopia*, die er in seiner gestochenen Schrift für sie kopiert hatte, und den Aufsatz des deutschen Mönches, dessen Name den Leuten im Halse stecken blieb.

Im Haus der Tante gab es keine Bücher, nur eine englische Ausgabe von Voragines *Legenda Aurea*, einer Sammlung von Heiligengeschichten, die Catherine mit ihren grellbunten Bildern und der hölzernen Wortwahl wie ein Buch für Kinder erschien. Edward, der bei Hof lebte, fand schon lange keine Zeit mehr, ihr Neues zu senden. Zeit aber hatte Catherine in Hülle und Fülle. Wenn sie das Lateinbuch bekam, würde sie lernen, bis die Schriften sich ihr auftaten, bis sie Gott um Hilfe bitten konnte: *Herr, mein Gott, deine Tochter Catherine ruft aus dem Elend. Nimm dich meiner an, bring mich zurück nach Wulf Hall.*

Sie hatte das Tuch von dem Paket gezerrt und den Tadel der Tante eingesteckt: Für eine adlige Jungfer von bald fünfzehn Jahren gehörte sich keine solche Gier. »Dein Bruder William ist mit der Erbin der Bourchiers verlobt. Soll er sich deiner schämen?«

Catherine zerrte ungerührt weiter. Erst als der Stoff ihr entgegenquoll, wurde ihr klar, dass kein Buch so schlaff in den Händen hing. »Ein Festkleid. Wie charmant. Deine Mutter hat dich reich bedacht, obgleich Williams Verlobung ihr den Beutel auspresst. Und Zeit wird es wahrlich, dass du dich um dein Äußeres mühst, Catherine. Hübsch bist du nicht, und eine stattliche Mitgift, die das wettmacht, wird nicht aufzutreiben sein.«

Catherine hatte die Hände hart ineinander verflochten und war baldmöglichst mit dem Geschenk nach oben entflohen. Hier lag es aufgefaltet. Schwarzviolett. Am Hals so tief geschnitten, dass es einen Gutteil ihrer Brust bloß ließe. Die bestickte Bordüre würde alle Blicke auf ihre sich zeichnenden Knochen ziehen, wo bei ihrer Base Maud der Kleidstoff spannte. Jäh packte sie das Kleid am Saum und riss den Samt bis zur Taille entzwei. Erlösung durchflutete sie, als die Muskeln ihrer Arme sich strafften. Das Ratschen des Stoffes gellte triumphal in ihren Ohren.

Als Nächstes hörte sie das Scharren der Tür und dann die Tante, die schrie, als läge statt des Kleides ein Toter am Boden. Fast hätte Catherine gelacht, weil es in ihr so still war und die Tante solchen Lärm dagegen aufbot. »Was hast du getan, du gottloses Geschöpf?«

Schlag mich, dachte Catherine, *das ändert nichts*. Aber die Tante schlug sie nicht, sondern plumpste neben ihr auf die Knie und warf die Hände vors Gesicht. »Warum bist du so ungeschickt, warum? Sticken kannst du nicht, dich nicht einmal wie ein Mädchen gebärden. Ein wenig Grazie im Schritt, ein wenig Locken und Schmeicheln, all das liegt dir fern. Du kannst nicht einmal dein trauriges Büschel von Haar aufstecken, und wenn die noble Frau Mutter sich einmal herablässt, dir ein Kleid zu senden, dann zerreißt du es, noch ehe ein einziger Festsaal dich darin gesehen hat.«

Catherine stand auf. »Auf welches Fest hätte ich denn gehen sollen? Ihr gebt, soweit ich weiß, keines.«

Die Tante sah hoch. »Ein Fest in diesem Haus wäre dir zu nichts nütze. Wie viele ledige Herren, denen ihr Land zweihundert jährlich in Pacht einbringt, kämen schon hierher?« Schwerfällig erhob sie sich, trat zurück und lehnte sich gegen das Pult.

Catherines Herz vollführte holperige Sätze. Was, wenn ihr Pult unter der Last des Tantenhinterns einbrach und seine Geheimnisse preisgab? Die Tante sprach weiter. »Ich fürchte, du begreifst nicht. Dein Unterhalt kostet uns Summen, die dein Oheim nicht ewig aufbringen kann. Vom Vermögen der Parrs sehen wir keinen Schilling, das fließt alles in den Bund mit den Bourchiers.«

In ihrer Not sprang Catherine hinzu, packte die Tante beim Arm und führte sie vom Pult fort. »Ich bitte Euch um Verzeihung, dass ich das Kleid zerrissen habe«, murmelte sie hastig.

Die fleischige Hand der Tante schob sich über ihre. »Ich bitte dich auch um Verzeihung. Nicht du bist gottlos. Die Zeiten sind es.«

Ich bin es doch. Ich kann kein Latein.

»Erst dieser Deutsche, der Ketzerschriften an Kirchentüren nagelt, dann dieser schreckliche spanische Kaiser, der wie Satan ins Heilige Rom einfällt. Und jetzt, wo Hoffnung bestand, dass das Getöse sich legt, heißt es, unser eigener König, unser Henry, Verteidiger des Glaubens, wolle seine Königin verstoßen.«

»Das kann er ja nicht.«

»Nein, das kann er nicht. Aber dein Oheim ist deshalb nach London berufen. Obgleich Schnee liegt. Ich bin heraufgekommen, um dir das zu sagen. Dein Oheim lässt uns wiederum mit all den Sorgen und mit der Suche nach einem Bräutigam für dich allein.«

Catherine ließ den Arm der Tante fahren. »Ihr müsst für mich keinen Bräutigam suchen. Ich suche ihn mir selbst.«

»So, tust du das? Und wen hättest du wohl im Sinn?«

»Tom Seymour von Wulf Hall«, erwiderte Catherine. Gleich darauf entdeckte sie ihre Base Maud, deren Gesicht unterm festgeschnürten Kopfputz im Türspalt steckte. Der Oberkörper quetschte sich hinterdrein. Wie eine Krähe mit Brüsten, fand sie.

Die Tante hüstelte. »An die Seymours erinnerst du dich? Tom ist der Rote, nicht wahr?«

Wenn ich Latein könnte, dankte ich Gott für Toms rotes Haar. Wäre es braun, so bekäme ich wohl nie ein Wort von ihm zu hören.

»Leider wird daraus nichts, denn dein Tom hat keinen Penny im Beutel. John Seymour ist ein kleiner Landeigner, und sein Erbe Edward ist an das Unglücksmädchen Kate Fillol vergeudet.«

Mauds Gesicht schwoll grinsend in die Breite. Wie bei einem Kaninchen runzelte sich ihre Nase. Ein schlachtreifes Kaninchen. Catherine wollte nicht weinen. *Du bist ein tapferes Mädchen,* fuhr sie sich an, doch es half ihr nichts. Die Kaninchenfratze verschwamm bereits vor ihren Augen.

Hinter dem Obstgarten begann der Wald. Beides trennte nur ein Streifen verwildertes Grasland mit kniehohen Halmen, Gesträuch und Wiesenblumen. Das Mädchen rannte. Dort, beim knospenden Rhododendron, wartete ihr Liebster auf sie.

Auf halbem Weg fiel ihr ein, dass er sie womöglich kommen sah und ihre Gangart unschicklich fand. Früher wäre sie niemals gerannt, aber früher war vorbei. In nicht mehr als drei Tagen hatte sich ihr Leben verändert. Sie war es, die sich verändert hatte. Sie hatte ihr Haar nie lose getragen, hatte nie gespürt, wie ihre Hüften mit ihren Schritten schwangen. Sie hieß noch immer Anne, Edward Stanhopes Tochter, aber aus dem blassen Namen war ein Lied geworden, eine Zeile Einzigartigkeit. Übers Jahr, dessen war sie sicher, würde sie Anne Seymour heißen.

Hinter den letzten Birnbäumen sah sie ihn liegen. Er stützte seinen Kopf in eine Hand und pfiff. Zu pfeifen gehörte sich nicht, aber bei ihm gefiel es Anne. Er hatte sein Wams ausgezogen. Unter dem Hemd aus Leinen schimmerte die Haut. Ein Vers fiel ihr ein: *Du schaust auf zu den Sternen, mein Stern. Gern wär ich der Himmel, um auf dich zu schauen aus Augen ohne Zahl.* Anne hatte ihre Freude an Maß und Klarheit der griechischen Sprache, die ihr Vater sie hatte erlernen lassen, weil ihm müßige Kinder missfielen und die Tochter klüger war als ihre Brüder. Obgleich Klugheit und Bildung an ein Mädchen vergeudet waren, da ein Staat wie dieser Frauen an seiner Lenkung keinen Anteil zubilligte. Anne vergaß, langsam zu gehen, und rief den Namen ihres Liebsten. Sein Lachen liebte sie, das zärtliche Silber. Ein wohlerzogener Mann, der eine Jungfer grüßte, zog sich die Kappe vom Kopf, doch Tom Seymour trug nicht erst eine. Sein Haar schimmerte. Anne spürte ein Prickeln in den Fingerspitzen.

Es gab ein Problem mit ihm: Er hatte kein Geld. Aber kein anderer besaß so viel Kraft und Drang. Sir Francis, der Einäugige, bei dem Annes Familie zu Gast war, würde ihn mit nach Rom nehmen, wenn er dort beim Papst für das Anliegen des Königs warb. Ein derart begabter Mann brauchte nichts als eine Gelegenheit, um sich zu bewähren. So wie er tanzte, wie er leibte und lebte, musste früher oder später des Königs Auge auf ihn fallen.

Die Knospen des Rhododendron waren prall bis zum Platzen. Hier und da war schon eine aufgesprungen und dehnte ihre weindunklen Blüten. Tom schlang die Arme um Anne und lachte noch einmal, ehe er sie küsste. Sie wollte sich zieren. Es tat Männern gut, wenn ein Mädchen sich zierte, es stärkte ihr Begehren. Seine Lippen schmeckten wie Schlehenwein und die Höhle seines Mundes noch besser. Sie spürte seine Hand an ihrem Rücken und fand die ihre an seinem Kragen nestelnd. Sein Fleisch war sonnenwarm und fest, dass man hineingreifen musste, ob man sich zierte oder nicht. Er rollte sie auf den Rücken. Einen Herzschlag lang sah sie das Blauweiß des Himmels, dann war sein Gesicht über ihrem, und eine Strähne seines Haars wischte über ihre Stirn.

Ich liebe dich, Tom Seymour, hätte sie gesagt, hätte sein Mund nicht auf ihrem gelegen und ihr die Worte aus der Kehle geküsst. *Ich will dir ein Weib sein, wie kein Mann je eines hatte. Mit einem Weib wie mir weist ein Bursche wie du die Welt in ihre Schranken.* Sie hätte noch mehr gesagt, hätte sein Leib sich nicht über ihren gebeugt. Seine Hände umschlossen ihre Brüste, als wiege er ihren Wert darin, ihre Kostbarkeit. Dann wanderten die Hände weiter, knüpften Bänder auf, schoben schweißfeuchten Stoff beiseite.

Tom, das dürfen wir nicht, hätte sie gesagt, hätte seine blutwarme Haut sich nicht auf ihre geschmiegt. Ihre Gestalt erfasste seine, einen ausladend gebauten Burschen mit gertenschlanken Hüften. *Ich bin eine sittsame Jungfer, Küssen geht an, doch vor diesem musst du mit meinem Vater sprechen.* Sie hätte es ihm gesagt, wäre er nicht in sie gekommen, wie er tanzte, wie er aß und sang, wie er die Welt mit seinen Händen packte. Seine schlehensüßen Lippen versiegelten die ihren, seine blitzenden Augen unter halb gesenkten Lidern waren das Letzte, was sie sah. Ihr Becken wölbte sich. Der Schmerz zergrub sie. Sie hörte sich schreien. Gleich darauf war sie wieder heil und tastete ein wenig verdutzt nach der Nässe, die aus ihr sickerte. Jetzt war sie ein Weib. Tom Seymours Weib. *Du und ich sind ein Ganzes, einst in Hälften geteilt, nunmehr aufs Neue vereint und rund.*

»Du hättest es mir sagen sollen.«

»Was?«

Sie lag auf dem Rücken im Gras, das Mieder offen, die Röcke von Oberkleid und Unterkleid verwirrt. Er saß mit angewinkelten Beinen, spuckte auf einen Finger und rieb sich den strammen Schenkel, um einen Tropfen Blut von seinem weißen Strumpfbein zu entfernen. »Dass es das erste Mal ist, Schätzlein. Ich sehe aus, als hätte ich ein Schwein geschlachtet.«

Zu Annes Entsetzen brach er in silbernes Gelächter aus. Sie hätte ihm alles gesagt, aber das nicht. Nicht das, was er selbst wissen musste, wie konnte er nicht? Er ließ von dem Blutfleck ab, beugte sich über sie und küsste ihr die Augen. »Was soll's mich kratzen, wir hatten es hübsch, wir beide, oder etwa nicht?«

Anne nickte.

»Tu mir einen Gefallen, Schätzlein.« Er strich ihr Haar von der Wange. »Sag mir noch einmal, wie du heißt. Laetitia, oder nicht?«

Annes Welt stand still. Der eisblaue Himmel mit den Wolken.

»Mein Gedächtnis ist grässlich.« Tom Seymour pflückte sich einen Grashalm vom Knie. »In drei Tagen soll ich mit Bryan nach Rom, um den König vom Ehejoch zu befreien, und seit gestern frage ich mich, ob der Papst nun Leo, Hadrian oder Clemens heißt.«

Der Palast stand am nördlichen Ufer des Flusses. *Hampton Court.* In der sinkenden Wintersonne trieb die Barke auf ziegelrote Türme zu. Singend patschten die Ruder ins Wasser. Wenn ein Tropfen aufspritzte und Catherine an der Wange traf, war es, als ritze sie sich an einem Eiszapfen.

Hampton Court. Vom Palast in Greenwich hatte Nan ihr oft geschrieben, aber von diesem nur in ihrem letzten Brief: *Stell dir vor, Kardinal Wolsey hat König Henry sein entzückendes Themseschloss geschenkt. Schon wird alles gerichtet, weil der Hof die Weihnachtstage dort verbringt. Es soll prächtiger sein als Richmond und Greenwich und allerliebst wie kein Zweites.* An dieser Beschreibung gemessen, war der Palast nicht groß, aber wie er seine Ziegelröte in den Himmel warf, wie er die schlanken Türme reckte, die Banner und Wimpel schwang, war er so schön, dass es Catherine ins Herz schnitt. Sie wollte den Anblick nie vergessen.

Dass sie überhaupt hier war, mit Oheim, Tante und Base in einer Mietbarke, die sie die Themse hinunter zur Zwölfnachtsfeier des Königs brachte, kam nach all den Hindernissen einem Wunder gleich. »Wenn du dich anstrengst und dein Festkleid flickst, reisen wir zur Weihnacht nach London«, hatte die Tante gelobt, noch ehe der Frühling begann.

Zur Rosenblüte war das Kleid geflickt, doch es gab neue Klippen: »Der König hat wahrhaftig Boten nach Rom geschickt, um den Heiligen Vater zu bedrängen. Der soll seine vor Gott geschlossene Ehe für nichtig erklären. Das lasst euch gesagt sein, Mädchen: Wird eine solche Untat begangen, so setze ich in diesen Pfuhl von Hauptstadt keinen Fuß.«

Maud war in ein Geheul ausgebrochen, und Catherine hatte sich in ihrer Kammer an ihr Pult gesetzt und aus dem Fenster gestarrt. *Wenn ich Latein könnte, würde ich Gott anflehen: Herr, mein Gott, lass diesen König diese Königin behalten, nur bis zur Weihnacht, danach tu, was Du willst. Lass mich nach London reisen und meine Schwester sehen, einen einzigen Menschen, der zu mir gehört.*

Mit den Herbststürmen kam die Entwarnung. Was in Rom geschehen war, wusste niemand genau. Vielleicht war ja auch all das Gespinst über die Auflösung königlicher Ehen nur der Missgunst der Tante entsprungen. Als es viel zu früh im Jahr zu schneien begann, hatte diese eine neue Schwierigkeit entdeckt: »Wenn sich das Wetter nicht ändert, reise ich nicht.« Kaum hatte sie dies bekundet, ließ der Schneefall nach. Trockenes Reisewetter hatte sich eingestellt, und der heutige Abend war geradezu mild. Catherine konnte noch immer kein Latein, aber womöglich würde sie bei Hof jemanden finden, der ihr ein Buch zum Lernen gab. Dann wollte sie Gott danken: *Herr, mein Gott, Dein Name sei gelobt. Eines Tages schreibe ich selbst ein Buch, auf dass Mädchen wie ich zu Dir sprechen können.*

Hampton Court war noch nicht fertig umgebaut, es gab keine Räume, um Gäste wie die Parrs zu beherbergen. Somit verbrachten sie die Feiertage nicht bei Hof, sondern fuhren nur zu Zwölfnacht, zum großen Festbankett, hinüber. Bis dahin wohnten sie in Blackfriars, im Stadthaus der Familie. Das Haus, in dem sie als kleines Kind gelebt hatte, weckte in Catherine keinerlei Erinnerung. Einzig die Kälte kam ihr vertraut vor. An ihre Kindheit gemahnte etwas anderes, ein Wort, das Bilder beschwor: Wulf Hall.

Womöglich hatte sie aber die Bilder von Wulf Hall nur ersponnen, wie zum Kummer der Tante so vieles: »Du lebst in deiner verschrobenen Welt, und von der Wirklichkeit willst du nichts wissen. Von diesem Bankett versprichst du dir den Himmel, dabei wirft gewiss kein Bewerber auch nur ein Auge auf dich in deinem Flickenkleid.«

Catherine straffte die Schultern und zog den Reisemantel vor dem schlaffen Brustlatz zusammen. *Was schert es mich!*

Dieser Augenblick war die Wirklichkeit: Ein ziegelrot in den Abendhimmel ragendes Gebäude, das sie mit wehenden Bannern willkommen hieß. Sie war stark und jung, und war nicht alles möglich in der zwölften Nacht? »Da vorn legen wir an!«, rief die verzückte Base. Gardisten mit Fackeln säumten den Bootssteg. Von den Türmen her erklang Musik.

Die zweite Nacht

Camelot
1529

*In der zweiten Nacht des Christfestes
schenkte mir mein Liebster
zwei Turteltauben.*

Auf dem Gang hatte die Tante dem Oheim zugeraunt, der König hätte wie gewöhnlich die Weihnachtsfeiern in Greenwich begehen sollen. »Dieser Saal ist in Wahrheit nicht groß genug, und die Küchen sind für Gäste in solcher Zahl nicht gerüstet.«

Es war der größte Saal, den Catherine je gesehen hatte. Wachskerzen, dicker als Arme, erhellten ihn, als sei es Tag. Durch die vielfarbigen Fenster sandte die Nacht ihr Geheimnis. Die Dreikönigsnacht. Die zwölfte. Es war ein Saal, um Schritt und Atem anzuhalten, um ein Bild mitzunehmen in die Trübnis von Horton Place. Der Saal schwebte in einer Wolke von Nelken und Rosenwasser, er wiegte sich zu einem Summen, das von gezischelten Gesprächen der Gäste, vom Geraschel ihrer Kleider und vom Geknister des Weihnachtsholzes im Feuer stammte.

Catherine hätte die Verwandten ziehen lassen und abwarten wollen, bis die glitzernden Punkte sich zu einem Bild fügten, bis sie im Gewirr der Gesichter womöglich eines fand, das sie erkannte. Die zwei Gardisten im Türbogen aber winkten sämtliche Ankömmlinge tiefer in den Saal. Sobald Catherine ins Licht trat, vernahm sie Musik von der Galerie. Der geschmückte Saal, der Sog der Zwölften Nacht schlang sie auf.

»Warum sitzen wir so weit vom Podium des Königs?« An dem mit Wintergrün geschmückten Tisch, den ihnen ein Bediensteter wies, war kaum noch Platz. Die beleibte Maud und ihre Mutter hatten Mühe, sich zwischen die Sitzenden zu quetschen. »Ich werde nicht sehen, welche Farbe die Königin trägt.« Catherine glitt so unauffällig wie möglich neben einen Herrn. Erlöst entspannte sie die Beine, da verstummte das Summen, und alles kniete nieder wie an Schnüren. Trompetenklang schnitt ins Schweigen.

»Henry, König von England, und Königin Catalina.«

Geleitet von sechs Leibgardisten, schritt das Paar durch die Gasse zum Podium. Der König war sehr groß, die Königin hingegen war klein und trug schwarz. Catherine erhaschte einen Blick, einen Schwall schweren Duftes, dann war der Tross vorbeigezogen. Befreit platzte Lärm los, plumpsten Gesäße zurück auf Bänke. Gleich darauf trugen Aufwarter die Speisen auf.

Schweinsohren in Presskopf, auf Lorbeer gerichtete Wachteln, Blutsuppe, Karotten in Butter, Pasteten unter goldbrauner Kruste. Das war der erste Gang. »Ist es gestattet, sich bekanntzumachen?«, rief der Herr an Catherines Seite über Geklirr und Geschwätz hinweg. »George Boleyn aus Hever.«

Die Tante beugte sich über die schlingende Maud und stützte ihr Gewicht auf Catherines Schulter. »Mistress Catherine Parr, älteste Tochter von Sir Thomas Parr von Kendal. Wir sind erfreut.«

Damit schien zu Catherines Erleichterung das Gespräch mit dem Herrn beendet. Seit dem Vorabend hatte sie nichts gegessen, und ihre Kehle war wie trockenes Holz, dennoch fühlte sie sich unfähig, zwischen Messern und Fingern hindurch nach Essbarem zu greifen und es sich auf das verzierte Tranchierbrett zu häufen. Maud spülte derweil einen mannhaften Bissen nach dem andern mit reichlich Wein hinunter. Ehe Catherine sich ein Herz fasste, räumte man die Platten und Schüsseln fort und brachte neue, einen Pfau im Federkleid, eine Hammelseite mitsamt dem halben gehörnten Kopf. Ein gewaltiges Gebilde im Teigmantel wurde unter Johlen aufgebrochen, und zum Vorschein kam ein Truthahn, aus dessen Bauchhöhle ein weiteres Flügeltier lugte. Eine Gans im Puter, in der Gans ein Huhn und im Huhn ein Paar aneinandergeschmiegter Tauben. Dazu gab es Austern und Flusskrebse, Karpfen mit Zwetschgen in fettschillerndem Sud, weißes Brot und mit Pfeffer gesottene Zwiebeln. Catherine war übel vor Leere. Neben ihr stieß die Base gurgelnd auf.

Über den Tisch langte ein Arm in blütenweißem Leinen. Aufspritzend klatschte ein Batzen des Karpfenfleischs auf Catherines unberührtes Brett. Jemand lachte. Sie fuhr auf, sah in funkelnde Augen unter halb gesenkten Wimpernkränzen. »Das war nicht mehr mit anzusehen, Mistress. Zu Zwölfnacht mag ja manches möglich sein, aber nicht, dass eine Jungfer Hungers stirbt.«

Ich war ein Kind, durchzuckte es sie. *Zehn Jahre sind vergangen.* Dann ward der Augenblick von einem neuen verdrängt. Der Mann wandte sich seinem Nachbarn zu, dem er ein Hühnerbein aus den Fingern pflückte. Vor Catherine türmte sich das rosige Fleisch des Karpfens. Hunger verspürte sie nicht mehr, zupfte dennoch einen Fetzen ab und schob ihn in den Mund. Es schmeckte, als stecke man die Zunge in Schlamm. *Gib mir etwas anderes,* dachte sie. *Gib mir Himbeeren.*

Obst wurde gleich darauf aufgetragen, auch Käse, Mandelmus, ein zitterndes Farbenmeer von Gelee. Catherines Blick verfing sich im Gewirr des Wintergrüns aus Efeuranken, Buchsbaum und stachligen Blättern der Stechpalme. Lärm brodelte auf, als die Torte gebracht wurde, die Zwölfnachtstorte, in der die glückliche Bohne wartete. Wer sie in seinem Stück fand, war der Bohnenkönig, dem ein Jahr lang das Glück hold blieb. Jäh packte Catherine ihr Messer, drängte andere beiseite und hieb in den schneeigen Guss der Torte.

Mit fliegenden Fingern durchstöberte sie Datteln, Korinthen und Nüsse. Die gaben nichts her. Bohnenkönig an ihrem Tisch wurde der Herr namens George Boleyn, der darob eher verschnupft dreinblickte. Catherine schämte sich, warf die Krumen ins Blättergewirr und tauchte die Hand in die Fingerschale.

Vor dem Podium des Königspaares tauchte ein grünes Getier mit zehn menschlichen Beinpaaren auf, das wohl einen Drachen darstellen sollte. Ein als heiliger Georg gewandeter Höfling ritt auf einem leibhaftigen Schimmel durch den Gang und begann das Mirakelspiel, dem maskierte Gäste sich hüpfend und kreischend anschlossen. Der Drachenleib wand sich, schlug Wellen. Vom Schimmel herab hieb Sankt Georg seine Lanze in die schillernden Schuppen. Auf den ersten Blick schien es Catherine, als sprudele eine Fontäne von Blutstropfen aus dem Schlitz in der grünen Haut. Als aber die Festgäste sich wie Kinder auf die Tropfen stürzten, erkannte sie, dass es sich um kleine, aus rotem Stoff genähte Beutel handelte. Teures Zuckerzeug mochte darin sein oder gar Münzen. Damen und Herren balgten sich.

So schnell wie er aufgetaucht war, so schnell flitzte der erlegte Drache durch eine Seitentür davon. Catherine wollte sich eben abwenden, da entdeckte sie ihre Schwester, die in einem Rudel Mädchen vor der Plattform stand. Eine Jungfer des Hofes, in milchgelbem Kleid, die Kindheit ausgestrichen von zehn versäumten Jahren. Dennoch Nan. Unverkennbar. Aus der strengen Haube sprangen brotbraune Locken. Ehe sie sich besann, rief Catherine den Namen der Schwester über Köpfe hinweg und rannte los.

»Bist du das, Cathie, bist das wirklich du?« Es war die zwölfte Nacht, *erlaubt ist, was wir wünschen, selbst dass ein wohlerzogenes Mädchen quer durch einen Festsaal stürmt, um ein zweites an sich zu reißen.* Nan zu umarmen, war, als hielte man einen Grashüpfer fest. *Ich war einsam,* dachte Catherine und entdeckte, dass man derlei erst denken durfte, wenn es überstanden war.

Der Herr des verkehrten Gesetzes, ein Page im Gewand des Narrenkönigs, sprang auf die Plattform und beorderte das Heer der Aufwarter, Tische und Bänke beiseitezuräumen. »Musik«, schrie er. »Tanz und Lust und Laster! Vergnügt Euch, Ihr traurigen Gesellen, die Kraft der zwölften Nacht vermag alles, was ein Menschenherz begehrt.« Nans Blick stellte Catherine eine Frage, sobald von der Galerie die ersten Töne perlten. Sie schnappte nach Worten, Catherine schnappte nach Worten, da aber keines herauskam, brachen beide in Gelächter aus.

Paare drängten sich zur Pavane in den zu engen Kreis. »Tanzt du denn, Cathie? Habt ihr auf Horton Place getanzt?«

»So gut wie nie. Ich glaube, ich mag es nicht besonders.«

»Wie kannst du das denn glauben? Weißt du nicht mehr, auf Wulf Hall? Du wolltest die ganze Nacht kein Bein stillhalten.«

Catherine vernahm ihr Herz. »Das ist ein Leben lang her. Du warst erst vier, du kannst dich unmöglich daran erinnern.«

»O Cathie, du hörst dich an wie Master Vives.«

»Wer ist Master Vives?«

»Ein herzig schwarz gelockter, aber leider vertrockneter Lehrherr, dem die Ohren glühen, wenn ich um Dinge weiß, die ein gottesfürchtiges Jüngferlein unmöglich wissen kann.«

Ich hatte keinen Lehrherrn. Ich weiß um nichts. Zur erhabenen Weise schritt das Königspaar von der Plattform und eröffnete den Tanz. Dass ihre Schwester in dieser verwirrenden Welt zu Hause war, schien unvorstellbar. »Rasch, Cathie, sie fangen ja schon an! Wenn wir nicht eilen, sind all die knusprigen Bürschlein vergeben.«

In den Reihen der Tänzer, die voreinander dienerten und knicksten, sah Catherine einen blasslockigen Jüngling, der ohne Zweifel ihr Bruder William war. Das Mädchen, mit dem er tanzte, war rundlich wie ein Stundenglas. Nan war ihrem Blick gefolgt. »Ja, das ist unsere Schwägerin, Anne Bourchier, die pralle Annie, wie sie unter uns heißt. Und daneben hast du die spröde Annie, Anne Stanhope, du siehst, von Annies wimmelt es hier. Nicht zu vergessen Annie, das Königshürchen, aber die ist natürlich nicht im Saal, sondern wartet peinlich versteckt unter König Henrys Daunendecke.«

Zu viele Namen, zu viele Splitter von Gedanken. Die pralle Annie hüpfte um William herum wie ein Springkreisel. Die spröde Annie dagegen tanzte, als trüge sie statt des fließenden Kleides eine Rüstung. Sie war schön, bemerkte Catherine. Ein Blickfang. Etwas, das unter Verschwitztem seine Kühle bewahrte, das unter Zerrauftem glatt und unberührt blieb. Neben ihr bewegte sich ein Paar in venezianischen Masken. In jeder Drehung rieb sich die Hüfte der Tänzerin an der ihres Tänzers. »Und da hast du Kate Seymour, die Fillol-Erbin.

Aber der Galan, mit dem sie tanzt, ist beileibe nicht der ärmste Ned.« Nan kicherte. »Wart's ab, diesen Tanz tut sie noch mit, dann verschwindet sie mit ihm, wer weiß, wohin.«

Ned. Edward. Der freundliche Schilfhalm mit den Bücherstapeln war ein verheirateter Mann. In einem Fiedelstrich verklang die Musik. »Nun aber auf.« Nan zupfte sie am Ärmel. »Ich sehe dort einen ganzen Schwarm Herrchen, der sich nach uns verzehrt.«

»Platz«, schrie der Herr des verkehrten Gesetzes, »Platz für die Gaillarde des Königs.« Die Stehenden flohen auseinander. Von ihren Ehrenjungfern geleitet, rauschte die Königin auf ihre Plattform zurück, während der König einer Dame die Hand reichte, die in der Größe besser zu ihm passte. »Die brauchst du nicht anzustarren. Ich sage dir doch, Annie, das Hürchen, ist nicht hier.« *Ich weiß nicht einmal, wer Annie das Hürchen ist*, dachte Catherine und ließ sich von der Schwester in den Kreis der Tänzer zerren, die sich unter Gelächter neu formierten. Ehe sie sich's versah, hatte ein Herr sie bei der Hand gepackt, und die Musik begann.

Ihr Tänzer, dessen gedrungener Rumpf in einer ockerfarbenen Schecke steckte, verbeugte sich. Catherine vergaß zu knicksen. Gebieterisch gab die Trommel den Takt vor, und wie auf einen Zauberstreich setzte das Rund sich in Bewegung. In der ersten Figur zeigte der Herr vor der Dame seine Sprünge, dann war die Dame an der Reihe. Beim Anblick des hampelnden Ockergelben vor ihr schluckte Catherine an einem Glucksen. Hätte sie ihre eigenen Hüpfer sehen können, wäre sie gewiss herausgeplatzt. Sie war entschlossen, beim Wechsel zu flüchten, doch der geeignete Moment verflog. Der Dicke wich zur Seite, und vor ihr verbeugte sich ein Herr in Grau.

Er behielt ihre Hand in der seinen. Auch sprang und hüpfte er nicht, sondern machte aus dem Balzgewirbel einen Schritttanz für Greise. Aber er war nicht alt. Nur müde vielleicht. »Edward Seymour von Wulf Hall.«

Ehe sie ihren Namen nennen konnte, sprudelte er ihm von den Lippen: »Catherine Parr? Die kleine Cathie?« Ihre Blicke prallten aufeinander. Er war der Edward von damals, sah noch genauso ernsthaft und verhungert aus. Er schlug sich die freie Hand vor den Mund. »Ich bitte um Verzeihung, Mistress.«

Hell lachte sie auf, und mitten im Schritt blieben sie beide stehen. »Zu Meister und Meisterin der Gaillarde wird man uns wohl kaum krönen.«

Catherine schüttelte den Kopf. »Die Gaillarde ist mir gleichgültig. Ihr habt mir Bücher geschickt.«

»Das wisst Ihr noch?«

»Ich kann sie nicht lesen.«

Er begriff sofort. »Man hat Euch kein Latein gelehrt? Ich dachte immer, gerade Ihr hättet es lernen wollen.«

»Mich hat niemand gefragt, was ich wollte.«

»Ich verstehe. Wenn Ihr mögt, könnte ich es Euch lehren.«

»Ihr, Sir?«

»Nun, ich könnte für Bücher und einen Lehrer sorgen«, verbesserte er sich. »Bleibt Ihr bei Hof?«

Wieder schüttelte sie den Kopf, heftig, als ließen sich die Tränen wegschütteln, hinter denen der bunte Saal verschwamm.

Eine Hand schloss sich um ihr Gelenk, ein Arm bog sich um ihre Taille. »Was tust du denn mit der Dame, Ned? Stillstehen und Predigten von guten Werken halten?«

Die Musik hob von neuem an. Der Mann zog sie zur Seite, warf ihren Körper an seinen in den Takt. Flötentöne, als flatterten Waldtaubenflügel, Trompetenstöße, als beginne die Jagd. Er ließ sie los, trat einen Schritt zurück und verneigte sich. Von den straffen Schultern floss eine Schaube in Tannengrün. Obgleich kein Mann in Gegenwart des Königs seinen Kopf bedeckte, wirkte sein Haar, das vornüberfiel, ein wenig unverschämt.

»Thomas Seymour von Wulf Hall.«

Sie wollte gar nichts sagen, kein Wort. »Ich weiß«, sagte sie.

Er richtete sich auf. War es Verblüffung, die ihn stocken ließ? Einen Taktschlag später packte er sie um die Mitte und hob sie in die Höhe, schwang sie zu wirbelnden Trommeln und Flöten um seine Achse und setzte sie in der Drehung wieder ab. Sein Lachen klang, als sei es Teil der Musik.

Mit dem nächsten Schritt tanzten sie. Er hatte es sie gelehrt. Es war ein anderer Tanz gewesen, ein anderer Ort, ein anderes Leben, aber die Lust am Springen, das Lastabwerfen und Vergessen, war noch immer gleich. Als sie aus dem Tritt geriet, fing er sie. Unter Leinen spürte sie seinen Arm, der ihr fleischiger, sehniger vorkam als alles, was sich ziemte. Aus der Tiefe, in die sie nicht zu blicken wagte, stieg sein Duft. Stattdessen sah sie in sein Gesicht. Seine Augen wechselten im flackernden Licht die Farbe. Funken in Grün, dann Funken in Braun. Als er die Braue in die Stirn zog, befreite sich ihre Hand. Ihr Zeigefinger berührte die geschwungene Linie. Er hielt den Kopf still. Sie zog die Hand zurück. Dann wechselte der Takt. Tom stemmte die Hände in die Hüften und begann, vor ihr zu springen, dass seine Beine flogen und zwei Damen hinter ihm bewundernd klatschten.

Wir waren Kinder. Wir sind keine mehr. Um seine Waden spannte sich die Seide. Er nahm ihre Hand, drängte sie in die halbe Drehung. »Ihr bleibt jetzt hier?«

»Nein. Wir reisen ab, sobald das Wetter es erlaubt.«

»Und wohin?«

»Zurück nach Horton Place. Wohin wohl sonst, Sir?«

»Ich heiße Tom«, sagte Tom.

»Das weiß ich, Sir.«

Er bot ihr zum Schreiten wie ein züchtiger Jüngling den Arm, aber sah nicht weg. Zwang sie, ihn anzusehen, als hielte er unter einem Birnbaum ihr Kinn umspannt. Es war die Zwölfte Nacht des Jahres 1529. Catherine Parr und Thomas Seymour tanzten die Gaillarde auf Hampton Court. Sie war nicht ganz siebzehn. Seine Augen waren nicht ganz braun. Mit dem Zusammenprall aller Instrumente erstarb die Musik.

Er beugte den Rücken. Griff nach ihrer Hand. »Ich muss mich um meinen Bruder kümmern«, sagte er. »Das heißt, ich muss der Dame, die sich meine Schwägerin nennt, in Erinnerung rufen, wessen Namen sie trägt. Und dir sage ich, wohin du abreist, ob das Wetter es erlaubt oder nicht.«

»Wohin denn, Sir?«

»Ich heiße Tom«, sagte Tom und presste seine Lippen auf ihren Handrücken, als wolle er dort ein Brandmal lassen. Über ihre Finger fiel sein Kirschenhaar.

In dem Schlafgemach, das er mit mehreren Höflingen teilte, hatte Edward keine Ruhe gefunden. Noch vor dem ersten Tageslicht stand er auf und schlich sich durch den Gang in das leer stehende Pagenzimmer. In dem Raum, der an den großen Saal grenzte, hing in Schwaden der Geruch des Festes. Rosenwasser und Bratenwürze, vermischt mit den Säften erhitzter und erregter Leiber. Noch schlief der Tag, hielt die bleiche Wintersonne sich verborgen. Edward entzündete einen heruntergebrannten Talgstumpen und zog einen Brief Cranmers hervor. Aber sosehr er sich mühte, er konnte sich auf das Geschriebene nicht konzentrieren.

In welchen Winkel des Palastes seine Frau nach dem Zusammenstoß mit Tom geflohen war, wusste er nicht. War er ehrlich, so wusste er in den meisten Nächten nicht, wo Kate schlief. Sehr wohl wusste er hingegen, was die Schar der Höflinge über ihn wisperte. Ihn schmerzte der Kopf. Er stand auf, ging in den Andachtserker und kniete vor dem Kreuz des Heilands nieder.

Unter dem Brustlatz zog er ein daumendickes Buch hervor und schlug es vor sich auf. Rasch strich er einen Finger über raues Papier. *Selig sind die Friedfertigen, denn sie werden Kinder Gottes heißen.* Cranmers Lieblingspredigt, aus dem Evangelium des Matthäus. Das Englisch war rein und glänzend wie eine frisch geprägte Münze, und das Wort *friedfertig* hatte der Schreiber selbst seiner Sprache geschenkt. *Selig sind, die Verfolgung erleiden, denn ihrer ist das Himmelreich.*

William Tyndale litt Verfolgung. Um sein Werk, die Übersetzung des Neuen Testaments, zu vollenden und in Druck zu geben, hatte er aus England fliehen müssen. Woher nahm ein Mann, ein so zartes Figürchen wie Tyndale, solchen Mut? Bedächtig strich Edward über die schwarz bedruckte Seite. Das Buch war sein kostbarster Besitz, seit Cranmer es ihm in ein Wams genäht übergeben hatte, weil es bewies, wozu Menschen in der Lage waren, zu Göttlichem oder zu Tierischem, wie der weise Florentiner Pico geschrieben hatte. Auch in ihm, Edward, der vor dem leisesten Geräusch zurückschreckte, waren solche Kräfte angelegt, und er spürte sie, obgleich gewiss kein Mensch sie in ihm erahnte.

Es klopfte an der Tür. Kälte schnitt in Edwards Nacken. Sich aufrappelnd, stopfte er die Bibel unter sein Hemd, so dass die Krause am Kragen einriss. Im Zwielicht stand ein Junge in Pagenuniform. »Master Seymour? Ich ersuche Euch, mit mir zu kommen. Ihr seid zum König befohlen.«

»Ich?« Seine Hand fuhr an sein Herz. Durch den Stoff spürte er den Einband des Buches.

»Folgt mir, Sir.«

Edward ging wie an Schnüren gezogen. *Zum König befohlen.* Am Feiertag und zu solcher Stunde, das konnte nur Arges bedeuten. Auch Barnes, der Prior der Augustiner von Cambridge, war verhaftet und von Kardinal Wolsey vernommen worden, und allein der Verteidigung Coverdales war es zu danken, dass er auf freien Fuß kam und die Insel verlassen konnte. Wer aber stünde auf, um ihn, Edward, zu verteidigen? Sein Bruder Tom, der sich prügeln würde, bis er selbst im Kerker landete, und vielleicht noch Cranmer, ein Stubengelehrter, den kein Mensch kannte. Edward fror. Sie durchquerten den Festsaal, der mit seinen Überresten, den schalen Düften im Zwielicht gespenstisch wirkte. Dann die Vorhalle. *Was für ein Feigling bist du! Hat Tyndale gezaudert, Barnes oder Coverdale?* Edward presste die Hand auf das Buch auf seiner Brust und ging weiter.

Der Page zog eine gepolsterte Tür auf und verneigte sich. »Euer Gnaden, Master Seymour.«

Licht und Wärme lodernden Feuers strömten ihm entgegen. Das Gemach war nicht groß, doch mit seinen Wandteppichen, dem zierlichen Lüster und der vergoldeten Decke bestückt wie ein Schatzkästlein. Der König saß beim Fenster und beendete offenbar sein Frühstück. Vor ihm, in der Schale auf dem Tisch, schwammen Batzen vom Aal in traniger Soße. Übelkeit stieg Edward in die Kehle. Fast erleichtert fiel er auf die Knie.

»Ah, der junge Edward. Kommt näher. Und den Kopf hoch, damit Wir Euch ansehen können.«

Edward hob den Kopf, rührte sich aber nicht vom Fleck. Rechts neben dem Lehnstuhl des Königs stand Kardinal Wolsey, dessen rote Soutane das vom Alter gezeichnete Gesicht betonte. Links stand eine Frau in Gelb, ihr schwarzes Haar bis in die Taille offen. Die Frau, von der halb England redete. *Annie, das Königshürchen.* Anne Boleyn.

»Der Sohn Unseres John, Unseres Waffengefährten in der Schlacht von Guinegatte.« Die Zartheit der königlichen Stimme überraschte Edward nicht zum ersten Mal. »Und selbst schon ein tüchtiger Botschafter in Unseren Diensten, wie Uns berichtet wird.«

»Meinen Dank, Euer Gnaden.«

»Jetzt kommt her, kommt her. Vor dem Kardinal und Unserer liebsten Annie könnt Ihr reden, wie Euch das Zünglein schwingt. Nicht wahr, ihr Teuren?«

Der König bemühte ein Lachen, das aus dem mächtigen Brustkorb wie ein Zirpen klang. Auf schwachen Beinen schlich Edward zum Tisch. Aus der Entfernung hatte es ausgesehen, als stünde Anne Boleyn reglos, jetzt aber erkannte er, dass sie unter dem gelben Rock von einem Fuß auf den andern wippte. Das Aalgericht roch wie der Fluss in der Sommerhitze. »Seht Uns an, Mann!«

Edward sah seinem König ins Gesicht. Auf der rosigen Haut um die Nasenflügel sammelten sich Schweißperlen. »Nun, nun.« Der kleine Mund verzog sich zum Lächeln. »Weshalb hätte ein braver Kerl wie Ihr denn Grund zu zittern? Fürchtet Ihr etwa, Wir zögen Euch zur Rechenschaft, weil Euer Bruder auf Unserm Fest solchen Lärm geschlagen hat?«

»Mein Bruder hat nur...« Edward brach ab und ließ sich wieder auf die Knie fallen. »Ich bitte Euch, Euer Gnaden, lastet Thomas nichts an. Er hat um meinetwillen die Beherrschung verloren.«

Das Zirpenlachen. »Keine Sorge, junger Edward. Wir wissen selbst zur Genüge, dass ein Weib den friedlichsten Mann zur Raserei treiben kann. Ihr habt es übel erwischt mit der Dame Fillol. Womöglich wünscht Ihr gar, Eure Ehe hätte nicht länger Bestand?«

Stumm starrte Edward auf die Einlegearbeit des Bodens.

»Der Tatbestand des Ehebruchs erlaubt Euch, Eure Frau zu verstoßen. Unsere Zustimmung hättet Ihr. Wie aber ist es um die Eure bestellt? Gewährtet Ihr sie einem Mann, der weiß, dass seine Ehe nicht nur ein Fehltritt, sondern schwerste Sünde ist?«

Gegen den Einband der Bibel hämmerte Edwards Herz. »Mir steht in solch gewichtiger Frage keine Stimme zu.«

»Haha, das ist nicht unklug, Herr Diplomat. Was aber, wenn Euer König Euch befiehlt, die Stimme zu erheben? Heraus mit der Sprache, was denkt Ihr über Unsere gewichtige Angelegenheit, über die schließlich jede Kellerratte zwischen diesen Wänden schwätzt?«

»Ich bin kein Kanoniker.«

»Ihr seid ein Bürger Englands, der eine Ansicht darüber haben wird, ob auf der Ehe seines Königs Gottes Segen ruht oder gar Gottes Zorn, da er dieser Ehe einen Sohn verwehrt.«

In der Tat, über diese Frage sprach jeder: Catalina, die spanische Prinzessin, war die Witwe seines Bruders Arthur gewesen, als der achtzehnjährige Henry sie zur Frau nahm. Papst Julius hatte seinerzeit der Ehe die Dispens erteilt. In den zwanzig Jahren darauf hatte die Königin nur eine einzige lebende Tochter geboren, und jetzt lag die Zeit, in der Frauen Kinder empfingen, hinter ihr. Edward faltete die Hände. »Als Bürger Englands wünsche ich meinem König einen Erben«, stieß er heraus.

Der König erhob sich. »Gut gesprochen, wahrlich gut gesprochen. Seht Uns noch einmal an, junger Edward. Dies sind Zeiten, in denen Euer König wissen muss, wer für ihn ist und wer gegen ihn.«

»Wer gegen Euch ist, ist kein Engländer.« *Ist das die Wahrheit?* Wie ein Stockhieb schnellte ihm die Frage durch den Kopf. *Muss ich nicht gegen ihn sein, eben weil ich Engländer bin und Christ, dem das Wort Gottes gilt?* Um den Tisch kam der König auf ihn zu.

»Brav, brav.« Eine Hand schloss sich so fest um seine Schulter, dass Edward jeden Ring an den königlichen Fingern spürte. Gleich würde die Bibel aus seinem Brustlatz rutschen und klatschend auf den Boden schlagen. Tyndales Bibel. Das aus Worms übers Meer geschmuggelte Neue Testament, für das Menschen starben. War die Reihe zu sterben jetzt an ihm? Wie starb ein Mann von fünfundzwanzig, ein Bruder, Sohn und verschmähter Gatte, am Dreikönigsmorgen in einer Wolke von Aalgestank? Er würde Wulf Hall nicht mehr sehen. Seine Frau, die ihn nicht wollte, wäre frei. Zu seinem Entsetzen spürte er in seinem Unterleib ein Pressen. Er musste Wasser lassen.

»He, Mann, habt Ihr Unsere Frage nicht gehört?« Unzart rüttelte die beringte Hand an Edwards Schulter.

»Verzeihung, Euer Gnaden.«

»Gewährt, macht Euch nicht die Hosen nass. Nun noch einmal von vorn: Es heißt, Euch ist ein Dozent des Jesus-College in Cambridge mit Namen Thomas Cranmer bekannt?«

Das also wollten sie. Nicht seinen Tod, sondern Schlimmeres. Er sollte ihnen Cranmer ausliefern, zum Verräter werden an seinem einzigen Freund. Das warme Rinnsal an seinem Schenkel spürend, zwang er sich, den Kopf zu schütteln.

»Ihr kennt ihn nicht? Obgleich man sagt, er schicke Euch, sooft der Hahn kräht, Briefe?«

»Doch, ich kenne Doktor Cranmer. Aber Doktor Cranmer ist nicht…«

»Ausgezeichnet.« Der König ließ seine Schulter los und klatschte in die Hände. »Jetzt hört her, Hasenfuß. Unser Sekretär, Bischof Gardiner, wird noch heute nach Cambridge aufbrechen, um Euren Cranmer an den Hof zu holen. Wir wollen, dass Ihr ihn begleitet. Wer besser als Ihr, ein Freund

und Vertrauter, könnte ihn überzeugen, Unsere Einladung anzunehmen?«

Edward wollte etwas sagen, ein Wort zu Cranmers Rettung vorbringen, aber seine Kehle war zugeschnürt. Von seiner Brust rutschte die Bibel Tyndales, das verbotene Buch, auf seinen Bauch. Der König klopfte ihm die Wange. »Ihr habt zu viel Angst, junger Edward. Euer Freund Cranmer befasst sich mit Unserer gewichtigen Angelegenheit, richtig? Er ist ein kluger Kopf, sagt man, ein gewissenhafter Diener Christi, der sich um die Fragen seiner Zeit Gedanken macht. Wir wollen hören, was ein solcher Mann zu sagen hat. Wenn es taugt, soll es weder ihm noch Euch zum Schaden gereichen.«

Der König hatte gesprochen, als ginge seine Rede die Übrigen im Raum nichts an. Der Kardinal, der an der Lösung der Ehefrage mehrmals gescheitert war, und Anne Boleyn, die Königin von England werden wollte, verzogen keine Miene. »Ihr könnt gehen.« Mit steifen Gliedern erhob sich Edward, derweil das Rinnsal ihm die Wade hinunterlief.

»Rüstet sogleich zum Aufbruch, Gardiner erwartet Euch. Unserthalben nehmt Euren Feuerkopf von Bruder mit.« Der beringte Königsfinger wies zu Boden. »Und vergesst Euer Buch nicht. So liebevoll, wie Ihr es am Busen tragt, ist es ja wohl eine Herzensgabe.«

Edward hätte nicht zu sagen vermocht, wie er aus dem Zimmer und durch die Empfangsräume wieder auf den Gang gelangte. Erleichterung durchströmte seinen Leib in Wellen. *Ich lebe noch. Statt zu sterben, reise ich nach Cambridge, um Cranmer zu holen. Hierher, wo der Puls Englands schlägt, wo Tag um Tag entschieden wird, welches Gesicht die Zukunft trägt. Männer wie Cranmer, wie Tom und ich, werden darüber entscheiden.*

Auf der Suche nach einem Winkel, in dem er sich reinigen konnte, taumelte er den Gang entlang, als er durch den Spalt einer Kammertür die Stimme seines Bruders vernahm. »Bedaure, Geschätzte. Ich schlüge mir ja liebend gern mit Euch den Tag um die Ohren, aber leider bin ich ein gefragter Mann. Unaufschiebbares ruft mich zu meinem Bruder Ned.«

Edward riss die Tür auf und stieß mit Tom zusammen, der schon darinnen stand. Er sah aus, als habe er weder die Nacht durchtanzt noch eine Saalschlacht angezettelt und kannenweise Starkbier getrunken, sondern sich in Daunen rosig geschlafen und dann den Tag mit einem Morgenritt begonnen. Er roch noch besser. Tom wechselte jeden Tag sein Hemd, Janie kam mit dem Nähen nicht nach. Der Kragen stand offen. Sein Haar war zerzaust.

»Ned! Ob du es glaubst oder nicht, gerade wollte ich zu dir.«

Ehe Edward den Mund aufbekam, musste er ausweichen. Eine Gestalt drängte sich durch den Spalt, eine Frau, wie nicht anders zu erwarten. Ihr Blick traf den seinen. Edward zuckte zusammen. Dies war keines der Mädchen, die Tom hinterdreinschwänzelten wie eine Gänseschar ihrem bloßfüßigen Hirten. Sie war eine Dame, ganz Würde trotz ihrer Jugend. Der Ton ihres Kleides ließ Edward an die glitzernden Eiszapfen unter Wulf Halls Scheunendach denken. Ihre Züge waren straff, die Brauen wie mit der Feder gezogen und die Augen blau. Erhobenen Hauptes zog sie an ihm vorüber. Edward starrte auf seine Hände. Sie waren geöffnet, als habe er die Frau zurückhalten wollen. »Wer war das?«

»O weh.« Tom sog zischend Luft ein und zupfte sich am Ohr. »Die Tochter von einem Lord Stanhope, frag mich nicht, wie sie heißt. Lavinia? Alice? Nein, ich beschwöre dich, keine Strafpredigt am frühen Morgen. Ich bin unschuldig, sie ist eine von diesen Kletten, die keinen müden Mann in Frieden schlafen lassen.«

»Du bist nicht eben galant.«

Tom grinste. »Deshalb kommen die Weiber ja zu mir.«

Von Zeit zu Zeit pochte an Edwards Schläfen sein Gewissen: Er hätte bei Hof den Platz seines Vaters einnehmen und den Bruder zur Ordnung rufen sollen. Aber Tom zur Ordnung zu rufen, war, als sperre man das Leben in eine Hutschachtel ein. Die Hutschachtel barst, und das Leben pfiff sich eins.

»He, Ned, suchen wir zwei uns ein lauschiges Plätzchen, wo wir einen Krug Bier und einen Bissen in den Schlund bekommen? Du bist mir nicht böse, weil mir gestern die Dinge ein wenig aus der Hand geraten sind, oder etwa doch?«

»Nein, Tom.« Edward schüttelte den Kopf. »Ich wünsche, dass du dich künftig heraushältst und Kate in Ruhe lässt. Es ist meine Bürde, mir ist sie auferlegt. Aber dass du sie so gern für mich schleppen willst, macht mich nicht böse auf dich.«

Tom packte ihn bei den Armen. »Ich ertrage nicht, wie sie dich demütigt. In ihren hohlen, kleinen Schädel möcht ich ihr hämmern, was für einen herrlichen Kerl sie geheiratet hat.«

»Ich weiß.« Sanft befreite sich Edward und tippte dem Bruder auf den Zipfel entblößter Brust. »Zieh dich anständig an. Sekretär Gardiner erwartet uns.«

»Gardiner, der Tugendwächter? Kann der nicht warten? Mein Magen weint vor Leere heiße Tränen.«

»Dann wird er weiter weinen müssen. Wir reisen mit Gardiner nach Cambridge, um Cranmer zu holen. Hierher an den Hof. Er soll den König in der Ehefrage beraten, damit er für den Prozess vor dem päpstlichen Legat gerüstet ist. Stell dir vor, wenn Cranmer ihm dabei von Nutzen sein kann, dann haben wir einen Fuß in der Tür. Wer weiß, was dann möglich ist. Vielleicht kann Tyndale zurück nach England kommen, und eines Tages wird die Bibel…«

»Eines Tages wird die Bibel jeden Bauerntölpel, der nicht lesen kann, vom Pflügen abhalten!«

Lachend fielen sich die Brüder in die Arme. Zwei Höflinge, die vorübergingen, mochten denken, was sie wollten. »Unser Tag wird kommen«, sagte Tom mit jener Stimme, die Frauen in Scharen unter seine Bettdecke lockte. »Der Tag der Seymours.« Es war ein Schlachtruf, den Edward ihn gelehrt hatte und dessen Bedeutung sich ihm selbst erst in Umrissen erschloss: Einst hatten sie Burgen aus Bachkieseln aufgetürmt und sie im Lehmboden mit Figuren bevölkert. Jetzt waren sie Männer und nahmen ihre Welt in die Hand: Eine strahlende Welt der Gedankenfreiheit, eine Hymne an Rom, an Athen! Toms Augen blitzten. »Mit nach Cambridge kommen kann ich allerdings nicht. Ich reise mit einem Mädchen nach Wulf Hall.«

»Aber Tom, ist unsere Sache nicht wichtiger? Du reist doch unentwegt mit Mädchen nach Wulf Hall.«

Zu Edwards Verblüffung schlug Tom die Augen nieder. »Ich reise mit keinem unentwegten Mädchen. Sondern mit Cathie Parr. Du musst im Namen der Familie ihrem Oheim eine Einladung aussprechen. Das tust du für mich, oder nicht?«

Edward sah Tom an, aber der blickte unverwandt zu Boden. Mit einer Hand stützte er sich am Türpfeiler, die andere steckte im ungekämmten Haar. »Nein, frag nichts. Lade sie einfach ein.«

»Mir kommt Cathie Parr wie eine unserer Schwestern vor.«

»Mir nicht«, sagte Tom. Dann blickte er auf. »Grüß mir deinen Cranmer. Und jetzt musst du mich entschuldigen. Auf mich wartet ein, sagen wir, unerledigtes Geschäft.« Er rollte die Augen und ließ die Hüften kreisen, wie eine Frau, die den Hintern schwingt.

»Du bist unverbesserlich.«

Tom hob eine Braue. »Dessen bin ich mir derzeit nicht halb so sicher wie du.«

Sie reisten an einem Wintermorgen mit mäßigem Schneefall, obgleich der Oheim in sich hinein schimpfte, dass das Wetter solche Reisen verbot.

»Die Einladung ist nun einmal ergangen«, versetzte die Tante. »Ihr wisst selbst, wie ungern ich fahre, zumal wir uns weder für Maud noch für Catherine etwas davon zu versprechen haben.«

»Wer sind die Seymours überhaupt? Ein Haufen Parvenüs aus Wiltshire, die bei Hof nichts zu suchen haben.«

»John Seymour war Eures Bruders Freund.«

»Und Thomas Seymour ist das ansehnlichste Mannsbild, das der Herrgott auf stramme Beine gestellt hat«, rief Maud dazwischen und fing sich von ihrer Mutter einen Blick, der sie verstummen ließ.

Catherine reckte das Gesicht unter dem Wagendach hervor ins Gestöber des Schnees. Der Wald wurde dichter. Schwer von Weiß bogen sich Tannenäste. Sie schloss die Augen, ließ Flocken auf ihren Lidern schmelzen. In ihrem Schoß, eingenäht zwischen Kleiderfalten, knisterte ihr kostbarster Besitz: Die Schrift des Ketzermönchs. »Ich habe Euer Leben gefährdet, als ich Euch den Luther-Aufsatz schickte«, hatte Edward gesagt. »Tom war zu jung, um zu wissen, was er tat, ich hätte ihm die Bitte abschlagen müssen.«

Er also hatte ihr den Text senden lassen. Er. Tom. Sie würde die Worte lesen lernen, würde mit Edward das Lateinische üben und Fragen stellen, bis sie alles begriff: Den Willen der Kirche, den Willen Gottes, Edwards Reise nach Cambridge, die Scheidung eines christlichen Königs, die ein Kleriker namens Cranmer guthieß. Ohne Unterlass studieren wollte sie, um die Splitter in ein Gefüge zu ordnen und die Jahre der Dumpfheit abzustreifen. Nein, ohne Unterlass nicht. Neben ihr klangen Hufschläge auf, durch Schneefall gedämpft. Er gab ihnen Geleit, wies ihnen den Weg zu seinem Haus. Er. Tom. Catherine schluckte mit trockener Kehle. Hätte sie Latein gekonnt, ihr wäre kein Wort eingefallen, um es Gott zu sagen.

Als die Sonne sank, wurde es klirrend kalt. Es hörte auf zu schneien, doch der eisige Wind begann ein Schneetreiben. Die Reisenden duckten sich in Decken. Der Wald wurde lichter, und dann sah Catherine im Dämmergrau das Haus auf dem Hügel. Ihr Reiter ließ anhalten, steckte die Wagenlaterne und eine Fackel an. Mit der flackernden Lohe beugte er sich aus dem Sattel. »Es ist mir eine Ehre, unsere Gäste willkommen zu heißen.«

»Zeit wurde es.« Der Oheim räusperte sich. »Ich fürchtete schon, man ließe uns zu Tode frieren.«

Tom scherte sich nicht um den Oheim. Er sah Catherine an. Aus seiner Kappe zipfelte durchnässtes Haar, und über sein Gesicht rann Wasser. »Ist es noch weit, Master Thomas?«, platzte Maud in den stillen Augenblick.

»So weit wie von Zwölfnacht zum Dreikönigsmorgen.

Ein Katzensprung.« Die Farbe seiner Augen war trotz des lodernden Lichtes nicht auszumachen. Er sah noch immer Catherine an, die erst jetzt begriff, dass er auf etwas wartete. Auf ein Wort von ihr. Sein Atem traf sie. »Wulf Hall«, murmelte sie.

Er nickte. »Wulf Hall.« Die Birnbäume standen kahl.

»Bist du in ihn verliebt? Und er in dich? Aber du bist kein bisschen hübsch, du hast keine Brüste, und ein Pferd mit deinen Hinterbacken brächte man dem Abdecker.«

Maud gab keine Ruhe. Unter den eichenduftenden Balken, wo Catherine mit Nan und Janie geschlafen hatte, schlief sie jetzt mit der Base, die ihr keinen Atemzug zur Besinnung ließ. *Bin ich in ihn verliebt? Und er in mich?* Maud schwatzte weiter, derweil vor Catherine der Abend noch einmal vorüberzog. Der Strom der Gesichter. Sir John, dessen Bart schon weiß war. Lady Margery mit den lächelnden Augen. Henry, beleibt und belustigt, und die kleine Liz, jetzt ein erblühendes Mädchen wie Nan. Janie. Nur ein Eingeweihter sah, dass sie das linke Bein nachzog, es mit Umsicht aufsetzte, als sei es ihr teurer als das rechte. »Sprichst du noch mit mir? Du bist eine Dame geworden, und ich bin ein Rebhuhn aus Wiltshire.«

Janie machte alles leicht. Sie zog Catherine an sich, küsste ihr die Wangen, und ehe die Angekommene Luft holen konnte, regnete es Küsse von allen Seiten. »Wir ahnten ja nichts, wir haben nichts Rechtes auf dem Tisch«, jammerte Lady Margery, doch auf dem Tisch wartete ein Festmahl. Geschmorte Hammelstücke in dicker Tunke. Rahmige Butter und Honig, Brot, ein Korb Winteräpfel. Sir John küsste ihr die Stirn. »Gut, dich wiederzuhaben, kleine Cathie.«

Und dann stand Tom vor ihr. Tom mit gerade trocken geriebenem Haar und glühendem Gesicht. »Und was ist mit mir? Bekomme ich keinen Kuss dafür, dass ich mir da draußen den Hintern blau gefroren habe und so manches edle Teil mehr?«

»Das schickt sich wohl kaum«, kam es gespitzt von der Tante. »Wie übrigens auch Euer Reden nicht, Sir.«

»Schickt es sich nicht?« Tom stand still. »Fein. Wenn sich mein Reden nicht schickt, bleibt mir nichts übrig als Schweigen.«

Bin ich in ihn verliebt? Und er in mich? Er richtete es so ein, dass er beim Essen am runden, jetzt von Narben und Kratzern übersäten Tisch ihr gegenübersaß. Er sprach wahrhaftig kein Wort, aß gedankenverloren und sah sie unbeirrt an. Nach der Mahlzeit nahm er die Laute, setzte sich ans Feuer und hielt das Instrument auf den Schenkeln. Jäh erinnerte sie sich an seine wüsten Gesänge, seine Hurenlieder. Jetzt sang er nicht, sondern ließ nur die Finger über die Saiten spielen, als träume er von etwas Fernem. Von Zeit zu Zeit sandte er ihr einen Blick. Stets aufs Neue nahm sie sich vor: *Wenn er das nächste Mal schaut, sehe ich ihn nicht an.* Aber sie sah ihn an. Und er sie.

»Er ist ein gar zu verlockender Bursche.« Maud schwatzte noch immer. »Aber das lass dir gesagt sein: Er hat den schmutzigsten Ruf am ganzen Hof.« Als sie zum Luftholen eine Pause einlegte, hörte Catherine im Dunkel das Holz knacken. Sie schloss die Augen und sah ihn vor sich. Er trank Wein aus einem Lederbecher. Mit einem Leintuch tupfte er sich einen Tropfen vom Mund.

Tom besaß ein neues Pferd, das er aus den königlichen Ställen gekauft und um das er einigen Zank mit seinem Vater auszustehen hatte, weil das Tier so unerhört teuer gewesen war. Das Pferd war ein in Wales gezogener, unverschnittener Brauner. In Richmond, berichtete Tom hingerissen, hatte er mit einem Tritt seinen Burschen und die Wand seines Verschlages niedergemäht. »Deshalb habe ich ihn für solchen Spottpreis bekommen. Dieser Holzkopf von Stallmeister meint, als Reitpferd tauge der dem Satan oder keinem.«

Zum Frühstück erschien er in Reitkleidern und ließ über gebackenem Weißfisch fallen, er müsse dem Hengst Bewegung verschaffen. Wer sich anschließen wolle, der fände ihn im Stall. Des üblen Wetters wegen winkte selbst sein Bruder Henry ab. Seit der Nacht fiel Eisregen.

Auf Horton Place hatte Catherine zum Reiten keine Gelegenheit gehabt. Sie besaß nicht einmal ein Gewand dafür, sondern trug ihr wärmstes Kleid aus Wolltuch. Hinunter ging sie dennoch. Sie würde behaupten, sie wolle nur einen Blick auf den Hengst werfen. Der Schnee lag dünn, der körnige Niederschlag trieb ihr entgegen. *Ich bin auf Wulf Hall, laufe unter den Ulmen.* Im Schritt sah sie hinauf in die kahlen, vorm Himmelsgrau sich wiegenden Kronen. Einmal wollte sie sein wie die Bäume: Hier jung gewesen. Hier alt geworden.

Die Stallungen erstreckten sich hinter der großen Scheune. Dampfende Pferdeleiber verströmten Wärme. Sie fand Tom im Verschlag des Walisers. Mit ausladenden Strichen zog er einen Striegel über das kastanienbraune Fell. »Was tut Ihr denn?«, entfuhr es Catherine. »Wo ist Euer Stallknecht?«

Tom hielt inne und drehte sich um. Eine Wolke aus Pferdehaar stob auf. »Ich halte meine Stiefel selbst sauber«, sagte er. »Und ein Pferd, auf das ich meinen Hintern setze, erst recht. Was man in diesem Land Sauberkeit nennt, nenne ich eine Schweinerei.«

Unwillkürlich sah Catherine über die niedrige Tür hinweg auf seine Stiefel. Das weich gegerbte Leder schimmerte. Mit einem Fuß trat er die Tür für sie auf. »Übrigens, in meiner Jugend war es üblich, dass ein Mädchen einem Mann einen Gruß entbot, ehe sie ihn auf Leib und Nieren befragte.«

Das Pferd war gewaltig. Wie ein dunkler Doppelhügel schaukelte seine Kruppe vor Catherines Gesicht einher. Sollte er sehen, dass sie sich fürchtete? Mit einem beherzten Satz sprang sie in die Box. Gelassen, wie nach einem Insekt, schlug das Tier mit dem Schweif. Tom lachte, deutete eine Verneigung an. »Guten Morgen, Mistress Catherine Parr.«

Catherine trat so weit wie möglich zurück und lehnte sich gegen die Trennwand. »Guten Morgen, Sir.«

Sie sah das Pferd an, nicht ihn. Über dem Spiel gewölbter Muskeln glänzte das Fell. Der Hengst trug kein Halfter, hätte sich bäumen können und mit wirbelnden Hufen auf sie niederstampfen. Er stand ruhig, nur die kleinen Ohren drehten sich nach jeglichem Geräusch. Nach Tom, der einen Schritt auf sie zu setzte. Sein Atem glitt ihre Wange entlang. »Gefällt er dir?«

»Euch.«

»Oho.« Sie hörte ihn schlucken. Eine Zeit lang sagten und taten sie nichts, dann nahm er den Striegel und zog ein paar Striche über die Schulter des Pferdes. Als er dem Tier hernach das Zaumzeug anlegte, kam sie nicht umhin, ihm zuzusehen. Von der Trennwand hob er eine grüne Decke, die er über den Pferderücken breitete. Dann den Sattel. In den Fellgeruch mischte sich der Duft nach Leder. Toms Hände zogen Gurte fest, glätteten Falten, spannten und lösten sich. »Ich lüde Euch gern ein, mit mir zu reiten«, sagte er, ohne von seiner Tätigkeit aufzublicken. »Allerdings finge ich mir weniger gern noch einmal einen Tadel ein, weil meine Kinderstube Euch und Eurer Tante nicht genügt.«

»Ihr verdient es aber«, platzte Catherine heraus.

Tom ließ den Sattelgurt fahren und sah hoch. Vor Verblüffung, fiel ihr ein, hob er sonst eine Braue und lachte. Diesmal vergaß er beides. »Ja, Ihr verdient, getadelt zu werden«, hieb sie entschlossen nach. »Euch ist das Spiel geläufig, Ihr spielt es tausendmal gewitzter als ich, und gewinne ich dennoch einen Zug, dann stehlt Ihr mir die Spielfigur. Eine Gans wie mich spielt Ihr in Grund und Boden. Aber Ihr könnt nicht erwarten, dass die Gans Euch dafür lobt.«

Er sah sie an. Catherine kniff die Augen zu, als seine Finger sich um ihre Arme schlossen. »Catherine. Mach die Augen auf.«

Sie schloss die Augen fester. Er hielt sie mit sachten, nicht ganz sicheren Händen. »Mach die Augen auf, ich bitte dich.«

Sein Gesicht stand keine Handbreit vor ihrem. Die Bogen seiner Brauen waren dunkler als sein Haar. »Du irrst, meine Taube in den Felsenklüften. Diese Art Spiel ist mir so wenig geläufig wie dir.«

Ihr Herz schlug im Hals. Vor ihr, zum Greifen nahe, war jede Pore seiner Haut, jedes Haar, jeder klopfende Puls. Sie hob die Hand. Legte erst alle fünf Fingerspitzen, dann die Handfläche an seine Wange. So standen sie, bis ein Geräusch Catherine herumfahren ließ. Das Pferd hatte den Schweif erhoben und die Hinterbacken aufgespreizt. Einem deftigen Furz hinterdrein plumpsten dampfende Kotäpfel. Toms Mundwinkel unter ihren Fingern verzog sich. An einem Lachen schluckend, nahm er ihre Hand, neigte den Kopf und küsste sie.

Bin ich in ihn verliebt? Und er in mich? Keine Brüste hab ich und einen Hintern für den Abdecker. Sie hätte laut herausprusten wollen, hätten nicht Tom Seymours Lippen auf ihren gelegen, hätte nicht Tom Seymours Zungenspitze ihr in streichelnden Kreisen den Mund bezirzt. Sie hätte die Fäuste im Triumph in die Luft schleudern wollen, hätten ihre Hände sich nicht in Tom Seymours Haar gegraben. *Hübsche kannst du viele bekommen, aber mich nur einmal.* Sie hätte hinsinken wollen, in das Stroh voller Pferdeäpfel, hätten Tom Seymours Arme sie nicht festgehalten.

Als er den Kopf hob, lächelte er. Sie hatte ihn grinsen, lachen, Fratzen schneiden, aber noch nie lächeln sehen. Seine Ohren zuckten. Sie streichelte ihn. Die Wange hinauf, über die klopfende Ader an der Schläfe. »Habe ich das verdient, Catherine?«

»Womöglich nicht.«

»Soll uns zweien das jetzt und unser Leben lang egal sein?«

Als sie sich wieder küssten, war es bereits, als sei dies nicht der zweite Kuss in Catherines Leben, sondern als hätte sie in ihrem Leben nichts anderes getan, als Tom Seymour zu küssen.

»Was ist, willst du reiten?« Er wartete keine Antwort ab, sondern umspannte mit den Händen ihre Taille und hob sie in den Sattel. Im Herrensitz, die Beine um den Rücken des Tieres gespreizt, so dass ihr Kleid bis unters Knie hinaufrutschte. Er neigte den Kopf und küsste die bestrumpfte Wade. Zwischen Hemdkragen und Kirschhaar lag ein Streifen seines Nackens bloß.

»Reitest nicht du ihn?«

»O nein!« Er trat die Tür auf und packte den Hengst am Kopfzeug. »Du reitest ihn, und ich führe dich. Ich will aller Welt zeigen: Das ist Cathie Parr, die Tom Seymour gehört.«

So lehrte er sie noch einmal reiten, auf dem Rücken des Walisers. Kaum hatten sie im Schritt den Garten durchquert, saß er hinter ihr auf und hielt sie in den Armen, derweil er das Pferd antraben und dann im leichten Galopp in den Wald preschen ließ. Sie ritten für Stunden. Catherine war durchfroren und müde, als er schließlich wendete, hinter dem Waldsaum absprang und sie nach Hause führte. Im Verschlag rieb er dem Tier das Fell trocken. Sie hockte sich auf den Boden, nahm die schöne Satteldecke und wickelte sich darin ein.

»Du wirst Pferdehaar an dein Kleid bekommen.«

»Und was tut das? So eitel wie du bin ich nicht.«

Er lachte, nicht ohne Verlegenheit. »Was meinst du, wie soll ich diesen Burschen nennen? Tyndale? Wäre das nicht köstlich?«

»Tyndale?« Sie hatte den Namen schon sagen hören, hinter gewölbten Händen wie den Namen Luther. »Wer ist das?«

»Das weißt du nicht? Wart's nur ab, meine Taube. Wenn demnächst Edward kommt, wird er dir von nichts anderem predigen. Dieser Tyndale ist ein Kerl wie mein Gaul, er will mit dem Kopf durch Wände. Nur die Größe passt nicht, der Mann ist der reinste Zwerg.« Tom hielt die Hand in Hüfthöhe und amüsierte sich offenbar prächtig. »Zum Ausgleich hat er's im Schädel. Er hat das Neue Testament ins Englische übersetzt.«

»Aber das ist verboten!« Auf dem Markt von Northampton hatte Catherine gesehen, wie zwei Anhänger der Lollard-Bewegung, die ein paar Bibelverse in Englisch bei sich trugen, gehängt worden waren.

»Und ob es das ist. Deshalb ist unser Freund Tyndale auch übers Meer geflüchtet und verbirgt sich derzeit irgendwo im deutschen Ketzerparadies. Die Londoner Tuchhändler haben ihm geholfen. Das hättest du nicht gedacht, oder? Die Londoner Tuchhändler verstehen zwar nichts davon, einen Mann anzuziehen, aber ihre Talente haben sie durchaus. Sie haben

Tyndale von der Insel geschmuggelt und schmuggeln jetzt auf denselben Wegen seine Bibel wieder her.«

»Und was geschieht, wenn man sie dabei erwischt?«

»Dann brennen sie. Wie die Schriften, die Junker Tudor zum Verfeuern aufkaufen lässt.«

»Tom!«, sie sprang auf und riss ihn am Arm zu sich herum.

Er strich nasses Haar von ihrer Stirn. »Das tust du zum ersten Mal. Mich beim Namen rufen.«

»Tom, du darfst dein Pferd nicht Tyndale nennen.«

»Darf ich nicht? Oder muss ich?« Als er ihr Entsetzen bemerkte, lachte er silbern auf und küsste sie. »Keine Sorge, meine Taube. Ich habe vor, steinalt zu werden, zwölf Kinder zu zeugen und mich am Leben satt zu saufen. Aber ich will auch, dass ein englischer Mann eine englische Bibel lesen darf, wenn er Lust darauf hat und nichts Besseres zu tun.«

Sie wollte etwas sagen, doch er verschloss ihr den Mund. »Warte, bis Ned kommt und es dir erklärt. Solange wirst du allerdings mit mir als Prediger vorliebnehmen müssen.« Er hielt sie bei den Schultern und sprach ihr ins Gesicht: »*Und wenn ich mit Menschen- und Engelszungen redete und hätte der Liebe nicht, so wäre ich ein tönendes Erz und meine Stimme eine klingende Schelle.*«

»Was ist das?«

»Paulus.«

»Aber es ist doch ...«

»Englisch. Richtig.« Er zuckte die Achseln und küsste ihr den Kopf. »Was hast du denn gedacht? Gott hockt sich hin und lernt beim alten James Latein?«

Edward kam vier Tage später und brachte einen Mann in schwarzer Priesterrobe mit, der ebenso gut dreißig wie sechzig Jahre alt hätte sein können. Sein Gesicht war von Furchen zerpflügt, aber seine Augen leuchteten. Er sah aus, wie ein Gottesmann auszusehen hat, fand Catherine. Schüchtern war er, rang vor Verlegenheit die Hände, als Lady Margery ihm beim Abendessen das Beste vom Hasen auf die Brotscheibe häufte. Wie Catherine müsse er aufgefüttert werden, bekundete sie, sonst stürze er bei dem Wind noch um. Das Wetter war in der Tat abscheulich. Catherine kam das zupass, denn bei solchen Stürmen ließ sich nicht reisen. Der Witterung zum Trotz hatte Tom vorgeschlagen, am nächsten Tag auf die Jagd zu gehen, um den Oheim bei Laune zu halten.

»Was ist, tut Ihr auch mit, Doktor Cranmer?«

Der Kleriker lächelte. »Ich sehe wohl aus, als müsste ich rundheraus ablehnen. Aber wenn ich keine Last bin, käme ich gern mit.«

Er ist reizend, dachte Catherine. *Ich will, dass Tom ihm sagt, er soll uns trauen.*

Also ging alles Mannsvolk bis auf Edward, den eine Verkühlung plagte, am Morgen auf die Jagd. Für ihren Erstgeborenen bereitete Lady Margery einen Aufguss aus Salbei, den Catherine ihm in seine Studierstube tragen sollte. »Er ist gar nicht krank«, vertraute sie Catherine an. »Ein Stubenhocker ist er. Da habt Ihr meinen Ned und meinen Tom. Kein Honig brachte den einen aufs Pferd und kein Haselstock den anderen an seine Bücher. Aber immerhin, zusammen ergeben die zwei Unzertrennlichen einen Mann für jede Lebenslage.«

Es war Cranmers Wunsch gewesen, nach Wulf Hall zu reiten. Er wollte hier einige Tage ausruhen, Gedanken ordnen, sich auf den Besuch am Königshof vorbereiten. Unverhofft erklärte Bischof Gardiner sich einverstanden und reiste allein voran. So kam Edward zu einer Atempause auf Wulf Hall.

Er trat zum Fenster. So dicht fiel der Schnee, dass sich die Kontur der Landschaft kaum ausmachen ließ. Kein Ochse hätte ihn an solchem Tag zur Jagd in den Wald geschleppt. Edward wandte sich wieder dem Pult, der Abhandlung zu, an der er schrieb. Um die Probleme der Pachtbauern ging es, um Gesetze, die vor Landverlust und Verarmung schützten. Edward war weit davon entfernt, vor König und Parlament damit Gehör zu finden, aber er wollte bereit sein. *Unser Tag wird kommen.* Noch immer erschreckte ihn, welche Möglichkeiten die Kinderworte inzwischen umspannten.

Wie friedvoll es hier war, wie anders als am Hof. »Ihr seid zu beneiden«, hatte Cranmer gesagt. »Um Euren runden Tisch sitzt Ihr wie die Tafelritter in Camelot. Gott schaue auf Euch und die Euren.« Welche Freude war es, die Familie zu sehen. Janie, die so glücklich war, wenn er und Tom Zeit zu einem Besuch aufbrachten. Janie, die sommers mit dem Bienenschleier ging wie winters mit dem Stickrahmen, seine blasse Schwester, die viel zäher war, als sie aussah, nie krank, nie klagend, dem Mann, der sie bekäme, ein Segen. Es pochte an der Tür. Das würde Cathie sein, mit dem Trank aus Salbei.

»Störe ich?« Catherine, den dampfenden Becher haltend, setzte einen Fuß ins Zimmer. Dass sie hier war, dass sie zu Tom gehörte, machte Edwards Familie vollkommen.

»Nicht im Geringsten.« Er fand sie schön. Nicht so, wie er die grazile Kate schön fand, oder die hoheitsvolle Stanhope-Tochter, die ihm seit Hampton Court im Gedächtnis brannte. Eher wie Janie. Cathie gehörte zu den wenigen Frauen, die ihm keine Furcht einflößten.

»Ich wollte nicht Eure Arbeit stören.«

»Ich arbeite ja nicht. Bitte bleibt, nehmt Platz. Ich habe Euch die Bücher, über die wir in Hampton Court sprachen, aus Cambridge mitgebracht.«

Sie trat vor ihn hin. Ihre Züge waren scharf wie in Glas geschnitzt. In die junge Stirn grub sich eine Falte, wie häufig bei Menschen, die alles bedenken. *Du bist ein kluger Mann, Tom, und wenn du noch so gern den Leichtfuß spielst.* Catherine reichte ihm den Becher, ging zum Schemel unter dem Fenster und setzte sich. »Ich würde gern mit Euch sprechen, wenn es recht ist.«

»Über Euer Latein? Seht, hier habe ich ein Grammatikwerk und zum Üben einen Band Ovid. Das *Lob der Torheit* unseres Erasmus, den wir den englischen Ovid nennen, besitzt Ihr schon. Lest es, Catherine. Kein anderer schreibt ein so blitzendes, vom Ballast befreites Latein, das sich in jede Gedankenwindung schmiegt.«

»Spricht Gott Latein?«, platzte es aus ihr heraus.

Edward ließ die Bücher fallen. »Hat Tom mit Euch gesprochen?«

»Tom nennt sein Pferd Tyndale.« Sie sprang auf, stand unter dem hohen Fenster wie eine Antigone im zu großen Kleid. »Nach jenem Tyndale, der die Bibel übersetzt, obwohl darauf der Feuertod steht. Tom nennt den König nicht König, sondern Junker Tudor. Und er sagt, Gott spricht kein Latein.«

»Tom ist ein Hitzkopf. Mäßigt ihn.« Ihre Blicke trafen sich. Ihre Augen waren grau. »Aber er hat Recht, Catherine.«

»Womit?«

»Damit, dass Gott jede Sprache versteht, in der ein Mensch zu ihm spricht. Und dass er sein Wort keinem Menschen vorenthalten will. Natürlich soll Tom nicht Tyndales Namen in die Welt posaunen, er gefährdet damit sich und uns. Und er soll seinen König König nennen, auch wenn womöglich zutrifft...«

»Sprecht weiter. Was trifft zu?«

»Auch wenn womöglich zutrifft, dass wir uns von König Henry zu viel versprochen haben. In seiner Jugend war er ein kühner Denker, selbst Erasmus erhoffte sich von England einen Garten der Gelehrsamkeit. Dann aber haben Berater ihn vom Weg getrieben, der sture Erzbischof Warham, der im Alten verhaftete Gardiner und vor allem Wolsey, dem Gottes Wort kein Pfund Fleisch wert ist. Es gibt jedoch andere. Meinen Freund Cranmer habt Ihr ja kennen gelernt. Wenn es ihm gelingt, in der großen Sache das Recht des Königs zu vertreten, dann mag dieser ihm fürderhin Gehör schenken.«

»Und wenn nicht?« Sie hielt seinen Blick. Sie wartete. Als er keine Antwort gab, nickte sie und stellte eine neue Frage: »Die große Sache – das ist die Trennung von der Königin, ja?«

Ich weiß, warum Tom dich liebt, dachte Edward. *Du bist besonnen, und er ist tolldreist, aber Euch beide eint dieselbe Unverrückbarkeit.*

»Und Euer Freund Cranmer unterstützt das? Ein Kleriker segnet ab, dass ein König seine vor Gott geschlossene Ehe löst?«

»Catherine«, begann Edward, »hier geht es nicht um etwas, das Gott im Himmel, sondern um das, was ein Papst in Rom bestimmt. Catalina von Aragon war die Frau des Kronprinzen Arthur. Als dieser starb, wurde sie mit seinem Bruder Henry vermählt. Im Alten Testament, im Buch Leviticus, steht, dass eine solche Ehe vor Gott Sünde ist: *Nimmt einer seines Bruders Weib, so ist das abscheulich. Er soll ohne Kinder sein, denn er hat damit seinen Bruder geschändet.* Der damalige Papst Julius hat dennoch die Dispens erteilt. Die Ehe zwischen Catalina und Arthur, hieß es, sei nicht vollzogen. Aber der Papst irrte. Die Ehe ward vollzogen, der König lebt demnach in Sünde und hat keinen Sohn.«

Catherine hatte sich nicht gerührt. »Und was geschieht jetzt?«

»Jetzt wünscht König Henry, das Unrecht auszutilgen. Die Dispens muss aufgehoben werden. Catalina würde als Prinz Arthurs Witwe mit ihrer Tochter Mary leben, und der König wäre frei, in einer neuen Ehe einen Erben zu zeugen.«

»Was also spricht dagegen?«

»Papst Clemens. Auf Wolseys bisherige Versuche hin hat er sich geweigert, eine Entscheidung zu treffen.«

»Wenn der Papst etwas verweigert«, erwiderte Catherine, »dann verweigert es Gott, und König Henry muss sich fügen.«

Edward nahm den Becher und trank, um sich die Kehle zu befeuchten. »Seid Ihr wirklich der Ansicht, ein Papst in Rom habe das Recht zu entscheiden, ob ein König in England ohne Erben bleibt?«

»Der Papst ist der Stellvertreter Gottes!«

Das Poltern der Tür unterbrach sie. Ein Schwall kühler Luft stob herein, ließ das Feuer lodern. Tom triefte wie die Sintflut. Aus der Kappe, die er sich vom Kopf riss, aus dem Haar, aus jedem Stück Stoff an seinem Leib rann Wasser. Sein Gesicht war gerötet. »Ernste Gespräche? Darf sich ein einfacher Kerl, der müde von der Jagd kommt, zu so viel Weisheit gesellen?«

Wenn so wie Tom ein müder Kerl aussah, dann fühlte sich

Edward schon tot. Mit patschenden Schritten durchmaß der Bruder den Raum. Catherine wies ihn mit gestrecktem Arm von sich weg. »Untersteh dich, mich nass zu machen.«

Für einen so schweren Mann geradezu zierlich fiel Tom auf ein Knie. »Ist es dem armen Wassermann erlaubt, Euch die Spitze des Fußes zu küssen?« Sie hob ihren Fuß, er umfing ihn und drückte einen Kuss darauf. Dann blickte er auf, und sie beugte sich nieder und küsste ihn auf den Mund.

»Steh auf. Ich habe mit dir zu reden.«

»Fein«, sagte Tom und erhob sich. »Darf ich mich vielleicht vorher abtrocknen?«

»Nein«, erwiderte Catherine.

Tom sah Edward an und spreizte in einer komischen Bewegung die Arme.

»Du hast mir diese Schrift schicken lassen. Die Schrift Luthers, der gegen den Papst ist. Bist du gegen den Papst, Tom? Und dein Bruder auch?«

»Das versteht Ihr falsch.« Edward sprang auf, stieß den Becher um. Über seine Schrift zu den Bauernrechten ergoss sich grünliches Gebräu. »Tom und ich sind nicht gegen den Papst...«

»Doch«, schnitt Tom ihm ins Wort. »Ich schon. Nein, nicht erstarren, meine Taube in den Felsenklüften. Hier urteilt niemand über das, was ich denke. Nur du. Und keines andern Menschen Urteil fürchte ich.«

Die zwei Gesichter drehten sich einander zu, Toms mit dem triefnassen Haar und Catherines unter der verrutschten Haube. »Sprich.«

Tom wandte den Blick nicht ab. »Ich bin gegen den Papst, weil er mir vorschreiben will, wie ich zu meinem Gott zu gehen habe: beichtend, Ablässe zahlend, *Ave Marias* stammelnd. Aber das tue ich nicht. Zu meinem Gott und zu meinem Mädchen gehe ich, wie es mir passt. Mir imponiert kein Priester, der mir von der Kanzel herunter mit den Qualen des Fegefeuers droht. Einer wie unser Cranmer, den kein leibhaftiger Keiler schreckt, der braucht zum Predigen keinen Ochsenziemer. In der Bibel steht nichts vom Papst. Es steht auch nicht darin, dass wir beichten und beben, uns den Rücken geißeln und härene Hemden tragen oder irgendetwas anderes tun müssen, als an Christus zu glauben, um Christen zu sein.«

»Du hast die Bibel gelesen? Auf Englisch oder Latein?«

»Weder noch. Ich bin ein fauler Laffe, der sich von Cranmer und Ned erzählen lässt, was drinnen steht. Und von dir, Cathie. Warum wohl sollte Gott so dumm sein und verbieten, dass ein blitzgescheites Mädchen die Schriften liest, mit denen er sich uns offenbart?«

Er ist ein Ketzer vor dem Herrn, durchfuhr es Edward. *Und ein Prediger. Gott schaue auf ihn*, hätte Cranmer gesagt. Tom hielt Catherine seine leeren Hände hin. Sie sah ihn noch eine Weile lang an, dann nahm sie seine Rechte und legte sie an ihre Wange.

Die Lende des Wildschweins, das Cranmer erlegt hatte, ergab den Braten zum Abend. Von allen Seiten hagelte Lob auf den jagdeifrigen Kleriker ein, so dass sein Gesicht, einschließlich der Ohren, brandrot glühte. »Zuweilen wäre ich recht gern ein Mann, der sich das Fleisch für sein Auskommen selbst erjagt«, murmelte er.

»Und warum seid Ihr's nicht?« Die Frage war gestellt, ehe Catherine sich über sich selbst wundern konnte.

Die so lebendigen Augen Cranmers trafen sie. »Eine kluge Frage. An einem Punkt in meinem Leben entschied ich mich wohl, auf Gott zu vertrauen und Seinen Willen über meinen zu stellen. Wenn er mich bei Hof braucht, so schnüre ich mein Bündel, obgleich mir bei der Vorstellung graut.«

Tom hatte Catherine eine daumendicke Scheibe Brot abgesäbelt und bestückte sie mit zarten Fasern, die er von seinem Anteil zupfte. Abrupt blickte er von seinem Kunstwerk auf. »Interessant, Doktor. Und weiß der alte Herr immer, was er will?«

»Gott sei uns gnädig!« Lady Margery stellte klirrend ein Trinkgefäß ab. »Was soll ich nur tun, Doktor Cranmer? Diesen sieben Händen voll von einem Sohn war nicht mit Schlägen noch mit Schmeicheln beizukommen.«

»Ich rate von beidem ab«, sagte Cranmer, mit seinem freundlichen Lachen Tom die Schulter klopfend. »Für Erstes wäre er mir zu kräftig und für Zweites zu klug. Genießt ihn, Lady Margery. Ist nicht ein Mann, der sein Herz auf der Zunge trägt, eine Gottesgabe?« Zu Tom gewandt, fuhr er fort: »Fragt nicht mich, sondern Gott, und fragt ihn für mich gleich mit. Vor allem wüsste ich gern, ob er sich recht überlegt hat, ausgerechnet den Feigling Cranmer in König Henrys Löwengrube zu entsenden.«

Dass sie zusammen lachten, dass Schüsseln und Becher hüpften, machte Catherine an diesem Abend trunkener als Sir Johns dunkler Wein.

Das Wetter besserte sich nicht. Es war, als hielte die Welt in Froststarre still und schickte alles Leben in die Wärme von Wulf Hall. Edward übte Latein mit ihr. Zuweilen auch Tom. Toms Lateinstunden erschöpften sich darin, dass er *Tomasus amat Catarinam* in eine Latte der Pferdebox ritzte. »Heißt das, du liebst mich?«

»Dessen wäre ich mir nicht zu sicher, meine Taube. Anfänger lernen konjugieren immer mit *amare*, und über die Anfänge bin ich, fürchte ich, nie hinausgekommen.«

Waren die Männer beschäftigt, ging Catherine hinunter in die Halle und setzte sich zu Janie. »Das ist schön, dass du kommst.« Janie hob über dem Hemd, das sie umsäumte, den Kopf. Sie war sehr blass, aber krank war sie nicht. Sie sah immer so aus, selbst ihr straff gekämmtes Haar und ihre Brauen waren blass. *Wenn ich nicht hübsch bin, was ist dann die arme Janie?* Von Tom wusste sie, dass Janie im vergangenen Sommer eine Freundschaft mit Robert Dormer, einem Erben aus der Nachbarschaft, begonnen hatte. Francis Bryan hatte dem Vater des Jünglings im Namen der Seymours ein Angebot gemacht, war jedoch brüsk zurückgewiesen worden: Für einen Sohn der Dormers sei keine Seymour gut genug. Tom wollte Dormer den Hals umdrehen, aber Bryan schlug vor, Jane stattdessen eine Stellung bei Hof zu beschaffen. Sollten die Dormers doch sehen, dass es Besseres gab als ihren Sohn.

Janie also würde Hofdame bei Königin Catalina sein, die

wohl nicht einmal Königin blieb. Wenn je ein Wesen für den Hof nicht taugte, so war es Janie, aber zum Widerstand taugte sie noch weniger. »Ich würde dich gern etwas fragen, Dame Catherine.«

»Frag, Rebhühnchen.«

»Ich hab dich lieb«, sagte Janie. »Und ich habe Angst, dass du mit einer wie mir nichts anfangen kannst. Du bist klug, du weißt mit den Männern zu reden und wirst Scharen von klugen Freundinnen finden. Ich dagegen weiß nur dummes Zeug und meist gar nichts zu schwatzen. Aber vielleicht könnte ich deine stille Freundin sein. Meinst du, du könntest eine stille Freundin brauchen?«

Catherine warf die Arme um sie und presste sie an sich, dass die Nadeln des Nähzeugs ihr durchs Kleid stachen. Janie umschlang sie ebenfalls. Sie war viel kräftiger, als Catherine vermutet hätte. Als sie sich losließen, schnauften beide. »Ich mag schwatzen können. Aber du kannst fliegen.«

Sie lachten einander in die Augen. »Stilles Rebhühnchen?«

»Meine redselige Dame?«

»Damals, als Gott dir gesagt hat, dass du in diesen Baum steigen und fliegen sollst – hat er da Lateinisch gesprochen?«

Mit sorgsamen Fingern ordnete Janie ihr Nähzeug, sah aber nicht darauf, sondern weiter mit gerunzelter Stirne Catherine an. »Das weiß Gott doch. Dass ich kein Latein kann, meine ich.« Eine Zeit lang führte sie die Nadel Stich um Stich durch ihr Leinen. Dann hielt sie inne. »Du liebst Tom«, sagte sie.

Catherine sagte nichts.

»Bei dir ist es wie bei mir, nur umgekehrt. Tom ist nicht gut genug für dich.«

»Wie kannst du das sagen? Tom ist…«

Janies Hand war winzig, eine Kinderhand. Mit erstaunlicher Festigkeit legte sie sich ihr auf den Mund. »Ich weiß, was Tom ist. Aber deine Mutter wird dir nicht gestatten, einen Gernegroß zu heiraten, der keinen Shilling besitzt.« Sie zog die Hand von Catherines Mund und krallte sie um ihren Arm. »Sag ihm, er soll dich entführen, Cathie. Geht nach

London, ehe es zu spät ist, heiratet irgendwo im Geheimen. Andernfalls bliebe dir nur eines.«
»Was?«
»Eine Sünde. Du müsstest ihm erlauben, dass er dir die Ehre nimmt.«

Sie würde es nicht erlauben. Weder ihm noch sich. Ihr Herz raste, als sie nach oben in die Kammer ging und sich, erleichtert, dass Maud nicht zugegen war, der Länge nach über das Bett warf. Sie hatte es seit Tagen gespürt. Das Verbotene, Unaussprechliche. Wenn er sie küsste. Wenn er sich in Tyndales Verschlag an sie drängte, wenn er ihre Hände unter seine Schecke führte und um seine Hüften schloss. Unter der Seide spürte sie die festen Muskeln. Wenn er sich umdrehte, um sich an Tyndales Sattel zu schaffen zu machen, lachte er ihr über eine Schulter zu. Dass ein Mann schönes Haar und schöne Augen hatte, durfte man wohl denken, schöne Hüften aber waren undenkbar. *Denken befreit*, pflegte Edward zu sagen. Catherine war sich gewiss, dass er Gedanken an Männerhüften damit nicht meinte.

Sie würde es nicht erlauben. Einmal hatten sie sich im Winkel der Sattelkammer so fest aneinandergedrängt, dass Catherine nicht länger wusste, wessen Puls ihr bis in den Hals raste, der ihre oder der seine. Sie wollte ihn loslassen und hielt ihn fester. In ihrer Tiefe, dort, wo sie beim Ankleiden nicht hinsehen sollte, wuchs seine Härte. Sacht hob er ihr Kinn, furchte eine Braue. »Catherine, du willst mich ja.« Die Ohrfeige, die ihm dafür gebührte, brannte ihr auf der Handfläche, aber dort blieb sie hängen. Tom küsste sie. Und sie küsste ihn.

Sie würde es nicht erlauben. Als er, ohne anzuklopfen, in ihre Kammer stürmte, herrschte sie ihn an. »Verschwinde!«
»Fein«, sagte Tom. »Frage ich eben den faulen Henry, ob er mit mir vor dem Abendessen ein Stück spazieren geht.«
Sie presste das Gesicht in die Decken, wartete auf den Schlag der Tür, fürchtete, der Druck im Kopf quetsche ihr die Augen aus den Höhlen. »Catherine?« Seine Stimme war leise. »Du hast vor mir keine Angst, oder doch?«

»Du willst überhaupt kein Stück spazieren gehen. Gewiss schneit es doch wieder.«

»Nein«, sagte er. »Es taut. Ich würde gern zu dir kommen. Und wenn du weinst, würde ich dich gern halten. Falls du aber etwas nach mir werfen willst, dürftest du nichts Härteres als dein Kissen dazu nehmen.«

Sie setzte sich auf, vermochte sich vorzustellen, wie grauenhaft ihr Haar aussah. »Veralbere mich nicht.«

»Ich veralbere dich nicht. Ich habe Sorge um meinen schmerzempfindlichen Kopf.«

»Dann scher dich weg.«

Er kam zu ihr. Ging vor dem Bett in die Hocke und hielt ihre Hände, die nach ihm schlugen, fest. Mit einer Fingerspitze zerrieb er ihre Tränen. »Hat dir jemand erzählt, ich sei ein treuloser Wüstling, und du hast's geglaubt?«

»Und, bist du's?«

Er zog die Hände zurück und zuckte die Schultern. »Schon möglich. Was willst du, Catherine? Dich brüsten vor den Dämchen am Tudor-Hof: Ich bin die Frau, die den bösen Tom Seymour zähmt? Oder mich ein Leben lang küssen, wenn ich's nicht verdiene?«

In ihrer Brust regte sich etwas, sprang zur Seite wie ein lebendiges Geschöpf. »Meinst du damit...«

»Und ob ich meine. Bedarf es dazu wirklich eines Wortes?« Als er sie nicken sah, sprang er zu ihr aufs Bett und packte sie. »Also schön, Mistress Catherine Parr. Es wundert mich, dass ich einem so klugen Mädchen etwas so Einfaches vorsprechen muss: Der Himmel ist oben und die Erde unten, ins Feuer steckt man besser seine Finger nicht, und das Meer ist nass und schmeckt nach Salz. Ich will dich zur Frau, Catherine.«

Sie war so erschöpft, dass sie sich in seine Arme sacken ließ. *Und jetzt kommt Maud,* dachte sie und musste lachen. Vor Erleichterung zitterte ihr ganzer Leib. Er schloss ihr die Augen. Schmiegte seine Wange an ihre und flüsterte: »Warte noch eine Weile, meine Lilie, meine Taube in den Felsenklüften. Täte ich jetzt etwas Dummes und raubte eine lautere Maid, ich verdürbe es uns mit Junker Tudor.«

»Wäre das so schlimm?«

»Und ob, mein Lieb, und ob. Mein armer Ned, der seit Jahr und Tag meine Eseleien ausbadet, würde sich mit dem Kopf voran in die Themse stürzen. Uns eilt es doch nicht. Wenn unser Tag kommt, traut uns ein Priester, womöglich gar der köstliche Cranmer, und jedes Wort, das er uns predigt, wird englisch sein.«

Der Schnee ging zuerst, dann taute das Eis. Nach drei Tagen lag das Land befreit, und die vor Nässe schwarze Erde begann zaudernd zu atmen. Vom Wildschwein war nichts mehr übrig. Bei einem fleischlosen Mahl versuchte Tom, Cranmer zu einem Ritt auf Niederwild zu überreden, doch der lehnte mit Bedauern ab. »Morgen müssen wir reisen, Euer Bruder und ich.«

»Und wir.« Statt des Oheims, der schon den Mund geöffnet hatte, sprach die Tante. »Der Bote, der sich heute Morgen hierher durchschlug, brachte einen Brief von deiner Mutter, Catherine. Einen Brief mit glänzenden Neuigkeiten.«

Später war Catherine sicher, es mit diesem Herzschlag gewusst zu haben. Ein Tuch schlug zurück und gab seinen Inhalt frei, violetten Stoff, der in Falten herausquoll und ihr die Einsicht aufzwang: Das erträumte Lateinbuch hatte es nie gegeben.

»Für dich erging ein Antrag des Herrn Edwyn Borough aus Lincolnshire. Eine stattliche Partie. Viel mehr, als wir erhoffen durften.«

Tom sprang auf, kaum dass sie ausgesprochen hatte. Still stand er, die Hand um den Schaft des Fleischmessers, und nur wer scharf zusah, bemerkte, wie ihm die Schultern bebten. Edward, der so langsam, so linkisch war, trat rascher zu ihm, als Catherine schauen konnte. Er stieß ihn nicht zurück. Er nahm ihn in die Arme. Hätte Catherine genug Latein gekonnt, so hätte es ihr nichts genützt, denn Gott sprach keine Sprache.

»Wir wünschen, für die Gastfreundschaft zu danken.« Die Tantenstimme klang, als trompete sie. »Und bitten Euch, die

Becher zu heben auf das Lebensglück unserer lieben Nichte Catherine.«

»Auf Catherine!«

»Auf Edwyn!«, rief Maud. »Den Mutigen, der sich erbarmt.«

Janie, die stille Janie, schrie auf.

»Gott schaue auf Euch«, sagte Cranmer.

Edward hatte das Einzige getan, was ihm in seinem Schrecken eingefallen war: Er hatte Tom mit nach London genommen, am nächsten Morgen, in den frühesten Stunden, ehe der Wagen der Parrs aufbrach. Er hatte weder sich noch Cranmer geschont: Wenn einem Mann wie Tom auf der Welt etwas half, dann ein harter Ritt.

Er würde diesen Morgen des Frühlingsausbruchs nicht vergessen, den Regen, das matte Gras, die vom Schnee befreiten, kahlen Äste. Tom, der schwieg. *Um meines Bruders Qual schreit mir das Herz*, wunderte er sich. *Sollte ich mich nicht um meiner selbst willen quälen?* Solange er fort war, hatte seine Frau ihm kein Wort gesandt. Womöglich traf zu, was man ihm bei Hof nachzischte: Er war ein Stockfisch, sein Haar so fahl wie das des Bruders rot, alle Blutwärme in den Venen des Jüngeren und in den seinen Mandelmilch. Weshalb aber drehten sich in seiner Brust dann Feuerräder und versengten ihm den Atem? Seine Frau hatte ihn verlassen, weil ihm die Leidenschaft fehlte. Er jedoch liebte in der Stille so hitzig wie sein Bruder im Lärmen: Das Lernen liebte er. Das kluge Latein des Erasmus, das kraftvolle Englisch des Tyndale, und das Griechische, das auf unerreichbarem Gipfel prangte. Seinen Traum vom neuen England. Wäre Kate bei ihm geblieben, hätte er ihr je seine Leidenschaft für diesen Traum offenbart?

Im hohen Frühling erhielten die Seymours eine Einladung zur Hochzeit von Catherine Parr und Edwyn Borough, aber um nach Lincoln zu reisen, hatte niemand Zeit. Im selben Frühling fand im Konvent von Blackfriars die Verhandlung um die Gültigkeit der königlichen Ehe statt. Zwei päpstliche Legate, Kardinal Wolsey und der eigens angereiste Kardinal Campeggio, führten den Vorsitz, und Edward und Cranmer waren beordert, sich für den Fall, dass man ihrer bedurfte, bereitzuhalten. Der scheue Gelehrte, der noch immer vor Scham errötete und vor Furcht erbleichte, fand sich am Hof erstaunlich reibungslos ein. Etwas an ihm schien dem König zu behagen. Häufig rief der Monarch ihn zu sich und befragte ihn nach seiner Meinung. Cranmer erzählte Edward von diesen Unterredungen, verriet aber mit keinem Wort, was er von König Henry dachte.

Tom brachte Edward ein Buch. »Wenn du ihr schreibst, schick ihr dies. Wenn nicht, wirf es weg.«

Ihr. Catherine. Es war ein englisches Buch. Die Wynkyn de Worde-Ausgabe von Malorys *Morte d'Arthur*. Die Geschichte des goldenen Zeitalters, von dem Edward träumte und Henry Tudor behauptete, er habe es England zurückgebracht. Die Geschichte der Tafelrunde, die Cranmer an Wulf Hall gemahnte. Die Geschichte von Lancelot und Guinevere.

»Schreibst du nichts hinein?«

»Schreib du etwas. Deine Handschrift ist ohnegleichen.«

»Meinst du wirklich, dabei käme es auf die Handschrift an?«

»Schwatz nicht.« Tom trat vor Edwards Pult, tunkte eine Feder in Tinte und hielt sie ihm hin. »Hier. Schreib. Der Himmel ist oben und die Erde unten, ins Feuer steckt man besser seine Finger nicht, und das Meer ist nass und schmeckt nach Salz.«

Edward hatte kaum zu Ende geschrieben, da riss Tom ihm das Buch weg und schlug es zu. Die Buchstaben würden zu Schlieren verlaufen. »Schick es ihr oder wirf es weg.« Auf dem Sims vor dem Fenster ließ er es liegen und ging.

Nach den Maifeiern, die in liebloser Hast begangen wurden, trat das Gericht in Blackfriars wieder zusammen. Der Hof wurde im angrenzenden Palast von Bridewell einquartiert und wartete. Jeden zweiten Tag fanden Sitzungen statt, doch kein Ergebnis drang zu den Harrenden durch. Es herrschte eine seltsam gespannte, zwischen Fisch und Fleisch baumelnde Stimmung, in der keiner zu sagen wusste, ob der Vorteil, den er sich heute verschaffte, ihm nicht morgen zum Schaden gereichte, ob England noch eine Königin besaß, ob Kaiser Carlos' Truppen nicht schon vor den Häfen lagen, um Genugtuung für Catalina von Aragon zu fordern. Zudem wurde es rasch sehr heiß. London im Sommer war eine Qual: Die Themse, die in der Sonne glitzerte, begann wie ein Abort zu stinken. In engen Gassen watete man durch Unrat, Kot und Essensreste, in denen Ratten und Bettler wühlten. Von den Köpfen gerichteter Verbrecher auf Brückenpfeilern faulte schwärzlich das Fleisch.

Edward sehnte sich nach Wulf Hall. Tom, wie aufgepeitscht, suchte Händel, trieb ungeniert Spiele mit vermählten Frauen. Ihn zur Vernunft zu rufen in einer Lage, die jeder Vernunft widersprach, war sinnlos. Zum Glück war Bryan da, um für Ablenkung zu sorgen, für Schaukämpfe im Palasthof, Kegel- und Schachpartien. Ende Juni gab es endlich Nachricht aus dem Konvent. König und Königin sollten vor dem päpstlichen Gericht gehört werden. Mehrere Höflinge, darunter Edward und Cranmer, hatten sich auf der Galerie einzufinden.

Als die beiden ihre Plätze, zwei Mannslängen über dem Geschehen, einnahmen, war schon alles bereitet, wie für einen Mummenschanz. Auf dem Podium saßen die beiden Kardinäle, der massige Wolsey und der von Gicht verkrüppelte Campeggio, scharlachleuchtend zwischen den herzoglichen Beisitzern. Auf der Rechten reihten sich die Bischöfe, die den Antrag des Königs unterzeichnet hatten, auf der Linken die Rechtsberater Catalinas: mehrere Spanier, darunter der Gelehrte Vives, doch daneben Engländer, deren Namen schwer wogen, wie Bischof Fisher, der Kanzler von Cambridge, Tunstall, der Bischof von London, der Tyndale abgewiesen hatte, und der höchste Kleriker des Landes, Warham, der Erzbischof von Canterbury.

Am Kopf des Saales standen, von Gardisten gehalten und gut zehn Schrittlängen voneinander entfernt, die beiden Baldachine: Ein hoher, unter dem der achte Henry im königlichen Hermelin schwitzte, und ein niedrigerer für die in

Schwarz gehüllte Catalina. In der Geschichte der Insel hatte es dergleichen nie gegeben: Ein König und eine Königin von England warteten, dass ein Gericht sie aufrief, über die zwanzig Jahre ihrer Ehe Zeugnis abzulegen. Das Pult für den jeweiligen Sprecher stand leer in der Saalmitte. »Wäre sie in ein Kloster gegangen, so wäre man alle Sorge los«, zischte ein Kerl in Edwards Nähe seinem Nachbarn zu.

Der Nachbar schwieg betreten. Edward erkannte ihn. Er war George Boleyn, dessen Geschick am Ausgang dieser Verhandlung hängen mochte. Anne, die *schwarze Annie*, die der König so dringend zu ehelichen wünschte, war seine Schwester.

Recht aber hatte der Schwätzer, der eifrig weitere Theorien auf das Ohr des armen Boleyn abfeuerte. Entschied sich eine Gattin, den Schleier zu nehmen, so war ihr Gatte frei, sich neu zu vermählen, ohne dass die Erbrechte ihrer Kinder angetastet wurden. Prinzessin Mary liefe nicht Gefahr, zum Bastard erklärt zu werden, und die päpstlichen Legaten hätten nicht zwischen zwei Übeln zu wählen wie zwischen Axt und Strick: Der Greis Campeggio durfte dem Papst kein Urteil nach Rom bringen, das den Kaiser erzürnte. Kaiser Carlos hatte sich einmal an Papst Clemens vergriffen, er würde sich nicht scheuen, es wieder zu tun. Und Kaiser Carlos war Catalinas Blutsverwandter. Wolsey hingegen, der allgewaltige Wolsey – was ihm bevorstand, wenn er das Begehren seines Königs nicht endlich erfüllte, käme einem bitteren Alptraum gleich.

Edward hatte mit Cranmer über die Hoffnung, Catalina könne sich für das Kloster entscheiden, gesprochen, aber der hatte den Kopf gewiegt: »Worum geht es uns, mein Freund? Habt Ihr etwas gegen die arme Catalina, ist Euch daran gelegen, sie ihres Gatten zu berauben? Liegt Euch an Mistress Boleyn? Es geht um mehr, sogar um mehr als einen Prinzen für England. Um Recht, Edward. Recht, das kein Mensch der Welt, auch kein Papst einem englischen König verweigern darf. Ist diese Ehe vor Gott nicht gültig, so hat selbst der Papst zu bekennen: Die Dispens hätte nie erteilt werden dürfen, ein fehlbarer Mensch hat einen Fehler begangen. Ihr wisst, was das für uns bedeutet?«

Ja, Edward wusste es, auch wenn weder er noch Cranmer die Worte je ausgesprochen hätten. Es ging nicht um die Trennung von Catalina. Es ging in England wie in den deutschen Fürstentümern Luthers um eine Trennung von der Herrschaft Roms.

Und jetzt war die Verhandlung im Gange. Stickig war es, trotz der Weite des Saales, trotz der Pagen, die an den Eingängen mit fächelnden Straußenfedern für Luftzug sorgten. Zeugen wurden vernommen, uralte Männer, die einst dem Prinzen Arthur gedient hatten und jetzt mit schäkernden Untertönen vom Morgen seiner Hochzeitsnacht berichteten. »Er hat gesagt, er sei des Nachts in Spanien gewesen.« Boleyns Nachbar lachte zischend auf. Edward starrte auf seine gefalteten Hände, die sich zeichnenden Knöchel. Dass er an Kate denken musste, an Schrecken und Scham seiner eigenen Hochzeitsnacht und an Catherine, die in Lincoln vorm Altar stand, verursachte ihm Übelkeit.

»Henry, König von England, tretet vor das Gericht!«

Mit dem König erhob sich der Saal. Er trat vor das Pult, wie er vor sein Turnierpferd trat, ein Bild von einem Monarchen, kraftstrotzend, selbstsicher, in der Blüte seiner Jahre. Wie immer verblüffte die Stimme, die sich zart wie ein Flötenton aus einer Gambe von Brustkorb schwang. »Gutes Gericht. Ihr seht einen König in Not. Unsere Catalina, die Wir reinen Gewissens zum Weib nahmen, ist eine Dame, gegen die kein Wort gesprochen werden kann. Fände Unsere Ehe Gefallen vor Gott, so wäre nichts Uns willkommener. Hätten Wir Uns noch einmal ein Weib zu wählen, Wir wählten sie, die Uns eine schmiegsame Gattin war, vor allen anderen Frauen.«

»Von Eurer vorzüglichen Schwester einmal abgesehen«, bekam Boleyn unter Glucksen ins Ohr gezischt. König Henry fuhr fort. Seit langem, so beteuerte er, werde er von Gewissensqualen heimgesucht, Zweifeln an der Gottgefälligkeit seiner Ehe, die von all seinen Bischöfen geteilt würden. Einen Herzschlag lang herrschte Stille. Dann rief an dem Tisch zur Linken ein Mann ein Wort: »Nein.«

Fisher. Jetzt Bischof von Rochester. »Nicht von allen Bischöfen, Euer Gnaden. Meine Unterschrift auf jenem Schriftstück ward nicht von meiner Hand hinzugefügt.«

Aller Blicke sprangen dem Alten ins Gesicht. Hatte Fisher vergessen, was jedes Mitglied des Hofes im Schlaf herzusagen wusste? *Indignatio principis mors est* – der Zorn des Herrschers bedeutet Tod. In einem Versuch, seinem Kleriker beizuspringen, erhob der müde Erzbischof Warham die Stimme: »Beruhigt Euch, Bischof. Man hat Euren Namenszug eingesetzt, da man sicher war, dass Ihr ihn nicht verweigern würdet.«

Die zwei greisen Männer maßen einander. Ins Gesicht seines Erzbischofs sprach Fisher, was dieser zweifellos wusste: »Doch, Euer Gnaden. Ich hätte ihn verweigert.«

»Dafür geht's aufs Schafott.« Das Zischen und Kichern in der Stille klang grotesk. Edward war sicher, dass ein jeder es hören musste, aber niemand scherte sich um den Wichtigtuer auf der Galerie. Um Fisher scherte man sich, um den Mann, der seinem König die Stirn geboten hatte und der jetzt sehr langsam das Gesicht jenem König zuwandte. Vier Gardisten traten in Stellung, um den Alten auf Befehl zu ergreifen und aus dem Saal zu zerren. Edward wollte zur Seite sehen, aber starrte hin wie gebannt.

»Schön, schön«, sagte König Henry. »Wir haben keine Zeit, mit Euch zu streiten, Ihr seid schließlich nur ein einziger Mann.« Gelassen vollzog er eine Drehung zum Podium: »Gutes Gericht, Wir haben gesagt, was von Unserer Seite her zu sagen war. Fahrt fort.« Als er sich unter dem Baldachin niedergesetzt hatte, wehte ein raunendes Atmen durch den Saal. Alles plumpste, sackte zurück auf Bänke und Schemel, nur um gleich darauf wieder aufzuspringen.

»Catalina, Königin von England, tretet vor das Gericht.«

Was blieb übrig, wenn man all die Ehrfurcht, die dem Wort Königin anhaftete, abzog? Eine kleine, dickliche Frau in Schwarz. Sie trat vor das Pult, das zu hoch für sie war, und rief die Männer auf dem Podium an: »Gericht, vor Euch steht ein schwaches Weib, das Eurer Hilfe bedarf. Eine christliche Tochter allerchristlichster Eltern, die zwanzig Jahre lang in christlicher Ehe gelebt hat. Hätte an der Gültigkeit meines Bundes je Zweifel bestanden, so wäre jetzt, nach all den Jahren des Schweigens, nicht die Zeit, davon zu reden.«

»Liebe zu Euch ließ Uns schweigen«, drang die Stimme des Königs unter dem Baldachin hervor. Er hatte kein Recht, ohne Aufruf zu sprechen, wer aber würde es ihm streitig machen? »Niemand wünscht inniger als Wir, dass man Unsere Ehe für gültig erklärt.«

»Dann gebt meinem Gesuch statt und lasst den Fall an die Kurie nach Rom verweisen, wohin er Gottes Gesetz nach gehört. Ich bin mir gewiss, dass ich von der Kurie nichts zu fürchten habe.«

»O doch, Ihr hättet etwas zu fürchten, *ma dame*. Den Einfluss des Kaisers nämlich. In diesem Land ist jeder Richter frei, nach Gesetz und Gewissen zu entscheiden.«

Königin Catalina suchte mit den Händen Halt am Pult. Dann drehte sie sich um, eilte mit schleifenden Röcken bis vor den Baldachin des Königs und warf sich auf die Knie. »Mein Herr und Gebieter, um all der Liebe willen, die zwischen uns war, gewährt mir Mitleid und Gerechtigkeit.«

Tumulte entstanden, der ganze Raum schien zu rascheln wie aufgewühltes Laub. König Henry lehnte sich unter dem Baldachin hervor, packte Catalina bei den Armen und zog sie auf die Füße. Kaum ließ er sie los, da fiel sie von neuem auf die Knie. »Ich bin eine arme Frau, fern Eures Reiches geboren und ohne Freund in Eurem Land. Ich rufe Gott und die Welt zu Zeugen, dass ich Euch ein gehorsames Weib gewesen bin.«

Noch einmal zog der König sie hoch. Als versuche man, einen Sack aufzurichten, fiel sie sogleich wieder in sich zusammen und sprach auf Knien weiter. »Von mir hattet Ihr viele Kinder, auch wenn es Gott gefallen hat, sie uns wieder zu nehmen. Und als Ihr zum ersten Mal bei mir lagt, Gott sei mein Richter, da war ich eine reine Jungfrau, von keinem

Mann berührt. Ob dies die Wahrheit ist, mein Herr – darüber befinde Euer Gewissen.« Königin Catalina stand auf, knickste und ging schleppenden Schrittes aus dem Saal.

Der Befehl des Ausrufers gellte ihr hinterdrein: »Catalina, Königin von England, kehrt zurück vor das Gericht.«

Nichts tat sich.

»Catalina, Königin von England, kehrt zurück vor das Gericht.«

»Ich wüsste zu gern, was Eure Dame Schwester davon denkt«, raunte Boleyns Nachbar.

»Herrgott, haltet endlich den Mund«, platzte es diesem heraus, dass sich zahllose Köpfe nach ihm wandten.

»Catalina, Königin von England, kehrt zurück vor das Gericht.«

Aus den Schatten, zwischen den Pagen und Gardisten bei den Türpfosten, erschien das Gesicht Catalinas. »Ich habe vor diesem Gericht nichts mehr zu sagen«, rollten die schweren Worte zurück in den Saal. »Es ist nicht zuständig für mich. Meinen Fall verweise ich nach Rom.«

Im Lauf jenes drückend heißen Sommers kam das Gericht noch des Öfteren zusammen, doch Königin Catalina weigerte sich, noch einmal zur Vernehmung zu erscheinen. Am 23. Juli schließlich erklärte Kardinal Campeggio den Fall für zu bedeutsam, um ihn ohne Hinzuziehung der Kurie zu entscheiden. Die Kurie aber befand sich in den Sommerferien. Vor Einbruch des Herbstes würde kein Gericht mehr tagen, um über das Schicksal von Englands Königspaar zu richten.

Kardinal Wolsey hatte seinen Auftrag nicht erfüllt und wusste, was das bedeutete: *Indignatio principis mors est.* Am neunten Oktober, als die ausgedörrte Stadt sich am erlösenden Regen labte, erhob das Oberhofgericht Anklage gegen Wolsey, den Mann, von dem Erasmus geschrieben hatte, er sei allmächtig wie der König selbst: Der Kardinal habe seine Macht missbraucht, um die Krone zu schwächen. Zusammen mit einer Schar weiterer Höflinge ward Edward nach Hampton Court geschickt, um Wolsey in seinen Privatgemächern zu ergreifen. Edward liebte Hampton Court, ohne recht sagen zu können, weshalb. Vielleicht weil es lichter und stiller war als die übrigen Paläste. Es behagte ihm nicht, dass dies in Hampton Court geschah.

Sie trafen Wolsey auf der Treppe, auf dem Weg in seinen schönen Garten. Es gelang Edward, sich so weit im Hintergrund zu halten, dass er nicht selbst Hand an den Alten legen musste und auch wenig sah, nur Fetzen des roten Gewandes, nur eine fliegende Faust, nur bleich aufblitzend ein Gesicht in Todesangst. Auf der letzten Stufe verlor der Davongezerrte einen perlenbestickten Schuh. Niemand hob ihn auf.

Der entmachtete Kardinal wurde nicht in den Tower, sondern in ein Haus nach Esher verbracht und dort unter Arrest gestellt. Der Hof weilte in Richmond. Als Edward allein und regennass dort ankam, ließ ein Bote ihn wissen, er habe sich im Empfangsraum des Königs einzufinden. Dort saßen in Lehnsesseln König Henry und Anne Boleyn und verzehrten gezuckerte Feigen. Edward kniete nieder. Er war beinahe zu müde, sich zu fürchten.

»Ah, der junge Edward. Wie lange ist es her, dass Euer König Gelegenheit hatte, mit einem Gefährten wie Euch zu sprechen?«

Anne Boleyn nahm die Silberschale mit den Feigen und hielt sie ihm hin. »Warum steht Ihr nicht auf und erfrischt Euch mit uns? War es hart? Hat der alte Satan sich gewehrt?«

Der Satan? Wolsey? »Nein, *my lady*.«

»Lass ihn, Zuckerperle.« König Henry umfasste ihr Gelenk. Zuckrig war sie nicht, fand Edward. Ihre Schönheit war die Schönheit der Nacht und der Klang ihrer Stimme ein zu herber Wein. »Sir Edward ist erschöpft. Er wird sich zurückziehen wollen.«

Sir Edward? Der König las seinen Gedanken: »Ja, Guter, Wir machen aus Euch einen Ritter des Hosenbandordens. Und nicht nur das. Wie sagten Wir Euch? In diesen Zeiten muss Euer König wissen, wer für ihn ist und wer gegen ihn.

Ihr habt Euch als Getreuer ersten Ranges erwiesen. Eure Ehe mit der Unseligen, die einen braven Gatten nicht zu schätzen weiß, wird gelöst. Mistress Fillol erhält Befehl, um Aufnahme in ein Kloster zu ersuchen, und Ihr seid frei, Euch eine neue Herzensdame zu erwählen.«

Mit diesen Worten ergriff er die Hand seiner Buhlin, führte sie an den Mund und schnappte ihr wie mit küssenden Lippen eine Feige aus den Fingern. Mit der Zunge das Zuckerzeug schiebend, fuhr er fort: »Damit aber nicht noch einmal eine Dame Euren Wert verkennt, ernennen Wir Euch zum Stallmeister beim Herzog von Richmond, Unserm Bastardsohn. Und keine Sorge, niemand erwartet, dass Ihr Euch auf Pferde versteht. Es ist ein Posten, nichts weiter. Ob eine Leitersprosse daraus wird, liegt ganz in Eurer Hand.«

Kurz darauf ward Edward entlassen. Zum ersten Mal wünschte er sich ein Haus in der Hauptstadt, in das er hätte fliehen können, eine Schlafkammer, in der keine gespitzten Ohren, keine flüsternden Münder auf ihn warteten. Eine Stube, um an solchem Abend, an dem die Leere in ihm aufschrie, über Zeilen von Erasmus' *Aegidia*, beim Schachspiel mit Tom oder im Gespräch mit Cranmer Trost zu finden. Der Gardist schloss die Tür hinter ihm. Vor den schmalen Fenstern des Gangs regnete es wie aus geplatzten Schläuchen.

Er fuhr aus seinen Gedanken auf, als er Schritte hörte, die ihm entgegenkamen. »Verzeihung, Sir. Ich hatte nicht vor, Euch zu erschrecken.«

Eine Hofdame, die sich anscheinend in den falschen Trakt verirrt hatte. Edward blickte hoch und sah in tagblaue Augen, die er seit der Zwölfnachtsfeier nicht vergessen hatte. Sie trug ein schlicht geschnittenes Kleid in einem Kupferton, das wie eine Rüstung um ihren Körper geschmiedet schien. So wie sie vor ihm stand, hätte sie die Königin in diesem Palast sein mögen. »O nein, ich bitte Euch um Verzeihung. Mistress Stanhope, nicht wahr? Sucht Ihr nach meinem Bruder?«

Edward schlug sich auf den Mund. Was war er nur für ein taktloser Tölpel? Dabei hatte er sich einen Herzschlag lang gewünscht, auf der Welt keinen Bruder zu besitzen. Die Schöne wandte ihren blauen Blick nicht von seinem. »Warum sollte ich?«, fragte sie.

Dies, so fand Catherine, war eine höchst erstaunliche Erfahrung: Wenn es Nacht wurde, wurde es auch wieder Tag. »Daran stirbst du nicht«, hatte die Tante gesagt, und, so unglaublich es klang, sie behielt Recht. »Glaubst du denn, du bist die Einzige, der solches widerfährt?«

Wenn es Nacht wurde, wurde es auch wieder Tag. Tag, um ein Bündel zu schnüren, um Käse und Kuchen in Empfang zu nehmen, um Lebewohl zu sagen, wieder einmal, am Torweg von Wulf Hall. Von neuem hatten sie alle dort gestanden, aufgereiht unter den Ulmen, Janie weinte, und Tom fehlte, aber diesmal drohte ihm niemand Prügel dafür an. Cranmer und Edward waren in der Frühe aufgebrochen. Geregnet hatte es. Kaum merklich durch kahle Äste. Vor der Nacht erreichten sie Peterborough und rasteten dort, und an diesen Tag reihte sich der nächste und dann wieder einer.

Der Bräutigam, Edwyn Borough, traf einen Tag nach ihnen in Lincoln ein. Er war ein harmlos wirkender Jüngling, weder groß noch klein, weder mager noch fett, dessen auffälligstes Merkmal in einer von Pusteln übersäten Gesichtshaut bestand. »Sei ein tapferes Mädchen«, hatte die Tante gesagt. Catherine aber brauchte kein tapferes Mädchen zu sein, denn Catherine steckte nicht in dem Mädchen, das am Arm der Tante vortrat und sich von dem Jungen namens Edwyn die Hand küssen ließ. Sie steckte nicht in dem Mädchen, das für Wochen bei einer Base des Bräutigams einquartiert, gesalbt, frisiert und in starres Unterzeug gewickelt wurde. Erst recht nicht steckte sie in dem Mädchen, das an einem Junimorgen in die Kapelle trottete und einen Eid schwor, *Ich, Catherine, nehme dich, Edwyn, zu meinem vertrauten Manne, dich zu halten von diesem Tage an,* und das vom lateinischen Rest der Trauung kein Wort verstand.

Die wahre Catherine, die Latein lernte und mit Edward über Luther disputierte, Cathie Parr, die Tom Seymour gehörte, stand am Rand und sah dem Treiben zu. Ihre Mutter war zur Trauung nicht erschienen, schließlich trieb auch nicht jeder Bauer sein Rindvieh selbst auf den Markt. Statt ihrer kam Nan, saß in hellen Spitzen auf der Frauenseite und sprang auf, als die Trauung vollzogen war. Übermütig winkend rief sie Catherines Namen. Als Catherine dies hörte, zerbrach die Glocke um sie, und sie kehrte in ihren Körper zurück. Beim Auszug aus der Kapelle verstopfte ein Klumpen ihr die Kehle, doch von einer frisch vermählten Braut erwartete niemand viele Worte.

Jünglinge der Familie geleiteten den Bräutigam, Jungfern die Braut zu Bett. Es war eine stille, verlegene Angelegenheit. Catherine, bloßbeinig, im steifen Hemd, kroch unter die Decke und blies die Kerze aus. Kurz darauf erschien ihr Gatte mit einem doppelarmigen Leuchter. Das Licht der Flammen fiel auf sein Gesicht, den pusteligen Hals, der aus der Kragenrüsche ragte. »Nett seht Ihr aus, süße Gemahlin«, sagte er mit aufgekratzter Kehle. Catherine schloss die Augen und sah auf einmal ihre Tafel vor sich, die hölzerne Buchstabentafel, die sie als Kind besessen, die Edward Seymour für sie geschnitzt hatte: *Pater noster qui es in caelis. Sanctificetur nomen tuum.* Im Stillen betete sie es sich vor.

Was ihr von Tom in jener Nacht am stärksten im Gedächtnis brannte, war sein Geruch. Er überwältigte sie. Borough roch säuerlich und schwach nach angegangenem Käse. *Adveniat regnum tuum. Fiat voluntas tua, sicut in caelo et in terra.*

Er brauchte eine Weile, um auf sie zu kriechen, als hielte er seinen Körper wie ein Bündel Knochen an Fäden, die er erst ordnen und hochziehen musste. Eine Zeit lang nestelte er an ihrem Brustlatz, dann gab er es auf und begnügte sich damit, ihr das Nachthemd unter sich greifend über die Hüften hochzuschieben. *Panem nostrum quotidianum da nobis hodie. Et dimitte nobis debita nostra, sicut et nos dimittimus debitoribus nostris.*

Als sich sein Mund auf ihren klebte, vergaß sie, wie Toms Mund geschmeckt hatte. Wie Kirschen vielleicht, wie Minze, wie Wildfleisch, aber wie schmeckte all das? *Et ne nos in-*

ducas in tentationem. Wieder griff Borough unter sich, weitete sie mit beiden Händen, riss sie auf und schob sich in ihr Innerstes.

Als der Schmerz kam, krallte sie die Hände ins Laken. *Sed libera nos a malo.* Der Schmerz währte nicht lange. Mit einem feuchten Prusten löste sich Boroughs Mund von ihrem, hob sich sein Körper, hackte, hob sich, hackte wieder zu. »Amen«, flüsterte Catherine und begann von vorn, bis der Bräutigam aufstöhnend in ihr platzte und von ihr ab in die Betttücher fiel.

Wenn es Nacht wird, wird es auch wieder Tag. Als der Morgen kam, verließen sie Lincoln. Die Fahrt dauerte kaum eine Stunde, dann erreichten sie den Sitz Borough Place, der von diesem Tag an Catherines eheliches Heim sein sollte.

Die dritte Nacht

Gott und die Welt
1531

*In der dritten Nacht des Christfestes
schenkte mir mein Liebster
drei französische Hennen.*

Palast von Greenwich, am 18. Dezember 1531.
Liebste Catherine,
bitte sei mir nicht böse, dass ich nicht früher schrieb. Ich wollte ja schreiben, aber ich bin seit Mutters Tod so traurig gewesen, dass nichts mit mir anzufangen war. Nicht, weil wir Mutter verloren haben, sondern weil wir sie im Leben so wenig kannten. Manchmal frage ich mich: Waren wir je eine Familie? Der einzige Ort, an dem wir Geschwister, Du, Will und ich, je nach Elternart umsorgt waren, scheint mir Wulf Hall gewesen zu sein. Glichen wir seither nicht eher kleinem Getier, das gezwungen ist, sich allein durchzubeißen?

Mit diesem Brief übersende ich Dir Mutters Medaillon. Sie hat verfügt, dass Du es bekommst. Nur gut, dass wir beide versorgt sind, ich bei Hof und Du im Haus Deines Edwyn, denn Geld für uns ist keines da. Es geht alles an Will, der es dringend braucht. Unser Honigküchlein von Schwägerin, die pralle Annie, gibt mehr aus, als sie eingebracht hat: Brokat aus Flandern muss sie haben, venezianische Spitzen, Pariser Perlenhäubchen, und das alles durchaus nicht, um Will zu gefallen. Für die Klatschküche des Hofes entwickelt die Dame sich nachgerade zur zweiten Kate Fillol. Armer Will.

Hast Du davon eigentlich gehört? Das Fillol-Früchtchen ist in ein Kloster verbannt und hat zum Kosen nur noch fromme Schwestern. Kein Mensch hat ja verstanden, warum Ned so lange an ihr festhielt. Ein anderer hätte dem Luder jeden Galan einzeln aufs allerliebste Hinterteil gezählt. Ned aber brächte derlei nicht übers Herz. Nun, jetzt ist er wieder zu haben und gilt zudem als lohnende Partie. Der König mag ihn. Und dieses Rehkitz von Priester, das er ihm angeschleppt hat, mag er noch lieber. Stell Dir vor, er hat die-

sen Cranmer beauftragt, ein Plädoyer für die Auflösung der Ehe abzufassen. Der König gibt also nicht auf, auch wenn Papst Clemens ihm untersagt hat, an eine zweite Heirat nur zu denken. Ich könnte Dir viel dazu schreiben, aber tue es nicht, denn es ist ketzerisch, und seit kurzem werden ständig Ketzer verbrannt.

Was aber der Papst auch sagen mag und was der Kaiser sagen mag, der König hat Catalina des Hofes verwiesen und lebt nun mit Anne Boleyn. Wir sind ein denkwürdiger Haushalt, ein Schwarm von Bienen und Drohnen ohne Königin. Kein Mensch weiß, was zu Weihnachten geschieht, ob der König seine Mätresse neben sich auf den Ehrenplatz zu setzen wagt oder ob überhaupt keine Feier stattfindet. Gerade erging aber doch Befehl, sich zur Übersiedlung nach Hampton Court bereitzuhalten. Weißt du das, Cathie? Wann immer es nach Hampton Court geht, wünschte ich, Du könntest zu Zwölfnacht dort aus dem Nichts erscheinen, so wie einst.

Du würdest übrigens Hampton Court nicht wiedererkennen. Seit Wolseys Tod hat der König dort jeden Holzscheit, der an den Kardinal erinnerte, herausreißen lassen, und nun wird alles vergrößert und noch prächtiger gestaltet. Ich bin gern dort. Die Stimmung, sobald wir einziehen, wird so leicht, und alles Schwere fällt ab.

Aber ich plappere Dir von meinem Leben und möchte doch lieber von Deinem hören. Wirst du uns nicht bald eine große Freude bereiten, uns einen kleinen Knaben oder ein Mädchen schenken und eine Tante aus mir machen? Wie schön wäre das, wenn von dem Parr-Blut noch ein Tropfen übrig bliebe. Von Will und seinem Speckhennchen ist kein Kindlein zu erwarten, und für mich hat Gott wohl keine Ehe vorgesehen. Wenn ich mich je einem Manne gäbe, so müsste es einer wie Tom Rotschopf sein, mit dem das Leben lustig ist. Aber Tom heiratet nicht, denn das bräche allen Jungfern das Herz. Zudem lebt er von der Hand in seinen hübschen Mund.

Da ich von Tom spreche, fällt mir ein, von wem ich Dir

Grüße auszurichten habe: von Janie, der leisen Janie Seymour, weißt du noch? Sie ist schon zwei Jahre bei Hof, aber vergeht noch immer vor Heimweh. Solange Catalina da war, ging es an, aber vor der schwarzen Annie graut ihr, und ihr Herz quillt über vor Mitleid mit der verstoßenen Königin.

Liebste Catherine, Du fehlst mir. Soll unser Leben verstreichen, und wir zwei Schwestern hätten nie Gelegenheit, einander kennen zu lernen, so wie wir Mutter nie kannten? Alles, was uns bleibt, ist Briefe schreiben. Ich hoffe, es fängt nicht schon an zu schneien, auf dass noch ein Bote es zu Dir nach oben schafft. Gesegnete Weihnacht, für Dich, Deinen Edwyn und Dein ganzes Haus. Deine Dich liebende Schwester Nan Parr.«

Solange der Winter das Land in rauen Händen wrang, verließen sie kaum je das Haus. Die Führung des Haushalts oblag der Schwiegermutter, während der Schwiegervater und Edwyns älterer Bruder sich um die Verwaltung des Gutes kümmerten. Für Edwyn und Catherine blieb nichts zu tun. Auf die Jagd ging Edwyn nicht, da er dazu neigte, sich zu verkühlen. Er legte sich früh ins Bett und schlief bis tief in den Morgen, das verkürzte die Tage. Mit seinem Vater und Bruder spielte er zuweilen Karten, doch für Catherine fand er diesen Zeitvertreib nicht schicklich. Auf einem Tisch in der Wohnhalle stand ein Virginal. »Ich bin nicht musikalisch«, hatte Catherine erklärt, was Edwyn nicht kümmerte. Das Virginal fing Staub. Es gab kaum Musik im Haus, weil niemand gern tanzte.

Er war alles andere als ein übler Gatte. Darauf, dass sie nähte, bestand er nicht. Als sie bat, ein Pult benutzen zu dürfen, um ihrer Schwester zu schreiben, ließ er ihr eines in den Wohnraum stellen. Er selbst schrieb nicht gern. Im Wohnraum saß, während Catherine sich zu schreiben mühte, die Schwiegermutter bei Näharbeiten, und oft gesellten sich Edwyn, sein Vater und Bruder zum Kartenspiel dazu. Ein Buch zur Hand zu nehmen, war unerwünscht. Edwyn fand, das zieme sich für seine Gattin nicht, da er selbst nicht gern las.

Wenn sie Langeweile habe, solle sie sich Beschäftigung suchen.

Ihren in grünen Samt geschlagenen Band Malory, den sie zwischen den Unterkleidern ihrer Aussteuer bewahrte, nahm er einmal zur Hand und blätterte darin. »Seht her«, rief er, »jemand hat in Eurem Buch eine Zeile angestrichen.«

Catherine hatte die angestrichene Zeile nicht bemerkt, denn sie hatte das Buch nie aufgeschlagen. Leicht pikiert las Edwyn vor: »*Einst bei des Königs Geburt, da strahlten alle Sterne, aber jetzt fällt Regen auf das Land.* Was für ein Zeug. Woher habt Ihr es?«

»Es war ein Hochzeitsgeschenk.«

»Und wer hat es geschickt?«

»Edward Seymour von Wulf Hall. Ein Freund meiner Familie.«

»Reichlich sparsam, Euer Freund«, sagte Edwyn. »Einen Satz Fingerschalen hätte ihm unsere Trauung wohl wert sein sollen.«

Sie hätte heimlich lesen können, doch es gab keinen Raum, sich tagsüber zurückzuziehen, und in der Nacht, fand Edwyn, gehörten Mann und Weib zusammen in ein Bett. Seine Eltern teilten die Bettstatt noch nach all den Jahren. Ein übler Gatte war er nicht. In den meisten Nächten war er zu erkältet, um mit ihr zu schlafen.

Winters ging Edwyn nicht aus, aber sobald der Frühling sich zeigte, fuhr er jeden Dienstag auf den Stoffmarkt nach Lincoln und nahm Catherine mit. Er war kein armer Mann, mit etwas Erbe von der mütterlichen Seite ausgestattet, und oft füllte er ihr Geld in einen Beutel, damit sie sich ein Zierband oder einen Honigkuchen kaufen konnte. Hätte Catherine wirklich etwas kaufen wollen, so wäre es ihr schwergefallen: Edwyn bestand darauf, dass sie ob der überall lauernden Gefahren an seiner Seite blieb. Er selbst aber ging um keines Handels willen auf den Markt, sondern um seiner einzigen Leidenschaft zu frönen: Der harmlose Edwyn ergötzte sich mit kindlicher Freude an Gewalt.

An manchen Dienstagen musste er mit einem Hahnenkampf, einer Bärenhatz oder der Auspeitschung eines Vagabunden vorliebnehmen und fuhr dann mürrisch nach Hause. An anderen war das Glück ihm holder: Am Pranger hing ein Mehldieb oder Pfefferfälscher, und säckeweise wurden faule Äpfel feilgeboten, um sie im Wettstreit auf den Übeltäter zu verfeuern. Ein Lästerweib ward auf den Tauchstuhl gebunden, ein ungehorsamer Lehrling durch das Ohr gebrannt. Bei alledem stand Edwyn stumm, mit glühenden Pustelwangen, und rieb sich seine Hände schwitzig. Hinterher war er müde wie ein ausgetobter Knabe, verlangte nichts als den raschesten Liebesakt und fiel in ohnmachtsgleichen Schlaf.

Zum ersten Marktgang des Jahres, einem Tag Anfang März, stand noch weit größere Erregung bevor. »Zieht Euer gutes Kleid an«, sagte Edwyn zu Catherine. »Das Violette, in dem ich Euch so schätze. In Lincoln wird ein Ketzer gerichtet.«

Sie stellten den Wagen bei einem Schankwirt ein und schoben sich zu Fuß durchs Gedränge. »Wegtreten, Leute, macht Platz für den Herrn!« Berittene Wachen trieben einen Keil in den Ring aus Menschenleibern. Platz genug für Edwyn, Catherine und die Schwiegermutter, die bei solchem Spektakel nicht fehlen mochte. Mit Pflöcken und Seilen war ein Kreisrund abgesperrt. In der Mitte aufgeschüttet, wartete der Scheiterhaufen, ein Hügel aus gebündeltem Reisig, aus dem ein Pfahl aufragte. Daran gefesselt, mit Stricken um die nackte Brust, stand ein Mann. Stolz, als sei er der Veranstalter, wies Edwyn auf die Absperrung. »Nicht weiter, süße Gemahlin, sonst könnten Funken Euch treffen.«

Der Mann war mager, noch nicht alt. Seine Rippen hinunter schnitten sich blutige Striemen. Er trug keinen Hut, sein ingwergelber Schopf war zerzaust. »Sie haben gute Sicht, *my lady*?«, erkundigte sich ein Wachmann bei der Schwiegermutter. »Thomas Hitton, ein Ausbund des Bösen, von höchster Stelle überführt. Erzbischof Warham hat das Urteil unterzeichnet.«

Das Getuschel der Menge, das Knistern mitgebrachter Proviantpakete und der schwache Märzwind mischten sich zu einem Raunen. Als die Trommler in den Kreis traten und das

Raunen verstummte, erlitt Edwyn einen Hustenanfall. Zwischen den Trommlern hindurch schritt der schwarz maskierte Henker mit der Fackel. Der Tag war trocken wie Knochen. Kaum senkte sich die Fackel auf das Reisig, schlugen Flammen hoch.

Der Verurteilte schrie. Er schrie nur ein einziges Wort, das sich in die Länge zog und von Gebäuden um den Marktplatz widerhallte: »Nein!« Catherine sah Menschen sich die Ohren zuhalten. Sie selbst tat nichts. Stand da wie gefesselt, als schnitten ihr Stricke in die Brust. Man sah nicht mehr viel, nur Rauch und blendende Flammen, die sich im Handumdrehen ausgeweitet hatten. Dazwischen kurz des Mannes Gesicht. Edwyn neben ihr hustete. »Der Gestank ist nicht zumutbar.« Die Schwiegermutter schlug sich den Mantelzipfel vors Gesicht.

Ohne zur Seite zu sehen, reichte Catherine ihrem würgenden Gatten den Arm. Edwyn hing schwer daran, hielt sich mühsam auf den Beinen. »*Pater noster*«, fühlte Catherine ihre Lippen formen, »*Pater noster*«, aber ihr klägliches Latein schien im Feuer verkohlt. Und dann schrie etwas in ihr, lauter als der Verurteilte, der längst aufgehört hatte zu schreien: *Lass ihn tot sein*, schrie es in glasharten englischen Worten. *Herr, erbarme Dich!*

Vor der Heimfahrt mussten sie bei dem Schankwirt rasten und Edwyn Dünnbier einflößen, damit er wieder zu Kräften kam. »Ihr wart auf dem Richtplatz?«, erkundigte der Wirt sich mitleidig. »Das haut die Stärksten um. Bei so wenig Wind klebt der Gestank ja fest wie Gerstenbrei im Napf.«

»Was hat der Mann getan?«, platzte Catherine heraus.

»Der Ketzer? Das wisst Ihr nicht? Der hat sich das Schandgeschmier von dem Teufel Tyndale beschafft und herumgezeigt.«

»Und was schreibt der Tyndale?«

»Tyndale? Der Teufel?« Der Schankwirt zuckte die Achseln. »Wer will denn so etwas wissen?«

Zur Zubettgehzeit schien Edwyn erholt. Zu Catherine sagte er: »Es ist doch schade, dass wir keinen Jungen haben.

So ein Junge, der hätte heute seinen Spaß gehabt.« Beim Versuch, den Jungen zu zeugen, erlitt er einen neuen Hustenanfall und war darauf so krank, dass er für Wochen das Bett hüten musste.

Die Themse glitzerte, dass es in den Augen stach. Die Barke glitt träge, von dünnblättrigen Ruderpaaren getrieben, voran. Es war ein Frühlingstag wie gemalt. Unter ihrem Baldachin saß die Boleyn, das Kleid schneeweiß und die Pracht ihres Ebenholzhaars von der französischen Haube nur halb bedeckt. Vor ihr, auf Bänken, harrte eine Handvoll ihrer Damen, in vorderster Reihe Anne Stanhope, ihre Laute im Schoß. Dass sie recht ordentlich Laute spielte, kam ihr bei der Boleyn zugute, denn die umgab sich gern mit Musik, mit Frohsinn und Leichtigkeit. Melancholie, so hatte sie Anne einst anvertraut, jagte ihr Ängste ein, die sie nicht ertrug.

»Würdest du mich verlassen, Namensschwester? So wie du Catalina verlassen hast? Wenn mein Henry mich fallen ließe, würdest du dasselbe tun?«

Anne sah sie an. Sie war so, wie sie dort thronte, noch immer ohne Vergleich, aber ging in ihr dreißigstes Jahr und wartete seit mehr als fünf Jahren darauf, dass der König ihr Ring und Krone verlieh. »Was bliebe mir anderes zu tun?«, fragte Anne. *Ein Weib, so gelehrt es sein mag, kann aus eigener Kraft keine Sprosse erklimmen.*

»Weißt du, was mir an dir gefällt?«, fragte die Boleyn zurück. »Deine Ehrlichkeit. Du sprichst die Wahrheit, nicht um ein frommes Mädchen zu sein, sondern weil dir zur Lüge die Begabung fehlt.«

Anne wusste, wann keine Antwort von ihr erwartet wurde. Sie ließ den Blick schweifen. York Place, die sich streckende Palastanlage, die wie Hampton Court einst Wolsey gehört hatte und jetzt Whitehall hieß, kam schon in Sicht. Sonnenflecken wie Splitter von Edelsteinen sprenkelten das Wasser. Es war der zweite Tag der Maifeiern. Gestern hatte der König in Richmond ein festliches Turnier gegeben, und heute siedelte der Hof in einem Schwarm geschmückter Barken nach

Whitehall um. Ein Bankett erwartete sie, Tanz und Balz, all die Lustbarkeit des Mai. Anne wandte den Kopf. An den Flussufern drängten sich Londoner Bürger, die ihrer künftigen Königin zujubeln sollten. Aber sie jubelten nicht. Dicht an dicht standen sie und verharrten in beredtem Schweigen.

»Sie hassen mich«, sprach die Boleyn ins Säuseln des Wassers. »Sie wollen ihre kuhäugige Catalina wiederhaben. Die schwarze Annie, das Königshürchen, können sie nicht lieben. Willst du, dass die Menschen dich lieben, Namensschwester?«

Anne dachte nach. *Ein Weib, das zu klug ist, das eine Horde Männer am Zügel führen könnte, liebt kein Mensch.* »Dass sie mich lieben, steht nicht in meiner Macht«, sagte sie. »Also will ich, dass sie Respekt vor mir haben.«

»Weißt du, was mir noch an dir gefällt?« Auf dem kühlen Gesicht der Schönen zeigte sich ein strichfeines Lächeln. »Du belügst nicht einmal dich selbst. Ich will dasselbe, und ich werde es bekommen. Wer mir einen Stein in den Weg wirft, der bricht sich das Genick. Du hast Wolsey gesehen, den Sturz aus vollen Himmeln. Hätte er sich nicht zu sterben beeilt, so hätte man ihm den Kopf abgehackt. Und seinem Nachfolger, Catalinas edlem Ritter More, wird es nicht anders ergehen. Ich habe meine besten Jahre in diesem Kampf verschleudert, die gibt mir keiner zurück, also werde ich nicht dulden, dass mich ein Lordkanzler More, ein Bischof Fisher oder selbst ein Papst in Rom um den Lohn dafür bringt.«

Sie hatte sich in Zorn geredet. Kurz fürchtete Anne, man könne sie in der Nachbarbarke hören, doch zum Ende war ihre Stimme abgefallen, als sei sie jäh erschöpft. Anne wusste, wovon ihre Herrin sprach, sie hatte es Edward gesagt: *Halte an More nicht fest, der ist ein verlorener Mann.* Seit vor Wochen die Petition des Unterhauses ergangen war, die den König zum Oberhaupt der englischen Kirche erklärte, bestand daran kein Zweifel. More war ein Mann des Papstes, der zudem mit lachhaftem Starrsinn darauf beharrte, seinem Gewissen verpflichtet zu sein und dem Erlass nicht zuzustimmen. Seine *Utopia* war ein Hirngespinst, das dem wahren Ideal nicht einmal nahekam. Dass sich Edward für einen Mann aussprach, der die Zeichen seiner Zeit verkannte, zeugte von mangelnder Härte und Voraussicht. Aber Edward war formbar. Sich schmiegendes Wachs in entschlossenen Händen.

Die Barke des Königs an der Spitze und nachfolgend alle übrigen Barken drehten bei, um anzulegen. »Ich weiß, dass viele in mir nur ein Werkzeug sehen«, vernahm sie die Stimme der Boleyn. »Meine mütterliche Familie, die Howards, kämpfen für meinen Aufstieg, nicht weil ihnen an mir liegt, sondern weil sie die Tudors verachten und einen Howard auf Englands Thron sehen wollen.«

Erschrocken hob Anne die Hand, um der andern Schweigen anzuraten. Zu nah waren sie schon am Steg, im Uferschlamm stockte die Fahrt, und rot uniformierte Burschen hangelten mit Stangen, um die Barken an Land zu ziehen. Jäh besann sie sich und ließ die Hand in den Schoß fallen. Was die Boleyn da aussprach, war Hochverrat. Es aber zu hören, mochte von Nutzen sein. »Wenn ich einen Prinzen gebäre, sitzt ein Howard auf Englands Thron, nicht wahr?« Sie warf den Kopf in den Nacken und lachte schmerzhaft schrill in den flimmernden Tag. Dann erschütterte ein Rucken den Bootskörper. Die Spitze der Barke war gegen den Pfahl des Stegs gestoßen.

Bedienstete sprangen hinzu, um der Buhlin des Königs an Land zu helfen. Anne schlug die Hand des Bootsburschen aus und überwand den Streifen Wasser, ohne sich die Röcke nass zu machen. Vom Palast her rief das Trompetensignal. Am Fuß des Stegs wartete der König mit dem Herzog von Norfolk, einem Oheim der Boleyn aus dem Geschlecht der Howards. Anne wollte sich hinter ihrer Herrin in den Tross reihen, da winkte diese den Pagen beiseite, ergriff sie beim Arm und führte sie von den Übrigen fort.

»Namensschwester«, sprach sie so nah bei ihrem Gesicht, dass Anne den herben Duft ihres Atems wahrnahm. »Im Herbst bringt mein Henry mich nach Frankreich, zu einem Treffen mit König François. Komm du mit mir.«

»Es wäre mir eine Ehre, Euer Gnaden.«

»Annie.« Die Herrin neigte den Kopf noch dichter zu ihrem. »Wenn ich Königin bin, könnte ich recht viel für dich erwirken. Eine Heiratserlaubnis zum Beispiel. Auch eine Mitgift in nicht zu verachtender Höhe.«

Anne spürte, wie ihr Körper sich versteifte, jeder Muskel sich härtete, spannte.

»Du liebst diesen entzückenden Filou mit dem Kirschhaar, nicht wahr? Ich war nicht immer bitter und nicht immer über meine Jahre alt. Von der Liebe verstehe ich etwas, von Sommerflimmern und Im-Gras-Verstecken, von all den Flecken in Kleidern und dem Seufzen.«

Ich war nicht immer bitter und nicht immer über meine Jahre alt. Anne war vierundzwanzig. Kein Alter, um sich im Gras zu wälzen, sondern eines, in dem andere längst Titel trugen und Erben in die Welt setzten. Sie schüttelte den Kopf. »Ich danke Euch. Wenn Ihr Euch gütigst für meine Heirat verwenden wolltet, so nähme ich die Freundlichkeit gern an, sobald ein würdiger Bewerber vorspricht.«

Der Blick der andern, der Namensschwester, traf den ihren. »Weißt du, was mir an dir gefällt?«, fragte sie. »Dass du dich nicht beiseitedrängen lässt. So wie ich. Wenn wir nicht glücklich sein dürfen, wollen wir wenigstens siegen.«

Von jenem Märztag in Lincoln erholten sich weder Edwyn noch Catherine. Edwyn litt seither, obgleich der Frühling mild und der Sommer warm ausfiel, an einem bellenden Husten, gelbem Auswurf und Schwächeanfällen, die ihn oft für Tage ans Bett fesselten. Catherine hingegen, die drei Jahre lang traumlos gelebt hatte, litt seither an Träumen.

Nicht an Alpträumen von Feuer und Tod, sondern an Wunschträumen von einem Buch. In der ersten Nacht nach Hittons Hinrichtung, in der sie geglaubt hatte, kein Auge schließen zu können, war sie rasch eingeschlafen und hatte geträumt, eine Tyndale-Bibel zu besitzen, sie tagsüber am Körper zu tragen, weil kein anderer Ort sicher genug war. Des Nachts, ehe Edwyn ihren Körper in Besitz nahm, schob sie sie unter ihr Kopfpolster.

Als sie am Morgen zu sich kam, sehnte sie sich in den Traum zurück. Hatte sie nicht ihr Erwachen um den köstlichsten Teil des Traumes gebracht? Sie suchte es sich vorzustellen: Das Buch in ihren Händen, ihre Daumen, die sich zwischen die Seiten schoben, die Finger, die den Einband hielten. Behutsame Hände, die das Buch aufbogen, streichende Blicke über zu Worten gruppierte Zeichen. Gott, der Englisch sprach: *Und wenn ich mit Menschen- und Engelszungen redete und hätte der Liebe nicht, so wäre ich ein tönendes Erz und meine Stimme eine klingende Schelle.* Catherine besaß keine Tyndale-Bibel. Aber seit der Nacht nach Thomas Hittons Tod besaß sie einen Traum.

Sie begann, sich mit einem ihrer Bücher ans Pult zu setzen, sooft es möglich war. Edwyn mochte unziemlich finden, was er wollte. Wie sie feststellte, war Edwyn zu geschwächt, sich überhaupt darum zu scheren. Mitleid mit seinem vom Husten geschüttelten Leib erfasste sie. Sie ließ sich vom Markt, auf den jetzt, da Edwyn krank war, die Hausmagd fuhr, Salbei bringen und braute ihm einen lindernden Trank. Seit sie den Traum besaß, seit ihre Stunden nicht mehr leer versickerten, hatte sie für Mitleid Kraft genug.

Der Stapel ihrer Bücher war klein: Eine lateinische Grammatik, ein Band von Ovid, das *Lob der Torheit* des Erasmus, in das sie die Luther-Schrift eingeklebt hatte, und eine von Edward angefertigte halbe Abschrift von Thomas Mores *Utopia*. Mit ihrem dürftigen Latein würde ihr das Wenige auf Jahre hinaus genügen. Sie biss sich durch Zeilen, verleibte sich Wort um Wort ein: *Die Insel der Utopier dehnt sich in der Mitte auf zweihundert Meilen und wird auf lange Strecken nicht schmaler. Zu den Enden hin nimmt die Breite ab, und diese Enden, durch einen Bogen umschrieben, geben der Insel die Gestalt des zunehmenden Mondes.* Das einzige englische Buch ihres Bestandes, den Malory, rührte sie nicht an.

Im Juli kam ein Bekannter der Familie auf der Durchreise nach Norden für eine Nacht auf Besuch. Edwyn hatte am Abendessen teilgenommen, sich danach aber zu Bett legen müssen, da sein Husten ihn kaum aufrecht sitzen ließ. Catherine begleitete ihn hinauf, half ihm aus den Kleidern und schlang ihm ein mit Salbeiaufguss getränktes Leintuch um die Brust. Die hässlichen, platzenden Pusteln, die sein armes Gesicht entstellten, bedeckten inzwischen seinen ganzen Rumpf. Kaum lag sein Kopf in den Kissen, fielen ihm vor Erschöpfung die Lider zu. »Ihr seid mir ein braves Weib«, presste er heraus. »Meine süße Gemahlin. Dank sei Euch.«

»Das ist nichts«, erwiderte Catherine und klopfte ihm die schwitzige Hand. »Wenn Ihr mich nicht mehr braucht, dann ginge ich gern auf eine Weile nach unten.«

Ihm gelang nur ein Nicken. Sie nahm ihren More und die Grammatik und kehrte in die Halle zurück.

Die Schwiegermutter hatte sich zurückgezogen. Im Licht der Wandfackel saßen der Schwiegervater, der Schwager und der Gast. Wie gewöhnlich nahm Catherine ihre Kerze vom Pult und ging, um sie an der Fackel anzuzünden. Schwager und Schwiegervater beachteten sie nicht, doch der Gast blickte auf. »Eine Dame, die sich bildet? Bei Hof sieht man derer reichlich, seit die große Hure unserm König Ketzerschriften als Liebespfänder schenkt.«

Der Schwiegervater zuckte die Schultern. »Meines Edwyns Weib. Eine Parr von Kendal. Sie sagt, sie kann nicht nähen.«

Catherine war stehen geblieben, stützte sich an der Wand ab und wich den wachen Augen des Gastes nicht aus. »Was für Schriften erhält denn der König von Mistress Boleyn?«

»Mistress Boleyn!« Der Gast, ein grauköpfiger Herr mit einem schönen, scharf geschnittenen Gesicht, schlug eine Hand auf den Tisch. »Da gebt Ihr der Dame ihren richtigen Namen, und wenn man sie hundertmal mit Titeln überhäuft.«

Ich lebe am Ende der Welt, dachte Catherine. *Keine drei Tagesreisen von London entfernt und doch getrennt wie durch Meere.* »Der König verleiht Anne Boleyn Titel, und sie gibt ihm verbotenes Schriftgut dafür?«

»Das sei Eure Sorge nicht, Catherine«, fuhr der Schwiegervater dazwischen. »Setzt Euch an Euer Französisch, oder was immer es ist, das Ihr lernt.«

»Ihr übt Euch im Französischen?« Der Gast streckte auffordernd die Hand nach ihrer Schrift.

»Latein«, erwiderte Catherine und ließ zu, dass er ihr die Seiten der *Utopia*, die sie selbst geheftet hatte, aus der Hand nahm.

Er schlug den Packen auf und blätterte. »Sir Thomas More. Ein guter Mann. Auch wenn dieses *Utopia* recht verstiegen scheint. Als er sein Amt als Lordkanzler niederlegte, verlor die Christenheit einen Felsen in der Sintflut. Wer verbleibt uns noch im Kronrat? Erzbischof Warham, Gardiner und der mutige Fisher, sonst keiner. Thomas Howard, der Herzog von Norfolk, mag ein Mann des Papstes sein, aber ein Oheim der großen Hure ist er stets zuerst.« Sorgfältig schloss er die Schrift und reichte sie Catherine zurück. »Es ist nichts Übles daran, wenn eine Dame Büchern über Vergnügungen den Vorzug gibt. Solange sie weiß, wo ihr Platz ist. Ihr seht mir nicht aus wie eine Frau, die sich anmaßt, Männern zu gebieten.«

»Dürfte ich noch etwas fragen, Sir?«

»Dagegen spricht gewiss nichts. Ich habe selbst eine Tochter, die nimmt es an Wissbegier mit Euch auf.«

»Warum ist More vom Amt des Lordkanzlers zurückgetreten?«

Der schmallippige Mund des Gastes straffte sich. »Weil er auf sein Gewissen keine Sünde lädt. Weil er sich weigert, mit seinem Namen zu siegeln, dass ein König Herr über seines Landes Kirche ist und über dem Heiligen Vater, dem Stellvertreter Christi, steht. Weil er nicht gutheißt, dass sein England Annaten, Gelder, die dem Papst zustehen, einbehält. Und weil seine Augen nicht länger ertragen, wie das Schandpapier des Ketzers, der auf dem Scheiterhaufen brennen sollte, am Königshof von einer Hand zur andern fliegt.«

»Des Ketzers Tyndale?«

Der Schwiegervater wollte auffahren, und selbst der Schwager hob den Kopf. Der Gast aber nahm Catherines Hand, in der schlaff die More-Schrift herunterhing, und drückte sie begütigend. »Gewiss habt Ihr jetzt genug gehört, *ma dame*.

Übt ein wenig Grammatik, die Verben vor allem, bei meiner Tochter Margaret krankt es daran. Es hat mich gefreut, Eure Bekanntschaft zu machen. Ich bin John Neville, Lord Latimer von Snape Hall. Solltet Ihr mit Eurem Gatten je nach Yorkshire kommen, erweist mir die Ehre Eures Besuchs.«

Um den Schein zu wahren, stellte sich Catherine für kurze Zeit an ihr Pult, doch es gelang ihr nicht, die *Utopia* auch nur anzusehen. Vor ihren Augen verschwamm Edwards ordentliche Schrift, verfärbte sich von braun zu rotgelb, wurde zur Flamme, die einen Leib verzehrte, Fleisch und Knochen und Haar. Schließlich raffte sie alles zusammen, verabschiedete sich und ging nach oben.

Es war eine warme Nacht, die Luft in der Kammer drückend, obgleich Catherine die Fensterluke öffnete. Neben ihr schlief Edwyn, verströmte Glut wie einer der aufgeheizten Steine, die man sich in Frostnächten ins Bett holte. Schlaflos lag sie, brachte ihren Kopf nicht zur Ruhe. Sie hatte die *Utopia* geliebt, hatte Trost aus den Zeilen gesogen wie Saft aus seltenen Orangenspalten. Die Bewohner der mondförmigen Insel Utopia führten vor der Heirat Mann und Frau einander nackt vor, *damit nicht unter Hüllen ein Makel verborgen bliebe*. Eine Heirat galt ihnen als Handel, *dem Lust oder Ekel für ein ganzes Leben entsprang*.

Catherine sah im Dunkeln hinüber zu Edwyn, dessen Leib sich in röhrenden Atemzügen krümmte. Ihr war zumute gewesen, als höre More ihr zu und spreche bestärkend auf sie ein. Wäre More ihr Vater gewesen, so hätte er ihr niemals Ekel für ein ganzes Leben auferlegt. Kaum dachte sie dies, da langte sie reuevoll nach der fiebrigen Hand des armen Edwyn. Er dauerte sie. Aber in dieser Nacht, in der sie More verloren hatte, dauerte sie auch sich selbst. Sein Atem ging röchelnd und der ihre schwer. Irgendwann schlief sie ein.

Als Catherine erwachte, quoll der Tag durch die Fensterluke. Sie lag unter der Decke, über die Sonnenflecken tanzten, und spürte dennoch keine Wärme. Etwas griff nach ihr, streifte sie mit eisigem Atem. *More*, dachte sie. *More, der Menschenfreund, der Menschen das Wort Gottes verweigert.*

More, der Menschen brennen sehen will. Sie fasste sich an die Brust. Ihr Herz raste. Dann tastete sie, scheinbar grundlos, hinter sich, bemerkte die Stille, in die ein Vogel tschilpte, und stieß auf Widerstand. Ihre Finger erstarrten. Ihr Herz setzte aus. Was unter ihren Fingerspitzen lag, war zart wie Haut, aber kälter als Eis.

Als das Häuflein Anverwandter den Leib des armen Edwyn zurück zur Erde trug, lag Catherine krank. Es hieß, sie habe sich mit seinem Leiden angesteckt und ringe um ihr Leben. In Wahrheit, das wusste Catherine, hatte sie sich mit der Kälte eines Toten angesteckt und brauchte zwölf Tage und Nächte, um sich zu erwärmen. Als ihr Blut wieder rege strömte, ihr Körper sich auf zagenden Beinen wieder in die Welt wagte, stellte sich heraus, dass sie darin keinen Platz mehr hatte. Edwyn Borough, ein Jüngling, der den Tod nur auf dem Markt von Lincoln traf, hatte versäumt, ein Wittum für sie auszusetzen. Sein bisschen Besitz, das Einkommen aus einem Gut in Kent, ging an seinen Bruder, der keineswegs vorhatte, es mit der überflüssigen Schwägerin zu teilen. Catherine hatte sich von Borough Place fortgewünscht, solange sie darin lebte. Jetzt zeigte sich, dass sie kein Recht besaß, darin zu bleiben.

Der Schwager, Roger, der mit ihr in drei Jahren keinen Mundvoll Worte gewechselt hatte, drängte, sie solle ihrer Familie schreiben, jemand müsse sich herbemühen, um sie abzuholen. »Hättet Ihr einen Sohn von meinem Bruder, so stünden die Dinge anders. So aber verpflichtet mich nichts, für Euch aufzukommen.«

Catherine verließ die Kammer nur noch zu Mahlzeiten. Seit sie neben dem Tod erwacht war, hatte sie Hunger, obwohl sie bei Tisch zu spüren meinte, wie ihr drei Augenpaare jeden Bissen vorzählten. Sie verschnürte ihre Bücher, ließ das Hochzeitsgewand in der Truhe. Ihrer Familie sollte sie schreiben, aber wer war das? Die Frau, die sie hierher verkauft hatte, war gestorben, hatte nichts hinterlassen als ein Medaillon mit dem Bild des heiligen Gregorius. Und wohin sollte sie überhaupt reisen? Zu ihrer Schwester, die bei Hof nicht einmal ein eigenes Bett besaß und heute nicht wusste, wer morgen ihre Herrin wäre? Zu Tante und Oheim, die sich lieber die Pest aufhalsten als einen zusätzlichen Esser? Catherine saß eine Weile still vor ihrer Truhe. Dann setzte sie die Feder auf und begann einen Brief an ihren Bruder.

William. Sein Gesicht konnte sie sich kaum mehr vor Augen rufen. Aber ihr Bruder war er. Wären nicht Janies Brüder in jeden Winkel der Welt geeilt, um ihre Schwester aus bedrängter Lage zu befreien? Den Brief zu siegeln und auf den Weg zu schicken, versetzte sie in einen Rausch von Hoffnung, auf nichts Benennbares, nur auf Veränderung.

Wochen verstrichen. Vor der Fensterluke prangte der leuchtende August. In der Kammer wurde Catherine jeder Ring der Stundenkerze, der verbrannte, zur Qual. Wenn sie zum Essen ging, prallte die stumme Frage ihr entgegen: *Wann?* Dabei wussten die Boroughs nur allzu gut, dass kein Bote mit einem Brief für sie gekommen war. Womöglich hatte William ihren Hilferuf nie erhalten. Sie war im Ödland vergessen, ihr Name aus den Gedächtnissen getilgt. *Von Gott verlassen.* Weshalb hätte Gott sich um eine zwanzigjährige Witwe scheren sollen, die keine Sprache hatte, um ihn anzurufen, und die dem Rest der Welt gleichgültig war? Catherine hatte sich just durchgerungen, einen weiteren Brief zu schreiben, einen Bettelbrief an Oheim und Tante, als doch jemand kam. Der Schwager brachte ihr die Nachricht: »Seid Ihr fertig? Euer Verwandter ist eingetroffen, und der Herr würde gern gleich weiterreisen.«

Catherine folgte ihm auf den Gang, hielt ihren Bücherriemen umklammert, ohne zu erfassen, was ihr geschah. Sie hatte drei Jahre hier gelebt, im Düstern, in einer Stille, die im Kopf dröhnte, und jetzt sollten sich die Türen öffnen, sollte ein Wagen mit ihr in die Augustsonne rollen und all dem ein Ende setzen? *Wer war gekommen? William?* Als der Schwager auf die Treppe trat, spähte Catherine über das Geländer. In der trüben Halle stand ein Mann in Grau. Ein sehr großer Mann, der verloren wirkte, als habe ihn jemand dort abgestellt. Catherine hörte sich schreien. Im nächsten Augenblick stieß sie den Schwager beiseite und stürzte die Treppe hinunter, wie einst einen grasgrünen Abhang auf Wulf Hall.

So schwer es ihm sonst fiel, Entscheidungen zu treffen, dieses Mal wusste Edward sogleich, was er zu tun hatte. Will Parr, der seine Nähe suchte, weil sie eine schmachvolle Erfahrung teilten, hatte ihn um Rat gebeten. Der junge Mann stand infolge der Eskapaden seiner Gattin ohne einen Penny da und lebte geduldet, nicht geliebt im Haushalt seines Schwiegervaters. »Sorgt Euch nicht«, sagte ihm Edward. »Überlasst es mir.« Seinen König, der mit der Boleyn von der Jagd in Hanworth zurückkehrte, bat er: »Eine Verwandte von mir ist im Norden verwitwet. Ich ersuche Euer Gnaden um ein paar freie Tage, um sie heimzuholen.«

Er spielte mit dem Gedanken, Tom mitzunehmen. Tom war bis über die Ohren verstrickt in eine Affäre mit einer dunkellockigen Schönheit namens Frances de Vere, die mit Henry Howard, dem Sohn des Herzogs von Norfolk, verlobt war. Es hätte Edward beruhigt, ihn von dem brodelnden Kessel, dem der Hof zurzeit glich, abzulenken, aber er kannte Tom: Wenn man ihm sagte, ein Sud sei zu heiß für ihn, sprang er mitten hinein. Also reiste er allein und verabschiedete sich nur von Anne. »Ich hole eine Verwandte aus Lincoln. In ein paar Tagen bin ich wieder hier.«

»Meint Ihr, es ist klug, sich jetzt um Familienbelange zu bekümmern? Wenn morgen ein Kopf rollt, wird niemand auf Euch warten, um Euch den freien Posten anzutragen.«

Sie trug ihr Kupferkleid. Er fand sie so schön, dass er sie nicht ansehen konnte, ohne sich ans Herz zu greifen. Der Ehrgeiz, den sie für ihn hegte, schmeichelte ihm. »Ich kann diese Dame nicht im Stich lassen. Aber ich werde auf den schnellsten Wegen reisen.«

Er mietete Hals über Kopf einen Wagen, aber keine Reiter zum Geleit. Die Fahrt nutzte er, um Papiere zu studieren, die Cranmer ihm gesandt hatte, Antworten europäischer Universitäten auf das Gesuch König Henrys. Sie waren ausgefallen wie erwartet: Die spanischen Institute hatten sich für die Gültigkeit der Ehe ausgesprochen, die französischen dagegen. Aus italienischen Städten hatte man wohlwollende Bescheide erhalten, doch das Bestechungsgeld, das dazu nötig war, erschütterte Cranmer: »Jeder Gelehrte, der seine Bibel und sein Gewissen befragt, muss aus freien Stücken zu solchen Schlüssen kommen«, schrieb er. Die Einfalt, die der Freund sich bewahrt hatte, rührte Edward. *Noch vor zwei Jahren wäre es mir nicht anders ergangen.* Er schob die Papiere beiseite. Über derlei nachzudenken, war jetzt die falsche Zeit.

Er widerstand der Versuchung, den Umweg über Wulf Hall zu nehmen, und übernachtete erst in Northampton, dann in Peterborough. An einem strahlenden Vormittag erreichte er Borough Place. Im Haus hatte man sein Kommen offenbar erwartet. Man bot ihm keine Erfrischung an, sondern hieß ihn, in der Halle zu warten. Kurz darauf drang ein Schrei durch die stickige Luft, ein Geschöpf schoss die Treppe hinunter und lag im nächsten Augenblick in seinen Armen.

Sie hielt sich an ihm fest, als versagten ihre Beine ihr den Dienst. Ihr Rücken zuckte. Er strich ihr die verrutschte Haube glatt. Ihr Haar war stumpf, von einem Braunton, den man leicht vergaß. Er fand sie dennoch schön. Behutsam legte er ihr einen Arm um die Schultern. Sie blickte auf, verzog ihr zerdrücktes Gesicht zu einem Lächeln. Vom Boden hob sie einen Riemen, schwenkte die Bücher daran wie eine Weihrauchglocke. »Gehen wir?«

Mit ihr zu fahren, war herrlich: ein Innehalten nach Monaten unentwegter Jagd. In Lincoln machten sie Rast, kauften Wein und Brot. »Hier wurde im Winter ein Mann verbrannt«, erzählte sie, »ein Mann, der die englische Bibel gelesen und verbreitet hat.«

Sie hatte sich nicht verändert. Zumindest nicht das, was ihm von ihr im Gedächtnis war: ihr Blick, der nicht losließ, ihre Art, Fragen zu stellen, ohne Takt und Umschweife. Die gerunzelte Stirn. Edward nahm ihre Hand. »Es wird anders werden, Catherine. Dafür kämpfen wir. Eines Tages darf jeder diese Bibel bei sich tragen, ohne sich zu fürchten.«

»Trägst du sie bei dir?«

Wie von selbst fuhren seine Hände zwischen die Nestelbänder an seinem Brustlatz, um nach dem Ledereinband zu tasten.

»Gib sie mir. Darf ich sie behalten?«

»Das wäre gefährlich.«

Sie nahm ihm das Buch aus der Hand, legte es sich in den Schoß und breitete eine Falte ihres wie verstaubten Kleides darüber. »Gefahr ist mir lieber als Einsamkeit.«

Sie ist wie ich, durchfuhr es ihn. *Sie war drei Jahre fort, ist zur Witwe geworden, und wir kutschieren durchs Land und reden über Bibeln, als wären wir gestern dabei unterbrochen worden.* »Edward«, sprach sie ihn neuerlich an. »Will Thomas More, dass Menschen, die in der Bibel lesen, brennen?«

»Catherine...«

»Gib mir Antwort.«

Edward schluckte. »Ja.«

Sie schloss über den Stoff, der die Bibel bedeckte, die Hände. »Dann hast du also sein Buch *Utopia* verworfen, ja? Du liest es nicht mehr, das, was darin steht, ist für uns nicht länger gültig?«

Für uns. Er schluckte noch einmal. »Doch, Catherine. Sieh, More ist älter als wir, er entstammt einer anderen Zeit.«

»Erasmus ist noch älter. Denkt er auch, wir sollen Menschen verbrennen, weil sie lesen, was ihr Gott ihnen schrieb?«

»Nein.« Wie stets, wenn der Name des Verehrten fiel, fühlte Edward sich auf sicherem Grund. »Aber Erasmus denkt, dass wir den Menschen Zeit lassen müssen, wenn wir sie in eine neue Zeit führen wollen. Erasmus gibt weder Papisten noch Lutheranern Recht, er lässt sich zu solcher Entscheidung nicht zwingen. Er wünscht, dass ein Mann seinen Kopf zum Denken nutzt und tut, was sein Gewissen ihm gebietet. Nichts anderes hat More getan, als er sein Amt niederlegte. Er hat anders entschieden als wir, das bedaure ich, achte ihn aber deshalb nicht geringer.«

Er sah ihr zu. Die Falte auf der Stirne kräuselte sich, und an der Nasenwurzel gesellten sich zwei neue hinzu. Ihre Zähne nagten an den Lippen. »Edward«, fragte sie, mit einer Hand ihr Kinn umspannend. »Wer hat Recht? Papisten oder Lutheraner?«

»Das soll neu sein an der neuen Zeit: dass Denken nicht verboten ist. Was also denkst du selbst?«

»Mit mir hat drei Jahre lang kein Mensch gesprochen«, sagte sie. »Was ich denke, weiß ich nicht mehr.«

»Aber du möchtest es wissen? Du meinst, es ist dein Recht?«

»Und wenn ich ja sage, auf welcher Seite stehe ich dann?« Einen Herzschlag lang schwieg er wie sie. Dann lachten sie beide.

Über Nacht rasteten sie in einem Gasthaus vor Peterborough, und als sie am Morgen weiterreisten, sprachen sie über die Vorgänge in London und Europa. Nichts gab es, das Catherine nicht wissen wollte. Er erklärte ihr, wie sich England Stück um Stück das Joch Roms aus dem Nacken geschüttelt hatte, wie dem Papst erst die Annatenzahlung, dann der Einspruch in englisches Kirchenrecht verweigert worden war und wie jetzt nur mehr wenige Schritte fehlten, ehe eine blank geschälte Kirche dastand, die zwischen sich und ihrem Herrn Jesus keinen römischen Mittelsmann brauchte.

»Und warum gilt, was für den König gilt, nicht für dich und mich, für Thomas Hitton und die Männer im Exil?«

»Weil das Zeit braucht, Catherine. Unsere höchste Hürde sind die im Alten verhafteten Kirchenherren, Erzbischof Warham, Bischof Gardiner und Fisher, Männer, die jedem unserer Schritte einen Stein vorwerfen. König Henry wünscht ja nicht, mit der Kirche zu brechen, er hofft sogar noch immer auf ein Einlenken Roms. Wären ihm andere geistliche Berater zur Seite gestellt, so ließe er sich womöglich zu ganz anderem bewegen.«

»Hast du mir dasselbe nicht schon vor drei Jahren erklärt?«

Auf einmal konnte er nicht anders. Er beugte sich vor und schloss sie in die Arme. »Das habe ich sicher. Ich erkläre alles dreimal. Es ist schön, dich wiederzuhaben, Catherine.«

Es wurde schon Abend, aber dunkelte noch nicht. Aneinandergelehnt ließen sie sich über Steine, Wurzeln und Erdlöcher schaukeln. »Wohin fahren wir, Edward?«

Er strich ihr Haar aus der Stirn, ihre Haube war schon wieder verrutscht. »Nach Oxford. Dort bleiben wir über Nacht.«

»Ich meinte: Wohin bringst du mich? Zu meinem Bruder nach Essex?«

Edward schüttelte den Kopf. »Dein Bruder schlägt sich bei Hof mehr schlecht als recht durch, und wenn er nach Essex kommt, ist er den Launen seines Schwiegervaters ausgesetzt. Er kann dich nicht unterbringen.«

»Wo bleibe ich also?«

»Ich bin kein reicher Mann« erwiderte Edward. »Unser Kampf verschlingt Gelder, meinem Vater geht es nicht gut, und meine Schwestern sind unverheiratet. Aber in meinem Haus wird Platz für dich sein, solange du das wünschst.«

Was sich auf ihrem Gesicht malte, blankes Entsetzen oder freudiger Schrecken, wusste er nicht. »In deinem Haus?«

Statt einer Antwort nickte er. Ihre Augen, die regenfarben waren, glänzten. Im Abendlicht fuhren sie in die Stadt Oxford ein.

Als sie am nächsten Morgen weiterreisten, sprachen sie nur wenig. Womöglich hatte sie so unruhig geschlafen wie er und war ebenso müde. Zum ersten Mal seit seinem überstürzten Aufbruch hatte er sich gefragt, was aus ihr werden sollte. Eine Antwort lag nahe: Man musste ihr wieder einen Ehemann finden. Er begriff selbst nicht, warum ihm der Gedanke widerstrebte. Den zweiten Gatten könnte man schließlich mit mehr Umsicht wählen, jemanden, der sie des Öfteren nach London brachte und nicht sogleich wieder ihren Freunden entriss. *Ich habe Freunde nötig*, erkannte er, *und ich bin keiner, der leicht welche findet*. Jäh sah er Anne vor sich, ihre gerade Gestalt, das Glitzern ihrer Augen. Anne, die Geheimnisvolle, die niemandem verriet, welche ungeheure Weite sich hinter ihrer Stirn verbarg. War Anne ihm Freund und würde er jemals wagen, sie zu fragen, ob sie es auf alle Zeit bleiben wollte?

Sie fuhren jetzt durch den Streifen Englands, den er am meisten liebte, der sich ihm aufs Herz legte. Das Wetter war noch immer herrlich, selbst durchs Geäst hoher Tannen schlug Sonne und ließ Spinnweben schillern. Edward war ein Mann der Schreibstuben, ein miserabler Reiter und noch üblerer Jäger. Aber der Duft des Waldes, Erde und Holz und knisterndes Laub, verband ihn mit seinem Ursprung. Er sah sich selbst, Henry und Tom mit dem Vater, dem sie kaum bis an die Taille reichten, durchs Gehölz streifen, hörte Zweige knacken und eine Spottdrossel zanken. Hungrig sog er die nahrhafte Luft ein. »Alles wird sich finden, Catherine.« Gleich darauf sprang er erschrocken auf. Sie reisten ohne Geleit durch ein Gebiet, das Wegelagerern als Schatzgrube galt. Hatte er einen Laut vernommen, der nicht ins Gespinst der Geräusche gehörte? Der Kutscher verlangsamte die Fahrt. »Stimmt etwas nicht, Mann?«, rief Edward lauter als nötig über die Trennwand hinweg.

Die Pferde fielen in Schritt. Wortlos wies der Kutscher mit der Peitsche geradeaus. Auch Catherine war aufgestanden. Nebeneinander lehnten sie sich über die Trennwand. An der Baumgrenze, wo der Wald zur Lichtung wurde, saß ein Mann auf einem Pferd. Zu wenden wäre auf dem schmalen Pfad unmöglich gewesen, zudem war es zu spät, denn der Reiter entdeckte sie, kaum dass sie ihn entdeckt hatten. Nahezu aus dem Stand ließ er sein Pferd angaloppieren und sprengte auf sie zu. Edwards Herz begann, dumpf zu pumpen. Schroff zügelte ihr Kutscher sein Gespann. »Der Verrückte jagt geradewegs in uns hinein.« Dies war der Augenblick, in dem Edward den Reiter erkannte und eine Furcht die andere ersetzte.

Das Tier, ein mächtiger Dunkelbrauner, für den mancher Pferdeliebhaber bei Hof einen fürstlichen Preis entboten hätte, ging versammelt unter seinem Reiter, die geballte Kraft eng am Zügel. Harte Erde wirbelte in Klumpen auf. Der Mann, leicht vorgebeugt im Sattel, schien ein fleischgewordenes Lachen, das über Baumwipfel schallte. Hinterdrein wehte ihm eine Schaube, die für die Jahreszeit zu warm war und deren Farbe man wohl Königsblau hieß, weil es so sündhaft teuer war, sie zu färben.

Catherines Stimme war ein Krächzen. »Das ist Tyndale.«

»William Tyndale? Der ist in Antwerpen im Exil.« Schier absurd verpufften seine Worte.

Galopp, Trab, Schritt. Der Dunkelbraune schob sich auf gleiche Höhe mit dem linken Kutschpferd, ehe der Reiter ihm leichthändig den Zügel anzog. Das herrliche Tier bog den Hals, um sein Maul flockte schaumiger Geifer. »Salve, mein Herr Ritter. Es ist Eurem Diener eine Ehre.«

»Tom! Was machst du hier?«

»Ich sitze«, sagte Tom, packte den Widerrist des Pferdes und sprang im Schlusssprung aus dem Sattel. »Jetzt nicht mehr.«

»Ich flehe dich an, lass die Faxen. Ist etwas mit Vater?«

»Als ich ihn das letzte Mal sah, saß er unter der Purpurrebe und aß Erdbeeren, die er zuvor in schwarzen Wein tauchte. Ein grässlicher Panscher, oder nicht?« Tom zog den Hut und verbeugte sich. »Euer Ehren gestatten? Ich komme mit einer Botschaft von König Tudor, dem Letzten. Eure Anwesenheit wird in London gewünscht.«

Noch einen Herzschlag lang verspürte Edward Furcht. Dann sah er Toms blitzende Augen, den Mund, der sich mühsam ein Grinsen verbiss. Er riss dem Kutscher die Peitsche weg und drohte seinem Bruder. »Beim Henker, du Sargnagel, sag mir endlich, was los ist.«

»Nimm das Ding runter, sonst graust mir. Seine Eminenz, unser teurer Erzbischof Warham ist vorgestern in Lambeth verstorben.«

»Erzbischof Warham? Ist das wahr?«

»Wahr wird's schon sein, wenn sie den Alten am Sonntag zu Grabe tragen und ein Nachfolger bereits benannt ist.«

»Wer ist es? Gardiner? Wir wären übler dran als bisher.«

»Gardiner geht leer aus. Er mag es seinem Busenfreund Papst Clemens klagen.« Tom ließ den Zügel fahren, riss Edward die Peitsche aus der Hand und warf sie fort. Dann packte er ihn mit einer Hand unter dem Knie, mit der andern in der Beuge der Taille, hob ihn aus dem Wagen und stellte ihn vor sich auf den Boden. »Erzbischof von Canterbury wird ein komischer Gelehrter, den kein Mensch kennt. Thomas Cranmer mit Namen. Schon mal gehört?«

Wenn ich einen Mann wie Atemluft brauche, dann diesen unsäglichen Kerl, der breitbeinig vor mir steht und so unschuldig dreinsieht, als sei er nie unschuldig gewesen. Nicht ohne Zärtlichkeit schlug er dem Bruder auf die Wange. »Mein Cranmer wird Primas von England? Und auf solche Nachricht lässt du Galgenstrick mich warten?«

»Was heißt hier warten? Ist das dein Dank, nachdem ich Tag und Nacht geritten bin?«

Sie fielen sich in die Arme. Wäre Tom nicht so schwer gewesen, hätte Edward ihn um sich schwingen wollen, wie er es mit keiner Dame wagte. »Unser Tag, Tom.«

»Du sagst es. Einer von vielen, die jetzt kommen werden.«

»Hat wirklich der König dich geschickt?«

»Ich habe ihm nicht viel Wahl gelassen. Ich wollte um jeden Preis dein Gesicht sehen, wenn du die Neuigkeit hörst, und außerdem war ich ohnehin schon reisefertig.«

»Warum denn das?«

Tom befreite sich. Er grinste nicht mehr. »Weil mir, kaum dass du weg warst, jemand gesteckt hat, dass du etwas aus Lincoln holst. Etwas, das mir gehört.« Sacht schob er Edward beiseite, trat vor den Wagen und öffnete den Schlag.

Er hielt ihr die Hand entgegen. Sie griff nicht zu. Einmal blickte sie auf, um ihn anzusehen, dann senkte sie den Kopf. Sah sein Bild auf den staubigen Planken des Wagens. Die hohe Stirn, die gebogenen Brauen. Haar wie Wein. Er streckte die Hand noch weiter und schloss sie federleicht um ihr Gelenk.

Es war der Augenblick, in dem sie erfasste, was man ihr angetan hatte und was aus ihr geworden war. Sie riss ihm die Hand weg. Er stemmte sich fast lautlos in den Wagen. Raum, zurückzuweichen, gab es nicht. Um ihren erstarrten

Leib schloss er die Arme, so leicht wie vorher die Hand um ihr Gelenk. »Wenn du mich nicht mehr magst, wünsch mir trotzdem guten Tag, Catherine.«

Es war seine Stimme. Dunkel, samten und ein wenig versoffen. Es war seine Brust an ihrer, sein Herzschlag. Als wäre ihr Leben noch ihr Leben. Seine Arme, die sie hielten. So feste Arme, so behutsam, als breche ein tapferes Mädchen, eine nutzlose Witwe, auf Druck entzwei. Sein Duft nach Gras. Nach Leder. Nach dem, was unter seidigem Stoff pulsierte. »Ich würde dich ziemlich gern küssen, aber ich habe Angst, ich fange mir ein paar an die Ohren ein.«

Dafür lieb ich dich, dachte sie. *Dafür, dass du einen dummen Witz reißt, wenn weder du noch ich weiterwissen.* Auch das fiel ihr auf: Dass sie ihn liebte, hatte sie nie zuvor gedacht. »Wie groß ist denn deine Angst?«

»Sieh mich an.«

Sie hob den Kopf. Seine Augen waren braun und grün gesprenkelt. Er war nicht so sauber rasiert, wie sie ihn kannte. »Um ehrlich zu sein: sehr groß nicht.«

Ihr Herz vollführte einen Satz, sprang hart an die Rippen. Dann noch einen. Eine Kette rascher Sätze. Er nahm sich Zeit, als läge die einzige Welt, die auf ihn wartete, auf ihren Lippen. *In meinem Leben habe ich nichts anderes getan, als Tom Seymour zu küssen.* Er füllte ihr den Mund. Schmeckte nach Minze, Wein und Fleisch. Sie grub ihre Hände in sein Haar. In ihrer Tiefe spürte sie, wie er ihr entgegenwuchs, knochenhart, bebend wie sein Herz auf ihrem.

Vielleicht waren Stunden verstrichen, vielleicht war Edward mit dem Kutscher ein Stück weit gegangen, vielleicht war der heiße Tag kühler geworden, ehe sie sich voneinander lösten. Ohne Tom loszulassen, spähte Catherine an seiner Schulter vorbei. Das Pferd Tyndale stand zwischen zwei Tannen und graste.

»Cathie.« Seine Augen waren weit.

Sie zeichnete seine Ohrmuschel, die sie auf einmal reizend fand, mit dem Finger nach. Strich sein Haar davon fort. Er legte ihr die Fingerspitzen an den Scheitelpunkt der Stirn, trennte die Hände und fuhr ihren Haaransatz hinunter. Sie musste lachen, obgleich ihr kaum danach zumute war. »Wir zwei betragen uns, als hätten wir nie zuvor einen Menschen gesehen.«

Er verzog keine Miene. »So sicher, dass ich schon einen gesehen habe, bin ich mir nicht.«

Catherine reckte sich, packte seinen Kopf und küsste ihm Augen, Ohren und Wangen.

Sie hätten anderes tun können, als sich zu küssen, zu herzen, zu bestaunen. Reden. Fragen stellen. Eide schwören. Sie waren beide, ein Mann, der vor Kraft strotzte, und ein tapferes Mädchen, zu erschöpft dazu. *Lass dafür morgen noch Zeit sein*, dachte Catherine, ohne zu wissen, an wen sie sich wandte. Das Gelärm der Vögel war ein Abendlied, und leichter Wind zerblies die Schwüle. Tom wandte den Kopf. »Der da sieht mir halbwegs nach einem Menschen aus, meinst du nicht?«

Edward kam mit dem Kutscher zurück, blickte fragend zu ihnen hoch. *Ich lass ihn nicht los*, dachte Catherine und krallte ihre Hände in die Sehnen seiner Schultern.

Er sog durch die Zähne Luft ein, war noch so schmerzempfindlich wie als Knabe. »Du tust mir weh.«

Sie öffnete die Hände. »Kommst du mit nach Wulf Hall?«

»Ja, aber nur für eine Nacht. Morgen früh muss ich mit Edward nach London. Du hast gehört, was los ist, oder etwa nicht?«

»Ich komme mit dir.«

Er sah sie an. Andächtig, als verliebe sich sein funkelnder Blick in jeden Zug von ihr. »Dass das nicht geht, sage ich dir erst morgen, ja?«

Sacht befreite er sich, winkte Edward heran, sprang vom Wagen. Fing sein Pferd ein und stieg auf. Der Abend kam. Tom hielt das Pferd im Schritt an der Wagenflanke, ließ die Zügel hängen, pfiff sich eins. Catherine saß still und sah ihm zu.

Auf Wulf Hall, am Gatter hinter den Ulmen, stand Janie, als hätte sie auf ihre Ankunft gewartet. Mit ihrer Blässe wirkte sie in dem prangenden Augustleuchten wie ein freundliches Gespenst. Dass ihre Brüder kamen, dass sie Catherine mitbrachten, verwunderte sie nicht.

Es war ein stilleres Wulf Hall, als Catherine gekannt hatte. Sir John war leidend, lag zu Bett, und seine Margery hielt bei ihm Wacht. Statt ihrer kredenzte Jane das Abendessen, drei winzige Braunhennen, die nebeneinander in brauner Tunke schwammen und die Köpfe hängen ließen. »Bist du nicht wohl?«, fragte sie ihren Bruder, weil der sich nichts als ein Flügelknöchlein abbrach, von dem er zerstreut und nahezu manierlich aß.

Als Tom aufblickte, die Augen verschleiert, das Gesicht aus Gedanken oder Träumen geschreckt, war er ziemlich zauberhaft. Catherine wünschte sich so sehr, seine Wange zu berühren, dass ihre Hand sich zur Faust ballte. *Er soll mir sagen, was wird. Dass wir in Sicherheit sind, dass das Schlimme vorbei ist.* »Ich bin nur müde«, sagte Tom. *Er lacht viel und lächelt kaum je. Wenn er lächelt, zucken ihm die Ohren.*

Er brachte sie nach oben, vor die Tür der Kammer unter dem Dach, die sie mit Janie und Liz teilte. Es war sehr warm im Haus. Vom Flimmern des Sommers hing etwas in den Gängen. Er zog sie an sich, küsste sie, und sie küsste ihn wieder, reckte sich auf die Zehen, schlang ihn innig und gierig in sich auf. Seine Hände, die ihr den Rücken gestreichelt hatten, schoben sich tiefer. Umschmiegten ihre Hinterbacken und zogen sie zu sich. Er stöhnte, löste seinen Mund, um ihren Namen zu flüstern. »Cathie, Cathie.« Flugs winkelte sie ein Knie an und riss es zwischen seinen Beinen hoch. Sie hatte ihm wehtun wollen, ihn in Schranken weisen. Stattdessen spürte sie schaudernd die Innenseiten seiner Schenkel an ihrem.

Tom entfuhr ein Laut. Verdutzt hielt er sie von sich ab und sah in ihr Gesicht. Sie schüttelte den Kopf. »Dass die Leute übel von mir denken, bin ich gewohnt«, sagte er. »Aber ich finde, du solltest nicht übler von mir denken als nötig.«

Zeit ließ er ihr nicht. Blies einen Kuss auf ihre Stirn, drehte sich um und ging. Sie sah ihm noch nach, als er am Fuß der Stiege längst verschwunden war. In die Kammer kam sie erst, als Liz schon schlief.

Aber Janie schlief nicht. Janie hatte auf Catherine gewartet, für den Fall, dass die eine stille Freundin brauchte. Sie krochen auf der Bettstatt zueinander, hielten sich fest, hätten weinen können, aber kicherten stattdessen, weil die hübsche rotwangige Liz im Schlaf gurgelnd schnarchte. Kichern passte zu keiner von ihnen und war deshalb umso schöner. Später fragte Janie Catherine, ob sie von ihrem Leben in Lincoln erzählen wolle, und Catherine fragte Janie, ob sie von ihrem Leben bei Hof erzählen wolle, aber beide wollten nichts erzählen. Nur: »Ich hätte dort nicht bleiben können. Mir tat die arme Königin so leid, ich habe jeden Tag geweint.«

»Ich hätte, glaube ich, auch nicht mehr bleiben können«, sagte Catherine. »Ich tat mir selbst so leid.« Sie umarmten sich.

Nach geraumer Zeit sprudelte Jane heraus: »Ich will Tag und Nacht Gott danken, weil du Tom noch lieb hast. Du musst Tom behüten, Cathie. Tom ist ein Gotteslästerer, weißt du das? Edward ist keinen Deut besser, doch Edward sieht sich vor, und Tom tut das Gegenteil. Weißt du noch, wie er früher immer schreckliche Dinge sagte, bis dem armen Vater nichts übrig blieb, als ihn durchzuprügeln? Genauso macht er es jetzt mit dem König, aber Vater ließ Milde walten, und der König kennt keine Milde. Ich werde verrückt vor Angst, dass Tom als Ketzer stirbt und in der Hölle brennt.«

Catherine setzte sich auf. Mit klopfendem Herzen sagte sie: »Deine Brüder sind keine Gotteslästerer, Rebhühnchen. Sie wollen nur nicht dulden, dass die Priester Gott für sich allein behalten.«

Janie in ihrem weißen Geisternachthemd wich bis ans Kopfstück der Bettstatt zurück. »Du auch, Cathie?«

Catherine zuckte die Achseln. »Ich kenne Gott nicht. Ich nahm an, er verstünde nur Latein, also habe ich nie gelernt, zu ihm zu sprechen. Aber ich glaube, ich schriebe gern ein Buch, das Mädchen wie mich zu Gott zu sprechen lehrt.«

Janes Gesicht war so weiß wie ihr Nachthemd. Andere hielten sie vielleicht für dümmlich, aber Catherine mochte ihre Art, vor dem Sprechen nachzudenken, gern. »Tust du mir einen Gefallen, Cathie? Kannst du dein Ketzerbuch schreiben, wenn du alt wie Stein bist und von Tom ein Dutzend ungezogener Kinder hast? Ich bringe derweil Unserer Lieben Frau in Bedwyn ein Geschenk, damit Gott euch beiden vergibt.«

Catherine vernahm den winzigen Satz, den ihr Herz vollführte. Sie streckte die Arme aus und zog Janie an sich, herzte ihren warmen Leib. Durch die Stille gurgelte Liz' Schnarchen. Catherine und Janie lachten nicht.

Am anderen Morgen, als sie nach unten kamen, waren Tom und Edward fort. »Nach London geritten«, berichtete Henry. »Der Hof scheint nachgerade den Brüdern Seymour am Gängelband zu hängen. Ohne unsern heiligen Ned ergreift der komische Vogel, den sie zum Erzbischof machen, die Flucht, und ohne unsern berückenden Rothirsch blasen die Damen Trübsal.«

Catherine zog Jane vor die Türe. »Ich will hinterher«, sagte sie, hörte, wie töricht sie klang, vermessen und trotzig wie ein Balg, das mit dem Fuß stampfte.

Janie, ihre stille Freundin, zuckte keine Wimper. »Wenn du das willst, dann reisen wir.«

Aber wie konnten sie denn? Wusste Janie den Weg? Bis nach London mochten es gut und gern anderthalb Tagesreisen sein, und zudem würde Sir John ihnen nie und nimmer seinen Wagen geben. »Wie gut reitest du?«, fragte Janie.

»Mehr schlecht als recht.« Es war wahnsinnig. Es war herrlich. Zwei Weibspersonen, die ohne Schutz und Geleit durch den Savernake sprengten, weil eine von ihnen, eine unscheinbare Witwe, vor Verlangen nach einem Mann verging.

»Da bin ich froh«, sagte Janie. »Denn dann hängst du eine klägliche Reiterin wie mich nicht ab. Stopf dir den Rock mit Tuch. Ich sage Rob, er soll satteln.«

Die Anlage von Whitehall umfasste zahlreiche Bauten und glich eher einer Ortschaft, in der in allen Winkeln gebaut wurde, als einem einzelnen Palast. Im Hauptgebäude trennten sich Edward und Tom. Es dunkelte eben. Sie waren den ganzen Tag scharf geritten, und Edward schmerzte jedes Glied. Wie nicht anders erwartet, wollte Tom, der von der Strapaze unbehelligt schien, in die Gemächer der Hofdamen. »Du solltest dir keinen Howard zum Feind machen«, gab Edward seinem Bruder auf den Weg. »Ist die Dame de Vere das wert?«

»Nie im Leben«, erwiderte Tom. »Aber der Spaß, den hübschen Howard-Henry zum Feind zu haben, ist die Plage mit seiner ermüdenden Verlobten wert.«

»Du bist ein Sargnagel.«

»Unsinn. Ich bin ein ausgewachsener Totengräber.« Er klopfte Edward die Schulter. »Grüß mir unseren Erzbischof, ja? Er soll für meine schwarze Seele ein Gebet sprechen.«

»Tom? Was wird aus Catherine?«

»Was soll aus ihr werden? Mir ist sie recht als das, was sie ist.«

»Bei deinem Besitzstand bekommst du keine Heiratserlaubnis.«

Tom hob eine seiner schönen Brauen und zuckte mit den Schultern. »Jung gefreit, rasch gereut, oder etwa nicht? Unser Tag wird kommen. Cathie und ich haben Zeit.«

Der Mann, der zum siebenundsechzigsten Erzbischof von Canterbury erwählt war, stand im Gang an einem Erkerfenster und hörte gesenkten Kopfes zu, wie ein bärtiger Mann in der Kutte eines Augustiners auf ihn einsprach. *Cranmer und Barnes.* Cranmer war just von einer Reise in die lutherischen Gebiete Deutschlands heimgekommen, als seine Wahl ihn überrascht hatte. Und Barnes war offenbar gestattet worden, aus dem Exil zurückzukehren. Edward, so erschöpft er war, rannte los, sobald er die beiden entdeckte. Die neue Zeit brach an. Zu Cranmers Füßen warf er sich auf die Knie. Er hob den Saum der Soutane und küsste den schwarzen Stoff.

Die Gänge der königlichen Paläste, geschmückt mit Geweihen und beleuchtet von Wandfackeln, waren Tummelplätze der Hofgesellschaft und Siedekessel des Klatsches. In jedem Erker steckten zwei oder drei die Köpfe zueinander, raschelten Kleider, mischten sich Gelächter und Gewisper. Dennoch fühlte sich Edward diesen Augenblick lang mit Cranmer allein. »Mein Herr von Canterbury.« Für keinen Mann, den er kannte, empfand er mehr Achtung.

»O nein, mein Freund, bitte nennt mich nicht so. Viel lieber als hier in der Zwickmühle säße ich in Eurem idyllischen Wulf Hall überm Brett und spielte *Neun-Mann-Morris*.«

Der verzweifelte Ausbruch klang fast komisch. Auf Edwards Scheitel schob sich die fleischige Hand des Augustiners. »Dem Herrn sei Dank für Euch. Ihr kommt recht, um unserer Eminenz ein wenig Mut zuzusprechen, ehe er sich verschreckt wie ein Hase ins Dickicht Eures Waldes flüchtet.«

»Steht auf, Edward, ich bitte Euch. Ich bin noch immer derselbe. Kein Erasmus, kein Tyndale, kein More steht vor Euch. Nur der alte, linkische Cranmer, die fleischgewordene Unentschlossenheit.«

»Hört auf, Euch zu schmähen.« Robert Barnes half Edward auf die Füße. »König Henry hatte seine Gründe, als er Euch und keinen andern benannte.«

»König Henry hat höchstens Gründe, von mir enttäuscht zu sein. Ich habe in Deutschland wie am Hof des Kaisers nichts für ihn erreicht. Die Lutherischen sind gegen den Papst, aber das heißt nicht, dass sie für einen König von England sind, der sich nach Gottes Gesetz neu vermählen will. Ich enttäusche den König, und ich enttäusche auch die Lutherischen, weil mich ihr Eifern ohne Halt das Fürchten lehrt.«

Edward, der aus dem Fenster auf die im Dunkeln gleitende Themse gesehen hatte, wandte den Kopf nach dem verstörten Mann. Wie oft hatte dieser ihn getröstet und beruhigt. Jetzt brauchte er selbst Beruhigung, und ihm, Edward, ward die Ehre zuteil, sie ihm zu geben. »Eminenz, auch unserem Erasmus bereiten Luthers Starre und Heftigkeit Unbehagen.

Auch er fürchtet Aufruhr und verabscheut Spaltung. Er will an Skylla vorbei, ohne sich in Charybdis treiben zu lassen, und dasselbe müssen wir tun. Über diesen schmalen Grat führt uns keiner mit mehr Umsicht als Ihr.«

In dem Schweigen, das entstand, schien es Edward, als wären auch in all den Winkeln die Gespräche verstummt. Dann lachte Barnes und versetzte seiner Schulter einen Hieb. »Wer hätte geahnt, dass in Euch ein so blutvoller Prediger steckt? Und Recht habt Ihr. Von Bauern wie von Erzbischöfen will Erasmus nicht, dass sie Partei ergreifen, sondern dass sie denken und beim Denken Schlüsse ziehen. Selbst wenn es wie bei More die falschen sind.«

»Denken befreit!«, rief Edward.

Über das angespannte Gesicht Cranmers breitete sich ein verhaltenes Lächeln. Er sah auf einmal jung aus. »Gott schaue auf Euch, mein Freund. Ich habe Euch etwas zu sagen und hoffe nur, dass Ihr mir hernach noch gewogen seid.«

»Nicht jetzt!« Hastig packte Barnes ihn beim Arm. Das Donnern zahlreicher Schritte hallte durch den Gang. Im letzten Augenblick fielen die drei Männer auf die Knie. Um die Ecke bogen im Marschtritt vier rot gekleidete Gardisten mit Hellebarden, deren Klingen im Fackelschein blitzten. Gleich dahinter schritt König Henry, gut einen halben Kopf größer als der stattlichste Wächter, die mächtige Brust in eine Schecke gezwängt, die vor Juwelen starrte. An seinem Arm ging die Lady Boleyn, die Frau, die ganz Europa in Aufruhr versetzte, in einem schimmernden Kleid und mit gelöstem Haar.

Dem majestätischen Paar folgte ein farbenprächtiges Gequirl aus Höflingen und Damen. Edward erkannte Will Parr, Catherines Bruder, der ständig aufzufallen und seine Stellung zu verbessern suchte, aber einfach niemandem ins Auge sprang. Dahinter ging Henry Howard, milchhäutig, goldlockig, übellaunig. Und dann entdeckte er Anne. *Seine Anne.* Die Schönste von allen, in Silberblau. In einem einzigen Herzschlag glaubte Edward, die verworrenen Verläufe seiner Zeit zu begreifen.

Dass ein Mann eine Frau liebte, der umschwärmte Tom die

ihm ebenbürtige Catherine, der König die schwarze Boleyn, deren Sinnlichkeit ihm einen Erben versprach, und er selbst Anne, die vollkommen war wie Sappho-Verse – wie konnte sündig sein, was Menschen göttlich machte? Er kniete vor seinem Herrscher, aber zugleich auch vor Anne und der einzigen Himmelsmacht: *Nun aber bleibt Glaube, Liebe, Hoffnung, diese drei. Aber die Liebe ist die größte unter ihnen.* Tyndale hatte so übersetzt. *Liebe*, nicht *Barmherzigkeit*. Statt des milden *Agape* des Griechischen das leidenschaftlichste Wort seiner Sprache. Wäre Anne stehen geblieben, Edward hätte sie vor aller Augen gebeten, seine Frau zu werden.

Der Tross des Königs rauschte vorbei. Seine Untertanen rappelten sich einer nach dem andern auf die Füße, klopften sich Staub von den Schenkeln, nahmen Fäden von Gesprächen wieder auf. Barnes half erst Cranmer, dann Edward. »Nun schenkt Eurem Erzbischof Gehör. Er will Euch etwas anvertrauen.«

Barnes trat zurück, und Edward fand sich Auge in Auge mit Cranmer. »Eure Verachtung fürchte ich mehr als die Gefahr, in der ich schwebe«, sagte der. »Ich habe mich verheiratet, Edward. So wie Paare mich bitten, bitte ich jetzt Euch: Gebt mir Euren Segen.«

Edward starrte in die braunen Augen des andern. Jäh fühlte er sich gepackt. Der bedächtige Cranmer krallte sich an seinen Brustlatz und schüttelte ihn. »Sprecht, Mann, um meiner Seele willen. Sagt, dass ich Euch zuwider bin, dass Ihr mich hasst, nur sprecht. Die lutherischen Priester sind alle vermählt. Ich aber bin kein Lutherischer. Ich bin ein Zauderer, der sacht und gemächlich von der neuen Kirche träumt. Die Lutherischen schreien Gottes Wort über Berge, derweil meine Stimme einem Wispern gleicht. Zudem bin ich ein Heuchler, der ergeben darauf wartet, dass die Bulle des Papstes ihn zum Erzbischof macht. Zu einem Erzbischof, der mit seinem Namen dafür einsteht, dass verehelichte Priester samt ihrer Weiber im Wind von Ästen baumeln.«

Edward ertrug es nicht länger. Er nahm Cranmer bei den Handgelenken und befreite sich aus seinem Griff. »Ich will nicht, dass Ihr im Wind von einem Ast baumelt«, sagte er. »Wir brauchen Euch hier. Wo ist Eure Gattin jetzt?«

»Noch in Nürnberg. Sie ist die Nichte eines lutherischen Predigers. Ich habe gelobt, sie baldmöglichst nachzuholen.«

Edward nickte. »Wenn ich helfen kann, lasst es mich wissen.«

»Dann habe ich Euren Segen?«

»Ich bin kein Priester.« Seine Stimme zitterte. »Aber wie es ist, eine Frau zu lieben, weiß auch ich.«

»Frauen!« Der dicke Barnes breitete ihnen die Arme um die Schultern. »Unser Erasmus sagt: ›Leben lässt sich weder mit ihnen noch ohne sie.‹ Kommt, meine Freunde. Wer mit solchen Dämonen ringt, der hat sich einen Krug Bier verdient.«

Am dreißigsten März des Jahres 1533 wurde in London Thomas Cranmer zum Primas der englischen Kirche geweiht. Den Winter über hatten der König und sein Kronrat fiebernd vor Spannung auf die Ernennungsbulle des Papstes gewartet. Konnte Clemens dem unbeschriebenen Blatt von Kaplan seinen Segen verweigern? Ausgelassene Weihnachtsfeiern in Hampton Court verhehlten nicht die Beklommenheit des Monarchen: Die Zeit drängte. Im Januar hatte sich Henry der Achte in aller Heimlichkeit mit Anne Boleyn vermählt. Für die plötzliche Eile gab es einen Grund. Er ruhte im Leib der Lady und war Grund für alles, Preis, der jedes Wagnis wert war: der Thronerbe Englands. Unter keinen Umständen durfte dieses unschätzbare Kind als Bastard die Welt erstürmen.

Seine Eltern gingen also miteinander die Ehe ein. Solange aber kein Befugter des Königs erste Ehe aufgehoben hatte, lebte der König in Bigamie. Der Befugte war Papst Clemens, der die Aufhebung seit Jahren verweigerte. Jetzt sollte ihm die Befugnis entzogen werden. Der Primas einer befreiten englischen Kirche würde die erste Heirat für nichtig und die zweite für gültig erklären. Nur hatte es, um sich von Rom loszureißen, der Zustimmung Roms bedurft. Der Ernennungsbulle. Catherine brauchte Zeit, die logische Folge zwischen all den Widersprüchen zu erfassen. Zumindest aber erlebte sie jeden Schritt mit, war nicht länger in ein Brachland verbannt. Zwischen brokatknisternden Damen stand sie auf der Tribüne, auf die Nan und Janie sie geschmuggelt hatten, und erwartete den Einzug des neuen Erzbischofs.

Nan und Janie lebten als Ehrenjungfern der Boleyn bei Hof. Janie hatte ihre Stellung im Sommer aufgegeben, erhielt sie jedoch ohne Federlesens zurück. Um Catherines willen ertrug sie ein Leben, das ihr verhasst war. Der Hof war ein Bienenkorb. Niemand zählte Köpfe. Solange Janie dort war, konnte sie Catherine hinein- und hinausschleusen, in ihrer Schlafkammer unterbringen und an ihrem Tisch verköstigen. Andernfalls hätte diese nicht gewusst, wohin sie gehen sollte. Das Stadthaus der Parrs war verkauft, und ihr Bruder ließ keinen Zweifel daran, dass sie ihm lästig fiel. Wäre es nach Will gegangen, so hätte Catherine sich neu verheiraten sollen. Vor Weihnachten war ein Antrag für sie ausgesprochen worden: »Lord Latimer von Snape Hall begehrt Euch zur Frau. Meinen Glückwunsch, Schwester. Eine glänzende Partie.« Catherine aber hatte die glänzende Partie verlacht.

Sie würde sich wieder verheiraten. Wenn die Zeit gekommen war. *Unser Tag.* Tom bemühte sich um eine höhere Stellung und eine Heiratserlaubnis. Des Öfteren reiste er in diplomatischer Mission auf den Kontinent. Von Catherine nahm er Abschied, als ginge es in die Neue Welt, aber fieberte dabei schon dem Meer entgegen und fühlte sich an Bord eines Schiffes so wohl wie auf dem Pferderücken. Hätte er um seine Entlassung aus des Königs Diensten gebeten, so hätte er ohne Lizenz heiraten dürfen. Dann aber hätten sie London verlassen und auf Wulf Hall in der Stille leben müssen. »Dazu sind du und ich nicht gemacht. Wenn hier die Saalschlacht losbricht, kauen wir nicht am Weidezaun auf Butterblumen. Rindviecher gibt es genug, oder etwa nicht?«

In seinen Augen blitzte ein unbändiges Lachen. Im Dreikönigsturnier trug er ihre Farben, einen schwarzvioletten Fetzen, und pflügte seine Gegner wie Pappfiguren aus dem Sattel. Eigenhändig hatte er seinen Tyndale zum Turnierpferd ausgebildet und barst darob vor Stolz. »Küss mich, Catherine. Ich hab's verdient.«

Sie sagte: »Nein«, und küsste ihn.

In seinem zum Platzen prallen Leben musste sie mit einem Eckplatz vorliebnehmen. Aber sie hatte ja Janie, ihre stille Freundin, die alles für sie richtete. Janie, die mit ihrem steifen Bein einen Tag und eine finstere Nacht lang für sie durch den Savernake ritt. Janie, die am andern Morgen wie ein Bettelmädchen an die Tür einer Pachthütte klopfte, um Brot und eine Wegbeschreibung zu erbitten. Janie, die nicht hübsch genug war, die Wächter am Stadttor zu bezirzen, die aber ihr silbernes Kreuz vom Hals löste, ein geweihtes Kreuz ihrer Kirche in Bedwyn, und ihnen den Einlass erkaufte. Janie, die sich nach dem Zirpen von Wulf Hall sehnte, aber die Trommeln und Posaunen des Hofes ertrug, damit Catherine einen Platz am Puls der Welt bekam. Einen Platz in den Armen eines Mannes. »Sorge dich nicht um mich. Sorge dich um deinen Tom.«

»Janie, als du mit Robert Dormer...«

»Vergiss Robert Dormer. Der hat sich schneller getröstet, als er meinen Namen aussprechen könnte. Tom mag sein, wie er ist, aber er ertrüge keine andere als dich.«

Eine Welle erfasste Catherine. Ihr Leben war schwierig, jeder Augenblick mit Tom gestohlen, Verlangen quälend, ungestillt. Und dennoch war dies ihr Leben. Sie war Catherine Parr, die an der Zeitenwende stand. Catherine Parr, die einen Erzbischof von Canterbury kannte, die mit dessen Freund, dem rührigen Edward, über Luther und Erasmus debattierte, die Tyndales *Gehorsam des christlichen Mannes* las und eines Tages selbst ein Buch schreiben würde. Sie war Catherine Parr, die Tom Seymour gehörte. Und wenngleich es, bis auf Janie, in dieser gedrängten Schar kein Mensch glauben mochte: Sie war Catherine Parr, die Tom Seymour besaß.

»Jetzt kommen sie! Unser frisch geweihter Erzbischof!« Nan, in ihrem hübschen rosafarbenen Kleid, packte Catherines Arm und sprang wie ein Hündchen an ihr hoch. »Ist er nicht ein Goldstück? Jetzt, wo er den Hut trägt, erscheint er sogar groß, und er sieht so viel netter aus als Warham, der

Knotenstock. Bei Cranmer ginge ich zur Beichte und hätte kein bisschen Angst.«

Wer weiß, ob du noch lange überhaupt zur Beichte gehst. Vor dem Gedanken erschrak Catherine. Aber keine Beichte, ja überhaupt kein Sakrament machte Menschen zu Christen, sondern der Glaube an Christus allein. So hatte Edward es ihr aus den Paulus-Briefen der Tyndale-Bibel vorgelesen, und so hatte Tom es einst erklärt. Kein Sündenbekenntnis vor dem Priester forderte Gott, sondern einzig das Vertrauen von Kindern in einen gütigen Vater. Catherine fand nicht, dass der Erzbischof, der aus der Kapelle von St. Stephens trat, um an den Massen vorbei zum Palast von Westminster zu schreiten, groß erschien. Trotz der Mitra, die sich auf seinem Kopf türmte und die Nan einen Hut nannte, kam er ihr klein vor, eine verhuschte Gestalt unterm Baldachin. Das kostbare Messgewand mit dem Pallium war eigens für ihn gefertigt worden, er aber duckte sich, wie um darin zu verschwinden.

Die Bischöfe, Dekane und Kapläne, die folgten, sahen alle erhabener aus als der Erzbischof, dessen Füße bloß unter dem Pallium hervorlugten. Zaudernd, einer Bachstelze ähnlich, hob er den linken und setzte ihn behutsam auf den mit Sand bestreuten Boden. Nan neben ihr lachte. Die Menge, der Hofstaat auf den Tribünen und das gedrängte Volk, brach in Jubel aus. Dies war auch neu, dass man zur Weihe eines Erzbischofs so viel Volk zuließ, den geistlichen Würdenträger vorführte wie einen weltlichen Fürsten. Vermutlich wollte der König in solcher Wirrnis keinen Zweifel lassen: »Jener wird euch leiten. Folgt getrost diesem scheuen Mann.«

Hätten all die Versammelten auch gejubelt, wenn sie gewusst hätten, was der Erwählte eben erst – vor der offiziellen Feier in der Kapelle – geschworen hatte? Dass nämlich der Eid, den er dem Papst schuldete, nur gelte, solange seine Schuldigkeit vor Gott und seinem König, dem Haupt der englischen Kirche, davon unberührt bliebe? Edward hatte Catherine erklärt: »Mit diesen schlichten Worten durchschneiden wir die Fessel Roms. Heute darf keine Seele davon wissen, doch in ein paar Wochen weiß es alle Welt.«

Cranmers Blicke nach den Seiten waren ängstlich, flüchtig. *Gott schaue auf Euch*, hörte Catherine ihn im Geiste murmeln und sandte ihm den Wunsch zurück: *Gott schaue auf Euch, Doktor Cranmer. Gott geleite Euch auf einem Weg, von dem keiner weiß, wohin er führt.* Was war das? Ein Gebet? Fanfarenklänge schwangen sich in den eisklaren Märzhimmel, Menschen klatschten, Kinder hüpften und johlten. Ein alter Mann brach durch die Absperrung, warf sich vor dem Erzbischof der Länge nach auf den Boden und küsste seinen Fuß, ehe die Gardisten dazusprangen.

Zwei packten den Greis bei den Schultern, zwei weitere bei den Fesseln. Cranmer schwankte, spreizte komisch die Arme wie Flügel, bis sein Fuß freikam. Er ging in die Hocke. Ruhig schob er die Arme der Gardisten beiseite und legte dem Alten die Hände aufs Haupt. Catherine sah seine Lippen den Segen formen. Beidhändig half er dem Mann auf die Beine, als richte er sich selbst an ihm auf. Er schüttelte den Kopf, als die Gardisten zupacken wollten, und wartete, bis der Alte in die Menge eingetaucht war. Erst dann ging er weiter, von seinem Zug gefolgt, dem Tor des Palastes entgegen. Catherine betrachtete seinen Rücken und fand, Nan habe so Unrecht nicht: Seit er die Mitra trug, erschien er beinahe groß.

Im Anschluss an die feierliche Weihe gab König Henry seinem Kirchenprimas ein Bankett im großen Saal von Westminster. Spiele und Narreteien schickten sich nicht, doch der Tanz würde bis in die Nacht dauern. Tanz war gut. Ein sich befreiender Hof, ein sich befreiendes Land, das entfesselt die Glieder schwang. Der König selbst, hieß es, habe zu diesem Anlass eine neue Ballade komponiert. Eine blutvolle Weise für seine Schöne, die bald vor aller Augen seine Gattin und Mutter seines Erben sein würde. Die Ordnung der Tribüne löste sich auf. Mit glühenden Wangen berichtete Nan ihren Freundinnen, sie wolle mit einem Blondschopf tanzen, den sie ihren *wonnigen Willie* nannte. »Schaut her, du auch, Cathie, dort hinten winkt er mir.«

Sie wies nach der Tribüne der Höflinge. Daneben war das Podium für den König gezimmert, für Anne Boleyn, die Herzöge von Norfolk und Suffolk und die Minister. Unter ihnen fiel ein schweinsgesichtiger Vierschrot auf, der von einem zum andern schwänzelte. Thomas Cromwell, der neue Mann im Kronrat. »Er ist der Sohn eines Schmiedes«, hatte Tom ihr erzählt, »und besitzt die Grazie eines Schmiedehammers. Aber lass dich nicht täuschen. Er wird sich seinen Weg bis an die Spitze klopfen.« Das Schweinsgesicht wirkte viel eher komisch als entschlossen. Catherine musste über die eilfertigen Drehungen lachen. Gleich darauf vergaß sie Cromwell.

Nan winkte mit hochgereckten Armen. »Sei stolz, England. Welch allerliebstes Rudel Junghirsche!« Die Holzstiege der Tribüne hinunter kam der Jüngling, den sie Willie nannte, gefolgt von Tom und Edward, George Boleyn und einem auffallend ansehnlichen Mann mit goldigem Lockengekräusel und mürrischer Miene. »Henry Howard, die wandelnde Süße der Versuchung«, zischelte eine von Nans Freundinnen.

»Mir ist der rote Tom lieber«, versetzte die zweite. »Wer bei dem hinlangt, hat wenigstens ordentlich was in der Hand.«

Gelächter raschelte. Das Licht begann sich zu röten. Wie hübsch all die Mädchen im Abendglanz waren, geputzt wie servierfertige Wachteln. Catherine, im geborgten, verschossenen Kleid, sah von ihnen fort, den Männern nach. »Gehen wir auch?« Janie, ihre stille Janie, nahm ihren Arm. Stumm und verschworen flog zwischen ihnen ein Lachen.

Er konnte nicht tanzen. Letztendlich jedoch gab es Wichtigeres, das ein Mann zu können hatte. Er trug nie eine andere Farbe als Grau, der Mode des Hofes nicht einen Schritt, sondern ein ganzes Leben hinterher. Er war kein Mann, dem sich Gesichter zuwandten. Um sich bemerkbar zu machen, tippte er einem andern schüchtern an die Schulter. Mit den schillernden Gestalten, die den König in Bann zogen, dem pompösen Wolsey, dem brillanten More, dem listigen Cromwell, hatte er nichts gemein. Aber seine Manieren waren tadellos, und wenn das Rad jene Funkelsterne einen nach dem andern abgeworfen hatte, mochte er übrig bleiben. Edward Seymour. Ein bescheidener Mann, der keinem missfiel.

Anne knickste, als er sich verbeugte, breitete den messingblanken Rock mit Sorgfalt aus. »Dank Euch, mein Edward.«

»Ich habe Euch zu danken«, erwiderte er traurig. »Ihr hättet wahrhaftig einen gewandteren Tänzer verdient.«

Ich hätte manches verdient, aber wer wie ich mit dem falschen Geschlecht zur Welt kommt, begreift besser beizeiten: Bekommen tut man das, was man sich nimmt. »Ich fürchte«, sagte Edward, »dieser neuen Gaillarde bin ich nicht gewachsen.«

Sie schlug die Augen nieder. »Genug getanzt. Bringt mich zurück zum Tisch.«

Des Königs Gaillarde. Der Liebestanz. Die Reihe der Tänzer formierte sich. Frances de Vere, in einem Kleid aus wie Wasser rinnender Seide, lief Tom Seymour hinterdrein. Im Lichtschein der hundert Kerzen glänzte ihr Gesicht vor Tränenspuren. Sie ergriff ihn beim Ärmel, riss die kalte Schulter zu sich herum. Er neigte den Kopf und hob bedauernd die Hände. Dann schloss er sich mit Gleichmut ein aufgezerrtes Nestelband. In Annes Brust wuchs ein Lachen, das sich nur mühsam ersticken ließ.

Tom wandte sich ab und reichte stattdessen einem blutjungen Blondköpfchen den Arm. An der Seite eines Kerls, der vor Kraft beinahe platzte, wirkte das Dinglein zerbrechlich, krank. Was fand ein Mann an solch verzärteltem Gewächs? Ließ seine Stärke sich von ihrer Schwäche schmeicheln? Francis Bryan, der einäugige Lüstling, klatschte zustimmend Beifall, als Tom mit der Mageren vorüberzog. Anne kannte sie. Es war Mary Howard, die Tochter des Herzogs von Norfolk, von der man munkelte, sie sei mit Henry Fitzroy, dem Bastardsohn des Königs, verlobt.

Henry Howard, ihr Bruder, ließ seine Tänzerin stehen und sprang den beiden in den Weg. Eine Traube bildete sich. Was wäre ein Fest bei Hof ohne all die kleinen Skandale, an denen das Klatschvolk sich weidete? Anne lief ein paar Schritte, war schon fast zu dem Kreis aufgeschlossen, ehe sie sich besann. Howard, die blonden Locken in den Nacken geworfen, war krebsrot im Gesicht und rang nach Luft. Mit dem Ellenbogen stieß er zwei Gaffer beiseite und holte zum Schlag aus. Tom hob leichthin den Arm und fing Howards Faust, die auf sein Gesicht zuflog, am Gelenk. Zog den Arm des verdutzten Gegners in die Höhe, wie um ihn daran baumeln zu lassen, gab dann aber das Gelenk flugs frei, dass der Arm heruntersackte. »Sind wir beide jetzt fertig? Andernfalls frage ich beim König an, ob er zwei neue Hofnarren braucht.«

Er küsste Mary Howard die Hand und führte sie aus dem Kreis, der Reihe der Tänzer entgegen. Anne hörte ein hohes, perlendes Lachen und wusste sogleich, wem es gehörte: König Henry. Scheu tippten ihr zwei Finger an die Schulter. Hinter ihr stand Edward. »Wenn Ihr doch tanzen wollt...«

Sie schüttelte den Kopf, zog ihn mit sich fort. Erneut hoben die Musikanten zu spielen an.

Der neue Erzbischof hatte seine Mahlzeit am Tisch des Königs eingenommen. Nun, da der König sich im Tanz wiegte, gesellte er sich zu ihnen. Anne verbrachte eine ermüdende Stunde in Gesellschaft von Edward und Cranmer, die ihre halb gegorenen Gedanken tauschten. Die Musik zu ertragen, das Fest, das sie ausschloss, schmerzte heftiger, als sie sich eingestehen mochte. Um den Sturm in ihrem Innern zu mäßigen, folgte sie mit den Augen der Boleyn. Die Schwangerschaft stand ihr nicht. Ihr zu fest umschnürter Leib, der einst so grazil, so französisch jede Tanzfigur ausgekostet hatte, wirkte nur mehr erschöpft. Das feine Gesicht war teigig aufgeschwemmt. *Ihr habt gesiegt, my lady. Sollen andere glücklich sein.*

Tom Seymour warf die Libelle Mary Howard zur Volta in die Luft. Dem albernen Ding entfuhr ein Jauchzen. *Glaubst du, er ist betört von dir, Närrin? Glaubst du, ein Händchen wie deines hält die Erde zu, wenn sie zerspringen will? Hätte es eine gekonnt, dann ich, die jetzt am Rand steht und Männern zuhört, die alt und ohne Saft geboren sind.* »Darin wird More Euch eine Hilfe sein«, dozierte Edward. »Im ersten Buch der *Utopia* sagt er uns ja, wie sich Monarchen am besten raten lässt.«

Anne wirbelte herum. »More ist ein Mann von gestern«,

fuhr sie den grau gewandeten Hanfstock Edward an. »Vergesst ihn endlich, oder meint Ihr ernstlich, aus so vertrocknetem Erdreich sprießt Euch noch ein Keim?« Sie raffte ihren Rock. Gegaffe auf sich zu ziehen, Gekicher und Gezischel, hasste sie. Womöglich war es unklug, jetzt, da die Musik einen Taktschlag lang schwieg, hinauszurauschen, aber sie brauchte Luft. Anne Stanhope war keine Truthenne, die eine Szene hinlegte. Gespannten Rückens, ohne einen Blick zur Seite verließ sie den Saal.

Auf dem Gang herrschte Stille, vor dem Fenster mondbeschienenes Dunkel. Sie zog es auf, sog die Märzluft ein, als fiebere sie und trinke Eiswasser. Das Fenster wies nicht auf den Fluss hinaus, sondern auf einen der Höfe, ein menschenleeres Geviert, im Winkel ein Pflanzkübel. Die tiefen Atemzüge taten Anne wohl, die Nacht legte sich um ihr Herz. Alles würde ja gut. Edward würde einen Titel erhalten, sie würde ihn dazu treiben, wie man eine lahme Mähre peitscht. Trug er erst den Titel, würde sie ihn heiraten. Ein Erzbischof würde sie trauen, ein Königspaar käme zu Gast, und eine Schar hohlköpfiger Dämchen schliche schwach vor Neid im Gefolge der Braut. Dann wäre die Schmach getilgt, und Anne könnte wieder schlucken, ohne den bitteren Pelz um ihren Gaumen. Sie beruhigte sich. Ihr Herzschlag ging sachter. Bis die beiden kamen.

Zuerst das Mädchen. Ein zerzaustes, mageres Geschöpf, das wie gejagt in den Hof rannte, bei dem Pflanzkübel stehen blieb, sich gegen die Mauer des Seitenflügels fallen ließ. Gleich darauf kam der Mann. Ein kräftig gebauter Bursche, der eine Schaube in einem unverschämten Blauton trug und dessen Hemdsärmel im Mondlicht leuchteten. »Catherine!« Sein Ruf war Sehnsucht, Flehen, Passion. Er zog das Mädchen zu sich und schloss es in den Armen ein.

Sie küssten sich. Hatte Anne je zuvor gesehen, wie Mann und Frau sich küssten? Den gebeugten Nacken des Mannes, den gereckten Hals der Frau. Das Zusammenschmieden der Gesichter, das Wiegen der Körper zu Musik, die kein anderer hörte. Zwei hielten einander, wie um nicht mehr loszulassen, nicht mehr zu essen noch zu trinken. Eine Ewigkeit verging. Zog vorbei und würde nie vorbei sein. In dem Pflanzkübel wuchs ein immergrüner Strauch mit zum Platzen prallen Knospen, denen hier und da schon eine weindunkle Blüte entsprang. Annes Kehle war wund. Das Atmen bereitete ihr Schmerz.

Dann war es zu Ende. Die Frau befreite sich und versetzte der Brust des Mannes einen Stoß. Der taumelte einen Schritt rückwärts. Fing sich. Streckte die Hände nach ihr und ließ sie wieder fallen. »Das genügt nicht, Tom.«

»Das genügt nicht? Was willst du dann? Dass ich auf blanken Sohlen durch die Hölle spaziere, dass ich mir einen Narrenhut aufsetze und auf Junker Tudors Tisch auf Eiern tanze?«

»Tust du das nicht? Nur kaum um meinetwillen.«

»Sei nicht albern, Cathie. Komm, sag mir noch einmal, dass dir das nicht genügt.« Er zog sie wieder in die Arme, küsste sie. Es war nicht zu Ende. Er hob sie im Küssen vom Boden und drehte sich mit ihr, weil sein Verlangen ihn nicht stillstehen ließ. Wenn Anne sich zwang, von ihnen fort in den Himmel zu sehen, dann drehten sich die Sterne. Der verfluchte Rhododendron würde immer blühen. Es würde nie zu Ende sein.

Die Frau, ein gänzlich unscheinbares Wesen im zu großen Kleid, begann mit den Beinen zu strampeln, bis er sie absetzte und aus seinen Armen ließ. Einen Herzschlag lang sah sie aus, als wolle sie ihn in sein herrliches Gesicht schlagen. Aber sie schlug ihn nicht. »Nein, es genügt nicht«, sagte sie. »Lass mich bitte allein.«

»Fein.« Er schwang zum Gehen herum. Dann wandte er sich zurück, kaum merklich den Rücken beugend. »Wofür bestrafst du mich, Cathie? Dafür, dass ich mir an einem Freudentag meinen Spaß mit dem Gockel Henry Hübsch mache?«

»Der Gockel bist du, Tom. Und den Spaß hast du dir mit seiner Schwester gemacht.«

»Dafür bist du zu klug, oder etwa nicht? Du kannst mir

nicht ernsthaft diese Laetitia oder Agatha ankreiden. An der reizt mich nur eines: dass ihr Bruder meint, sie sei zu gut für mich.«

»Sie ist zu gut für dich. Wir sind es alle.«

»Das sag nicht wieder.« Er riss sie an sich, stürzte sich auf ihren Mund, küsste, trank und schlang sie, bis sein Atem in Stößen ging. »Meine Cathie. Meine Taube in den Felsenklüften. Glaubst du, es ist leicht für einen Mann, so zu leben?«

»Und du glaubst, es ist leicht für mich? Ich liege schlaflos in fremden Betten, und wenn mich einer fragt, wo ich zu Hause bin, dann fällt mir keine Antwort ein.«

»Was soll ich tun? Dich nach Wulf Hall bringen, fort von allem, jetzt wo unser Rad ins Rollen kommt?« Er barg ihr Gesicht an seiner Brust und streichelte ihr Haar. »Hab noch ein wenig Geduld, meine Lilie. Und sei mit mir nicht so streng. Unser Cranmer schreibt weise Traktate, mein gescheiter Bruder stiehlt sich in den Kronrat, und ich trieze die Howard-Papisten eben auf meine Art.«

Sie hob den Kopf. »Deine Art käme besser zur Geltung, wenn ich aus dem Wege wäre. Neu verheiratet, irgendwohin gekarrt.«

»Was willst du damit sagen?«

»Das weiß ich noch nicht.« Sie machte sich frei, gab ihm einen zarten Streich auf die Wange und ging.

Er rief ihr nach: »Cathie!«

An der Tür drehte sie sich um. »Was ist?«

Er öffnete den Mund. Schloss ihn wieder. Hob die Arme und schüttelte den Kopf.

Wenige Tage nach der Konsekration des Erzbischofs musste Catherine den Hof verlassen. Jemand hatte der Boleyn verraten, dass eine Schmarotzerin in ihrem Haushalt lebte. Die ungekrönte Königin hatte Janie zu sich gerufen und ihr dargelegt, welche Strafen ihr selbst und der eingeschleusten Freundin drohten. Jane, die ihre Herrin fürchtete, als sei diese tatsächlich die Hexe, die mancher in ihr sehen wollte, schlug Catherine vor, mit ihr nach Wulf Hall zurückzukehren. »Ich wäre ohnehin gern bei Vater. Vater geht es nicht gut, er wird manchmal wie ein Kind.«

Catherine lehnte ab. »Dein Bruder Edward hofft auf einen Platz im Kronrat, Rebhühnchen. Wenn du wiederum ohne Erlaubnis verschwindest, wirft das ein übles Licht auf die Verlässlichkeit deiner Familie.«

Eine Nacht lang versteckte ihr Bruder sie im Stadthaus der Bourchiers. Am andern Morgen schenkte der nervenschwache Will dem Schwiegervater reinen Wein ein. Der machte aus seiner Wut keinen Hehl: Da man ihm den Dolch auf die Brust gesetzt habe, werde er wohl oder übel Wills Schwester beherbergen, bis diese sich wieder verheirate. Er dringe aber darauf, dass dies rasch geschehe und die Ausgaben sich aufs Nötigste beschränkten.

Will neigte zum Stottern. Unter Tröpfchenhagel gab er Catherine die Worte des Schwiegervaters wieder.

»Du hast Sorge genug.« Catherine nahm seine Hand. »Für mich liegt ein Antrag vor, oder hat Lord Latimer sich zurückgezogen?«

»Im Gegenteil.« Über Wills fleckiges Gesicht glomm ein Funke Hoffnung. »Er hat kürzlich von neuem angefragt, aber ich dachte, darüber sei mit dir nicht zu reden.«

»Nun, mit mir muss nicht mehr geredet werden«, erwiderte Catherine. »Lass Lord Latimer wissen, ich fühle mich geehrt. Ich bin sicher, er wird bis zum Ablauf des Trauerjahres für die Unterbringung seiner Verlobten sorgen.«

Die vierte Nacht

Fliegen lernen
1536

*In der vierten Nacht des Christfestes
schenkte mir mein Liebster
vier Singvögel.*

*P*alast von Greenwich, am 10. Januar 1536.
Liebste Catherine,
Dir und den Deinen ein gesegnetes, ein reiches neues Jahr. Ich schreibe dir aus Whitehall, das die größte Palastanlage Europas sein soll. Wir haben hier Weihnachten verbracht. Die Stimmung ist seltsam: Wir haben Feste gefeiert, getanzt und uns maskiert und hätten doch eigentlich innehalten und einer Frau Respekt zollen müssen, die so viele Jahre lang Königin von England war.

Catalina von Aragon ist tot. Sie lag seit Tagen auf Schloss Kombolton im Sterben, und Mary, ihre Tochter, durfte nicht bei ihr sein. Gestern nun traf der spanische Gesandte Chapuys mit der Nachricht ein. Schon vorher befand mancher, König Henry hätte die Feiern abbrechen sollen, wo es doch für die arme Frau ans Sterben ging. Aber gerade zu Zwölfnacht wurde an nichts gespart, der ganze Saal war in Gelb geschmückt. Kannst du dir erklären, woher man in solcher Jahreszeit Körbe voll gelber Blumen bekommt? Aber Königin Anne bekommt vermutlich alles, was sie sich erträumt. Nie werde ich den riesigen Drachen vergessen, der zu ihrer Krönungsfeier auf der Themse Feuer spie. An Zwölfnacht trug sie jedenfalls selbst Gelb, das ihr zu ihrem Haar am besten steht. Uns, ihre Jungfern, ließ sie in einem zarteren Gelbton ausstatten. Mir steht Gelb selbst nicht übel. Doch dazu später.

König Henry also scheint um Catalina kein bisschen zu trauern. Im letzten Jahr dagegen, als seine Schwester, die Herzogin von Suffolk, starb, war er ganz Trübsinn und Schmerz. Übrigens, der Herzog von Suffolk hat sich bereits neu verheiratet, mit einem Mädchen, das jünger ist als seine

Töchter, einer geborenen Kate Willoughby. Verzeih mir, Cathie. Wie üblich erzähle ich alles durcheinander und lauter törichtes Zeug dazu.

Dabei gibt es so viel Wichtigeres: Königin Anne ist wieder schwanger. Ob sie dem König diesmal einen Erben schenkt oder ob es einmal mehr nur zu einer Tochter reicht? Bei Hof werden Wetten abgeschlossen, und die, die da wetten, das glaub mir, sind keine Freunde der Königin. Die Geburt eines Erben könnte das natürlich ändern. Was meinst Du, was wäre gewesen, wenn damals, als Du deinen Lord Latimer geheiratet hast, ein Prinz geboren wäre statt der Prinzessin Elizabeth? Hätten dann all die, die sich weigerten, die zweite Tochter als Thronerbin anzuerkennen, leben dürfen? Die Karthäusermönche und die Nonne von Kent, die sie auf Schafshürden zum Galgen geschleift, bei lebendem Leibe vom Strick geschnitten und vor der Menge zerstückelt haben? Bischof Fisher und Sir Thomas More, die aufs Schafott geführt wurden, weil sie den Eid auf Elizabeth nicht leisten wollten? Unser England, wenn es einen Prinzen hätte, wäre womöglich ein sanfterer Ort, an dem weniger Blut flösse und weniger Schmerzgebrüll uns in den Ohren toste.

Vom Tod schreib ich Dir. Dabei will ich Dir vom Leben schreiben. Freunde lassen grüßen. Deine Janie, die Dich vermisst und sich schier krank nach Wulf Hall sehnt. Blass war sie ja immer, aber jetzt ist sie totenfahl. Der verlässliche Edward schickt die Schriften, die Du Dir gewünscht hast, die Übersetzungen aus dem Pentateuch und dem Psalter. Wenn Du ein wenig Acht gibst, sagt er, ist es nicht allzu gefährlich: Zwar verbrennt man noch Ketzer, aber man legt es nicht eben darauf an, sie zu ertappen, seit die Hatz auf Papisten begann.

Euer gemeinsamer Freund jedoch, dieser Tyndale, soll ich Dir sagen, sitzt im Gefängnis in Antwerpen, seit ihn ein englischer Spion an den kaiserlichen Gerichtshof verraten hat. Es wird darüber gerätselt, wer wohl den Agenten bezahlt hat, und mancher meint, es sei Thomas More, schon mit dem Hals unterm Henkersbeil, gewesen. Sei nicht böse, Cathie, dass ich von solchen Dingen so wenig begreife. Ich mühe mich dennoch redlich, Dir alles, so wie es mir aufgetragen wird, wiederzuerzählen.

Mit diesem Brief erhältst Du also die Schriften von Edward. Sag, kannst Du Dir unseren Edward Stockverschluckt als verliebten Gatten vorstellen? Wohl keiner konnte es, und der Himmel mag wissen, was ihn zu der spröden Annie zog, aber seit seiner Hochzeit ist er ein Finkenhahn, der das Balzlied singt.

Ich hoffe, Dein Lord Latimer ist zu Dir ebenso gut und bringt Dir aus London beide Arme voller Geschenke mit. Diesen Brief soll er Dir ebenfalls bringen, wenn ich ihn vor seiner Abreise zu fassen bekomme. Stell Dir vor, solange er hier bei Hof weilt, ist es mir nicht einmal gelungen, ihn zu sprechen. Sag ihm, seine Schwägerin grollt ihm, und beim nächsten Mal soll er ihr wohlweislich seine Aufwartung machen.

Seid Ihr denn alle wohl dort oben, in Eurem Winterland? Ich lese Deinen letzten Brief oft und freue mich, weil Du so zufrieden schreibst. Also kann doch die Ehe keine solche Qual, wie manche jammern, sein. Damit ist es jetzt wohl an der Zeit, Dir ein kleines Geheimnis zu gestehen: Denk Dir, Cathie, einem einzelnen Herrn gefiel ich so gut im gelben Kleid, dass er mir einen Antrag machte, und so beuge ich mich also doch noch unters Ehejoch. Fragst Du Dich, wer der Todesmutige ist, der sein Kreuz mit dem Heuschreck Nan Parr aufnimmt? Mein wonniger Willie ist es, Sir William Herbert! Kommst Du zu unserer Hochzeit, bringst Du Deinen Gatten und Deine Stiefkinder mit, und wäre Deine Margaret gern Brautjungfer? Ach, wärst Du doch hier und könntest mich beraten, über die Farben der Brautausstattung, die Stoffe, den Schmuck, und auch nach der Hochzeitsnacht befragte ich dich nur zu gern.

Du jedenfalls hast auf Deiner Hochzeit allerliebst ausgesehen, habe ich Dir das je gesagt? Die ernste, stille Braut an der Seite ihres Herrn, das ist ein Bild, das ich nie vergesse. Ich liebe und vermisse Dich. Deine Dir immer gewogene Schwester Nan Parr.

Meile um Meile, verschleppte Stunde um verschleppte Stunde waren sie nach Norden gezogen. *Fort,* war alles, was Catherine hatte denken können. »Wohin fahren wir?«, hatte sie schließlich eines der Mädchen gefragt, die ihr, der Gattin des begüterten Landeigners, von nun an untergeben waren. »Ans Ende der Welt?«

»Das Ende der Welt liegt in Schottland«, hatte das Mädchen ernsthaft erwidert. »Davon trennt uns gottlob eine Grenze.«

Es war später September. Der Apfelmonat, die Zeit des duftenden Heus und der aus klaren Himmeln stürzenden Sterne. Das Land, das sie durchreisten, wurde hingegen ruppiger und kahler, je weiter sie kamen. Der Himmel hing tief, und die gemähten Felder lagen bar, als hätten sie nie Frucht getragen. Die Wälder verdichteten sich, und statt der Wiesen des Südens erstreckten sich Moore, deren nebelverschleierte Schwärze alles Licht in sich aufschlang. Die Siedlungen waren klein, die Straßen und Plätze leblos, und nirgends fand sich ein Haus aus roten oder gelben Ziegeln, kein Putz leuchtete wie frisch geweißelt. Die Häuser des Nordens waren aus grauem Feldstein erbaut und duckten sich verloren in den Wind.

Wind schien ständig zu wehen. Ein unentwegt sausender Ton, wie um Catherine zu narren. Erst als sie den dritten Tag unterwegs waren, begann sie zu begreifen, was sie sich angetan hatte. Sie hatte sich als Heldin fühlen wollen, als stolz entsagende Schmiedin ihres Schicksals. Stattdessen fühlte sie sich wie ein gebeuteltes Geschöpf ohne Halt. Sie fror. So inwendig fror sie, als würde ihr nie wieder warm.

Es hatte eine unaufwendige Hochzeit gegeben, in der Kapelle von Charterhouse Yard, wo Latimer ein Stadthaus besaß. Noch am selben Tag reiste ihr neuer Gatte ab, da eine Angelegenheit in seiner Heimat sich nicht aufschieben ließ. Catherine und ihre Mädchen blieben zurück, um den Haushalt zusammenzupacken. Sie sollten ohne Eile, zu gegebener Zeit nachkommen.

Inzwischen lagen die Hochzeit und die Reise in den Norden mehr als zwei Jahre zurück. Mehr als zwei Jahre, die sie auf

Snape Hall, keinen Tagesritt vor der schottischen Grenze gelebt hatte, auf der kalkgeschlemmten Halbfestung, die nun als ihr Zuhause galt. Zwei Jahre, in denen England statt des erflehten Prinzen eine nutzlose Prinzessin bekommen und in denen der König mit verzweifelter Härte versucht hatte, den Fortbestand seines Geschlechts dennoch zu sichern: Jeder Bürger Englands wurde verpflichtet, einen Eid zu schwören, in dem er den Säugling Elizabeth als Erbin der Krone und ihren Vater als Oberhaupt der Kirche anerkannte. Wer den Eid nicht leistete, beging Verrat, und auf Verrat stand Tod. Zwei Jahre, in denen zahllose Köpfe von Hälsen getrennt wurden, darunter der eisgraue Kopf des Kardinals Fisher und der so kluge Kopf des Thomas More. Der behutsame Erzbischof Cranmer, der diese beiden geliebt hatte, war offenbar nicht stark genug gewesen, sie zu retten.

Catherine hatte Thomas More in jener Nacht in Lincoln verloren, als sie begriff, dass dieser schillernde Geist Menschen wie Tyndale den Feuertod wünschte. Dann erfuhr sie, dass More hatte sterben müssen, weil er getan hatte, was sein Gewissen ihm gebot. Einen Eid verweigert, der seiner Überzeugung widersprach. Sie nahm die Seiten der *Utopia*, die Edward vor so vielen Jahren für sie abgeschrieben hatte, und weinte wie um einen Freund.

Etwas war falsch. *Hätte nicht unser Tag kommen sollen, irgendein Tag, der diesem Opfer Sinn gäbe?* Primas der neuen Kirche war der sanfte Cranmer, Papst Clemens starb, und sein Nachfolger Paul ließ den König exkommunizieren. In England aber verloren Menschen noch immer ihr Leben dafür, dass sie Schriften lasen oder Eide verweigerten. Oft in diesen zwei Jahren saß Catherine ganze Nächte über ihrem Schreibpult wach. Zum ersten Mal in ihrem Leben besaß sie eine eigene Kammer mit einer Fensterscharte zum Küchengarten, mit Bettstatt, Truhe und Pult. Aus dem Fenster sah sie den Tag heraufziehen, das Schwarzgrau zu Milchgrau verbleichen, und dachte an die Bilder der Reise, die ihr nie mehr aus dem Kopf wichen.

Die Nacht des fünften Reisetages hatten sie in der Stadt

York rasten wollen. Es war ein lichtloser Tag gewesen und wurde schon Abend, als Tore und Türme in Sicht kamen. Durch die Nebel grellte zinnobernes Licht. Die in Pelze gewickelte Catherine sprang halb aus dem Sitz. »Was ist das?« Keines der Mädchen wusste etwas, dafür einer der Reiter, der sich nur unter Sträuben gebieten ließ, anzuhalten. »Seht nicht hin, *my lady*, lasst uns im Bogen das Westtor anfahren. Eine Schande ist das. Speichel in Gottes Angesicht.«

Die Gebäude, die lichterloh in den Himmel brannten, gehörten dem Zisterzienserkloster vor den Mauern von York. König Henry hatte seinem Sekretär Cromwell den Befehl erteilt, die kleineren Klöster des Reiches aufzulösen, Besitz zu konfiszieren und Widerstand zu ahnden. Vor dem Westtor, vom Ast einer Eiche, baumelten zwei Mönche, an den Füßen aufgeknüpft, nackt und sich schwärzend, wie in der Sonne gedörrte Früchte.

Ich bin ein Weib, das sich das Herz gebrochen hat. Ein paar Wochen lang glaubte ich, nichts hätte Bedeutung als meine verlorene Liebe. Jetzt fahre ich über mein Land, das aufgeplatzt ist wie ein siechkranker Leib. Mein Land blutet aus und trieft vor Eiter. Was bin dagegen ich?

Am Abend des sechsten Tages hatten sie nach endloser Fahrt durch menschenleere Ödnis Snape Hall erreicht. Hinter dem Wächterhaus, im Vorhof, wartete ein schlanker, gebeugter Mann, der bei ihrer Einfahrt die Kappe zog. Ihr Mann. Lord Latimer. Er hatte ein etwa zwölfjähriges Mädchen und einen schwarzlockigen jungen Mann bei sich. Margaret und John. Seine Kinder, bei denen Catherine fortan Mutterstelle einnehmen sollte. Als sie die jungen Leute sah, verpfropfte sich ihr die Kehle, und vor ihren Augen verschwamm das Bild. Latimer trat vor den Wagen und reichte ihr die Hand, um ihr hinauszuhelfen. »Willkommen auf Snape Hall, *my lady*. Die Freude, die Ihr mir bereitet, könnt Ihr gewiss nicht ermessen. Gebe Gott, dass Euer Entschluss Euch nicht reut.«

So hatte ihr Leben im Norden begonnen. Manchmal sagte sie sich, wenn sie nach einer schlaflosen Nacht vor ihrem Fenster saß: *Es ist viel weniger schlimm, als ich erwarten durfte.* Zum ersten Mal hatte sie nicht nur Platz für Bücher, sondern auch Geld, um sich neue aus London zu bestellen. Und mehr noch: Latimer beschäftigte einen Hauslehrer und hatte nichts dagegen, dass seine Frau den Unterricht der Kinder teilte. Catherine lernte Latein. Ihr Leben war so schlimm nicht. Viel weniger schlimm, als sie erwarten durfte.

Mit den Kindern umzugehen, war ein Leichtes. Der flaumbärtige John ernannte sich zu ihrem Ritter, und die linkische Margaret erinnerte sie an sich selbst. Die Pächter und Nachbarn begegneten ihr mit Respekt. Hier war sie keine widerstrebend geduldete Kindsbraut, sondern Herrin über einen Haushalt mit mehr als sechzig Bediensteten. Wenn Latimer in seiner Eigenschaft als Friedensrichter und Parlamentsmitglied auf einer seiner zahlreichen Reisen war, überließ er ihr die Führung. Sie machte ihre Sache ordentlich. Es war so schlimm nicht.

Gleich nach ihrer Ankunft hatte Latimer sie in diese Kammer geführt. »Dies ist Euer Gemach. Ich hoffe, meine Schwester, die mich bei der Einrichtung beriet, hat Euren Geschmack getroffen.« Die Möbel waren klobig und vom Alter dunkel, aber es gab ein Schreibpult und eine Tür, die sich zuziehen ließ. Nach dem Nachtessen stieg Latimer mit ihr die Treppe hinauf. »Ich wünsche Euch eine ungestörte Nacht.«

Verwirrt blieb sie stehen. Latimer berührte ihren Arm und schüttelte den Kopf. »Ich habe meine Gemächer im nördlichen Trakt. Solltet Ihr je meine Gesellschaft wünschen, werde ich ein glücklicher Mann sein. Andernfalls ängstigt Euch nicht.«

Sie hatte Schlimmeres erwartet. Latimer behelligte sie nicht. Er war ein gebeugter, schweigsamer Mann, der in seiner Jugend so schneidig und schwarzlockig dahergekommen sein mochte wie jetzt sein Sohn. Vermutlich hatte in dieser Jugend kein Mann mit seiner Frau über Politik gesprochen, daher tat er es auch jetzt, als bald fünfzigjähriger Gatte einer kaum halb so alten Frau nicht. Wenn Catherine ihn nach seiner besorgten Miene fragte, gab er zur Antwort: »Ängstigt Euch nicht.«

Seine Miene aber war ständig besorgt. Er begriff die Befehle nicht, die sein guter König Hal, wie er Henry den Achten nannte, in London erließ und unter denen der Norden ächzte: Auflösung der Klöster, Besteuerung, die Familien ruinierte, Eide, die zu schwören ihn schmerzte. Durch die Straßen der Dörfer vagabundierten Scharen heimatloser Mönche und Nonnen, auf den Märkten wurden Männer, die er sein Leben lang gekannt hatte, in Stücke gehackt oder kopfüber aufgehängt. Von Sitzungen des Parlaments kehrte er verstört heim und wich Fragen aus. So würde es auch diesmal sein, wenn er von den Weihnachtsfeiern kam. »Es ist nicht der König«, war die einzige Erklärung, zu der er sich hinreißen ließ. »Es ist die Hure Boleyn, die ihn behext hat, und Cromwell, der Gehörnte in Menschengestalt.«

Er hatte ihr angeboten, mitzureisen, doch ihr zugleich zu verstehen gegeben, dass er sie lieber hier, in der behüteten Abgeschiedenheit von Snape Hall, wüsste. »Es wäre gewiss längst Zeit, die Kinder bei Hof einzuführen, aber bei dem Gewürm, das dort herumkraucht, werde ich mich hüten.«

Er reiste ab, und sie blieb, beging die Weihnachtsfeiern mit John und Margaret und übergab zu Zwölfnacht, wie es der Brauch gebot, Schlüssel und Herrschaft der geringsten ihrer Mägde. Das Mädchen, das die kleine Schar Gäste in den Tanz rief, freute sich, eine Nacht lang die Herrin zu spielen. Die Herrin aber, Catherine, war selbst im Spiel in keiner Nacht mehr ein Mädchen.

Es war schlimm. Schlimmer als alles, was sie erwartet hatte. Vor ihrem Fenster, hinter der niedrigen Mauer des Küchengartens sah sie auf vier Bäume: Zwei Birken, die durch alle Jahreszeiten kahl wirkten, eine Kiefer und eine fast schwarze Tanne, alle höher als der Dachfirst des Küchenhauses und dicht zueinandergedrängt. Auf diese Bäume starrte sie oft, um nicht zu weinen, um nicht schreiend aus dem Haus und ins tauende Eis zu laufen. Wenn die Bäume nicht halfen, las sie in der Bibel, Tyndales Neuem Testament oder dem Alten, das sie in der lateinischen Fassung des Erasmus besaß. *Lies, lies, lies*, fuhr sie sich an, *eines Tages schreibst du selbst ein*

Buch, dann war es all dies wert. Im Erker, schräg hinter dem Pult, hing ein Kreuz, dahin blickte sie zuweilen, aber blickte gleich wieder fort und auf das Buch vor ihr.

Tyndale, der vor Brüssel im Kerker lag, nannte die Kreuze an den Wänden Pfosten. »Betet zu Gott, nicht zu Pfosten«, schrieb er, aber Catherine konnte zu gar nichts beten. Sie konnte nur lesen, krallte ihre Hände an der Tischplatte fest und zwang ihre Augen auf die Schrift. Das Lateinische war schön und erhebend, doch das Englische war unausweichlich. Sie wünschte sich den von Tyndale übersetzten Psalter und das Pentateuch. Tyndale, im Kerker, wünschte sich Licht und ein hebräisches Wörterbuch, um seine englische Bibel zu vollenden. Catherine übersetzte selbst einen Vers aus dem zweiundzwanzigsten Psalm: *Mein Gott, mein Gott. Warum hast du mich verlassen? Ich heule. Aber meine Hilfe ist fern.*

Dann wieder hinaus, auf die vier Bäume. Der Tag graute. Verschlungene Äste und Büschel benadelter Kiefernzweige schienen Glieder und Köpfe zu formen. Wind, wie man ihn im Süden nicht kannte, beugte die Stämme zur Seite, aber brach sie nicht. Auf dem Streifen Pflaster war über Nacht der Schnee geschmolzen, doch auf den Beeten hing er noch in erdverschmutzten Fetzen. Catherines Kraft ging zu Ende. Sie strich die Bibel zur Seite, warf den Kopf aufs Pult. »O Tom.« Ihr Schrei klang, als jaule eine Hündin. »Mein Liebster, mein Leben.« Es war lachhaft. Klagen durfte, wer einen Kampf verloren hatte, sie aber war vor dem Kampf zurückgescheut. »Tom, Tom«, heulte sie im Takt der hämmernden Fäuste. Sie ließ sich gewähren. Manchmal half nur noch das.

Wenig später, als sie sich beruhigt hatte, glaubte sie, vom Vorhof ein Geräusch zu hören, und stand auf. Ihr Mann kam nach Hause. Nach bald zwei Monaten in der Hauptstadt, musste er von Heimweh ergriffen den Wagen durch Schmelze und Nacht getrieben haben. Sie trocknete sich mit ihrem Ärmel das Gesicht. Ergriff im Gehen ihre Haube und verließ den Raum.

Auf dem Absatz der Treppe blieb sie stehen und wartete, bis die Flügel der Haupttür sich öffneten und Latimer im

Kreis seiner Reiter in die Halle trat. »Willkommen daheim, *my lord*.«

Er hob den Kopf, lüftete die Kappe zum Gruß. Sein asketisches Gesicht verzog sich. »Ihr seid schon wach, *my lady*? Steht sich alles gut?«

»Alles steht sich bestens. Nur Ihr habt uns gefehlt.«

Von seinem Diener ließ er sich Mantel und Schwert abnehmen und stieg ihr die Treppe hinauf entgegen. Statt sie zu umarmen, nahm er ihre Hände in seine. »Einen guten Morgen. Ich habe etwas bei mir, das Euch gewiss erfreut.« Er drehte sich um, winkte einem der Reiter, der die Stufen hocheilte und ihm einen in tannengrünen Samt gehüllten Packen übergab. »Dank Euch, Geoffrey. Ihr mögt alle gehen und Euch zur Ruhe legen.«

Latimer wartete, bis die Männer das Haus verlassen hatten, ehe er Catherine den Packen gab. »Ist Eure Schwester zu Vermögen gekommen?« Seine schlanken Finger glitten über den Samt. »Wer solches zum Einwickeln benutzt, ist gewiss kein Hungerleider.«

Das Samtbündel in Catherines Händen war wie ein lebendes Wesen. »Ihr habt Nan getroffen?«

»Nur flüchtig. Sie ist Euch nicht ähnlich, oder?«

Catherine lachte auf. »Von uns beiden war von klein auf Nan die Hübsche, die mit Liebreiz Gesegnete.«

Er sah ihr ins Gesicht. Seine Augen waren reglos und bläulich, die verwitterten Wangen vom Nachtwind gerötet. »Ich bin kein Anbeter von Frauenschönheit«, sagte er. »Die Tugenden, die ich bei Euch finde, erscheinen mir auf Dauer von mehr Wert.«

Aber einst hat ein Mann mich seine Schönste genannt. Ein Mann, der Hübschere in Scharen haben konnte, aber mich nur einmal und jetzt gar nicht mehr. Catherine schüttelte sich.

»Ist Euch nicht wohl? Wollt Ihr Euer Geschenk nicht öffnen?«

»Später. Erst will ich mich um Euer Frühstück kümmern. Ihr müsst ausgehungert sein.«

»Mit dem Essen eilt es mir nicht. Offen gestanden wartete ich lieber, bis die Kinder auf sind, und ließe dann in der Kapelle ein *Te Deum* singen.«

»Danken wir dem Herrn für Eure glückliche Heimkehr?«

»Wir haben ihm für noch mehr zu danken.«

»Oh. Für was denn?«

»Die große Hure hat fehlgeboren. Gott lässt nicht zu, dass sie dem König ein lebendes, männliches Kind schenkt.«

Das Frohlocken, mit dem dieser gereifte Mann über das Leid einer Frau sprach, erschreckte Catherine. Er sprach schon weiter, jetzt wahrlich im Triumph: »Seid versichert, ehe das Jahr sich dem Ende neigt, ist England von der großen Hure frei. König Hal wird sich ihrer entledigen und an ihre Stelle eine tugendhafte Jungfer setzen. Gebe der gnädige Gott, dass die Hure die Teufelsdiener Cromwell und Cranmer mit sich in den Abgrund reißt.«

»Erzbischof Cranmer dient keinem Teufel«, entfuhr es Catherine.

»Und darauf versteht Ihr Euch, *ma dame*?« Jäh war Latimers Stimme scharf. »Geht und wickelt Euer Geschenk aus, ehe diese grüne Protzerei verrutscht und mir enthüllt, was ich vorziehe, nicht zu sehen.«

»Aber es ist ...«

»Ein Geschenk Eurer Schwester. Ich weiß, deshalb übergebe ich es. Ich mag einer vernunftbegabten Frau nicht den Lesestoff vorschreiben, aber ich erwarte, dass Ihr meinen Namen respektiert und keine Schande auf mein Haus bringt.« Einen Herzschlag lang bohrte der Blick der bläulichen Augen sich in ihre. Dann schickte er sie mit einem Wink ihres Weges. »Im Übrigen gereicht ein wenig Handarbeit keiner Frau zum Schaden. Selbst Englands künftige Königin ist sich dafür nicht zu gut.«

»Ihr sprecht, als ob der König schon eine Wahl getroffen hat.«

»Das hat er«, erwiderte Latimer befriedigt. »Eine Jungfer von tadelloser, wenngleich nicht glänzender Abkunft. Aber gerade die Demut der niederen Geburt erhöht sie. Gedenkt meiner Worte: Ehe das Jahr verstreicht, sitzt sie auf Englands Thron.«

Der erste Mai war des Jahres heiterster Feiertag. In der Stille der Nacht hallte der Lärm des Festes nach, die Schellen der Morristänzer, das Klirren der Turnierlanzen, das zärtliche Lachen der Damen. Durch die Schwärze lockte noch der Abglanz der Farben: Das Gewirr von Seide und Brokat, Bannern und Wimpeln, wolkenlosem Blau des Maihimmels, Tücher schöner Frauen an den Handgelenken mutiger Ritter. Das Grün der Königin, der Boleyn. Edward wollte das Fenster schließen, aber brachte es nicht übers Herz. Durch den schmalen Spalt drang die Nachtluft, erfüllt von der Süße spätblühender Pfirsichbäume.

In klaren Nächten nimmt man oft an, klarer zu denken, derweil man nur klarer sieht und das Gesehene länger behält. An der Kuppel des Himmels, die sich über Greenwich wölbte, blitzten Sterne, als hätte ein elysischer Ackermann Juwelen gesät. *Ich bin vorangekommen*, dachte Edward. *So sagt man ja wohl. Ich bin Ritter des Hosenbandordens und stehe in meinem eigenen Empfangsraum im Palast. In meinem Kamin brennt duftendes Zedernholz des Südens, obwohl es nicht einmal kalt genug ist.* Er drehte sich um. Beim Feuer saß seine Schwester, die Handarbeit unberührt in ihrem Schoß.

»Geht es dir gut, Janie? Ist alles in Ordnung?«

Sie hob den Kopf. Der spanische Gesandte Chapuys hatte Gerüchten zufolge dem Kaiser berichtet, sie sei ohne besondere Schönheit. Edward begriff nicht, wie jemand sie so sehen konnte. Ihr Gesicht war in Weiß, was die Nacht in Schwarz war: Ein Bild von Gewissheit und Stille über einer ungewissen Welt. »Was soll denn nicht in Ordnung sein, Edward?«, fragte sie.

Er zuckte zusammen. »Janie. Du weißt ...«

»Was weiß ich? Dass du mich nicht zwingst, den König zu heiraten, wenn ich nicht will?«

Stolpernd eilte er zu ihr, ging vor ihr in die Hocke und umkrallte ihre Hände. »Janie, Janie.« Nichts fiel ihm ein als ihr Name. Sie sah ihn mit ihren hellen Augen an.

»Kühl ist es hier«, sagte sie, obwohl es so mild war. »Es fällt mir doch recht schwer, in diesen Palästen zu leben. Aber die Pfirsichbäumchen mag ich. Ich stelle mir vor, wie sehr Vater diese kugeligen Pfirsichbäumchen für seinen Garten gefallen hätten.«

»Wenn du willst, könnten wir Vater herkommen lassen.«

»Ach, Edward. Vater ist ein kranker Mann, er wird nach nirgendwo mehr kommen.«

Es klopfte an der Tür. Wer immer davor stand, stob herein, ohne Edwards Erlaubnis abzuwarten. »Guten Abend, schönste Rose Englands. Guten Abend, Rosengärtner.« Der Mann vollführte eine zierliche Verneigung und zog den Hut. *Dem Himmel sei Dank für dich. Solange du aufgeputzt wie ein Pfau deine Sprüche klopfst, kann kein Schrecken unsäglich sein.*

Als hätte er in der Welt nicht eine Sorge, stürmte Tom durchs Zimmer. Bei dem Maiturnier, das so jäh seinen Glanz verloren hatte, war er mit seinem Koloss von Pferd in drei Waffengängen siegreich geblieben. Das blassgelbe Tuch an seinem Ärmel gehörte Mary Howard, der Herzogin von Richmond und Gattin des königlichen Bastards. Sacht schob er den hockenden Edward beiseite und riss Janie an sich, dass ihre Handarbeit zu Boden fiel. »Mein Schwesterlein.« Er warf sie in die Höhe und fing sie wieder auf. »Jetzt kannst du wahrhaftig fliegen, oder etwa nicht?«

»Lass mich runter, Tom.«

»Willst du das wirklich?« Er hielt sie über seinen Kopf und küsste sie. Bei allem, was er tat, reiten, trinken, seine Schwester herzen, sah er aus, als mache er Liebe. Umsichtig setzte er sie auf den Schemel nieder, ordnete ihr die Röcke, legte das fragile Gespinst der Handarbeit in ihren Schoß. »Ich hab dich lieb, Janie.«

»Ich hab dich auch lieb, Tom.«

So einfach war das Leben. Als hätte es das brennende Verlangen nie gegeben. Als hätten nicht sie beide die Schwester geopfert, um sich ihren Platz auf dem Glücksrad zu sichern.

»Zum Teufel, ich muss sogleich wieder los.«

»Du musst doch immer sogleich wieder los.« Janie hatte tatsächlich die Handarbeit aufgenommen und, ohne hinzusehen, begonnen, daran zu sticheln. »Höre, Tom, ich will, dass du künftig nicht mehr lästerliche Flüche wie ›zum Teufel‹ in den Mund nimmst, sondern dich beträgst wie ein gottesfürchtiger Christ.«

»Sehr wohl, Euer Gnaden.« Tom verbeugte sich.

»Ich sage dir das nicht als deine Königin«, entgegnete Janie. »Denn deine Königin bin ich nicht, und ob ich es werde, weiß Gott.«

»Und ob du es wirst. Der König schickt seine schwarze Annie auf irgendein Landgut. Die Ehe ist so gut wie gelöst. Einst mag nur Gott gewusst haben, dass du fliegen kannst, Röslein, aber inzwischen ist selbst meine tumbe Wenigkeit so schlau.«

»Halt den Mund.« Die Blicke seiner Geschwister prallten aufeinander. »Kein Ketzerwort mehr, das sage ich dir als deine Schwester, der das Heil deiner Seele teuer ist.«

»Meine Janie.« Er kniete nieder und küsste ihr die Hände. »Ich bin ein Kreuz, ich weiß. Und ich kann dir nicht einmal versprechen, mich zu bessern oder um meine Besserung zu beten. Bete du für mich.« Er stand auf und wandte sich zu Edward. »Wo ist eigentlich meine formidable Frau Schwägerin?«

»Bei ihrer Herrin. Wo sie gebraucht wird.«

»Dort wird sie nicht mehr lange gebraucht. Die schönste der Boleyn-Töchter ist die längste Zeit Herrin gewesen. Wisst ihr übrigens? Junker Tudor hat verlauten lassen, wenn alles vorbei ist, sollen wir Janie nach Wulf Hall bringen.«

Wenn alles vorbei ist. Tom, das Leichtherz, war sicher, der König würde die Boleyn begnadigen und auf einem Landsitz verschwinden lassen. Edward verzichtete darauf, ihn eines Besseren zu belehren.

»Ja, das weiß ich«, sagte Janie. »Und du nenne deinen König nicht bei Schimpfnamen. Gute Nacht, Tom.«

»Gute Nacht, ihr Rosentriebe an Englands stämmigstem Stock.« So rasch, wie er gekommen war auf seiner Woge Lebenslust, war er auch wieder verschwunden.

»Er sollte Cathie heiraten«, murmelte Jane.

»Cathie ist eine verheiratete Lady Latimer.«

»Ach ja. Verzeih. Ich vergesse es immer, weil ich es so gern vergessen will. Diese Zeit, in der Cathie hier war und ich mich um sie kümmern durfte, die war schön für mich.«

»Jane.« Edward straffte die Schultern und ging zurück zum Fenster. In die überquellende Süße der Mainacht sprach er: »Du musst den König nicht heiraten.«

Jane, die so selten den Mund verzog, lachte. »Muss ich nicht?«

Er zwang sich zu ihr herum. »Ja, ich weiß, Tom und ich haben dich bedrängt, seit der König zu erkennen gab, dass du ihm gefielst. Wir wussten: Wenn die Boleyn stürzte, würden die Howards versuchen, ihm wieder eine Frau zuzuspielen, eine strikte Papistin, die ihn zu Rom zurücktriebe. Aber wir sind keine Howards. Wir spielen nicht Kegeln um unsere Schwestern.«

»Nein, Edward?« So still, wie sie zuweilen auf Wulf Hall geweint hatte, wenn ihr Bein sie schmerzte, so weinte sie jetzt.

»Ich habe nicht genug mit dir gesprochen.«

»Warum solltest du auch? Ich bin ja kein kluges Wort, das in Büchern steht. Ich kann nicht einmal Latein.«

»Und das glaubst du von mir? Dass ich auf Bücher mehr gebe als auf Menschen? Jane, ich suche in Büchern nach dem, was Menschen ausmacht, was ihnen nottut, um mit Gott und ihresgleichen im Einklang zu leben.«

»Sucht Anne das auch?«

Edward stockte der Atem.

»Anne weiß, dass der König dir einen erblichen Titel verleihen wird, wenn er mich zur Frau nimmt, nicht wahr?«

Er packte sie bei den Schultern, dass sie endlich von dem Gestichel ließ. »Sag mir, dass du ihn nicht heiratest, um mir einen Titel zu verschaffen.«

»Du tust mir weh.«

Erschöpft ließ er sie los. »Jane, es ist spät und unsere Lage schwierig. Wir müssen etwas für den König finden, einen Grund, weshalb er dich nicht heiraten kann.«

»Müh dich nicht.« Sie war blass. »Ich will den König heiraten.«

»Aber du weinst doch!«

»Um sie weine ich«, sagte Jane.

»Um die Boleyn? Ich dachte, sie sei dir zuwider.«

»Ich hatte Angst vor ihr. Soll ich deshalb einer, die schuldlos ist, den Tod wünschen?«

»Du meinst, sie sei schuldlos?« Bilder blitzten an Edward vorüber, Farben verwischten, eins quoll ins andere: Das flirrend bunte Turnier. Die Boleyn an des Königs Seite unter dem golden und blau gestreiften Zeltdach. Vor ihrer Tribüne öffneten die Ritter zum Gruß das Visier. Wie stets wählte die Königin sich einen Favoriten, eine Ehre, die auf Sir Henry Norris entfiel. Tödliche Ehre. Sie warf ihm ein Tuch zu, das er sich um den Ärmel wand, und kaum hatte er seinen Gegner aus dem Sattel gehoben, da ergriffen ihn Gardisten. Die Feiernden erstarrten, unter ihnen die Boleyn, die womöglich mit einem Schlag begriff, wie ihr geschah.

»Wo ist sie jetzt?«

»In ihren Gemächern.«

»Und wann verhaftet man sie?«

»Morgen nach der Sitzung des Kronrats. Jane, sie ist des Ehebruchs angeklagt, und was wissen denn wir, vielleicht hat sie ihn begangen. So oder so können wir nichts tun.«

»Nein, das können wir nicht. Was immer sie begangen hat, sie wird verurteilt, weil sie keinen Erben gebiert. Ich werde Gott Tag und Nacht bitten, mir einen Erben zu schenken. Einen Seymour-Prinzen, den ihr euch so sehr wünscht.«

»Um des Himmels willen!«

»Nein, sorg dich nicht. Der König tut mir kein Leid.«

»Und das ist dir genug?«

»Ach«, sagte Jane, »was heißt schon genug? Mir war es genug, mit Robert Dormer im Wald Versprechen und Küsse zu tauschen. Aber die Versprechen waren nachher nichts wert, und die Küsse sind getrocknet. Ich war für Dormer nicht genug. Ich bin nicht hübsch. Für dich war ich auch nicht genug. Ich bin ein dummes Mädchen. Latein kann ich nicht, und deine Ketzerbibel fasse ich nicht an. Aber die Evangelien unseres Herrn sprechen trotzdem zu mir, wie wir ja auch des Morgens den Singvögeln zuhören, ohne ihre Sprache zu verstehen.«

Solange sich Edward erinnerte, hatte er seine Schwester keine so lange Rede halten hören. Er wollte etwas einwerfen, doch Jane war noch nicht am Ende. »Ich war für keinen genug, nur für Cathie, aber dann ging Cathie fort, und ich war wieder allein. Im Herbst, zu deiner Hochzeit ritt der König nach Wulf Hall, um dich zu ehren. Dafür habe ich ihn gemocht. Ich war froh, daheim zu sein, und eines Tages tat ich meine Taubenschürze um und stieg zum Taubenfüttern ins Scheunendach. Als ich wieder hinunterstieg, war die Schürze voll Dreck, und an der Leiter stand der König. Ich habe mich grässlich geschämt, weil der König mich in der verdreckten Taubenschürze sah, aber der König hat gesagt: Mädchen, mir gefällt, was du tust. Da habe ich ihn noch mehr gemocht.

Im Winter starb die arme Königin Catalina, und ihre Tochter war nicht bei ihr, darüber musste ich weinen. Ich lief nach draußen und saß unter den kahlen Pfirsichbäumen. Der König kam, und plötzlich fiel mir ein, dass es verboten war, Catalina Königin zu nennen. Aber als der König mich fragte, warum ich weine, musste ich ihm die Wahrheit sagen. Der König sagte: Mädchen, mir gefällt, dass du deine Herrin nicht vergisst.

Der König war betrübt. Er erzählte mir, wie einsam er war, und dann sagte er: Dir kann ich davon sprechen, dir vertraue ich. Schön war das, denn wer hat mir je vertraut? Du nicht und Tom nicht und vielleicht auch Cathie nicht.

Im Frühjahr sagte der König zu mir: Mädchen, mit der Boleyn muss ein Ende sein, und wenn du es auch willst, dann will ich dich zur Frau. Ich habe gedacht: Eine Seymour war nicht genug für einen Dormer, aber für den König ist sie genug. Das wird meinen Bruder Edward freuen, und mein Bruder Tom wird jubeln: ›Unser Tag ist da. Der Tag der Seymours.‹ Ich habe dem König gesagt, dass ich seine Frau werden will. Jetzt weine ich nicht mehr, und du geh zu Anne und legt euch schlafen. Nur einen Gefallen musst du mir noch tun.«

»Jeden, Janie«, sagte Edward heiser.

»Stifte nicht Tom zu ketzerischen Reden an. Dass ihr zwei Ketzer seid, kann ich nicht ändern, nur täglich Gott für euch um Vergebung bitten. Aber Tom hat schon als Knabe für dich die Prügel eingesteckt, weil er das, was du flüsterst, schreit. Lass ihn nicht aus den Augen. Seit Cathie fort ist, ist Tom allein.«

Ein Windstoß warf das Fenster auf und blies die honigschwere Nachtluft in den Raum. Edward räusperte sich. »Ich verspreche es«, sagte er und nahm die Hand seiner Schwester, die schlaff auf der Näharbeit ruhte. »Gott segne dich.«

Keine zwei Wochen später erhielt Edward die Weisung, seine Schwester aus dem Palast fort und in das Haus des Hofbeamten Carew zu bringen, das sich in eine Uferböschung der Themse duckte. Der König erteilte ihm diesen Befehl wie eine Bitte unter Freunden. Durchblicken ließ er, dass Edward hernach mit dem Titel eines Lord Beauchamp rechnen dürfe. Und noch ein weiteres Geschenk harrte seiner: Edward würde Mitglied des Kronrats werden. Als solches solle er der Hinrichtung der Verurteilten Boleyn beiwohnen, damit die Dinge ihre Ordnung hatten. »Hinterher rudert man Euch geradewegs zum Haus des Carew, und Ihr geleitet Unser Juwel nach Wiltshire.«

Die Boleyn war des Ehebruchs mit fünf Männern angeklagt und für schuldig befunden. Einer der Männer war ihr Lautenschläger Mark Smeaton, der bürgerlicher Herkunft und somit vor der Folter nicht gefeit war. Smeaton legte ein Geständnis ab. Drei weitere Männer, Henry Norris, Francis Weston und William Brereton, waren Freunde des Königs. Der fünfte war ihr Bruder George. Auf Beischlaf mit der Gattin des Königs stand die grausame Strafe des Hängens, Schleifens und Vierteilens. Der König aber war barmherzig gestimmt und ließ das Urteil in das mildere des Enthauptens umwandeln. Auf dem Towerhügel, unter dem Fenster der Boleyn, errichteten Zimmerleute ein Schafott. Am Morgen des siebzehnten Mai wurden dort die fünf Verurteilten geköpft.

In der Nacht des achtzehnten Mai, wiederum einer Nacht, die klar war wie ein schwarzer Diamant, fand Edward keinen Schlaf. Die Frauen trösteten sich auf ihre Weise: Anne schlief, und Janie kniete vor dem Kreuz und betete. Edward ging im Garten des Carew spazieren, durch um die Fesseln streifendes Gras hinunter an den Steg. In klaren Nächten glaubte man, klarer zu denken, aber Edward dachte nichts mehr. Sein Kopf war leer.

Über die schaukelnde Schwärze des Flusses glitt eine mit blau-weiß-goldenen Bannern geschmückte Barke. Acht Ruderer trieben sie vorwärts, und unter dem Baldachin stand sein Freund Cranmer. Er kam nicht aus Lambeth, vom erzbischöflichen Palast, sondern vom Tower, wo er der Boleyn die Beichte abgenommen hatte. Er hatte ihr zudem sagen müssen, dass ihre Ehe annulliert und ihre Tochter Elizabeth zum Bastard erklärt worden war. Wortlos half Edward dem Erzbischof aus der Barke, öffnete die Arme und fing den Stürzenden auf. Hielt ihn. Den zuckenden Rücken. Den Kopf in der schwarzen Haube, das auf seine Schulter gepresste Gesicht. Wie viel Zeit verging, hätte er nicht zu sagen vermocht. Cranmer weinte, bis er keine Tränen mehr hatte. Dann lösten sie sich voneinander und gingen Seite an Seite den Hang hinauf.

»Wollt Ihr es mir sagen?«

»Darf ich das? Muss ich es dem König sagen? Und wenn ich es nicht tue, hindert mich ein Beichtgeheimnis, an das ich nicht glaube, oder nackte Feigheit?«

Edward schluckte, blieb stehen. »Sagt es.«

Der Erzbischof wandte sich ab und blickte über die Themse, die einzelne Sterne spiegelte. »Nur hier. Nur jetzt. Sie ist unschuldig, Edward. Anne, die Königin von England war, wird morgen Königin im Reich Gottes sein.«

Die beiden Männer gingen schweigend weiter, um das

Haus herum, durch die Waldung und dann zurück zur Anlegestelle. Als die Nacht begann auszudünnen und der Jubel der Vögel anhob, machten sie sich auf den Weg. Der Erzbischof nach Lambeth, wo er vermutlich keinen Schlaf finden würde, und Edward, in einer vom Hof gesandten Barke, dorthin, wo Cranmer hergekommen war.

Vom Fluss her sah er die Stadt zu Leben erwachen. Sah ihre Dächer erst in rosiges Grau, dann in weißes Gold getaucht, hörte die Glocken des himmelhohen Turmes von St. Paul, spürte, wie seine Glieder sich wärmten, und sog den Duft des Maimorgens auf, Wasser und Ufergräser und eine Ahnung von Fäulnis. Als er durch das Flusstor in den Tower einfuhr, hatte sich dort bereits eine Schar von gewiss hundert Bewohnern der Burganlage versammelt.

Sie bildeten einen Ring um die grasgrüne Kuppe zwischen der Kapelle Sankt Peter ad Vincula und dem von Türmen umrahmten Fachwerkhaus, in dem die Boleyn auf ihr Ende wartete. *Herr im Himmel, wenn du mein Leben nimmst, lass es nicht Frühling sein.* Eine Handvoll Männer empfing Edward hinter dem Tor: Audley, der Lordkanzler, Cromwell, des Königs Sekretär. Der Herzog von Richmond, König Henrys Bastard, der so dürr und bleich war, als werde er jeden Moment umstürzen, und Charles Brandon, der Herzog von Suffolk. Dem Herzog von Norfolk, Thomas Howard, war es erspart worden, der Hinrichtung seiner Nichte beizuwohnen.

Die Herren waren Edward im Rang überlegen. Dass er hinzubeordert wurde, war ein unmissverständliches Zeichen. Gemeinsam gingen sie die paar Schritte den Pfad hinauf und bahnten sich ihren Weg durch die Menge. Mehr Frauen als Männer. Mütter mit Kindern. Mägde mit Körben, die gleich darauf zum Einkauf über Märkte streifen würden. Vögel sangen noch immer, und zwei Raben hackten Krater ins Gras.

Das Schafott war ein gezimmerter Aufbau, ähnlich dem Podium eines Puppenspielers. Stroh bedeckte die Planken, ein schwarzes Tuch den Block, den man nicht brauchen würde. König Henry hatte einen Henker aus Calais beordert, der sich statt der Axt eines Schwertes bediente. So würde die Frau, die sein Bett geteilt und ihm ein Kind geboren hatte, ihren Kopf nicht neigen müssen, ehe sie ihn verlor. In einer Ecke stand der Henker mit der Spitzhaube, in einer andern ein Priester. Londons Bürgermeister wartete mit seinen Sheriffs am Fuß der Stiege. »Es ist schon alles bereit.« Eine fleischige Hand wies in Richtung des Fachwerkhauses.

Gardisten hatten eine Kanone vor das Haus gerollt. Die Tür öffnete sich. Eine Frau trat heraus, geführt von Kingston, dem Aufseher des Tower, der jedoch nicht Hand an sie legte. Sie trug ein Kleid aus dunklem Damast, darüber einen weißen Hermelin. Ihr Haar war bedeckt von der französischen Perlenhaube, die sie bei Hof eingeführt hatte. Ohne Zögern trat die einstige Königin ihren Weg an, von vier ihrer Damen gefolgt. Sie hatte Anne gebeten, ihr beizustehen, aber die hatte ablehnen müssen, sie war schließlich mit der Obhut ihrer Schwägerin betraut. Wachen mit Hellebarden schlugen eine Gasse in den Wall der Gaffer. Der Wirbel der Trommeln ließ das Gemurmel verstummen.

So dicht kam die Boleyn an ihm vorüber, Edward hätte ihr Gesicht berühren können. Es war ein gespanntes, schon von der Mitte des Lebens gezeichnetes Gesicht. Er hörte das Rascheln des Damastes, das leise Tappen, als sie den Fuß auf die Sprosse setzte. Wohin ging ihr Blick? Nur starr vor sich hin. Oben wartete sie auf ihre Damen, die bis zur Brüstung zurückwichen. Der Priester blieb auf ihr Kopfschütteln stehen, der Henker trat vor und kniete nieder. Was er murmelte, die übliche Bitte um Vergebung, ließ sich nicht verstehen. Die Hand der Boleyn fuhr in ihren Gürtel und gab dem Knienden eine Münze. Wegegeld für eine rasche Reise. Sie wandte sich zur Menge, sah aber über sie hinweg.

»Gute christliche Leute. Vor dem Gesetz bin ich verurteilt, und dem Gesetz will ich mich beugen.« Ihre Stimme war voller Kraft. Wenn sie miteinander gesprochen, gelacht und gestritten hatten, hatte die ihre stets die des Königs übertönt. »Ich klage niemanden an. Von meinen Fehlern weiß Gott. Ihn bitte ich: Sei meiner Seele gnädig und bewahre den König, meinen Herrn.«

Lächelte sie? Edward hatte Jahre in ihrer Nähe verbracht und kannte sie nicht. Einmal hatte er seine Frau gefragt: »Wie ist sie?«

»Klug«, hatte Anne erwidert, »aber nicht klug genug.«

Eine ihrer Damen trat zu ihr, um ihr die Haube zu lösen und das Haar hochzubinden. Ihr Hals war weiß, gleich einem Fischbauch zum Tranchieren.

Die Trommeln pochten wie Regen, der in den Maitag nicht passte. Die Boleyn hob die Röcke und kniete sich vor den Block. Ihre Dame schlang ihr ein Tuch um die Augen. Gleich darauf trat sie zurück. »Jesus empfehle ich meine Seele.« Nicht Latein, sondern Englisch. Der Rücken der Verurteilten war durchgedrückt, ihr Kopf starr hochgehalten. Der Henker bückte sich, zog unter dem Stroh das Schwert hervor. In der Sonne sah Edward die Klinge wie einen Blitz durch die Luft sausen. Blut spritzte, zog einen Streifen über des Henkers Wams. Der Kopf plumpste mit einem gedämpften Laut ins Stroh, während der Leib sich noch einen Herzschlag lang aufrecht hielt. Endlich sackte er zur Seite.

Getöse ließ die Raben flattern. Die Gardisten hatten die Kanone abgefeuert, um die Hauptstadt wissen zu lassen: *Die große Hure ist tot.* Aus dem Hals der Toten sprudelte in Fontänen Blut, das ihr Herz ins Leere pumpte. Der Henker hatte sich über das Stroh gebückt, fand, was er suchte, und hielt es in die Höhe. Den Kopf der Boleyn, mit Halmen im sich lösenden Haar. Die Menge grölte.

Unsanft fühlte Edward sich am Arm gepackt. Er sah zur Seite. Neben ihm stand Brandon, Herzog von Suffolk. »Brecht Ihr uns auch noch zusammen?« Seine freie Hand wies nach Richmond, der in den Armen des kleinen Cromwell hing. In seiner Schlaffheit gemahnte er an die Tote, die soeben von ihren Damen die Stiege hinuntergeschleift wurde. Cromwell zuckte hilflos die Schultern, als wisse er nicht, was er mit seiner Last beginnen sollte.

Das wussten auch die Damen, von denen eine weinte, nicht. Ein Sarg, der hätte bereitstehen müssen, war offenbar vergessen worden. »Fasst Euch, Mann.« Suffolk ließ Edwards

Arm los und drosch ihm auf den Rücken. »Euch darf man doch wohl gratulieren, deucht mir. Geht es denn jetzt geradewegs nach Wiltshire?«

Edward nickte. Von der anderen Seite trugen Burschen im Laufschritt einen Pfeilkasten aus hellem Holz herbei. Für einen ganzen Menschen war das Behältnis nicht lang genug, aber der kopflose Rumpf fand darin Platz. Der Henker, dessen Wams einer Schlachterschürze glich, sprang die Sprossen hinab und stopfte den Kopf obendrauf. Noch einmal wurde die Kanone abgefeuert, die Menge begann, sich zu zerstreuen. Unter ihre Bürde gebeugt, schleppten die Damen den Kasten zur Kapelle.

Annes eigene Hochzeit, die kaum drei Viertel eines Jahres zurücklag, hatte hier stattgefunden. Sie hatte sich einen andern Ort gewünscht, keine halb offene Scheune, von deren Boden Bauernweiber den Taubendreck kratzten. Prunkvolleren Schmuck als die Girlanden aus Weinlaub und Wildblumen, die von morschen Holzwänden hingen, und Licht aus Lüstern, nicht von blakenden Kienfackeln. Zudem mochte sie Wulf Hall nicht. Als aber Edward ihr erzählte, der König würde zu ihrer Hochzeit anreisen, hatte sie sich dreingeschickt. Und jetzt war jene Scheune dem König selbst für seine Hochzeit gut genug.

Die Tische, die Nachbarn herbeigeschleppt hatten, waren in Leinen gedeckt und mit Blütenblättern früher Rosen bestreut. In der Mitte stand die runde Tafel, die sie, Anne Seymour, mit dem königlichen Brautpaar teilte. Eine fadere Braut als Jane ließ sich schwerlich denken. Ihr Kleid war rahmfarben, ein Ton, der bleichen Gesichtern nicht stand. Obgleich Jane sichtlich schwitzte und erregt war, nahmen ihre Wangen keine Farbe an. Verhalten lächelte sie, als fürchte sie sich. In ihrem fahlen Haar, das die altmodische Haube bedeckte, würden heute Nacht die Hände des Königs wühlen.

Dessen Rock war etwas dunkler als das Kleid seiner Braut, doch von dem Stoff blieb unter dem Besatz aus Smaragden und Rubinen kaum ein Streifen sichtbar. *Ein glitzerndes*

Fass, dachte Anne. Der König, dessen Hand auf dem Tisch die Hand Janes bedeckte, warf seinen Kopf in den Nacken und ließ sein zirpendes Lachen hören. Neben ihm saßen Annes Schwiegereltern, die jetzt auch Schwiegereltern des Königs waren, Lady Margery, die für ihr Alter wohl aussah, und Sir John, den seine Söhne in die Scheune hatten tragen müssen. Wie eine Gliederpuppe hatten sie den vor der Zeit Vergreisten am Tisch aufgerichtet. Daneben hatte Anne ihren Platz, dann ihr Mann Edward, ihre Schwäger Tom und Henry, die hübsche Schwägerin Liz und deren Tischherr, Cromwells Sohn Gregory. Um die Tische wirbelten Dorfburschen und füllten Becher und Kelche. Die Brüder der Braut hatten sich geweigert, das Angebot des Königs anzunehmen und Tafelgold aus London schicken zu lassen. Stattdessen hatten sie zusammengeborgt, was sich auftreiben ließ, ein Gewirr aus Silber, Gold und billigem Zinn. All diese Gefäße wurden jetzt erhoben. »Einen Trinkspruch, einen Trinkspruch auf die Braut!«

Sämtliche Augen richtete sich auf Sir John. Neben Anne erhob sich Edward, der zwar keinesfalls etwas Brillantes, aber zumindest nichts Peinliches oder gar Verfängliches von sich geben mochte. Ehe er aber den Mund aufbekam, war ein anderer aufgesprungen, schob sich windschnell zwischen Anne und den Schemel des Alten. »Ihr gestattet, Schwägerin? Fasst Euch, Vater. Einen Segen für unsere Janie und Ihren Herzkönig.«

An den Kleidern, die er trug, war für diesmal zumindest die Farbe züchtig. Seide aus Brügge, schwarz durchwirktes Grün. Wer sich jedoch Wams und Beinkleider so eng auf die Haut schneidern ließ, mochte genauso gut nackt herumlaufen. Annes Herz begann in Stößen in die Höhe zu schnellen. An seinem Hals, der wie schuldlos aus dem weißen Spitzenkragen ragte, sah sie sein pochendes Blut und blickte hastig fort. Vergeblich. Der Duft dieses Burschen besaß die Zugkraft von Pflugochsen. Ohne Aufwand stemmte Tom den saftlosen Körper seines Vaters in die Höhe.

John Seymour ergriff seinen Deckelkrug, hob ihn in Richtung des Brautpaars und rief: »Euer Wohl, lieber Schwiegersohn. Denkt Euch, heute Morgen hat mir einer erzählt, meine Janie würde Königin von England werden.«

Hastig legte Tom dem Alten die Hand auf den Mund, aber Sir John schlug sie weg und drehte sich um. »Warst das nicht du, der mir das erzählt hat? Ach Tom, du Kreuz von einem Sohn, immer den Kopf voll Unfug, dabei kann die kleine Janie nicht einmal Latein. Außerdem wünsch ich ihr im Brautbett lieber einen lustvollen Hirschen, der sie mit Söhnen füllt, keinen brüchigen Stamm, von dem kein Spross mehr springt.«

Lady Margery stöhnte. Edward schwankte und vergaß offenbar seine Rede. Tom drückte mit einer Hand seinen Vater auf den Schemel und winkte mit der andern einen Burschen herbei, der eine Schale Rahmerdbeeren vor Sir John hinstellte. Ihm gegenüber erhob sich der einäugige Bryan, der bereits angetrunken war. »Auf Jane, stolze Tochter Englands, die das Herz unseres geliebten Herrschers gewann. Sie lebe hoch, hoch, hoch!«

»Auf meine Schwester«, brüllte Tom mit vor Anspannung zitternder Stimme, »den schönsten Finken aus Wulf Halls Garten, der unsern König fliegen lehrt.«

Alles trank, ließ Becher scheppern. Aus dem Augenwinkel wagte Anne einen Blick auf den König. Henry Tudor hielt seine Jane im Arm und lächelte ihr in die blassen Augen. Wie war er zu begreifen? An einem Tag ließ er einem Mann, der nur andeutete, er sei unfähig, Söhne zu zeugen, den Kopf abhacken, am nächsten hörte er lachend darüber hinweg. Wer im Schatten dieses Herrschers blühen wollte, musste hellwach sein, mit dem Finger am Puls, jeden Umschwung erspüren. Ihr argloser Gatte war ein kläglicher Wächter. Aber er hatte Anne.

Sich mühsam fangend, hob Edward einen Kelch. »Auf König Henry, der unser bescheidenes Wulf Hall ehrt, wie es nie geehrt worden ist. Und auf Jane, seine Braut.« Nicht brillant. Aber schicklich. Von den Seymour-Söhnen war er der einzig Wohlerzogene. Ihr plumper Schwager Henry reckte sich nicht nur über Edwards, sondern noch über Annes Platz hinweg und grölte: »He, Tom, du kannst Vater loslassen. Der hat längst die Backen voll Erdbeeren.«

Offiziell galt das Fest als Verlobung, und in der Kapelle von Whitehall würde man später noch einmal eine Trauung vollziehen. Tatsächlich aber hatte am Morgen der altersschwache Priester James das Schaf Jane mit Englands König vermählt. Aufgetischt war, als gäbe es für Tage nichts zu essen, es wurde geschmatzt, geschlürft und gerülpst, dass sich Anne der Magen sträubte, dazu in Strömen gesoffen und hernach aufgespielt wie zum Bauerntanz. Der derbe Henry stiftete die Horde männlicher Seymour-Verwandter vor der Scheune zu einem Fußballspiel an, und der maßlose Tom kommandierte die Fiedler, Pfeifer und Gambenstreicher.

Schimmernd und schwer fiel sein Haar. Er trug es zu lang, als täte es ihm weh, es zu schneiden, warf es in den Nacken, bog den grün beseideten Rücken durch. Sie wollte ihm nicht zusehen. Wie geschwängert klumpte die Luft vom Duft des erblühten Rhododendron. Sie wollte nie wieder spüren, wie ihr Brustkorb sich in der Mitte zusammenzog und dort einen Schmerz wachrief, der ihr den Atem nahm. Zu den ersten Takten eines Rundtanzes reichte er Mary Howard, der Herzogin von Richmond, den Arm. Die junge Frau war ohne ihren schwerkranken Gatten und trotz des Verbotes ihres Bruders hier. Eine Tochter der Howards, so sollte der Bruder ihr eingeschärft haben, besuche ein Fest der Seymour-Parvenüs nicht einmal auf des Königs Weisung. Die Howard-Tochter, in blutroter Robe, reckte sich auf die Zehen und schnalzte ihrem Seymour-Parvenü einen Kuss auf den Hals.

Zart tippte eine Hand sie an die Schulter. »Willst du auch tanzen, Liebes?«

Anne schüttelte den Kopf. »Bring mich nach draußen, Edward. Hier drinnen ist die Luft zum Wringen.«

Vor den Torflügeln, in der Maisonne, balgten sich Männer von Adel, japsend wie Bastardwelpen, um einen Ball aus Lumpen. Der König hatte das Fußballspiel in den Dörfern verboten, weil seine Untertanen sich mit dem Bogen üben sollten statt in derart nutzloser Ertüchtigung. Jetzt aber schien er nichts dagegen zu haben, dass sich Höflinge in Seidenbrokat durch Gras und Erdbrocken wälzten. Mit seiner Jane lehnte er an der Holzwand und sah dem Treiben zu. »Was meint Ihr, Guter«, rief er zu Edward hin. »Sollen Wir Uns ein Paar Schuhe für diese Tollerei anmessen und Uns von Schwager Henry unterweisen lassen?« Er neigte den Kopf seiner Braut zu. »Oder ist Dein Hal zu alt dafür, liebes Mädchen?«

»Ihr seid nicht alt.« Jane trug an einer Halskette einen großen Smaragd, von dem Perlen tropften.

»Nein, nicht wahr? Für nichts zu alt und für nichts zu schwer. Lehr mich fliegen, Janie.«

Edward zog Anne weiter. Die beiden, der König und sein Gänschen aus Wiltshire, schienen sie bereits vergessen zu haben. An den lärmenden Fußballspielern und dann am Wohnhaus vorbei führte ihr Mann sie auf den schattigen Weg unter Ulmen. *Nicht in den Obstgarten.* Annes Herz jagte noch immer. Edward blieb stehen. »Ich habe dir etwas zu sagen, Anne.« Sein Gesicht, im Schatten, wirkte grau wie sein Rock. »Der König verleiht mir einen erblichen Titel. Wir erhalten einen Sitz in Chester, und du wirst eine Lady Beauchamp sein.«

Zum Jagen des Herzens kam das Rauschen in den Ohren, aber Anne beherrschte sich. Sie trat auf ihn zu, legte ihm die Arme um den Hals und küsste ihm die Schläfe, den scharfen Wangenknochen, dann den Mund. Sie hielt es kurz und trocken. »Ich habe dir auch etwas zu sagen, *my lord* Beauchamp. Deine Nachricht kommt zur rechten Zeit. In meinem Leib ruht des Titels Erbe.«

Er packte sie in der Taille. Sein graues Gesicht wurde weiß. »Anne«, stieß er heraus, und dann riss er sie an sich und schrie es über den Pfad, ein Triumphschrei, den noch die Fußballspieler und die Tanzenden in der Scheune hören mochten. »Anne!«

»Catherine«, hatte ihre Stieftochter, die junge Margaret, sie gefragt. »Es heißt, dass Ihr die Königin kennt. Ist das wahr?«

O Janie, Janie. Kennt dich einer von uns? »Ja«, hatte Catherine erwidert. »Ich kannte sie.« *Einen Tag und eine Nacht lang ritt ich mit ihr durch den Wald von Savernake.*

»Ist sie schön?«

Catherine überlegte, sah aus dem Fenster der Halle, das auf die grau geschlemmte Mauer und das kahle, schon herbstliche Land hinausging, und dachte an Janie mit dem Bienenschleier, an ihre Hände, über die Honig aus der Wabe rann. Endlich nickte sie.

»Ich wollte, wir könnten nach London gehen und die Königin sehen!«

Das wollte ich auch, dachte Catherine, obwohl sie nicht sicher war, dass sie es ertragen hätte. Ließ Heimweh sich lindern, indem man an einen Ort zurückkehrte, an den man nicht mehr gehörte? Vielleicht war dieses zerfleischende Heimweh auch nichts anderes als Furcht vor dem nördlichen Winter, die sie beschlich, sobald Korn und Heu gemäht und die Abgaben der Pächter in die Kellergewölbe der Burg eingefahren waren. Ohnehin würde ihr Mann ihnen nicht erlauben, nach London zu reisen, obgleich er es zu Beginn des Jahres den Kindern in Aussicht gestellt hatte. Jetzt aber schien ihm die Lage zu wüst. Er selbst wollte in diesem Winter auf Snape Hall bleiben, in seinem Norden, der sich in Aufruhr befand.

Die von Cromwell eingesetzten Beamten trieben seit Monaten Steuern ein, bis nichts zum Leben oder Sterben blieb. Sie hatten Mönche aus Abteien gejagt, sie an den Füßen aufgehängt, Altäre umgestürzt, alles Heile fortgeschleppt und alles Zerschmetterte für Plünderer liegen gelassen. Als gegen Ende September Beamte in Lincolnshire einzogen, um die Abtei von Hexham aufzulösen, fanden sie die Mönche in Waffen vor. Tags darauf prügelte aufgebrachtes Volk die Steuereintreiber aus Lincolns Toren. In der folgenden Woche geschah dasselbe in York. Auf den Gassen der Dörfer schlugen Regierungsbeamte und Aufständische einander tot. Die getöteten Rebellen blieben dort, wo sie verreckt waren, liegen. Ein Erlass erging, der untersagte, ihre Körper zu bestatten.

An dem Tag, als der Erlass York erreichte, war Latimer in

Catherines Kammer gestürmt, hatte, was auf ihrem Pult lag, heruntergerissen und durch den Raum geschleudert. »Ist es das, was Ihr aus Euren Büchern lernt, *ma dame*? Gottesfürchtige Männer metzeln zu lassen und ihnen alsdann ein christliches Grab zu verwehren, auf dass sie in Straßenstaub und Kot verrotten?«

Mit rotem Gesicht stand er vor ihr, heftig atmend, den Arm noch immer erhoben und die Faust geballt. Catherine wollte zurückweichen. Stattdessen trat sie näher, schob sich zwischen ihn und ihr Pult. *Schlag mich. Mach, dass ich dich hassen kann.* Aber Latimer ließ die Faust sinken. »Gebt Acht, dass die Kinder die Burg nicht verlassen«, murmelte er. »Ich habe mit dem Aufstand, den sie ›Pilgerfahrt der Gnade‹ nennen, nichts zu schaffen und werde auch die Petition nicht unterzeichnen. Ein Latimer rebelliert nicht gegen seinen König, selbst wenn der König sich mit schlangenköpfigen Beratern umgibt, dem Land das Blut abpresst und Gott verhöhnt. Man wird mich und mein Haus unbehelligt lassen. Außerhalb dieser Mauern aber stehen Städte und Dörfer in Waffen, und weder Frauen noch Kinder sind ihres Lebens sicher.«

Als er gegangen war, kroch Catherine auf Knien über den Boden und sammelte ihren Besitz zusammen. Der Tyndale-Bibel, dem Neuen Testament, das Edward gehört hatte, war der Rücken gebrochen. Verstreut über Steinfliesen lagen die vier Evangelien. Catherine ließ alles andere fallen, rutschte umher und raffte die Seiten vor die Brust. Tyndale, im Gefängnis vor Brüssel, war seiner Priesterwürde beraubt worden. In der letzten Nachricht, die Catherine erreichte, hatte Edward geschrieben: *Unsere Janie ist nun Königin. Zehn von Cranmer verfasste Glaubensartikel sind erlassen, die unsere Kirche auf den neuen Weg führen: Priestern wird die Ehe gestattet und die Anbetung von Posten, Heiligenbildern und Reliquien infrage gestellt. Wir sollten glücklich sein, wäre nur Tyndale bei uns, nicht allein in einem Kerker in der Fremde.*

Der kleine Mann, der die Bibel übersetzt hatte, war in vollem Priesterornat in eine Kirche geschleift, vor dem Altar zu Boden geworfen und entkleidet worden. Man hatte ihm die Haut der Handflächen mit einer Messerklinge aufgeschabt, um das Heilige Öl, mit dem er einst gesalbt worden war, zu entfernen. Sodann schor man ihm die Tonsur unkenntlich, fluchte ihm und übergab ihn einem weltlichen Gericht. Bittschriften Cranmers prallten am Kaiserhof auf taube Ohren. William Tyndale lag im Kerker von Vilvoorde, ohne Licht, ohne Bücher, ohne Trost.

Catherine presste die Seiten mit seinen Worten an die Brust. Sie war so schwach, seit Wochen schlief sie schlecht. Sie hielt die Tränen nicht auf. Nach dem letzten Blatt, das sie erspähen konnte, kroch sie in den Erker. Als sie es aufhob, glitten ihr die andern aus den Händen. Segelten um sie nieder, bedeckten ihre Schenkel. Ihr Blick flog auf zum Kreuz und zurück auf das Blatt in ihrer Hand: *Selig sind die Barmherzigen, denn sie werden Barmherzigkeit erlangen. Selig sind, die reinen Herzens sind, denn sie werden Gott schauen. Selig sind die Friedfertigen, denn sie werden Kinder Gottes heißen.* Verblüfft hörte sie auf zu weinen, und ihre Stimme klärte sich. *Ich bete ja. Ich spreche zu Gott! Herr, mein Gott, gib mir Kraft. Herr, erbarme dich.*

Sie versuchte nicht, ihre Bibel zu leimen, sondern las die in den Einband gestopften Blätter, wie sie ihr in die Hände fielen. Wenn sie mitten in der Nacht aus dem Schlaf schreckte, setzte sie sich an ihr Pult und schrieb. Es gab keine Briefe von Nan oder Edward zu beantworten, weil kein Brief mehr nach Norden gelangte. Catherine schrieb einen Brief an jemanden, den sie bei keinem Namen ansprach. Das Wetter wurde täglich stürmischer. Vor ihrem Fenster, hinter der Mauer des Küchengartens, krümmten sich die Birken, die Kiefer und die Tanne.

Eines Morgens, steingrau, trocken, doch von pfeifenden Winden zerpeitscht, riss Lärm sie aus dem Schreiben. Ein Poltern, als stürze eine Mauer der Burg ein, dann Hufschläge, Stimmen. Catherine deckte das Geschriebene zu und eilte in Hemd und Nachtrock, mit bloßen Füßen aus dem Zimmer.

Der Lärm kam vom Vorhof. Sie lief die Treppe hinunter und quer durch die Halle. Ein Flügel des Portals stand angelehnt, vor den Spalt drängten sich zwei Hausdiener. »Nicht dort hinaus, *my lady*.«

»Lasst mich vorbei.« Sie wollte eben den Torflügel aufziehen, als aus dem Seitengang der junge John mit seiner Schwester am Arm gerannt kam. Das Mädchen war ebenfalls im Hemd, der Junge angekleidet. »Wartet«, rief er, »ich komme mit und schütze Euch.«

Der Hof war bis zu den dunklen Mauern und dem zweifach betürmten Torhaus gefüllt mit Männer- und Pferdeleibern. Wind riss an Mähnen und Schweifen. Der Himmel war bezogen, im Düstern leuchteten die Kleider der Eindringlinge weiß, besetzt mit fünf blutroten Flicken. In ihrer Mitte hielt einer ein Banner, das im Sturm knatterte. Das Blaugelb des heiligen Cuthbert. »Catherine!« Sie warf den Kopf herum. Dicht bei der Mauer stand, von zwei Gerüsteten bei den Schultern gehalten, ihr Mann, der sie sonst nie beim Namen rief. »Catherine, bring die Kinder ins Haus.«

Einer der Diener zupfte an ihrem Ärmel. Catherine schüttelte ihn ab. Sie sah Schwerter, Piken, Streitkolben. Die Bewaffneten mussten die Torwachen überwältigt und sich Einlass erzwungen haben. Die zwei, die Latimer hielten, trugen Helme und Halbbrüstung. Ihr Blick flog von einem Ende des Hofes zum andern und wieder zurück. Dann blieb er an einem der weiß berockten Reiter hängen, an einem Gesicht, das sie kannte, dem blonden Bart des Lord Lumley, eines Nachbarn, auf dessen Hochzeit sie im Frühjahr getanzt hatte. Als ihr Blick den seinen traf, wandte Lumley sich ab. Ein Reiter löste sich aus dem Pulk, kam auf einem langfelligen Schecken auf Catherine zu. Vor ihr lüftete er den eisenblanken Hut, dass der Wind sein Haar in die Höhe bauschte.

»Gott zum Gruß, *my lady* Latimer.«

»Aske«, schrie ihr Mann. »Aske, lasst meine Frau und meine Kinder aus dem Spiel.«

Der Mann hob die Hand. »Vergebt unser Eindringen. Ich bin Robert Aske. Meinem Befehl untersteht die ›Pilgerfahrt

201

der Gnade‹. Wir kommen, um Euren Gatten zu den Waffen zu rufen. Er wird unsere Vorhut befehligen und im Namen der Wallfahrer verhandeln.«

»Aber er will doch nicht!« Catherine schrie auch. Ohne zu überlegen, packte sie den Knaben John am Arm und drängte ihn hinter sich. Ein Windstoß fuhr in ihr Hemd, jagte Kälteschauer durch ihren Leib. »Gegen seinen König ziehen will er nicht.«

»Sein Land braucht ihn«, erwiderte Aske ruhig. Sein Haar war grau, aber sein Gesicht noch nicht alt. »Und gegen den König zieht keiner von uns. Wir Pilger richten uns gegen die schändlichen Berater, die unsern guten König Hal in die Irre leiten. Geht mit Euren Kindern ins Haus und bleibt darin, bis die Gefahr vorüber ist. Wir werden Euch Nachricht senden.«

»Aber er will nicht«, rief Catherine noch einmal, John und Margaret mit beiden Armen hinter sich haltend.

Der Mann namens Aske schüttelte den Kopf. »Ein Peer des Nordens sollte wissen, auf welche Seite er gehört. Um es ihm in Erinnerung zu rufen, haben wir unsere Vorhut hergeführt. Geht ins Haus, *lady*. Wir stehen mit viertausend Berittenen vor Eurem Tor.«

Ein Laut entfuhr ihr. Aske setzte den eisernen Hut wieder auf und wendete sein Pferd. »Euch geschieht nichts, solange Euer Gatte seine Pflichten kennt. Die gesamte Grafschaft steht in Waffen, unsere Truppen sind den Königlichen dreifach überlegen.«

Damit stieß er in den Pulk. Der Bannerträger lenkte seinen Schimmel zum Tor, und der Rest der Reiter schloss sich an. Ein Gerüsteter führte ein Pferd vor Latimer und half ihm aufsitzen. Latimer leistete keinen Widerstand, sondern zog sich mit einer müden Bewegung in den Sattel. Catherine sah, dass er sich in Hast angekleidet haben musste. Die Nestelbänder an der Schulter waren offen, der Ärmel hing lose herab. Der Gepanzerte reichte ihm den Helm. Ehe er ihn aufsetzte, drehte Latimer sich um. »Vergebt mir«, sagte er. Sein Gesicht sah aus, als sei es seinem Alter um zwanzig Jahre vorausgeeilt. »Wenn mir etwas zustößt, geht mit den Kindern nach London. Ich weiß, Ihr wollt hier nicht sein.«

Den Tag über hatte Catherine damit zu tun, den Haushalt zu ordnen. In den kommenden Tagen würde sie Listen der Vorräte anlegen. Als der Abend kam, rief sie die Bediensteten in der Halle zusammen, einen Stab von sechzig Menschen, der jüngste ein Siedemädchen von acht Jahren, der älteste der greise Kastellan. Catherine versprach ihnen Versorgung und Schutz. Es tat gut, anderen zu versichern, wessen man sich selbst nicht sicher war.

Als das Haus schlief, ging sie in ihre Kammer, nahm das Kreuz im Erker von den Nägeln und räumte es fort. Vor der leeren Wand fiel sie auf die Knie, faltete die Hände und lag dort lange still.

Anderntags begann sie mit der Einteilung von Nahrungsmitteln. Worauf hatte sie sich einzurichten, auf einen Zustand der Belagerung? Catherine wollte nicht, dass Angehörige des Haushalts die Burgmauern verließen, derweil in ihren Dörfern Kämpfe tobten. Die Ernte war just erst eingefahren. Gewiss war genug gelagert, um ihre Schar zu verpflegen, selbst wenn es lange dauerte, in den Winter hinein, der schon den Eiswind als Herold schickte. Gott hatte ihr den Schutz dieser sechzig Menschen in die Hände gelegt. Warum ihr, warum keiner tauglicheren Frau? Das zu wissen, war an Gott, nicht an ihr. *Und weiß der alte Herr immer, was er will?* Sie musste lächeln. In all der Angst, der Verwirrung und Verlassenheit.

Die Kammern zu inspizieren, kostete den ganzen folgenden Tag, sodass sie den Gang in die Keller auf den Abend verschob. Zuvor saß sie lange am Bett von Margaret, die keinen Schlaf fand. Das Mädchen, keine dreizehn Jahre alt, weinte, und Catherine suchte nach Trost. Ihr Vater käme heim, versprach sie, der König werde verstehen, dass er unter Zwang gehandelt habe, all dieser Aufruhr sei schon bald vorbei.

»Catherine«, unterbrach das Mädchen und hörte auf zu schluchzen. »Warum gibt es solchen Aufruhr? Doch wohl, weil es den Menschen übel ergeht?«

»Ja. Wohl.«

»Mein Vater sagt: König Hal ist ein guter König. Aber vielleicht ist er das nicht.«

Catherine schluckte an etwas. Das Mädchen sprach schon weiter: »Und die neue Kirche kann doch keine gute Kirche sein.«

Catherine nahm Margarets Hände in ihre und sah ihr ins Gesicht. »Ich glaube, die neue Kirche will etwas Gutes«, sagte sie. »Eine Sprache, die zu den Menschen singt, und in der sie zu Gott zurücksingen können. Ein Leben mit Gott, in dem Vertrautheit herrscht, nicht Furcht.«

»Ihr seid eine Anhängerin der neuen Kirche, ja? Ich wusste es längst. Ich habe die Bibel gesehen, die bei Euch auf dem Pult liegt.«

Ich wusste es nicht. Ich bin dankbar, dass du es mir sagst.
»Und quält es dich? Bist du mir böse?«

Das Mädchen hatte sehr große Augen in einem ansonsten wenig bemerkenswerten Gesicht. »Darüber muss ich erst nachdenken«, sagte sie.

»Das ist eine kluge Antwort«, erwiderte Catherine und stand auf. »Denken befreit. Gute Nacht, Margaret.«

»Gute Nacht.«

Die Stiege, die ins Gewölbe des Kellers führte, war durch eine Klappe im Siedehaus zugänglich. Allein, mit ihrem Schreibbrett und einem Talglicht, machte Catherine sich auf den Weg. Zögerlich tastete ihr Fuß sich abwärts. Wer auf den furchigen Steinstufen ausglitt, mochte sich den Hals oder wenigstens ein Glied brechen. Hatte sie oben das Pfeifen des Windes gehört, so vernahm sie hier unten das Schaben der Ratten. Um es den gefräßigen Räubern nicht zu leicht zu machen, wurde das Getreide in Tonkrügen, nicht in Säcken aufbewahrt. Die Ratten aber waren geschickte Kletterer, und einer der Köche hatte behauptet, sie wären imstande, ihre Zähne durch Ton zu graben. Jetzt allerdings klang es eher, als zerre eine Horde der Nager ein großes Beutestück auf den Fluchtgang zu, der unter der äußeren Mauer hindurch ins Freie führte.

Seit sie auf Snape Hall lebte, war Catherine höchstens dreimal hier hinuntergestiegen. Sie versuchte, mit der Kerze in die Tiefe zu leuchten, der bleiche Lichtkegel aber erreichte nur die nächsten Stufen. Das Geräusch wurde lauter. Kein Scharren von Krallen, kein Raspeln scharfer Zähne, einzig ein Schaben oder Schleifen wie von einem schweren Gegenstand. Dazu das Tropfen des Wassers von den Mauern und ihr Herz, das hurtig pumpte. Zu spät fiel ihr ein, dass sie ein Messer hätte mitnehmen sollen.

Sei nicht albern. Bring es hinter dich. Ratten griffen für gewöhnlich keine Menschen an, sondern flohen beim ersten Geräusch. Catherine nahm die letzte Stufe im Schlusssprung. Das Schleifen wurde lauter. Der schwache Geruch nach Moder und Feuchtigkeit wich einer Schwade von Gestank, die ihr nahezu den Atem nahm. »Heda!«, rief sie, reckte den Arm, um durch den Gang in den Raum zu leuchten, in dem Weizen und Hafer lagerten. Das Schleifen brach ab. Stattdessen Schritte. Der Gestank ließ sie würgen. Noch einmal das Schleifen. Dann ein Ächzen.

Korndiebe. Sie wusste nicht, woher ihr der Mut kam, einen Schritt in den weitläufigen Raum zu setzen. Im Geflacker entdeckte sie am Boden einen Umriss und eine Gestalt, die sich daneben duckte. Als das Licht die Gestalt traf, schrie diese auf und warf sich der Länge nach über das, was da am Boden lag. Eine Frauenstimme. Im selben Augenblick erkannte Catherine den Geruch.

Im Nu war sie neben der Frau, warf Kerze und Schreibbrett hin, riss sie hoch. Der dunkle Umriss war ein Mensch. Kein Lebender. Der Leichnam eines Mannes. Dort, wo der Lichtschein über den Kragen fiel, zerquoll eine breiige Masse. Kein Gesicht mehr. Catherine ließ die Frau los und schlug sich die Hand vor den Mund. Die Frau fiel mit einem dumpfen Laut auf die Knie. Vornüber beugte sie sich, barg den Kopf in den Armen und begann zu wimmern.

Catherines Körper erbebte in Wellen. Sie ballte die Fäuste, krallte die Nägel in die Handteller, um vor dem Gestank nicht in Ohnmacht zu sinken. *Herr, mein Gott, lass mich nicht stürzen, nicht auf das, was dort liegt.* »Was tust du?« Ihre Stimme klang fremd. Die Kniende blickte aus dem Schutz ihrer Arme auf. Catherine kannte sie. »Du bist Ebba, ja?« Sie selbst hatte die Frau als Wäscherin eingestellt, im Winter, als Latimer nach London gefahren war und sie am Torhaus um Arbeit nachgesucht hatte. Ihre Familie gehörte zu jenen, die Klosterland bebaut hatten und jetzt andere Wege finden mussten, um ihr Leben zu bestreiten. Sie war schwanger und nicht viel älter als Catherine. »Sag mir, was du hier tust.«

Zur Antwort brach Ebba in Geheul aus. Catherine ging in die Hocke, atmete stoßend durch kaum geöffnete Lippen, damit der Gestank sie nicht übermannte. »Sprich zu mir.«

Ebba hörte zu heulen auf und hob den Kopf. Im tanzenden Licht sah Catherine einen Streifen auf ihrer Wange, einen Spritzer der breiigen Masse, die ein Menschenantlitz gewesen war. Sie befahl sich, nicht noch einmal zu würgen, schob die Hand unter das Kinn der Frau. »Der Tote ist dein Mann, ja? Er hat sich den Verordnungen widersetzt und ist erschlagen worden?«

»Ich wollt ihn begraben«, stieß die matte Stimme heraus. »Konnt ihn doch nicht für die Raben liegen lassen, ohne Ölung und christliches Begräbnis, wie soll er da in Gottes Reich?«

Catherine nickte. »Wer wollte die Aussegnung vollziehen, Vater Stephen?« Der Kaplan von Snape Hall.

»Straft nicht den Vater!«, heulte die Wäscherin auf. »Ich hab ihn so gebettelt, dass er's mir nicht hat abschlagen können.«

»Ich strafe niemanden.« Catherine legte ihre freie Hand in den Nacken der Frau und sah ihr, so fest sie es vermochte, in die Augen. »Aber du hör mir zu. Wem hast du davon erzählt? Deinen Schwestern, Freundinnen, Witwen aus dem Dorf?«

Ebbas Blick gab ihr Antwort.

»Du musst ihnen sagen, dass sie das nicht dürfen. Niemand darf mehr Tote in Kellern verbergen, oder ihr holt uns Schlimmeres als Cromwells Beamte an den Hals.« Edward hatte ihr von den Gelehrten erzählt, die im Verwesenden einen Herd von Seuchen fürchteten. »Verstehst du? Gott wäre Euren Glauben nicht wert, wenn er Euren Männern sein Reich verschlösse, weil an ihren Hüllen ein Ritus nicht vollzogen ward.«

Ein Zucken sprang über das Gesicht. Aus zitternden Lippen drang ein Flüstern. »Und mein Rupert?«

»Ich helfe dir. Wir tragen ihn hinüber zum Grabfeld. Hinterher musst du dich am ganzen Leib waschen, oben im Siedehaus, und keine von euch darf solches je wieder tun.«

Der Körper der Frau sackte in sich zusammen. Catherine zog sie auf ihre Knie und ließ sie weinen, bis sie sich gefasst hatte. Dann hieß sie die Kauernde warten und ging, um Tücher zu holen. In ihr war keine Furcht, weder vor dem betäubenden Gestank noch vor dem Weg mit der verräterischen Last im Vollmondlicht. Es gab anderes zu fürchten. Ihr Zorn verlieh ihr Kraft.

Tage verstrichen ohne Nachricht. Nur Gerüchte machten die Runde, von denen Catherine nicht wusste, woher sie kamen: Die Burg des Lord Darcy sei niedergebrannt, weil dieser sich den Gnadenpilgern widersetzt habe. Die Burg des Lord Lumley sei beschlagnahmt, weil dieser für sie kämpfe. Latimer sei tot, in London hingerichtet. Snape Hall würde berannt oder ausgeräuchert. Catherine brachte einen Tag um den andern mit Arbeit herum und dankte am Abend Gott, dass sie ihn überstanden hatte: *Herr, mein Gott, hab Dank für mein Leben. Mach mich stark, um mehr bitte ich nicht.*

Es würde ein erbarmungsloser Winter werden. Anfang November überfror zum ersten Mal der Boden. Mit dem Frost kam Robert Aske. Für diesmal erbat er Zutritt am Torhaus, wurde eingelassen und trieb seinen Schecken in den Hof. Statt einer Rüstung trug er den weißen Uniformrock mit den fünf roten Flicken. Den Wunden Christi. Mit ihm kamen sein Bannerträger, der das Blaugelb Cuthberts hochhielt, und zwei bewaffnete Reiter. Catherine, die vor Sonnenaufgang aufgestanden war, erschien dieses Mal vollständig angekleidet. Der junge John hatte sie begleiten wollen, aber sie bestand darauf, allein zu gehen.

Grußworte wurden nicht getauscht. Aske trug seinen Helm unterm Arm. »Ich versprach, Euch Bericht zu erstatten.«

»Dass Ihr Euer Versprechen haltet, hätte ich nicht erwartet.«

»Für solche haltet Ihr uns? Für ehrlose Unruhestifter, die sich einen Dreck um ihre Zusagen scheren?«

»Vermutlich tue ich das«, erwiderte Catherine. »Nachdem ich erlebt habe, wie Ihr einer Frau den Mann vom Hof schleppt und in einen Kampf zwingt, der nicht der seine ist.«

Aske stieg vom Pferd, umfasste die Zügel des Tieres und trat auf Catherine zu. »Es ist der seine, *lady*. Euer Mann ist ein gottesfürchtiger Herr des Nordens, auch wenn seine Frau spricht, als stünde sie auf der anderen Seite.«

Er hatte seltsame, erloschene Augen. Sie hätte ihn fürchten sollen, schließlich wusste sie nicht, wie viele Männer mit Brandfackeln er vor der Mauer postiert hatte. Aber dazu war es zu spät. Ein Damm barst in ihr. »Es ist nicht leicht, seine Seite zu wählen, wenn die eine so unmenschlich wie die andere verfährt. Der König lässt Mönche in Stücke reißen, und Ihr stopft Steuereintreiber in Kuhhäute und werft sie ausgezehrten Hunden vor. Pilger der Gnade nennt Ihr Euch, aber seid Ihr gnädig? Aufs Evangelium pocht Ihr, doch darin steht: *Liebet eure Feinde. Tut wohl denen, die euch hassen, und segnet, die euch fluchen.*«

»Schweigt!« Unter Askes rechtem Auge zuckte ein Muskel. »Ich bin hier, um Euch wissen zu lassen, dass wir mit dem Herzog von Norfolk einen Waffenstillstand ausgehandelt haben. Ich werde Anfang Dezember nach London reisen und mit König Hal über unsere Forderungen sprechen. Es gilt die Seele unseres Königs, der exkommuniziert und ohne Schutz der Kirche ist, zu retten. Obgleich er in seinem Land Weiber duldet, die sich für Priester halten, ist es ein Zeichen der Hoffnung, dass er für im Ausland verurteilte Ketzer keinen Finger krümmt.«

»Was wollt Ihr damit sagen?«

»Was wohl? Dass der Teufelsbruder, der das von Euch hergesagte Schandzeug schrieb, gerichtet ist. Vor bald vier Wochen haben sie ihn auf dem Markt von Vilvoorde verbrannt.«

Catherine schrie auf. *Wer bleibt mir*, schrie es in ihr. *Ich bin so allein.* Im Sommer war Erasmus gestorben. Seine Worte stiegen noch immer aus den Seiten und sprachen zu ihr, aber der Mann, der bedächtige Menschenfreund, der sein zügelloses Zeitalter trotz allem zu lenken gewusst hatte, war nicht mehr da. Und jetzt Tyndale. Verbrannt. Einst hatte Tom ihr in einer Pferdebox gezeigt, wie klein der Gottesmann war und mit welcher Lust er lachte. *Ich bin so allein. Mein Gott, mein Gott, warum hast du mich verlassen? Ich heule. Aber meine Hilfe ist fern.*

Aske griff an den Knauf seines Sattels und hievte sich aufs Pferd. Sah er, dass sie kein tapferes Mädchen war, sondern dass Tränen ihr aus halbblinden Augen quollen? Er mochte sehen, was er wollte. *Soll ich mich dafür schämen, ein Mensch zu sein?* »Euer Gatte begleitet mich nach London«, sagte Aske. »Wenn sich alles fügt wie vereinbart, habt Ihr ihn zur Weihnacht daheim.« Damit wendete er den Schecken und ritt im Trab vom Hof. Tyndale war tot. Catherine bewies der eisige Wind, der ihr in die Wangen schnitt, wie lebendig sie war.

Der Winter des Jahres 1536, so vermerkten es die Chroniken, war der kälteste seit der Thronbesteigung des achten Henry im Jahr 1509. Vögel, die nicht beizeiten in südliche Milde flohen, stürzten totgefroren von den Bäumen. Mitte Dezember erstarrte die Themse. Keine zwei Tage später war die Eisschicht auf dem Fluss so dick, dass Grafensöhne wie Metzgergesellen mit ihren Schönen darauf tanzten. Jetzt, da der König in seiner gottgefälligen Ehe glücklich war, sollte es eine Weihnacht geben, wie sie kein Hof in Europa je gesehen hatte.

Edward hatte den Vormittag mit Cranmer in dessen Studierzimmer in Whitehall verbracht. Der Freund war rastlos, schlaflos, machte Edward Sorgen. Dass Tyndale hatte sterben müssen, just in dem Augenblick der Hoffnung, er werde zurückkehren und die Verbreitung seiner Bibel in jedem englischen Gotteshaus erleben, lastete drückend auf ihnen allen. Cranmer aber trieb mehr um als Trauer. »Ich komme von dieser Frage der Hostie nicht weg«, hatte er zu Edward gesagt.

»Von welcher Frage der Hostie?«

»Überlegt, mein Freund. Wenn Ihr die heilige Hostie empfangt, nehmt Ihr dann tatsächlich unsern Heiland auf die Zunge? Wenn ihr Brot schluckt, das ein Bäcker in Cheapside aus dem Ofen zog – schluckt Ihr Gott?«

Hastig hob Edward die Hände. »Ich bin Staatsmann. Kein Theologe.«

»Und kann man das trennen, in einer Zeit wie der unsern? Könnt Ihr Staatsmann sein und nicht zugleich Diener Gottes, Gatte, Bruder, Freund und alsbald Vater?«

Edward sah Anne vor sich, die ihren gesegneten Leib trug wie eine Tanne ein Amselnest. »Und derweil Ihr Gedanken nachhängt«, sprach Cranmer weiter, »mögt Ihr noch anderes sein. Lutheraner zum Beispiel. Selbst wenn der Eifer eines Luther Euch Furcht einjagt. Ich habe in diesem Jahr einen Mann namens Frith als Lutheraner ins Feuer geschickt, einen sehr liebenswürdigen und sehr jungen Mann, der nur bezweifelte, dass durch etwas, das wir Priester mit einem Brocken Brot und einem Kelch Wein tun, aus diesem Brot und Wein Leib und Blut Christi werden.«

Edward kannte den Fall. »Aber nicht Ihr habt das Urteil...«

»Nein, nicht ich habe das Urteil unterzeichnet. Ich habe aber auch nicht verhindert, dass es von andern unterzeichnet wurde. Man wird mir diesen Tod zurechnen wie die Tode von Fisher und More. Doch ich will Euch nicht verstören. Eure Frau erwartet Euch. Wann rechnen die Ärzte mit der Niederkunft?«

»Nicht lange nach Zwölfnacht.«

»Gott schaue auf sie und auf Euch. Habt Dank, dass Ihr mir zuhört, mein Freund.«

Edward hatte in der Tat Anne in den Räumen, die sie teilten, aufsuchen wollen. Er sorgte sich um sie. Gern hätte er sie auf ihren Sitz nach Chester geschickt, wo sie den Stürmen des Hoflebens nicht länger ausgesetzt war. Wie aber hätte er leben sollen, ohne sich beständig zu versichern, dass sie keinem Traum von ihm entsprang und dass sie ihm noch gehörte?

Auf dem Gang hielten ein Bote aus Wiltshire und sein Bruder Tom ihn auf. Bei Toms Anblick erschrak Edward. Sein Gesicht war äschern, die blutleeren Lippen zitterten. »Vater«, quetschte er heraus. »Ned, es ist Vater.«

Der Bote übergab ihm den Brief seines Bruders Henry. Sein Vater war tot. In den Morgenstunden eines Dezembertages in seinem Bett auf Wulf Hall verstorben. »Weiß es Jane?«, war das Erste, das Edward in den Sinn kam. Dann sah er vor sich das Haus, in dem er geboren worden war, den Hangweg, der hinauf zu den Ulmen führte, und die Halle, in der des Vaters Horn hing, das Savernake-Horn des Waldhüters, das nun in seine Hände übergehen würde. Gleich darauf sah er sich selbst in dem endlosen Wald, einen verängstigten Knaben, der des Vaters Hand umklammert hielt und nicht aufzublicken wagte. Ihm war zumute, als sei auch der Wald gestorben.

Tom schüttelte den Kopf. »Ich habe dich gesucht, damit wir beide es ihr sagen.«

Sie entlohnten den Boten. Jane, das hatte Tom in Erfahrung gebracht, hielt sich nicht in ihren Gemächern, sondern im Empfangsraum des Königs auf. Schweigend durchmaßen die Brüder den Gang. In den Erkern scharten sich Trauben von Hofvolk, das über neuerlichen Schneefall, Konflikte zwischen Frankreich und dem Kaiser und Masken für Zwölfnacht schwatzte. Tom trug seine Kappe in den Händen, hielt den Kopf gesenkt. Derweil der Türwächter ging, um sie zu melden, wandte er sich seinem Bruder zu. »Ned.« Edward hatte diesen Kerl zornbebend, gallig und gekränkt erlebt, aber noch nie so verloren und traurig. »Du bist Mitglied des Kronrats und Lord Beauchamp. Auf dich muss Vater mächtig stolz gewesen sein.«

»Um des Himmels willen, Tom, warum quälst du dich so?« Edward zog ihn an sich, streichelte die schweren Schultern. »Auf dich war er auch stolz. Obgleich er wohl fürchtete, es bekäme dir nicht gut, dir das zu zeigen.«

»Sein Kreuz war ich. Nagel zu seinem Sarg.«

»Du bist Thomas, sein Sohn. Und mein Bruder.« Er packte den andern bei den Oberarmen und sah ihm ins Gesicht. »Hast du's vergessen? Unser Tag wird kommen.«

Schwach lachte Tom auf. »Jetzt wird Vater ihn nicht mehr erleben. Weißt du, wie oft ich mir ausgemalt habe, dass ich unsern Tag auf meine Schwertspitze spieße und ihn Vater neben seinen Weinkrug lege? Ich habe mir so sehr gewünscht, dass er einmal zu mir sagt: Nicht übel, mein Sohn.«

»Er hat es oft gesagt. Nur nicht zu deinen Ohren.« Edward zog ihn noch einmal an sich und klopfte ihm den Rücken. Dann kam der Gardist zurück. Jane erwartete sie.

Tom befreite, straffte sich. »Dank dir, Ned.« Von seinem schiefen Grinsen zuckte ihm ein Ohr.

Edward hatte keine Hoffnung gehegt, seine Schwester allein anzutreffen. Dass sich aber außer dem König noch Cromwell und zwei Fremde in dem in Gold, roten Seiden und Kirschholz gehaltenen Raum befanden, verstörte ihn. Im Niederknien tauschten die Brüder einen Blick. Tom schüttelte den Kopf. Keinesfalls konnten sie Jane in solcher Gesellschaft ihre Nachricht bringen. »Aber, aber!«, hörte Edward den König rufen, leutselig wie ein Kumpan am Schanktisch. »Auf die Füße mit diesen beiden. Werte Gäste, hier stellen Wir Euch zwei Juwele aus Unserer Schatzkammer vor: Unsern teuren Schwager Edward, eine unverzichtbare Säule des Kronrats, und Unsern teuren Schwager Thomas, der die verstohlenen Träume der Damen versüßt.«

Die Brüder erhoben sich. Eilig sah Edward sich um. Der König thronte in seinem hochlehnigen Polsterstuhl, und schräg neben ihm, auf einem Schemel, saß Jane mit ihrer Handarbeit im Schoß. Wirkte sie bleicher als sonst? Cromwell quetschte sich in einen Winkel, und die zwei Fremden standen beim Fenster. Der eine, ein älterer Mann in dunkler Schaube, drehte fahrig seinen Hut in den Händen. Der zweite war jünger, trug einen nicht sauberen weißen Waffenrock und hielt die Hände am Schwertknauf. »Und Euch, werte Schwäger, seien Unsere Gäste vorgestellt. Robert Aske und John Lord Latimer, zwei Stützen Unseres Reiches im Norden.« Mädchenhaft lachte er auf. »Allerdings sind sie nicht eben gekommen, um Unser Reich zu stützen, haben Wir Recht?«

»Euer Gnaden!« Der ältere Mann sprach gepresst, wie in Atemnot. John Lord Latimer. Catherines Gemahl. Im Augenwinkel sah Edward den reglosen Tom und glaubte, die Spannung des erstarrten Körpers zu spüren.

Leise für einen solchen Koloss glitt König Henry aus seinem Stuhl und setzte einen Schritt auf Aske und Latimer zu. Edward wusste, warum die beiden hier waren. Sie waren Pilger der Gnade, die den Norden unter Waffen gestellt und den Herzog von Norfolk mit seinem Heer zum Einlenken gezwungen hatten. Sie forderten Abkehr von befreiendem Gedankengut, den zehn Glaubensartikeln, der englischen Bibel. Wiedererrichtung der Klöster und Abstrafung von Ministern wie Cromwell, die der neuen Kirche angehörten. Dem Alten verhaftet und gefährlich waren sie, und dennoch bebte Edward das Herz um sie. Einer dieser beiden, auf die der König jetzt den nächsten Schritt zusetzte, war Catherines Mann.

Ein Schrei zerschnitt den Raum, ein milchweißer Blitz und dann ein dumpfer Fall. Jane war von ihrem Schemel gesprungen und hatte sich vor dem König auf die Knie geworfen. »Haltet ein, mein Herr. Um Eurer unsterblichen Seele willen gewährt, was diese Herren von Euch wünschen. Gebt Euren Namen nicht her, um heilige Stätten zu schänden und Diener Gottes zu metzeln.«

Tom sprang vor. Edward öffnete den Mund, aber brachte nichts heraus. Der König streckte die Hand nach Jane. Was tat er? Er liebkoste ihr den Kopf. »Nun, nun«, flötete er. »Sagt selbst, Aske. Ist sie Euch nicht eine sanfte, mildherzige Königin?«

»In der Tat, das ist sie, Euer Gnaden.«

»Was meint Ihr? Wollt Ihr Eurer Königin als Ritter Geleit

geben, wenn wir morgen über den Fluss nach Greenwich reiten? Ja, Ihr habt richtig gehört. Über den Fluss geht es. Für Euch Herren des Nordens mag es gang und gäbe sein, doch für uns ist so ein eisstarrer Strom ein erhebendes Naturschauspiel. Ihr werdet Uns doch nun, wo Eure Königin Euch bittet, die Freude machen und zu den Weihnachtsfeiern bleiben?«

»Was wird mit unseren Forderungen?«

»Aske, Aske.« Der König lachte. »Vertrauen ist nicht Eure Stärke, richtig? Seht meine Jane doch an, wer könnte einer so zärtlichen Bitte widerstehen? Eure Forderungen seien Euch gewährt. Und jetzt lasst uns die Staatsgeschäfte vergessen und als gute Christen der Geburt unseres Herrn entgegenblicken.«

Der kleine Cromwell hatte die Arme ausgestreckt und klebte in seinem Winkel wie gekreuzigt. Der König drehte sich nicht nach ihm um, sondern tätschelte Janes Kopf in der steifen Haube. Jane ergriff seine Hand und küsste sie. »Wollt Ihr Euch ausruhen?«, fragte der König, mit Janes Stirnhaar spielend, seine Gäste. »Unser Diener wird Euch ein Gemach zuweisen. Heute Abend speist Ihr mit Uns. Dabei wird sich auch in Freundschaft erörtern lassen, wie den Wünschen des Nordens nachzukommen ist.«

Er tauschte mit den Gnadenpilgern einen Handschlag, ehe er sie mit dem Diener ihres Weges schickte. Jane blieb am Boden knien, und Cromwell klebte noch immer an der Wand. Tom stand lauernd, Edward trat von einem Fuß auf den andern. In dem Augenblick, in dem die Tür sich hinter Aske und Latimer schloss, fuhr König Henry herum. »Cromwell, du erbärmliche Schabe, du Versager, Stümper!« Sein Gebrüll hallte noch, da stand er schon vor Cromwell, pflückte den Kleineren von der Wand und schüttelte ihn, als leere er einen Sack. Dann schleuderte er ihn zurück und begann, ihn zu backpfeifen, dass sein Kopf hin und her flog. »Warum müssen Wir uns mit solchem Abschaum abgeben, sind Wir von Waschweibern statt von Männern umringt, die Dreck wie diesen nicht für Uns beseitigen?«

Die nächste Backpfeife klatschte so harsch, dass Edward

zusammenzuckte. An die Wand gepresst, rutschte Cromwell abwärts, bis sein Hinterteil auf den Boden plumpste. »Vielleicht sollten Wir tun, was Uns die Aufrührer raten, dir den Wanst in vier Batzen säbeln und für die Raben auf die London Bridge spießen.«

Cromwell stammelte etwas, doch König Henry winkte ab. »Sorg dafür, dass diese Lumpen sich in Sicherheit wähnen, ihre Truppen auflösen und nach Hause schicken. Sobald Zwölfnacht vorbei ist, sollen sie vor den Toren ihrer verkommenen Städte hängen, bis ihnen ihr Verräterblut gefriert und ihre Adern platzen.«

Jane schrie auf. Ihr Gemahl, der König, drehte sich von dem schlotternden Häuflein, das von Cromwell übrig war, fort und kam zu ihr. Packte sie, riss sie hoch. »Und Ihr, *ma dame*, habt Euch zum letzten Mal in Unsere Belange gemischt. Eine Königin ohne Sohn ist mit einem Handstreich ersetzt, vergesst das nicht.« Er stieß sie zu Boden. »Überhaupt, wer sind die Seymours? Aufgeputztes Bauernpack, dem wir die vornehmen Kleider jederzeit wieder von den Leibern reißen können.«

Edward wollte zugreifen, aber kam zu spät und hätte gegen die Kraft, mit der sein Bruder vorschnellte, auch nichts vermocht. Tom vollführte den Satz eines Raubtiers, stieß den König zur Seite und fing seine Schwester in den Armen. Fiel mit ihr auf die Knie und hielt sie an sich gepresst. Sah zu Henry Tudor auf. »Ihr tut Ihr nie wieder weh. Nie wieder.«

Mein Vater ist tot. Ich bin es, der diese beiden schützen sollte, aber ich stehe starr wie an die Dielen geleimt, feig und stumm. Der König trat so nah vor seine Geschwister, dass sein Wanst Toms Schulter berührte. Er streckte die Hand, fuhr Tom ins Haar und zerrte ihm den Kopf hoch. »Tut ihm kein Leid!«, schrie Jane. »Vergebt ihm, ich flehe Euch an.«

Der König zog Toms Kopf höher. Tom hielt Jane fest. Edward sah, wie ihm die Schultern bebten. »Möchte er Uns um diese Vergebung nicht selbst bitten?«

»Tom«, rief Jane.

»Nein«, sagte Tom, die Stimme rau.

Scharf riss der König ihm den Kopf zurück. Bog ihm den Hals nach hinten, dass die Kehle schneeweiß heraustrat. *Mir, nicht dir hätte Vater Anstand einbläuen sollen, denn der deine ist ohne Tadel.* Edward sah Toms bloße Kehle, hörte Jane weinen und wünschte Henry Tudor den Tod.

Der hieb Tom mit dem Handrücken über die Wange und gab sein Haar frei. Zwischen fleischigen Fingern zupfte er wie in Erstaunen rote Fäden hervor. Dann wandte er sich zu Edward. »Zieht diesem beherzten Tunichtgut die Zügel stramm, Guter«, sagte er. »Die Sorte ist rar gesät, und Uns täte das Herz weh, solche Zierde von Kopf unters Beil zu senden.«

Die fünfte Nacht

Gelobtes Land
1537

*In der fünften Nacht des Christfestes
schenkte mir mein Liebster
fünf goldene Ringe.*

Die Tafel wurde geleert. Flinke Hände entfernten blank genagte Gerippe, ausgeleckte Schüsseln, umgestoßene Krüge, Tranchierplatten, Fingerschalen, den Wagen, der Rosenwasser verspritzte, und die Trümmer des Zwölfnachtskuchens. Zuletzt verschwand das Leintuch, das wie frischer Schnee gewesen war, jetzt aber aussah, als sei der Schnee von Blut und Unrat verschmiert. Zum Vorschein kam das Holz des Tisches, die in der Mitte eingelassene Tudorrose und ringsherum die Schnitzarbeiten: Liebesknoten, die das H für Henry mit dem I für die lateinische Form von Jane vereinten. Das A für Anne hatten Hofschreiner in aller Eile ersetzt.

Während des Essens hatte Nan in der Schar der Ehrenjungfern hinter der Königin darauf gewartet, dass diese einen Wunsch äußerte. Jane aber äußerte nie Wünsche. Jetzt, da die Unterhaltung begann, gab sie ihren Damen frei. Mehr und mehr Gäste drängten auf das Podium des Königs. Nan folgte dem Wink ihrer neuesten Freundin, Kate, die als Gattin des Herzogs von Suffolk neben dem Königspaar hatte sitzen müssen, sich jetzt aber erheben durfte. Madge Herbert, ihre künftige Schwägerin, zog sie mit.

Kate war sichtlich erleichtert, der steifen Sitzordnung zu entkommen. Sie hätte hübsch sein können mit dem von ihrer spanischen Mutter ererbten Schwarzhaar und den großen Augen, hätte sie sich nur geschickter gekleidet und gerader gehalten, statt sich mit krummen Schultern in Winkel zu drücken. Nan fand sie reizend. Gleich schob die Freundin sie vor sich, um ihr bessere Sicht zu verschaffen. Über die Tischplatte rollten Saaldiener Eier, die mit einer halben Schrittlänge Abstand liegen blieben. »Stellt die Welt auf den Kopf«, schrie der Herr des verkehrten Gesetzes, ein schmächtiger Kerl in Prunkgewändern. »Genießt Eure Macht, lasst das Schöne fad sein und das Hässliche das Ziel des Begehrens. Heute Nacht ist alles, wie Ihr Könige der Narren es ersehnt.«

»Hoppla.« Das war König Henry. Am andern Ende sprang ein Geschöpf auf den Tisch. Es trug eng anliegende, grüne Beinkleider und spitz zulaufende Seidenschuhe, dazu eine Schecke, die über und über mit gelben, purpurroten und königsblauen Streifen benäht war. An den Enden der Streifen hingen silbrige Schellen, und auf dem Kopf saß schräg eine Narrenkappe.

Was für ein Geschöpf war das? Gekleidet nach Männerart schien es doch weibliche Brüste und Hüften zu besitzen. Für eine Frau war es klein, für ein Kind aber zu verwachsen, ausgeformt. Das Gewand mit den Schellen plusterte den gedrungenen Leib wie den eines Vogels auf. Rundliche Hände stemmten sich in die Seiten. Im gleichen Augenblick begann auf der Galerie die Musik.

Getupfte Töne, wie Hagel pochende Trommelschläge, Violen und Gamben und darüberhüpfende Flöten. Das Geschöpf hüpfte mit. Hoch flogen die Beine, ein Knie an die Brust, das zweite zur Seite, dann die Füße ans Gesäß und in der Spreize landend, jede Fußspitze neben einem Ei. Die Schellen klirrten. Mit dem nächsten Takt schnellten die stämmigen Glieder schon wieder durch die Luft, geschwinder als das Auge blickte, schwirrend wie die Läufe der Flöten. Der Tisch schien zu federn, wenn erst der eine, dann der andere Fuß aufsetzte. Die Eier wippten, aber blieben heil.

In die Menge, die flüchtig die Luft angehalten hatte, geriet Bewegung. Es wurde in die Hände geklatscht und gejohlt, von überall prasselten Münzen auf den Tisch, trafen Waden und Schenkel der Kreatur, die unbeirrt weitertanzte. Lauthals einander überbietend, schlossen die Herren Wetten ab: Würde ein Ei zerbrechen? »Schneller, schneller!« Die Flöten jagten einander, hetzten die grün bestrumpften Beine, die wie über glühendem Eisen zwischen den Eiern umherzuckten.

Der Tanz steigerte sich zu solcher Raserei, dass Nan

schwindlig wurde. Einen einzigen Blick ergatterte sie auf das Gesicht der Kreatur. Es war braunrot, schweißgesprenkelt und vor Anstrengung verzerrt. Als sie sich abwandte, entdeckte sie Kate, deren Miene nicht weniger gequält war als die der Tanzenden. Magde hingegen sah gebannt dem Schauspiel zu. Endlich hatte die Eiertänzerin die Torturen hinter sich: Die Musik brach ab, Applaus platzte los, und Kate seufzte erleichtert auf. Mitfühlend nahm Nan ihren Arm. Sie war so jung, so weichherzig und musste mit diesem alten, polternden Herzog verheiratet sein. »Es ist ja vorbei«, tröstete Nan. »Was für ein Wesen war das überhaupt?«

Madge schwang zu ihnen herum. »Das wisst ihr nicht? Die Hofnärrin von Königin Anne Kopflos ist das. Sie wäre in der Gosse gelandet, aber König Hal hat ihr erlaubt, bei Hof zu bleiben, solange sie für ihn auf Eiern tanzt. Entzwei macht sie besser keines, sonst gibt's mit dem Stöckchen die Beine blau. Habt ihr das Kostüm gesehen, all die Seiden, den Brokat, den Tüll? Es ist aus Kleidern der Boleyn genäht, die Fetzen stammen von diesen köstlichen Roben, in denen sie hier herumstolziert ist.«

Nan sah das Entsetzen, das sich auf Kates Gesicht malte. Sie wollte etwas sagen, doch die Stimme des Königs fuhr dazwischen. »Ein Lied zur Laute«, rief der achte Henry mit seinem Knabensopran. »Voller Liebessehnen. Genau danach steht uns nach der Darbietung solcher Reize der Sinn, richtig?«

Ihnen gegenüber teilte sich der Ring der Umstehenden. Der Mann, der breit gebaut und für einen Hofsänger zu aufwendig gewandet war, setzte einen Fuß auf einen Schemel und hob sich seine Laute auf den Schenkel. Er trug Schwarz, was ein wenig bedauerlich war, obgleich keine Farbe seiner Wirkung viel Abbruch tat. Die straffe Wade steckte immerhin in weißer Seide. Madge war nicht die Einzige, der ein Laut der Verzückung entfuhr. Vor dem Mann lehnte sich ein Mädchen an den Tisch, das seine rehbraunen Locken bis in die Taille offen trug. Mit einer Stimme, die an schweren aquitanischen Wein denken ließ, hob der Mann an zu singen.

»Wenn du mein Eigen wärst,
Ach, wie liebte ich dich.
In meinen Armen wollte ich dich halten,
An meinem Herzen dich vor Leid bewahren,
So innig liebte ich dich,
Wenn du mein Eigen wärst.«

Madge stieß Nan den Ellenbogen in die Seite. »Das ist zahm für ihn, meinst du nicht?«

»Wer ist der?«, fragte Kate.

»Den kennt Ihr auch nicht? Thomas Seymour, des Königs Schwager und neben Henry Howard das Verführerischste, was Englands Hof zu bieten hat.«

»Ach was«, entfuhr es Nan. »Das ist Tom.«

Der Mann wandte den Kopf und hob eine Braue. Nan musste lachen. Statt der niedlichen Rehbraunen sang er jetzt ihr in die Augen, mit einiger Mühe ein Grinsen verkneifend.

»Meine Leidenschaft ist stärker als die Sonne.
Darin verglüht mein Lebensfaden,
Doch meine Liebe zu dir lebt weiter,
Denn von den Sterblichen gleicht dir keine.«

Tom legte den Kopf in den Nacken und ließ die Töne wie Seufzer aus der Kehle rollen:

»Dir zu Füßen flehe ich, erwähle mich.
Denn innig liebte ich dich,
Wenn du mein Eigen wärst.«

Getöse brach los. Damen zerrten Tom an der Schecke, als wollten sie Fetzen davon als Andenken mitnehmen. Über die Wimmelnden hinweg grienten Tom und Nan einander zu. »Das Mädchen ist Dorothy Dudley«, erklärte die emsige Madge der verwirrten Kate. »Eine Nichte des königlichen Waffenmeisters und, wie es aussieht, seine neuste Eroberung. Es hieß ja, er werde jetzt, wo der arme Henry Fitzroy verendet ist, Mary Howard heiraten, ob's deren Bruder schmeckt oder nicht. Aber mit dem Heiraten hat er's nicht. Der schöne Tom gehört uns allen.«

»Red nicht dumm drein.« Entschlossen trat Nan zwischen Madge und Kate. »Er hat gerade seinen Vater verloren, aber er ist ein viel zu netter Mann, um jemandem die Stimmung zu verderben. Na los, der Tanz beginnt. Willst du dich nicht ins Getümmel stürzen?«

Madge war verschwunden, noch ehe die Musik anhob. Auch die Übrigen zerstreuten sich, der König zog mit Janie aufs Parkett. Kate legte Nan die Hand auf den Arm. »Und Ihr seid ein viel zu nettes Mädchen, Nan. Ihr mögt den Herrn mit dem keltischen Haarschopf, der so herzzerreißend von Liebe singt, gern?«

Kate musste jünger sein als sie, aber sprach wie eine viel reifere Frau. *Wie Catherine.* Nan zuckte die Schultern. »Die Seymours sind für mich die Familie, die ich niemals hatte. Es stimmt, Tom lässt keine Süßspeise ungekostet, aber dass Madge von ihm wie von einem brünstigen Rüden spricht, dulde ich nicht.«

»Nun, jetzt tanzt Euer Freund jedenfalls mit einer Schönheit, die bestens zu ihm passt.«

Nan reckte sich auf die Zehen. »Das ist Liz. Seine Schwester, die Janie an den Hof geholt hat, damit sie bei ihrem Gregory sein kann. Rührt das nicht an? Die Seymours kleben zusammen wie ihr Honig aus Wiltshire. Vielleicht kann Tom ja keine Frau lieben, weil er eine jede an seinen Schwestern misst.«

»Wie bedauerlich«, sagte Kate.

»Was?«

»Dass ein so zauberhafter Mann keine Frau lieben kann.«

Nan war erstaunt. Von Kate hätte sie sich so wenig vorstellen können wie von Catherine, dass sie einen Mann für zauberhaft hielt. Beide waren mit älteren Herren vermählt, die ihnen Väter sein mochten, aber keine Gespielen. »Zumindest hat er seine Schwestern«, fuhr Kate fort. »Ihr selbst habt keine Geschwister, Nan?«

»O doch. Einen Bruder, der genug mit sich selbst zu tun hat, und eine Schwester, die im Norden verheiratet ist. Und wenn mir mein Willie im Frühjahr endlich seinen Ring ansteckt, bekomme ich noch das Schwatzmaul Madge dazu. Obgleich ...«

»Obgleich?«

»Obgleich wir die Hochzeit vielleicht noch einmal verschieben, wie schon im letzten Jahr, als Willies Mutter starb. Ich hätte gern, dass meine Schwester dabei ist, aber gerade jetzt kann sie wohl nicht kommen.«

»Ihr klingt, als machtet Ihr Euch Sorgen.«

»Ich mache mir Sorgen«, gestand Nan, froh, es auszusprechen. Der Herr des verkehrten Gesetzes zerrte Paare in die Saalmitte, und Nan sah ihren Willie auffordernd winken, doch der Sinn stand ihr heute nicht nach Tanz. »Der Gemahl meiner Schwester ist Lord Latimer. Der Sprecher der Gnadenpilger.«

Kates Brauen schoben ihre Stirn in Furchen. »Ich denke, da kann ich Euch beruhigen. Es scheint nicht, dass den Herren Gefahr droht. Sie haben heute mit uns am Tisch des Königs gespeist.«

»Ich weiß«, antwortete Nan. »Mir geht nur etwas im Kopf herum, das Tom gesagt hat. ›Nan‹, hat er gesagt, ›schreibt Eurer Schwester, sie soll zu Euch kommen, nur rasch von da oben weg.‹ Tom erwähnt meine Schwester sonst nie. Ich dachte nicht, dass er sich noch an sie erinnert.« Sie sah den Paaren zu, die sich in der Gaillarde tummelten. Tom tanzte mit Janie, deren linkes Bein nachhing, und Edward, dessen Frau hochschwanger war, mit Liz. Glückliche Seymours, trotz allem. Sie hatten einen Vater gehabt, um den sie trauern konnten, und waren in der Trauer nicht allein. Von der Kraft der zwölften Nacht hieß es, sie könne jeden Wunsch erfüllen. Könnte sie mit einem Zauberstreich Cathie herbeschwören wie schon einmal, vor jetzt bald zehn Jahren?

Kate nahm ihre Hand. »Soll ich mit meinem Gemahl sprechen? Er ist des Königs Freund. Nur ist der König stur wie Tod und Teufel, wenn er sich etwas in den Kopf gesetzt hat.«

»Gefällt es Eurem Gemahl, dass Ihr seinen Freund so höllischen Vergleichen unterzieht?«

»Meinem Gemahl gefällt manches nicht. Dies hier zum Beispiel.« Kate zog aus ihrem Beutel am Gurt ein kleines Buch.

Den Einband der Bibel erkannte Nan sofort. »Meine Schwester hat auch so eine«, versetzte sie nicht ohne Stolz. »Sie hatte sie schon, als noch der Scheiterhaufen darauf stand.«

»Und dann ist sie mit einem nördlichen Herren vermählt, der für die Pilgerschaft der Gnade spricht?«

Nan fiel nichts ein, als die Schultern zu zucken.

»Ich würde Eure Schwester gern kennen lernen«, sagte Kate und drückte ihre Hand. »Und Euch würde ich gern helfen. Wollt Ihr morgen mit mir in einen Gottesdienst kommen? Ich lasse mich über den Fluss geleiten, um die Predigt am St. Paul's Cross zu hören.«

»Warum geht Ihr denn dort hin? Um zwischen Metzgern und Marktschreiern in der Hundskälte festzufrieren?« Im Kirchhof von St. Paul predigte jeden Sonntag ein vom König bestimmter Priester vor dem im Freien versammelten Volk. Die Wahl dieses Priesters verriet, wohin der Wind Englands Kirche trieb, in einen lichten, frischen Morgen oder zurück ins Dunkel der Vergangenheit.

»Das droht mir wohl«, stimmte Kate ihr zu. »Aber Robert Barnes predigt dort, der ist die kalten Füße wert.«

»Barnes? Ist das nicht der Augustiner, der vor etlichen Jahren wegen Ketzerei vor Gericht stand?«

»Ja, in der Tat. Die Zeiten ändern sich rascher, als irgendwer zu hoffen wagte, und das dürfte Eurer Freundin, der Königin Jane, zu danken sein. Auch wenn sie selbst ja wohl keine Reformerin ist.«

Nein, sie wohl nicht. Aber ihre Brüder. Ich verstehe so wenig davon. Cathie dagegen, wenn sie hier wäre, hätte ihre Freude. »Ich komme mit Euch nach St. Paul«, rief Nan. »Dann habe ich Cathie wenigstens etwas Spannendes zu schreiben.«

Wenn Kate lächelte, sah sie fast schelmisch aus. »Ja, schreibt ihr noch heute, mit der Kraft der zwölften Nacht. Sie soll nach London kommen. Selbst wenn es keinen Anlass zur Sorge gibt, hätten Ihr und ich sie gern hier.«

Der Schnee im Hof von Snape Hall lag kniehoch. Die Spuren der Pferde, tief wie Pflugfurchen, waren zugeweht von unablässigem Wind. Beamte der Krone waren am Morgen durchs Tor geritten und hatten Catherine und die Kinder unter Hausarrest gestellt. Was mit ihnen geschah, würde entschieden, wenn das Urteil über ihren Gatten gesprochen sei. »Das bedeutet«, erklärte der Kastellan, der auf Snape Hall geboren worden war, »dass unser Herr nicht wiederkommt.«

Die Birken, die Kiefer und die Tanne krümmten sich windgepeitscht. Catherine sah zu, wie der Sturm die Stämme bog, wie Schnee in Wolken von den Zweigen stob. Sie war entkräftet, wie es die Bäume sein mochten, denen der Wind keine Pause gönnte. Der junge John hatte sein Schwert ziehen und für Schwester und Stiefmutter kämpfen wollen. Hätte sie ihm seinen Willen gelassen, so wäre er jetzt nicht mehr am Leben. Wäre es besser, in einem kurzen Gefecht zu stürzen und zu sterben, statt von Händen verschleppt und eingesperrt zu werden, womöglich Monate zwischen Hoffnung und Todesangst zu fristen? Catherine dachte an Tyndale, seine zerschnittenen Hände, seine Tage ohne Licht. Wie lange hatte er gehofft, zu überleben?

Tyndale war tot, aber sein Werk war noch hier. Das Neue Testament, der Psalter und der Pentateuch. Das Buch Exodus: *Darum sage den Kindern Israel: Ich bin der Herr und will euch wegführen von den Lasten, die euch Ägypten auferlegt, ich will euch erlösen mit ausgerecktem Arm.* Nachdem sie John beschwichtigt hatte, musste sie Margaret beruhigen, die in einer Ecke ihrer Kammer kauerte und einen schrillen, unentwegten Ton von sich gab. Catherine nahm sie in die Arme und hielt sie. »Wenn dies überstanden ist«, versprach sie, nicht sicher, ob das Mädchen etwas hörte, »dann bringe ich euch nach London, um die Königin zu sehen.«

Der schrille Ton brach ab. »Ich will nicht nach London«, sagte Margaret, das Gesicht verquollen, doch die Stimme fest. »Ich will die Königin nicht sehen. König Hal ist ein Mörder, der meinen Vater auf dem Gewissen hat.«

»Margaret, dein Vater ist nicht tot. Komm, knie hier mit mir nieder und lass uns um sein Leben beten.«

Das Mädchen war zu verwirrt zu widersprechen. Neben

Catherine fiel sie auf die Knie und faltete die Hände. Dann zog sie sie wieder auseinander und wies auf den Gebetserker. Catherine schüttelte den Kopf. »Du kannst zu Gott sprechen, wo immer du willst. Herr, unser Gott«, hob sie an, »beschütze unsern Gatten und Vater, der in Bedrängnis ist, und beschütze uns alle. Mach unsere Ängste klein, bewahre unser Leben, das nackt ist und in deiner Hand. Wir sind schwach. Sei du unsere Stärke.«

Mit Margaret an der Seite betete sie bald eine Stunde lang. Dann half sie dem erschöpften Kind in sein Bett. »Wo habt Ihr beten gelernt?«, fragte das Mädchen, als es bis übers Kinn in Decken gewickelt lag, das dunkle Haar übers Kissen gebreitet.

»Hier«, sagte Catherine, »in der Not.«

»Und wer hat es Euch gelehrt?«

»Gott«, sagte Catherine. »Und ein Mann namens Tyndale.«

»Ein Ketzer?«

»Margaret«, sagte Catherine, »ich will dir nicht predigen, wer Recht hat, dein Vater oder ich, die Gnadenpilger oder der König, Erzbischof Cranmer oder der Papst. Aber dass ein Mensch, der Gott und seinem Gewissen folgt, kein Ketzer ist, das predige ich.«

»Liebt Ihr meinen Vater?«

»Ich wünsche nichts mehr, als dass er heil zu uns zurückkehrt.«

»Aber mein Vater ist alt, und Ihr seid noch jung. Sein Bett teilt Ihr nicht. Ich weiß das längst. Wenn er stirbt, seid Ihr frei und könnt einen Jungen zum Mann nehmen, der der neuen Kirche angehört.«

Einen Herzschlag lang sah Catherine Edwyn Borough weiß und tot in seinem Bett. Einen Herzschlag lang sah sie einen Pfad im Savernake, flüssiges Sonnenlicht durch Tannengrün. »Ich habe gelobt, deinen Vater zu lieben«, sagte sie. »Er ist ein frommer Christ, und ich bin es auch. Wenn wir in Fragen des Glaubens uneinig sind, heißt das mitnichten, dass wir einander übel wollen.«

Damit stand sie auf, wünschte dem Mädchen gute Nacht und ging. Sie hatte die Wahrheit gesagt. In ihrer Kammer bat sie Gott für alles, was sie nicht gesagt hatte, um Vergebung, bis ihr die Knie schmerzten. »Herr, mein Gott, vergib mir. Ich habe einen Fehler begangen, weil ich jung und verzweifelt war. Lass aus meinem Fehler Gutes entstehen. Herr, mein Gott, wenn du uns verschonst, wenn du Latimer verschonst, gelobe ich, ihm ein Weib zu sein.«

Hinterher schleppte sie sich an ihr Pult, versuchte, etwas niederzuschreiben, aber gab bald auf. Vor Müdigkeit leer, sah sie aus der Fensterscharte, auf die Birken, die Kiefer und die Tanne.

Sechs Wochen lang durften Catherine, ihre Stiefkinder und Bediensteten das Haus nicht verlassen. Sechs Wochen, in denen bald täglich Schnee fiel und keine Nachricht zu ihnen drang. Die Vorräte wurden knapper. Statt des gesalzenen Fisches, des Dörrfleischs und des eingekochten Obstes gab es zu allen Mahlzeiten Grütze, einmal aus Hafer, einmal aus Gerste oder Buchweizen gekocht. Das karge Essen machte Catherine nichts aus. Ihr Körper, so lernte sie, war zäh, kam mit Wenigem zurecht. Wenig Schlaf, wenig Speise, wenig Licht. Nur Wärme brauchte er. Ihr war beständig kalt.

Es wurde März, ohne dass das Eis brach, ohne dass der Schnee schmolz. An einem Morgen ohne Licht kehrten die Beamten zurück, um Catherine wissen zu lassen, dass man ihre Bewachung verschärfen würde, obgleich die Witterung keine Flucht erlaubte. Ein Urteil stünde dieser Tage zu erwarten: Zwei Männer namens Bigod und Hullam hätten versucht, die Pilgertruppen erneut zu sammeln, und damit jede Hoffnung auf königliche Gnade verwirkt. »Robert Aske hängt in Ketten auf dem Marktplatz von York. Wenn sie ihn nicht totprügeln, verreckt er an der Kälte.«

Mehr als fünfzig Rebellen waren schon gerichtet. Aufständische Mönche wurden an Balken von den stummen Türmen ihrer Kirchen gehängt. Latimer aber lebte noch. »Herr, mein Gott«, betete Catherine. »Wenn er sterben muss, lass es schnell und in Würde geschehen.« Sie kürzte die Tagesrationen an Korn, teilte aber reichlich Wein aus. Als in der Nacht Furcht sie erfasste, sterben zu müssen und den Süden nicht wiederzusehen, gestattete sie sich dies eine Mal, sich in den Schlaf zu trinken. Der Wein brachte Bilder. Zwölfnacht in Hampton Court. August in Wulf Hall. Gesichter tanzten umeinander: Janie mit der krausen Stirn, Edward, der aussah, als litte er beständig Hunger. Nans Kinderlachen, Cranmers Rehkitzaugen. Als das nächste Bild sich formte, schrie sie auf. *Meine Lebensfreude, mein schöner Tag. Ich sterbe und sehe dich nicht wieder.* Am Morgen erwachte sie mit schmerzendem Kopf und war noch immer nicht tot.

Ende März hörte es auf zu schneien und begann stattdessen zu regnen. An einem dieser Regentage, in der Abenddämmerung, ritt ein Mann, geleitet von zwei Gerüsteten, durchs Tor. »Der Herr«, krächzte der Kastellan, »es ist der Herr.« Ein Schwall Menschen, Margaret, John, Bedienstete und ihre Kinder, schwappte gleich einer Frühjahrsflut ins Freie. Catherine folgte als Letzte. Latimer, von seinen Leuten umringt, trug noch den Helm, mit dem er vom Hof geritten war. Sein Waffenrock war schmutzig. Er brauchte lange, um vom Pferd zu steigen.

Die Leute teilten sich, gaben Catherine den Weg frei. Sie trat wie eine Braut durchs Spalier. Umständlich zog Latimer sich den Helm ab. Seine Haut sah aus, als hätte man sie ihm dünn gegerbt. Er blickte Catherine kurz an, dann sackte ihm der Kopf vorüber. Dass es in Strömen regnete, schien er nicht zu bemerken.

»Willkommen daheim«, sagte Catherine.

»Daheim«, wiederholte Latimer, zum Boden gewandt. War das der Mann, der ihre Bibel durchs Zimmer geschleudert, der die Faust gegen sie erhoben und sich das Gesicht blaurot geschrien hatte? Sie trat auf ihn zu und legte die Arme um ihn.

Als hielte ich Gestänge zum Trocknen feuchter Kleider. Er machte sich steif. Womöglich war er verwundet. »Hat man Euch ein Leid getan, *my lord*?«

Er wiegte unendlich langsam den Kopf. »Nein.«

»Gut«, rief sie rasch. «Und gut, Euch wieder hier zu haben.«

»Ja, gut«, sprach er ihr mit seltsamer Betonung nach. »Ich hatte keine Hoffnung mehr, Euch noch einmal zu sprechen, aber Eure Freunde haben sich für mich verwendet.«

»Meine Freunde, *my lord*?«

»Die Königin«, sagte er, »ihre Verwandten und der ketzerische Erzbischof.«

Erzbischof Cranmer ist kein Ketzer, wollte sie einwerfen, aber begriff sogleich, wie vergeblich das war. Sein Leib in ihren Armen, ohne den ihren zu berühren, so standen sie im Regen. »Mein König«, erzählte er dem Boden, »für den ich gegen Schottland geritten bin, hielt mich für einen Verräter. Aber eine Rotte Ketzer hat sich für mich verbürgt. Wir sind frei. Steht alles sich wohl?«

»Alles zum Besten.«

Latimer hustete. Als er Atem holte, klang es, als reinige ein Spielmann seine Pfeifen. »Kommt ins Haus«, rief Catherine. »Es regnet.«

Er sah sie mit nicht ganz steten Augen an und verzog den Mund um eine Spur. »Gewiss doch. Es regnet. Gehen wir ins Haus.«

Als der Frühling kam, als auf den Hängen um Edwards Haus die Märzenbecher sprossen, fuhren sie alle hinaus nach Chester, um seinen kleinen Sohn, den nach seinem Vater John benannten Erben, aus der Taufe zu heben. Cranmer selbst hatte darauf bestanden, sich von Verpflichtungen loszusagen und die Zeremonie zu vollziehen. »Das lasse ich mir nicht nehmen«, hatte er gesagt. »Die erste Kindstaufe, die ich unter dem Dach der neuen Kirche feiern darf, gebührt dem Sohn meines Freundes Edward.«

Cranmer hatte für den Täufling ein besonderes Geschenk: Die erste Ausgabe der englischen Bibel, die in allen Druckereien des Landes in fieberhafter Eile gedruckt wurde und Edwards Schwester gewidmet war. Wenn die, die nach ihnen kamen, sein Sohn John, seine Kinder und Enkel, dereinst dieses

Buch aufschlügen, so würden sie den Namenszug lesen und begreifen, was ein stilles Mädchen aus Wiltshire vermocht hatte: *Gewidmet Jane, der Königin.*

Ein anderer Name fehlte auf der Seite. Aber dieser Name sprang aus jeder Zeile. Sobald feststand, dass der König der Verbreitung der Bibel zustimmte, hatten Cranmer, Barnes und die Seymour-Brüder alle von Tyndale übersetzten Teile zusammengetragen und vor ihn gebracht. Der König ließ sich an Tyndale nicht gern erinnern, aber er war froh, keine ganze Übersetzung in Auftrag geben, sondern nur nach einem Gelehrten suchen zu müssen, der das Fehlende ergänzte. »Ich weiß jemanden«, hatte Cranmer gesagt, »und mit Eurem Einverständnis bringe ich ihn her.«

Das hatte er getan. Er hatte Miles Coverdale in seinem deutschen Exil aufgesucht und ihm erklärt: »Ihr habt William Tyndale ein Versprechen gegeben. Die Zeit ist gekommen, dass Ihr es einlöst.«

Wenn Gott mein Leben bewahrt, will ich in die Hand jedes englischen Pflugburschen eine Bibel legen. Dort mochte sie bald liegen, die Bibel, die Tyndale übersetzt und die sein Freund Coverdale für ihn vollendet hatte. Zuvor legte Cranmer sie in Edwards Hand. »Für Euch, mein Freund. Wenn ich das nächste Mal komme, um ein Kind von Euch zu taufen, bringe ich Euch ein Gebetbuch dazu. *Singet dem Herrn ein neues Lied.* Eine Liturgie für unsere Kirche.«

Edward war zumute, als habe er seinen Pflug mit schwachen Händen über seinen Acker geschoben, und dafür schütte sein Gott ein Füllhorn über ihn aus. Zwei andere – sein Bruder Tom und seine Schwester Jane – hatten es sich ebenfalls nicht nehmen lassen, zur Taufe des neuen John Seymour nach Chester zu reisen. Der König hatte die Reise gestattet. Vergessen war alle Verstimmung, der Kampf um Lord Latimers Leben, wie einzig Henry Tudor zu vergessen in der Lage war. Seine Seymours hatten nicht länger Demütigungen, sondern Belohnungen verdient: Die blasse, verhalten lächelnde Frau in dem Wagen, neben dem Edward und Tom einherritten, trug sein Kind im Leib.

Durchs Geäst brach Sonne. Der Wald tat sich auf, und der Turm des Hauses kam in Sicht. Tom zog seinem Pferd die Zügel an und hieb Edward auf die Schulter. »Beim Teufel, mein bester Herr Beauchamp, lass dir ein neues Wams anmessen. Du besitzt ein Schloss, das einem Peer von England ansteht, es wird Zeit, dass du dich wie einer ausstaffierst.«

»Das Pfauengespreize überlasse ich dir.«

Tom trug Seide in einem bronzenen Rot, das einen gewagten Tanz mit seinem Haar einging. Er war dreißig Jahre alt, ein Mann in praller Blüte. *Wenn ich mir gleich mein Leben lang gewünscht habe, so wie du zu sein, so wäre ich heute niemand lieber als ich.* Die Brüder sahen sich an und lachten los, ehe sie die Schenkel um die Leiber ihrer Pferde schlossen und dem Wagen davonstoben, auf das Haus zu, in halsbrecherischem Galopp. Die Wächter am Tor rissen die Flügeltüren auf.

Zusammen sprengten sie in den Hof, brachten die Pferde vor dem Haupthaus zum Stehen, dass es Edward beinahe aus dem Sattel hob. Tom warf sich über den Hals des Dunkelbraunen und schüttelte die letzten Wellen des Lachens aus dem Körper. »Ned?« Sich im Mähnenkamm haltend, blickte er auf. »Kein Mann auf dieser ganzen Insel hat all das so verdient wie du.«

»Schwätzer«, murmelte Edward zärtlich und sah hinauf zum Haus. Das Füllhorn, das doch längst hätte leer sein müssen, ergoss sich über ihn. Am Fenster der Halle stand Anne in einem Kleid wie Weißgold und hielt sein Kind im Arm.

Sei willkommen in meinem Haus. Die beiden Reiter hatten ihre Pferde gezügelt und unter ihrem Fenster zum Stehen gebracht. Seite an Seite blickten sie zu ihr auf. Ihr Edward, ein wenig furchtsam wie an dem Tag, an dem er sie gefragt hatte, ob er seine Geschwister zu Johns Paten bestimmen dürfe, und sein Bruder Tom, dreist wie eh und je. Anne hob eine Hand vom Flaumkopf des Kindes und winkte zum Gruß. *Sei willkommen in meinem Haus. Meine Tür steht dir offen, denn ich brauche dich nicht mehr. Ich habe etwas, das du nicht hast, das keine deiner Gespielinnen, keine Laeti-*

tia, keine Mary oder Francis und auch kein mausbraunes Zeisigweibchen hat, dem du einmal in einer Frühlingsnacht um ein Haar gestanden hättest, dass du es liebst. Sooft ich dich ansah, Tom Seymour, blühte der verfluchte Rhododendron immer noch. Ich war sicher, er würde für immer blühen, aber ich habe mich geirrt. Er blüht nicht mehr. Dich mag bekommen, wer will. Ich habe meinen Sohn.*

Solange Anne denken konnte, hatte sie in sich mehr Kraft gespürt, als andere Mädchen sie besaßen. Mehr Kraft, als ein Mädchen in seinem engen Leben ausgeben konnte. Kraft, mit der man eine Welt in den Händen halten, sie lenken und einen Himmel daraus formen mochte. Als sie Tom Seymour liebte, hatte diese Kraft sich befreit. Einem Mädchen stand es nicht offen, Begabung und Bildung als Führerin zu nutzen, sie brauchte einen Mann dazu, aber sie, Anne, war sicher, diesen Mann gefunden zu haben. Den einen, dessen Kraft sich mit der ihren messen konnte. *Deine Kraft und meine vereint, wer hätte uns aufhalten wollen?* Als sie Tom Seymour verlor, war ihre Kraft ihr wie eine abgeknickte Knospe in den Schoß gefallen. Ihr war nichts geblieben, um sie zu speisen, nichts Lebendiges als ihr Hass.

Und dann, in einer Januarnacht, hatte diese totgesagte Kraft in ihr sich geballt, war wie die Knospen des Rhododendrons geplatzt und hatte eine Blüte ausgestoßen, vor der alles Dagewesene verblasste. Ein Menschenkind. John. Rundlich und rotflaumig, duftend wie frisch gebackenes Brot. Sohn Edward Seymours, des kommenden Mannes im Kronrat, und Neffe von Königin Jane. Spross von Anne. Aus ihrer Brust brach ein Jauchzen. Bald drei Monate alt war der Knabe, aber noch immer hatte sie sich nicht daran gewöhnt, dass er ihr gehörte. Sie drückte ihn an sich, schloss die Arme fest. Im Hof winkten die Ankömmlinge, ihr Mann, ein Bohnenstängel, der vor Einfalt strahlte, und ihr Schwager, ein stattlicher Bursche mit bronzerotem Haar. *Dich mag bekommen, wer will. Ich habe meinen Sohn.* Fanfarenklänge versilberten die Luft. Durchs Tor fuhr, von Gardisten geleitet, der Wagen der königlichen Schwägerin.

»Wisst ihr, was ich mir wünschte?« Jane drückte ihrem Patensohn einen Kuss auf die Stirn, ehe sie zuließ, dass Tom, der vor Ungeduld zitterte, ihn ihr aus den Armen wand. »Ich wünschte mir, Vater wäre da.«

Das wünschten sie zweifellos alle. Wie lange hatten sie nicht mehr so ausgelassen miteinander gefeiert? Der Wagen aus Wulf Hall hatte Henry und die Mutter hergebracht, und Liz war mit ihrem Verlobten Gregory Cromwell gekommen. Es war ein herrliches Fest gewesen, eines, bei dem Lieder mit zahllosen Strophen gesungen, im Rundtanz die Röcke geschwungen und Früchte in Wein getunkt wurden. Im Abendrot standen die drei Geschwister mit dem Täufling am Rand, derweil den Gästen die Kräfte erschlafften. Francis Bryan, der den Nachmittag über weinselig Volksreden gehalten hatte, rutschte so allmählich, wie die Schatten länger wurden, von der Bank. Ihr Vater fehlte in diesem Kreis, er hätte hier sein und seinen Enkel auf den Knien schaukeln sollen. Jane aber hatte etwas anderes gemeint: »Dass Vater nicht mehr da ist, macht mir bange.«

Tom hatte den kleinen John, in den er völlig vernarrt war, in die Luft geworfen, fing ihn auf und drehte sich zu Jane. »Das braucht es nicht, hörst du? Wenn das Tudor-Tier dir noch einmal wehtut, bringe ich es um.«

Jane bemühte ein Lächeln und klopfte ihrem Bruder die Wange. »Gerade davor ist mir ja bange.«

Tom, mit dem Kind auf den Armen, zuckte hilflos die Schultern. »Ich wollte dich immer beschützen, Janie. Schon als wir Kinder waren. Stattdessen habe ich einen Haufen Unfug angestellt, und wenn mir dafür ein verbläuter Buckel blühte, hast du mich beschützt.«

Und ich, dachte Edward, *bin der, der euch alle schützen sollte. Meine Geschwister, meine herrliche Liebste, meinen honigsüßen Sohn. Man hat mir Vaters Mantel umgelegt, doch ich hänge darin wie Gemüse am Dörrhaken.* »Das ist eben so«, sagte Jane. »Ich bin ein recht dummes Weib, aber du bist ein recht dummer Mann. Das ist bei weitem gefährlicher.«

Beinahe musste Edward lachen, als er Toms entsetzte Miene sah. »Das hat mir noch niemand gesagt.«

»Dann wird es Zeit.« Jane reckte sich und küsste Tom aufs Kinn. »Bange macht mir, dass ich einmal nicht mehr da sein könnte. Liz war bei Vater, als er starb. Mit dem letzten Atem hat er ihr aufgetragen: Sag Tom, er soll Parrs Tochter Catherine heiraten, auf dass sie die Hände über ihn hält. Und hatte er damit nicht Recht? Ich wollte, du hättest Cathie ...«

»Hör auf.« In Toms Stimme blitzte eine jähe Schärfe, die ahnen ließ, welcher Abgrund sich unter dem Panzer aus Sehnen, Muskelfleisch und flandrischer Seide verbarg. »Warum blasen wir überhaupt Trübsal? Ist aller Wein versoffen, muss der Herr Jesus erscheinen und aus Wasser neuen zwirbeln?«

»Du lästerst Gott.«

»Unsinn, ich preise ihn. Gott sei gepriesen für diesen prächtigen Burschen, für jeden Krug, den der kleine John je leeren, und für jedes schöne Mädchen, das er je in seinen Armen halten wird.«

Eilig hatte Edward einem Aufwarter gewunken, der einen Kelch voll Wein herbeitrug. Tom, der endlich erlaubte, dass Jane ihm das Kind wieder abnahm, ergriff das Gefäß, setzte es an und ließ den Wein in seine Kehle rollen. Aus unerfindlichem Grund gemahnte Edward der Anblick an Kommunionswein. *Wenn zwei oder drei sich in Gottes Namen versammeln, ist dann nicht Gott unter ihnen, gleichwohl kein Priester unsern Burgunder in Christi Blut verwandelt?* Tom setzte den Kelch ab. »Auf John Seymour den Zweiten, der unsern Tag erben wird. Und auf seinen Vetter, den Seymour-Prinzen.« Er strahlte, dass ihm die Ohren zuckten.

»Du solltest auch Kinder haben, Tom«, sagte Janie. Edward hatte dasselbe gedacht.

»Mir genügt, dass ihr euch mehrt wie die Hasen im Savernake.« Noch einmal trank er und gab den Kelch an Edward weiter. »Denk nicht so viel an das, was wir sollten, Schwesterlein, sondern an das, was ist. Der Tag ist schön, oder etwa nicht?«

»Ja, das ist er. Ich will ihn so in Erinnerung behalten, leuchtend und angefüllt mit meiner Familie. Als könnte ich fliegen.«

»Du fliegst doch, Janie. Mit einem Phoenix wie dir zur Schwester, was könnte uns geschehen?«

Jane lächelte und reichte Edward das Kind, das trotz des Lärms eingeschlafen war. Edward streckte die Arme. Wie stets, wenn er seinen Sohn hielt, war ihm zumute, als laste die Zerbrechlichkeit der Welt an seiner Brust. Das Köpfchen des Kindes füllte kaum eine Hand. Aufgebogene Wimpern malten auf die runden Wangen Mondschatten. »Kommt, meine Buchfinken.« Tom legte Bruder und Schwester die Arme um die Schultern und führte sie über den Platz voll müder Trunkener zum Haus zurück.

Sie hatte es Gott gelobt: *Wenn du uns verschonst, wenn du Latimer verschonst, dann gelobe ich, ihm ein Weib zu sein.* Und war nicht dieses Gelübde schon das zweite? Sie sah sich jäh deutlich, an jenem Tag, der unter gnädigen Schleiern gelegen hatte, in der Kapelle von Charterhouse Yard. Ihr zur Seite der Mann, der seinen Ring auf ihren Finger schob: *Ich, Catherine, nehme dich, John, zu meinem vertrauten Manne, dich zu halten von diesem Tage an, im Guten wie im Üblen, in Reichtum wie in Armut, in Krankheit wie im Wohlergehen.* Die Tage des Wohlergehens waren vorüber. Latimer, Herr der Burg, schleppte sich mit Greisenschritten durch die Stunden. Catherine hatte darauf bestanden, einen Arzt zu rufen, der Latimer zur Ader ließ und hernach Catherine vor der Kammertür Fragen stellte. »Hat Euer Gemahl in der Hauptstadt eine Haft erlitten, war er in feuchten Räumen untergebracht?«

»Ich weiß es nicht, zu mir spricht er nicht davon.«

Der Arzt nickte. »Es ist sein Herz, versteht Ihr? Man hat es ihm in zwei Hälften zerrissen. Wie soll ein Peer des Nordens wählen zwischen der Treue zur Heimat und der zu seinem König, zwischen Kirche und Krone? Ein schwächerer Mann wäre daran zerbrochen, aber unser Herr hat überlebt, und sein Herz mag mit Gottes Hilfe heilen. Nichts könnte dem zuträglicher sein als die Pflege einer liebenden Gemahlin.«

Der Aderlass brachte keine Besserung. Catherine ließ sich aus dem Küchengarten Salbei bringen. Sie hörte Latimer husten, kochte die pelzigen Blätter im Soßenkessel auf und strich den Sud auf Leintücher, aber die Wickel erkalteten ungenutzt. Sie kehrte zurück in ihre Kammer, vermochte kein Wort zu schreiben, geschweige denn zu lesen, strich ohne Ruhe, tierhaft, zwischen Bett und Pult einher. Die Bibel, die ihr sonst Frieden verschaffte, trieb sie jetzt auf. Statt in tröstlichen Psalmen, in stärkenden Paulusbriefen blätterten ihre unsteten Hände immer wieder im Pentateuch, dem Buch vom Auszug.

Sie würde hier nicht bleiben können. Dieses siebenfach geplagte Land mit seinen finsteren Sommern und erbarmungslosen Wintern, seinen Nebeln, seinen Mooren, seinem ewigen Eiswind, seinen ausgebrannten Klosterruinen und dem Blut der Zerhackten, das auf dem Pflaster der Dorfstraßen klebte, machte Latimer krank und raubte Catherine den Mut. Sie verließ die Mauern der Burg kaum häufiger als in der Zeit der Belagerung. Angst befiel sie, sobald sie sich ein Pferd satteln ließ, um ein Stück in die Heide zu reiten, oder ihren Wagen anspannen, um nach York auf den Markt zu fahren. Von den Toren der Stadt hatten die Leiber der Rebellen gehangen, die Glieder gespreizt wie zur Kreuzigung. Meist kehrte Catherine auf schnellstem Weg in die Burg zurück.

Sie musste fort. Musste Gott um Bund und Geleit bitten. Wenn sie an den Süden der Insel dachte, an lichte Wälder, gelbe Mauern, auf denen die Sonne Lichter tanzen ließ, an Flusswiesen, Hänge im Weißbirkengrün, dann kam es ihr wahrlich vor, als strömten Milch und Honig durch ihr verlorenes Land. Wäre sie wieder dort, so könnte sie leben. Einst hatte sie geglaubt: Wer verscherzte, was sie verscherzt hatte, für den gab es kein Leben mehr. Aber es gab eines. Trotzig, nackt und fadendünn. Sie würde in London sein, am Puls des Geschehens. Dort könnte sie lesen und schreiben, festhalten, wie ein Traum Gestalt annahm: Eine Kirche, blank und neu auf einen Felsen gebaut. Eine Kirche, die mit all dem Grauen nichts gemein hatte. So viele Ziegel waren schon gebrannt: Die englische Bibel. Die zehn Glaubensartikel, in denen kein rachsüchtiger Gott mehr mit dem Fegefeuer drohte. Das Buch der Bischöfe, das sachte Werkzeug der Reformer. Sie, Catherine, wäre dabei, wenn man der Kirche ihr Dach errichtete, wenn es sich aufspannte und sie unter seine Fittiche nahm.

Latimers Stadthaus im Charterhouse Yard war düster, aber verglichen mit Snape Hall wäre es heller als der Morgenhimmel. Sie würde Nan wiedersehen, die ihren Willie geheiratet hatte und vielleicht bald Kinder bekam. Der Gedanke an ein Kind ließ Catherines Herz zucken, doch sie ballte die Fäuste und beherrschte sich. Sie wäre nicht mehr allein. In London warteten Edward, Janie und Cranmer, der kleine Erzbischof, der mit der Mitra groß aussah. Ihre Augen schwammen. Sie sprang auf. *Herr, mein Gott, wenn du mich von hier fort, nach Hause führst, dann will ich mein Gelübde halten. Ich zeige es dir.* Ohne länger zu zögern, nahm sie ihre Kerze, schloss die Bibel und verließ den Raum.

Sie ging schnurstracks, bloßbeinig und nur den Nachtrock über dem Hemd, durch den Gang. An Latimers Kammertür klopfte sie, aber wartete keine Antwort ab. Ihr Gatte saß, zum Schlafen ausgekleidet, auf dem Bett. Davor, auf dem Boden, brannte ein doppelarmiger Leuchter. Das Licht der Flammen fiel auf sein Gesicht, den in Falten hängenden Hals, der aus dem schmucklosen Hemdkragen ragte. »Ihr seid es?« Seine Stimme schleifte. Er litt wohl wieder Schmerzen.

Catherine schloss die Augen. Mit aller Kraft beschwor sie das Bild eines Gegenstandes: Die hölzerne Buchstabentafel, die sie als Kind besessen hatte. Sie zwang sich, sämtliche Gedanken daran festzuklammern und die Worte auszusprechen: »Ich bin gekommen, um Euch ein Weib zu sein.«

Mit geschlossenen Augen wartete sie auf das, was geschehen würde. Als nichts geschah, schlug sie die Augen auf, ging zu ihm, stellte ihre Kerze zu den seinen und blies alle aus. Im Dunkeln beschwor sie von neuem die Tafel, das schrundige Holz, in das ihre Kinderfinger sich gekrallt hatten. *Vater unser, der Du bist im Himmel. Geheiligt werde Dein Name.* »Eure Ketzerbibel liegt nun in jeder Kirche im Land«, sprach Latimers bröckelnde Stimme in die Stille. Catherine erwiderte nichts, umarmte ihn und zog ihn nieder.

Was ihr in jener Nacht am stärksten im Gedächtnis brannte, war ein Gemisch von Gerüchen. Gras, in den Tagen vor der Mahd, Leder von heiß gerittenen Sätteln, sonnenwarmes Pferdefell. Fleisch und Blut. Es überwältigte sie. Latimer roch ein wenig wie die Luft des Kellergewölbes: Moderig, aber nicht feucht. *Dein Reich komme, Dein Wille geschehe, auf Erden wie es ist im Himmel.*

Er brauchte eine Weile, um zu begreifen. Dann grub er seine Hände in ihre Schultern und zog sich auf sie. Der Hemdstoff verrutschte. Seine Haut an ihrer Haut war kaum zu spüren, eine abgegriffene Hülle, durch die harsch die Knochen stachen. Er griff unter sich, tastete, stocherte, in seinem Atem ein Pfeifen. *Unser täglich Brot gib uns immerdar. Und vergib uns unsere Schuld, wie auch wir vergeben denen, die uns schuldig sind.*

Er küsste sie. Seine Lippen waren trocken. Sie schmeckte nichts, konnte sich nicht besinnen, wie irgendetwas schmeckte. *Und führe uns nicht in Versuchung.* Noch einmal griff Latimer unter sich, weitete sie, versuchte, sich in sie zu schieben, stieß daneben.

Der Schmerz war erträglich. Nur ihre Kehle spielte sich auf und würgte. *Sondern erlöse uns von dem Übel.* Ein letztes Mal stieß er, dann löste sich mit einem keuchenden Hustenanfall sein Mund von ihrem, und sein Körper bäumte sich. »Amen«, flüsterte Catherine, wollte von vorn beginnen, aber kam nicht dazu. Mit einem Stöhnen, als werde er gefoltert, fiel ihr Mann von ihr ab in die Betttücher.

Als es nach dieser Nacht Tag wurde, ging Catherine hinunter ins Siedehaus und kochte Salbei, um Latimer die wunde Gurgel zu spülen. Sein Husten klang, als brenne in seiner Brust ein Fegefeuer. Um die sichelscharfen Rippen wickelte sie salbeigetränktes Leinen. Sie musste noch immer würgen, aber saß bei ihm, bis die Krämpfe nachließen und seine Lider zu flattern begannen. »Schlaft«, sagte sie im Aufstehen. »Ich kümmere mich um ein Frühstück für die Kinder. Dann komme ich wieder zu Euch.«

Die Welt würde ersaufen. Seit drei Tagen regnete es ohne Unterlass. Schlamm schwemmte Erdbeerpflanzen voller Früchte auf den Waldweg. Die Pferde nicht schonend, triefend aus Haaren und Kleidern, ritten die Seymour-Brüder durch das lichte Gehölz nach Chester. Erschöpfung und Kälte schienen endlos. War nicht eben noch August gewesen, Licht wie Honig und ein London, das stank, als brüte es auf faulen Eiern? Ein unebenes Pfadstück zwang sie, die Pferde zu zügeln. »Tom«, sagte Edward, »dass du auf diesem Weg mit mir kommst, werde ich dir nie vergessen.«

Der Bruder, halb aus dem Sattel erhoben, wandte ihm das Gesicht zu. Regenwasser rann in Strömen darüber. »Das ist das Dümmste, was du Klugschädel je von dir gegeben hast.«

Edwards Stute strauchelte. Nach vorn geschleudert, klammerte er sich in ihrer Mähne fest. Wie leicht wäre es gewesen, sich fallen zu lassen, den Schmerz willkommen zu heißen und in Chester nie einzutreffen. Das Pferd fing sich. Edward richtete sich auf. »Tom, wenn du dir etwas von mir wünschst...«

»Ja, das tue ich«, unterbrach ihn Tom. »Ich wünsche mir, dass du den Mund hältst und auf den Weg achtest, ehe du dir den Hals brichst. Ich brauche dich noch. Deine Frau braucht dich.«

Tat sie das? Konnte er, ein Sack gebeutelter Knochen, ihr zu etwas nütze sein? Den langen Sommer über war er es nicht gewesen. Er hatte gehofft, sie werde in die Hauptstadt zurückkehren, Anne, die urbanste der Damen, für die jeder Tag auf Wulf Hall eine Strafe war. Aber Anne hatte in Chester bleiben wollen. Das Klima bei Hof, so erklärte sie, sei ungesund für John. Sich von dem Kind zu trennen, wie es Mütter ihres Standes für gewöhnlich taten, schien außer Frage zu stehen.

Edward sehnte sich nach ihr, aber war zugleich von diesem neuen Zug an ihr entzückt. Seine Mutter hatte ihn und seine Geschwister mit eigenen Händen aufgezogen. Weshalb sollte es ihm also nicht gefallen, dass sein Junge die gleiche Zuneigung erfuhr? Wäre er in eine andere Zeit geboren worden, so hätte ihn selbst nichts von seinem Land fort an den Hof gelockt. Zuweilen sah er sich mit Cranmer unter der Purpurrebe im Hof von Wulf Hall sitzen, zwei weltfremde Herren, die sich über Verse für ein Gebetbuch beugten. Stattdessen verwaltete sein Bruder Henry sein ererbtes Land für ihn. Auch in Chester würde er nicht länger als eine Nacht bleiben können, sondern musste morgen in aller Frühe zurück. König Henry, dessen Beweggründe undurchschaubar waren, verlangte nach seiner Anwesenheit.

Dennoch hatte er, als die Nachricht kam, nicht gezögert. Er musste zu seiner Frau. Tom, schon halb auf dem Weg nach Dover, um dort ein Schiff zu übernehmen, war nicht minder entschlossen: »Ich komme mit dir.« Dankbarkeit erfüllte Edward. Er war nicht sicher, dass er ohne den Beistand des Bruders Chester erreicht hätte. Bei Hof hielt man sie beide im besten Fall für lächerlich. Andere Männer verloren auch Kinder und ließen nicht alles aus den Händen fallen. Der König hatte zahllose Kinder verloren und würde vielleicht auch dieses, Janies Kind, verlieren. Von den zehn Sprösslingen seines Vaters waren nur fünf – Tom und Henry, Janie, Liz und er selbst – herangewachsen. Kinder kamen zur Welt und starben, darum lohnte kein Aufwand. Aber das Kind, das des Nachts in Chester gestorben war, war nicht irgendeines. Es war sein John.

»Verdammt, Ned«, schrie Tom. »Sieh endlich nach vorn und pass auf. Was gibt es denn an mir so zu starren?«

Das Wasser, dachte Edward. *Ströme von Wasser, nicht aus den Wolken, sondern aus deinen Augen. Was immer zwischen uns treten könnte, diese nassen Wangen werde ich dir nie vergessen.* Tom beugte sich vornüber, griff Edwards Pferd in den Zügel und brachte beide Tiere zum Stehen. »Halten wir an, ja? Das ist gefährlich, was du machst.«

Sein Dunkelbrauner, den er Tyndale rief, schob sich so nah, dass die Schenkel der Reiter sich streiften. Tom zog den durchnässten Edward an sich, strich ihm den Rücken, wie um ihn trocken zu reiben. Als Edward sich aufweinen hörte, mochte er kaum glauben, dass dieses Hundsgeheul aus seiner Kehle stammte. »Ned, Ned.« Tom umklammerte ihn. Es regnete weiter. *Einst bei des Königs Geburt, da strahlten alle Sterne, aber jetzt fällt Regen über das Land.* Edward heulte und schluchzte, bis er keine Luft mehr bekam und in wilden Stößen an Toms Schulter darum rang.

Sacht half der Bruder ihm, sich aufzurichten und die Zügel des Pferdes zu fassen. Langsamer jetzt, unter Regen wie aus Zubern, ritten sie weiter bis zu seinem Haus.

Anne stand an dem Fenster, an dem sie im Frühjahr, zur Taufe, gestanden hatte. Ihr Kleid war eine Rüstung aus Kupfer, ihr Haar hing lose in die Taille, wie er es, seit sie verheiratet waren, nie gesehen hatte. Ihre Arme waren leer. Sie schien ihre Ankunft nicht zu bemerken, starrte blind vor sich hin. Der Hof war nicht gefegt. Zerdrückte Blüten von Kübelpflanzen sprenkelten das Pflaster. *Ich kann nicht,* durchfuhr es Edward. *Was soll ich ihr sagen, ich, der nicht hier war, um ihr beizustehen, um das eigene Kind zu bewahren? Ich, der einer Frau wie Anne nichts als die leere Hand zu bieten hat.* Tom sprang von dem Dunkelbraunen. »Soll ich dir helfen?«

»Ich kann nicht«, sagte Edward.

Ohne Federlesens half Tom ihm vom Pferd, übergab die Zügel einem Knecht. »Komm ins Trockene. Du holst dir den Tod.«

Vor dem Wort schrak er zusammen. Tom zog ihn in die Halle, verriegelte das Portal. Die jähe Stille ließ das Getöse des Regens wie Traumlärm erscheinen. »Ich kann nicht.« Seine Stimme hallte. »Ich weiß nicht, was ich ihr sagen soll. Ich bin zu schwach.« *Was für ein Mann bin ich? Wenn meine Frau unsern Jungen des Morgens kalt in seiner Wiege findet, weiß ich nichts zu sagen. Und wenn Janies Kind ein Mädchen ist oder stirbt wie John, was weiß ich dann?*

Tom schüttelte den Kopf, dass Tropfen flogen. »Wenn du schwach bist, Ned, dann sollen alle Starken mir gestohlen bleiben. Willst du, dass ich mit dir komme?«

Er wartete keine Antwort ab, sondern zog den Bruder die Treppe hinauf. Die Tür zu Annes Kammer stand angelehnt. Als er das letzte Mal gekommen war, hatte es aus diesem

Türspalt süß nach Milch geduftet. Anne hatte sich geweigert, die Wiege des kleinen John in die Kinderstube zu stellen. Sie wollte ihn bei sich haben, Tag und Nacht über ihn wachen. Eine Löwenmutter war sie und hatte jetzt kein Junges mehr. In der Kammer würde die verwaiste Wiege stehen und schaukeln, wenn ein Wind hereindrang. Süß roch es noch immer. Aber nicht mehr nach Milch.

Als er die Tür aufschob, begann Anne zu schreien. Edward sah sie als kupferbraunen Schatten, der vom Fenster zum Bett huschte und sich darüberwarf. Sie schrie weiter. Dass ein Mensch, seine beherrschte Anne, so schreien konnte, schien nicht fassbar. Ihr Haar fiel über ihren Rücken, ihre Hände wühlten in den Laken, bis sie daraus einen Gegenstand barg. Sie drehte sich um, hörte zu schreien auf und starrte ihnen entgegen. Mit beiden Armen hielt sie den Gegenstand an die Brust gepresst.

Und dann schrie Edward.

Sie hatten ihn fortholen wollen. Weiber, die nichts mit ihm zu schaffen hatten, Kerle, die ihn nicht einmal kannten. Aus ihrem Bett hatten sie ihn reißen und in die Kapelle schleppen wollen, wo es selbst bei Tag kühl war. Wussten sie nicht, wie Kälte einem Kindlein schadete und wie ihr John fremden Stimmen misstraute? In einem gewärmten Zimmer, in gedämpftem Licht sollte er ruhen, die Glieder mit Rosenöl gesalbt und das Mündchen gegen Seuchen mit Honig ausgerieben. Anne hatte all dies selbst für ihren John getan, und auch wenn die Amme gekommen war, um ihn zu stillen, hatte sie dabeigesessen, damit er ohne Furcht sein Mahl genoss. Sie würde keinem Fremden erlauben, ihr Kindlein zu holen. Hier blieb es, auf dem Lager der Mutter, die es hier zur Welt gebracht hatte.

Einen Tag lang hatte man ihr Frieden gelassen. Heute aber, obgleich der Regen heftiger wurde, kamen die Reiter. Edward. Wie ein nasser Köter schlotternd und natürlich nicht allein. Vermochte der Weichling irgendetwas allein? Sie, Anne, vermochte es. Ihren John zum Mann zu erziehen, sie hätte es allein vollbracht, ohne einen Hanfstock von Vater dazu. Sie sah sich an Johns Arm in den Festsaal von Whitehall schreiten, hörte einen Chor aus hundert wispernden Stimmen: »*Wer ist das?*«, »*Der große John Seymour, ein wahrer Menschenführer, nach dem König der zweite im Staat.*« »*Und die Dame?*«, »*Seine Mutter, die ihn groß gemacht hat.*«

Die Tür flog auf. Anne schrie. Im letzten Augenblick sprang sie zum Bett und barg ihr Kind in ihren Armen. Ihren John. Ihr Kleinod. Schatz aus warmem Fleisch, dessen winzigen Herzschlag sie allmorgendlich an ihrem lauten gehört hatte, dem sie die Zehen gekitzelt hatte, bis das Kind vor Vergnügen wie ein Wachtelküken gurrte. Ihren Prinzen, dessen ebene Glieder sie mit Küssen bedeckte, an dessen Duft sie sich schwindlig roch, an dessen rötlichem Seidenflaum sie ihre Wange rieb. *John. John.* Aber der Klumpen in ihren Armen gab keinen Laut von sich, war kälter als Eis und stank. Sie ließ ihn fallen. Schrie. Der Hanfstock schrie auch. Einen Herzschlag später war sein Bruder da. Hob den kleinen Leichnam auf, bettete ihn in die Laken und schloss Anne in seine Arme.

Ihr Körper, der all die Tage lang steif, wie Glied um Glied geknotet, gewesen war, gab seine Spannung auf. Hätte er sie nicht gehalten, wäre sie gestürzt. Tom Seymour. Nass und warm geritten und voll raschem Atem. So breit, dass selbst eine große Frau sich an ihm verlieren konnte, so strotzend vor Kraft, dass er kaum spüren mochte, wie ihr Gewicht ihm in den Armen hing. *Lass mich nicht los.* Er umfasste sie fester. So fest, dass sie der Schwäche einen erlösenden Augenblick lang gestatten durfte, sie zu übermannen. *Lass mich jetzt nicht mehr los. Unser Glück haben wir beide verloren, ich meinen John und du dein Zeisigweibchen, aber wir haben immer noch eine Welt zu gewinnen.* Sein Herz schlug an ihrem. In ihrer Brust sprang eine Kapsel auf. Sie weinte.

Als sie sich beruhigt hatte, löste er sich behutsam und küsste ihr die Schläfe. »Wir müssen John jetzt fortbringen, Anne. Hinüber in die Kapelle, damit er eingesegnet wird. Das wisst Ihr, oder? Wenn Ihr wünscht, könnt Ihr selbst ihn tragen.«

Anne schüttelte den Kopf. »Trag du ihn hinüber. Ich lege mich hin. Ich bin sehr müde.«

Den Sommer über, den sie im Norden einen grünen Winter nannten, hatte Catherine jeden Morgen gefürchtet, ihr Mann sei über Nacht gestorben. Als der Sommer vorbei war, zeigte sich auch der Arzt besorgt: »Euer Gemahl ist geschwächt. Er müsste besser essen. Die kalte Jahreszeit mag das ihre tun.«
Im Süden der Insel gab es Oktobernächte, die süß wie Spätäpfel schmeckten, aber im Norden waren Oktoberhimmel gelb, als sammle sich schon Schnee dahinter. Die Nebel wurden dichter, die Morgen düster und das Bettzeug klamm. Catherine ließ in Latimers Kammer Wandteppiche hängen, um die Feuchtigkeit abzuhalten, auch wenn ihr Gatte solchen Pomp verabscheute. Sie sorgte dafür, dass sein Feuer unentwegt brannte. Längst verbrachte er die Tage im Bett und hatte seine Pflichten ihr übertragen. Er rührte keine Speise an, die Fleisch enthielt, sondern nährte sich von Trockenfrüchten und aus Kräutern bereiteter Brühe. Sein Körper, der mager und zäh gewesen war, verfiel zum vogelzarten Gerippe. Er schien keine Kraft mehr zu besitzen, um dem Tod den Einzug zu verweigern. Dann aber erschien ein Bote aus London und brachte Latimers Lebensgeister zurück.
So schnell mochte nie ein Bote gereist sein, von Burg zu Burg, das Pferd ächzend unter der Last des fürstlichen Lohns, den er überall erhielt. Auch Latimer ordnete an, dem Mann einen Beutel Goldsovereigns auszuzahlen. Dann ließ er den Haushalt in die Kapelle führen und ein *Te Deum* singen. Das *Te Deum* von Snape Hall vereinte sich mit jenen, die im ganzen Land, in jeder Kapelle und jeder Kathedrale, gesungen wurden:
Te Deum laudamus.
Te Dominum confitemur.
Te aeternum patrem omnis terra veneratur.
Für den Abend befahl der sparsame Latimer, zu schlachten, zu sieden, zu rösten und zu backen und ein Freudenfeuer zu entzünden. Was immer auf dieser Insel geschehen war, was

teuflische Sendboten ausgeheckt und willfährige Büttel vollzogen hatten, Gott hatte Vergebung walten lassen: England besaß einen Prinzen. In der Nacht des 12. Oktober 1537 hatte Königin Jane in Hampton Court einen Knaben zur Welt gebracht.

Lehr uns fliegen, Janie. Eisig und sternenlos war die Nacht. Aber das Feuer, zu dem man im Vorhof Reisig wie für einen Scheiterhaufen aufgetürmt hatte, machte in den Kleidern schwitzen. Lichterloh flackerte es über die Burgmauern, stiebende Funken erhellten die Schwärze. Menschen sangen, fassten sich bei den Händen, ließen sich Bratenstücke schmecken, leerten umhergereichte Krüge. Nachbarn von Adelssitzen feierten mit Pächtern und Dienstboten. Der Kastellan stand über seinen Stock gebeugt, und Ebba, im Pulk der Wäscherinnen, trug ihren Säugling im Tuch. »Lang lebe Edward, Englands glorreicher Prinz!« *Edward. Benannt nach dem Heiligen seines Geburtstags oder nach deinem Bruder, Janie?* Catherine stand mit Margaret beim Feuer. Aus dem sich windenden Gelb und Zinnober erstanden verglüht geglaubte Bilder.

Wenn es Frühling wird, Janie, bringst du dein Kind nach Wulf Hall, um unter Ulmen und Birnbäumen seine Taufe zu feiern? Sie sah den runden Tisch in Leinen gedeckt, die Mauern des Hofes von purpurnen Reben überwuchert. Jemand reichte ihr einen Krug. Sie hob die Tülle an die Lippen und schenkte Wein in ihren Schlund. *Auf dich und die deinen, Janie. Euer Tag ist da, und ich bin bei Euch.* Margaret klopfte ihr auf den Arm. Catherine setzte den Weinkrug ab. »Ach, lass mich«, rief sie. »Bin ich denn einzig auf der Welt, um einen Kampf auszufechten?«

Einen Kampf, der zu Anfang nicht einmal der meine, sondern nur der deine war. Du hast dein Pferd Tyndale genannt. Bist du berauscht vom Glück heute Nacht? Sein Name brüllte in ihr mit einer Macht, die ihr im Schädel hallte. Sie ließ den Weinkrug fallen, dass er auf dem Pflasterstein zerplatzte. Es war lachhaft. Nach so langer Zeit durfte Sehnsucht keinen Namen mehr tragen. *Ist dies das Ziel deiner Wünsche, Tom?*

Hast du jetzt alles, was du willst, den Seymour-Prinzen, der unsere Sache in die Zukunft trägt? Oder wünscht du dir in manchen Nächten, wir hätten um anderes gekämpft?

Ihr Mann trat zu ihr. Gab ihr sein Lächeln, das schmerzverzerrt wirkte, und wies mit einem Nicken nach dem Krug, von dem er wohl annahm, sie habe ihn aufs Wohl des Prinzen zerschlagen. »Mich freut, dass Ihr so ausgelassen seid. Ihr habt es verdient.«

Ich gestatte mir nie solche Wünsche. Nur heute. Der Wein ist schuld. Und dein Seymour-Prinz. Nur heute denke ich, ich hätte in einem Ziegelhaus im Savernake mit dir leben sollen. Deine Schafe zählen, deinen Honig einholen, deinen Mägden Körbe zu Zwölfnacht packen. Deine Kinder aufziehen. Dich von jedem Morgen bis zu jedem Abend lieben, bis Gewohnheit vergessen macht, was Liebe heißt. Dein rotes Haar grau werden sehen. Dich in den Armen halten, wenn dein Herz zu Ende schlägt. Dich begraben, Tom. Und dir nachsterben.

Knisternd verbrannte das Reisig, schossen Flammen in die Höhe. Ihr Mann griff nach ihrem Arm. Unwillkürlich wich Catherine aus. Seine Hand fuhr ins Leere. Er stürzte.

Sie starrte auf ihn, als müsse sie sich erst besinnen, wer er war. Wie ein Bittsteller lag er auf Knien, der Leib von Keuchen geschüttelt. Endlich bückte sie sich. Half ihm auf. Ihre Hände umspannten Stoff und Knochen, kaum noch Fleisch, schlaff und willenlos in ihrem Griff. Bedienstete sprangen hinzu. »Helft mir, den Herrn ins Haus zu bringen«, hörte Catherine sich mit klarer Stimme gebieten. »In sein Bett, er braucht Wärme und Ruhe.«

Was er wahrhaftig brauchte, was womöglich jedes Geschöpf auf zwei traurigen Beinen brauchte, konnte sie ihm nicht geben. Und er konnte es ihr nicht geben, aber wenn sie einander beide ein Geringes gaben, mochten sie mit Gottes Hilfe davon leben. Als die Männer ihr geholfen hatten, den um Atem ringenden Latimer auf seine Kammer zu tragen, schickte sie sie weg. Sie kleidete ihn aus, bettete ihn, flößte ihm tropfenweise Wasser ein. Allmählich wurde das Keuchen schwächer, der verkrampfte Rücken gab nach, und der Kopf des Kranken sank ins Kissen. Ein Faden Speichel rann ihm aus dem Mund. Vom Hof her drangen noch immer Rufe der Feiernden und Spitzen des Feuerscheins hinauf. »Vergebt mir«, brachte Latimer heraus, jede Silbe ein Röcheln.

Catherine nahm seine Hände in ihre. »*My lord*«, sagte sie. »Ich bringe Euch und die Kinder von hier fort. Im Süden ist das Wetter milder, und ich kann bessere Ärzte für Euch finden. John und Margaret sollten längst bei Hof sein. Lasst uns nach London gehen.«

Latimer rang die schwachen Hände, wie um sich festzuklammern. »Wenn ich es nach London nicht mehr schaffe, dann wollt Ihr dennoch dorthin, nicht wahr?«

»Ich sorge dafür, dass Ihr es schafft«, erwiderte Catherine und glättete ihm die Hände auf der Decke. »Wir werden gemeinsam in Eurem Haus im Charterhouse Yard leben.«

»Ich bin alt, Catherine.«

»Ich auch«, sagte sie.

Die Decke des Raumes war exquisit: Eine Einlegearbeit aus kostbarsten Hölzern, goldgefasste Rauten, in denen sich Einhorn und Phönix wie zum Tanz umfassten. Wie so vieles in Hampton Court war auch dieses Vorzimmer der Kapelle neu ausgestattet worden, um eine neue Königin willkommen zu heißen. Jane hatte offenbar bemerkt, dass Toms Blick über die Decke wanderte. Sie lächelte. »Gefällt es dir? Du hast mir zu dem Phönix geraten.«

Noch vor einem Jahr hatten der Falke und der Leopard Anne Boleyns die Decke geziert. König Henry, der alles, was an die einstige Gattin gemahnte, zu tilgen wünschte wie zuvor jede Erinnerung an Wolsey, hatte Jane aufgefordert, die Räume nach ihren Vorlieben zu gestalten. Ratlos hatte diese sich an ihre Brüder gewandt: »Ich habe doch gar keine Vorlieben. Die Pfirsichbäume in Greenwich mag ich, und hier gefällt mir, dass es manchen stillen Winkel gibt, nicht nur Säle, die vor Leere hallen.«

Zum Wappentier hätte sie sich gern das Schaf erwählt, das

ihrem Motto *Verpflichtet, zu gehorchen und zu dienen* entsprach. Und unter den Vögeln fiel ihr nur das Rebhuhn ein, das, wie selbst Tom eingestand, zu ihr passte. »In der Tat, wir hocken alle unter deinen Fittichen. Aber Schaf und Rebhuhn taugen kaum zu Wappentieren einer Königin. Was hältst du vom Einhorn?«

Janie erklärte sich einverstanden, denn das Einhorn sah zumindest freundlich aus. Alsdann schlug Tom ihr den Phönix vor: »Unser Phönix bist du, der uns fliegen und neu erstehen macht.«

Jetzt war die Decke fertig, der Phönix, der mit dem Einhorn tanzte, und sie alle waren wie aus Asche neu erstanden. Vor zwei Tagen hatte der König Tom zum Ritter und ihn, Edward, zum Grafen von Hertford ernannt. Ihnen wurde die Ehre zuteil, den Baldachin über ihren prinzlichen Neffen zu halten, wenn man das Kind heute zur Taufe in die Kapelle trug. Ältestem Brauch gemäß würde Janie sie nicht ans Taufbecken begleiten, sondern hier im Vorzimmer, in Pelze gehüllt, ihrem Sohn den mütterlichen Segen geben. Sie hatte sich den Ritus der alten Kirche gewünscht und Cranmer, der ihn vollziehen würde, um Vergebung gebeten. »Ihr seid mir doch nicht böse, Eminenz?«

»Wenn ein Mensch Grund hat, Euch böse zu sein, so bin es nicht ich«, hatte Cranmer erwidert. »Ihr hättet statt meiner den Euch näherstehenden Bischof Gardiner erwählen können. Dass Ihr es nicht getan habt, macht mich zu Englands glücklichstem Priester.«

Jede andere hätte auf Cranmers Stellung als Primas der Kirche hingewiesen. Janie aber sagte: »Ihr seid der Freund meines Bruders. Mir steht keiner näher als Ihr.«

»Mit Eurer Schwester zu sprechen, ist Balsam«, hatte Cranmer zu Edward gesagt. »Sie ist unsere Lehrmeisterin. Mich hat sie heute gelehrt, dass wir nicht in Gottes Sinn handeln, wenn wir Bräuche wie Ballast über Bord werfen, wie Luther es fordert. Sollen Menschen nicht behalten dürfen, was ihnen Stab und Schild auf dem Weg zu ihrem Gott bedeutet?«

Edward konnte dem Freund nur zustimmen: Janies Gesellschaft war Balsam. Froh war er, dass ihnen dreien diese kleine Weile vor der Tauffeier blieb. In den wilden Tagen nach der Geburt des Prinzen, in denen aus jedem Brunnen Wein sprudelte, in denen die Glocken der Hauptstadt nicht zu läuten und die Kanonen des Tower nicht zu feuern aufhörten, hatte er keine Gelegenheit gehabt, seine Schwester allein zu sprechen. Stets war sie von Gratulanten umgeben, stets bewacht von ihrem Gatten, der sein Kind in den Armen hielt und herzzerreißend weinte. *Er ist mein Feind*, dachte Edward. *Er muss der Feind eines jeden Christenmenschen sein, denn seine Zepter sind Willkür und Gier. An Janes Kindbett aber ist er vor allem Vater. So wie auch ich Vater war.*

An Janie konnte Edward sich nicht sattsehen. Hinter ihr lag eine Kindsgeburt, die sich länger als drei Tage hingezogen hatte. Im stummen Gebet für ihre Königin waren die Londoner durch ihre Straßen gezogen. Jetzt jedoch glich sie wahrlich einem Phönix aus der Asche, blasser denn je, aber strahlend und mit dem Hermelin um die Schultern zum ersten Male königlich. »Tom«, rief sie, Edward aus Gedanken reißend, »komm her zu mir.«

Im Nu war Tom bei ihr und warf sich auf die Knie. Für gewöhnlich, wenn ihre Brüder vor ihr knieten, gebot sie ihnen, aufzustehen. Jetzt aber nahm sie Toms Kopf in ihren Schoß und streichelte sein Haar. »Hier ist etwas, von dem ich will, dass du es bekommst.« Sie zog sich einen Ring vom Finger und drückte ihn dem verdutzten Tom in die Hand. »All meinen anderen Schmuck habe ich in meinem Testament den Mädchen vermacht.«

Wenn sie »die Mädchen« sagte, so meinte sie des Königs Töchter, die zwanzigjährige, papistisch erzogene Mary und die vierjährige Elizabeth. Beide waren zu Bastarden erklärt und vom Hof verbannt worden, Jane aber hatte darauf bestanden, sie zurückzuholen und ihnen eine Stiefmutter zu sein. Mary hatte sie gar zur Patin ihres Sohnes bestimmt.

Toms Kopf schoss in die Höhe. »Wie kannst du von Testamenten reden? Willst du mir den Appetit auf das Bankett verderben?«

»Dein Appetit verdirbt so leicht nicht«, erwiderte Janie. »Nur einmal, als ich dir die christlichen Tugenden Glaube, Liebe, Hoffnung in Gestalt dreier Braunhennen füttern wollte, hast du Schurke die Schüssel stehen lassen.«

Edward frage sich, ob er je aufhören würde, sich über seine Schwester zu wundern. Tom packte ihre Hand und küsste sie. »Ach, Janie, füttere mich noch einmal mit christlich tugendhaften Braunhennen, ich gelobe, ich lasse keinen Bissen übrig. Aber vom Sterben red nicht mehr. Und dein Ringlein, Küken, ist für meine Pranke zu klein.«

Jane zog ihm die Hand, an die er den Ring zurückstecken wollte, fort. »Tom, heirate Catherine«, sagte sie.

Ehe er hochfahren konnte, flog die Tür auf, und ein kleines Geschöpf, das hereintrippelte, rettete sie aus der Verlegenheit. »Oheim Ned, Oheim Ned, hier bin ich!«

Elizabeth. Der ingwerschöpfige Ausbund von Leben, der aus irgendeinem Grund einen Narren an ihm gefressen hatte. Offenbar war sie, wie so häufig, ihrer Erzieherin entwischt und stürmte nun mit schleifendem Festgewand geradewegs in seine Arme. »Oheim Ned, nicht wahr, Ihr tragt mich in die Kapelle? Ich kann prächtig allein laufen, aber dann bekomme ich ja nichts zu sehen, und außerdem hab ich es gern, wenn Ihr mich tragt.«

Edward besaß keine Erfahrung mit Vierjährigen, bezweifelte aber, dass diese für gewöhnlich so lange Sätze bildeten und jede Silbe scharf wie gedruckt aussprachen. »Ich trage den Baldachin für Euren Bruder, *my lady*«, wandte er mühsam ein, derweil Haar und Atem des Kindes seine Wangen kitzelten.

»Und das, denkt Ihr, ist gerecht, dass jeder ein Aufhebens um den Bruder macht, und keiner macht Aufhebens um mich?« Elizabeth zog die winzige Stirn in Falten.

»Nein, das ist nicht gerecht«, vernahm er Janes Stimme hinter sich. »Es wird dem Oheim Ned eine Ehre sein, die noble Lady Elizabeth zu tragen, und dem Oheim Tom können wir den Baldachin getrost allein überlassen.«

»Und ob.« Tom war aufgestanden.

Ohne nachzudenken, schlang Edward die Arme um das Kind. Es tat wohl, in dem warmen Zimmer auf dem Boden zu hocken und den vor Leben bebenden Körper zu halten, seine Geschwister bei sich zu wissen und seinen Neffen heil auf der Welt. Nichts in den vergangenen Wochen hatte ihm so wohlgetan. Anne war an den Hof zurückgekehrt. Sie weinte nicht, klagte nicht, erfüllte in ihren glänzenden Kleidern ihre Pflicht und erwähnte das, was sie beide verloren hatten, mit keinem Wort. Zögerlich hatte Edward ihr vorgeschlagen, sie sollten wieder ein Kind bekommen. »O ja, ich vergaß«, hatte sie erwidert, »wo man uns Titel hinterdreinwirft, brauchen wir einen Erben.« Seither teilte sie sein Bett. Ob sie sich ein Kind wünschte, ob sie zuweilen einen Funken Glück in seinen Armen empfand, behielt sie für sich.

»Es ist kühl hier, nicht wahr?«, rief ihn Janie ins Vorzimmer der Kapelle zurück.

»Kühl?« Tom schüttelte sich. »Wenn du mich fragst, ist es wie im Siedekessel. Ich fange schon an, mich zu röten und Fett zu lassen wie ein gesottenes Schwein.«

Janie lachte und duckte sich tiefer in die Pelze. »Dann hüte dich, dass man dir nicht die Zunge pökelt. Ich hab dich lieb, Tom. Und euch, mein Edward, meine Elizabeth. Geht jetzt und geleitet meinen Jungen in den Schoß der Kirche. Gott segne euch.«

Seit sie den Haushalt in Kisten und Bündel verpackten, verflogen die Tage. Einer verhangener, schwärzer als der vorige. An dem Morgen aber, als sie von Snape Hall aufbrachen, leuchteten die Nebel. Es war beinahe November, kein Vogel grüßte die Dämmerung, doch Catherine war zumute, als singe der Pirol sein Balzlied. *An diesem Tage führte der Herr die Kinder Israels aus Ägyptenland, Schar um Schar.* Ihre Schar war klein. Ein Wagen für sie selbst und die Kinder, ein Wagen, in den sie den kranken Latimer betteten, zwei weitere für das Gepäck. Eine Handvoll Reiter. Sie würden lange unterwegs sein. Meile um Meile, Stunde um Stunde war sie einst hierhergezogen. Das schroffe Land, dem vier Jahre ihres

Lebens gehört hatten, war ihr fremd geblieben wie der Wind, der unablässig in den Ohren sauste. *Aber ich hatte eine Kiefer, zwei Birken und eine schwarze Tanne zu Gefährten. Und ich bin hier meinem Gott begegnet.*

Sie hatte Nan geschrieben, dass sie kommen würde: »Wir werden in London leben. Wenn du es noch willst, dann bekommen wir zwei Schwestern zu guter Letzt Gelegenheit, einander kennen zu lernen.« Eine Antwort wartete sie nicht ab. Sie hatte keine Zeit mehr, zu warten.

Nicht weit hinter York machten sie zur Nacht in einem Gasthaus Rast. Catherine ließ den entkräfteten Latimer auf eine Kammer tragen, sorgte dafür, dass er ein wenig Brühe aß, und rieb ihm die Brust mit Salbei ein. Sie hatte geglaubt, so schlaff, wie er ihr in den Armen hing, sei er kaum wach, und schrak zusammen, als er zu sprechen anhob: »Manchmal wüsste ich gern, was hinter dieser gefurchten Stirn vor sich geht. Was denkt ein Mädchen an der Seite eines Mannes, dem es Pflegerin, aber nicht Gattin sein kann?«

»Ich bin kein Mädchen mehr, *my lord*.«

Latimer scherte sich nicht um ihren Einwurf. »Wisst Ihr noch den Abend, an dem wir einander vorgestellt wurden? Damals wart Ihr des Edwyn Boroughs Weib. Habt Ihr den geliebt? Manchmal wüsste ich gern, ob in dieser fest umschnürten Brust ein Herz noch für anderes schlägt als für Ketzerworte.«

Catherine beschäftigte sich mit dem Bettzeug, stopfte Kissen auf, gab sich, als höre sie seine Worte nicht.

»Zumeist aber bin ich dankbar, dass ich von alledem nichts weiß«, fuhr er fort. »Ihr seid gut zu mir und gut zu meinen Kindern. Ich habe eingewilligt, mit Euch nach London zu gehen, damit Ihr für Eure Güte nun ein wenig Glück erfahrt.«

Der Kopf sank ihm zurück. Über seine Lider strich ein Flattern. Catherine breitete ein schweres Bärenfell über ihn, küsste ihn auf die Wange und ging.

Die Unzertrennlichen. So hatte ihre Mutter sie mit einem Seufzen genannt, und so nannte der Hof sie im Flüsterton.

Manches Gespött mochte dem Neid entspringen. Wie, so fragte sich Edward, überstand ein Mann sein Leben, der nicht von seinem Bruder unzertrennlich war?

Tom hatte ihn wecken lassen, als Janie krank geworden war. Sie hatten bei ihr gewacht, stumm wie zum Mobiliar gehörig, eine Nacht, einen Tag und jetzt noch einmal einen Abend lang. Endlich, durchs Glas sickerte eben die zehnte Stunde, richtete der königliche Leibarzt sich auf und verkündete, das Fieber sei gesunken, es gehe Janie besser, und sie werde jetzt schlafen. Vor Erleichterung warf der Koloss Henry Tudor sich über das Bett und brach in Schluchzen aus. »Der Herr sei gepriesen! Er hat mir meine Janie bewahrt, die einzige Seele in der Welt, die mich liebt.«

Denen, die so lange gewacht hatten, dem König, den Brüdern, all den Staatsministern, empfahl der Arzt, sich ebenfalls schlafen zu legen. Der König bestand darauf, dass man ihm ein Bett an Janies Seite schaffte. »Und wir, Tom? Willst du schlafen?«

»Noch nicht. Aber ein paar Atemzüge in klarer Luft täten gut.«

Sie gingen miteinander in den Vorhof. Die Nacht war sternenklar und für die Jahreszeit kalt. Tom hatte nicht einmal seine Schaube mit hinuntergebracht, er trug das Wams halb offen, aber schien nicht zu frieren. Edward musste lächeln. *Wir sind unzertrennlich. Darum weiß ich, wie zuwider es dir ist, im Hemd vom Vortag zu stecken. Und ich weiß auch, wie dich um Janies willen dein Gewissen quält.* An der Mauer vor dem Teichgarten blieben sie stehen. Tom packte seinen Arm. »Janie geht es besser.« Aus der Stimme brach alle Furcht der vergangenen Stunden und zerbröckelte. »Zum Teufel, Ned, das Leben hat uns ordentlich das Fell gerbt. Und recht geschah es uns, zwei Lumpen, die ihre Schwester an Junker Tudor verschachert haben. Aber jetzt stecken wir die Köpfe wieder aus dem Sumpf. Unser Prinz ist geboren, Janie wird gesund, und deine Anne schenkt dir noch ein Kind.«

Edward zögerte. War dies der Augenblick, mit Tom über

Anne zu sprechen? Wen sonst sollte er um Rat fragen, wenn nicht seinen Bruder, und wer sonst, wenn nicht Tom, kannte sich mit Frauen aus? Zudem war Tom offenbar der Einzige, dem Anne sich anvertraute.

»Was ist denn, Ned? Sorgst du dich noch um Janie? Das Liebste wäre mir, wir packten sie ein und schickten sie nach Wulf Hall, damit sie von Mutter ordentlich beköstigt wird. All das Zeug, das sie hier in sie hineinstopfen, muss eine Goldamsel aus Wiltshire ja krank machen.«

Edward sah, dass er Janies Ring an seinem kleinen Finger drehte. Er wollte eben Antwort geben, als sie vom Portal her Fußtappen hörten. Mit raschen Schritten kam ihnen der kleine Cromwell entgegen. »Gestatten die Herren, dass ich mich ihnen zugeselle? Ich weiß, mit mir teilt keiner gern den Alekrug, aber mit solchem Schrecken in den Gliedern bleibe selbst ich nicht gern allein.«

In der Tat besaß der Sohn eines Schmieds, der sich zum königlichen Sekretär hochgedient hatte, bei Hof keinen Freund. Das Volk verabscheute ihn, nannte sein Gesetzwerk einen »Galgen mit sieben Stricken« und ihn selbst den »Satan mit dem Schweinsrüssel«. »Zudem ist's mir in Hampton Court stets, als tanzten Katzen über mein Grab«, bekundete die atemlose Stimme. »Den Herren nicht? Nun, vermutlich rührt's daher, dass ich hier stets den großen Wolsey umhergeistern sehe, mit seiner trefflichen Robe, der Kette vor der Brust – war das kein Bild von einem Mann? Wer hätte geglaubt, dass man ihm etwas anhaben könnte? Doch dann, über Nacht, riss ihn ein Sturm aus der Höhe. Und was ist übrig von ihm? Ein Flöckchen Staub. Das gemahnt einen doch daran, wie windgeschwind es mit einem selbst vorbei sein kann.«

Betreten schwiegen die Brüder. Toms Kehlkopf zuckte. Offenbar hatte er sich für diesmal besonnen und eine seiner vorschnellen Spitzen geschluckt. »Sprechen wir lieber von Eurer Schwester«, fuhr Cromwell fort. »Danken wir Gott, dass Er sie uns bewahrt hat. Leider hält sie nicht eben große Stücke auf mich, obgleich ich nun, da mein Gregory mit Eurer Liz verlobt ist, zur Familie gehöre. Ich aber schätze sie sehr, sie ist ein Segen für uns. Keine Reformerin könnte uns den Tudor-Löwen in den Schlaf wiegen, wie diese fromme papistische Dame es kann.«

»Ihr schert Euch um Kirchenfragen, Cromwell?« Toms Braue hob sich. Wie so viele nahm er an, der Sekretär schere sich um nichts als den Wind, um sein Fähnchen dreinzuhängen. Edward jedoch hatte von Cranmer anderes gehört: »Man kann gegen ihn vorbringen, was man will, aber er ist ein Mann der neuen Kirche. Dass er zudem ein Mann ohne Mut ist, hat er mit seinem Erzbischof gemein.«

Cromwells Worte über Wolsey fielen Edward ein. Zum Schutz vor der Kälte schlang er die Arme um den Leib. Ja, Cranmer mochte der Mut zum Helden fehlen, aber er hatte schließlich um Leib und Leben zu fürchten. Cromwell hingegen bangte um Titel und Besitz. Und wo stand er selbst? Gäbe er seinen Grafentitel, das Haus in Chester, die einträglichen Güter auf, wenn sein Kampf um eine neue Welt das Opfer von ihm forderte? Unvermittelt sah er seine Frau vor sich. Der Bücherwurm Ned Seymour, ohne Sitz und Titel, wäre den Staub nicht wert, über den Anne Stanhope ging.

Er hatte nicht zugehört, was Tom und Cromwell redeten. Sie verstummten und wandten sich zum Portal. Ein Flügel war aufgeschwungen, und heraus traten Seite an Seite zwei Männer. Ein dunkel gewandeter und ein auffällig blonder in einer Schaube aus schimmerndem Samt. Der Herzog von Norfolk und sein Sohn Henry Howard. Der Herzog trug eine Öllampe, die auf sein Gesicht sich schlängelnde Lichtfäden malte. Es war ein hageres, tief gekerbtes Gesicht. Der Jüngere hingegen sah aus wie mit Milch und Honig gesalbt. Die beiden kamen geradewegs auf sie zu.

»Meine Herren.«

Mit einem peitschenden Herzschlag begriff Edward, was der Herzog ihm zu sagen hatte. Sein Blick flog zum Himmel. Aus der glasklaren Schwärze stachen alle Sterne.

»Meine Herren, es schneidet mir ins Fleisch, Euch diese Nachricht zu bringen. Gott, dem Herrn, gefiel es, unsere geliebte Königin aus dieser Welt abzuberufen. Sie ist soeben in den Armen unseres untröstlichen Königs verstorben.«

Ehe jemand Atem holen konnte, bohrte sich die Stimme Henry Howards durch die Nacht. »Eine üble Nachricht für Euren Ehrgeiz, nicht wahr? Und eine noch üblere für Eure Schandkirche. Von Eurem Ketzerbischof hat Eure Schwester das Sterbesakrament verlangt, wie es einer braven Christin gebührt.«

Alle Bewegungen verlangsamten sich, als wären die Versammelten nicht aus Fleisch, sondern aus Blei geformt. Edward sah, wie der Herzog den Arm streckte, um seinem Sohn Einhalt zu gebieten. Da erst drehte er sich zur Seite, um Tom zu hindern, auf Howard loszugehen. Tom aber ging auf niemanden los. Er stand mit dem Rücken zur Mauer, wie daran festgenagelt. »Janie«, flüsterte er, die Augen weit und leer. Nur ihren Namen. »Janie.«

Latimers Schwäche zwang Catherines Schar, drei Tage in dem Gasthaus bei York zu verweilen und sodann aufs Langsamste weiterzureisen. Der Tag, an dem sie schließlich durch ein Tor in die Stadt einfuhren, von der es hieß, sie schimmre rosig im Sonnenlicht, war der achte des Monats November. Ein trüber Tag. Margaret war vor Erschöpfung eingeschlafen, und der junge John, der sich geschämt hatte, mit den Damen im Wagen nach London einzuzuckeln, schloss sich den Reitern an. Catherine war allein.

Es war ein gewöhnlicher Markttag, die Gassen von Cheapside hätten an ihrer Menschenfülle bersten sollen. Stattdessen rollte ihr Gespann mühelos über den nahezu leeren Gemüsemarkt der Gracechurch Street, wo nur hier und da ein Händler einen Sack von dannen schleppte oder einen trägen Gaul am Zügel zerrte. Eine Alte hielt ihr einen Korb vors Fenster. Catherine beugte sich hinaus, sah auf kindskopfgroße Artischocken, wie sie im Norden kein Mensch kannte. Gern hätte sie eine gekauft, ihren Duft aufgesogen und die pelzigen Blätter in den Fingern zerrieben. Der Wagen aber rollte vorüber, ehe sie ihren Beutel zücken konnte, und mehr Händler entdeckte sie nicht. *Warum bist du so still, mein London? Hältst du den Atem an wie ich?* Als sie an der Kirche St. Michael-le-Querne vorbeifuhren, begannen mit Macht die Glocken zu läuten.

Herr, mein Gott, ich danke dir. Zu meiner Heimkehr läutet meine Stadt. Als gäbe die eine Kirche ihr Echo weiter, begannen auch die übrigen zu läuten. Hunderte. Ein Orkan aus Glocken. Die ganze Stadt und mit ihr Catherines Wagen schien am Glockenseil zu schwingen. *Weißt du noch*, brüllte der Glockensturm ihr zu, *bald zehn Jahre ist es her, dass du zum ersten Mal nach London kamst.* Um das Eckhaus eines Schlächters bog ihr Wagen. Sollte dort nicht gearbeitet werden? Kein Fleisch lag zum Verkauf aus, Türe und Ladenschild waren mit schwarzem Tuch verhängt. In der Biege zügelte der Kutscher scharf die Pferde. Catherine sprang auf.

Gefleckter Lichtschein durchlöcherte die Trübnis. Die abschüssige Straße hinunter kam ihnen ein Zug entgegen, eine Hundertschaft von Männern in zerlumpter Kleidung, von denen ein jeder eine Fackel trug. Der Tross bewegte sich schweigend. Über die Anhöhe wälzten sich ein schwarz verhängter Wagen und ein Gefolge von Rappenreitern. Schon stürzten Gardisten vor den Bock, drangen mit Hellebarden auf den Kutscher ein, um den Weg freizukämpfen. Der drehte sich um und sprach durch das Zwischenfenster zu Catherine: »Ein unsägliches Unglück, *my lady*. Durch diese Straße wird der Leichenzug der Königin geführt.«

Das Wendemanöver der drei Wagen nahm einige Zeit in Anspruch. Catherine versuchte nicht, sich zu besinnen, sondern gab sich dem Tosen der Glocken hin. Endlich rollte ihr Gefährt wieder an, ein Stück den im Dunst verborgenen Fluss entlang und dann hinauf zum Charterhouse Yard. Margaret schlief noch immer. John und die übrigen Reiter sprangen von den Pferden. Catherine blieb sitzen. Was sollte sie tun? Sie hatte nur ans Reisen gedacht, an Auszug, aber nicht an Ankunft. Moses war gestorben, als er das Gelobte Land erblickt hatte. Ihr Gelobtes Land war der Vorhof eines schmalbrüstigen Stadthauses, unter einem Himmel, der es zu erdrücken drohte. Ihr Gelobtes Land war ein London ohne Janie. Es musste ein Irrtum sein. *Der Leichenzug der Königin*, hatte der Kutscher gesagt, aber Janie war doch keine Königin, sie war ihr Rebhuhn aus Wiltshire. *Lehr mich fliegen, Janie.* Die Tür des Hauses stob auf.

Aus dem Düstern traten zwei Frauen in schwarzen Mänteln, die Köpfe unter weißen Hauben. Während sie näherkamen, sah Catherine das goldbraune Haar, das sich aus der Haube der kleineren ringelte. Über der Stirn der andern war lediglich ein schwarzer Streifen sichtbar. Die Braune beschleunigte ihren Schritt, lief vor den Wagen und schob den Kopf ins Fenster. Sie hatte geweint. Jetzt aber lachte sie. »Bist das du, Cathie? Bist das du?«

Einen Herzschlag später lag Catherine in den Armen eines Heuschrecks namens Nan Herbert, einstmals Nan Parr, der sie aus dem Wagen zerrte und im Hof umherschwenkte. In den Armen ihrer Schwester, die endlich atemlos stehen blieb und sich nach der anderen umdrehte. »Seht Ihr, Kate? Das hat die Kraft der zwölften Nacht für mich vollbracht.« Dann hielt sie Catherine von sich ab und musterte sie. »Zerrupft siehst du aus.«

»Ich war lange unterwegs.«

Nan hingegen sah aus, als habe man den Frühling versehentlich in ein Trauerkleid gesteckt. Überschwänglich zog sie die Schwester wieder an sich. »O Cathie, Cathie, Cathie. Vor drei Tagen ist dein Brief gekommen, da wollten Kate und ich dir dein Haus mit Blumen schmücken. Aber es ist ja November. Und alle Blumen, die aufzutreiben waren, fahren zu Janies Begräbnis nach Windsor. So sind nur wir beide da, um dich willkommen zu heißen. Habe ich dir Kate vorgestellt? Hier, das ist sie. Kate, die Herzogin von Suffolk. Meine Freundin und jetzt auch die deine.«

Nan lockerte ihre Umschlingung. Catherine hob den Kopf und sah die Schwarzhaarige mit gefurchter Stirne lächeln. Ein wenig kam es Catherine vor, als blicke sie in ihr Spiegelbild.

Zwölfnacht. Hampton Court. Vom Wasser her kam ich, und vom Turm bliesen Silbertrompeten. Ich war nicht ganz siebzehn. Deine Augen waren nicht ganz braun. Catherine hatte in ihrem Haus bleiben wollen, aber eine Einladung des Königs schlug man nicht aus. John und Margaret bedrängten sie. Nan gab keine Ruhe. »Mir ist noch alles fremd«, hatte Catherine versucht, sich zu wehren. »Ich brauche Zeit, mich einzuleben.«

Kate Suffolk, Nans Schatten, bemühte dazu ihr Lächeln. »Anderen Zeit zu lassen, ist Nan Herberts starke Seite nicht.«

Schließlich gab Catherine nach: Sie würde mit ihrem Gemahl, der zu krank war, auszugehen, Christi Geburt feiern, aber zu Zwölfnacht die Kinder nach Hampton Court begleiten. Also fuhr sie noch einmal in einer Barke die Themse hinunter, dem aus rötlichen Ziegeln erbauten Schloss entgegen. Diesmal aber war der Himmel schwarz vor Wolken, und ihr Kleid war nicht geflickt. Dieses Mal war es nicht sie, sondern ein anderes Mädchen, Margaret, dem die Knie vor Erregung zitterten und das alles vor sich hatte, den Tropfen Seligkeit und das Verschütten und hernach die Krüge voll bitterem Wasser.

Dieses Mal wehte ihr kein Banner entgegen, und kein Trompetenschall grüßte sie. Der Hof war in Trauer. Jedes Bild auf den Gängen verhängt, jede Flagge eingeholt. Festgäste in maskenlosem Schwarz. Der Haushalt der Königin war aufgelöst, über ihrem Sarg in Windsor hatten die Amtsinhaber ihre Stäbe zerbrochen. Nan gebührte somit kein Platz auf dem Podium mehr. Sie und ihr Mann, der rosig-freundliche Will Herbert, würden ihren Tisch mit Catherine und den Latimer-Kindern teilen. »Ich erwarte euch bei den Türen, damit du dich nicht fürchtest«, hatte die Schwester ihr versprochen. Schmerzhaft schlang sich ihr Magen zum Knoten. Da aber schoss schon Nan auf sie zu.

Der Saal war vergrößert worden, seit sie das letzte Mal hier gewesen war, und statt der funkelnden Farben füllten ihn einzig Schwarz und Gold. Sie erkannte ihn dennoch. Seinen

Duft erkannte sie, Nelken, Kardamom und Rosenwasser, das Knistern der Seide und des Weihnachtsholzes, das Geraschel und die vielen Stimmen. Das Licht erkannte sie. Und die Musik. Nan nahm sie beim Ellenbogen. »Gesegnete Zwölfnacht, Cathie.«

Catherine hörte ihre Worte, konnte aber nicht antworten. Im Gewirr der Schwarzgekleideten sahen alle gleich aus, fand sich kein vertrautes Gesicht. Nur ein Rücken. Am andern Ende des Saales, vor dem königlichen Tisch, an dem der König noch fehlte. Sie hatte nach Edward, nach Cranmer Ausschau halten wollen, doch sie sah nichts als diesen einen schwarzen, über den Tisch gebeugten Rücken. Bedächtig richtete der Mann sich auf. Wandte ihr das Gesicht zu. Catherine war sicher: Die Musik setzte aus.

Zwei Schläge, zwei Blicke lang. Dann begann sie mit einem Gambenton von neuem. Der Mann umrundete den Tisch und kam die Stufen des Podiums hinunter. Catherine befreite sich aus Nans Griff. Ihr Leib trieb einen Keil in die Menge. Wenn ihre Schultern andere streiften, so spürte sie es nicht. In der Mitte des Saales blieben sie voreinander stehen. Keiner von ihnen hob die Arme, keiner rührte eine Hand. Der Mann neigte den Kopf, senkte seine Lippen auf ihre und küsste sie.

Die sechste Nacht

Himmel und Erde
1538

*In der sechsten Nacht des Christfestes
schenkte mir mein Liebster
sechs liegende Gänse.*

E r hob seinen Kopf eine Handbreit. So dicht vor dem ihren stand sein Gesicht, dass jede Linie darin sich ihr eingrub. Geöffnete Lippen. Weite Augen, geädert von durchwachten Nächten. »Cathie.« Ihr Name mit dem Atem herausgestoßen. »Ist es vorbei, Cathie? War meine Strafe jetzt hart genug?«

Musik schwoll. Lichter flackerten. Catherine wollte etwas sagen, aber ehe ihre Kehle die Kraft aufbrachte, hatten ihre Arme sich ihm um die Schultern geschlungen, liebkosten ihre Hände seinen Nacken. Haut zwischen steif gefälteltem Kragenstoff und seidenweichem Haar. *Mein Liebster. Mein Leben. Und ich glaubte, ich hätte den Preis für uns beide bezahlt, hätte mich gequält, um dir Qual zu ersparen.* Im Senken des Kopfes schloss er halb die Lider. Sein Mund deckte ihren zu.

Er wiegte sie. Und sie wiegte ihn. Aus dem Saal, von der Welt, von allem Kampf und Irrsinn fort. Sein Duft war Gras und Erde, seine Lippen ein zu leerender Becher. Alle Zeit gehörte ihnen, in einem Splitter gefangen und vertausendfacht. In ihrem Leben hatte sie nie etwas anderes getan, als sich von Tom Seymour küssen zu lassen und ihn wiederzuküssen. Ihre Zunge weidete sich, seine Mundhöhle war ihr Milch-und-Honig-Land. Gier betrank sich am Fleisch, an Duft und Nähe, an Erinnerung. Ihre Finger spielten seinem Nacken ein Liebeslied auf. Ihre Augen standen offen, zuckten keine Wimper.

Als er sich von ihr löste, nahm er ihr Gesicht in seine Hände. »Meine Narde«, sagte er, die Stimme spröde, aufgerieben. »*Meine Taube in den Felsenklüften.* Janie ist tot.«

Es war die Kraft der zwölften Nacht, sie löschte nicht zehn, sondern zwanzig Jahre aus. Die Corona voller Kerzen wurde zur Spätsommersonne, das Deckengemälde zum belaubten, von Früchten schweren Geäst. Toms Schultern bebten. Er ließ ihr Gesicht los, und sie umfasste seines. Strich ihm die Wangen. »Du kannst nichts dazu. Wenn sie für dich fliegen wollte, ist sie geflogen, und niemand vermochte sie aufzuhalten.«

»Aber ich ...«

Mit einem Finger seine Braue glättend, schüttelte sie den Kopf.

»Mein Vater ist auch tot, Cathie. Und Edwards Söhnchen, nach kaum sechs Monaten Leben.« Sein Atem war warm, sein Stirnhaar wahrhaftig rot. Er senkte wieder seinen Mund auf ihren.

»Tom«, rief jemand, packte ihn an der Schulter und schüttelte ihn. »Ihr müsst hier weg. Der König kommt.«

Catherine schwang zur Seite. Ihr Blick landete auf dem Gesicht Edward Seymours, auf dem sich solches Entsetzen malte, dass sie wie irr herauslachte.

»Junker Tudor, der Frauenschlächter? Was kratzt der mich? Das ist meine Cathie.«

»Tom«, rief Edward, »du vergisst dich!«

»Ja«, sagte Tom.

An Edwards Seite schob sich ein beleibter Mann in schwarzer Priesterrobe. Er lächelte wie ein freundliches Pferd, griff nach Catherines Hand und hielt sie Tom vors Gesicht. Der breite Goldring fing das Geglitzer des Saales und spie es zurück. »So leid es mir für Euch tut, junger Freund. Eure Cathie ist die Lady Latimer.«

Catherine blickte auf. In Toms Mundwinkel zuckte ein Muskel wie bei einem Knaben, der eine Ohrfeige einsteckt und an der Kränkung würgt. Er zog sich etwas von der Hand und schob es Catherine auf den Finger. Alsdann küsste er ihr die Hand und gab sie frei. Catherine sah ihren Finger an. Über dem Trauring saß ein zierlicher Reif mit einem rautenförmigen Lapislazuli. »Sie ist meine Cathie.«

Der Dicke nickte. »Das ist sie dann wohl. Da es aber zweifellos gesünder wäre, den Rückzug anzutreten, dürfte ich ein lauschiges Plätzchen empfehlen?«

»Ich wäre Euch zutiefst zu Dank verpflichtet, Robert«, sagte Edward, und gleich darauf bahnten sie sich ihren Weg. Der Gottesmann voran, hinterdrein Edward und dann Tom, der Catherine am Handgelenk mit sich zog. Gesichter, die vorüberblitzten, verliefen eins ins andere. Nur das ihrer Schwester, bei der Tür, stach heraus.

Unwirklich war die Flucht über Flure, vorbei an schwarz verhängten Geweihen und Schemen von Gestalten, die sich in Erker und Winkel drückten. Catherine spürte nichts als den Schweiß, der ihr unter den Achseln hervorquoll, und Toms Griff um ihr Gelenk. Am Ende des Gangs stürmten sie eine Treppe hinunter, einen weiteren Gang entlang und dann über eine schmale, von Wandfackeln beleuchtete Stiege in die Tiefe. Der Priester griff sich eine der Fackeln aus dem Halter und führte sein Häuflein durch einen fensterlosen Bogengang. Gerüche und gedämpfte Geräusche schlugen ihnen entgegen. Vor ihrem geistigen Auge sah Catherine Butter, die auf brutzelndem Fleisch zerlief. »Wo sind wir hier?«

»Im Kellergang zu den Küchenhäusern, Verehrteste.« Der Priester drehte sich nach ihr um. Zur Seite schwenkend, hielt er die Fackel in den Türbogen, so dass Licht in einen weitläufigen Raum fiel. Unter der von Säulen getragenen Decke lagerten in drei Reihen Fässer, in deren jedem sich ein Mann hätte schlafen legen können. Tom pfiff durch die Zähne. »Teufel auch.«

Der kugelige Priester grinste. »Willkommen im Weinkeller. Jüngst fertig gestellt und bestückt mit Gold vom protestantischen Rhein und Stierblut aus dem feuchten Papistenschoß von Frankreichs Süden.«

»Und woher wisst Ihr davon, mein Mönchlein? Ihr kommt wohl selbst nicht selten hier vorbei?«

»Oho.« Der Dicke drohte Tom mit dem Finger. »Nur zum Weinschöpfen, mein Freund Schlitzohr, *honi soit qui mal y pense*. Und nun hinein mit Euch und gesegnete Zwölfnacht.«

»Catherine.« Das war Edward. Ihre Blicke trafen einander. Hilflos zuckte der lange Mann die Schultern. Der Priester gab Tom die Fackel, nahm Edward beim Arm und zog ihn mit sich fort. Tom ließ Catherines Handgelenk los und setzte zwei Schritte in den Raum.

Er sah um sich, und sie sah ihm zu. Er trug ein schwarzseidenes, auf den Leib geschneidertes Wams, ein Paar Hosen, das sich nach neuester Mode ums Gesäß bauschte, und schwarze Beinlinge, die Schenkel und Waden umschmiegten. Seine Haltung, die kräftige Schulterpartie ein wenig nach hinten geneigt, den Kopf in die Höhe gereckt wie ein hellwaches Tier, war noch dieselbe wie bei dem Knaben im Savernake. Das bezwang sie. Nach so langer Zeit trug Sehnsucht noch immer einen Namen. *Deinen Namen. Mein Heim und mein Anfang sind in dir.* Er ging bis zur Mauer, zwängte sich zwischen zwei Fässern hindurch und steckte die Fackel in einen Halter. Sie rannte ihm nach und warf die Arme um ihn.

Wiege mich, Tom. Wiege dich und mich zu uns zurück. Bis wir uns wieder erkennen. Die Kraft, mit der er sie zu sich zog, ließ seinen Rücken zittern. Sie streichelte ihn. Den wie geknoteten Muskel. *Nur ruhig, mein Liebster. Kein Grund mehr, ein tapferer Junge zu sein.* Aus Ruhe und Zärtlichkeit aber wuchs ein Hunger, dem von ihnen keiner standhielt. An ihrem Ohr stöhnte er, und in ihr schrie es: *Du willst mich ja. Und ich will dich.* Was sich zwischen sie, in sie drängte, war stärker als der brüllende Wind, der die Bäume vor ihrem Fenster gekrümmt hatte.

Liebe mich, Tom. Liebe dich und mich zu uns zurück. Ihre Hände glitten seinen Rücken hinunter, durchquerten die Beuge der Taille und schlossen sich um seine Hinterbacken. Griffen, packten, zerrten fahrig am Stoff. Tom aber nahm sich alle Zeit der Welt, ließ die Hüften kreisen und küsste ihr den Hals.

Sie in den Armen haltend, ging er in die Knie. Der Boden war eisig, aber kaum dass sie etwas davon spürte, schwang er herum und zog sie über sich. Vor Überraschung entfuhr ihr ein Laut. Er küsste sie. Dann hielt er sie von sich ab und sah ihr in die Augen. Während seine Hände Bänder lösten und Stoff beiseiteschoben, hielten ihre Augen einander fest. Grünbraunes Gefunkel unter wie gesponnenen Wimpernkränzen. Catherine hatte nie etwas gesehen, das verletzlicher und einziger war. Fingerspitzen strichen ihren Schenkel hinauf. Hielten inne. Im nächsten Herzschlag klammerte sie sich an seine Schultern und bedeckte sein Gesicht mit Küssen. »Tom«, rief sie, »Tom.«

Er befreite eine Hand, legte sie ihr auf den Mund und schüttelte den Kopf. Sein Gesicht unter ihrem war still. Sie hatte es noch nie still gesehen. »Erst ich«, sagte er. »Ich bin's dir schuldig.«

Ihr Leib verharrte, war ganz Ohr.

»Ich liebe dich.«

Er liebte sie. Menschen übersetzten Bibelverse, verfassten Gebetsbücher, bauten Kirchen auf Felsen. Catherine Parr und Tom Seymour erfanden die Liebe im Weinkeller von Hampton Court. Dass sie dafür auf der Welt waren, war so einfach und so unbegreiflich zugleich, dass sie lachen musste, und dann küssten sie sich und schütteten einander ihr Gelächter in die Münder. Sie packte ihn bei den sehnigen Hüften, war unsanft mit ihm, grub sich ohne Vorsicht in sein Fleisch. Dass man so gieren konnte, nach nichts als der Fülle eines Menschen! Dass man sich so krallen konnte, mit Fingern und Zähnen und seine Beine um die des so sehr Gewollten schlingen, den Unbändigen fesseln, *du entgehst mir nicht!* Hatte sie Schnelligkeit erwartet, Blitz, Zusammenprall und jähes Ende, so schwemmte die Wirklichkeit die Erwartung davon: Die köstlichen Schauder blieben und wuchsen. Sooft sie glaubte, sie könne höher nicht fliegen und mehr Seligkeit nicht in ihrem Kopf aushalten, folgte noch eine Böe, die sie höher hinaustrug.

Dann bog er sich ihr mit aller Kraft seines Körpers entgegen, drang ihr tief, die Lenden wölbend, in den Leib und lieferte sich aus. Ein Herzschlag riss sie beide von ihren Wurzeln, von ihrer Zukunft, selbst vom Tod und schleuderte sie in eine Weite, in der sie nur einander hielten, umschlungen wie verwachsen. *Ich lasse dich nie mehr los.* Ihre Zähne bissen seine Schulter. Ihre Lippen, ihre Finger, ihr Innerstes schmeckten ihn. Von ihrem Gebet sprang durch die Stille ein Fetzen: *Auf Erden, wie es ist im Himmel.* Nichts weiter.

Aus ihr gleitend, löste er die feste Umarmung, seufzte verzückt und ließ sich auf den Boden sinken. Nässe bildete sein Gefolge. »Cathie?« Beim Lächeln zuckten ihm die Ohren. »Geh nach oben, sag den Dämchen am Tudor-Hof: Ich bin Catherine Parr, die den bösen Tom Seymour zähmt.«

Ihr Lachen schien nicht ihr zu gehören. Es klang lieblich. Auf seinem schönen Gesicht vollführten Kringel des Lichtes einen Tanz. Höchst zärtlich klopfte sie ihm die Wangen. »Hüte dich, mein Liebster.«

»Nein.« Sein Lächeln verglomm. »Ich bin schlecht. Ich reize Kerle aufs Blut und schände Weiber. Meinem Vater war ich das Kreuz auf seinem Buckel, und meine Schwester habe ich an ein Vieh von König verschachert, das sie aus dem Kindbett gezerrt und krank und tot gemacht hat.«

»Schweig!«

»Dann küss mich und sag noch einmal ›mein Liebster‹ zu mir.«

»Mein Liebster«, sagte sie, strich ihm das Haar zurück und küsste seine Stirn. Hemd und Wams standen offen. Sie legte ihm die Hand auf die Brust, spürte Haut und Herz.

»Meine Tausendschöne. Ich wollte dir das niemals sagen. Aber ich sage es dir jetzt. Als sie dich mir weggenommen haben, das erste Mal, glaubte ich, ich müsse deinem Oheim den Hals umdrehen. Als du dich mir weggenommen hast, das zweite Mal, glaubte ich, ich müsse dran verrecken.«

»Ich auch, Tom.«

Er griff nach ihrer Hand, küsste den Ringfinger, drehte den Goldreif mit dem blauen Stein. »Das war Janies Ring. Janie hat zu mir gesagt: Tom, heirate Catherine.«

Damit war es vorbei. Der Keller war wieder ein Keller, die zwölfte Nacht nur eine Nacht, der ein Tag folgen würde, und sie, Catherine, ein verehelichtes Weib, das mit feuchtem Hintern auf den Schenkeln eines Mannes saß. Mit einem Satz sprang sie hoch. Der Lärm, der in ihrem Kopf losbrach, ließ sie die Hände auf die Ohren pressen.

»Nein«, sagte er und setzte sich auf. »Nein, Cathie. Tu mir das nicht noch einmal an.«

»Was bleibt mir denn übrig?« Ihre Stimme war schrill. »Mein Mann ist schwer krank, er liegt allein in seinem Bett und keucht nach Atem, derweil ich hier unbeschwert die Beine spreize.«

»Tust du das? Spreizt du unbeschwert die Beine?« Er saß mit angewinkelten Knien, das Haar zerzaust, das Hemd bis in die Taille offen. Über die Linie der Schultern rann ein Beben.

Ihr Herz ballte sich zur Faust. Sie konnte nicht anders. Sie kniete sich zu ihm und gab ihm, was sie ihm schuldig war. »Nein, nicht unbeschwert. Ich liebe dich.«

Als er die Arme um sie legte, senkte sie das Gesicht auf seine Schulter und begann zu weinen. Er streichelte sie. Ließ sie weinen, bis nichts mehr kam. Dann richtete er sie zum Sitzen auf und rieb ihr mit der bloßen Hand die Wangen trocken. »Warte.« Er ging nach der Seite, nahm von einem Schemel Hammer, Hahn und Krug und setzte den Hahn auf die Öffnung des nächststehenden Fasses auf. Wie ein Holzfäller holte er aus und trieb das Stück Metall ins Fass. Ging in die Hocke, hielt den Krug darunter. *Mach endlos weiter*, dachte Catherine. *Die Zeit und ich sitzen still und schauen dir zu.* Honiggelb strömte Wein in den Krug. Tom ließ ihn überquellen, dass sich am Boden eine Lache sammelte. Ihren Nacken stützend, half er Catherine, zu trinken. Sie war unverdünnten Wein nicht gewohnt. Die würzige Schärfe ließ ihr den Gaumen prickeln.

»Schmeckt er dir? Protestantischer Rheinwein, sagt Barnes.«

»Wer ist der?«

»Rob Barnes? Ein Freund von Edward und Cranmer. Ein abtrünniges Mönchlein, das dem Papst kein gutes Haar auf dem Schädel lässt. Einer von uns, meine Taube. Keine Sorge.«

»Tom?«

»Was ist?«

Sie strich ihm über Stirn und Schläfe. »Was wir tun, ist Sünde.«

»Ist es das?« Er stand auf, setzte den Krug an die Lippen

und trank in gierigen Zügen. Dann sah er zu ihr hinunter. »Dass ich ein Mädchen liebe, das meines war, kaum dass wir wussten, dass wir zweierlei sind, das ist Sünde? Und dass du einen Kerl liebst, der's hinter den Ohren hat, aber dir verfallen ist, seit du ihm als Geißlein von kaum sieben Jahren die Haare vom Kopf gerissen hast?«

»Das nicht. Aber dass ich einen kranken Mann verrate, dem das Leben hart zugesetzt hat und der gut zu mir war.«

»Ich verstehe.« Er ließ den Krug fallen, der klirrend auf dem Stein zerschellte. »Lieber verrätst du mich, den das Leben auf Rosen bettet und der schlecht zu dir war, oder nicht?«

Sie sprang auf. »Hör auf damit, Tom.«

»Warum denn? Weil deine Papistenfrömmelei keine Antwort darauf weiß?«

Ihre Hand schnellte wie von selbst nach hinten. Ohne innezuhalten, ohne die Wucht zu mindern, schlug sie ihm auf den Mund. Peitschenscharf kerbte sich der Laut in ihr Gehör. Ihre Hand glitt ab. In seinem Mundwinkel zuckte ein Muskel. »Fein. Und wofür kredenzt du mir das? Dafür dass ich die Wahrheit sage?«

»Für gar nichts.« Schon wieder ließen Tränen ihr die Stimme stocken.

Er zog sie zu sich. Wiegte sie. Strich ihr Haar. »Ich hab dich so lieb«, murmelte er. »In mir mag alles schwarz sein, aber dass ich mein Mädchen liebe, ist nicht schwarz. Und wenn es Sünde ist, Cathie, dann soll dein Gott seinen Himmel behalten, denn in der Hölle treffe ich die angenehmeren Menschen.«

Es ist die zwölfte Nacht, dachte Catherine. *Die Heilige, die alles kann, und ich stehe in einer protestantischen Weinpfütze und lasse mir von meinem liebsten Prediger alle Weisheit der Welt ins Ohr säuseln.* Behutsam küsste sie ihm die misshandelten Lippen. *Und wenn ich mit Menschen- und Engelszungen redete und hätte der Liebe nicht, so wäre ich ein tönendes Erz und meine Stimme eine klingende Schelle.* »Mein Gott, wie du ihn nennst, lässt gewiss nicht zu, dass Sein verwegenstes Stück Schöpfung zur Hölle fährt.«

Hatte sie vergessen, wie silbern sein Lachen klang, wie betörend seine Stimme? »Komm mit mir nach Wulf Hall.«

»Wie könnte ich das?«

Er zuckte eine Schulter. »Verrate deinen Gnadenpilger von Gatten nicht. Aber mich auch nicht, Cathie. Wenn dein Gott wollte, dass wir Engel sind, ist Er selbst schuld, denn weshalb hat Er uns als Menschen erschaffen?«

Sie gab keine Antwort darauf, sondern küsste ihn noch einmal und sprach gar nichts mehr. Stumm halfen sie einander, Haar und Kleidung zu richten, dann kehrte Catherine zurück in den Saal. Längst war das Festmahl abgetragen, und da der Hof sich in Trauer befand, gab es weder Maskenspiel noch Tanz. Der König war zu Bett gegangen. Auf der Galerie kurbelte ein einzelner Spielmann eine kummervolle Drehleier. Catherine beeilte sich, John und Margaret zu finden, ohne ihrer Schwester oder Edward zu begegnen. Margaret, die allein am Tisch gesessen hatte, sprach den Heimweg über mit der Stiefmutter kein Wort. Der junge John hingegen hatte in seinem Kuchenstück die glückliche Bohne gefunden und schwatzte unbeschwert von seinen Plänen.

Als sie zur ersten Morgenstunde in Charterhouse Yard eintrafen, stand an Latimers Bett ein Kerl in Fleischerschürze, der den Kranken bluten ließ. Noch auf Snape Hall hatte Catherine angeordnet, dass der blutarme Mann nicht mehr zur Ader gelassen werden dürfe. In der Nacht aber hatte der Hausdiener gefürchtet, sein Herr stünde kurz vorm Ersticken, und hatte in seiner Not einen Barbierchirurgen gerufen. Diese Bartscherer übten mit Genehmigung des Königs einfache Handgriffe von Ärzten aus. Latimer hing in den Armen des Pfuschers, als sickere eben der letzte Tropfen Blut aus ihm heraus. Catherine stieß den Mann beiseite und riss ihren Gatten an sich.

»Schön, dass Ihr daheim seid, *my lady*.« Latimer flüsterte, ohne die Augen zu öffnen. »Hattet Ihr eine erfreuliche Nacht?«

»Ihr habt mir gefehlt«, versetzte Catherine hastig und bettete seinen Kopf auf zwei Kissen. Als sie die Hand hob, segelte von ihrem Ärmel ein rotes Haar auf sein Gesicht.

Schnee, in dem die Pferde bis zu den Fesseln versanken, wirbelte mit jedem Hufschlag auf. Die Luft war milchig, die Sicht begrenzt. Ohnehin hatten seine Augen Edward in jüngster Zeit beängstigend häufig im Stich gelassen. Hätte er leben können mit dem Verlust der Buchstaben, wo er sich doch auf nichts anderes verstand? Er hatte kaum noch gewagt, ein Buch zur Hand zu nehmen, doch der getreue Cranmer, mit dem er oft über Schriften saß, bemerkte seine Schwäche und riet ihm, sich ein Paar der neuen Augengläser anmessen zu lassen. Einst hatten Brillenmacher nur Menschen mit zu starker Weitsicht helfen können, jetzt aber blühte in der Hauptstadt das Geschäft mit Gläsern gegen Kurzsicht auf. Wieder einmal dankte Edward seinem Schöpfer, der ihn in einer Zeit zur Welt gesandt hatte, in der Künste und Wissenschaften keimten wie Kraut nach lang entbehrtem Regen.

Die Buchstaben – Zuflucht und Stärkung – waren ihm zurückgegeben. Hier draußen aber nützte ihm die Brille nichts, sie wäre im Handumdrehen dicht beschlagen. Kurz erwog Edward, seinen Begleiter zu fragen, wie weit sie noch zu reiten hätten, aber verwarf den Gedanken. Auch wenn er es sich ungern eingestand: Er mochte diesen John Dudley, Waffenmeister des Tower, nicht. Der Mann war von erlesener Freundlichkeit und zweifellos kein Papist. Dennoch konnte Edward sich des Gefühls nicht erwehren, dass sein Dünkel einem Papisten bestens zu Gesicht gestanden hätte.

Unsere zwei rechten Hände, hatte der König sie genannt. »John, Unser Waffenmeister, und Edward, Bruder Unserer Jane.« Hier hatte er sich seinen Tränen überlassen wie stets, wenn er von Janie sprach. Sie war noch keine fünf Monate tot. Edward fragte sich, warum weder er noch Tom um sie weinten. Zuweilen schien es ihm, als nähme Henry Tudor ihnen ihre Trauer fort, und in ihren Herzen wäre dort, wo die Trauer um Janie hätte leben sollen, ein geschwärztes, totes Stück Fleisch.

Vielleicht zog auch nur das Leben zu rasch voran, um zu trauern. Die Reform der Kirche, das hätte ihn freuen sollen, ging unbeirrt ihren Weg. Anfang des Jahres war der Beschluss zur Auflösung der großen Klöster durch das Parlament gebracht worden. Der König sandte Edward und Dudley mit einer Heereseinheit nach Cornwall, um den Bau neuer Befestigungsanlagen entlang der Küste zu überwachen. Zu deren Planung hatte er eigens Berater aus Sizilien ins Land geholt, die sich an Inselgestaden schließlich auskennen mussten. Vordergründig erforderte die Lage in Europa solchen Schutz der Häfen. Frankreich hatte Frieden mit dem Kaiser geschlossen und mochte sich nun gegen England wenden. Zugleich aber würde der achte Henry sich nicht scheuen, das Kriegsgerät gegen sein eigenes Volk zu richten. Er machte daraus keinen Hehl: »Jede neue ›Pilgerschaft der Gnade‹ wird im Keim erstickt.«

Wenn Edward eines von sich wusste, so dieses: Er war kein Soldat. Tom, der mit einem Kriegshaufen nordwärts gezogen war, um Händel an der schottischen Grenze zu befrieden, liebte das Lagerleben, die Kumpanei, das Bechern und Verbrüdern. Ein Kerl wie Tom gedieh umso prächtiger, je härter er seinen Körper schinden und je mehr Gefahren er sich aussetzen konnte. Für Edward aber war das Kriegsgeschäft ein Buch in unerlernbarer Sprache, und das hatte er, wenn auch zaudernd, den König bei seiner Rückkehr wissen lassen.

»Das verwundert Uns«, hatte dieser erwidert. »John hier berichtet Uns, Ihr verfügt über strategische Begabung und Sachverstand.«

Ein Seitenblick auf den neben ihm knienden Dudley führte Edward vor Augen, warum er den Mann nicht mochte: Er war glatt wie sein seidener Mantel, wer nach ihm greifen wollte, rutschte ab. »Gut Ding habe Weile, guter Graf«, nahm der König seine Rede wieder auf. »Aus Euch machen wir schon noch einen Heerführer. In der Zwischenzeit schicken Wir Euch nach Kent, zur Aufsicht über die Zerschlagung der Klöster. Unser Cromwell hat just in der Abtei von Boxley entdeckt, welch himmelschreienden Schindluder die Mönche mit dem Glauben Unserer Untertanen treiben. Nehmt John mit Euch. Zwei so treffliche Rösser kann man nicht oft genug zusammenspannen.«

Jene Abtei von Boxley, kurz vor den Toren des Städtchens Maidstone, kam als dunkler Umriss in Sicht. Dudley drehte sich zu den Bewaffneten um, die ihnen in Viererreihen folgten. »Ein übler Tag zum Brennen«, warf er Edward zu.

Tatsächlich war die Luft schwer vor Nässe. Davon aber würde sich Dudley nicht in seinen Plänen hindern lassen. Im Schutz einer Baumgruppe rief er die Bewaffneten zu einem Kreis. Leintücher wurden ausgegeben, mit Öl getränkt und in die Köpfe der Fackelstäbe gestopft. »Fackeln entzünden!« Zwischen ihnen war längst festgelegt, dass Dudley befahl und Edward duldete. *Was bliebe mir sonst zu tun? Ist es denn nicht Recht, dass wir Blendwerk zerschmettern und Menschen den Weg zu ihrem Gott frei brennen?* Cranmer selbst hatte das Kruzifix der Abtei inspiziert und den Betrug entlarvt. Die Fackeln knisterten und zischten wie zu grünes Holz. »Aufstellen zur Einnahme«, brüllte Dudley. Einen Augenblick später galoppierten sie wie die himmlischen Heerscharen in einer Wolke wirbelnden Schnees auf die Abteianlage zu.

Zwei im Lauf gesenkte Lanzen fällten den Torwächter. Edward war ein zu schlechter Reiter, um sich umzudrehen und zu sehen, wie Schnee das Blutrot ausdünnte wie Wein. Er wurde mitgerissen von der grölenden Horde, die in den Vorhof sprengte und wie zur Treibjagd Schwerter auf Schilde schlug. Nicht zum ersten Mal nahm Edward an solchem Überfall teil, und nicht zum ersten Mal wünschte er sich, die Augen zuzukneifen und die Hände auf die Ohren zu pressen. Dasselbe hatte er als Knabe getan, wenn er aus einem Alptraum erwacht war und darauf gewartet hatte, dass die Farben des Grauens verblassten. Die Männer sprangen ab, überließen die verschreckten Pferde sich selbst, stürmten Wirtschaftsgebäude.

Ins zertrampelte Weiß flogen Säcke, Krüge, Fässer. Glas klirrte. Holz splitterte. Aus dem Wohntrakt floh eine Schar notdürftig bekleideter Mönche in den Hof, warf sich auf Händen und Knien in den Schnee. Einem trennte ein Gerüsteter mit einem Schwerthieb den Kopf vom Hals. Die Übrigen ließ er liegen. Aus einem Verschlag schlugen Flammen, die trotz der feuchten Luft übergriffen.

Edward war es, als zerre ihn Dudley aus dem Sattel. »Seht Euch diese Schweinerei an!« Aus einer in den Angeln baumelnden Tür trieben Männer mit Peitschen zwei kreischende Weiber, von denen die eine völlig, die andere bis in die Taille nackt war. »Huren. Im Bett eines Priors.« Er spuckte aus, zog Edward hinter den Gerüsteten her zur Kapelle. Die Luft, erfüllt von Jammern, würde nie genesen. Kein Vogel könnte hier mehr einen Tag begrüßen, und der Schnee würde in keinem Frühling schmelzen. »Stählt Euer Herz.« Dudley rüttelte ihn. »Ihr seid Reformer. Wir haben ein Beispiel zu setzen oder hämmern diesem Volk von Sturschädeln im Leben nichts ein.«

In der Kapelle der Abtei roch es noch einen Herzschlag lang, wie es in der Kapelle von Wulf Hall gerochen hatte, vor Tagesanbruch, wenn der behäbige James die Familie versammelt und mit seinem Segen an ihr Tagwerk geschickt hatte. Dann zerdrosch donnerndes Poltern den Duft. Von einer Wandsäule zogen drei Männer mit Seilen ein Marienstandbild und ließen es auf den Kacheln zerschellen. »All dieser Prunk, dieser verdammte, satanische Prunk!« Steine brachen durch vielfarbig schillernde Fenster. Ein Splitter traf Edwards Wange. Er spürte keinen Schmerz, nur Nässe, als er die Finger daran legte.

»Das Kruzifix, wo ist das Teufelswerk von Kruzifix?«

Auf den Stufen eines Seitenaltars lag ein Mönch auf Knien. In seinem Schädel steckte eine Streitaxt, doch ansonsten sah er aus wie im Gebet. Fünf, sechs Männer trampelten über den Körper hinweg, rissen brennende Kerzen aus dem Opferstock und warfen sie auf den Altartisch, dessen Decke Feuer fing. Dahinter hing das lebensgroße Kruzifix, seit Jahrhunderten Ziel von Pilgerströmen, ein Jesus mit dornenbekränztem Haupt und weiß bemalten Augäpfeln. Die Holzaugen traten aus den Höhlen, glotzten Edward an. Schon rissen Männer an den Schenkeln des Kreuzes, hieb einer seine Axt ins Gemächt des Gekreuzigten. »Seid ihr toll?«, brüllte Dudley. »Der König will das Unding heil auf dem Markt von Maidstone. Der

Erzbischof soll der Schafherde vorführen, mit welchen Tricks der Papistendreck ihnen die Beutel leert.«

Die Antwort war Jubel. Die Männer beeilten sich, das Kruzifix aus der Verankerung zu lösen, ehe die Flammen weiterkrochen und Schnitzereien an Schreinen und Bänken aufschlangen. Drei Kerle waren nötig, um den Christus aus der Kirche zu schleifen, einer, der sich sein Kreuz auf die Schultern lud wie Simon von Kyrene, und zwei, die es an den Seitenschenkeln stützten. Edward brach der Schweiß aus, in seinen Mund quoll schmieriger Rauch. Im Laufschritt durchmaßen sie den Gang zum Portal. Von allen Seiten schnellten Flammenspitzen auf sie zu.

Draußen, in der eisklaren Luft, erlitt er einen Hustenanfall. Nirgendwo ein Flecken, um den Augen Frieden zu gönnen, nirgendwo Leere, Stille. Männer führten Pferde über Erschlagene, klaubten aus Trümmern Beutestücke, schwatzten, ließen Becher kreisen. An den Vorsprung der Mauer hatte man zwei entkleidete Tote gehängt. Dudley neben ihm schnaufte. Woher hatte der fischglatte Höfling solchen Zorn genommen? Jetzt richtete er sich in aller Seelenruhe die Kleidung, zog ein fingerhohes Fläschchen aus dem Mantelaufschlag und gab sich einen Tropfen daraus auf die Zunge. Vom Turm her trugen vier Gerüstete die silberglänzende Glocke über den Hof. Sie würde nach London geschafft und dort eingeschmolzen werden, vielleicht Klingen für Schwerter oder Becher für Bier ergeben. »Machen wir uns auf den Weg«, sagte Dudley. »Ihr, mein Graf, seht aus, als hättet Ihr dringend ein Bett und eine Stärkung nötig.«

Zwischen zwei Pferde gebunden, schafften sie die Christusfigur durch den Februarabend in die Stadt Maidstone. Jahrhundertelang waren Menschen zu der Abtei gepilgert, um dem Heiland Geschenke zu bringen und ein Wunder zu erflehen. Unzählige hatten es gesehen: Wenn dem geschnitzten Erlöser die Gaben gefällig waren, so rollte er die Augen und bewegte die Lippen wie im Flüstern. »Gelobt sei Gott«, rief sodann der überwältigte Pilger und kehrte voll Hoffnung zu seinem todkranken Weib oder Kind zurück. »Empörender Humbug«, hatte Dudley sich ereifert und Edward die haarfeinen Schlingen am Hinterkopf der Figur gezeigt, mit denen die Mönche Augen und Lippen lenkten. »So zieht man den Armen ihr Gold aus der Tasche.«

Das aus Taschen gezogene Gold, die Haarspangen, Ringe, Löffel und Münzen, wurden in Truhen geschüttet, Packpferden aufgeschnallt und in die Hauptstadt verbracht. Der Christus, der an Stricken über den Schnee schaukelte, erinnerte Edward an zum Richtplatz geschleifte Menschen. Nur, dass der Christus weder fluchte noch den Herrn anrief. Edward war erschöpft. Auf dem Hof der Abtei hatte er vor Kälte zu zittern begonnen und hörte nicht mehr damit auf.

Andertags trafen sie mit Cranmer zusammen, der auf dem Marktplatz predigen und den Einwohnern den falschen Christus vorführen würde. Obgleich noch Schnee lag, ließ der klare Morgen keinen Zweifel daran, dass der Frühling nicht fern war. Weißliche Sonne brachte die Planen der Buden, die Dächer der Zelte zum Leuchten. Dazwischen blitzte der Amboss eines Schmiedes, schimmerten Stoffe in Ballen, funkelte Öl, das ein dunkelbärtiger Händler von einem Krug in den nächsten goss, um seine Goldfarbe anzupreisen. Flüchtig wünschte sich Edward, einer der Marktbesucher zu sein, den in die Höhe gehaltenen Käfig mit den quittegelben Vögeln zu erstehen und seiner Liebsten als Geschenk zu bringen.

In der Mitte des Platzes war ein Podium errichtet, wie für ein Gaukelspiel oder eine Hinrichtung. Wachen mit Hellebarden schlugen eine Gasse durch Menschenscharen. Ihnen folgten Cranmer, Dudley, Edward und die Träger mit der Christusfigur. Dennoch gelang es einem Burschen, Edward in den Weg zu springen und ihm seinen Korb mit Ware vors Gesicht zu halten. »Gutes Backwerk, Herr. Schmilzt wie Butter auf der Zunge.« Die kleinen Brotlaibe dufteten. Edward gab dem Jungen einen Penny, nahm ein Teil. Es war zart und warm, als lebe es. »Wohl bekomm's, Herr.« Er drückte das Brot zusammen und wärmte sich die zitternden Hände, dann steckte er es ein.

Er ist alt geworden, durchfuhr es ihn, als er sah, wie Cranmer an den Rand des mit Stricken abgetrennten Podiums trat. *Wie lange ist es her, dass er in Wulf Hall den Keiler erlegt hat? Er ist ein wundervoller Erzbischof, er hat erreicht, was niemand ihm zugetraut hätte, die zehn Glaubensartikel, die Bibel, die Liturgie, an der er schreibt. Er spricht zu den Leuten in diesem Marktflecken, damit sie wissen, wie ihnen geschieht.* »Bürger von Maidstone, meine Kinder in Gott.« Die Träger schleiften den Christus neben ihn und richteten ihn auf. Jetzt, wo das Bildnis dem Sonnenlicht ausgesetzt war, sah Edward die Wurmstichigkeit des Holzes, die Farbe, die blätterte.

»*Meine Kinder in Gott, niemand kommt zum Vater, denn durch mich,* spricht Jesus, unser Herr. Das gelobt er euch: Durch ihn allein werdet ihr zum Vater kommen, nicht durch Asche zu Aschermittwoch, Palmwedel zu Palmsonntag, nicht durch Anbetung von Götzenbildern.« Cranmers Stimme war klug, aber riss nicht mit, er schwang die Faust nicht beim Reden, drohte nicht mit dem Finger, und vermutlich konnten die, die in der zweiten oder dritten Reihe standen, von seinen leisen Worten keines verstehen. Den Mechanismus der Christusfigur vorzuführen, überließ er den Trägern. Er beendete seine Ansprache, blickte kurz in den wolkenlosen Himmel und lächelte dann der Menge zu. Mit dem nächsten Herzschlag brach der Sturm los.

Wie ein heulendes, buntfleckiges Tier stürzte die Menschenhorde auf das Podium, wogte darüber und schluckte es auf. Edward wurde an den Rand gedrängt, taumelte gegen das Seil und stürzte, die Absperrung mit sich reißend, zu Boden. Der Fall war nicht tief. Ein Arm bot sich und half ihm auf die Füße. Dudley. »Cranmer!«, schrie Edward. »Wir müssen den Erzbischof da runterholen.«

Dudley schüttelte den Kopf. »An Seiner Eminenz vergreifen sie sich nicht. Sie wollen nur das Götzenbild.«

Die aufgepeitschte Menge hatte den Christus vom Podium heruntergezerrt. Das Kreuz schwankte zwischen zahllosen Köpfen wie der Mast eines kenternden Schiffes. Mit Fleischbeilen, Knüppeln und Fäusten droschen Männer wie Frauen auf die Figur des Gekreuzigten ein. Dies war das letzte Wunder des Christus von Boxley: Ein paar Züge an Fäden verwandelten ein beschauliches Markttreiben in ein Zerrbild von Golgatha. Angstvoll quiekend zwängte sich ein Schwein zwischen trampelnde Beine. Ein Stelzengänger, der von der anderen Seite des Platzes herüberstakste, wurde umgestoßen.

»Tun wir nichts?«

»Warum sollten wir?«, versetzte Dudley. »Die Geschröpften mögen sich an dem Schandwerk schadlos halten. Oder seid etwa ausgerechnet Ihr der Ansicht, sie hieben ein Heiligtum in Stücke?«

Vielleicht war Edward der Ansicht nicht, aber er entdeckte jäh, wie zuwider ihm Zerstörung war, Raserei, Kraft, die ihr Ausmaß nicht kannte. »Ist es denn keines?«, vernahm er hinter sich die vertraute Stimme und drehte sich um. Cranmer stand neben einem der Gardisten, der ihm offenbar aus dem Pulk herausgeholfen hatte. »Heiligt es nicht der Glaube von Menschen, die jahrhundertelang darunter Trost gesucht haben? Die es in Trümmer schlagen, werden sich hinterher wie ausgepresst fühlen und nicht wissen, wohin sie sich wenden sollen.«

»Aber Eminenz.« Dudley musste schreien, um über dem Lärm Gehör zu finden. »Fordert nicht Ihr selbst im Buch der Bischöfe die Zerschlagung aller Bilder und verlogenen Reliquien? Habt Ihr es nicht just gepredigt? Palmen zu Palmsonntag, zu Kreuze kriechen am Karfreitag, fauler Papistenzauber ist das.«

Dem Erzbischof lag kein Schreien. Ein Gutteil seiner Worte verwischte. »Es freut mich, dass Ihr das Buch der Bischöfe lest, das freut mich wirklich, mein Herr. Aber glaubt mir: Es ist nur von Menschen geschrieben, namentlich von dem höchst fehlbaren Menschen, der vor Euch steht.«

Wenn Cranmer noch etwas sagte, so war es nicht zu verstehen. Halbherzig schweiften die Gardisten aus und begannen, die Menge auseinanderzutreiben, ehe die Aufgebrachten in Ermangelung weiterer Bildwerke über Nächststehende herfielen. Es dauerte einige Zeit, bis der Trubel sich gelegt, das letzte Menschenknäuel sich zerstreut hatte. Zurück blieb ein kümmerliches Trümmerfeld: Schmutziger Schnee, darüber verstreut gesplittertes Holz, zertretene Winteräpfel, Kohlköpfe, ein zerbrochener Käfig, ein totgequetschter Kanarienvogel. Raben pickten, Hunde und Kinder wühlten nach Essbarem. Dazwischen watschelte sorglos schnatternd, als verbreite sie ein wenig Klatsch, eine Gans.

Cranmer, der wusste, wie ungern Edward ritt, lud ihn ein, mit ihm im Wagen in die Hauptstadt zurückzureisen. Edward war heilfroh, nicht nur weil er noch immer unter Schüttelfrost litt, sondern auch weil er auf diese Weise der Gesellschaft Dudleys entkam. Mit ihnen, im Verschlag des Wagens, reisten die Schätze der Abtei von Boxley, auf die man in London schon wartete. Ein Vermögen, mit dem sich noch mehr kreisrunde Burgen an der Küste bezahlen ließen, falls Frankreich und der Kaiser die Insel mit einem Kanonenkrieg heimsuchten. Zudem baute sich der König ein Schloss, das er *Nonsuch*, Ohnegleichen, nannte. Einen unvergleichlichen Palast zu unvergleichlichem Preis, um die Einsamkeit eines Witwers zu beherbergen.

Mein unvergleichlicher Palast liegt in Wiltshire, durchfuhr es Edward. *Ich war so lange nicht mehr dort, ich weiß nicht mehr, wie es sich anfühlt, dort zu sein.* Er hatte die Augen geschlossen. Durch den Pelz spürte er, wie sich Arme um ihn legten, wie sein Körper an einen anderen gezogen und dann wieder losgelassen wurde. Als er die Augen öffnete, sah er in Cranmers Lächeln. »Ihr wart sehr weit weg, mein Freund. Und Ihr saht aus wie einer, der die Umarmung eines Freundes brauchen kann.«

»Ihr seht nicht anders aus.«

Sie lachten und umarmten einander noch einmal. Cranmer zitterte so heftig wie er. Als sie sich trennten, zwinkerten die braunen Augen. »Ich wünschte, ich könnte Euch ein breiteres Schulternpaar bieten. Wir sind zwei Heringe, Edward. Wo steckt Euer Bruder, immer noch in Schottland?«

»Ja, und ich bin froh, dass er dort ist. Er macht mir Sorge. Seit Wochen schnappt er um sich wie ein Kettenhund, und so wie der König gestimmt ist, lässt er ihn gewiss nicht lange ungeschoren. Seit Janies Tod ...«

»Edward«, unterbrach Cranmer. »Der König trauert auch um Jane. Und er ist Euch und Tom wohlgesonnen, obgleich seine Art, es zu zeigen, eher erniedrigt als erhöht. In der Tat ist es schwer, einen Mann zu ertragen, der die Macht besitzt, zu tun, was er will. Aber ist es nicht ebenso schwer, dieser Mann zu sein?«

Überrascht blickte Edward auf. Ehe er dem Freund eine Frage stellen konnte, hatte dieser das Thema gewechselt. »Ihr macht Euch Sorgen um Euren Bruder. Ihr macht Euch, nehme ich an, auch Sorgen um Eure Frau und Eure ganze Familie.«

»Mir ist zumute, als hätte ich keine Familie mehr«, platzte Edward heraus. »Ich bin ihr Oberhaupt, aber ich halte sie nicht zusammen, wie mein Vater es getan hat. Wulf Hall, meine Kindheit, das alles liegt so weit weg, als sei es nicht mehr wahr.«

Der Erzbischof nickte. »Ihr braucht eine Pause, mein Freund. Wenn einer schuftet und schuftet, aber rastet nicht, dann erfasst er nie, was ihm gelungen ist. Das gilt selbst für Gott: *Und der Herr segnete den siebenten Tag und heiligte ihn, weil er an ihm ruhte von allen seinen Werken.*«

»*So sind Himmel und Erde geworden, als sie geschaffen wurden*«, beendete Edward die Verse der Genesis. »Ich aber schaffe nichts.«

»So scheint es Euch. Und mir nicht minder. Mit meiner Liturgie komme ich nicht voran. Wie es aussieht, muss ich noch einmal von vorn beginnen.«

»Weshalb?«

»Weil ich inzwischen überzeugt bin, dass es falsch ist, Menschen ihre Krücken zu nehmen, ihre Rosenkränze, ihre Prozessionen, selbst ihre unsäglichen *Ave Marias*. Wenn wir eine Kirche bauen, die Gläubigen Furcht, nicht Vertrauen einflößt, hätten wir es bei Ablass und Fegefeuer belassen können. Vielleicht brauchen wir beide eine Zeit des Atemschöpfens. Sagt, warum ruft Ihr nicht Eure Familie zusammen? Auf Wulf Hall, nicht in jenem Unglückshaus in Chester. In ein paar Monaten, wenn das Hofleben zum Sommer hin stiller wird, richtet Eurer Schwester Elizabeth die Hochzeit aus und bleibt ein wenig dort.«

Edward überlegte. Auf einmal sah er ans Wagenfenster keine kahlen Äste mehr schlagen, sondern schimmerndes Grün und glaubte zu hören, wie es klang, wenn hohe und tiefe, scheue und schallende, alte und junge Stimmen durcheinanderlachten. Er sah Anne, die jetzt kaum mehr ein Wort mit ihm sprach, an jenem Maitag unter den Ulmen, spürte Sonne, die durchs Geäst brach, und Annes Lippen an seiner Wange. »Kämt auch Ihr?«, fragte er.

»Nach Wulf Hall? Mit Eurem Bruder auf Schwarzwildjagd gehen und mit Euch in einem Band Erasmus versinken? Mein Freund, das klingt, als fragtet Ihr mich: Käme ich mit ins Paradies?«

Ja, so klingt es, rief es in Edward. *Wir wären wieder zusammen, dort draußen, wo selbst ein Siechkranker gesundet, wenngleich Janie und Vater fehlen. Und Cathie.* Als hätte er etwas ausgesprochen, biss sich Edward auf die Lippen.

Cranmer sah ihn an. »Ich käme gern mit meiner Frau, wenn es Euch nicht widerstrebt, sie zu empfangen.«

Und wenn ich mit Menschen- und Engelszungen redete und hätte der Liebe nicht, so wäre ich ein tönendes Erz und meine Stimme eine klingende Schelle. »Sie ist von Herzen willkommen«, erwiderte Edward. *Und Cathie auch.* Inmitten von Zerstörung, Wirrsal und Tod wäre ihnen allen die Liebe ein Balsam, brächte eine Hand, die Stirn und Wangen herzte, die Welt ins Lot.

Das kraftvollste Fest des Jahres war Zwölfnacht, doch das zärtlichste, süßeste war der Beginn des Mai. Was sich zu Zwölfnacht gefunden hatte, flüsterte zum Maien unterm Blätterdach und tauschte Küsse in den Gärten, derweil an Blütensträuchern Knospen platzten. Vor Tagesanbruch lockten Morristänzer mit Schellenbändern um den Schenkeln die Sonne hinterm Rand der Welt hervor. Der Distelfink balzte, der Kuckuck zählte Stunden, und wenn im Dunkel die Nachtigall schlug, pflückten Liebende sich im Stillen Rosen vom Stock der Ewigkeit, die noch blühen würden, wenn sie selbst längst grau und zerpflügt waren wie ein zu oft beackertes Land.

Für Nan und ihren Willie war es das erste Maien nach der Hochzeit, das erste, da sich in Nans noch flachem Leib ersehntes Leben regte. Es hätte ein Fest sondergleichen werden sollen, doch der Hof war in Trauer, es gab weder Turniere noch Tanz im Freien, sondern nur ein Bankett im förmlichen Saal von Whitehall. Zwar war es dem Hofstaat wieder gestattet, sich in farbiger Kleidung zu zeigen, und nicht wenige trugen zur Schau, was die Vergabe von Klosterland ihnen beschert hatte, doch die Stimmung blieb trüb. Viele der Herren sorgten sich. Der Schmerz um das Mädchen aus Wiltshire, den niemand ihm zugetraut hätte, machte einen launischen Herrscher gänzlich unberechenbar.

Für Nan warf etwas anderes einen noch breiteren Schatten auf das Maifest: Es hätte das Erste sein sollen, das ihre Familie gemeinsam beging, doch ihre Schwester war nicht gekommen. Ihr Gatte sei krank, hieß es. Wie schon zu Sankt Valentin. Wie schon zu Ostern. Wie zu dem Gastmahl im Stadthaus der Herberts, zu dem Nan sie eingeladen hatte. Das bisschen Maiheiterkeit, das aufkam, war Nan verdorben. »Wisst Ihr was?«, sagte sie zu Kate Suffolk, »ich habe es satt. Bei allen kranken Gatten der Welt, man kann sich nicht ewig in dieser Gruft von einem Haus einkerkern. Morgen früh gehe ich, um meine Schwester aus dem Bau zu zerren, und Ihr kommt zur Verstärkung mit.«

Nan hatte erwartet, dass die scheue Kate sich sträuben würde, aber die erwiderte unumwunden: »Das trifft sich gut. Ich habe für Eure Schwester ein Geschenk, das übergeben werden sollte, ehe es verdirbt.«

»Ein Geschenk für Cathie? Was ist es denn?«

»Es stammt nicht von mir, sondern von einem Herrn, der im Regiment meines Mannes dient. Treffen wir uns morgen?« Kates Lächeln schien beinahe spitzbübisch, ehe sie

Nan entwischte, ohne noch ein Wort über das geheimnisvolle Geschenk zu sagen.

Am andern Morgen, einem honigfarbenen Maitag, fuhren Nan und Kate nach Charterhouse Yard. Mit ihnen, zu ihren Füßen, reiste eine große Korbtrage mit prachtvollen ungerupften Gänsen. »Was denkt sich dieser Schenker denn?«, hatte Nan ausgerufen. »Dass meine Schwester sich keine Fleischmahlzeit leisten kann?« Kate hatte lediglich die Schultern gezuckt. Der Kutscher und ein Knecht waren nötig, um die fette Last vereint ins Haus zu tragen.

Nan hasste das Haus. Es war alles, was sie an einem Haus verabscheute: düster und totenstill, mit zu hohen Decken und zu engen Gängen. Wie konnte Cathie hier leben? Gern hätte sie Kate gefragt, wie man überhaupt mit einem so alten Mann leben konnte, jedes Mal, wenn sie ihrem Willie in den Armen lag, stellte sie sich selbst diese Frage, aber sprach sie nie aus. Auf irgendeine Weise passte ein solches Leben zu Kate wie zu Cathie, die beide so ernst und vernünftig und nie übermütig waren. Es war das andere, das nicht passte, jener Augenblick zu Zwölfnacht, das Bild von Cathie und Tom Seymour, das Nan, je länger sie darüber nachdachte, desto weniger wirklich erschien. Ihre Augen mussten sie genarrt haben. War zu Zwölfnacht nicht alles Täuschung?

Ein Hausdiener führte Nan und Kate, gefolgt von den Trägern des Gänsekorbs, eine Treppe hinauf und vor eine Tür. Der Diener hatte sie abweisen wollen, die Lady Latimer empfange keine Gäste, aber Nan hatte auf Einlass beharrt. Nun schob die Tür sich auf, und in dem sonnenlosen Raum, an einem Pult, stand Catherine. Sie trug ein schwarzviolettes Kleid, das zu groß wirkte und einer älteren Frau zu Gesicht gestanden hätte. Ihr Haar versteckte sich unter einer steifen Haube.

Vor der Wucht der Düsternis fühlte Nan sich stumm. Kate hingegen hieß die Gänseträger ihre Last absetzen und beförderte den Korb dann selbst mit Tritten in den Raum. »Guten Morgen, *my lady*. Wir haben Euch hoffentlich nicht in Euren Studien gestört.«

»Doch, das haben wir, hoffe ich«, rief Nan, die sich fasste, dazwischen. »Weil das nicht angeht, immerfort zu studieren und den Mai und das Licht und die Menschen auszuschließen. Meinst du, das ist Gottes Wille? Dass du dich mit deinen Schriften eingräbst und darüber Seine Schöpfung vergisst?«

Catherine stand mit einer Hand aufs Pult gestützt. Ein wenig machte sie Nan an die Standbilder denken, die man aus Kirchen riss und zerschlug. *Ist es zu spät? Sollen wir Schwestern einander nie kennen lernen, wie wir die Eltern nicht kannten?* »Offenbar habt Ihr noch einen Freund, der sich das fragt«, vernahm sie die Stimme Kates. Nan wie Catherine wandten sich ihr zu. Kate bückte sich nach den Gänsen, hob eine aus dem Korb und hielt das makellos weiße Tier, dem der Kopf herabhing, der andern entgegen. Nans Blick fiel auf das, was im Korb blieb. Zwischen den Tierleibern lagen blutrote, zerdrückte Blütenkelche. »Einer der Reiterführer, mit denen mein Gemahl vor Schottland stand, schickt Euch dies.«

»Eine Gans?« Catherines dunkle Stimme schnellte vor Überraschung in die Höhe. »Einer Eurer Krieger schickt mir eine Gans?«

»Sechs Gänse«, erwiderte die Herzogin. »Sie gelten als Sinnbild der sechs Schöpfungstage, stammen aus Wiltshire und überbringen eine Botschaft: Kommt nach Wulf Hall, sollen sie Euch sagen.«

Flinker als Nans Blick folgen konnte, war ihre Schwester bei den Gänsen und kniete sich davor. Tastend nahm sie eine der schlaffen Blüten in die Hände. »Rhododendron«, sagte Kate. »Wisst Ihr einen anderen Strauch, der so hinreißend und dabei so kurze Zeit blüht?«

Catherine, die Blüte in Händen, blickte auf. Nan betrachtete sie. Wenn diese Frau ein Standbild war, so wusste sie keine einzige aus Fleisch und Blut. Unter der Oberfläche zitterte Leben wie ein Strom unterm Eis. »Ja, komm nach Wulf Hall«, rief sie. Jetzt stand das Zauberwort im Raum, ließ die Staubflocken funkeln. *Wulf Hall, hörst du? Über Wiesen hüpften wir, um tanzende Lichter zu fangen, und wenn es regnete, glänzte die Nässe auf den Dächern.* »Mit Liz Seymour haben wir als Kinder gespielt. Wir sind ihr schuldig, zu ihrer Hochzeit zu fahren.«

»Mein Mann«, brachte Catherine heraus. »In der Nacht hat er Blut gespien. Er ist zu krank, um zu reisen.«

Nan schlug die Hand vor den Mund. *Was man dir angetan hat, begreife ich erst jetzt. Und oft, wenn ich so verzweifelt einsam war, glaubte ich, von uns dreien hätte man mir am übelsten mitgespielt.* Kate trat auf Catherine zu und legte ihr eine Hand auf die Schulter. »Auch mein Gemahl ist nicht abkömmlich. Jedoch spricht nichts dagegen, dass wir Frauen eine Weile auf dem Land Erholung suchen. *In sechs Tagen hat der Herr Himmel und Erde gemacht und ruhte am siebenten Tage.*«

Es war immer dasselbe: als habe dieser Tyndale, dieser Bibelübersetzer, ein Lied verfasst, und seine Jünger erkannten einander daran und verständigten sich. Ihre Schwester und Kate betrachtend, wusste Nan, dass sie von jetzt an dazugehören wollte.

»Bin ich Euch nicht zuwider?«

»Nein«, sagte Kate. »Euer Schmerz dauert mich. Thomas Seymour mag einen üblen Ruf besitzen, aber er ist alles andere als ein übler Mensch.«

Nan sah, wie sich die Hände ihrer Schwester um die Blüte vom Rhododendron wölbten. Mit einer Kraft, die ihren Rücken beben ließ, schloss sie die Finger um das Rot.

Komm nach Wulf Hall. Der Himmel ist oben und die Erde unten, ins Feuer steckt man besser seine Finger nicht, und das Meer ist nass und schmeckt nach Salz. Ich bin ein tapferes Mädchen gewesen, den Winter und den im Regen leuchtenden Frühling lang. Ich habe mich bestraft und kasteit und gebetet: Führe mich nicht in Versuchung, sondern erlöse mich von dem Bösen. Warum aber sind wir so töricht und glauben, es sei das Böse, das uns versucht?

Das Böse ist es nicht. Es ist die Goldamsel, die in Wipfeln singt. Der Birnbaum in Blüte. Der Grasduft. Komm nach Wulf Hall. Es ist der Wunsch, jung zu sein, ehe wir alt wer-

den. *Die Erinnerung. Das Gebet um mehr als unser nacktes Leben.* Mit ihrer Schwester und deren Schwägerin Madge fuhr Catherine im offenen Wagen durch den Savernake. Die Männer ritten. Scharen von Männern, die sich offenbar alle kannten und den Weg über alberten und schwatzten. Einer von ihnen war der reizende William Herbert, der Vater des Kindes, das in Nans Leib wuchs.

Latimer hatte darauf bestanden, dass Catherine reiste. »Es wird Euch guttun, *my lady*. Die Luft einer Krankenstube vergiftet auf Dauer selbst eine starke Frau wie Euch.« *Das Böse ist es nicht. Es ist das Herz, das an seiner Verankerung reißt wie am Glockenseil. Ein braunes Riesenpferd, das furchterregend aussieht, doch gemächlich den Kopf senkt und grast. Sein Reiter, der die Zügel schleifen und die langen Beine baumeln lässt. Der eine Takt, für den der Lauf der Welt aussetzt. Es ist das, was die Bewohner der Insel Utopia zum Ziel ihres Lebens erklärten: Glück.*

Er sprang vom Pferd. Sie sprang aus dem Wagen. Beide rannten. Kniehoch wuchs das Gras.

»Hab ich dich wieder?«

»Ja.«

»Halt mich, Cathie. Ich habe mich nach dir zuschanden gesehnt.«

»Und ich nach dir.«

Er senkte den Kopf, verbarg das Gesicht an ihrem Hals. Ihre Finger gruben sich in das Haar in seinem Nacken. *Und führe mich in Versuchung.* Was immer es war, das Böse war es nicht.

Margarete Cranmer war eine hellhäutige, hellhaarige Frau, die dieser Farbgebung zum Trotz aussah, als sei sie die Schwester ihres dunklen Gatten. Sie sprach kaum Englisch. Catherine, obgleich sie sich albern schalt, platzte schier vor Stolz, weil sie mit ihr Latein sprechen konnte. Inmitten der Sätze musste sie lachen, als breche die Schwere von Jahren aus ihr heraus. »Einst«, erklärte sie der Frau des Erzbischofs, »war ich überzeugt, Latein spreche alleine Gott.«

Wenn die Deutsche lächelte, glich sie Cranmer noch mehr. »Oh, das Lateinische sprechen ich gerne. Aber die fürchterlichen Verben konjugieren, das ich lassen für Gott.«

Mehrere lachten. Einer wandte den Kopf. Tom. Trug in der Maisonne, die auf der runden Tischplatte tanzte, weder Wams noch Schecke, nur ein Hemd aus Leinen. Sie saßen alle im Hof. Lärmten, tranken, blätterten in Schriften, die überall verteilt lagen, erörterten Gott, die Welt und den Wein. Nach der Hochzeit waren viele abgereist, aber eine Schar Vertrauter blieb, um, den dunklen Palästen entronnen, ein paar Tage lang Freundschaft und Frühsommer zu kosten. »Ihr müsst mit *Amare* beginnen, Mistress Cranmer. Und täglich üben. *Amo, amas, amat.* Alles andere dürft Ihr getrost vergessen.«

»Ihr habt es aber offenbar nicht vergessen. Entgegen Euren Beteuerungen erscheint Euer Latein mir glänzend.« Cranmer war hinter sie getreten und hatte Tom und Catherine die Hände auf die Schultern gelegt.

Tom grinste wie ein ertappter Knabe. »Man tut, was man kann.«

»Gott schaue auf Euch, meine Freunde. Habt Dank, dass Ihr Euch meiner Gattin so herzlich annehmt.«

Catherine spürte den Druck seiner Finger, ehe er sie losließ und auf seinen Platz, zu Edward und dem dicken Barnes zurückkehrte. Seine Frau berührte er nicht. Einen Erzbischof, der ein rahmblondes Mädchen umfing, mochte er seiner Gastgeberin wohl nicht zumuten. *Dieses Wulf Hall aber*, durchfuhr es Catherine, *kann von der Erde nicht sein. Es ist die Insel Utopia, die Burg Camelot.* Das Viereck des Hofes fing die Sonne. Womöglich fing es auch die Zeit, ließ vor den Toren Wahn und Hast ihren Gang gehen, während hier, zwischen purpurn überwachsenen Mauern der Weltlauf innehielt. Lady Margery saß mit einer Nadelarbeit bei der Birke und hob ab und an den Blick nach ihrer Herde, nach vermählten Priestern wie nach unvermählten Liebenden, als prüfe sie fürsorglich, ob jeder noch Wein zu trinken hatte.

»Lest Ihr Italienisch, Mistress Cranmer?« Tom fischte ein

schönes, in Leder gebundenes Buch vom Tisch und schob es, sich über Catherine reckend, der Deutschen zu. Unter dem Leinen hob und senkte sich sein Rücken. Als er sich aufrichtete, ergriff er Catherines Hand. »Lesen nicht«, sagte Margarete Cranmer. »Aber ich kennen dieses Buch. Mein Gatte schöpfen Gebete daraus.«

»Tatsächlich?« Tom nahm das Buch und schlug es auf. Aber er las nichts Italienisches, das Catherine nicht verstanden hätte, und nichts Lateinisches, sondern sprach ihnen Verse auf Englisch vor:

»Die sachte Luft, im grünen Laube flüsternd,
Trifft mein Gesicht und ruft in mein Gedächtnis,
Wie mir hier Liebe schlug die ersten Wunden,
So unauslöschlich und von solcher Süße.«

Seine Stimme schwang um, wurde laut. »Das ließe ich mir schmecken, mein Erzbischof, wenn Ihr aus dem Liebesflöten dieses Finkenhahns ein frommes Gebetbuch schreiben wolltet.«

Das Gesumm der Gespräche verstummte. Cranmer legte Gelesenes beiseite und begegnete Toms Blick. »Ihr habt es schön gesprochen, mein Lieber. Wenn wir zur Liebe kommen, seid Ihr ein natürliches Talent, nicht wahr? Und Ihr habt nicht Unrecht. Ich wünsche mir, dass in unserer Liturgie, die uns durch die Zeiten führen soll, etwas vom Feuer und von der Schönheit der Petrarca-Lieder schwingt. Nur fehlt mir, fürchte ich, auf diesem Feld Euer leichter Gang.« Rasch wandte er das Gesicht seiner Gattin zu. Gelächter folgte.

»Dürfen denn Gebete schön sein?«, entfuhr es Catherine. Wer war sie, diesem klugen Mann Fragen zu stellen, eine Papistenfrau aus dem Norden, die den Wirbelsturm ihrer Zeit hinter grau geschlemmtem Stein versäumt hatte. Toms Hand schloss sich um ihr Gelenk. »Mich lehrte man, sie hätten karg und ergeben zu sein.«

»So hat man es uns wohl alle gelehrt.« Der Erzbischof nickte ihr zu. »Die Sprache diene als Mittel zum Zweck. Ich aber denke: Sie ist uns von Gott als Zeichen unserer Würde geschenkt. Als Zeichen unserer Gottähnlichkeit. Weshalb sollten wir also nicht ihre Pracht ausschöpfen, Gott zu preisen? Mein Freund Edward hat mir den *Canzoniere* des Petrarca einst vorgestellt. Lasst Euch von ihm erklären, welchen Schatz wir an der Sprache besitzen.«

Edward zog sich die Schlaufen seiner Augengläser straff. Vor Verlegenheit und Eifer sprach er atemlos: »Petrarca schreibt, im Denken, Verstehen und Benennen verleihe die Sprache uns Bezug zur Welt. Die Erde schließt sich uns auf, wenn wir sprechen ...«

»Und der Himmel nicht minder«, beendete Cranmer seinen Satz.

»Der Graf von Hertford, ich glauben, müssen meines Gatten Bruder sein«, flüsterte Margarete Cranmer Catherine zu.

Der leibliche Bruder des Grafen von Hertford lachte schallend auf. »Ihr seid mir richtig, Mistress Cranmer. Ich wollte, man bekäme Euch an diesem drögen Hof zu sehen.«

»Das sein wohl kaum möglich.«

»Warum nicht? Die zehn Glaubensartikel besagen nichts gegen die Priesterehe, und ohnehin droht uns für eine lässliche Sünde kein Fegefeuer mehr.«

Es gab wenige Frauen, die sich von Tom Seymour so strikt in die Augen schauen ließen, ohne die Lider niederzuschlagen oder auf dem Schemel umherzurutschen. Margarete Cranmer saß ungerührt. »Mein Gatte fürchten um die Glaubensartikel. Er sagen, der König sein wirr vor Gram und nicht wissen, was tun.«

Toms Hemd stand am Kragen offen, seine Haut war von der Sonne gemasert. »Er ist nicht wirr, weil er sich um meine Schwester grämt, sondern weil er der Junker Tudor ist, ein Schlächter mit gekröntem Haupt.« Mit einem Finger schnippte er eine Fliege vom Rand seines Weinkrugs fort. »Aber Recht hat unser Erzbischof dennoch. Das alte Tier braucht wieder eine Frau im Bett, damit es seinen Irrsinn nicht an uns austoben muss.«

Die Deutsche sah Tom weiter fest in die Augen, bis der auf seinem Schemel zu rutschen begann. Dann wandte sie sich zu Catherine. »Gütige Dame, du müssen Acht haben auf den

Hals von deinem Gatten. Er reden schlimm, und seine Stimme sein sehr laut.«

Catherine erstarrte und fühlte Tom neben sich erstarren. »Und ob sie das tut, Mistress Cranmer«, murmelte er. »Und ob.«

Francis Bryan, der seit dem Morgen kräftig getrunken hatte, stieß im Aufspringen seinen Schemel um. »Auf alle stolzen Söhne Englands. Und auf die Töchter, würde mein seliger Freund John jetzt sagen. Auf all die herrlichen Töchter.« Aus seinem Becher schwappte Wein auf einen Stoß Papiere, den Edward mit einem Aufschrei an sich riss. Toms Daumen streichelte Catherines Hand. *Das Böse ist es nicht. Es ist ein Bild, das wir festhalten wollen, ein Gesicht, das einmal nicht rastlos, sondern versonnen ist. Wimpernschatten auf Wangenknochen, an der Schläfe im Kirschrot schon Silber. Zerbrechliche Seligkeit. Das Böse ist es nicht.*

Die Runde zerstreute sich. Die Männer brachen auf, um ein Stück mit den kalbsgroßen Jagdhunden zu reiten, und die Frauen spazierten in Gruppen durch die Gärten. Kate Suffolk nahm Catherine beim Arm und führte sie unter die Ulmen. »Ich muss morgen nach London zurück«, sagte sie. »Wenn Ihr selbst zurück seid, bitte kommt mich besuchen. Ich denke, in dieser so hastigen Zeit brauchen wir Frauen nicht weniger als die Männer einen Kreis, um gemeinsam zu lesen, zu reden und zu beten. Mein Stadthaus ist groß, mein Gemahl ist selten daheim, und Eure Freunde, die Seymours, wären bereit, uns mit Schriftgut zu versorgen.«

Catherine sah die andere an, die zerfurchte Stirn und die harschen Züge, die ihr so unergründlich und zugleich so vertraut erschienen. *Bist du auch eine, die ihr Leben lang ein tapferes Mädchen sein muss?* Die Frau hatte kein Kind, und ihr Gemahl, der Herzog von Suffolk, musste sogar noch älter sein als Latimer. »Werdet Ihr kommen?«, fragte Kate, da Catherine nicht sprach. »Eure Schwester tut auch mit. Sie hält Euch für die klügste Frau Englands, wisst Ihr das? Ich denke, sie könnte Recht haben.«

Hatte sie sich das in all den Jahren – im Norden, bei Edwyn Borough, bei Oheim und Tante – nicht sehnlichst gewünscht? Menschen zum Reden, Bücher, befreite Gedanken. *Freunde.* »Ich bin nicht gebildet«, zwang sie sich ab. »Ich habe wenig zu sagen.«

Kates Mund zog sich schief. »Ich auch nicht. Vermutlich kauern wir zwei schüchternen Ricken uns zusammen und überlassen das Reden der unverzagten Nan.« Ein Lachen flog zwischen ihnen. »Wisst Ihr noch eine Dame, die ich dazu bitten könnte? Die Gräfin von Hertford vielleicht?«

Ehe sie sich besann, schüttelte Catherine den Kopf. Dann stockte sie. Was brachte sie dazu, die Frau so abzulehnen? Sie kannte sie kaum, hatte nie ein Wort mit ihr gewechselt. Ihr war jedoch nicht entgangen, wie die Gesellschaft, besonders Edward, sich verwandelt hatte, seit die Gräfin am Morgen nach der Hochzeit abgereist war. Als hätten sie die steife Kleidung abgelegt, und jetzt wäre Wulf Hall wieder Wulf Hall.

»Da seien Himmel und Hölle vor.« Die beiden Frauen fuhren herum. An den Stamm der Ulme gelehnt, stand Tom, unterwegs zu den Stallungen, das Zaumzeug seines Pferdes über eine Schulter geworfen. »Meine Schwester, die frisch vermählte Liz Cromwell, wird sich Eurem Kreis mit Freuden anschließen, aber statt der formidablen Gräfin Hertford nähme ich mir lieber das Tudor-Tier, die Howard-Horden und Pest und Schweißfieber ins Haus.«

»Schämt Euch, Sir Thomas. Eure Manieren sind scheußlich. Ganz abgesehen davon, dass Ihr Euch anschleicht und zwei Damen einen solchen Schrecken einjagt.«

Reumütig senkte Tom den Kopf. »Ihr seht mich bestürzt, meine Herzogin. Kann man denn einen Mann, der die Natur liebt, dafür schimpfen, dass er zwei so berückende Bachstelzen nicht aufzustören wünscht?«

»Streicht Euren Honig Euch selbst um den Bart. Was habt Ihr gegen die Gräfin Hertford? Auf der Hochzeit erschien es mir, als sei sie Euch zugetan.«

»Zugetan? Nun, das ist womöglich auch der Folterknecht

dem armen Sünder, ehe er ihm die Augen zerquetscht. Meine Sorge, Herzogin, galt Eurem Feuer. Ich zumindest möchte, wenn die holde Anne einen Raum mit mir teilt, sogleich doppelt einheizen und mir meinen wärmsten Mantel umtun.« Er schüttelte die Schultern, als friere er in der kaum sinkenden Sonne. »Ist mir vergeben?«

Kate Suffolk lachte. »Nun, vielleicht solltet Ihr zur Sühne auf Euren Abendritt verzichten.«

Tom packte das prächtige Zaumzeug und warf es über seine Schulter fort.

»Und statt der drei *Ave Maria*, die ein papistischer Priester Euch auferlegt hätte, verordne ich Euch drei Sonette Petrarcas. Damit sei es genug. *Ego te absolvo.*«

Sie warf Catherine einen Blick zu, raffte ihren Rock, drehte sich um und lief davon. *Meine stille Freundin ist tot. Aber wie es aussieht, werde ich von jetzt an eine beredte Freundin haben.* Catherine sah Kate das Gatter aufwerfen und hinter der Hügelkuppe verschwinden. Dann schlang ihr Liebster seine Arme um sie.

Das Böse war es nicht. Es war das Hohelied Salomos: *Mein Freund ist mein, und ich bin sein, der unter den Lilien weidet.* Die Haut seiner Schultern war von der Maisonne warm. Er küsste sie, als gebe ihr Mund ihm zu trinken, und sie küsste ihn wieder, denn wie hätte sie dürsten lassen können, was so sehr zu ihr gehörte? Es war nicht das Böse. Es waren zwanzig Jahre Leben, und er war ihr Gefährte, der Einzige, der von ihren Anfängen wusste, und der Einzige, der sah, wie schön sie war. Dafür küsste sie ihn innig, und dann noch einmal dafür, dass er ihren verkauften, verbrauchten Körper dazu brachte, sich vor Verlangen zu bäumen und an seinen zu drängen. Und dann noch einmal für nichts. Und dann noch einmal und noch einmal.

Die Kammer unter den Dachbalken, die sie einst mit Janie, Nan und Liz geteilt hatte, war jetzt für sie allein gerichtet. Auf den Nachtkasten hatte Lady Margery einen Strauß noch blütenlosen Lavendel und knospende Rosen gestellt. Vor dem

Fenster trübte sich ein leuchtender Tag zu einem feuchtwarmen Abend. Es würde Regen geben, auf dass die Erde dampfend vor Kraft am Morgen erwachte. Tom hatte nicht aufgehört, sie zu küssen, während sie den Riegel aufschob und die Kammertür öffnete. Sie musste mit der Hand ihre Münder trennen, damit er sie etwas sagen ließ. »Tom, die Gänse, die du mir geschickt hast, die Schöpfungstage...«

Er war stärker als sie, zog ihre Hand beiseite und küsste ihr die Worte weg. Nicht so, als hätte er sein Leben lang nichts anderes getan, sondern so, als hätte er in seinem Leben keinen Kuss bekommen. Dann sagte er: »Lass dies den siebenten Tag sein, Cathie. Ich bin müde.«

Andere mochten es befremdlich finden, dass ein Mann, der am ganzen Leib vor Leben bebte, dem der Schwanz stand und das Herz jagte, beharrte, er sei müde, aber Catherine verstand. Sie war selbst nicht weniger müde, küsste ihn in die Halsgrube, zog ihn in ihr duftendes Zimmer. Es war nicht das Böse. Es war Wulf Hall mit seinen zärtlich verschwiegenen Wänden. Sie traten ein, und er schloss hinter sich die Tür.

Als Catherine am Morgen erwachte, pochte Regen an ihr Fenster, sacht wie ein Zaungast, der nicht wünschte, sich aufzudrängen. Neben ihr lag ihr Liebster, auf den Bauch gedreht, den Kopf in den Armen vergraben, das Laken bis in die Knie heruntergestreift. Er war nackt und schlief. Über seine Schulterblätter zog sich ein Geflecht verblasster Narben, die von Kämpfen zu Pferd stammten. Er war keiner, der sich hütete, und dass er schmerzempfindlich war, fiel ihm vermutlich erst ein, wenn ihm das Fleisch schon brannte. Tief senkte sich sein Rücken in die Taille, deren Fülle seine Lust am Essen verriet. Das Gesäß hob sich rund und fest, auf den straffen Schenkeln spross rötliches Haar. *Und Gott sah an alles, was er gemacht hatte, und siehe, es war sehr gut.* Catherine schlug die Hände vor den Mund. *Eine Ketzerin bist du. Wer dich hört, der schleift dich auf den Markt von Lincoln und zündet Reisig unter dir an.*

Sie sprang vom Bett. Im trüben Morgenlicht griff sie nach

ihren Kleidern. Ihre Schenkel klebten, ihren Leib wagte sie nicht anzurühren. Würde ein Kind darin wachsen, Toms Kind, und sie wüsste nichts, um es zu schützen? Sie riss und schob am Stoff, schnürte sich alles schief um und nestelte es zu. Ihre Hände zitterten. Was für ein Monstrum war sie? In den Wochen nach Zwölfnacht hatte sie vor Furcht, ein Kind zu tragen, an nichts anderes denken können und hatte zugleich nichts anderes so versessen gewünscht. *Herr, wenn ich kein Kind erwarte, gelobe ich, ihn nicht mehr zu sehen. Wenn ich ihn nicht mehr sehe, Herr, ich flehe zu dir, gib mir sein Kind.*

Ihr Haar hing ihr in Strähnen auf die Schultern. Sie nadelte es am Kopf fest, stopfte es unter die Haube. *Eine Sünderin bist du.* Zu ihren Füßen, wo sie ihre Kleider gefunden hatte, lag sein Hemd. Sie hätte es aufheben, sich übers Gesicht ziehen, seinen Geruch in sich aufgieren wollen. Eilig stieg sie darüber hinweg und ging zur Tür.

Aber Tom war schön. Nicht sein gefälliger Wuchs, sondern seine Verwundbarkeit. Wie konnte etwas, das so schön war, das so ausgeliefert schlief, das Böse sein? Ehe sie ging, lief sie noch einmal zurück, beugte sich über ihn und küsste ihn auf den Nackenwirbel, unter den Ansatz des Haars.

Die Studierstube, in die Edward als Knabe geflohen war, wenn die Welt ihm zu laut wurde, umfing ihn noch immer wie eine Haut. Sie roch nach ihm. Nach seinen Büchern, die er hier aufbewahrte, Papieren, die er abgefasst und verworfen hatte, und schwach nach den Salbeigetränken seiner Mutter. Damals, als er keinen Hof, kein Kampfgeklirr, keinen Markt von Maidstone gekannt hatte, war die Welt von Wulf Hall ihm laut erschienen. Jetzt erschien sie ihm still. Die Stille seiner Studierstube war ganz die seine, so als lausche er in sich hinein. Auf den Bodendielen hatte vor Jahren der tropfnasse Tom gekniet und einem Mädchen bekannt, er sei gegen den Papst.

Jetzt saß ihm unter dem Fenster Cranmer gegenüber. Wie Edward hatte auch der Freund es im Bett nicht lange ausgehalten. »Der Schlaf der Gerechten ist uns wohl nicht vergönnt.« Der Erzbischof lächelte. Er würde noch heute zusammen mit Barnes an den Hof zurückkehren, weil der König nach ihm verlangte. Seine Margarete hatte er schon am Vorabend auf sein Gut nach Ford gesandt.

»Wenn der Schlaf den Gerechten zukommt, dann dürftet Ihr keine Nachtgesichte und kein Wachliegen kennen.«

»Ihr seid wie stets zu gütig«, sagte Cranmer. »Aber als mein Freund wisst Ihr auch, dass ich kein Gerechter bin.«

»Ihr tut, was in Eurer Macht steht.«

»Nicht anders als Ihr. Ja, das tun wir: so viel oder wenig, wie wir eben vermögen. In Rom heißt man uns Ketzer, in Nürnberg Papistenkriecher. Aber vielleicht hat Gott ja deshalb uns zwei Zauderer an solchen Platz gestellt: damit wir seine Herde auf dem Grat zwischen Schluchten hindurchführen, verlacht und mit Unrat beworfen, aber angreifbar, nicht weltenweit entfernt. Ich danke Euch. Die Tage in Eurem Garten Eden waren eine Wohltat. Immerhin wissen wir nun, wohin wir unsere nächsten Schritte setzen. Ihr kümmert Euch um den Entwurf für die Bauerngesetze, und ich versuche, meinem König ein Ohr für dieses Luther-Traktat abzuschmeicheln.«

Das Luther-Traktat über die konstantinische Schenkung hatte der Freund selbst aus dem Deutschen übersetzt. Cranmer, der ebenso wie Edward die besonnene Zärtlichkeit vermisste, mit der Erasmus die Stürme seiner Zeit gedeutet hatte, schreckte vor der donnernden Allwissenheit Luthers zurück. Das Traktat, das den Anspruch des Papstes, Herr über ein Land wie England zu sein, ins Lachhafte zog, hatte er übersetzt, um den Plan Cromwells zu stützen: Der umtriebige, zum Lordsiegelbewahrer erhobene Staatsmann suchte an lutherischen Fürstenhöfen nach einer Braut für den König. Sie hatten hier, auf Wulf Hall, nochmals davon gesprochen: Henry Tudor brauchte wieder eine Frau. »Und Cromwell hat Recht, wir müssen schleunigst handeln«, hatte Cranmer erklärt. »Andernfalls kommen uns die Howards mit einer Papistin zuvor.«

Natürlich schliefen die Howards nicht, sondern setzten alle Glieder ihrer verzweigten Familie in Bewegung. Eine Gelegenheit wie diese mochte sich nicht wieder bieten: England stand ohne Verbündete da. Der Papst sprach von einem Kreuzzug gegen die Ketzerinsel, suchte, Frankreich und den Kaiser vereint dafür zu werben. Indem man solche Ängste schürte, trieb man den König womöglich in die Arme einer papistischen Prinzessin und das Inselreich zurück in den Schoß der römischen Kirche. Der Thronfolger, Janies flachsheller Knabe, würde in dem Fall im alten Glauben erzogen werden. Der Gedanke versetzte Edward einen Stich. Ohne hinzusehen, hob er das »Buch der Bischöfe« vom Pult und schloss die Finger darum. Es war Cromwell, der für sie alle um einen Ausweg focht, ausgerechnet der Glücksritter, der als flach und ruhmdurstig galt.

Er verhandelte unentwegt mit Vertretern der Schmalkaldischen Liga, jenem Zusammenschluss lutherischer Fürstenhöfe, der sich als Verbündeter Englands anbot. Eine Vertretung des Bundes war bereits in London errichtet, und als Nächstes galt es, unter den Töchtern der Fürsten eine zu finden, die zur vierten Gemahlin König Henrys taugte. »Cromwell hat uns um höchsten Einsatz gebeten«, griff Cranmer das Thema, das alle bewegte, wieder auf. »Die Howards gäben auch dann nicht klein bei, wenn sich weder in Frankreich noch in Spanien eine Braut gewinnen ließe. Notfalls, so befürchtet Cromwell, führten sie dem König noch ein Mädchen aus eigenen Reihen, eine Tochter oder Schwester, zu.«

»So wie ich.« Edwards bitterer Ton zerriss die Luft.

Cranmer stand auf, kam zu ihm, nahm über das Pult hinweg seine Hand. »Ich muss Euch rügen, mein Lieber. Ihr und Euer Bruder geißelt Euch wie zwei besessene Papisten für etwas, an dem Ihr keine Schuld tragt. Eure stille Schwester war eine starke Frau. Es war Ihr Wunsch, den Platz, an den Gott sie gestellt hat, auszufüllen.«

Edward sah nicht den Freund an, sondern die verstreuten Papiere auf dem Pult. »Für Tom ist es noch schlimmer«, murmelte er. »Er glaubt, er habe Janie in diese Heirat gezwungen, und außerdem ist er überzeugt, der König sei schuld an Janies Tod.«

»Euer Bruder ist ein sehr anmaßender Mann.«

»Ich bitte Euch!«

Edward blickte auf, und Cranmer verzog den Mund zu einem halben Lächeln. »Das war kein Tadel. Oder höchstens ein milder, versüßt von ehrlicher Bewunderung. Ein solch stolzer Rücken ist ein erhebender Anblick. Nur fürchtet man eben, dass das Leben nicht allzu gnädig darüber seine Peitsche schwingt.«

»Ihr habt Recht. Ich wünschte...«

Der andere nickte. »Das wünschte auch ich ihm. Und Euch nicht minder.«

Edward fragte nicht nach. Erst am vergangenen Abend, nach dem Abschied von seiner Gattin am Torhaus, erklärte Cranmer ihm, was er gemeint hatte: »Was immer man gegen die Priesterehe vorbringen mag, ein Mann, dem seine Gefährtin zur Seite steht, ist ein besserer Mann.« Er hatte Edward angeboten, mit Anne zu sprechen. »Wenn es noch immer der Schmerz um das Kind ist, der Euch trennt, und wenn Eure Gemahlin geistlichen Beistand wünscht, so wäre ich mehr als froh, ihn zu spenden. Auch bete ich täglich zu Gott, dass er Euch wieder ein Kind schenkt.«

Edward hätte unendlich gern mit einem Menschen – seinem Freund, seinem Bruder – über Anne gesprochen, aber etwas hielt ihn zurück. Auch jetzt ließ er den Augenblick verstreichen. Cranmer klopfte ihm die Hand. »Wir können Cromwell doch trauen?«, fragte Edward rasch, um nicht zu schweigen.

»Dafür verbürge ich mich. Er ist ein überzeugter Reformer und wird Eurer Liz ein guter Schwiegervater sein. Daraus, dass er darüber hinaus auf seinen Vorteil bedacht ist, hat er nie einen Hehl gemacht. Ich habe gelernt, das zu schätzen.«

»Ihr mögt ihn gern.«

Cranmer lachte. »Ja, ich denke, das tue ich.«

»Und seid damit, wie man sagt, der Einzige am ganzen Hof. Wie Ihr wohl auch der Einzige seid, der Henry Tudor schätzt.«

»Der Mann, den Ihr Henry Tudor nennt«, erwiderte Cranmer, »ist mein gesalbter König. Wenn Euer Tag kommt und der Seymour-Prinz den Thron besteigt, wird unser Leben, so hoffen wir, einfacher sein und unser Dienst für die Krone eine Freude. Bis dahin aber knie ich, wo Furcht und Pflicht mich hingeworfen haben. Zum Rebellen tauge ich nicht.«

»Ich auch nicht.« Blicke flogen. »Aber das ist nicht alles, oder? Ihr seid fähig, ihn zu verstehen. Und zu lieben, wie Christus es gebietet: *Liebet Eure Feinde*. Dafür bewundere ich Euch.«

»O nein!« Cranmer hob die Hände. »Bewundert mich nicht. An König Henry bindet mich eine Art von Liebe, das ist wahr, aber diese Liebe umschlingt durchaus nicht jeden. Unseren Waffenmeister, Dudley, vermag ich nicht zu lieben, obwohl sein grausames Schicksal mich dauern sollte und der Mann nicht mein Feind, sondern unser Verbündeter ist. Fragt mich nicht, warum ich für ihn so wenig Wärme aufzubringen weiß.«

Nein, dachte Edward, *ich frage Euch nicht, denn mir ergeht es nicht anders*. Tom, der sein unverfrorenes Herz auf der Zunge trug, hatte gesagt: *Hätte ich Brüste, so würde mir die Milch darin vom Glotzen dieses Dudley sauer*. Dabei hatte Cranmer Recht. Das Schicksal des Mannes hätte sie dauern sollen: Sein Vater, Edmund Dudley, war Finanzberater des siebenten Henry gewesen, ob seiner Steuermaßnahmen unbeliebt wie jetzt Cromwell und nach dem Tod seines Königs nicht länger genehm. Kaum hatte der achte Henry den Thron bestiegen, ließ er den Mann auf dem Towerhügel enthaupten und zwang seinen Sohn John, ein Kind von acht Jahren, dabei zuzusehen. Warum ein Mensch, der Macht in die Hände bekam, dies auf solche Art zu siegeln wünschte, hatte nicht einmal Erasmus zu erklären vermocht. More allerdings hatte einst Cromwell gemahnt: *Sagt Eurem Herrscher nie, was er zu tun imstande ist. Denn wenn ein Löwe um seine Kraft wüßte, wer wollte ihn lenken?*

Sie waren beide, Cranmer wie Edward, in Gedanken versunken, als die Tür aufflog. Im Rahmen stand eine Frau. Hoch aufgerichtet, das Gesicht gerötet, das Haar aus der Haube gezaust. Cathie. Edward hätte keinen Menschen nennen können, dessen Anblick ihm wie der ihre das Gefühl gab, in einer sich überschlagenden Welt nicht allein zu sein.

»Verzeiht, Edward.« Sie stürmte quer durch den Raum und warf sich Cranmer zu Füßen. Beugte sich über den Boden, küsste die schwarze Soutane. »Eminenz, ich muss Euch sprechen.«

Mit einer Kraft, die in ihm kein Mensch vermutet hätte, packte Cranmer sie bei den Schultern und zog sie zu sich hinauf. »Ich bitte Euch, verlangt von mir nicht, dass ich Euch in meiner Funktion als Geistlicher anhöre. Vor Euch bin ich keine Eminenz. Nur Thomas Cranmer, ein schwacher, Euch zugetaner Mann.«

Catherine wartete stumm, bis er den Griff gelockert hatte. Dann warf sie sich mit einem harten Laut zurück auf die Knie. »Ich verlange es«, sagte sie. »Geht mit mir zur Kapelle, Erzbischof, und nehmt mir die Beichte ab.«

Auf Cranmers Gesicht ward ein Kampf ausgefochten. »Meine Tochter in Gott«, presste er heraus, »Ihr seid Christin kraft Eures Glaubens. Dazu bedarf es keiner Beichte.«

»Und deshalb verweigert Ihr sie einer Sünderin, die sich nach Lossprechung sehnt?«

»Ihr sehnt Euch nicht nach Lossprechung«, erwiderte Cranmer, »sondern nach Schuldspruch und Strafe. Was wollt Ihr? Eine Geißel, um Euer Fleisch und das Fleisch Eures Geliebten zu schinden, dem Leib Gehorsam einzupeitschen, den das Herz verweigert? So einfach ist es nicht getan. Lest Erasmus' Schrift vom freien Willen. Von uns gefordert ist, dass wir selbst entscheiden, ohne Furcht vor Geißelhieben oder Fegefeuern.«

Der Körper der Frau fuhr auf. »Aber Ihr müsst mir doch helfen! Ihr seid der Primas der Kirche, Ihr könnt mir für meinen Ehebruch nicht Euren Segen geben!«

Cranmer umfasste ihren Hinterkopf und ließ sie das Gesicht im Stoff seiner Robe vergraben. »Der Herr segne und Er behüte dich«, sagte er. »Der Herr lasse Sein Angesicht leuchten über dir und sei dir gnädig.« Über ihrem Kopf schlug er das Kreuz.

Sie blickte auf.

»Nein, ich kann Euch für Euren Ehebruch nicht segnen«, sagte Cranmer, »aber für den Schmerz, den Ihr leidet. Kein Kirchenprimas steht vor Euch. Nur ein Bruder im Glauben, ein Sünder, der tagaus, tagein mit sich ringt. Ihr zerfleischt Euch, weil Ihr ein Geschöpf Gottes herzt, das Euch nicht angetraut ist. Ich zerfleische mich, weil ich nicke und schweige, derweil man Gottes Geschöpfe ins Feuer schickt. Und Ihr wollt, dass ich mich über Euch erhebe? Gott schaue auf Euch. Mir tut das Herz weh um Euch beide.«

»Bitte sagt mir auch das noch«, hörte Edward sie in den Stoff murmeln. »*Gehe hin und sündige fortan nicht mehr.*«

»Gehe hin«, sagte Cranmer, ihren Kopf streichelnd, »und setze dein Bestes daran, fortan nicht mehr zu sündigen.«

Eine Weile lang blieb sie vor ihm knien, ruhte sich, gelehnt an seine Beine, aus. Dann erhob sie sich. *Sie ist schön*, stellte Edward fest, nur ließ sie es kaum je sehen. »Catherine«, rief er eilig. »Du reist heute ab?«

Sie nickte. »Mit den Herberts.«

»Ich flehe dich an, halte dich nicht wieder von uns fern. Unsere Sache hat jeden Freund nötig, und kein Gebot verbietet dir, uns eine Freundin zu sein.«

»Das ließe ich mir auch nicht verbieten.« Die zerfurchte Stirn glättete sich, und jäh schienen zehn Jahre ausgestrichen.

Ich weiß, warum Tom dich liebt. Du bist besonnen, und er ist tollkühn, aber euch beiden eigen ist dieselbe Unverrückbarkeit. »Bitte geh nicht wieder, ohne Tom Lebwohl zu sagen. Lass ihm eine Hoffnung, Cathie.«

»Was für eine Hoffnung denn? Die, dass ein kranker Mann binnen kurzem stirbt?«

Edward schwieg. Catherine schwieg auch. So still war es auf einmal, dass der pochende Regen sich in Erinnerung rief. Dann sprach Cranmer. »In meinem hohen Amt, das ein zu großer Hut für mich bleibt, habe ich gelernt: Wenn du nichts mehr zu sagen weißt, wiederhole dir zum Trost eine Floskel. Euer Tag wird kommen, meine Freunde. Der Tag der Seymours.«

Ihr vereintes Lachen war zu laut für den kümmerlichen Scherz.

Januar 1539. Es war ein Tag wie aus Eis geschnitten, der Himmel von einem Blau, das an den Augen wetzte. Als gebiete der König dem Wetter und habe für sein Dreikönigsturnier in Richmond die wirkungsvollste Kulisse bestellt. Der Boden war überfroren, splitterte, wenn eine gerüstete Schulter oder Flanke darauf prallte. Von den Silbertrompeten schienen Töne wie Tropfen zu perlen und sogleich in der Kälte zu erstarren. Die Zuschauer auf den leuchtenden Zelttribünen duckten sich in ihre Pelze.

Anne stand. Sie fror nicht. Das Fieber in ihren Gliedern ließ den Raureif auf der Haut verglühen. Kleid und Mantel täuschten mit zobelbesetztem Weiß. Von der Hitze in Anne mochte nur einer etwas ahnen.

Sie hatte ihn monatelang nicht gesehen. Mit dem versoffenen Bryan und dem Drecksmaul Barnes war er im Auftrag des Königs auf den Kontinent gereist, um dort Verbündete für England zu werben. Wer hätte gedacht, wunderte man sich bei Hof, dass der jüngere Seymour, der Galgenstrick, sich zum Diplomaten eignete? »Macht sein Charme wett, was ihm an Umsicht fehlt?« Anne aber wusste um die Kraft, die in Tom Seymour lauerte, die all den Schleichern und Zauderern überlegen war. Sie wusste es, weil dieselbe Kraft in ihr brannte. Wenn sie ihm zusah, wie er die Menge blendete, den geduckten Gänschen verzücktes Geraune entlockte, erfüllte sie ein wilder Stolz auf sich selbst.

Dabei war er nicht einmal ein schöner Mann. Zumindest nicht von der milchigen, unzweifelhaft englischen Schönheit eines Henry Howard, der noch ohne Helm, mit fließendem Blondhaar, die Schranken für das Lanzenstechen abschritt. Toms Farben hatten etwas Gewaltsames, sein Wuchs etwas Grobschlächtiges, sein ganzes Sein etwas Triebhaftes, Fremdes, als hafte seiner Abkunft ein Makel an. Wie er zu Pferd saß, hätte er einer jener keltischen Krieger sein können, die hinter der Nordgrenze hausten, Fleisch roh verschlangen und in Vollmondnächten sieben Kinder zeugten. Er sah wie in Träumen vor sich hin, den Helm auf dem Sattel schaukelnd, die Zügel lose, derweil sein Pferd an bereiften Grasbüscheln rupfte. Kein Weiberblick hinter flaggenbehängten Balustraden, der sich nicht an ihn leimte, kein Geschnatter hinter vorgehaltenen Händen, das einem anderen galt.

Auf dem klobigen Dunkelbraunen kannte man ihn. Heute aber saß er einem neapolitanischen Schimmel im Sattel, einem Geschenk des Königs für seinen Pferde liebenden Gesandten. Der Hengst war nicht groß und wirkte unter seinem Reiter nahezu zierlich. Die dicht mit Muskeln bepackten Glieder verrieten jedoch das arabische Blut, die Wüste in ihm. Tom hob und inspizierte wie gelangweilt seine Lanze. Der Schimmel scharrte mit dem Huf. Sein Fell, vor all der Buntheit, schien eiszapfenweiß. Auch die Plattenrüstung seines Reiters glänzte weiß. Wäre es einer der Schmachtenden gelungen, um diesen Arm ihre Farbe zu winden, so hätte sie weithin als Trophäe geleuchtet. Tom Seymour aber, der Augapfel der Damen, trug keine Farbe am Arm. *Nur mein Weiß*, schrie es in Anne auf. *Nur unser beider gläsernes Weiß*.

»Meine Gräfin von Hertford?«

Anne fuhr herum. In die von Gardisten bewachte Tribüne für Ehrengäste, links vom königlichen Baldachin, war einer der Ritter getreten. Er war vollständig gerüstet, trug nur den rechten Handschuh abgezogen und das Visier geöffnet. Schräge Augen unter Wülsten von Brauen sahen Anne ins Gesicht. John Dudley. Soweit die Brustplatte es gestattete, deutete er eine Verbeugung an. »Da Euer Gatte nicht in die Schranken tritt«, mit einem Schwenk des behelmten Kopfes wies er nach Edward, der wie gewohnt im Gespräch mit seinen Kirchenkrämern stand, »dürfte ich mich der Ehre rühmen, meine Lanze im letzten Waffengang als Euer Ritter zu führen?«

Es war ein Spiel. Ein Spiel für grüne Bürschlein und Dämchen, dem sie hätten entwachsen sein sollen. Aber es wurde nach Regeln gespielt, die älter und starrer waren als die Gesetze des Landes, und was auf dem Spielbrett errungen und verloren wurde, stellte die Wirklichkeit nach. Einen Antrag wie diesen wies man nicht zurück. Dudley, halb gebeugt, hielt ihr den Arm entgegen.

»Habt Dank für die Freundlichkeit.« Es war Anne nicht unbekannt, was ihr Lächeln in manchen Männern auslöste. Dieser Dudley war kein Dummkopf. Keiner, dem das Leben ein so übles Blatt ausgeteilt hatte, konnte sich leisten, ein Dummkopf zu sein. Ihr Lächeln tat dennoch seine Wirkung, machte einen aus der Rüstung glotzenden Pfauenhahn aus ihm. »Ihr müsst verzeihen.« Sie zog ihren Handschuh ab und berührte seinen Arm. Metall zu tasten statt Wärme und Blutschlag, behagte ihr. »Es wäre mir eine Freude, aber ich habe mir gelobt, heute keinen zu erwählen. Ich fand, an den hohen Feiertagen schicke sich keine Koketterie.«

Wenn Dudley getroffen war, so ließ er es sich nicht anmerken. Die Ritter für den nächsten Zweikampf bezogen Stellung. Ein Jungspund mit dem Wappenschild der Howards lenkte sein tänzelndes Pferd ans Ende der Bahn. Auf einer der beiden gegenüberliegenden Tribünen winkten im Gedränge Mädchen mit Tüchern. *Howard-Bälger.* Der Herzog von Norfolk hatte seinen Platz beim König, doch der Rest seiner wie Pilze wuchernden Sippe quetschte sich mit weiteren Papisten auf jene Tribüne. Auf der zweiten scharte sich der bunt gewürfelte Anhang der Reformer. In dem Pulk hätte wohl auch Anne sich wiedergefunden, wäre ihr Gatte kein Oheim des Prinzen. Statt jedoch sein Privileg zu nutzen, steckte Edward den Kopf zu dem Schwächling von Erzbischof und dem schandmäuligen Barnes, der auf der Ehrentribüne nichts zu suchen hatte.

Der zweite Ritter wendete sein Tier mit Gemach, ließ es im Schritt, den Schweif schwenkend, seinen Platz einnehmen. »Euer Schwager«, murmelte Dudley, »die Krone höfischer Ritterschaft. Aber auch er kommt allmählich in die Jahre, in denen er seinen Meister finden mag.«

Wir kommen in die Jahre, Tom. Wir haben die Lust der Ju-

gend ausgegeben wie ein wenig Kupfergeld. Zeig ihnen, was uns bleibt. Die Kraft, die unter Schlägen nicht bricht, sondern wächst. Tom Seymour versammelte den Schimmel mit einer einzigen Parade. Die Fahne senkte sich, das Trompetensignal schnitt ins Blau. Im nächsten Augenblick donnerte der gefrorene Boden von Galoppsprüngen.

Es war ein Spiel, aber eins um Stolz und Tod. Zwischen den Eisenplatten klafften Lücken, blitzte Fleisch. Der Säufer Bryan, der drüben auf der Tribüne grölte, hatte als Jüngling sein Auge verloren, als eine gegnerische Lanze in den Spalt seines Visiers gedrungen war. Selbst der König hatte einst nach einem Sturz zwischen Leben und Sterben gehangen, und seit Janes Tod trat er nicht mehr in die Schranken. In der Mitte der Bahn stoben die Reiter aufeinander. Metall klirrte. Die Lanze des jungen Howard traf Toms Schild, der sie mit einer Drehung abprallen ließ. Sein eigener Stoß landete nur eine Handbreit höher, über dem Schild des Gegners, zwischen Brustplatte und Schulterstück. Sein Rücken blieb unbewegt.

Mit einem Schrei flog der Junge aus dem Sattel, landete scheppernd, derweil sein Pferd mit zerfetztem Zügel weitergaloppierte. Toms Schimmel verhielt. In Seelenruhe hieß sein Herr ihn wenden, ritt im Schritt zurück in Stellung, die Füße aus den Steigbügeln ziehend, als pfiffe er sich eins. *Haltung, du Satansbraten.* Annes Inneres bog sich vor Lachen. *Ich will dir die Ohren langziehen und diesen herrlichen Kopf zurechtsetzen, damit die Gänseschar weiß, wer solchen Diamanten schleift.* Die Tribüne der Reformer war ein Meer aus Jubel. Tom schlug das Visier hoch und sah sich träge um.

Zwei Vettern der Howard-Horde eilten auf die Bahn, fingen den Gaul, pufften die traurige Gestalt auf die Füße und schleppten sie außer Sicht. Zart lachte Dudley. »Nicht schlecht. Das war für heute der sechste siegreiche Waffengang. Wäre er keiner von unserem Haufen, sollte es mich reizen, ihn selbst auf die Lanze zu nehmen.«

Schwatz dir den Mund blank, Maulaffe, dachte Anne, der das Lachen die Brust durchrüttelte. Der König hatte sein Gespräch mit der Schweinspastete Cromwell unterbrochen und sich dem Schauplatz zugewandt. Ein Fass auf dünnen Beinen war jener König geworden, der einst mit der schwarzen Annie gelenkig die Gaillarde getanzt hatte. Als er sich über die Balustrade beugte, packten die Herzöge von Norfolk und Suffolk zu, damit er nicht vornüberfiel. Natürlich war es der goldgelockte Henry Howard, der die Herausforderung annahm. Auf seinem prächtig gerüsteten Falben ritt er aus, die Schmach zu tilgen. Eine Hand berührte Annes vor Spannung steifen Arm. »Vergnügst du dich, Liebes? Geht es dir gut?« Täppisch grinste Edward.

Dudley verbeugte sich. »Mein Graf, meine Gräfin. Ich empfehle mich.« Anne wandte ihren Blick von beiden fort.

Tom hatte den Helm vom Kopf gezogen. »Welche Ehre, *my lord*.«

»Nicht für mich«, warf Howard über die Länge der Bahn zurück. Von seinem Arm wehte das blassrosa Band der Eliza Fitzwilliam, einer Jungfer, die er in Gedichten besang und die ihm nicht verheiratet war. Beide Helme schlossen sich über Gesichtern, beide Lanzen senkten sich. Das Signal schrillte auf. Der Boden bebte.

Einem Rammbock ähnlich rannte der Falbe mit gesenktem Kopf drauflos. Der Schimmel hingegen flog mühelos wie in der Schwebe. Ein Schwenk mit der Lanze genügte. Kaum ließ sich ausmachen, dass Tom seinen Hintern aus dem Sattel hob. Howards Schild flog in die Höhe, beschrieb einen Bogen und schlug auf. Die Reiter ritten ans Ende der Bahn weiter, wendeten die Pferde und verhielten. Tom schlug sein Visier hoch. »Hebt Euren Schild auf.«

»Eure Gnade begehre ich nicht.«

»Fein.« Mit einem Armschwenk schleuderte Tom seinen eigenen Schild von sich. Weiber kreischten. Ein Balg stieg über die Balustrade der Reformer-Tribüne und schnappte sich das Stück Metall. Anne schlug das Herz in den Hals. *Wenn du stürzt, werde ich dich verachten. Wenn du mir aber einen solchen Sieg schenkst,* wird manches vergeben und verwunden sein. Mit dem Signal stoben die Reiter ungedeckt aufeinander los.

Vor der Mitte brachte Tom den Schimmel aus vollem Galopp zum Stand. Ließ Howard ins Leere stoßen, über dem Pferdehals schwanken, schloss dann die Schenkel um sein Tier und setzte nach. Beinahe sacht, wie der Pflückstab des Obstgärtners, hob seine Lanze den Gegner aus dem Sattel. Der Lärm des Aufpralls überraschte. In den Jubel der Reformer mischten sich Salven von Gelächter.

Tom verbeugte sich in Richtung des sich wälzenden Howard, lenkte sein Pferd aus der Bahn und ritt im Schritt auf Anne zu. Mit beiden Händen zog er sich den Helm vom Kopf. Ihr Herz pumpte mit Hammerschlägen. *Was scheren uns Liebessonette? Ich will einen Mann, den seine Liebe zum Helden macht, und dir will ich eine Gefährtin sein, wie kein Mann je eine hatte. Du und ich als göttliches Ganzes, das die läppische Welt in Schranken weist.* Seine Augen funkelten. Nach einem letzten Blick drehte er bei und ritt unter Beifall die Tribüne entlang, auf den Baldachin des Königs zu.

Der lehnte sich vornüber. Tom sprang vom Pferd und beugte geschmeidig das von der Schiene umspannte Knie. Was sie sprachen, konnte Anne nicht verstehen. Alles starrte gebannt, selbst Edward und seine Kanzelschwätzer unterbrachen ihr Salbadern. Tom erhob sich. Der König patschte ihm auf die metallbewehrte Schulter. »Der vortreffliche Sir Thomas, Bruder Unserer Jane, wünscht, einen letzten Gang ohne Schranken zu schlagen«, gellte die Eunuchenstimme in die Kälte. »Wohlan, die Blüte der Ritterschaft lasse sich nicht beschämen. Wer stellt sich der Forderung?«

Sämtliche Blicke flogen zur Tribüne der Howards. Dort herrschte Schweigen. Eilfertige Vettern mussten dem Goldengel Henry bereits aus der Bahn geholfen haben, denn von ihm war keine Spur mehr zu sehen. Noch einmal rief der König: »Fasst sich keiner ein Herz, hat dieser Teufelskerl Euch alle das Fürchten gelehrt?«

Der Pulk der Papisten schwieg brütend, der Pulk der Reformer raste. Da löste sich aus dem Farbgewirr der Zelte ein Reiter. Er ritt bis vor die Bahn, von der Bedienstete die Schranken entfernten, und zügelte seinen Rappen. »Zu Eurer Verfügung,

Sir Thomas.« Dudley. Im schrankenlosen Spiel um Stolz und Tod würden sich zwei aus demselben Lager gegenüberstehen. Aber Dudley, das ward Anne just klar, ließe sich für jedes Lager werben. Wem das Leben ein so übles Blatt ausgeteilt hatte, der wollte nichts, als im Licht des Siegers stehen. *Nun, hier stehst du im Schatten, Tölpel. Wer sich mit Tom Seymour misst, den reißt's vom Gaul wie einen Kotapfel.*

Tom, zu Pferd, doch noch ohne Helm, schenkte der jubelnden Menge sein Lachen. »Ihr seid ein Mann nach meinem Herzen, mein Bester. Einen Augenblick, dann bin ich ganz Euer.« Er ließ den Schimmel antraben, auf die Tribüne der Reformer zu. Ins Gekreisch der Weiber brüllte jäh der Hanfstock: »Tom, komm zurück!«

Tom drehte sich nicht um. Der Lärm verstummte, als der Schimmel stillstand und sein Reiter sich aus dem Sattel beugte. »*My lady* Latimer. Erlaubt mir, Euer Diener und der stolzeste Ritter dieser Insel zu sein.«

Aus der Entfernung war sie nicht scharf zu erkennen. Nur Anne erkannte sie. Ihr Kleid war bräunlich wie Zeisiggefieder. Ihre Haube saß schief. Ihr Mund, den er geküsst hatte, verzog sich zum Lachen. Anne lauschte auf ihr Herz. Es schlug in Gleichmut und Kälte. *Ich werde dich strafen, Tom Seymour. Nicht wie einen rührenden Rotzbengel, den man mit ein paar Schnalzern auf den hübschen Arsch davonkommen lässt.* Das Zeisigweib nahm seinen Arm. *Ich werde dich töten, Tom Seymour, ob mir dabei der Tudor-König, der dienstbare Dudley oder dein Hanfstock von Bruder als Werkzeug dient.* »Ich bedaure, Sir«, ertönte die Stimme der Frau. »Meine Farben trug der Sohn meines Gemahls. Der junge John.«

Tom nahm die Zügel des Schimmels auf. »Der Preis gebührt Euch«, sagte er zu Dudley. »Für heute strecke ich die Waffen.«

Er ließ die Lanze fallen, schloss die Schenkel um den Tierleib und ritt im leichten Galopp vom Feld.

Die siebente Nacht

Liebe und Tod
1539

*In der siebenten Nacht des Christfestes
schenkte mir mein Liebster
sieben schwimmende Schwäne.*

Wenn es einen Ort rund um die Hauptstadt gab, an dem Nan Herbert sich zu Hause fühlte, so war es das an den Fluss gebettete Chelsea. Das Haus der Herzogin von Suffolk, ihrer Kate, stand hier. Und wenn es eine Zeit in ihrem Leben gab, in der Nan Herbert, die jeder für einen sorglos springenden Heuschreck hielt, sich glücklich fühlte, so war es dieses Jahr, 1539, dieses schöne, schwierige, in dem ihr Wunsch nach einer Familie sich erfüllte.

Am ersten Tag des Jahres hatte Gott ihr einen goldigen Knaben beschert, der Henry getauft wurde. »Ich überließ dich nie fremden Händen«, sprach sie dem Neugeborenen vor, als man es ihr in die Arme legte. »Händen von Menschen, die sich um deine Einsamkeit nicht scheren.« Tage später bat sie ihre Schwester, den kleinen Henry zu sich zu nehmen, falls ihr, Nan, etwas zustieße. Seltsam war das, fand Nan, dass man, sobald man das Gleißende einer Geburt durchlebt hatte, als Erstes an Schwärze dachte, an Tod.

Ihr Mann hatte sich ihrem Wunsch, die Schwester und Ned Seymour als Paten zu benennen, nicht widersetzt. In der Tat spielte Willie lieber Cent, als sich Nans Wünschen zu widersetzen. Nan war ihm herzlich zugetan, aber in ihm zu lesen, war, als schlüge man ein Buch für Kinder auf. Über Willie gab es nichts zu entdecken, als dass er seinen Fisch gern ölig und seine Süßspeisen in dicker Zuckerkruste aß, somit tüchtig Fett ansetzte, bei der Liebe den Pfeffer verlor, aber zärtlich blieb. Ihre Schwester hingegen war ein Buch voll undurchdringlicher Zeichen, und es zu entziffern, war auch ein wenig, als blättere sie in sich selbst. Nan lebte zufrieden an der Seite ihres Mannes, doch ihre Familie waren das Kind und die Schwester, die Gott ihr in diesem Jahr wiedergeschenkt hatte.

So häufig wie möglich kamen sie zusammen. Nicht bei Hof, wo es schwerfiel, einen unbelauschten Winkel zu ergattern, und erst recht nicht in Catherines Haus, in dem der schleichende Tod vor sich hin stank. Sie trafen einander und die übrigen Freundinnen in Kate Suffolks Haus in Chelsea. Das Anwesen war riesig, der Garten eine Lust, und der, dem es gehörte, der grimme Herzog, ließ seine Frau die meiste Zeit über darin allein. Dorthin war Nan unterwegs, in einer Mietbarke, die sie den Fluss hinuntertrug. Am liebsten hätte sie den Bootsmann zur Eile getrieben. Je schillernd grüner die Uferböschung sich verdichtete, desto erregter wurde sie.

Es war ein schöner Nachmittag, gerade noch Spätsommer, doch mit dem ersten Dunkelton vom Herbst. Ein Jahr war es her, dass Kate sie zum ersten Mal hierher eingeladen hatte, Nan und Cathie, Liz Cromwell und einen Flachskopf namens Joan, Gattin des königlichen Kammerherrn Anthony Denny. Ein im Himmel zusammengespanntes Quintett. Die so hübsche, zierliche Liz besaß den Humor eines Bierkutschers. Bei jener ersten Zusammenkunft, als sie in Kates Salon stumm und verlegen im Kreis saßen, ließ sie einen Rülpser fahren und erklärte sich mit den Worten: »Jemand musste ein Geräusch von sich geben. Hier ging es ja zu, als hätte man uns Gänsen schon die Hälse umgedreht.« So fand sich ihr Ganskreis, von jenem Tag an ein Hort des Gelächters und Geschnatters, der Schwüre und Tränen, der Anbetung Gottes und des Lebens.

Sie lasen in der Bibel Tyndales und in den Schriften der Gelehrten ihrer Zeit. Erasmus, Luther, Calvin, Miles Coverdale und Robert Barnes, der ab und an *in persona* auftauchte und die Erläuterung einer Textstelle in ein fröhliches Feuerwerk verwandelte. »Wer, der unsere entzückenden Streiterinnen mit den vertrockneten Träubchen der Papisten vergleicht«, frohlockte Barnes, »könnte noch bezweifeln, dass die Zukunft uns gehört?«

Häufiger erschien Ned Seymour, der ihnen Schriftgut brachte und sich nur allzu gern zum Bleiben überreden ließ. »Unser Ganter im Korb«, nannte ihn seine Schwester und stiftete alle zu einem Aufhebens an, bis der schüchterne Geselle in beiden Händen Becher mit Getränken und Platten voller Süßigkeiten hielt. Er schien sich unter ihnen gelöst zu fühlen, und wer wollte es ihm verdenken? In seinem Haus schwang die spröde Annie ihr Zepter. Auch wenn die ihm just einen Stammhalter geboren hatte, gab es vermutlich auf der Insel keinen Mann, der gern mit ihm getauscht hätte.

Neds Bruder Tom hingegen ließ sich nicht blicken. Selbst bei Hof wurden Klagen laut, der verführerischste Mann des Reiches beglücke nachgerade die Damen anderer Küsten. Tatsächlich war Tom fortwährend in diplomatischer oder militärischer Mission unterwegs. Allein in Frankreich verbrachte er Monate auf gescheiterter Brautschau für den König, kehrte heim, brach ein Herz, trug seinen prinzlichen Neffen auf der Hüfte spazieren und zog schon wieder von dannen. Dennoch war es Nan, wenn sie ihrer Schwester zusah, zuweilen, als sei auch Tom im Raum.

Dabei wusste sie nicht einmal, ob das Band zwischen den zweien noch bestand. Sie mochten einander seit dem Turnier im Januar nicht mehr gesehen haben, und an jenem Tag hatte Cathie dem Erfolgsverwöhnten eine gesalzene Abfuhr erteilt. Dennoch hegte Nan keine Zweifel daran, dass sie voneinander träumten. Gern hätte sie die Schwester gefragt, wie es war, Tom Seymour zu lieben, und wie sich ertragen ließ, ihn nicht besitzen zu dürfen. Da sie jedoch nicht zu fragen wagte, blieb ihr nur, Cathie zuzusehen: Wenn die Schwester in Erstaunen geriet, zog sie eine einzige Braue in die Stirn, und wenn etwas sie erheiterte, warf sie Kopf und Schultern zurück und lachte so laut, als stamme dieses Silberglockenlachen nicht aus ihrer Kehle.

Viel Anlass zum Lachen hatte der Lauf der Dinge ihnen nicht beschert, aber sie hatten immer einen gefunden. Auch an Tagen, an denen sie weinten. Der König, der noch immer allein in seinem Bett schlief, schlug rasend um sich, zerdrosch, was andere in Jahren errichtet hatten. Im Mai hatte er sein Parlament gezwungen, die Gültigkeit der zehn Glaubensartikel aufzuheben. An diesem Tag weinte Edward so heftig, dass er seine drolligen Brillengläser von der Nase nehmen und trocknen musste. Er erzählte stockend, der König habe Cranmer und Cromwell gegen Thomas Howard, den Herzog von Norfolk, und dessen Busenfreund, Bischof Gardiner, ein Wortgefecht bis zur Erschöpfung austragen lassen, um am Ende den Papisten den Sieg zuzusprechen. Noch im Juni wurden sechs neue Artikel verabschiedet, die festschrieben, dass Brot und Wein sich durch Priesterzauber in den göttlichen Leib verwandelten, dass Klerikern die Ehe verboten war und dass Messen und Ohrenbeichten, nicht Glaube allein, aus Menschen Christen machten.

Wie jemand den freudlosen Gardiner dem rührenden Cranmer vorziehen konnte, war Nan ein Rätsel. »Das ist wahr, der König liebt Cranmer«, erklärte Edward. »Und Gardiner liebt er nicht. Aber von diesem Herrscher geliebt zu werden, ist vielleicht schmerzhafter als sein Hass.« Seine Worte ließen Nan an Kardinal Wolsey und Thomas More denken, die als des Königs Freunde gegolten hatten, und an seine Töchter Elizabeth und Mary, die herumgestoßen ihr Dasein fristeten. Auch an Margaret Pole musste sie denken, die Gräfin von Salisbury und des Königs eigene Blutsverwandte, die er im Herbst der Verschwörung bezichtigt und in den Tower geschickt hatte, an Catalina von Aragon und Anne Boleyn. Würde er vor dem Erzbischof Halt machen, oder wäre er imstande, dem heiligen Mann ein Leid zu tun? Dringlicher denn je wurde das Anliegen, ihm eine Frau ins Bett zu schaffen, die wie einst Janie mäßigend auf ihn einwirken mochte. Dass eine solche Frau sich jedoch nicht auftreiben ließ, nahm Nan nicht Wunder.

Endlich! Vom Ufer her riefen Vögel, der Bootsmann warf sein Seil aus, und die Barke legte an. Nirgendwo war der Fluss so schön, so moosig grün und gemächlich wie hier. Flink sprang Nan auf den Steg, ließ dem Mann eine Münze in die Hand fallen und war schon auf dem Weg zum Haus. Robert Barnes hatte sich angekündigt, der von einer Mission in Deutschland kam und womöglich Neues wusste. Nan hörte dem unverblümten Schwatzmaul gern zu, weil er verständlich sprach und es an Zuversicht nie fehlen ließ. Als sie die letzten Schritte des Pfades hinaufhastete, kam ihr der einstige Augustiner mit schwankendem Wanst entgegen.

»Gott zum Gruß, Mistress Herbert! Der frühe Vogel mag den Wurm ergattern, aber auch für den späten ist in diesem gastlichen Hause noch aufs Trefflichste gesorgt.«

»Ihr brecht schon auf, Master Barnes?«

»Leider ja, meine Teure, leider ja. In solch stürmischen Zeiten ist es einem Mann kaum vergönnt, unter holder Weiblichkeit einen Becher der Freude zu leeren.«

»Wir haben Grund zur Freude?«

»In der Tat.« Der dicke Kirchenmann packte ihre Hand und küsste sie. Dann hob er den Kopf und wisperte im Verschwörerton: »Unter den Schwanentöchtern des Rheins hat sich eine unseres Monarchen erbarmt. Und das Porträt, das Meister Holbein von ihr angefertigt hat, ist bei der exquisiten Majestät auf Gefallen gestoßen. Ich eile nun, mit Cranmer und Cromwell die Sache zu siegeln, bevor die heikle Hoheit oder aber die mutige Rheinjungfer sich eines Klügeren besinnen. Meinen Gefährten lasse ich hier, der kann Euch, wenn er sich die Beine vertreten hat, Einzelheiten schildern.«

Also war Edward da. Die Barke mit seinem Wappen hatte Nan an der Anlegestelle nicht entdeckt, aber sie hatte auch nicht darauf geachtet. »Ist Ned im Garten?«, rief sie, sobald ein Bediensteter sie in den Salon geführt hatte.

»Ned?« Kate kam zu ihr und küsste sie auf beide Wangen. Die drei Übrigen, Cathie, Liz und Joan, saßen nicht in ihren Stühlen, sondern standen in sichtlicher Erregung und hielten jede einen herzoglichen Weinkelch in den Händen. »Er war gar nicht hier. Aber Robert Barnes müsste Euch über den Weg gelaufen sein.«

»Eben der hat mir erzählt, er habe Edward hiergelassen, und für den König sei in Deutschland eine Braut gefunden.«

Kate lachte, legte rasch einen Finger auf die Lippen und winkte ihren Diener hinaus. Dann schenkte sie Nan einen Kelch voll Wein. »Von Edward weiß ich nichts«, sagte sie, mit beiden Augen heftig zwinkernd. »Aber eine Braut ist wahrhaftig gefunden. Eine Protestantin. Anna, die Schwester des Herzogs von Kleve, der der Schmalkaldischen Liga angehört.«

Alle fünf Kelche klirrten gegeneinander. Der Wein war unverdünnt, schwärzlich und stieg sofort zu Kopf. »Eine Schmalkaldische, wirklich? Heißt das, für uns bricht das goldene Zeitalter an?«

»Aufs goldene Zeitalter!« Aus Liz' Becher schwappte es. »Obgleich ich hoffe, man gibt uns weiterhin Papistenwein zu saufen.«

»Rheinwein ist auch nicht zu verachten – er ist scharf und süß zugleich.« Das war Catherine, von der Nan als Letztes erwartet hätte, dass sie sich auf Wein verstand. »Was meint Ihr, wollen wir noch ein wenig in den Römerbriefen lesen? Ich habe auch ein Gebet mitgebracht. Bitten wir um die Kraft, den Aufgaben, vor die Gott uns stellt, gerecht zu werden.«

Die Art, wie sie herumschwang und mit ausholenden Schritten loszog, erinnerte Nan wiederum an Tom. Cathie teilte Bücher und beschriebene Blätter aus. Sie verfasste des Öfteren Gebete für ihren Kreis, die klar wie Wasser und dabei hübsch wie Liebeslieder waren. *Vielleicht*, durchfuhr es Nan, *ist dies hier, unser Kämpfen, die Männer im Getümmel und wir im Geheimen, ihre Art, mit ihrem Liebsten zu leben. Und vielleicht bleibt dabei am Ende mehr als nach den Jahren, die Willie und mir vergönnt sind.* An das verlesene Gebet schloss die Schwester noch ein paar frei gesprochene Zeilen an: Sie bat um Segen für das arme Geschöpf, das vor Ablauf des Jahres übers Meer geschafft und einem Ungeheuer ins Bett gelegt würde wie ein Opfertier.

Hernach schenkte Kate ihnen Wein nach und las aus der Tyndale-Bibel: »*Denn wie wir an einem Leib viele Glieder haben, so sind wir ein Leib in Christus und haben mancherlei Gaben nach der Gnade. Hat jemand Weissagung, so weissage er im Glauben. Hat jemand ein Amt, so warte er des Amtes. Ist jemand Lehre gegeben, so lehre er, ist jemand Ermahnung gegeben, so ermahne er. Gibt jemand, so gebe er mit lauterem Sinn. Regiert jemand, so sei er sorgfältig. Übt jemand Barmherzigkeit, so tue er's mit Lust.*«

Cathie, der ihr Neues Testament im Norden zerbrochen war, hatte zwischen losen Blättern nach der Stelle suchen müssen. Nach der Lesung blickte sie auf. »Danke, dass Ihr diese Stelle gewählt habt, Kate. Mir erscheint wichtiger denn je, dass auch wir Frauen unsere Gaben nutzen und den Platz ausfüllen, der uns zugewiesen ist.«

»Zweifellos.« Kate lachte.

Cathie hob eine Braue. »Was ist daran zum Lachen?«

»Ja, was ist daran zum Lachen, was ist zum Lachen an diesem Leben? Dass Ihr just aussaht wie einer unserer Freunde, der binnen kurzem zurück ins Herzogtum Kleve reist, um die Braut zu holen, und der ein freundliches Wort zum Abschied vermutlich brauchen kann. Auch das ist ein Platz, an den wir gestellt sind, Catherine.«

Statt zu sprechen, senkte Catherine den Kopf, als stünde die Antwort in den zerrupften Seiten ihrer Bibel. Kate erhob sich, nahm von einer Anrichte einen winzigen Korb und schwang ihn, dass ein metallener Gegenstand darin klirrte. »Den Schlüssel zu meinem Garten bewahre ich selbst.«

»Wo?«

»Bei den Weiden am Fluss.«

Ohne den Kopf zu heben, stand Catherine auf.

Sie lief den Weg hinunter. Die Erde dampfte. Den Morgen über hatte es geregnet, die Spätsommerfülle war wie blank gespült, und die Sonne erstarb schon. Sie nahm den Schlüssel aus dem Korb und schloss das Gatter auf. Die Rosen der Freundin hingen in verwitterter Pracht, ließen, wenn man sie streifte, Blätter rieseln. Unter dem Rosengarten schimmerte der Fluss, halb in Träumen und liebkost von Weidenruten. Catherine rannte, wie sie so oft in ihrem Leben gerannt war, dann aber hielt sie inne und ging langsam, ließ sich Zeit. Ein Paar Schwäne glitt mit aufgewölbten Flügeln durchs Schilf. War die Brut dieser beiden schon flügge und fort? Unter dem Dach der Weide, im Gras saß Tom, hielt ihr den Rücken zugewandt. Sie hätte ihm gern länger zugesehen, aber er bemerkte sie, drehte sich um und stand auf.

Du hast mir gefehlt. Fast hätte sie aufgelacht. Im Weitergehen hob sie die Hände vor die Brust, damit er sie nicht in seine Arme schloss. Vor ihm blieb sie stehen. Seine kurze Unschlüssigkeit verriet sich in haspelnden Tritten. Dann verneigte er sich und küsste ihr die Hand. Ihr Blick strich den gebeugten Rücken hinunter und zeichnete die Wirbel nach. Er richtete sich auf. »Danke, dass du gekommen bist.« Seine Augen waren spätsommerfarben, sie entzückten sie.

»Du warst in Deutschland?«

Hörbar atmete er auf und grinste. »Nicht zu fassen, was für Zeltbahnen dort als Hemden für Männer durchgehen.«

»Erzähl mir. Und Messer zum Bartscheren sind den Wilden unbekannt?« Sie musste wieder lachen. Sein Mund war nackt, doch auf Kinn und Wangen spross ihm bronzerotes Haar.

Seine Ohren zuckten. »Indem sie sich den Bart stehen lassen, zeigen die Lutheranischen drüben, dass sie brave, unerschütterliche Christen der befreiten Kirche sind.«

»Und das bist du? Ein braver, unerschütterlicher Christ?«

»Ach, Cathie«, sagte er. »Willst du darauf eine Antwort?«

»Nein.«

»Ich bin Tom Seymour, der für Cathie Parr durch die Brände der Hölle stürmt und sie bar aller Fegefeuer in den Himmel hebt.«

»Süßholzraspler.«

»Was bleibt mir sonst?« Er hob die leeren Hände und ließ sie schulterzuckend fallen. »Hast du Zeit? Oder bist du schon wieder auf dem Sprung zu deinem siechen Gnadenpilger?«

Als sie sein Gesicht sah, schluckte sie die grobe Erwiderung. »Ein wenig Zeit habe ich.«

Er ging zurück unter das Dach des Weidenbaums, zog sich sein Wams vom Leib und breitete es ins Gras. Setzte sich daneben. Winkelte die langen Beine an, schlang die Arme darum und lehnte den Kopf an die Knie. »Kommst du zu mir? Ich gelobe, ich benehme mich untadelig, schlage meine Hände in Fesseln und gestatte nur meinen Augen Abwege.«

Sie setzte sich zu ihm, auf die rotbraune Seide, und dann

verbrachten sie eine knappe Ewigkeit damit, einander in die Gesichter zu sehen, Verlorenes zu überbrücken und sich zueigen zu machen, was in den Zügen des andern geschehen war. In Toms Augenwinkeln standen spinnwebzarte halbe Sterne, wie oft bei Menschen, die ihrem Leben viel Grund zum Lachen abgewinnen. Endlich sprach er: »Schön, dich wiederzusehen, Mistress Catherine Parr.«

Sie spürte seinen Blick ihre Stirn entlangstreichen, im Einklang mit dem Wind, der die Ruten der Weide bewegte, und den Geräuschen des Sommers. Kurz sah sie von ihm fort nach den Schwänen, dann wieder in sein Gesicht. »Tom, meinst du, dass ich mich verändert habe?«

Sein Blick erwog jeden Zug und würdigte ihn. »Nein«, sagte er, »das meine ich nicht. Du bist nur noch mehr Cathie geworden.«

Sie musste die Hände zu Fäusten ballen, um sie nicht nach ihm zu strecken. Fest schlucken, um ihn nicht bei Namen zu nennen, die ihre sprudelnde Zärtlichkeit ihm gab. »Das möchte ich. Cathie sein. Was denkst du davon, dass ich ein Buch schreiben könnte?«

»Was ich davon denke? Dass du es schreiben sollst, was sonst? Der unsägliche Henry Hübsch fischt Liebesgedichte aus der Leere seines hohlen Schädels. Du hingegen schöpfst aus dem Vollen. Schreib ein Buch von der Liebe, meine Zyperblume.«

»Und wenn es kein Buch von der Liebe wird?«

»Meinethalben«, erwiderte Tom, »kannst du Traktate zur Reinerhaltung der Londoner Straßen schreiben, was höchst löblich, aber vergebliche Mühsal wäre, oder Psalmen für verstörte Mondanbeter. Ein Buch von der Liebe wird es in jedem Fall, denn sonst wäre es ein dummes Buch, oder etwa nicht?«

»Davor fürchte ich mich«, sagte sie. »Dass das Buch, das ich schreibe, dumm sein könnte.«

»Ach was.« Er zupfte einen Grashalm aus und warf ihn weg. »Ein dummes Buch, das zur Verkürbissung der Menschheit beiträgt, kann ein so kluges Mädchen gar nicht schreiben. Cathie, wirst du mir grollen, wenn ich von deinem Buch nur ein paar Seiten lese? Ich fürchte, ich habe in meinem Leben nicht mehr als ein Buch zu Ende gelesen. Als Knabe bezog ich erst bitterste Prügel, ehe ich eines anfasste.«

Catherine entfloh ein Lachen. Etwas von dem Knaben war noch übrig, derweil er ihr dies so eifrig und treuherzig beteuerte. »Soweit ich mich erinnere, vermochten selbst bitterste Prügel bei dir nicht allzu viel auszurichten.«

»Nein.« Sein Blick schweifte ab, sah etwas, das sie nicht sah. »Ich war das verstockteste Rabenaas von ganz Wiltshire. Wenn mein Vater mich hernahm und mir meine drei Dutzend auf die Kehrseite zählte, habe ich mir die Lippen zerbissen und mir, sooft der Stock niederpfiff, geschworen: Jetzt erst recht.«

Es tat weh. Jäh glaubte sie, einen Schatten zu spüren, der sich durch die Weidenruten schob. Ihre Faust löste sich. Ihre Hand glitt über seine Wange, liebkoste kitzelndes Barthaar, bloße Haut. »Ich weiß, mein Liebling. Das tust du noch immer.«

Er wandte ihr seine weiten Augen wieder zu. Sie hörte nicht auf, ihn zu streicheln. »Das verstockteste Rabenaas von ganz Wiltshire hat den geradesten Rücken von ganz England. Ich habe deinen Stolz sehr lieb, Tom.« *Und ich will nicht, dass noch irgendein Mensch, nicht einmal ich, dich dafür kränkt.* »Welches Buch hast du zu Ende gelesen?«

»Das habe ich vergessen.« Er beugte sich vor und legte die Arme um sie. Zog sie nicht an sich, ließ nur die Arme liegen. »Küss mich, Cathie. Ich hab's nicht verdient.«

»Doch«, sagte sie und küsste ihn.

Später gingen sie miteinander den Fluss entlang, hielten sich bei den Händen und sprachen von dem, was jüngst geschehen war und was geschehen würde. Tom hatte mit einem Schiff vor der Küste Cornwalls gelegen, solange dort ein Angriff drohte. Frankreich und der Kaiser hatten offenbar eine Allianz gegen das aufsässige England geschlossen, doch die Gefahr eines Krieges hielt Tom für gebannt: »Jetzt, wo wir die Schmalkaldischen an uns binden, bleiben die Ratten wohl in ihren Löchern. Ein Jammer, wenn du mich fragst. Mir wäre eine ordentliche Schlägerei mit den Papisten lieber als das Geziere auf der Brautschau.«

»Mir nicht. Bei Schlägereien bleibt es doch nicht, oder zieht ihr ohne Klingen in den Krieg?«

Als er antworten wollte, schloss sie ihm mit der Hand den Mund. »Gott behüte dich. Stirb mir nicht, ob du mit papistischen Kanonieren oder mit rheindeutschen Jungfrauen raufst. Tom, mein Ganskreis ist in Festtagsstimmung. Glaubst du auch, dass für uns bessere Zeiten kommen, wenn der König wieder heiratet, dass vielleicht die sechs Artikel aufgehoben werden?«

»Die sechsschwänzige Peitsche? Kaum. Aber wir dürfen hoffen, dass Junker Tudor zu beschäftigt sein wird, um Cromwell und Cranmer auf die Finger zu sehen. Gefahr droht noch immer, meine Narde.« Er nahm ihre Hand und küsste die Stelle, an der über dem Trauring Janies Ring steckte. »Sag deinen Gänschen, sie sollen ihr Fest im Flüsterton feiern und nicht Gardiner oder seine Howards dazu laden.«

»Bewegt sich denn nicht endlich etwas vorwärts? Sieben Jahre sind es, seit Englands Kirche sich von Rom getrennt hat.«

Er blieb stehen, zog sie in die Arme. »Geliebte Cathie, solange ein Untier über Menschen herrscht, bewegt sich nichts. Wir können uns wie Sisyphus bergan schleppen, beim nächsten Furz des Tieres schleudert's uns wieder ins Tal.«

Seine Augen waren dunkel. Ein Windstoß verriet, dass der Abend nicht sommerlich, sondern kühl sein würde. »Sag es«, bat sie.

»Unser Tag wird kommen.« Er küsste sie zart, mit halb geschlossenen Lidern. »Ich muss nach Whitehall, Barnes und Edward warten auf mich. Sehe ich dich irgendwann wieder?«

Sie spürte ihre Finger sich in seine Schultern krallen, fühlte ihre Arme sich versteifen und ließ dennoch los. Dann fiel ihr etwas ein. »Wann bringst du die Braut aus Kleve?«

»Sie soll auf dem Landweg nach Calais. Nicht einmal Junker Tudor hetzt winters eine Jungfer tagelang übers Meer. Es wird also dauern. Bis Weihnachten, schätze ich.«

»Gut«, rief sie, strich durch sein Haar und zog die Hand schon fort. »Zu Zwölfnacht dann.«

Im Abendlicht wiegte sich das Schilf.

Herbst und Winter kamen in rascher Folge und brachten wie im Vorjahr eine Verschlechterung von Latimers Zustand mit. Er erhob sich nie mehr vom Bett, war zwar bei klarem Bewusstsein, aber meist zu schwach, um zu sprechen. Catherine hatte sich Pult und Bett in die Kammer neben seiner tragen lassen und ihm einen hölzernen Gehstock verschafft, so dass er, wenn er sie brauchte, gegen die Wand klopfen konnte. Aber Latimer brauchte sie nicht. Zuweilen hörte sie ihn durch die Mauer stöhnen, doch keiner der Ärzte, die kamen und gingen, vermochte zu benennen, warum er solche Schmerzen litt. »Lange wird es nicht mehr dauern«, behauptete einer von ihnen, »bis Gott, der Herr, Euren Gatten zu sich ruft.«

War es Sünde, auf den Tod eines Menschen zu warten, obgleich dieser Tod Erlösung verhieß? Latimer selbst sagte es einmal, als sie ihm sein Essen hinauftrug, sehr weißes Brot und Suppe mit Trockenpflaumen, von der er nicht mehr als einen Löffel voll aß. »Wenn ich sterbe, wird es Erlösung sein. Für Euch wie für mich. Möge Gott Euch für alles, was Ihr an mir getan habt, Jahre voll Lohn bescheren.«

Jahre voll Lohn. Sie schüttelte rasch den Kopf, aber konnte nicht verhindern, dass ihr aus Schemen ein Bild erstand. *Ich habe mich nie so verzweifelt nach dir gesehnt, Tom. Weil du mir fehlst, kann ich mein Buch nicht schreiben.* Sie setzte sich häufig an ihr Pult, beugte sich übers Papier, aber verwarf jedes Wort. *Ich möchte die zarten Sprünge in deinen Augenwinkeln küssen. Herr, mein Gott, lass uns jung sein, denn wir werden schon alt.*

Die Kinder hatten das Haus verlassen. John lebte bei Hof, und die schmale, todernste Margaret siedelte im Frühjahr in den Haushalt von Verwandten um, damit sie nicht im Trüben verblühte. Mit ihrer Stiefmutter hatte sie seit jener zwölften Nacht in Hampton Court nur mehr das Nötigste gesprochen. Catherine zog kein Kind auf und schrieb kein Buch. *Ich muss doch mein Buch schreiben können, was bleibt von dir und mir sonst?* Nan und Kate kamen häufig auf Besuch, und noch häufiger traf sich der Ganskreis. Dennoch war Catherine viel allein.

Anfang Dezember, als jeder Marktplatz der Stadt der Ankunft der königlichen Braut entgegentuschelte, kam Edward. Er war auf dem Sprung nach Calais, wo er gemeinsam mit Cromwell die Lady Anna empfangen und über den Kanal geleiten sollte. »Zuvor wollte ich nach dir schauen. Nicht nur, weil ich meinem Bruder im Wort bin. Ergeht es dir wohl, Cathie?«

Edward trug seine Augengläser, dieses Erzeugnis jüngster Brillenmacherkunst, sah aber trotzdem alt aus. Der Rahmen der Brille verbarg nicht die Schatten um die Augen. »Das tut es«, erwiderte sie. »Aber du sorgst dich, ja?«

Er winkte ab. »Ich sorge mich doch immer.«

»Worum diesmal?«

»Ich nehme Cranmers Gattin mit nach Calais, damit sie zu ihrem Oheim nach Nürnberg weiterreisen kann. Auf die Ehe mit einem Priester steht der Galgen, Cranmer will sie nicht länger der Gefahr aussetzen. Nur zerreißt es dem armen Mann das Herz.«

Wenn es nur das Herz wäre, dachte Catherine, *ein sauberer Riss in zwei Hälften, so wäre es auszuhalten. Aber in Wahrheit zerreißt es deine Eingeweide und bereitet einen Schmerz, der in dir wühlt, der dich selbst, wenn er schweigt, von innen her zergräbt.* Sie schrak zusammen, als Edward ihre Schulter berührte. »Ich treffe Tom in Calais«, sagte er. »Bevor er aufbrach, hat er mir eingeschärft: Was immer die Jungfer vom Rhein noch aufhält und was für Stürme die Reise verzögern, zu Zwölfnacht ist er daheim.«

»Edward?« Sie deckte ihre Hand über seine. »Es ist doch alles in Ordnung mit der protestantischen Braut aus Kleve, oder nicht?«

»Nun ja.« Edward senkte den Kopf. »Du kennst doch Tom.«

»Ja, ich denke, das tue ich. Sprich.«

»Tom hat gesagt, selbst wenn er fett wie Junker Tudor wäre, würde ihm vor solchen Hinterbacken unterm Betttuch angst und bange.« Edward hüstelte. »Catherine, du darfst ihm nicht …«

»Nein. Ich darf nicht.« Sie musste lachen. Sie umarmten einander und hielten sich einen Atemzug lang fest. »Du hütest ihn mir, nicht wahr?«

»Wie meine Augen. Nur waren die zu keiner Zeit so schlüpfrig.«

Catherine zog ihm die Riemen der Brille von den Ohren und küsste ihm die Wange. *Mein Bruder Edward. Mein Kampfgefährte.* »Ich weiß, du bräuchtest sieben Hände, aber wirst dein Möglichstes mit zweien tun. Was geschieht, wenn die beängstigenden Hinterbacken nicht nach dem Geschmack des Königs sind?«

»Dann gnade uns Gott. Wir Reformer, namentlich Cromwell und Barnes, haben ihn in diese Verbindung geradezu getrieben.«

Sie sah die Bewegung, die über sein Gesicht sprang, spürte das Innehalten. »Was ist dir? Woran hast du gedacht?«

»An nichts. Doch. Ans Sterben. Mir fiel plötzlich ein, wie ich als junger Höfling vor den König gerufen wurde und sicher war, es ginge auf den Tod. Ich dachte daran, dass ich Wulf Hall nicht mehr sehen würde, dass ich mir nicht vorstellen konnte, wie man starb, und dass meine Frau wohl erleichtert wäre.«

»Edward!«

Er sah sie nicht an. »Damals war Kate Fillol meine Frau, und heute jagt mir das Sterben noch mehr Schrecken ein, weil ich den Gedanken, Anne nicht mehr zu sehen, nicht ertrage. Aber erleichtert wäre auch sie.«

»Um alles in der Welt.« Sie packte ihn. »Was redest du dir ein, hast du die geringste Ahnung, was für ein Mann du bist?«

»Ein Feigling.«

»Einer, der denkt, wie wäre es damit? Denken befreit.«

»Das ist ja die Crux.« Sie tauschten einen Blick, aber lachten nicht. »Gott segne dich.« Edward küsste ihre Hand und ging.

Für die Weihnachtsfeiern des Jahres 1539, die zum Brautfest werden sollten, wurde der Hof nach Hampton Court verlegt. Anne war wieder schwanger, aber sie gehörte nicht zu den Frauen, die darum Aufhebens machten. Sie reiste ohne ihren Gatten, der sich mit der Braut noch in Calais befand. Am Weihnachtstag, wenn nach der Messe das Holz entzündet und die zwölf heiligen Nächte eingeläutet würden, erwartete man den Brautzug aus Kleve.

Mitte Dezember jedoch brachen Schneestürme aus, die Anna von Kleve und ihre fünfzig Geleitschiffe an der Überquerung des Kanals hinderten. Zwei Wochen lang saß die Schar in Calais fest. Es wurde ein seltsam stilles, gespanntes Weihnachtsfest, als reihten sich statt der Gäste Geister auf den Bänken. Den Saal schmückten weiße Girlanden, und kredenzt wurden Schwäne im Federkleid, denn der Schwan war das Wappentier der künftigen Königin. Anne nahm, wie es ihr gebührte, ihren Platz am Tisch des Königs ein. Noch war ihr Gatte Oheim von Englands einzigem Prinzen. Bei Hof aber wurde zunehmend darüber gewispert, dass Jane Seymours Spross kein langes Leben beschieden wäre und man sich von der Rheinprinzessin eine Horde neuer Prinzen versprach.

Kinder verreckten und wurden ersetzt. Wer dem König zusah, der zerwaberndem Masse im Lehnstuhl, dem verschwollenen Bein auf einem Schemel und dem kleinen Mund, in den keulenweise Fleisch geschaufelt wurde, mochte daran zweifeln, dass einem solchen Zerrbild von Mann noch Söhne entsprangen. Aber was das Äußere eines Mannes hermachte, verriet nichts von seiner Zeugungskraft. Selbst der Hanfstock, mit dem sie verheiratet war, hatte seinen Lenden noch einen Sohn abgerungen, ein schwächliches Bürschlein mit Namen Edward, das unter der Aufsicht einer Kinderfrau in Chester lebte.

Getanzt wurde kaum. Auf der Galerie stand eine Gruppe von sieben sehr kleinen pechhaarigen Männern, die in Schwermut auf Holzflöten spielten. John Dudley, der in jedem Winkel zugleich zu sein schien, bat Anne zur Pavane. Seine Gesichtshaut neigte zu fleckiger Rötung. »Tanzt Ihr nicht mit Eurer Frau?«

»Meine Frau zieht den Gleichklang häuslichen Lebens den Umtrieben bei Hofe vor. Damen, die sich auf das verschlungene Wesen der Staatslenkung verstehen, sind so bewundernswert wie rar.«

Anderntags war das Wetter noch immer erbärmlich. Die Flotte der Braut würde nicht in See stechen können. Beim abendlichen Bankett brach an mehreren Tischen unter gelangweilten Höflingen Streit aus, und der König warf einen gefüllten Pokal nach seinem Narren Will Somers, der in Purzelbäumen über den Tisch entfloh. Das Weihnachtsholz verkohlte. Geschenke, die sich in Seiden gehüllt auf dem Podium stapelten, blieben unberührt, und dem Wein wurde reichlicher zugesprochen als den Speisen.

Am Morgen des dritten Tages hatte sich der Sturm gelegt. Die sehnlichst Erwartete würde Segel setzen. Gegen Abend sollte sie Dover erreichen und in der Frühe nach Canterbury weiterreisen, wo der Erzbischof sie willkommen hieße. Von dort ginge es nach Rochester und schließlich im Triumph nach London. »Noch vor der Neujahrsnacht ist sie da!« An diesem Abend zeigte sich die Gesellschaft gelöster, wenn man sich auch jeder Regung bewusst blieb, weil der halbierte Hofstaat den Saal nicht zu füllen vermochte. Statt der königlichen Musikanten spielten die herben Flöten auf.

In den folgenden Tagen, die böig und verhangen waren, gab es keine Nachricht von der Braut vom Rhein. Erneut stieg Spannung, als werde die Haut der Versammelten dünner und risse bei sachtester Reizung. Als am letzten Morgen des Jahres noch immer kein Zeichen des Zuges vermeldet wurde, rief der König die ihm verbliebenen Kumpane zur Jagd.

Kein anderer als König Henry jagte zur Weihnachtszeit. Rings um die Palastanlagen hatte er Ländereien einziehen und in Jagdgebiet verwandeln lassen. Anne wusste, dass Edward den Schutz solchen Landes und seiner Bewohner gesetzlich zu verankern wünschte, doch sie begriff nicht, was ihm daran lag. Weshalb sollten aus Bauern keine Vagabunden werden? War nicht gleichgültig, ob einer als ungebildeter Bauer oder als ungebildeter Vagabund sein Leben fristete? Bauern wie Bettler, Würmer wie Weiber, all solche wurden geboren und starben, ohne dass die Zeit die Schultern zuckte. Der König benötigte palastnahe Wälder, weil er bei seiner Leibesfülle und seinen Gebrechen zu keinen weiten Ritten mehr imstande war. Der achte Henry, den die Christenheit als ihren schönsten Prinzen gefeiert hatte, war mit noch nicht fünfzig Jahren das Wrack einer Menschengestalt.

Für Tage wie diesen, an denen ihm selbst der kürzeste Ritt zur Qual geworden wäre, hatten Jagdaufseher einen Streifen Waldes durch Netze abgetrennt. Keines der Tiere, die von Treibern in diese schlauchgleiche Falle gehetzt wurden, hätte das mehr als mannshohe Geflecht überspringen können. Überragt wurde es von hölzernen Hochständen, auf denen die Jagdgesellschaft mit ihren Armbrüsten wartete. Kaum ließen Hufschläge und Gekläff die Stände beben, wurden Bögen gespannt. Wer auf dem Aussichtsstand einen Platz ergattert hatte, konnte den Hirschen in die schreckensweiten Augen sehen, hörte das Pfeifen ihres Atems und das Stieben aufgepflügter Erde. Ein Hagel von Pfeilen ging nieder. Braunfellige Leiber sackten zusammen wie geplatzte Früchte. Was in Todesangst nachdrängte, stürzte über das Erlegte. Anne wandte sich ab.

»Ist Euch nicht wohl?«, erkundigte sich Dudley, der sich nicht den Jägern, sondern den Damen auf dem Aussichtsstand angeschlossen hatte. »Wünscht Ihr eine Erfrischung?«

War dieser Dudley je dort, wo Männer sich wie zusammengerottete Narren betrugen? Anne nahm den dargebotenen Becher voll erhitztem Wein. Mädchen johlten, als die, die sich Jäger nannten, den Netzgang stürmten, um sich Ohren aus den Haufen Tierleichen zu schneiden. So ging es immer: Geistloses Weibsvolk beklatschte Mannsvolk dabei, wie es sich selbst beklatschte. Von der leuchtenden Einfalt auf beiderlei Gesichtern krümmte sich Anne der Magen.

Zum Bankett am Abend wurden die Kinder des Königs, die dreiundzwanzigjährige Mary, die sechsjährige Elizabeth und der zweijährige Kronprinz Edward, aus ihrer Abgeschiedenheit nach Hampton Court geschafft, um ihre Stiefmutter kennen zu lernen. Nur blieb die Stiefmutter aus, wahrhaftig wie ein Hirngespinst, das stetig beschworen wurde, aber nie Gestalt annahm. In grotesker Stille gab man dem alten Jahr den Kehraus, matter Beifall begrüßte das neue. An den Themseufern schmolzen die Eisskulpturen, das nutzlose Brautspalier aus Schwänen, Rittern und Jungfrauen. Am nächsten Morgen fiel leichter Regen.

Wer nicht vor Erschöpfung in den Tag schlief, scharte sich auf der eilends errichteten Tribüne im Vorhof, wo Buntheit Zerstreuung versprach. Dieses ganze Volk, die ganze Zeitspanne gierte nach Vergnügen, nach Bauten aus papierenen Wänden, die sich erst machtvoll bauschten, dann unter Salven von Gelächter einstürzten. *Und warum wohl? Um das Gewisper zu übertönen, mit dem die Toten unter der Erde ihr verscherztes Leben beklagten?* Anne verschmähte den Schemel, den Dudley ihr zuschob. Vor ihr drängten sich Jüngere, aber Anne war eine große Frau.

An der Kopfseite des Platzes beschirmte ein von wenigen Kammerherren gesäumter Baldachin den König. Tatsächlich befanden sich kein Herzog und kaum mehr ein Graf bei Hof, um ihm Gesellschaft zu leisten, alles war zum Empfang der Braut entsandt. Dem Baldachin gegenüber waren vier Pflöcke mit Ketten in den Boden gerammt. Kurz verstummte das Menschengesumm. An der Tribüne vorbei traten zwei Bärenführer, das gefesselte Untier zwischen sich.

Anne hielt den Atem an, als sie an ihr vorüberstrichen. Bären bekam man nicht allzu selten zu Gesicht, der König unterhielt ein Gehege, aber dieser war ein besonders herrliches Geschöpf. Gelassen trottete er zwischen seinen Führern, als hafte ihm der Wald, von dem er stammte, noch an. Ein Riese war er. Aufgerichtet mochte er die zwei Männer um mehr als Haupteslänge überragen. Trügerisch sacht glitten die Muskelstränge unter braunem Fell voran und zurück. Der Bär war kein Schoßtier, kein Possenreißer. Er war ein Todbringer. Verbliebener finsterer Jahrhunderte, in denen Stärke und Wildheit, nicht Zärtelei die Erde beherrschten.

Das Ungeheuer ließ sich die Tatzen fesseln, an Ketten, die ihm Spielraum zum Steigen ließen. Zuletzt löste einer der Wärter Halsring und Maulkorb und sprang zurück. Im laschen Regen stand der Bär zwischen Pflöcken und wartete.

Gebell riss Anne aus ihrer Selbstvergessenheit. Aus vier Winkeln stürzten Hundeführer, ein jeder von einer Rotte magerer, braun gefleckter Bestien gezerrt. Sie mussten sich nach Kräften in die Leinen legen, um die kläffende Meute zu halten. Terrier. Breitschnäuzig, dabei pfeilschnell wie Nattern. Ein Trommelsignal ertönte. Im nächsten Augenblick hakten die Führer die Leinen von den Halsbändern.

Der Bär, sich von einer Seite auf die andere wiegend, hatte vielleicht einen Traum gehegt, doch damit war es jetzt vorbei. Aus dem Stand sprang der erste Hund ihn an, ein schneller Tatzenhieb erwischte den Vorwitzigen und schleuderte ihn durch die Luft. Der Hund klatschte aufs Pflaster und blieb lange liegen. Als er sich aufrappelte, erschien es, als habe der Aufprall den hinteren Teil seines Leibes erschlagen, während der vordere Teil noch lebte und den toten Rest winselnd nach sich zog.

Der Lärm war ohrenbetäubend. Im Pelz des Bären hingen zugleich vier Hunde, ließen sich schütteln wie blutbesoffene Schröpfegel. Der Bär richtete sich halb auf und wand den Leib mit einer Kraft, die zwei seiner Peiniger abwarf. Einem weiteren, der ihm mit gebleckten Zähnen ins Gesicht fuhr, bissen seine Fänge die Kehle durch. Unter all dem Getöse glaubte Anne das Knacken zu hören, mit dem die lächerliche Gurgel splitterte.

Einen Atemzug lang war der Bär befreit. Er landete auf den Vorderläufen, schnaufte, wankte nach der Seite, sein Pelz mit Schaum und Blut bespritzt. Erneut fuhr eine Bestie in die ungedeckte Flanke. Der Bär schwang herum, ward aber gleich darauf von vorn angegriffen und warf sein Gewicht in einen Tatzenhieb. Sich überschlagend, wirbelte der Hund über die Balustrade und landete auf dem Boden der Tribüne. Wie Wasser spritzen die Weiber auseinander. Anne ließ sich an die Wand drängen. Ein Diener schleppte den Kadaver davon. Das Gekreisch wich Klagen über Schäden an Kleidern.

Der Bär stieg. Wie er dort stand, baumgerade, mit triefenden Lefzen, war er so schön, dass Anne die Brust schmerzte. *Zeig es ihnen. Richte mit Klauen und Zähnen ein Gemetzel an.* Die kläffende Meute umsprang ihn. Wie aus Katapulten sausten ihm drei der Hunde an Balg und Brust. Einen riss er sich mit den Tatzen vom Leib, doch sogleich griff der nächste an. Der Gequälte begann, im Kreis zu springen, fing sich in der Kette, brüllte.

Er drehte den Kopf, da saß ihm ein Hund im Schenkel, ein anderer im Nacken. Der Bär schüttelte sich den Widersacher von der Seite, aber den auf seinem Rücken bekam er nicht los. Das Schütteln wurde zum Taumeln, das herrliche Untier zum Idioten im Säufergang. Die Tatzen tappten, als sei er erblindet. Fetzen von Fell hingen ihm vom Hals. *Du hast dich besiegen lassen. Stirb leise. Stirb schnell.* Der Bär fiel auf sein Hinterteil. Fünf oder sechs Hunde schlugen ihm die Zähne ins Fleisch. Der Lärm verebbte. Endlich sackte der Bär zur Seite.

Das Gedränge auf der Tribüne lichtete sich. Durch den Regen eilten Diener im Laufschritt, um tote Hunde davonzutragen. Die Überlebenden wurden eingefangen, und zuletzt schleiften vier Männer mit Seilen den Bären vom Platz. »Ihr seht nicht aus, als hättet Ihr Euch vergnügt.« Dudleys Stimme klang lauernd. »Seht Ihr eine Bärenhatz nicht gern?«

Sie wollte ihm keine Antwort geben, aber dann entglitt die Antwort ihr doch: »Ein Tier zu quälen, ist so leicht.«

»Das klingt, als zöget Ihr vor, einen Menschen zu quälen.«

Ihre Blicke trafen sich. Dudleys Augen unter den Wülsten der Brauen standen schräg. »Menschen zu quälen, ist auch leicht«, sagte er. »Wenn man das Herz dazu hat. Die Kraft zu hassen.«

In ihr Schweigen drang ein Schrei. Zuerst glaube Anne, ein Mädchen habe geschrien, dann aber entdeckte sie den Tumult vor dem Baldachin des Königs. Henry der Achte war vom Stuhl gestolpert, schwenkte einen Stock und brüllte: »Genug, genug! Mit Unserer Geduld hat's ein Ende!« Höflinge griffen nach seinen Ellenbogen, um einen Sturz zu verhindern, aber der König schlug sie weg. »Bringt Unser Pferd, Ihr Schaben, Wir reiten nach Rochester! Zeit wird es, dass Unsere Schwanenbraut die Küsse ihres Herrn kostet. Wie lange haben Wir im Bett einer Toten geschlafen, wie lange, he?« Mit dem Knauf des Stockes traf er einen Mann, der sich aufjaulend an die Wange langte. Während zwei andere noch auf ihn einschwatzten, schleppten Diener schon den Klotz herbei, um die königlichen Massen in den Sattel zu hieven. Anne und Dudley verließen die Tribüne. An diesem Abend würde es kein Fest geben.

Am Vormittag des dritten Januar erhielt der Geisterhof Weisung, sich nach Greenwich zu verlegen. Was immer dem König in Rochester begegnet war – dass jetzt das Zauberschloss von Hampton Court nicht mehr taugte, ließ Übles ahnen. Und die Wahl war weder auf das überspannte Nonsuch noch auf die Erhabenheit von Whitehall, sondern auf das belanglose Greenwich gefallen. Anne als Ehrendame der neuen Königin wurde am folgenden Morgen zum Empfang nach Blackheath gefahren. Mit ihr fuhren die Damen Douglas und Dorset, zwei Nichten des Königs, die Herzogin von Suffolk sowie die verwitwete Mary Howard.

Am Fuß einer Anhöhe bei Blackheath waren Zelte aus golddurchwirkter Seide errichtet. Einige Herren, darunter der jüngst ernannte Kammerherr und der Kanzler der Königin, froren sich im feuchten Nebel die Haut rau. Kaum hatten auch die Damen Aufstellung genommen, tat das prächtigste der Zelte sich auf und entließ eine Handvoll erstaunlich großer Frauen.

Alles fiel auf die Knie. Der Boden war durchweicht. Mit gesenkten Köpfen wartete die Schar, bis ihre neue Herrin ihnen offenbar gebot, sich zu erheben. Die Sprache, derer sie sich bediente, klang, als prügele sie Dienstboten, und ihre Stimme war ein röhrender Bass. Mit dem Falsett des Königs ergäbe dieses Kellergrollen eine Groteske sondergleichen. Kaum auf den Füßen, schrak Anne zusammen. »Euer Gnaden, die Gräfin von Hertford«, rief Denny, der Kammerherr. Vor ihr stand ein Wasserturm von Weib.

Die Turmfrau trug eine Haube, die dem Dach eines Fachwerkhauses ähnelte. Gehüllt war sie in ein rotes, sich über den Hüften ausbuchtendes Gewand. Am ärgsten aber war ihr Gesicht. Die Grimasse, die wohl freundlich gemeint war, quetschte pockennarbige Haut in Falten. Die Bassstimme sagte etwas in der Prügelsprache. Dann streckte das Weib die Arme aus, zog Anne herzhaft an sich und küsste sie auf beide Wangen.

Anne widerte das Küssetauschen, das unter dem Hofvolk üblich war, an. Sie ward von Menschen nicht gern berührt. Dies hier aber war unerträglich. Dem Mund entwallte ein Geruch, der schlimmer war als Schläge ins Gesicht. Schwer atmete sie auf, als die Deutsche von ihr abließ und zu Mary Howard weitertrampelte. Das alptraumhafte Ritual ging vorüber, und die Damen durften sich am Kohlebecken die Füße wärmen. Anna von Kleve zog sich in ihr Zelt zurück und kleidete sich für den König um. Dieser sollte vor den Augen versammelten Volkes von Greenwich herüberreiten, um seine Schwanenprinzessin in Empfang zu nehmen.

Durchgefroren, erschöpft und verstört kam der Hofstaat zurück in den Palast. In der großen Halle ward ein Bankett aufgetischt. Zur Untermalung spielten die schwarzen Flötisten ihre Weisen wie Bittermandeln. Der König fehlte, ebenso des Königs Braut und sein Schwanz von Schatten, der immerwährende Presskopf Cromwell und sein Busenfreund Barnes, der Erzbischof, die Herzöge von Norfolk und Suffolk und das Gespann der Seymours. Lordkanzler Audley verkündete, all jene ließen sich entschuldigen. Man sei vom Reisen müde. Morgen aber, am Vorabend der königlichen Trauung, werde man dem Hof eine Zwölfnacht entbieten, die für das Warten entschädigte. Die Gesellschaft aß schweigend weiter. Hätte jemand die Luft in Streifen gehackt, so hätte er sie in Öl sieden können.

Wie eine Herde Schafe fand sich anderntags, zu Zwölfnacht, wieder alles im Saal ein. Jeder unter dem Rang eines Herzogs wurde vom Tisch des Königs fortplatziert, um für Höflinge aus Kleve und Gäste aus Bayern Platz zu schaffen. Anne fand sich an einem Tisch mit Gestalten, die bei Hof nicht die geringste Rolle spielten. Und so würde es von jetzt an immer sein, wenn ihr saftloser Gatte nicht die nächste Stufe erklomm. Die Zeit, in der allein der Name seiner Schwester ihn getragen hatte, war zu Ende. Anne sah sich um. Von Edward war nichts zu entdecken, ebenso vermisste man das Königspaar und den Schwarm der Brautwerber. Ihr gegenüber, zwischen ihrer Schwägerin Liz und der Gackerhenne Herbert, entdeckte Anne das Zeisigweibchen.

Dudley reichte ihr einen Becher. Er selbst schüttete sich, statt vom Rheinwein zu trinken, aus einem winzigen Fläschchen einen Tropfen auf die Zunge. Kaum hatte er ihn geschluckt, blich sein rotes Gesicht wieder aus. Das Zeisigweibchen saß krumm in einem Sack aus Brokat. »Die Lady Latimer«, sagte Dudley.

»Wieso erzählt Ihr mir das?«

»Ihr habt sie angesehen. Ich nahm an, Ihr wolltet gern wissen, wer sie ist.«

»Ist Ihr Gemahl nicht hier?«

»Lord Latimer, heißt es, liegt krank, seit er während der ›Pilgerschaft der Gnade‹ des Königs Missfallen auf sich zog. Seine Frau ist übrigens keine Papistin, sondern gilt als reformerisch gesinnt.«

»Sie ist doch ein Weib«, bellte Anne zurück. »Seit wann gelten Weiber als irgendetwas?«

Dudley kam zu keiner Antwort mehr. Gleich darauf ertönten die Trompeten. »Henry, König von England, und Lady Anna von Kleve.«

Im Gefolge der zwei juwelenbestückten Elefantenmenschen

schwemmten kühle Luft und ein Schwung dunkel gewandeter Männer in den Saal. Wohl zu Ehren der Braut hatten sich die Herren als flandrische Edelknaben kostümiert: Jede Speckfalte umzeichnende Beinlinge und Schecken aus dunkelgrauer Seide, weiße Spitze an den Hälsen und flache Kappen, die sie jetzt, sich verneigend, von den Köpfen zogen. Im Niederknien machte Anne ihren Gatten aus, der selbst in solchen Kleidern noch wie hineingehängt wirkte. Umgeben war er wie üblich von den zwei Vogelscheuchen in Klerikerroben. *Du hättest Priester werden sollen, Edward Hanfstock, und des Nachts nicht Weiber, sondern Burschen umarmen. Aber den Burschen aus Rohgold, den du liebst, der dir jetzt die Schulter tätschelt und schon gierig den Blick schweifen lässt, wirst du dreingeben müssen. Du schuldest ihn mir.*

Tom Seymour schien schlanker, zäher, womöglich jugendlicher denn je. Der Einzige, der sich die knappe Kleidung leisten konnte und der unter den sorgenschweren Mienen Grund zum Lachen fand. Das königliche Paar, gefolgt von den Herzögen und dem Erzbischof, zog aufs Podium, und die Übrigen verstreuten sich an Tische. Im selben Augenblick erschienen Diener mit Schüsseln. Gegessen wurde rasch, ohne Lust. Schwäne im Federkleid fehlten in der Speisefolge.

Anne fand in ihrem Stück von der Zwölfnachtstorte die versilberte Bohne. Bohnenkönigin war sie, es würde das Jahr der Gräfin von Hertford sein. *Aberglaube für Einfaltspinsel.* Spitzfingrig fischte sie das Stück Silber aus dem Teig und ließ es ungesehen auf den Boden fallen. »In unserem Kuchen gab es keine Bohne«, grölte Tom Seymour, den Kopf im Nacken, durch den Saal.

»Dann wird es wohl niemandes Jahr«, bemerkte kichernd der kleine Cromwell, aber es klang nicht, als amüsiere er sich.

Hatten die Geister elf Nächte lang auf Bänken ausgeharrt, so erhoben sie sich in der zwölften zum gespenstischen Tanz. Des Königs Musikanten hätten einrücken sollen, die Gamben, Schalmeien und Fiedeln, aber nichts geschah. Von der Galerie perlte der Bitterklang der sieben Flöten. Edward, von

Cranmer und Barnes umringt wie eine Jungfer von Verehrern, schien die Musik nicht zu bemerken. »Die Familie Bassano«, erklärte Dudley, ihr Schatten, der Gedanken las. »Juden aus Venedig, Musiker, die entweder aus dem Elysium oder direkt vom Teufel stammen. Cromwell hat sie hergeschafft, als Geschenk an die Braut.« Er wies mit der Hand nach dem Podium, auf dem einander abgeneigt das Königspaar saß. Zwei Plätze weiter hatte der alte Herzog von Norfolk seinen Kopf zu Bischof Gardiner gesteckt.

Auch Tom Seymour tanzte nicht, obgleich Mary Howard und eine dralle Brünette ihn verfolgten, sondern schleppte wie eine äffische Amme den Kronprinzen auf der Hüfte umher und gab gurrende Laute von sich, als sei er selbst zwei Jahre alt. »Euer Schwager dürfte der begehrteste Junggeselle des Hofes sein. Die Hand meiner Nichte wurde ihm angetragen. Aber er will wohl höher hinaus.«

Anne schwang zu Dudley herum. »Mein Schwager ist Gift.« Sie hörte zu, wie die Worte zu Boden fielen, und ließ sie liegen. Dudleys Brauenwülste zuckten. Er sagte nichts.

Unter den Tanzenden befand sich die papistische Königstochter Mary, die das Gesicht einer Greisin mit dem Gemüt einer lechzenden Novizin verband. Steifbeinig tanzte sie mit dem Herzog von Bayern, der als protestantenfreundlich galt und den Cromwell sich für sie als Gatten erhoffte. In den Schritten der Pavane unterhielten die beiden sich lebhaft, und auch als die Flötenläufe sich zur Gaillarde steigerten, schwatzten sie weiter aufeinander ein. Mitten in einer missglückten Drehung jedoch stieß Mary den Bayern von sich und kreischte im vom Vater ererbten Sopran: »Mit Ketzern tanze ich nicht. Und einem Ketzer reiche ich gewiss nicht meine Hand zur Ehe.«

Ruhig ließ Tom den Prinzen zur Erde gleiten, winkte die unkenhässliche Elizabeth herbei und vertraute ihr den kleinen Halbbruder an. Die Königskinder packten sich bei den Händen und begannen, im Takt der Flötentöne zu hüpfen. Tom ging zu Mary Tudor, die sich wie nach ihrem Retter nach ihm drehte. *Ha! Weißt du tatsächlich nicht, dass du den schwärzesten Ketzer von ganz England vor dir hast?* Tom nickte dem Bayern entschuldigend zu. Unter der grauen Seide spielten seine Schulterblätter.

»Wie ich Euch sagte, er will höher hinaus.« Dudley wiegte den Kopf. Gleich darauf verneigte er sich und trat nach rückwärts ab. An seine Stelle schob sich der Mann, dessen Namen Anne trug. Sie hatten einander seit Wochen nicht gesehen. Er beugte sich ungeschickt vor und küsste ihr die Hand. »Geht es dir wohl, Liebes?«

Wie könnte es das? Eine Antwort verlangte er nie. Die Gaillarde war zu Ende. Tom führte die Lady Mary an die königliche Tafel zurück, trat vor die Galerie und rief etwas, das Anne nicht verstand, zu den Flötisten hinauf. Die kleinen Männer begannen zu spielen. Schwer und schmerzlich stanzten ihre Töne Zeichen in die Luft.

Ließ sich nach solcher Klage von unerfüllter Liebe tanzen? Anne kannte das Lied. *Die Ballade von der Lady in den grünen Ärmeln.* Sie stammte aus ihrer ersten Zeit bei Hof, aus den ganz jungen, noch nicht abgehärteten Jahren. König Henry hatte sie für die Boleyn geschrieben, als er um sie warb, als er Kreuz und Krone in den Fluss geworfen hätte, um sie in seinen Armen zu halten:

Ach, mein Lieb, welches Unrecht tust du mir,
Dass du mich so gnadenlos von dir weist.

Während die Übrigen zurücktraten, durchquerte Tom den Saal und verbeugte sich vor der Lady Latimer. Ihr Handgelenk packend, führte er sie auf die geleerte Fläche und begann, mit ihr zu tanzen. Sein sich biegender Körper klagte mit der Wehmut der Ballade:

Meine Lady in den grünen Ärmeln,
Ich bleibe dein getreuer Anbeter.
Komm nur noch einmal und schenk mir deine Liebe.

Überall waren Sitzende von ihren Bänken aufgestanden: Kate Suffolk, Liz Cromwell und das Herbert-Huhn, Edwards Priesterfreunde und das Volk vom Rhein. Der Saal schwieg wie der Tod. Allein die Flöten wiegten die Tänzer. Mit dem letzten Ton ergriff Tom die Hände des Weibes, beugte sich über sie und presste die Lippen darauf. So verhielt er, so verhielt die Welt. Das Zeisigweib senkte den Blick in seinen Nacken. In diesem Herzschlag, vor aller Augen, war sie die schönste Frau im Raum.

Als die Starre sich löste, Getuschel einsetzte, warf sich Anne zu ihrem Mann herum. »Und das duldest du? Dass einem Peer von England Hörner aufgesetzt werden, von deinem Bruder, der sich beträgt, als hätten Tagelöhner ihn erzogen?«

»Anne«, rief er. »Anne!« Ihr Name wie durch Schleier. Seine Hand langte nach ihrem Kopf, den sie gerade noch rechtzeitig zur Seite drehte. »Anne, das ist die kleine Cathie Parr, die mit uns aufgewachsen ist. Tom und Cathie gehörten schon zusammen, als das eine kaum ein Wort als des andern Namen kannte. Verdamme sie nicht, sie leiden Schmerz genug. Weint nicht auch Dante um Paolo und Francesca?«

Und das, meinst du, schert mich? Sie werden nie genug leiden, Hanfstock, ihnen bleibt ihr zärtliches Lachen bis zum Tod.

Verklärt wie ein Schwachkopf grinste er sie an. »Weißt du, was mir in Calais ein Mann erzählt hat, von dem wir Schwäne kauften? Ein Schwan bindet sich in seinem Leben nur einmal, und wenn ihm die Gefährtin stirbt, begehrt er selbst den Tod. Dieser Mann hat einen Witwenschwan besessen, der sich an den Streben seines Käfigs den Kopf zerschlug. So sind wir Seymours, Anne. Ich nicht anders als Tom.«

Die Wochen und Monate vergingen im Flug. Catherine kam voran, auch wenn sie kein Buch schrieb. Mit ihren Freundinnen traf sie sich in Kate Suffolks Haus. Sie las wie besessen, fragte, stritt, gönnte weder sich noch den Gefährtinnen Ruhe. In den Nächten saß sie wach, sah nach dem Kranken, der sich zwischen Wachen und Schlafen quälte wie zwischen Leben und Totsein, kehrte in ihre Kammer zurück und las. Ihr war, als berge sie in ihrem Innern eine Truhe, in die sie Kostbarkeit um Kostbarkeit füllte, einen Schmuckstein, eine Perle, einen Klumpen Gold. Vielleicht würde der Reichtum nie genügen, und welchem Zweck er galt, blieb vage, aber Catherine war zufrieden, ihn zu sammeln. Sie kam voran.

Tom fehlte ihr. *Eines Tages wirst du mir mein Leben lang gefehlt haben.* Vielleicht war das mehr, als Menschen wünschen durften. *Mein eigen ist ein Schmerz, der nicht verblasst.* Gesehen hatte sie ihn zum Maiturnier, wo er wie üblich den wutentbrannten Henry Howard aus dem Sattel warf. Sein Spiel war gefährlich, und er trieb es wie ein Knabe, der einen Kreisel schlug. Seinen Neffen, den Prinzen, hob er vor sich in den Sattel und galoppierte mit ihm um die Bahn. Catherine musste lachen: Dieser Schimmel, den er neuerdings ritt, war viel zu schmächtig für ihn. Sie hätte ebenso gut weinen können, weil sie sich fragte, wer Tyndale das Gnadenbrot gab, ob das Riesenpferd irgendwo an einem Weidezaun von einem Ritt durch Schneeregen träumte, von Tannenzweigen, die seine Flanken streiften, und von zweien, die sich im Traben küssten.

Tom hatte den Schimmel zum Stehen gebracht, den Helm abgezogen und zu ihr hinübergesehen. Sie sandte seinen Lippen einen zärtlichen Gedanken. Er wendete und ritt mit Janies Sohn davon. Nan, die neben ihr stand und seit der Geburt ihres Jungen reizender aussah denn je, umfasste ihr Handgelenk und drückte es. *Herr, mein Gott*, betete Catherine am Abend. *Hab Dank für meine Schwester, hab Dank für meine Freunde und behüte Tom.*

An diesem Morgen im frühen Juni trafen sie sich wieder in Kate Suffolks Haus. Catherine und Nan liefen den Weg von der Anlegestelle hinauf, in dichten Sträuchern duftete der Rosmarin. Die Königin Anna hatte Zweige davon in einer Girlande um den Hals getragen, als Cranmer sie mit dem König traute. Rosmarin war der Strauch der Treue, der Erinnerung. Nan brach einen Stängel ab und gab ihn Catherine.

Es war ein schöner Tag, die Stimmung unter ihnen leicht. Seit die gewichtige Anna die Leere an der Seite des Königs füllte, war zwar noch keine Umklammerung gelockert, kein Gesetz gemildert, aber die Hoffnung darauf verlieh den Reformern Mut. »Lasst uns heute nichts Schweres lesen«, bat

Nan. »Lieber etwas, das zum Sommer passt und zu uns allerliebsten Wiesenblumen.«

»Das Hohelied«, bestimmte Kate und begann zu blättern.

»Sollten wir nicht auf Liz warten?«, fragte Catherine, aber Nan winkte ab. Liz war hochschwanger, sie mochte es vorgezogen haben, heute daheim zu bleiben.

Meine Taube in den Felsenklüften, im Versteck der Felswand, zeige mir deine Gestalt und lass mich dich hören, denn deine Stimme ist süß und deine Gestalt gar lieblich. Mein Freund ist mein, und ich bin sein, der unter den Lilien weidet.«

Die Tür flog auf. Catherine, in der die Worte nachklangen, nahm einen Herzschlag lang an, es müsse Tom sein, der kam. Aber es war Kates Hausdiener, der es nicht schaffte, etwas zu sagen, weil Edward ihn beiseitedrängte. »Ist meine Schwester nicht hier?« Seine Stimme flog ohne Atem.

»Liz?« Kate war aufgestanden, schenkte einen Becher voll und reichte ihn dem Gast. »Wir haben sie heute nicht gesehen. Hat man sie vielleicht schon zu Bett geleitet, naht ihre Stunde?«

Edward sah von dem Becher zur Tür, als wolle er gleich wieder von dannen stürzen. Dann nahm er den Becher. Trank. Als er ihn absetzte, entdeckte Catherine an seinem Kragen einen Streifen Rot, der zu hell war, um vom Wein zu stammen. »Ich muss sie finden«, sagte Edward. »Sie und Gregory. Wenn sie kommt, könnte sie wohl bei Euch bleiben, bis ich sie hole und nach Wulf Hall bringe?«

»Ohne Frage.« Kate nahm ihm den Becher ab. »Aber was ist ihr denn zugestoßen? Warum soll sie nach Wulf Hall?«

Auch auf Edwards Wange klebte eine rote Spur. Er schnappte nach Antwort. Im nächsten Augenblick war Catherine bei ihm und packte ihn unter den Achseln, ehe seine Knie nachgaben.

Für einen so großen Mann war er nicht schwer, aber dennoch spürte sie Fleisch und Gewicht auf den Armen, derweil sie, wenn sie Latimer hielt, nur noch ein Schwinden spürte. Zusammen mit Kate half sie ihm auf einen Schemel und ging vor ihm in die Hocke. »Verzeiht«, sagte er, »ich habe zwei Nächte lang nicht geschlafen.«

»Warum nicht?«

»Wir wussten es«, stieß er heraus. »Wir hätten es wissen müssen, seit Gardiner ihm dieses Mädchen an den Tisch gesetzt hat. Aber gewusst haben wir wieder einmal gar nichts. Herzog Howard spinnt die Fäden, auf denen seine Sippe bis zum Thron tanzt, und Edward Seymour sitzt behäbig beim Feuer und liest den Seinen einen Band Erasmus vor.«

Blitzschnell ballte er die Rechte und drosch sich gegen die Stirn. Catherine ergriff seine Hand und zog sie ihm zurück in den Schoß. »Von Schlägen wird deine Stirn nicht klarer. Aber ich brauche sie klar, oder ich werde nie zu hören bekommen, was geschehen ist.«

Edward nickte. »Liz' Schwiegervater ist heute früh auf der Ratssitzung verhaftet worden. Ich will Liz und Gregory aus des Königs Reichweite bringen, bis die Lage sich beruhigt.«

»Ihr Schwiegervater? Cromwell Schweinsrüssel?« Das war Nan.

Edward blickte nicht auf. »Wir hätten etwas tun sollen. Wir alle wussten seit jener unseligen Nacht in Rochester, dass die Lady Anna das Blut des Königs nicht in Wallung brachte. Und wie Tom sagt: Was Junker Tudor nicht schmeckt, das frisst er nicht.«

Die beängstigenden Hinterbacken. Catherine vernahm ihr Herz. »Aber er hat sie doch geheiratet, nicht wahr? Er ist ihrem Bruder im Wort, England wird Mitglied der Schmalkaldischen Liga...«

»Eher tritt der Papst *in persona* ihr bei. Der Franzose und der Kaiser verstricken sich doch schon wieder in Händeln, da hat das Bündnis mit den Schmalkaldiern ausgedient. Und die Ehe ist nicht vollzogen. Vor dem versammelten Rat hat der König bekundet, dass ihm beim Anblick der Lady Anna der Saft in den Lenden gerinnt. Tom hat gesagt: Eher als in die rheinische Liebeskuhle senkt er sein nobles Gemächt in eine Gruft.«

Der Raum war so still, dass man meinte, das glasharte Wort zersplittern zu hören. »Wo ist Tom?«, fragte Catherine.

»Mit einer Gesandtschaft bei Lady Anna. Ihr wird nahegelegt, ein Dokument zu unterzeichnen, das ihre Ehe annulliert. Des Weiteren soll sie sich verpflichten, in England zu bleiben und ihren Bruder zu besänftigen. Zum Dank geschieht ihr kein Leid. Sie erhält ein paar Schlösser und den Titel *Erwählte Schwester des Königs*. Das ist mehr, viel mehr, als andere Beteiligte erhoffen dürfen.«

»Cromwell?«

»Muss sterben, Cathie.«

Sie umklammerte sein Gelenk, krallte die Finger in die weiche Beuge am Puls. »Und Cranmer, Edward? Und Ihr?«

Edward befreite seine Hand und stand auf. »Wissen kann es niemand«, sprach er zum Fenster gewandt vor sich hin. »Deshalb sollen Liz und Gregory aus London fort. Cromwell wird als Verräter gerichtet, und wer zu seinem Kreis gehört, hält sich besser bedeckt, bis der König sich ausgetobt hat. Tom sagt, ein solches Untier liebt keinen als sich, aber Janie hat er geliebt, und Cranmer liebt er immer noch. Haben wir Glück, so rettet das unser Leben.«

Er trat vor den Tisch und hob Kates Tyndale-Bibel auf, die bei den Worten des Hoheliedes aufgeschlagen lag. »Dass man uns allerdings so herrliche Dinge wie dieses lässt, bezweifle ich.« Er strich über die Seiten. »Während ich in den Tag hinein träumte, haben unsere Gegner die Gelegenheit beim Schopf ergriffen: Bischof Gardiner lud den König zum Gastmahl ein, und der Herzog von Norfolk setzte ihm in greifbare Nähe eine Nymphe. Seine Nichte, Anne Boleyns Base. Sie heißt Katharine Howard, zählt achtzehn Jahre und ist eine folgsame Dienerin Roms. Der König ist verliebt. Ihm genügt es nicht, Mistress Howard zu seiner Buhlin zu machen, er will sie im Brautbett und aus ihrem Schoß ein Dutzend strammer Söhne.«

Edward drehte sich um. »Was bin ich nur für ein Mann«, schrie er los. »Was für ein Kämpfer für unsere Sache bin ich, Ned Seymour, der bebrillte Bücherwurm, über den das Howard-Gefolge sich vor Lachen schüttelt. Womit um des Himmels willen hat meine Anne einen Schwächling wie mich verdient?«

»Was hättet Ihr denn tun wollen?«, fragte Nan, die hinter ihn getreten war. »Dem König selbst eine Frau ins Bett legen? Ihm das Töchterchen versprechen, das Euch vielleicht geboren wird?«

»Das habe ich doch schon einmal getan.« Edward krümmte den Rücken, als werde er geschlagen. »Und das Kind meiner Schwester wird fortan von einer Papistin erzogen.«

»Das ist Unfug. Soweit ich sehe, wird Janies entzückendes Kind von einem entzückenden Tunichtgut namens Tom Seymour erzogen, der ihm alles durchgehen lässt und einen entzückenden Tyrannen aus ihm machen wird. Beruhigt Euch. König Tudor muss irgendwann sterben, und die Insel hat schon vier seiner Hochzeiten überlebt. Sie wird auch an der fünften nicht im Meer versinken.«

»Ich wünschte, ich wäre mir dessen so sicher wie Ihr.« Edward wandte sich zur Tür. »Aber Ihr habt Recht. Damit, dass ich mich gehen lasse, ist nichts gewonnen. Lest heute nichts mehr, räumt alles fort, falls Verdacht laut wird und Beamte das Haus durchsuchen. Gott segne Euch. Wenn Liz kommt, behaltet sie hier.«

In die Chroniken sollte dieser als der trockenste Sommer des Jahrhunderts eingehen. Nicht weit von hier hatte er schon einmal an einem sonnenweißen Morgen gewartet, auf dem Grün vor der Towerkapelle, um zuzusehen, wie man einem Kind Gottes den Kopf abschlug, weil es dem König von England nicht mehr taugte. Heute wie damals würde eine Kanone das Ende eines Lebens verkünden, während heute wie damals der König aus einem rosenduftenden Badezuber stiege, sich mit Ölen salben und in funkelnde Hochzeitskleider schnüren ließe. Heute wie damals würde Edward keinen Finger rühren.

Er hatte auch vor sieben Wochen, als Cromwell von der Ratssitzung weg verhaftet wurde, keinen Finger gerührt. War dies nicht die Dialektik seines Lebens, eine Welt, die brannte, und Ned Seymour, der zur Antwort keinen Finger rührte? Bilder rannen ineinander. Die breite Treppe in Hampton Court, über die acht Hände den greisen Wolsey schleiften. Ein seidener Schuh auf einer Stufe, ein zu Tode erschrockenes Gesicht. Ein Mönch mit nacktem Hintern im Schnee, erst wimmernd, dann tot. Endlich Cromwell, die Schweinsbäckchen über dem Kragen, die sich zum Grinsen plusterten, sobald er den Ratssaal betrat. Als niemand zum Gruß seine Kappe vom Kopf zog, trollte sich ihm das Grinsen vom Gesicht. Die Ratsherren warteten. Cromwell zog seinen Schemel zurecht. »Setzt Euch dort nicht hin«, traf ihn die Stimme Norfolks. »Verräter haben an einem Tisch mit Edelmännern keinen Platz.«

Das war das Zeichen. Sie sprangen auf, dass Schemel stürzten. Gardiner, ein Graukopf im Bischofsgewand, riss Cromwell den Kragen vom Hals. Der Herzog und sein engelhafter Sohn rückten nach, zerrten den Feind am Hosenband. *Was ist widerlicher? Ein Alter, der sich rauft, oder ein Junger, der sich an einem Älteren vergreift?* Sämtliche Angreifer überragten Cromwell, Henry Howard gar um einen ganzen Kopf. *Ich wollte mein Bruder wäre da und spuckte vor euch aus.* Die Hälfte der Ratsherren setzte dem kleinen Mann zu, die andere verharrte am Tisch. *Was ist widerlicher? Ein Vieh, das mittut, oder eines, das am Zaun steht und glotzt?* Wer nichts zum Rupfen fand, drosch zu. Edward saß so nahe, dass ihm die Schläge in den Ohren dröhnten. Ein wenig Blut spritzte. Er drehte die Wange nicht weg.

Sie hatten Cromwell in den Tower geschleppt und dort wochenlang auf ein Urteil warten lassen. Einer Verhandlung bedurfte es nicht. Im Fall eines Verräters genügte ein Parlamentsbeschluss. Cromwell war kein Held, der aufrecht eines eindrucksvollen Todes sterben würde. Er war ein kleinwüchsiger, schweinsgesichtiger Kerl, der sich darauf verstanden hatte, sein Fähnchen in den Wind zu hängen, der den Wind verkannt hatte und nun in winselnden Briefen um sein Leben bettelte. Ein Kerl, der nicht sterben wollte.

Auch Cranmer schrieb einen Brief. Ein Gnadengesuch, in dem er Cromwell bei einem Namen nannte, den sonst niemand ihm gab: »*Ich liebte diesen Mann als meinen Freund.*

Am meisten liebte ich ihn um der Liebe willen, die ich ihn für Euch, meinen König, hegen sah.« Er hatte Edward den Brief zu lesen gegeben, und Edward hatte ihn bei den Armen gepackt und geschüttelt. »Mehr dürft Ihr nicht tun, versprecht mir das. Wir alle wissen nicht weiter, wenn Euch etwas geschieht.«

Er hätte den Erzbischof gern aus der Stadt geschafft wie Liz und Gregory, die klug gewesen waren und sich selbst auf den Weg gemacht hatten. Aber Cranmer aus des Königs Nähe zu entfernen, war, als stehle man ihm ein Lieblingsjuwel, das nur er selbst zertrümmern durfte. »Ich tue ja nicht mehr.« Cranmers Stimme war vor Trauer klein. »Ich bin so wenig zum Helden geschaffen wie Cromwell. Wenn aus mir keiner werden muss, dann danke ich Gott.«

Am neunundzwanzigsten Juni 1540 verhängte ein Parlamentsbeschluss über Cromwell den Tod. Einen Monat später stand Edward, wie schon einmal vor drei Jahren, am Fuß eines Schafotts und sah zu, wie ein Verurteilter zu Geschrei von Raben hinaufgeführt wurde. Der bürgerlich geborene Cromwell durfte nicht auf die Gnade einer Hinrichtung innerhalb der Mauern des Tower hoffen. Sein Sterben wurde auf dem Hügel davor zur Ergötzung der Massen zelebriert. Der kleine Mann, dem Blut unter der Nase getrocknet war, wirkte nicht mehr beleibt, sondern nur noch müde. Ein Gardist erlaubte sich einen Spaß und stach ihm mit dem stumpfen Ende der Lanze ins Gesäß. Der wartende Henker war ein halbes Kind, das aussah, als könne es kein Beil heben.

Viel Volk drängte sich um das Gerüst. Als der verhasste Minister auf die Plattform trat, brandete wölfisches Heulen auf. Der Verurteilte hatte das Recht zu sprechen, und Edward sah ihn den Mund bewegen, aber das Heulen verschluckte seine Worte. Cromwell bemerkte, dass niemand ihn hörte, dass schon der Wirbel der Trommeln einsetzte, und schloss die Lippen. Über sein Gesicht strömten Tränen. Einer der Gardisten hieb ihn in den Rücken, da ging er unbeholfen in die Knie, legte den Hals in die Vertiefung des Blocks und breitete die Arme nach den Seiten. Der jugendliche Henker hob das

Beil und hieb es nieder. Vor Schrecken ließ er es fallen. Blut sprudelte, aber Cromwells Kopf plumpste nicht hinter dem Block ins Stroh.

Edward schrie. Der Herzog von Norfolk gab ihm einen Klaps in den Nacken. »Fasst Euch, Mann.« Gardisten drückten dem Jungen den Schaft des Beils in die Hand, halfen ihm ausholen und es neuerlich niederschwingen. Cromwells Kopf fiel nicht, stattdessen sackte Edwards Kopf vornüber. Er erbrach sich auf seine Schuhe, spie einen dünnen, weißlichen Strahl. Der Donner der Kanone brach los. Edward würgte noch einmal. Dann war es vorbei.

Am selben Tag wurde Henry der Achte in Hampton Court, dem Lieblingsschloss der Reformer, mit Katharine Howard vermählt. Die Trauung vollzog nicht Cranmer, der Verräter seine Freunde nannte, sondern der Bischof Bonner, von dem es hieß, er ließe wöchentlich zwei Anhänger des neuen Glaubens totpeitschen. Cranmer und Edward sahen einander am Abend vor dem Bankett im Rosengarten wieder. »Wie ist Cromwell gestorben? War es ihm schwer?«

»Ja«, sagte Edward. »Schwer.«

Die beiden Männer sahen einander an. Edwards Magen zuckte noch immer in schmerzhaften Krämpfen. Er war sicher, nie wieder essen zu können, und wenn man gleich Braten, Sülzen und Suppentöpfe auftrug, würde sein ausgehöhlter Magen bei deren Anblick erbrechen. »Wisst Ihr, was man Cromwell unter anderem zur Last legte?«, fragte Cranmer mit gequetschtem Lachen. »Die Leugnung der realen Präsenz. Jesu Leib in Brot und Wein. Die Macht des Priesters, das Göttliche wie einen heidnischen Zauber zu beschwören. Glaubt Ihr daran? Hat irgendeiner von uns je daran geglaubt?«

»Thomas!« Den Vornamen des Freundes hatte er nie zuvor benutzt. »Bitte sprecht nicht so, nicht hier, ich flehe Euch an.«

Müde schüttelte der Erzbischof den Kopf, langte in die Falten der Soutane und förderte einen Gegenstand zutage, einen Ring mit blitzendem Rubin. »›Reißt Euch am Riemen, Cranmer‹, hat der König gesagt. ›Man ist Euch auf den Fersen, und

Wir können nicht behaupten, Ihr hättet es besser verdient. Aber Wir lassen nicht von Euch. Noch nicht. Wenn es zum Schlimmsten kommt, wenn sie Euch die Tür einrennen, dann zeigt ihnen dies.‹« Auf der flachen Hand hielt Cranmer ihm den Ring vors Gesicht. »Hört Ihr das auch, Edward? Hört Ihr sie des Nachts an Eure Tür hämmern, wissend, dass Ihr nicht mehr entkommen könnt, dass es zu Ende ist?«

Vor Edwards Augen verschwammen die Farben der Sommerrosen, der noch taghelle Himmel. »Meine Frau«, flüsterte er. »Ich wünschte, ich hätte sie fortgebracht wie Ihr die Eure.«

Cranmers nach vorn gebeugte Schultern zuckten. »Womöglich werde ich meine Frau nie wiedersehen. Ihr Verwandter, Osiander, wünscht, dass sie sich von mir lossagt für das, was ich kraft meines Amtes mittrage. Für meine Feigheit. Und hat er nicht Recht?« Endlich schrie er. »Der König hat mir seinen Ring gegeben, damit ich weiter feige sein kann, mich ducken, mein klägliches Leben bewahren, auch wenn es noch entsetzlicher kommt.«

»Noch entsetzlicher?«

»Barnes«, schrie Cranmer. »Wir müssen doch etwas tun!«

Vom Teichgarten nahte ein Zug Hochzeitsgäste, junge Mädchen in duftigen Kleidern, umtänzelt von turtelnden Verehrern. Kurz entschlossen presste Edward dem Freund die Hand auf den Mund. »Barnes?«, flüsterte er.

Cranmer nickte. Seine Augen waren brandrot umringt. Auch als Edward die Hand zurücknahm, gaben seine Lippen kein Wort mehr preis. Die beiden Männer sahen sich noch einmal an, dann senkten beide die Köpfe und trotteten Seite an Seite hinüber zum Festplatz.

Es blieb ihnen gar nichts zu tun. Der Tod hielt in London Hof. Auf der Straße zusammengeschart und verhaftet wurde, wer die falsche Schrift bei sich trug, wer unter Freunden die falschen Worte fallen ließ, wer zu selten die Messe besuchte, wer über seiner Brust kein Kreuz schlug. In den Gefängnissen mochte es diesen Sommer lang mehr vor Menschen als vor Ratten wimmeln. Die Stadt war ein Schmelzofen. In den

Kirchen betete man, dass die Seuchen aus den Kerkern nicht übersprangen.

Wissend, dass ihr Scheitern feststand, trugen sie am Tag nach der Hochzeit dem König ihr Gesuch um Gnade vor. *Wie sonderbar Angst ist*, dachte Edward. *Sie hat Angst vor sich selbst, rührt nur ans Vorstellbare.* Vielleicht würde der König brüllen, und seine Ohren fühlten sich bereits wie rohfleischige Wunden an. Vielleicht würde er sie schlagen, wie er Cromwell nach Belieben geschlagen hatte, einen Erzbischof wie einen Laufburschen ohrfeigen. Vielleicht würde er Schlimmeres tun. Das war das Unvorstellbare. Die Angst wich zurück und rührte nicht daran.

König Henry tätschelte ihnen die Schultern, hieß sie sich erheben und lud sie ein, sich aus seiner Weinkaraffe zu bedienen. »Ihr seid Uns teuer. Cranmer, Unser Kirchenprimas, und Edward, Bruder Unserer Jane.« Mit Janies Namen sandte er Edward ein Lächeln. »Männer, die Uns so teuer sind, haben Gnade nicht nötig, selbst wenn sie sich zu Bittstellern für Ketzer machen. Sie erhalten stattdessen eine Lektion. Ihr seid gebeten, dem morgigen Schauspiel beizuwohnen, und Euch zu Ehren werden Wir es einprägsam gestalten. Gibt es sonst etwas? Eure Gattin ist wohl, guter Graf?«

Es blieb ihnen gar nichts zu tun. Robert Barnes, der am St. Paul's Cross gepredigt hatte, Bischof Gardiner säe Unkraut in den Garten der Heiligen Schrift, der sein Flammenschwert geschwungen hatte, bis man ihn von der Kanzel in den Tower verschleppte, würde am nächsten Tag sterben. »Lasst es meinen Bruder nicht wissen«, stieß Edward heraus, kaum dass sie entlassen waren. »Er liebt Barnes, und im Schmerz weiß er nicht, was er tut.«

»Und Ihr wünscht, dass dem so bleibt, nicht wahr? Dass diese scharfe Klinge nicht stumpf wird wie wir, die zu viel mit angesehen haben.«

»Ja«, erwiderte Edward. »Wenn nur Stumpfe übrig blieben, was wäre unsere Sache dann wert?«

Kurz schwiegen sie. Dann sagte Cranmer: »Ich schicke Euren Bruder um einen Gefallen nach Canterbury.«

»Der König wird ihn doch nicht zwingen zu bleiben?«

Cranmer schüttelte den Kopf. »Er liebt ihn, was zweifellos bedeutet, dass er ihm eines Tages sein Zeichen aufbrennen wird. Aber nicht morgen. Morgen hat er uns.«

Edward fuhr heim, in sein Stadthaus bei Temple Bar, das der König ihm geschenkt hatte. Ihm war übel, und er sehnte sich nach Anne. *Heute Nacht wirst du mir nahe sein.* Trotz Hitze und Schwangerschaft war Annes Erscheinung tadellos. Wer sie bei solchem Wetter sah, musste nach der Berührung ihrer kühlen Hände lechzen. Sie war nicht allein. Dudley war bei ihr. Sie hatten Schach gespielt, das einzige Spiel, das Anne mochte. Als Edward kam, standen sie auf. »Ihr seht abgekämpft aus«, sagte Dudley. »Ich werde besser gehen.«

»Ja, tut das.« Anne trat zu Edward und schob ihm die Hand unter den Arm, so dass ihre Finger sich in seine Achselhöhle bohrten. Der Schmerz ließ Edward an einen Tanzmeister in Frankreich denken, der seine Schüler in die Rücken geschlagen hatte, damit sie Haltung einnahmen. »Mein Gatte hat Schlaf nötig.«

Gemeinsam geleiteten sie Dudley zum Tor. »Eine Schande, das mit Barnes«, sagte der zum Abschied. »Dieser Teufel Gardiner gehört geprügelt.«

Wieder im Salon, schenkte Anne Edward einen Becher voll. »Hier, trink das.«

Der Wein war stark. Sein Magen krümmte sich.

»Was ist es diesmal, das du nicht aushalten kannst? Der törichte Mönch?«

»Anne!«, schrie Edward, »Anne, der König zwingt Cranmer und mich, dabei zuzusehen. Stillzustehen und nichts zu tun.«

»Eine Prüfung«, sagte Anne, »die du besser bestehst. Und sprich leiser. Den Dienstboten ist nicht zu trauen.«

»Anne.« Seine Stimme duckte sich. »Du bist doch auf unserer Seite. Du kannst nicht wollen, dass jetzt alles zerschlagen wird, unsere Bibel verboten, das bisschen Freiheit im Denken...«

»Das Denken, Edward«, unterbrach sie ihn, »ist immer

frei. Ich denke, was ich will, und nur was ich plappere, verrät, ob ich ein Narr bin oder eine Unze Verstand mein Eigen nenne.«

Edward starrte sie an. Er war sich nicht sicher, ob sie vor ihm schwankte oder ob er selbst schwankte und sein Blickfeld mit ihm. Dann kam sie zu ihm. Legte die Arme um ihn und schloss in seinem Nacken die Hände. Küsste ihn auf die Schläfe, hart auf die Wange, endlich auf den Mund. Ihr Kuss war Erlösung. Leben. »Ich liebe dich, Anne.«

»Ich weiß«, sagte sie. »Und wenn du mir gibst, was ich will, bleibe ich bei dir, bis du stirbst.«

Die Nacht war lang und zum Schlafen zu heiß. *Wir verlieren einen nach dem andern*, hatte Edward im Dunkeln der Schreibstube gedacht. *Erst Tyndale, jetzt Barnes. Die Starken nehmen sie uns, damit wir Schwachen den Karren in den Dreck fahren.* Als aber der Morgen kam, fuhr er nach Smithfield, begab sich auf den Stand und sah, dass es ums Verlieren nicht ging. Es ging ums Sterben.

Der Stand war in der Biege des Richtplatzes errichtet. Von dort hatte man Einblick in die Gasse, durch die die Verurteilten gebracht würden. Mit Barnes sollten zwei weitere Reformer namens Garrett und Jerome gerichtet werden. Edward hatte zu Cranmer aufschließen wollen, ward aber von Gardisten gehindert und auf die andere Seite gewiesen. Er hätte es wissen müssen: Den Trost, den man Schafen gewährte, die körperliche Nähe des Gefährten, vergönnte ihnen der König nicht.

Edward sah den Scheiterhaufen. Rechts davon war die Kanzel, von der Gardiner predigen würde, links eine Reihe von drei Galgen gezimmert. War das eines der Spiele mit Hoffnung und Furcht, die Henry Tudor liebte, sollten die Verurteilten glauben, ein Widerruf beschere ihnen einen zarteren Tod? Barnes aber gäbe selbst in einem Widerruf preis, wessen Geistes Kind er war. *Ich habe ihn nicht immer gemocht*, durchfuhr es Edward. *Sein Hang, zu allem einen Witz zu reißen, ärgerte mich, und oft wünschte ich mir, er hätte mich mit Cranmer allein gelassen. Jetzt wünsche ich mir, mit ihm allein zu sein.* Er wandte den Kopf nach der Gasse. Noch kamen sie nicht. Die Straßenränder waren dunkel vor sich drängenden Menschen. Stille herrschte. Über den Pflastersteinen flimmerte Staub.

Wie schön sie sind. Als hätte er nie zuvor Züge von Menschen gesehen, betrachtete Edward die rot geschwitzten Gesichter der Händler und Handwerker, ihre Leiber in verschlissenem Stoff. *Wie schön sie sind. Ist nicht jeder von ihnen Kampf und Mühsal wert? Was ihr dem geringsten meiner Brüder getan habt, das habt ihr mir getan.* Auf einmal gellte in ihm mit solcher Raserei ein Schrei auf, dass er sich die Hände auf die Ohren presste: *Herr, mein Gott, warum greifst du nicht ein, warum bleibst du uns so fern?* Dann kam das vorderste Pferd in Sicht, ein breiter Schecke, der mit schaukelndem Leib vorantrottete und die versammelten Menschen an die Mauern zurückdrängte. Das übliche Gejohle blieb aus. Stattdessen ertönten vereinzelte Schreie. Die Angst war zu Ende. Das Unvorstellbare verblich vor der Wirklichkeit.

Was der König getan hatte, begriff Edward erst, als alle drei Pferde ihre Zuglast gleichmütig um die Biege auf den Platz geschleift hatten. Es waren nicht drei Verurteilte, sondern sechs, und sie waren nicht einzeln, sondern zu zweit auf die an Deichseln gezogenen Gatter gebunden, sodass ihre Hände und Füße sich berührten. Ihre Oberkörper waren nackt, die Gliedmaßen auseinandergespreizt. Auf der vordersten Hürde prangte der Wanst von Robert Barnes, lebensprall, genährt mit gutem Bier und Spießbraten. Die Brust bedeckt von Haar, das sich kräuselte, die Haut ein rosiger Ton. Den Herzschlag lang, den Edward es zuließ, blitzte ein anderer Tag vor ihm auf, ein trüber Sommertag, an dem das verschmitzte Mondgesicht dieses Mannes ihn und Tom an der Tür einer Trinkstube begrüßt hatte. *Wenn man nur einen Menschen von der Welt nimmt, ist die Welt eine andere.* Zwischen jenem Anfang und dem Ende lagen sechzehn Jahre.

Der Mann neben Barnes war mager und gelbhäutig. Edward erkannte ihn. Es war der Priester Powell, Königin Catalinas Kaplan, der den Eid auf des Königs Kirche verweigert hatte und hernach im Tower verschwunden war. Jetzt holte man ihn wie einen Springteufel aus seinem Kasten. Auf den übrigen Hürden hingen neben den Reformern zwei weitere Papisten, Abel und Featherstone, auch sie vor Jahren verhaftet und für den rechten Augenblick aufgespart. Dieser Augenblick war jetzt. Aneinandergefesselt ließ der frisch vermählte König die erbitterten Gegner durch die Stadt schleifen, weil ihm, dem Meister über den Tod, der eine wie der andere war, die Zecke nicht teurer als die Laus.

»Ich sterbe im rechten Glauben«, brüllte der Papist Powell. »Ihr hingegen seid Ketzer, die man zu Recht bestraft.«

Edward, der Barnes nicht ins Gesicht blicken wollte, sah, wie der Leib sich mühte, um in den Fesseln den Kopf zu drehen. »Keine Sorge, Freundchen«, rief er, die Qual in der leutseligen Stimme kaum zu ahnen. »Noch heute wirst du mit mir im Paradiese sein.«

Glucksen. Lachen. Rufe zu gereckten Fäusten. »Sollen wir Wetten abschließen, Barnes?«, schrie ein Mann. »Wen von Euch der Teufel als Ersten in die Arme nimmt?«

»Kaum mich«, schrie Barnes zurück. »So lange Arme hat kein Teufel.«

Bewaffnete Reiter hatten Mühe, die vor Lachen Wiehernden zurückzudrängen. »Robert Barnes, vormals Prior des Augustiner Konvents von Cambridge, vormals Doktor der Theologie!« Angestrengt bahnte sich Gardiners Stimme von der Kanzel eine Schneise ins Getöse. »Ihr sterbt als Häretiker, als Verräter an der Heiligen Kirche, als Verstoßener aus ihrem Schoß. Eure Seele ist verwirkt.« Eine Traube Gardisten knäuelte sich über die Hürde, um Barnes nach der einen und Powell nach der anderen Seite von dem Gatter abzupflücken. Der Dicke rief noch etwas, das nicht zu verstehen war. *Es ist das letzte Mal, dass ich seine Stimme höre. Es mag das letzte Mal sein, dass er selbst sie hört.* Zum Gehen waren die Verurteilten nach der Schleifung zu schwach. Wachen schleppten die Papisten zu den Galgen, die Reformer auf die hochgetürmten Reisigbündel. Barnes' Gewicht erforderte die Kraft von vier Männern, zwei an jedem Arm.

Sie pflockten sie an. Drei an einem Pfahl, mit Stricken, die schwammiges Fleisch in Wülste teilten. Barnes mit dem Gesicht zu seinen Freunden, mit denen er einst in einer Schenke in Cambridge die Welt neu erfunden hatte. *Der Mensch*, dröhnte es Edward durch den Schädel, *der Mensch muss im Mittelpunkt allen Strebens stehen.* Das hatte Petrarca gefordert, als das neue Denken begann. Jetzt stand er dort. In der Mitte allen Strebens. Ein Mensch.

Die Trommeln begannen zu schlagen,. Barnes' Gesicht, feist und blondbärtig, war unbewegt. *Es ist nicht mehr da*, flehte Edward, *lass es nicht mehr da sein. Ich habe zu oft gesehen, dass Menschen nichts übrig blieb, als tapfer zu sein. Mir ist die Tapferkeit ein Gräuel.* In der trockenen Hitze stoben Flammen aus dem Reisig, kaum dass die Henker mit den Fackeln zurückspringen konnten. *Was macht es mit uns, zu ertragen, was ein Mensch einem Menschen tut, wie können wir weiter essen, lieben, Kinder zeugen, um des Himmels willen, was wird denn aus uns?* Die Helligkeit schmerzte, als schlügen ihm Funken in die Augen. Der Platz zerstob in Geschrei.

»Kommt zu Euch, seht nicht hin, Ihr könnt ja nichts mehr tun.« Jemand rüttelte an seinem Arm. Dudley. Vermochte der Mann, sich zu verdoppeln, um allzeit zur Stelle zu sein? Edward wandte den Kopf von der gleißenden Lohe fort. Seine Augen standen in Flammen, er musste sie zukneifen, öffnen und dasselbe noch einmal tun, bis aus sengender Glut sich Dudleys gerötetes Gesicht schälte. Der Mann gab ihm ein Tuch, um sich den Mund zuzuhalten. Die fettigen, stinkenden Schwaden würden sich als Glocke über den Platz stülpen und in der Windstille tagelang hängen bleiben.

Noch immer drangen Geschrei und Geheul zu Edward, aber wie von sehr weit, als habe man ihm die Ohren halb taub gedroschen. Dudley förderte sein silbernes Fläschchen zutage und hielt es ihm hin. »Hier. Gebt Euch Tropfen davon auf die Zunge und schluckt.«

»Was ist das?«

»Extrakt vom Bilsenkraut. Gegen überstarke Erregung. Eine barmherzige Seele gab es mir vor Jahren, als es mir so elend erging wie jetzt Euch. Es ist ja kein Kinderspiel, dabei zuzusehen, aber ein Mann gewöhnt sich mit den Jahren.«

Edward starrte auf das Fläschchen, das vor seinen Augen tanzte. Dann schüttelte er den Kopf. Der andere zuckte die Schultern. »Was wollt Ihr, Dudley?«, platzte Edward heraus.

»Das, was alle wollen.« Dudley Gesicht war jetzt aufgeräumt wie ein durchfegtes Zimmer. »Auf der Seite der Gewinner stehen.«

»Dann steht Ihr falsch. Gardiner und Norfolk findet Ihr bei der Kanzel.«

»Auch bei der Bärenhatz«, entgegnete Dudley, »wähle ich mir den Hund, auf den ich setze, selbst. Kommt Ihr, mein Graf?«

Gardisten begannen, die Leute auseinanderzutreiben. Edward ließ zu, dass Dudley seinen Arm nahm und ihn die Stiege hinunterführte. Er drehte sich nicht noch einmal um, sondern ging mit Dudley zum Wagen und fuhr zur Ratssitzung nach Whitehall.

In diesem Sommer blieb der Regen bis Oktober aus. Wer irgend konnte, floh vor Seuchen aus der Stadt. Gespartes verdarb, Gesätes verdorrte. Der Tod fuhr im Erntewagen. Auf den Pfeilern der London Bridge verfaulten ihm die Beutebatzen.

Robert Barnes, des Glaubenskampfes tröstlichstes Schmunzeln, war lebendigen Leibes verbrannt worden. Das reformierte Europa jaulte auf wie unter einem Peitschenhieb. In Deutschland bereitete Luther die Bekenntnisse Barnes' zur Veröffentlichung vor und klagte den englischen König an: *Der Junker Henry will Gott sein und tun, wonach ihn gelüstet. Was er wünscht, wird zum Glaubensartikel über Leben und Tod.*« Über Leben und Tod entschied das Verbot, Schriften von Luther und Calvin, Tyndale und Coverdale zu lesen. Wer Bücher der Verfemten besaß, hatte sie binnen vierzig Tagen seinem Bischof auszuhändigen, der sie auf Haufen warf und verbrannte. Des Weiteren erging ein Verbot, sich zu versammeln und einander aus der Bibel vorzutragen. Handwerkern, Händlern, Bediensteten und Frauen war das Lesen der Bibel untersagt.

Sie trafen sich weiter in Kate Suffolks Haus. Nicht mehr so häufig und nicht mehr unter so viel Gelächter. »Aber zusammen jammert es sich besser, als es sich vereinsamt lacht«, befand Kate. Edward sträubte sich, ihnen noch Schriften zu beschaffen, das sei zu gefährlich, er schicke Freunden nicht den Henker ins Haus. Ohnehin bekamen sie ihn selten zu Gesicht. Er tat, was niemand erwartet hätte, trieb wie sein Bruder seine militärische Laufbahn voran. »Sollte nicht«, hatte er Catherine gefragt, »wer den Tod bringt, ihn zumindest in die Hand nehmen?« Beide Brüder standen mit Einheiten vor der schottischen Grenze, wo jederzeit mit dem Ausbruch von Kämpfen gerechnet wurde.

Während so alles, was sich mit Keim und Knospe hinausgewagt hatte, in brütender Stille verdorrte, schien aber einem das Wetter zu bekommen: Latimer ging es in diesem Sommer besser als seit Jahren. Sein Husten klang nicht mehr so gewaltsam, er schlief gut und aß sich zu Kräften. Häufig war er wohl genug, sich im Bett aufzusetzen. »Wie es aussieht, begleite ich Euch zu Zwölfnacht an den Hof«, sagte er. »Würde Euch das freuen?«

Catherine sagte nichts.

Er hielt ihre Hand im Schoß und klopfte sie. »Ich habe mir gewünscht zu sterben. Um mich fiel mein England der Sünde anheim, und Euch war ich eine Fessel aus Eisen. Jetzt aber wünsche ich mir, zu erleben, wie mein König in den Schoß der Kirche heimkehrt, und Euch ein Gatte zu sein.«

Wenn sie geglaubt hatte, er liege dem Tod näher als dem Leben und höre nicht, was im Haus geredet wurde, hatte sie sich getäuscht. Kam der Arzt, so saß er jetzt lange bei ihm und sprach mit ihm von Katharine Howard, »unserer braven katholischen Königin«. Zu Catherine sagte der Arzt in der Halle: »Lasst ein *Te Deum* singen, seid Gott dankbar. Zur Weihnacht ist Euer Gatte auf den Beinen, und ich will Dummkopf heißen, wenn sich bis zum Frühjahr in diesem flachen Leib kein Söhnlein tummelt.«

Catherine ließ kein *Te Deum* singen. Sie ging in ihre Kammer und betete, eine einzige unentwegte Zeile: *Herr, mein*

Gott, lass mich Dir dankbar sein. Während sie betete, begann sie zu weinen. So geschah es ihr oft, und Gott war längst daran gewöhnt. Sie weinte um Barnes, selbst um Cromwell, um all die Hoffnung, die sie im Frühling beflügelt hatte, um Jahre, die ihr entglitten, um Kraft, die dünner wurde, um ihre Freunde, um sich. Um einen Herzschlag zu Zwölfnacht. *Herr, mein Gott, lass mich Dir dankbar sein.* Gott hatte sie gelehrt, dass er kein Gebet ohne Antwort ließ, solange sie bedachte: Auch *Nein* war eine Antwort.

Dann war die Erntezeit vorüber, und mit dem November kam der Regen. Er holte alles nach, sättigte die Erde, weichte sie auf, zerwusch sie zu Schlamm. Die Zimmer verdüsterten sich. Und Latimers Krankheit schlug zurück. Von einem Bissen zum nächsten streckte sie ihn nieder, fuhr ihm in den Hals, ließ ihn röcheln. Catherine flößte ihm Brühe ein, die zwischen seinen Zähnen herausquoll. Dem Raum, selbst wenn er täglich gelüftet und die Binsen frisch aufgeschüttet wurden, kroch der Geruch nach Verwesung in die Ritzen. Der Arzt hob die Hände: »Solches Leiden steckt voll Heimtücke. Lasst eine Messe lesen.«

Catherine betete in ihrer Kammer und wollte zu Zwölfnacht daheimbleiben. Am Barbaratag jedoch kam Nan mit Kate, Liz und Joan, brachte Kleidstoffe mit und schwor, ihre Schwester an den Hof zu schleifen »Sollen die Howards glauben, wir überließen ihnen unser Fest? Im Gegenteil, wir fahren auf, was wir zu bieten haben. Die Ewiggestrigen mögen sich die Augen aus den Höhlen staunen über den Reiz neuen Denkens.«

Die Übrigen lachten, und Catherine musste auch lachen. Wie irgendein Gestriger oder Heutiger Nans Reizen widerstand, war ihr ein Rätsel. Die Schwester war in die Hocke gegangen, drapierte eine seidige Bahn um Catherines Beine, lüpfte den Stoff und wies mit Stolz auf die entblößte Fessel. »Wir werden Bacchantinnen sein, Töchter des Herrn von Wein und Lebensfreude.«

»Schickt sich das?«

Nan hob den Stoff noch ein Stück höher. »Es ist die zwölfte Nacht, erlaubt ist, was uns frommt. Zudem musst du mir den

Mann erst zeigen, dem eine Schar allerliebster Bacchantinnen ein Dorn im Auge wäre.«

Catherine zeigte auf die Wand, hinter der Latimers Kammer lag. Ehe Nan den Mund aufbekam, ertönte neben ihr die Stimme von Kate: »Ihr füllt hier Euren Platz aus, ohne Zweifel. Nur hat Gott Euch noch an einen anderen gestellt.«

Mit der Stille, die folgte, ward beschlossen: Zwölfnacht in Hampton Court.

Die neue Königin, hieß es, habe sich das größere Whitehall gewünscht, und der König das nach seinem Geschmack erbaute Nonsuch. Warum das Fest dennoch wieder hier stattfand, wusste kein Mensch. Catherine schluckte am Kitzeln eines Lachens, während das Lichtermeer vor ihr in Tränen schwamm. Sie wollte so nicht denken, wollte weiser sein, gewappnet, abgeklärt. Sie wünschte sich heiligen Ernst zu Ehren der Toten, aber dachte: *Hier hast du mich geküsst und ich dich.* Und vielleicht gereichte das den Toten zur Ehre, weil sie Gleiches gedacht hatten, der fidele Barnes, der vielgesichtige Cromwell, und weil ihnen die Möglichkeit geraubt war, es noch einmal zu denken.

Wenigstens durfte sie gefahrlos weinen und lachen, denn sie befand sich unter ihresgleichen. Ihr Schwager Will Herbert, der seiner Nan gern jeden Wunsch von den Augen gelesen hätte, aber schlecht lesen konnte und daher tat, was sie ihm sagte, hatte sich dafür verwendet: Sie saßen an einem Tisch voll Reformer. Nan und Willie, Liz und ihr Gregory in Trauerkleidern, Joan und Anthony Denny, Miles Coverdale, der ging wie mit dem Reisig auf der Schulter, Cranmer mit dem leeren Platz für Barnes neben sich und ein Mann namens Dudley, den jeder kannte, von dem aber niemand recht wusste, was er tat. Selbst ihr Bruder Will gehörte ihrem Kreis an. Die arme Kate, die als Herzogin gezwungen war, neben ihrem Gatten am Tisch des Königs zu sitzen, sandte ein Winken und ein schiefes Lächeln. Dann kamen der Graf und die Gräfin von Hertford.

Mein Edward! Sie musste lachen, weil er jedes Mal, wenn sie ihn sah, erschöpfter wirkte, und weil er und sie vermutlich als Zwillingspaar durchgegangen wären, beide dürr und müde, beide einfältig lächelnd, beide froh, den andern wiederzuhaben. Sichtlich gegen seinen Willen rutschte sein Blick an ihr herunter. Seine Art, seine Brauen zu heben, wenn auch beide zugleich, tippte an ihr Herz, weil sie verriet, wessen Bruder er war. Sie hatte Nan hindern wollen, das Bacchantinnenkleid über ihrer Fessel zu drapieren, aber Nan hatte nichts darauf gegeben.

Die Sorge war umsonst, ihre Fessel fiel niemandem als Edward auf. Ein durch den Saal geschickter Blick wäre in sich wiegendem Fleisch ersoffen. Umeinander wogten die Arme feister Hetären, die Brüste von Liebesgöttinnen und die Wänste überfütterter Gladiatoren. »Wir stellen den Hof des Kaisers Nero vor«, hatte Nan erklärt. »Dort thront er mit seiner reschen Poppaea.« Tatsächlich war der König in ein Gewand aus Brokat verpackt, das einer Toga nachempfunden sein mochte. Aus seiner zwischen Lehnstuhl und Tisch gehäuften Körperfülle hätte man die Königin neben ihm mehrmals schneiden können. Das also war sie, die Frau, von der jeder sprach, die der Reform die Tür zugeschlagen und ein Tor für das Papistenheer ihrer Familie aufgerissen hatte. Sie sah aus wie ein Kind, das aus seinem Kleid herausgewachsen war. Auf dem Schenkel des Kindes lagerte die Pranke des Landesherrn.

Die einzige züchtig bekleidete Frau im Saal schien die Gräfin von Hertford. Sie trug ein Kleid wie aus Bronze, hatte drei Söhne geboren, von denen einer ihr gestorben war, ein weiteres Kind wuchs ihr im Leib, aber nichts davon sah man ihr an. Catherine hatte einmal, im Frühling, Edward gefragt: *Was liebst du am meisten?* Ohne Zögern hatte er erwidert: *Die Vernunft. Und Anne.* Als Catherine in der andern Gesicht sah, erschrak sie, weil sie begriff. Das Gesicht war unantastbar, als bedecke es der Bronzestoff. *Sie ist wie ein Mensch mit Versmaß, und dafür musst du sie lieben, armer Edward. Weil sie dieses Geordnete, sich Beherrschende besitzt, das im Gewirbel der Welt Halt verspricht.* Musik setzte ein. Nan pufftte sie gegen den Arm: »Träumst du, Süßherz? Von einem Römertribun?«

Ihr Blick wies Catherine den Weg. Die Gardisten am Portal sprangen zur Seite, und herein stob ein Trupp Legionäre in ärmellosen Kettenhemden, Helmen und Sandalen. Sonst nackt. Der Saum der Wappnung strich um Hüften, üppige wie schlanke. In der Verneigung pflückten sich die spärlich Bedeckten auch die Helme von den Köpfen. Der, der zuvorderst stand und auf unverkennbare Art die Schultern straffte, entblößte rotes Haar.

Zu Catherines Entsetzen entfuhr ihr ein kreischendes Lachen. Nans Hand packte ihre. »Das hast du doch gewusst! Er ist zur Weihnacht mit der Heeresleitung aus Schottland gekommen.«

Zumindest hätte ich es wissen müssen. Sie riss Nan den Weinbecher fort und trank. Kein Rheinwein mehr und keine Flöten, die zerbrechliche Balladen spielten. Pomp, Geklirr und Wein wie Blut. *Auf dich, mein Schöner. Dein Auftritt ist geglückt. Was meinst du, soll ich all den Raunenden, Schmachtenden, Zerfließenden zurufen: Dieses schiere, zur Schau gestellte Fleisch habe ich in den Armen gehalten, ich, Catherine, die nichts zum Herzeigen hat als ihre knöcherne Fessel?* Der fette König stand auf und rief etwas. Bedienstete strömten zum Kamin, um nachzuheizen, derweil die halb nackten Römer auseinanderschwärmten. Nan rutschte einen Platz weiter, und neben Catherine glitt nach all dem Sterben ein atemloses, vor Überschwang zappelndes Stück Leben.

Toms Arm, rötlich behaart, schob sich neben ihren. Jäh klang in ihr auf, dass sie das Jahr über hatte reden hören, er werde Mary Tudor heiraten. Joan Denny hatte gesagt: »Des Königs Papistentochter ist toll nach Tom Seymour. Wenn er sie heiratet, mag es für uns wieder leichter werden.« *Das wirst du tun, nicht wahr? Eines Tages jemanden heiraten, mit jemandem ein Kind haben, und was wir voneinander wussten, gilt nicht mehr.* Sie zog ihren Arm weg. Der seine rückte nach und schmiegte sich. Speisen wurde aufgetragen. Vor Catherine landete eine Platte mit gesottenen Krabben.

Sie war sicher: *Ich werde nie wieder eine Krabbe anrühren, die pralle Schale, die beim Knacken aufplatzt, um ro-*

siges Fleisch zu entblößen. Tom, mit seinem Arm bei ihrem, knackte offenbar unbekümmert eine beträchtliche Anzahl Krabben und verspritzte deren Saft. Catherine trank Wein. Wenn sie den Kelch absetzte, hielt sie die Hände starr darum geschlossen.

Mit jedem neuen Geruch, der an den Tisch kam, wölbte sich ihr Magen höher. Tom riss einen Streifen vom Truthahnrücken, ließ ihn baumeln, gab Catherine seinen Blick und seinen Schenkel zu spüren. Abzurücken wagte sie nicht, denn zwischen ihr und Cranmer klaffte der leere Platz für Robert Barnes. Von allen Tischen drangen verzückte Seufzer, Schmatzer der Lust. Ein Diener tauschte ihr unberührtes Tranchierbrett gegen eine Silberplatte. Zu balzenden Fiedelklängen brachte man die Torte, eine Art Turm unter weißrosa Zuckerguss.

Ein Mädchen fiel ihr ein. Eines, das sein Messer mit verzweifelter Gier in solche Torte gebohrt hatte, das kein Latein konnte und deshalb anders nicht beten: *Herr, gib mir die Bohne, lass dies mein Jahr sein, um alles in der Welt.* Diesmal legte ihr Cranmer ein Stück auf. Ohne hinzusehen, zerstocherte sie die Masse mit dem Messer.

»Darf ich?« Flinke Finger langten in Kuchentrümmer, förderten einen blitzenden Gegenstand zutage und hielten ihn vor ihren Augen in die Höhe. »Es ist das Jahr von Catherine Parr. Bohnenkönigin ist das schönste Mädchen im Saal.«

Catherine zwinkerte die Schleier fort. Sein Gesicht verriet einen Anflug von Scheu, die Braue eine Frage, die Lippen halb geschürzt. Die Augen dunkel. Flackernd. *Jedes Mal, wenn ich dein Gesicht sehe, schlägt mir aufs Herz, dass ich das Leben liebe. Und jedes Mal wünsche ich mir, dass neben uns ein Pferd scheißt, damit ich diesem Ansturm gewachsen bin.* Zwischen zwei Fingern balancierte Tom die Bohne. »Dein Jahr, mein Dreikönigsstern.«

Und deines, mein Liebster. Gott bewahre dich. Sie riss ihm die Bohne weg, griff sie mit Daumen und Zeigefinger und gab alle Kraft darein, sie zu teilen. Tom musste lachen, schlug sich sein Prachtstück von Schenkel. Sein Lachen war ein Strudel, der erst Catherine, dann Nan mitriss, schließlich Cranmer und den leeren Platz von Barnes, eine Horde lachender vom Tode Bedrohter, auf deren Tisch die zersäbelte Zwölfnachtstorte hüpfte. Tom nahm Catherine die unzerbrechliche Bohne aus den Fingern und versuchte, sie zu zerbeißen, musste prusten und spuckte die Bohne aus. Sie landete vor Edward, in unverzehrten Gebäckbrocken.

»Sei's drum«, rief Tom. »Cathie und ich befinden: Es sei das Jahr des Grafen von Hertford.«

An anderen Tischen waren Gäste aufgesprungen. Tom legte die Arme um Catherine und hielt sie, bis die Wellen des Lachens verebbten. »Dein Lord Latimer wird für immer leben, oder nicht?«

Nein. Aber er wird für immer sterben. Ihre Wange ruhte an den Gliedern des Kettenhemdes, ritt mit seinem Atem auf und ab. »Sag es, Tom.«

»Unser Tag wird kommen? Dessen bin ich mir derzeit nicht mehr so sicher. Aber Zwölfnacht kommt in jedem Jahr.«

Sie sah auf. Sein Blick küsste ihren. Dann war es still. In die Stille hinein sprach die Gräfin von Hertford, die aufgestanden war: »Auch wenn Ihr aufs Haar einem Heiden gleicht, Sir Thomas, noch bewegt Ihr Euch unter Christenmenschen. Seid so gut, erspart uns Euer schändliches Betragen zumindest in einer Heiligen Nacht.«

Catherine fühlte seinen Leib sich spannen. Ihre Finger, die sich taub anfühlten, bohrten sich in seine Arme. Sie wollte schreien: *Steck's ein und schweig.* Aber sie schrie nicht. Als er sich wand, ließ sie ihn los.

Er erhob sich. »In einer Heiligen Nacht, Gräfin? Ich meinerseits denke, die Heiligkeit in uns ist zart, aber daran, dass ein Mann für ein Mädchen glüht, verreckt sie nicht. Sie friert sich zu Tode. Wisst Ihr davon kein Lied zu singen?«

Nicht einmal Musik spielte mehr. Kein Becher klirrte, niemand rülpste oder scharrte mit dem Fuß. Catherine sah Toms erbleichtes Gesicht von der Seite. Seine Lippen zitterten. Sehr langsam drehte sie den Kopf zur Seite. Der Blick der Gräfin fing den ihren auf, und wie verschweißt erstarrten sie.

Die achte Nacht

Salz der Erde
1542

*In der achten Nacht des Christfestes
schenkte mir mein Liebster
acht Mädchen, die melken.*

Die Heiligkeit in uns ist zart. Toms Worte, die Erinnerung an das Beben seiner Stimme, trugen Catherine weiter. Tag um Tag, und jeder Tag war Kampf. *Die Heiligkeit in uns friert sich zu Tode.* Der Winter war schneelos, eisig und lang, es gab ständig Verhaftungen, Durchsuchungen, Verhöre. Einer der Verhafteten war Nans Mann, der harmlose Will. Er hatte eine Ausgabe der *Bekenntnisse* von Barnes bei sich getragen, die Luther in Deutschland herausgegeben und die Edward widerstrebend für den Ganskreis aufgetrieben hatte. Will Herbert wusste womöglich nicht einmal, was ihm da im Beutel steckte, als Gardisten ihn ergriffen und in einer Barke in den Tower schaffen ließen. Dort verblieb er drei Monate, ehe man ihn mit zwei weiteren Gefangenen auf freien Fuß setzte. Wofür in jenen Tagen jemand verhaftet wurde und wofür man ihn begnadigte, vermochte kein Mensch zu durchblicken.

Inzwischen war das Kind, das Nan erwartet hatte, tot geboren. Will Herbert allerdings versicherte, ihm sei kein Leid geschehen, und zurückblieb ihm nur ein beständiges Zittern der Hände.

»Euer Gatte liegt im Sterben«, sagte der Arzt zu Catherine. Der Kranke hatte keine Kraft mehr zum Husten, ließ eingeflößte Milch aus dem Mundwinkel tröpfeln und schleppte an seinem Atem wie an einem Sack voll Schutt. Aber im Sterben blieb er liegen und starb nicht. Als schließlich ein feuchter Frühling sich in zaghaften Schritten über Land wagte, sah Catherine ihn ab und an beten. Er hielt die Hände gefaltet und murmelte stimmlos vor sich hin.

Catherine betete häufiger und inniger denn je, selbst wenn ihr nicht immer einfiel, worum sie Gott zu bitten hatte, und es sie zuweilen hart ankam, ihm zu danken. *Die Heiligkeit in uns ist zart. Herr, mein Gott, ich danke Dir, dass ich noch Unzerstörtes in mir spüre. Ich danke Dir, dass Du mir nahe bleibst. Bleibe Tom auch nahe, obgleich er Dich nicht darum bittet.* Manchmal wünschte sie sich, an Tom nicht mehr zu denken, weil an Tom zu denken so wehtat, dass sie im Gehen innehalten musste. Sobald sie dies aber erwog, sich Tom auszubrennen und ohne ihn zu sein, hätte sie schreien wollen, so scharf schnitt der Schmerz.

Tom war in Calais, um von dort aus militärische Erkundigungen in Frankreich einzuziehen. Auch wenn er jetzt dem Befehl seines Erzfeindes Henry Howard, dem Vetter der Königin, unterstand, wusste Catherine, dass er das Leben auf einem Schiff und in einem Kriegshaufen genoss. Sie suchte darin Trost: Tom hatte, solange es keinen Krieg gab, das leichteste Los gezogen, er brauchte fern der Heimat nicht mit anzusehen, wie das wenige Errungene zerbröckelte. *Herr, mein Gott, mach Tom nicht bitter oder matt. Lass nicht so teuer Bezahltes nutzlos sein.*

Joan und Liz, die ihre Gatten nicht gefährden wollten, wagten sich nur noch selten zu Zusammenkünften des Ganskreises, und Nan war in diesem Frühling meist krank. Catherine verbrachte viel Zeit allein mit Kate Suffolk. Bei trockenem Wetter saßen sie auf der steinernen Bank in Kates Rosengarten, mit Blick auf die schillernde Böschung und die Weiden am Fluss. Es war fast Mai. Sie hielten die Tyndale-Bibel zwischen sich auf den Knien und lasen im Matthäus-Evangelium, in den Seligpreisungen der Predigt am Berg: »*Selig sind, die reinen Herzens sind, denn sie werden Gott schauen. Selig sind die Friedfertigen, denn sie werden Kinder Gottes heißen. Selig sind, die Verfolgung erleiden um der Gerechtigkeit willen, denn ihrer ist das Himmelreich.*« Kate blickte auf. »Ich mag diese Verse gern«, sagte sie.

Ich auch, dachte Catherine. *Selig sind, die zarte Heiligkeit in sich bewahren.* Sie blickten zu Boden, über die Bibel hinweg und schwiegen. Catherine wagte nicht, den Kopf zu heben, nach den Weiden zu sehen, die im Wind den Fluss liebkosten, nach dem Flecken Erde, den sie von hier aus nicht hätte ausmachen können und auf dem zerdrücktes Gras des verflogenen Jahres sich ohnehin längst aufgerichtet hatte. »Er fehlt Euch«, sagte Kate.

»Ja.« In der Nacht hatte sie wieder nicht schlafen können und war, da die Mauer des Torhauses ihr das Fenster versperrte, in eine Decke gewickelt in den Hof gelaufen. Sie hatte die scharfe Mondsichel am goldblauen Himmel angestarrt und war in einen Tränenstrom ausgebrochen, der nicht nachließ, bis an ihrem Körper alles flatterte. In manchen Nächten erging es ihr so. An ihr vorüber zogen Bilder, eine Kette von Nächten: Nächte an dem vermauerten Fenster, in dem Haus, das nach Tod roch, und Nächte im Norden, vor den Birken, der Kiefer und der Tanne, Nächte in Borough Place, und zuletzt nur eine Handvoll anderer Nächte, unter den duftenden Eichenbalken von Wulf Hall, und aus allem schrie die erbitterte Frage, die zu stellen sie sich sonst verbot: *Ist das alles gewesen? Sind wir nur einen Tropfen lang jung und voll Hoffnung, damit wir den Regen des Alters ermessen, bis von uns nur mehr ein nasses Häuflein Elend bleibt?* Catherine zählte nicht ganz dreißig Jahre und war doch schon alt, eine Greisin ohne Falten und graues Haar.

»Ihr seid wie ich«, erhob sich neben ihr Kates Stimme. »Ihr habt kein Heim.« Kate war die Tochter einer Aragonierin, die einst mit Prinzessin Catalina auf die Insel gekommen war. Ihr spanisches Erbe stand ihr ins Gesicht geschrieben, aber in Spanien war sie nie gewesen. Ihre Eltern waren mit dem Hof von Palast zu Palast gezogen wie jetzt ihr Gatte, der Herzog. Dieses Haus, von grüner Üppigkeit umgürtet, war aller Halt, den sie kannte.

»Nein«, sagte Catherine. *Ich habe keines, und Tom hat auch keines. Nicht einmal Wulf Hall hat er, ein Wolf unter Hütehunden, der seinen Vatersegen mit dem Stock empfing, auf den Leib wie auf den blanken, verletzlichen Stolz. Nur das Wulf Hall, das wir uns selbst erschufen, wo ich ihn hielt und er mich hielt, haben wir.*

»Man erkennt es, wenn man Euch zusieht.«

»Was?«

»Dass Ihr beieinander daheim seid, Ihr und Sir Thomas.«

Unter dem schwarzen Haar schien Kates Gesicht so bleich wie das von Janie. »Wenn man ein Kind hätte«, sprach sie vor sich hin, »dann gäbe man ihm ein Heim und hätte selbst eines. Die Gattin unseres Ned ist ja schon wieder guter Hoffnung.«

»Aber wer wollte bei der daheim sein?«, entfuhr es Catherine.

»Ja, wer wohl? Denkt Ihr noch an Zwölfnacht?«

Und ob, dachte Catherine, *die Heiligkeit in uns ist zart.*

»Selbst der Herzog von Norfolk war empört. Habe ich Euch je erzählt, was er zu meinem Mann gesagt hat? ›Wie kann das Weib denn den kleinen Seymour auszanken‹, hat er gefragt. Der mag ja ein Parvenü ohne Manieren sein, aber man unterhält sich prächtig mit ihm, und von der Art gibt es in meinem England nicht mehr viele. Und dann hat er gestöhnt und ausgerufen: ›Ah ja, mein England war ein vergnüglicher Ort, ehe dieses sogenannte Neue Lernen begann. Die Gräfin von Hertford gibt das ärgste Exempel: Wenn ein Weib nicht nach Mensch riecht, aus dem Mund nicht essigsauer und auf der Haut nicht nach Salz, wem soll die schmecken?‹«

»Das hat der Howard-Herzog gesagt?«

Kate verzog den Mund. »Er kennt eben den Ganskreis nicht. Obgleich wir zwei fleischlosen Gänschen ihn vom Reiz des Neuen Lernens wohl auch nicht überzeugen dürften.«

Sie wollten lachen, aber gaben es auf. »Ist es denn wahr? Ist die Gräfin von Hertford eine Frau des Neuen Lernens?«

»Sie ist zweifellos versiert in ihren Bibelstudien«, antwortete Kate. »Sie liest Griechisch, nicht nur Latein.«

»Das wusste ich nicht.« Catherine las kein Griechisch, und ihr so mühsam erworbenes Latein nährte sie noch immer gerade eben von der Hand in den Mund.

»Catherine«, sagte Kate, »glaubt Ihr wirklich, dass darin das Entscheidende liegt? Hört zu, lasst mich noch ein wenig weiterlesen.« Sie hob die Bibel von ihren Knien: »*Ihr seid das Salz der Erde. Wenn nun das Salz kraftlos wird, womit soll man salzen? Es ist hinfort zu nichts nütze, denn dass man es wegschüttet und es von den Leuten zertreten lässt.«* Die zwei Frauen sahen sich an. »Das ist entscheidend. Das Salz der Erde. Wir.«

»Ich bin sehr froh, Euch zu kennen«, sagte Catherine.

»Ich auch.« Endlich lachten sie, obgleich stimmlos.

»Wenn es einmal zu schwer wird«, Kate hob den kleinen Korb und schwenkte ihn, »vergesst nicht: Den Schlüssel zu meinem Garten bewahre ich selbst. Er ist übrigens wieder auf der Insel.«

»Tom?«

Die andere nickte. »Wie nicht anders zu erwarten, geriet er mit Henry Howard in Streit.«

»Ist er in Gefahr?« *Herr, mein Gott.* Was ein Howard befahl, galt jetzt alles beim König, und Männer wurden für weniger als ein unbedachtes Wort geköpft, verstümmelt, lahm gepeitscht.

»Keine Sorge.« Kate drückte ihre Hand. »Für seinen Leichtsinn gebührt Eurem schönen Freund Schelte, aber sein Glück war ihm hold, der Howard-Herzog hat sich für ihn verwendet. Er ließ wissen, er wolle auf die militärischen Talente der Seymours nicht verzichten. Also hat der König die Kampfhähne getrennt und schickt Euren Tom mit meinem Gatten an die schottische Grenze.«

»Droht Krieg an der schottischen Grenze?«

»Das tut es ständig, denke ich. Aber des Königs Augenmerk liegt auf Europa, wo doch nun Frankreich und der Kaiser wieder in Streit geraten. Das heißt, wenn er sein Auge überhaupt einmal vom rosigen Fleisch seiner Gemahlin abwenden kann.«

Sie schwiegen, blickten wieder ins Gras, wussten beide, was ungesagt blieb: Wenn der Leidenschaft des Königs ein Prinz entsprang, wäre der ein Stein, um Englands Weg zurück ins Papsttum zu pflastern. Auch Janies Sohn erhielt gewiss längst eine papistische Erziehung. Aber Tom war zurück. Tom, der in diesem Knaben die zwölf Kinder, die er hätte zeugen wollen, liebte. *Wenn man ein Kind hätte, gäbe man ihm ein Heim und hätte selbst eines.* Jäh packte sie Kate beim Gelenk. »Der Prinz, wie ist er?«, fragte sie.

Kate hob die Mundwinkel. »Taghell. Und ein Seymour. Gelehrig wie Edward, vertrauensvoll wie Jane und die schiere Lebenslust wie Euer Tom. Ein Kind der neuen Zeit. Gott bewahre ihn uns.«

Die Reformer verschwanden einer nach dem andern. Auf den Maifeiern blieben ihre Plätze leer oder waren von Papisten aus dem Kreis der Howards besetzt. Wer sich nicht schnell genug zurückzog, sprang über die Klinge. Nur eine Handvoll blieb übrig. Audley, der Lordkanzler, ein Blassgesicht namens Paget, Dudley, der kein Wässerchen trübte, der Hasenfuß Cranmer und Edward. In mancher Lage war es fraglos von Nutzen, ein Schwächling zu sein, der niemandem Furcht einflößte. Tom hingegen rannte sich die Stirn ein, schimpfte Henry Howard einen Milchbart, der nichts von Kriegführung verstand, erhielt einen Verweis und wurde heimgeschickt. Dass ihm nicht mehr geschah, nahm Wunder. Vielleicht, so mutmaßte Anne, wünschte der König ihn aufzusparen, ein so ergötzliches Geschöpf für einen ergötzlichen Tod. *Bleibt bei Euren Bären, Majestät. Tom Seymour ist mein, und ich trete ihn nicht ab. Wenn er stirbt, stehe ich dabei und sehe zu, wie aus den strotzenden Gliedern das Leben quillt.*

Ende Juni, kein Jahr nach dem zweiten, brachte Anne ihr drittes Kind, eine Tochter, zur Welt. Nach der Geburt behielt sie das Mädchen ein wenig länger bei sich als die Söhne. *Vergib mir,* sprach sie stumm in das verrunzelte Gesicht, *dass wir Menschen sind und keine Katzen, dass ich dich nicht zum Ersäufen in einen Trog, sondern zum Schwimmen in dieses Dasein stoßen muss. Vergib, dass, was immer du lernst und was dir an Verstand gegeben ist, dich nicht zur Führerin bestimmt, ja nicht einmal zur Wächterin, und dass über dein Schicksal die Schwäche von Männern verfügt.* Edward war lächerlich entzückt, der Vater einer Tochter zu sein, und wünschte sich, sie auf den Namen seiner Schwester, Jane, zu taufen. Anne war es gleichgültig. Sie hatte dem

Kind nicht mehr zu geben als sein erbärmliches Leben und kehrte bei nächster Gelegenheit an den Hof zurück.

Der rüstete indessen zur Sommerreise nach Norden. Der König wünschte, seine Sirene im Triumphzug vorzuführen und den Teil seines Reiches zu bereisen, den er bisher nie gesehen hatte. Geplant war zudem ein Treffen mit James Stuart, dem König der Schotten. Jener James, der Fünfte, war Henry Tudors Schwesternsohn. Oheim und Neffe aber waren einander nie zuvor begegnet.

Dieser Tage gereichte es keinem zum Vorteil, einen Tropfen Blut mit Englands König zu teilen und somit einen Anspruch auf den Thron zu besitzen. Die Gräfin von Salisbury, die seit einem Jahr in einer Zelle des Tower vor sich hin dämmerte, wurde im Frühjahr aufs Schafott geschickt. Sie war an die siebzig Jahre alt, eine greise Katholikin mit gebrechlichen Knochen, deren Vergehen darin bestand, mit dem König über die Plantagenet-Linie verwandt zu sein. Ein ungeübter Henker, der schon Cromwells Ende zum Schlachtfest gemacht hatte, hackte ihr den Nacken zu Splittern, ehe endlich der Tod eintrat. »Der König hat den Verstand verloren«, entsetzte sich, wer davon hörte.

Was würde als Nächstes geschehen?, lautete die bang verschwiegene Frage. Der König aber, der Unberechenbare, zog heiterster Stimmung mit seiner Circe in den Sommer. Zum Aufbruch sammelte sich ein Tross, der einer mittleren Umsiedlung glich: Packpferde, Prunkzelte, zerlegte Bühnen, Schlachtvieh an Stricken und Wild in Käfigen, falls dem König unterwegs das Jagdgut ausging. Wer Geld hatte oder welches zu borgen vermochte, ließ sich lose Kleider schneidern. Anne bereitete das Treiben Magengrimmen. Vor ihr erstreckte sich die Ödnis eines Sommers voll lechzender Blicke und schwitzender Leiber in zu engen Quartieren, voll hohler Zoten und schludrig gespielter Musik.

Andere fieberten dem Spektakel entgegen: Lady Mary, des Königs älteste Tochter, besah sich ihre Sammlung fader Kleider und sprach von nichts anderem mehr. Wie ihre Mutter war sie Papistin bis ins Mark und verbrachte täglich Stunden auf wunden Knien im Gebet. Sie zählte fünfundzwanzig Jahre, saß, wenn sie nicht betete, über Büchern in sechs Sprachen und empfand die fünf Jahre jüngere Stiefmutter, der das Entziffern eines Briefes schwerfiel, als Verhöhnung. Katharine Howard mochte als Amazone der Papisten gelten, sie war in Wahrheit nicht mehr als ein Balg, das statt mit Gliederpuppen mit dem fetten König spielte. Weshalb also freute sich Mary auf einen Sommer Zeltwand an Zeltwand mit ihr? Anne kannte die Antwort. Die keusche Mary Tudor verbarg hinter Frömmelei und Lerneifer ein Rattennest von dunklen Trieben.

Sie spielte leidenschaftlich Karten, machte Schulden, um ihre Verluste zu begleichen. Sie wettete verstohlen beim Kegeln, aber nicht auf den Burschen mit den geschicktesten Würfen, sondern auf den mit dem prallsten Muskelspiel. Anne hätte ein Lied auf den Abgrund in Mary dichten können. Die junge Frau hing ihr wie eine Klette an, wie deren Halbschwester, die gefährlich frühreife Elizabeth, dem Hanfstock Edward anhing. Edward aber vergötterte Elizabeth, während Anne Mary mit der Verachtung für einen Menschen bedachte, den man völlig durchschaut.

»Was denkt Ihr, Gräfin Anne, stünde mir dieses etwas schwere und gewaltsame Rot, wie es die Gattin meines Vaters trägt?« Mary hätte Katharine Howard nie Königin genannt, sie lebte in einer Traumwelt, in der als Königin über England noch immer ihre längst knochenbleiche Mutter thronte.

»Es ist, wie Ihr sagt, ein wenig gewaltsam«, entzog sich Anne einer Antwort.

Mary, bald einen Kopf kleiner als sie, schmiegte sich ihr in den Arm. »Aber nähme es sich nicht hübsch aus zu einem Tänzer mit dichtem und glutrotem Haar?«

Anne krallte die Nägel in die Handballen, um die Kleinere nicht abzuschütteln. »Ich rate zu bedenken, dass Euer Vater Euch nicht gestatten wird, Euch derart unter Eurem Stand zu vermählen.«

»Aber weshalb sprecht Ihr denn so? Ihr selbst seid doch mit einem Bruder der süßen und viel beweinten Jane vermählt.«

»Mein Gatte und sein Bruder«, erwiderte Anne, »sind einander ferner als England und die Neue Welt.«

»Ja, sie sehen einander auch nicht ähnlich.« Mary kicherte, kniff Anne in den Arm. »Und doch sieht man sie immer beisammen, die Unzertrennlichen, und ist das nicht gottgefällig und erhebend, dass ein Bruder so sehr den andern liebt?«

Glücklicherweise brachte der Gedanke Mary zum Seufzen, und sogleich verfiel sie in eine ihrer Klagen, sie selbst sei ohne Familie, mutterlos, vom Vater geschmäht, mit einer Hurentochter zur Schwester und einem ihr fremden Hätschelkind zum Bruder. Kurz fragte sich Anne, wie sie all die Wochen abwechselnd das weinerliche Jammern und das neckische Gekicher ertragen sollte. *Aber zuzuschauen, wie du dich quälst, Tom Seymour, wenn Tanz um Tanz die papistische Unke an dir klebt, das ertrage ich mit Freuden. Wie es dir zusetzt, dass du dich mit ihr schleppen musst, ein Stück Männerfleisch zum Draufklatschen, wie dich vor ihren üblen Zähnen ekelt und wie dir dein Zeisigweibchen fehlt, daran stärke ich mich. Das ist Liebe, nicht wahr? Gier nach dem, was uns fehlt, aber hättest du mehr Zeit über Büchern statt über Weibern verbracht, dann wüsstest du: Nicht jede Liebe ist schön und lobenswert, sondern nur die, die uns veredelt.*

Wie sich jedoch zwei Tage vor dem Aufbruch herausstellte, sollte Anne weder das eine noch das andere zu ertragen haben: An diesem Abend in Whitehall kam ihr Mann von einer Unterredung mit dem König und teilte ihr mit, er werde nicht mit dem Hof nach Norden reisen. »Der König wünscht es so«, beteuerte er. »Wenn du aber dennoch fahren möchtest, bitte ich Tom, dich zu geleiten.«

Edward hatte mit Cranmer über Entwürfen für das allgemeine Gebetbuch gesessen, als der Page erschienen war und ihn zum König gerufen hatte. Es gab jetzt nur noch wenige Augenblicke, die sie beide so unbehelligt ihrer eigentlichen Arbeit widmen konnten, in den Kampf um Worte versinken und dabei den Kampf, in dem es rings um sie um Blut ging, vergessen. »Hat es nicht etwas Verächtliches, gerade jetzt an einem solchen Buch zu schreiben?«, hatte Cranmer gefragt. »Wir sitzen und träumen davon, unserer Kirche eine Liturgie zu schenken, während unserer Kirche wohl ein Schwert nottäte und Männer, die es für sie führen.«

»Und wenn dem so ist, warum sagt Gott es uns dann nicht?« Edward erschrak, aber Cranmers Gesicht blieb unbewegt. Der Erzbischof, der die Ohrenbeichte ablehnte, wusste wie kein Zweiter, dass manches ausgesprochen werden musste, so roh und zweifelhaft, wie es war. »Warum gibt er uns keine Sicherheit, die groß genug wäre, um dafür zu töten?«

Cranmer stützte seine Wange in die Hand. »Auf Eure Frage zu antworten, fällt mir schwer«, sagte er. »Denn seht, ich wünsche mir ja selbst diese Sicherheit. Hätte ich sie, dann käme ich auch mit diesem Buch voran, könnte aufhören, ewig Worte hinzusetzen und wieder zu verwerfen, Bedeutungen zu umkreisen, ohne je forsch und fest aufzutrumpfen: Dieses und jenes ist so. Aber liegt nicht eben darin das Neue, das wir wollten? Wenn wir neben eine Kirche, die so klobig ist, dass niemand über sie hinweg in den Himmel sehen kann, eine klobige zweite stellen, was wäre gewonnen?« Er brach ab und fuhr sich an den Kopf. »Verzeiht. Ich predige.«

Edward musste, obgleich er sich jetzt unentwegt fürchtete, lächeln. »Bitte predigt weiter.«

»Ich weiß, wie hart es uns ankommt, mit einem Gott umzugehen, der an kein Menschenwort gebunden ist. Der von uns nicht verlangt, eine allumfassende Formel aufzustellen, sondern hinzunehmen, dass keins unserer Worte das letzte sein kann.« Er ließ den schmalen Stoß Papiere fallen, dass alles auseinanderglitt. »Mir gelingt das nicht besser als Euch. Meine verwaschenen Worte sind mir ein täglicher Graus.«

Dann war der Page gekommen, um zu melden, der König wünsche Edward zu sprechen. Ein solcher Ruf mochte dieser Tage alles bedeuten. Jedes Mal, wenn er durch Gänge und Vorzimmer zu seinem Monarchen geführt wurde, tauchte vor Edwards geistigem Auge der zitternde Jüngling auf, der sich einstmals auf Knien die Hosen nass gemacht hatte. Vor den Flügeltüren des Empfangsraums trafen sie auf einen weiteren

Pagen, der einen Mann durch einen Seitengang führte. Dudley. Der Unvermeidliche. »Welche Freude, Euch zu sehen, mein Graf. Ihr seid auch zu dieser Unterredung bestellt?«

Die Türen schwangen auf. Zumeist, wenn Edward beim König empfangen wurde, war dieser mit einer Mahlzeit beschäftigt. Heute aber war der Tisch beiseitegeschoben, und auf den Platten häuften sich noch üppige Reste, eine benagte Hasenkeule in trocknender Tunke, fette Stücke seines geliebten Aals, kandierte Früchte und ein goldgelber Hügel aus Gelee. Etwas hatte ihm offenbar den Appetit verdorben. Edward und Dudley knieten nieder.

Der König saß tief in den Stuhl gelehnt und streckte ein Bein auf einen gepolsterten Schemel. In dem so reinlich gehaltenen Raum stank es erbärmlich, aber nicht nach Aal. Butts, der Leibarzt, stand bei dem Stuhl, und ein weiterer Mann hockte neben dem Schemel. Thomas Culpeper. Der jüngste der Kammerherren, dem sein Haar in braunen Locken auf die Schultern fiel. Ein Mädchenschänder, hieß es. Kein höfischer Verführer, sondern einer, der im Dunkeln an Parkwegen lauerte. Jetzt allerdings befleißigten seine Finger sich nicht am Brustlatz einer Jungfer, sondern am Beinverband seines Königs. Die Binde war aufgewickelt und gab auf dem Schenkel eine faustgroße Schwellung, umgeben von schwärzlich verfaulendem Fleisch, frei. *Er muss ja sterben*, durchfuhr es Edward. Ein Wundherd wie dieser fraß den Leib, den er anfiel, auf, selbst einen so mächtigen Leib wie den von Henry Tudor.

Butts reichte Culpeper einen tönernen Tiegel, in den dieser hineinlangte, um eine gelbliche Paste zutage zu fördern und auf dem abscheulichen Geschwür zu verstreichen. Der König stöhnte und sank tiefer in den Stuhl. Edward fühlte sich schaudern, als werde seinem eigenen Fleisch solcher Schmerz zugefügt. Das war der Mann, der Barnes' Haut und Knochen, Wanst und Herz zu äschernen Flocken hatte verkohlen lassen. Der Mann, der Befehl gab, Menschenleiber übers Pflaster zu schleifen, sie zu kastrieren, auszupeitschen, in vier Stücke zu hacken und blutwarm auf die Pfeiler einer Brücke zu spießen. Henry Tudor. Ein Mann, der ächzend im Lehnstuhl hing, derweil Schmerz ihm den Verstand ausbrannte.

Culpeper stellte den Tiegel ab und begann, die weiße Binde langsam, den Schenkel hinauf, um das entzündete Fleisch zu wickeln. »Nicht so fest«, gellte der Sopran des Königs auf. Die beringte Hand verpasste dem Jüngling eine Backpfeife. Gleich darauf klopfte sie ihm tätschelnd die Schulter. »Ihr seid ein Braver, Cul, Ihr tut für Euren König, was Ihr könnt. Und Ihr bewahrt Schweigen darüber, wie's ein Mann dem andern schuldet, richtig? Unsere Königin, Unser dornenloses Rosenknöspchen, erfährt von Euch kein Wort.«

»Nicht eines, mein König.«

Endlich wagte einer der Pagen zu sprechen. »Euer Gnaden? Die Herren Seymour und Dudley sind da, wie gewünscht.«

»Wir sehen es, Kerlchen, wir sehen. Die zwei kleinen Herren, einer buckliger als der andere.« Der König griff nach einer Tonflasche auf dem Beistelltisch, zog den Stopfen mit den Zähnen, spuckte ihn weg und trank. »Wisst Ihr, was das ist?«, fragte er, die Flasche von den Lippen hebend. »Lebenswasser. Aus diesem unglaublichen Schottland, wo Männer bis zum Hintern nackt durch Hochmoore stampfen. Unser Neffe, der safrangelbe Jamie, schickt es uns.«

Über dem Geschwür schloss sich die blütenweiße Binde. Dann ein Beinkleid aus Seide. Die golddurchwirkte Schecke, deren Länge jüngster Mode entsprach, wurde, sich um die pralle Schamkapsel teilend, darübergezogen. Culpeper bekam noch einen Klaps aufs Ohr und stand auf. Sein Gesicht glänzte schweißbedeckt. »Troll dich, Kerl. Nimm dir ein Dirnchen oder zwei, im Norden soll's Mangel an saftigem Fleisch haben. Und Ihr geht auch, Butts. Mit den zwei kleinen Herrchen sprechen Wir allein.« Winkend hieß er Edward und Dudley sich zu erheben und an die Wand zurückzutreten. *Wie säumige Schüler*, fand Edward, *die Hände ausgestreckt, als ob zur Züchtigung.*

»Ein feuriges Füllen, der Cul«, murmelte der König, kaum dass der Raum sich geleert hatte. »Solch einer muss seine Säfte verspritzen, sonst platzt er daran. Zu schade, dass er's, wie der dichtende Howard-Henry nur in den Lenden, nicht aber hinter der Stirne hat.« Er brach in ein Lachen aus, dem in den Spitzen der Schmerz nachklang, und hieb die Faust auf das Tischchen, dass die Flasche mit dem Lebenswasser hüpfte. »Und um Euren Bruder ist's nicht anders bestellt. Zwischen den Beinen aufs Fülligste bestückt, aber zwischen den Schläfen...« Er brach ab, verzog das verschwollene Mündchen.

Edward hätte etwas einwenden sollen. Tom, sein kleiner Bruder, dem er Petrarca-Sonette vorgelesen hatte, sobald er selbst die Zeilen entziffern konnte, hatte mit den Hohlköpfen Culpeper und Howard nichts gemein. Was maßte der König sich an, Tom Seymour durchschauen zu wollen, wenn das nicht einmal Edward, der ihn liebte, gelang? Er hätte etwas einwenden sollen, blieb aber wie gewöhnlich stumm und verharrte mit gestreckten Händen.

»Hin und wieder fragen Wir Uns«, fuhr der König fort, »haben diese Unersättlichen jemals geliebt? So wie Wir Unsere Katharine lieben, hat ihnen jemals um eine Liebste das Herz geseufzt?«

Fragte sich das nicht jeder Liebende? Edward fragte es sich seit Jahr und Tag ohne Antwort: *Hat je ein Mann eine Frau geliebt, wie ich meine Anne liebe, wie ich nach einem Wort, einer Zärtlichkeit von ihr lechze, und wenn es einer tat, wie hat er es ertragen?*

»Ihr zwei kalten Fische wisst nicht einmal, wovon Wir sprechen. Edward, der Stockfisch, und John, der windige Aal.« Der König klatschte sich auf den Schenkel, stockte im Atemzug und erbleichte. Statt vor Schmerz aufzuschreien, herrschte er Edward und Dudley an: »Ah, wenn Ihr ahntet, wie Ihr Uns langweilt, wie Wir Euch verachten und Uns nach Cromwell, dem alten Satan, sehnen. Cromwell, Wolsey, der bestechende More – das waren große Männer, große Talente, so etwas wächst nicht nach. Ihr dagegen mögt glauben, die edleren Menschen mit den hehreren Träumen zu sein, aber Eure Begabungen sind schwach, Eure Passionen müde.

Man wird Euch vergessen, Edward, den Guten, und John, den nicht ganz so Guten. Eines Tages wird man sagen: In dieser Zeit herrschte ein großer König über England, der achte Henry, der More den brillanten Kopf abschlagen ließ und Wolsey und Cromwell zu Fall brachte. Eure Namen aber wird kein Mensch mehr kennen.«

In die Stille fiel des Königs Atem wie das Werken eines Pumpenschwengels. *Er hat Recht,* befand Edward. Er ist ein großer König, und etwas so Großes kann man nicht ansehen, ohne zu bedauern, dass nichts Herrliches daraus geworden ist. Wer gegen einen solchen Feind kämpft, vergisst, dass der Feind eines Tages nicht mehr sein wird und dass man dann noch wissen muss, wofür man kämpft.

Dudley scharrte mit dem Fuß. »Euer Gnaden, es betrübt mich zutiefst, Euer Missfallen erregt zu haben.«

»Ah bah.« Die Hand des Königs winkte ab, als verpasse sie der Luft eine Backpfeife. »Betrübt Euch nicht zu sehr, Herr Raffgier. Wir sagen schließlich nicht, dass Ihr von Uns keine kleinen Titel und kleinen Ländereien zum Schröpfen mehr bekommt.«

»Euer Gnaden!«

»Auf die Knie«, schrie der König, die Stimme auf dem Spitzenton splitternd. Edward und Dudley stürzten gleichzeitig nieder.

»So fühlt Ihr Euch wohler, richtig?« Der König spitzte sein Zünglein über erdbeerrote Lippen. »Im Kriechgang, die Schwänze eingekniffen und die Buckel krumm. Wahrlich, guter Graf, Euer Bruder, dieser Epimeteus, ist Uns lieber, wisst Ihr das?«

»Ja«, erstaunte Edward sich selbst mit einer Antwort.

»Er ist kein Denker, aber er hat Schneid. Ein so schönes und so stolzes Tier zu quälen, macht Lust, doch wer zertritt schon mit Lust ein ekelhaftes Vieh, das kraucht?«

Die wimpernlosen Äuglein zwängten sich zwischen Wülste, nur ein Blitzen blieb übrig. »Gewiss fragt Ihr Euch: Hat er uns herbeordert, um uns zu beleidigen? Aber das, ihr Guten, war nur ein Vorgeplänkel. Ihr seid hier, um einen ehrenvollen Befehl zu empfangen: Derweil Wir mit Unserer nektarsüßen Königin über Land reisen werden, um Uns dem Wildvolk des

Nordens zu zeigen, lassen Wir euch zur Aufsicht über Unsere Hauptstadt zurück. Was sagt ihr, ist das kein Zug der Großmut? Unsere wackeren Reformer erhalten Gelegenheit, ihrem König ihre Treue zu beweisen: Sind bei Unserer Rückkehr die Scheiterhaufen nicht kalt geworden, tanzen keine Ketzerhorden durch Cheapside, so können Wir sicher sein, dass Uns die Münder der Howards nichts als Verleumdung zuflüstern und dass die Herren Seymour und Dudley Untertanen ohnegleichen sind.«

Der König griff nach der Tonflasche, trank sie leer und ließ sie fallen. Verwundert sah er zu, wie sie auf den Steinboden prallte, ohne zu zerschellen. »Auf, auf.« Er wartete, bis Edward und Dudley sich auf steifen Beinen erhoben. »Nur eins noch, dann seid ihr traurigen Helden entlassen: Unserm Freund, dem Erzbischof von Canterbury, richtet aus, er sei der Dritte im Gespann. Wisst ihr, dass Unsere Howard-Schwäger uns in die Ohren tuscheln, der größte Ketzer auf Unserer Insel sei der Mann, den Wir auf den Stuhl des heiligen Augustinus gesetzt haben? Verwünschter Cranmer. Er soll uns beweisen, dass dem nicht so ist, beweisen soll er's!«

Wieder hatte der König geschrien, wieder war ihm die Stimme gebrochen, und wie zerborsten schlich sie hernach weiter: »Wer eine Krone erbt, hat keinen Freund, das hat man Uns in zartem Alter eingeschärft. Und Wir hätten auf jeden falschen Freund gepfiffen, hättet nicht ihr Uns diesen Kuckuck ins Nest gesetzt, diesen Narren mit seiner Jungfernscheu und seinem Irrwitz von Freundlichkeit. *Beati sunt pacificatores.* Zeigen soll er, nach wessen Flöte er tanzt, und wenn es nicht die Unsere ist, dann rette ihn, wer kann.«

Der kümmerliche Sommer dehnte sich, reihte trübe Tage auf eine endlose Perlenschnur. Catherine war allein. Ihre Freundinnen, Kate, Liz, Joan und selbst die geschwächte Nan, reisten mit dem königlichen Zug von fünftausend Pferden nach Norden. Nahezu der gesamte Hofstaat gab dem Königspaar Geleit. Catherine kam ihre eigene Reise in den Sinn. Sie glaubte, vor sich zu sehen, wie der Tross sich in dem feuchten Wetter vorwärtsschleppte, meinte, den ständigen Wind zu hören und den Regen wie Schnitte auf der Haut zu spüren. *Ziehst du auf Wegen, auf denen ich gezogen bin? Sind meine Spuren noch da und erzählen dir: Hier und da und dort habe ich um dich geweint? Oder führt dein Weg dich ans Meer, das du liebst, weil es dir gewachsen ist? Ich war noch nie am Meer.*

Sie hätte mitreisen wollen. In einem der zweihundert Zelte einen verborgenen Winkel aufsuchen und ein Lager mit Tom teilen. Toms Schultern in den Armen halten und der Nacht zuhören, dem Geflüster des Regens an der Zeltwand. Dem schlafenden Tom das Haar von Stirn und Schläfe streicheln und selig sein, weil sie beide noch lebten. *So vieles verblasst, Tom. Dafür, dass dein Bild mir nicht verblasst, danke ich meinem Herrn.*

Eine unbestimmte Furcht trieb sie um. Gönnte ihr kaum je Rast. Es wurde weiter fortwährend verhaftet, verhört, zweifellos gefoltert. Auch wenn der Rat sich rühmte, keine Geständnisse durch Pein zu erzwingen, wusste jeder, dass in einem Towerverlies eine Streckbank stand. In Catherines schlimmsten Augenblicken quälten sie Bilder von zerfetzten Sehnen und ausgekugelten Gelenken, Haut, die unter Peitschenhieben platzte, und funkelnden Augen, die der Knotenstrick zerquetschte. Sie wünschte sich den Herbst herbei und ihre Freunde zurück, obgleich das Leben für die Reformer hier noch gefahrvoller war. *Als stünde es in meiner Macht, dich zu schützen. Mein Salz der Erde, verschütte dich nicht.*

Zu schreiben half ihr. Sie schrieb Gebete, die jetzt, da der Ganskreis nicht zusammentraf, nur ihr selbst dienlich waren. *Herr, mein Gott, lass mich friedfertig sein wie meine stille Freundin Janie, wenn sie auf Wulf Hall zum Melken ging. Herr, mein Gott, lass mich Frieden ausschenken wie Milch. Gib meinem Herzen Frieden, nimm mir die Furcht um meine Freunde und den Zorn auf Feinde, auch den auf mich selbst.* Ihr das Verlangen nach Tom zu nehmen, bat sie Gott nie mehr. Gott kannte sie. Jeder Versuch, ihn zu täuschen, hätte sie einsam gemacht.

Sie pflegte ihren Mann, der weder lebte noch starb. Zu sprechen war er kaum je stark genug, und was er hörte, wusste sie nicht. Sie wusch und fütterte ihn. Eines Tages, Ende September, als der Hof schon zurückerwartet wurde und Catherine eben die vom Liegen aufgescheuerten Schwären auf Latimers Rücken mit einer Tinktur aus Ringelblumen behandelte, meldete der Hausdiener einen Gast. »Der Graf von Hertford für *my lady*.«

Edward. Ein so wohlerzogener, schüchterner Mann hätte für gewöhnlich in der Halle gewartet. Jetzt aber stürzte er geradewegs in Latimers Schlafgemach. Catherine, ohne Überlegung, zerrte dem Gatten das Nachthemd über abgezehrte Hüften. Ihr Ellenbogen stieß den Tiegel zu Boden, wo er zerbrach. Fassungslos sah sie erst auf die weißliche Masse und dann in Edwards Gesicht.

»Cathie!«

Jedes Mal, wenn sie ihm begegnete, fiel ihr als Erstes auf, wie müde er aussah. Heute jedoch war er hellwach, wie aus einem Alptraum in eine noch grauenhaftere Wirklichkeit geschreckt. »Tom!« Catherines Stimme klang verzerrt. »Edward, was ist mit Tom?«

Edward stierte sie an, als wisse er nicht, von wem sie sprach. Dann erhellte Begreifen sein Gesicht. »Tom ist wohlauf. Du kennst ihn doch. Ein Sommer auf dem Pferderücken schmilzt ihm den Speck von der Taille und die Sorgen aus dem Kopf.«

Ein stummes Lachen flog, ehe sie sich besannen: Sie hatten den auf den Bauch gedrehten Latimer behandelt, als liege ein Toter mit ihnen im Raum. »Vergebung, *my lord*«, murmelte Edward. »Ich bringe Eurem Weib eine Nachricht von gemeinsamen Freunden, doch mein Betragen ist unentschuldbar.«

Catherine wollte etwas dazwischenwerfen, die beiden Männer, den Stummen wie den Stammelnden, einander erklären, da begann Latimer sich zu rühren. Wie eine verletzte Echse wühlte er sich durch Laken, krallte eine Hand um die Bettkante und wälzte sich auf den Rücken. »Euch ist vergeben«, krochen seine Worte. »Denn noch weniger entschuldbar ist, dass ich mich nie bei Euch bedankt habe.«

»Wofür, *my lord?*«

»Ich schulde Euch mein Leben. Ihr habt Euch einst bei König Hal für mich verwendet.«

Edward senkte den Kopf. »Nein«, sagte er, »nicht ich habe das getan, sondern mein Bruder Thomas. Ich besaß nicht das Herz.«

Das Schweigen war beredt, bis die zerriebene Stimme Latimers es brach. »Ein Mann, dem es an Herz fehlt, hätte dies gewiss nicht eingestanden. Dankt Eurem Bruder in meinem Namen.«

»Und in meinem.« Catherines Stimme klang kaum weniger rau.

»Zieht Euch mit meinem Weib zurück und überbringt Ihr die Nachricht, die Ihr für sie habt.« Latimers Echsenkopf sank zurück ins Kissen. »Ich vertraue Euch.«

Kaum waren sie der Kammer, der erstickenden Süße der Verwesung entronnen, klammerte Edward sich an ihr fest. »Verzeih mir, Cathie. Mein Bruder gäbe mir ein paar Fausthiebe, wenn er ahnte, womit ich dich behellige.«

»Das täte er nicht, und das weißt du.«

In ihren Armen hob Edward den Kopf. »Doch«, sagte er, »und es stünde ihm zu. Zöge Tom meine Anne in solche Schlangengrube wie ich dich, dann schlüge ich ihn tot.«

Dass der ausgemergelte Edward dem vor Kraft berstenden Tom ein Haar zu krümmen vermochte, erschien lachhaft, aber nur für den, der diese zwei nicht kannte. »Zieh mich«, sagte Catherine.

»Ich habe gar keine Nachricht für dich. Ich bin gekommen, weil ich den Rat eines Freundes brauche.«

Catherine nickte. Edward platzte, schier ohne Atem zu holen, heraus: »Unser Prinz ist krank, liegt mit Fieber auf den Tod. Und der König ist auf dem Weg nach London. Als ich das letzte Mal Nachricht erhielt, lagerte der Hof in Hull und rüstete zum Aufbruch. Fünf Tage haben sie dort auf James von Schottland gewartet, ohne dass dieser sich blicken ließ. König Henry schäumt vor Wut. Nichts als das Kosen seiner Königin besänftigt ihn, und jetzt kommt er heim, und wir haben ihm zu sagen, dass sein Sohn, dass Janies Sohn...« Schwer sackte sein Kopf herunter. Sie standen auf dem Galeriegang, ein Lauscher in der Halle hätte jedes Wort hören können. Flugs drängte Catherine den Freund in ihre Kammer, hieß ihn, sich aufs Bett zu setzen, und verriegelte die Tür.

»Danke«, brachte er heraus, strich sich Schweiß von der Stirn.

Janies Sohn. Gelehrig wie Edward, vertrauensvoll wie Jane und die schiere Lebenslust wie mein Tom, der mir zwölf Kinder hätte machen sollen. Der Seymour-Prinz, der uns unseren Tag schuldet. Jähe Furcht um ein Kind, das sie nicht kannte, ließ ihr Herz jagen. »Er muss gesund werden«, rief sie. »Viele Kinder überleben doch das Fieber, warum nicht auch der Prinz?«

»Ja«, sprach Edward vor sich hin, »warum nicht auch er? Cranmer lässt in jeder Kirche der Hauptstadt für ihn beten. Wenn er es schafft, müssen wir uns besser um ihn kümmern, dürfen die Aufsicht über seine Erziehung nicht einer unreifen Howard überlassen. Tom hat Recht: Der kleine Edward braucht mehr Bewegung, deftige Nahrung und für kindlichen Überschwang keine Züchtigung.« Im Gedanken an den Knaben sprang der Anflug eines Lächelns über seine Züge, aber schwand gleich wieder. »Catherine.«

Sie sah es sofort: »Du bist nicht deswegen hier.«

»Nein. Nicht deswegen. Was die Genesung des Prinzen betrifft, so kann nur Gott uns helfen. Wir aber haben eine Entscheidung zu treffen, auf Leben oder Tod, Cranmer, Dudley und ich. Ich bin zu dir gekommen, weil ich wie üblich zu schwach bin, meinen Packen zu schultern, und jemanden brauche, der mir sagt, was ich tun soll.«

»Hör auf, dich zu schmähen.« Ihr Blick umfasste ihn. *Wie seltsam*, klang es in ihr auf, *dass der Hof Balladen auf Toms Schönheit dichtet, für Edwards Gestalt jedoch nur Spott übrig hat.* Die Augen des Älteren waren honigbraun, und seine Züge wie in Holz gefeilt. Ebenso hielt man den Jüngeren mit seinem sprühenden Geist für hohl und töricht, weil der Ältere ein solches Muster der Gelehrsamkeit war. Womöglich, erwog Catherine, war es für jeden der Unzertrennlichen mitunter nicht schmerzlos, des andern Bruder zu sein. »Erzähl mir, womit du dich quälst.«

»Mit einem Kind Gottes namens John Lascelles«, kam es prompt von Edward.

»Und wer ist der Herr?«

»Ein Weinhändler aus Lambeth, dessen Schwester als Kammerzofe im Haushalt der Herzogin von Norfolk diente. In jenem Haushalt, in dem unter weiteren Howard-Töchtern auch die Waise Katharine, deine und meine Königin, aufgezogen ward.«

Catherine fiel etwas ein: »Warum nennt man das Haus der Herzogin eigentlich Lambether Menagerie?«

»Eben drum.« Edward seufzte. »Weil man es Lambether Freudenhaus schwerlich nennen darf. Dieser Mann, Lascelles, hat gestern in der Frühe Cranmer aufgesucht, um ihm zu berichten, was seine Schwester in besagter Menagerie mit angesehen haben will. Demnach ist Katharine, die Rose ohne Dornen, durchaus nicht erst in den Armen des achten Henry erblüht.«

Catherine setzte sich neben ihn aufs Bett. Wer zur Tür hereingekommen wäre, hätte einen unschönen Schluss gezogen, aber die Tür war verriegelt, und wie schön das Band zwischen ihnen war, ging nur sie beide etwas an. »Erzähl mir alles.«

»Das sollte ich nicht, aber tue es doch. Der Schwester dieses Lascelles zufolge vergnügte sich Katharine im zarten Alter von elf Jahren mit einem Musiklehrer namens Manox, und das durchaus nicht am Lautenbalg. Als die Herzogin sie ertappte, setzte es Hiebe, aber Manox ward mitnichten aus dem Haus gejagt. Stattdessen wurde seine Schülerin seiner überdrüssig und legte sich bald einen Gespielen mit mehr Fertigkeiten zu. Francis Dereham, jenen Verwandten, den sie als Königin zu ihrem Sekretär bestellt hat. Lascelles' Schwester sagt, die beiden hätten unter dem Dach der Herzogin beieinandergelegen und einander geherzt wie Mann und Weib. Macht es nicht sprachlos, was diese Papisten sich herausnehmen, derweil sie dem ganzen Land ihre verlogene Moral predigen?«

»Hüte dich«, beschied ihn Catherine. »Predige keine verlogene Moral. Auch unter deinem Dach lagen zwei beieinander und herzten sich wie Mann und Weib. Hat etwa jemand dieses Howard-Mädchen gefragt, ob es den König heiraten will?«

»Du hast Recht«, murmelte Edward. »Um das Mädchen tut mir das Herz weh. Aber um uns nicht weniger. Um Cranmer, der seine Margarete nicht bei sich haben darf, derweil sich Bischof Gardiner in seinem Haus zwei Huren hält. Um meinen Bruder, der in den Armen eines einzigen Menschen geborgen wäre, dem aber diese Umarmung versagt bleibt. Die Buhlinnen des Herzogs von Norfolk hausen in der Lambether Menagerie, und kein Mensch macht daraus einen Hehl.« Er war aufgesprungen, ging im Zimmer umher. »Vielleicht könnte ich ja alledem, den Howards und Gardiners, mit einem Schlag ein Ende bereiten.«

»Indem du dem König sagst, dass das Mädchen, das man ihm zugespielt hat, keine Jungfrau war? Was geschieht dann mit ihr? Wird sie auf einen Landsitz abgeschoben wie Anna von Kleve?«

»Gut möglich. Wenn sie diesem Dereham versprochen war und ihre Ehe mit König Henry annulliert wird, mag sie ihn heiraten dürfen. Aber Catherine«, er fuhr zu ihr herum, »der König ist diesem Mädchen mit Haut und Haar verfallen. Mit seiner alten Haut. Und seinem spärlichen Haar. Sie ist ihm das Licht seiner Tage wie mir meine Anne, über die ich kein übles Reden duldete. Warum um alle Himmel sollte Henry Tudor es dulden und uns Glauben schenken?«

Catherine kannte ihn lange genug, um ihm anzusehen, dass das Schlimmste noch ausstand. Er wandte sich ab und ging zum Fenster, sah auf die Mauer, die dem Blick die Freiheit nahm. »Dieser Lascelles«, sagte er, »ist ein Protestant. Wenn der König ihn und uns für Verleumder hält, kostet es unsere Köpfe. Und mehr noch: Es entzündet einen Flächenbrand von Scheiterhaufen.«

Edward sah aus dem Fenster und Catherine auf seinen schmalen Rücken. Sobald er sich umdrehte, sprach sie: »Ihr habt keine Wahl. Einer von euch muss es dem König sagen.«

»Ja.«

»Edward.« Sie stand auf und trat vor ihn hin. »Dir bleibt auch darin wie in jeder Not, zu beten und Gott zu vertrauen. Weißt du, dass ich von dir schon viel von der Liebe gehört habe, aber noch nichts von der Liebe zu Gott? Zu dieser Liebe hat Tyndale uns aufgerufen, als er das Wort *Caritas* nicht mit Barmherzigkeit übersetzte.«

Unvermittelt lächelte Edward. »*Agape.*«

»Was sagst du?«

»Er hat aus dem Griechischen übersetzt, und das griechische Wort für *Caritas* heißt *Agape*.«

»Das wusste ich nicht. Ich kann ja Griechisch nicht lesen.«

Rasch legte er ihr die Hände auf die Schultern. »Das ändert nichts an deiner Klugheit. Und nichts daran, dass du Recht hast.«

»Deine Frau liest Griechisch, nicht wahr?«

Seine Brauen zuckten. »Anne? Sie hat mir nie etwas davon gesagt.« Er ließ Catherine los und wandte sich nach der Mauer vorm Fenster. »Ich weiß so wenig von Anne. Und wohl auch wenig von Gott. Mein Bruder, der Gott seit Janies Tod hemmungslos lästert, ist ihm näher als ich, der täglich in der Bibel liest.«

»Weil Tom sich nicht scheut, Gott zu nahezutreten. Vor einem halben Leben hat er uns erklärt, er wolle zu seinem Gott wie zu seinem Mädchen gehen, und dabei ist er in all den Jahren geblieben. Wie er zu mir sagt, ›halt mich, Cathie, über mir bricht der Himmel ein‹, so sagt er zu Gott: ›Heda, was fällt dir ein, dich von mir fernzuhalten?‹«

»Catherine?« Als er sich ihr zuwandte, erschien sein Gesicht ein wenig heller, nicht mehr so angespannt.

»Mein Herr Graf?«

»Du bist ein Segen, weißt du das? Wärst du als Mann geboren, so müsstest du um jeden Preis ein Buch schreiben.«

»Tom meint, ich solle es auch als Frau schreiben. Ein Buch von der Liebe, damit es kein dummes Buch wird.«

»Hör auf Tom, nicht auf mich.« Er kam zu ihr zurück und

umarmte sie. »Hab Dank für deine Freundschaft. Was täte ich ohne dich?«

Nur einen Herzschlag lang ließ sie den Kopf an seiner Brust ruhen. »Beten, Edward«, sagte sie, sich lösend. »Und hoffen und weinen und dich fürchten. Wie wir alle.«

Hufschläge dröhnten den Pfad hinauf. Nur selten kam jemand über Land. Sie sprangen alle hoch, Catherine, Kate, Liz und Joan. Einzig Nan blieb sitzen. Bei der Geburt des toten Kindchens hatte sie viel Blut verloren, und seit sie an der Blutarmut litt, war sie ständig erschöpft. Das Reisen bei feuchtem Wetter, all die Monate im Zelt forderten ihren Tribut. Zudem verlangte Willie nach ihr, das war nicht mehr als sein Recht, und so mitgenommen wie der arme Kerl im Frühjahr zurückgekommen war, hätte sein Weib aus Eis sein müssen, um ihm das bisschen Vergnügen zu verleiden.

Erholung fand Nan bei ihren Freundinnen. Seit der Hof heimgekehrt war, traf man wieder zusammen, nahm die Gefahr in Kauf. »In der Welt der Howards sind wir Weiber«, hatte Liz bekundet. »Weiber nimmt man zum Durchwalken her, aber schert sich nicht um das, was sie denken.« Nan war froh. Sie hatte die vertrauten Zusammenkünfte mit den Gefährtinnen vermisst, auch wenn die Zeit des Gänsegelächters und der Feste vorüber war. Cathie trug ihre Gebete vor, deren Klang sich immer höher aufschwang. *Gebete nennt sie, was sie Liebeslieder nennen sollte.* Cathie, so fand Nan, wurde rascher alt als andere Frauen, und das nicht nur, weil sie sich achtlos kleidete. *Sie hat mehr zu leiden als das geziemende Maß. Kein Kind hat sie, nicht einmal ein im Mutterleib verendetes. Einen Siechen zum Gatten, eine Gruft zum Haus und einen Liebsten, der mit seinen schönen Augen Mary Tudor den Kopf verdreht.*

Aber vielleicht war Cathie so geboren worden. Innig, klug und nicht recht jung. Nan liebte es, ihr zuzuhören, es tröstete sie, obgleich sie sich dabei klein fühlte. »Herr, unser Gott, wo unsere Worte enden, fängt dein Reichtum an.« Dann schlug in die wiegende Rede das Hufgetrommel, und die vier Frauen sprangen hoch. Reiter bedeuteten nichts Alltägliches, nichts, das kam und ging wie ein Boot auf dem Fluss. Schergen des Königs vielleicht. Wenn man sie festnahm, was würde aus ihrem Jungen, wer zöge ihn auf, was erzählte man ihm von seiner Mutter? Gleich darauf aber flog die Tür auf, und herein stürmten zwei, die keine von ihnen zu fürchten hatte. Die Brüder Seymour. Ein Knäuel aus Menschen entstand.

Als es sich entwirrte und das Übliche getan wurde, Getränke eingeschenkt, Schemel gerückt, ertappte Nan sich dabei, dass sie Tom anstarrte. Er hielt Liz umarmt. Catherine stand an der Wand, so weit wie möglich entfernt. Tom war, wer wollte das leugnen, ein Mann zum Starren, einer, der reifte wie teurer Wein. Der lange Sommer im Freien hatte sein Haar am Scheitel kupfern gebleicht. Von seinem Jungferntraum von Schulter hing ihm die königsblaue Schaube in Fetzen. Neben ihm stand der dünne Ned, aber Tom, nicht Ned schien zu schwanken. »Verzeiht, meine Herzogin.«

»Nichts zu verzeihen.« Kate wies auf die Schemel, die sie den Männern hingeschoben hatte, aber nur Edward setzte sich und nahm den Becher, den sie ihm anbot. Seine schmale Hand klopfte Tom den breiten Rücken. »Es ist ja vorbei, mein Lieber.« Als hätten die Unzertrennlichen ihre Rollen vertauscht.

»Woher kommt ihr?«, fragte Liz.

»Von Hampton Court«, erwiderte Edward.

»Den ganzen Weg zu Pferd?«

»Den ganzen Weg im Galopp. Eine Barke war nicht aufzutreiben, und Tom soll ja auch gleich weiter.«

»Ich gehe nicht.«

Erneut ward der schöne Rücken in die Beuge der Taille geklopft. »Beruhige dich doch. Setz dich hin. Trink Wein.«

Tom blieb stehen. Seine Schultern bebten.

»Was haben sie dir getan?« Keiner im Raum, der nicht zusammenzuckte, der nicht den Kopf nach Catherine drehte. Sie stand kerzengerade. Erfasste keinen als ihn.

»Mir nichts.« Wie gefesselt stand Tom, so dass Nan auf einmal erkannte, welch gefährliches Tier ein Mensch war, wie viel Kraft und Zorn in einem Menschenleib lauerten. »Mir gar nichts, nur dem Howard-Küken. Die drehen dem Vöglein den Hals um, Cathie, einem törichten Ding von noch nicht zwanzig Jahren!«

Edward sprang wieder auf, klammerte sich an den Arm des Bruders, der jetzt schrie. »Und weißt du, warum? Weil sie sich mit dem Laffen Culpeper und noch ein paar andern im Bett gewälzt hat, ein Kind, das Königin von England spielt, aber dem Hürchen im Blut nicht den Mund stopfen kann. Das Tudor-Tier bringt sie um, wie er Anne Boleyn umgebracht hat, und wir helfen ihm dabei!«

So sehr brüllte er, so sehr spannte sich sein Leib, dass sein Bruder wie Fallobst von ihm abfiel. Alles schrak zurück. Nur Catherine nicht. Mit geraden Schritten ging sie zu Tom und schlug ihm ins Gesicht. »Hast du mit ihr gelegen?«, schrie sie und schlug ihn abermals.

»Das ist nicht dein Ernst. Kommt es dir jetzt darauf an?«

»O ja, das tut es.« Sie packte ihn bei den Schultern und schüttelte ihn. Dann ließ sie ihn los, und er sackte vor ihr auf den Schemel. »Darauf kommt es mir an, auf nichts als das. Dass dich zu lieben, bedeutet, dich in allen Armen, allen Betten zu ertragen, hast du mir beigebracht, als ich ein Kind war, oder nicht? Sorge dich nicht, ich habe genug erlebt, um das mit einem Schulterzucken hinzunehmen. Aber dass sie dich packen, mehr Hände, als für einen Bullen nötig sind, dir die Seide vom Leib reißen und den Schwanz zwischen den Schenkeln heraushauen, ihn ins Feuer werfen, derweil du noch lebst, und dann den Rest von dir in Teile hacken, bis jedes Teil verreckt, das ertrage ich nicht. Ich werde dich hassen, wenn du das von mir verlangst.«

Sie rang nach Atem.

»Nein«, sagte er, »Cathie, nein«, und nahm ihre Hände. »Ich habe sie nicht angefasst.«

Sie schienen beide zugleich die Kraft zu verlieren, sein Kopf fiel gegen ihren Leib, und sie warf die Arme um ihn und hielt sich an ihm fest. Wie aufgezogen streichelte sie sein Haar, eine Hand um die andere, ohne Unterlass. »Was machen die aus dir, mein Liebling? Was tun die dir an?«

Statt seiner sprach Edward. »Wir mussten es den König wissen lassen, Cathie. Dudley und ich waren nicht Manns genug, also hing es an Cranmer. Der König kam heim in sein Wolkenschloss, sein Hampton Court, ließ zu Allerseelen eine Messe lesen, um Gott für das Glück mit seiner Königin zu danken. Cranmer schrieb alles nieder, in einen Brief, den er dem König während jener Messe übergab. König Henry, von dem wir Toben und Haarausreißen erwartet hätten, blieb gelassen. Es müsse ein Irrtum sein, eine dumme Verwechslung. Immerhin aber ordnete er Befragungen an. Diese ergaben weit Schlimmeres, als wir vermutet hatten.«

»Schlimmeres?« Tom warf den Kopf in Catherines Armen auf. »Was ist schlimm daran, in einem Land, in dem mehr Leiber als Kerzen brennen, dass ein rundliches Hühnchen von zwanzig es mit einem Gockel treibt?«

»Verrat«, murmelte Edward. »Nackt bei der Frau des Königs zu liegen, ist Verrat.«

»Was hat der König getan?«, fragte Cathie.

»Geschrien. Ein Schwert sollte man ihm bringen, damit er der Falschen die Brust durchbohren könne.«

»Das Schwert hätte ich ihm gebracht«, sagte Tom. »Und dann zugesehen, wie die Schweinsblase Henry Tudor zerplatzt. Der nimmt kein Schwert und sticht einen Menschen in die Brust. Der schickt seine Laufbürschlein, seine Speichellecker, nicht mit Schwertern, sondern mit sauber gefalteten Erlassen. Seine Krummbuckel, Dudley, Edward und ich, wir erledigen das.«

Catherine schloss ihm mit zartem Klopfen den Mund. »Ich bin froh, dass du lebst.«

Er befreite sich. »Bist du das, ja? Bist du stolz auf einen Mann, der mit fünf Bewaffneten die Kammer eines Mädchens stürmt, das gackernd mit ihrer Hühnerschar einen Tanzschritt einübt, das sich liebäugelnd umdreht, den Kerlen zulacht, dann mit einem Schlag begreift und wie ein Schlachtschwein anfängt zu schreien? Auf solchen Mann bist du stolz? Der mit fünf andern über ein Mädchen herfällt und ihm die Ketten vom Hals, die Broschen vom Busen, die Ringe von den Fingern klaubt?« Herausfordernd bot er ihr sein Gesicht. Sie beugte sich nieder und küsste ihm die Wange.

»Der König hat angeordnet, ihr den Schmuck abzunehmen«, warf die müde Stimme Edwards ein. »Danach sollte Tom sie in ihr Schlafgemach bringen und dort unter Bewachung stellen. Sie hat sich zu Boden geworfen, die Beine des Tisches umklammert und geschrien, wie kein Mensch schreit. Tom hat gesagt, er bringt sie nicht weg, er schleift kein schreiendes Mädchen über Gänge.«

Ohne hinzusehen, langte Tom in seinen Beutel, zog die Hand, gefüllt mit Glitzerndem, Funkelndem, heraus. »Hier, das habe ich abgepflückt. Von einem Mädchen, das schrie.«

»Steck das ein«, sagte Cathie. »Sollst du es dem König bringen?«

Tom nickte. »Er ist nach Oatlands geritten, weil er in Hampton Court nicht bleiben wollte. Dort soll ich ihm den Schmuck der kleinen Howard vorzählen, Ring um Ring, Kettenglied um Kettenglied. Aber ich gehe nicht.«

»Doch«, sagte Cathie. »Ich halte nicht aus, dass dir ein Leid geschieht. Wer hat das Mädchen in sein Gemach gebracht?«

»Dudley«, antwortete Edward. »Zu unserm Glück war er zur Stelle und versprach, seine Leute würden schweigen.«

Toms Rücken bebte. »Dieser Dudley hat zu mir gesagt: Was dauert Euch die Papistenhure? Ist es nicht erquickend, den Dorn im Fleisch samt seiner Sippschaft auszureißen?«

»Hast du ihn geschlagen?«

»Ich weiß nicht. Vermutlich habe ich das.«

»Ich rede mit ihm«, warf hastig Edward ein. »Er wird es verstehen, wir waren alle überreizt.«

Catherine, als habe Edward nicht gesprochen, hob das zerfetzte Stück Stoff von Toms Schulter. »Wer hat dir den Mantel zerrissen?«

»Ich«, sagte Tom. »Das Tudor-Tier hat mir die Schulter befingert und gesäuselt: Auf Unsere Seymours immerhin ist Verlass. Ich wollte das von mir herunterreißen, jede Spur von ihm. Mich ekelt so«, schrie er auf. »Lass mich, Cathie, mich ekelt vor mir.«

Sie griff ihm ins Haar und hob sein Gesicht. »Mich nicht«, sagte sie. »Gib dir Frieden. Wir können alle nicht mehr als errettete Sünder sein. Und sind dennoch das Salz der Erde, du und ich, Tyndale, Barnes und dein Papistenmädchen. Salz der Erde, nicht Dorn im Fleisch. Verschütte dich nicht. Gelobst du mir das?« Sie löste Tom mit sachten Fingern die Schaube, die zu Boden fiel.

»Bleib bei mir, Cathie.« Er zog sie in die Arme. »Nicht du sollst Angst um mich haben, sondern ich um dich. Deshalb bin ich gekommen. Das gehörnte Tudor-Tier hat jeden Rest von Verstand verloren. Ich will dich bei mir behalten.«

»Du weißt, dass das nicht möglich ist.« Sie wand sich frei, fuhr zu Edward herum und herrschte den bleichen Mann an: »Du, gib auf ihn Acht, um alles in der Welt.«

»Und wie soll ich das tun?« Edwards Stimme klang schrill. »Ich bitte dich, sag ihm, er muss sich zügeln. Wir reiten auf einem Pulverfass. Wenn das Zunder bekommt, dann gnade uns Gott.«

»Also zünden wir das Ding besser selbst, verstehe ich richtig, bester Bruder?«

»Beim Himmel, Tom, uns bleibt doch keine Wahl.«

»Fein. Schleichen wir uns im Kriechgang über Leichen. Unser Tag wird kommen.«

»Tom«, schnitt Catherines Stimme dazwischen, ehe Edward, der die Faust geballt hatte, antworten konnte. »Reite nach Oatlands. Bring dem König Katharine Howards Juwelen.«

»Das verlangst du von mir?«

»Ja«, sagte sie. »Ich bin stolz auf dich.«

Wenige Tage später gab der Rat die Verhaftungen von Francis Dereham, Thomas Culpeper und Katharine Howard, vormals Königin von England, bekannt. Die beiden Männer, die der Unzucht mit dem Weib ihres Königs angeklagt waren, wurden umgehend vor Gericht gestellt. Culpeper, für den der König eine unerklärliche Schwäche hegte, ward begnadigt und durfte auf dem Block durch einen raschen Beilhieb sterben. Dereham hingegen erlitt die Strafe des Hängens, Schleifens und Vierteilens, das ungemilderte Grauen, sein Leib vor Leben zuckend vom Galgen geschnitten, seine Männlichkeit, die eine Königin beglückt hatte, mit den Gedärmen ausgerissen und ins Feuer geworfen, sein Rumpf in vier Teile gehackt, und die Teile, in denen endlich kein Herz mehr pumpte, durch Sieden in Kümmelwasser haltbar gemacht. Anschließend gereichten die Überreste, auf Pfeiler der London Bridge gespießt, zur Warnung: Leben auf der Haut schmeckte salzig, aber Tod stank süß, und der achte Henry war Herr über beides.

Katharine Howard, entthronte Königin von neunzehn, flehte in vor Schreibfehlern strotzenden Briefen um ihr Leben. Ihr Flehen verhallte. Vor Beginn der Weihnachtstage erteilte der König Tom den Befehl, sie in den Palast von Syon zu geleiten, wo sie verblieb, bis über ihr Schicksal entschieden war. Mit ihr verhaftet wurden Scharen ihrer Verwandten. Hatte es Nan in der Vergangenheit verblüfft, wie die Vielzahl der Howards Tribünen und Säle zu füllen vermochten, so füllten sie jetzt die Gefängnisse. Was vom Hof verblieb, verlegte sich nach Greenwich, um Weihnachten zu feiern.

Der König, vor einem Jahr ein alternder Lüstling, war zum hilfsbedürftigen Greis verfallen. Statt der Hofmusikanten bliesen die Bassanos ihre Flöten. Tom fehlte zu Zwölfnacht, einem bedrückten Totentanz um leere Plätze, und Cathie fehlte auch. Nan hatte die Schwester seit jenem Tag in Chelsea im Auge behalten. Kate Suffolk gestand sie: »Bin ich nicht eine maßlose Sünderin? Ich wünsche meinem Schwager Latimer, der mir nichts zuleide tut, den Tod.«

Kate erwiderte: »Ihr wisst, was Eure Schwester ihrem Liebsten auf den Weg gegeben hat: Wir können alle nicht mehr als errettete Sünder sein.«

Das Jahr 1542 begann in grauen Himmeln und Schneeregen, und wenn unter den Reformern jemand geglaubt hatte, mit dem Sturz der Howards wende sich der Wind, so hatte er sich getäuscht. Tom behielt Recht: Das gehörnte Tudor-Tier hatte den Rest von Verstand verloren. Es wurden wieder Bücher verbrannt. Es wurde wieder gestorben. Am dreizehnten Februar starb Katharine Howard in den Mauern des Tower auf dem Schafott. Dem Gerede nach starb sie schlotternd und flehend. Ihre Gebeine wurden im hastig geschreinerten Sarg in der Kapelle Sankt Peter ad Vincula verscharrt, wo schon eine geköpfte Königin von England wartete.

Von ihren Verwandten folgte ihr mancher in den Tod, manch anderer verblieb in Haft oder verlor, was er besessen hatte. »Wie es aussieht, wünscht der König, das Howard-Gezücht mit Stumpf und Stiel auszurotten«, mutmaßte Joan Denny. »Man kann nur sein Licht unterm Scheffel halten, damit das eigene Blut nicht das nächste ist, das aus dem Buch gelöscht wird.«

Nan beschlich solche Beklommenheit bei dem Gedanken, dass sie sich setzen und schleunigst auf Ablenkung sinnen musste. Zu sterben war das eine, die Kraft zu verlieren und liegen zu bleiben, aber keine Spur zu hinterlassen, kein Wort in Cathies klugen Zeilen, keinen Zug im Gesicht ihres Jungen, war etwas gänzlich anderes, das sich um keinen Preis ertragen ließ.

Die Howards verschwanden nicht mit Stumpf und Stiel. Der alte Herzog von Norfolk und sein Sohn Henry Howard, für die sich irgendwer verwendet hatte, wurden in ihre Würden wieder eingesetzt, und Mary Howard, die goldblonde Tochter des Herzogs, vermochte zu beweisen, dass sie an den Kabalen ihrer Familie schuldlos war. Gleich wurden bei Hof wieder Zoten gerissen: Solange der Herzog noch eine Königinnenkarte im Ärmel hatte, werde er sie dem König ins Bett spielen. Andere Zungen behaupteten, Mary Richmond dürfe endlich Tom Seymour heiraten, der Herzog sei der Verbindung zugeneigt. Tom aber heiratete nicht, sondern zog mit dem Heereshaufen einmal mehr nach Schottland. *Du bist ja verheiratet*, dachte Nan. *In allen Armen, allen Betten, du bist Tom Seymour, der meiner Schwester gehört.*

Am Morgen war sie geschlagen worden. Auf den Block im Hof gebunden, die Röcke gehoben und dann zwölf Mal mit dem

Stock aufs Gesäß. Tage wie diesen hasste Elizabeth. Für den Schmerz gestand sie sich kein Mitleid zu. Sie strebte danach, sich solche Schwäche auszutreiben wie Hunger, Juckreiz und Schwitzen, und solange ihr das nicht gelang, hatte sie jeden Schmerz verdient. Es war die Demütigung, die in ihr brannte und ihr nicht erlaubte, sich ihrer Arbeit zu widmen. Die Dumme, die Howard, war tot, aber noch immer hielt Mistress Ashley, ihre Kammerfrau, sich an ihre Weisung: »Sooft Ihr das Frätzchen bei solchem Schmutz ertappt, kredenzt ihr zur Läuterung ein Dutzend aufs Ärschchen.«

Der Dummen, der Howard, hätte nie gestattet sein dürfen, zu verfügen, dass ihr, einer Tudor, die Röcke gehoben und Schläge aufs Gesäß verabreicht wurden. Dass die Dumme sich angemaßt hatte, sie ein Frätzchen zu nennen, ihr Erziehung zu erteilen, ihr, die sich von Anbeginn selbst erzogen hatte, und zu entscheiden, was ihrer Bildung frommte, schrie zum Himmel: Die Dumme bekam unter das eigene Gnadengesuch kaum ihren Namen buchstabiert. Nie im Leben hätte sie begriffen: Ein Geschöpf wie Elizabeth, das nur zu einem Zweck gezeugt worden war, brauchte an Bildung mehr als jeder Mann.

Ich weiß, wer ich bin. Mir heuchelt kein Mensch etwas vor: Die Tochter der Geköpften, der Hure bin ich. Die falsch Beschaffene, Gottes Strafe. Aber ich bin noch mehr: Elizabeth mit dem Tudor-Haar. Was immer geredet wird und wie gern mein Vater sich meiner entledigte, ich trage sein Erbe im Gesicht. Stärker als Mary, die spanische Betschwester, und stärker als Edward, mein goldiges Prinzlein mit dem Liebreiz seiner mütterlichen Ahnen. Auf meinem Hals sitzt ein Tudor-Schädel. Ich bin Elizabeth, die zum Bastard Erklärte, die wie Unkraut gedeiht.

Mistress Ashley, die über ihre Aufzucht wachte, war eine weichherzige Frau: »Ihr wisst, wie es mir widerstrebt, Euch zu züchtigen, *my lady*.« *Euer Gnaden*, hatte Elizabeth gedacht, *mit Euer Gnaden hat die Welt mich anzusprechen, und nun schlag schon zu und lass dir zeigen, wie ich keine Wimper zucke. Hat meine Mutter eine Wimper gezuckt?*

»Aber in solchen Büchern dürft Ihr wirklich nicht lesen.« Gemildert, nicht pfeifend, sondern patschend traf der Stock. Für den Laut, der ihr entfuhr, würde Elizabeth sich heute Abend ihre Mahlzeit versagen. »Ihr wisst doch, Euer Vater wünscht es nicht.«

»Die Dumme war's, die es nicht wünschte. Meinem Vater ist gleichgültig, ob ich lebe oder sterb.«

Die Rechnung ging auf. Der nächste Schlag sauste kräftig nieder und raubte ihr den Atem zum Schreien. In ihr brannte es, noch jetzt, viele Stunden später. Auf dem Pult lag ihre Arbeit, eine Schrift Coverdales, die letzte, die man ihr nicht weggenommen hatte, aber sie vermochte nicht zu lesen. Am schlimmsten war, dass ihr, einer Königstochter von acht Jahren, danach zumute war, in Schluchzen auszubrechen wie ein nutzloses, törichtes Kind.

Sie wollte hier nicht sein. Ashridge House, ein Sitz vor den Toren der Hauptstadt, in dem man Prinz Edwards umfangreichen und ihren winzigen Haushalt einquartiert hatte. Es war nicht Komfort, den Elizabeth entbehrte, es war das Treiben bei Hof. *Die Gelehrten, die sich dort tummeln, auch wenn die Rotte der Dummen sucht, sie zu vertreiben. Die hätten mich etwas zu lehren, was aber wird hier in der Ödnis aus mir? Im Lateinischen, im Französischen könnte ich der Einfalt meiner Lehrer Lektionen erteilen, und was ich lesen sollte, Staatspolitik und Theologie, das entzieht man mir.*

Sie mochte es sich nicht eingestehen, doch sie entbehrte noch mehr. Die Gegenwart des Mannes, dessen Tochter sie war. *Fiele sein Blick auf mich, gäbe er mir einen Daumenbreit Zeit auf der Stundenkerze, so wüsste er, wer sein Erbe ist. Elizabeth. Das brandgelbe Hurenbalg.* Sie trat vor den Schlitz, der als Fenster diente. Im Ausschnitt tauchte das Tor auf, das jetzt entriegelt und aufgeschwungen ward und einen Reiter einließ.

Elizabeth schlug die Hand vor den Mund, um nicht vor Freude zu jauchzen. Er war es! Unter sämtlichen Reitern hätte sie ihn erkannt. Ihr zum Gruß lüftete er sein Barett, verneigte sich und blickte mit einem Lächeln wieder auf. *O mein Gott, lass mich nicht wie eine törichte Pute nach ihm rufen*, flehte Elizabeth, aber da stieß sie schon das Fenster auf und rief: »Oheim Ned!« Die Röcke packend und bis zu den Knien raffend, stürmte sie die Treppe hinunter.

Er hatte das Pferd einem Knecht übergeben und wollte in die Knie sinken, wie es ihr, dem Königskind, gebührte. Sie aber bedeutete ihm im Laufen, stehen zu bleiben, er breitete die Arme aus, und sie warf sich hinein. Dürr war er, ein Mann, der sich den Kopf, nicht den Magen vollschlug. Sie wollte nicht weinen, doch kaum hatte er sie in die Arme geschlossen, brach sie in markerschütterndes Schluchzen aus. Eine Weile lang fanden das Schniefen und Tränenvergießen kein Ende.

Er wiegte sie und strich ihr den bebenden Rücken. Als sie sich endlich beruhigte, glättete er ihr Haar und Haube und trocknete ihr mit seinem Ärmel das Gesicht. »Hat man Euch Leid zugefügt, *my lady* Elizabeth?«

Elizabeth schüttelte den Kopf. »Das ist nichts.«

Der Oheim, der in Wahrheit gar nicht ihr, sondern nur ihres Bruders Oheim war, lachte leise, aber ohne Freude. Sie fragte: »Habe ich etwas Lachhaftes gesagt?«

»Keinesfalls«, beeilte er sich. »Nur Euer ›Das ist nichts‹ hat mich an jemanden erinnert. An meinen jüngeren Bruder, der furchte als Kind seine Brauen genauso trotzig wie Ihr.«

Sie ging darauf nicht ein. »Weshalb seid Ihr gekommen? Bringt Ihr mir Schriften, bleibt Ihr ein wenig bei mir?«

»Leider nein. Ich kam, um nach Eurem Bruder zu sehen. Er ist doch wohl, er erholt sich gut?«

Der Bruder. Natürlich. Für ihre törichte Hoffnung, der Verehrte käme ihretwegen, hatte sie das Brennen in den Wangen verdient. Er sprach weiter. »Ich bin mit meiner Einheit an die schottische Grenze abberufen, ich muss von hier sofort reisen. Lektüre, glaubte ich, hättet Ihr auf Wochen genug.«

»Man hat mir alles genommen!«, rief Elizabeth. »Das *Bekenntnis* des Barnes, die *Colloquia*, einen der Kommentare von Coverdale und jetzt gar noch die Bibel, die Ihr mir geschenkt habt.«

»Ach.« Der Oheim seufzte. »Wie leid mir das tut. Hat man Euch hart bestraft?«

Sie schlug die Arme um den Leib. »Das ist nichts.«

»O ja, ich vergaß.«

»Nur meine Bücher will ich. Weshalb darf ich jetzt nicht einmal in der Bibel lesen?«

»Weil Euer Vater zu der Ansicht gelangt ist, die Bibel sei falsch und auf Ketzerweise übersetzt. Er wünscht, sie in Gänze prüfen und anders bearbeiten zu lassen.«

»Aber sie ist nicht falsch!« Ihre Stimme klang triumphal. »Ich war eben dabei, sie mit der griechischen Ausgabe des Erasmus zu vergleichen. Manches mag neu sein, doch ein Übersetzer tut nichts Falsches, wenn er Gottes Wort in neuer Zeit Wege bahnt.«

Der Oheim räusperte sich. »*My lady* Elizabeth«, sagte er. »Wenn wir Männer, die an diesen Dingen arbeiten, von halb so scharfem Verstand wären wie die junge, des Griechischen mächtige Dame, die vor mir steht, dann wehte in diesem Land ein anderer Wind. Ein solcher Geist darf nicht ungenährt bleiben. Ginge es nach mir, bestellte ich Coverdale selbst zu Eurem Lehrer, aber leider geht es nicht nach mir.«

»Nach wem dann? Noch immer nach dem Verstand der Dummen, der wie ein stumpfer Spiegel war und der uns jetzt aus der Grube regiert?«

»Ihr solltet so nicht sprechen.«

»Und warum nicht?« Elizabeth hatte den Oheim Ned immer gemocht, sie mochte seinen Ernst, seine Klugheit, aber sie mochte ihn nicht schwach. Er sollte für sie kämpfen.

»Wenn ich aus Schottland komme, bringe ich Euch Schriften«, versprach er.

»Und wie soll ich bis dahin meine Studien weitertreiben?«

»Warum lest Ihr nicht, was Dr. Cox für Euch wählt?«

»Seneca? Der ist mir zu platt. Geplänkel für Wickelkinder. Demnächst wird Cox mir die *Legenda Aurea* vorsetzen wie einer abergläubischen Papistin.«

Der Oheim lachte. »Nun, zumindest darin kann ich Abhilfe schaffen. Es spricht wohl nichts dagegen, dass Ihr Cicero bekommt, obgleich mich in Eurem Alter Seneca genug ins Schwitzen brachte.«

Und wenn schon. Du bist ein erstgeborener Sohn und ich nur eine von zwei nutzlosen Töchtern. Ich habe keine Zeit zum Tändeln. Der Oheim berührte ihr Kinn. »Ich muss zu Eurem Bruder.«

Sie wollte es nicht, aber hing im nächsten Augenblick an seinem Arm. »Bringt mich von hier weg, ich ertrage es nicht. Es ist, als sei man in einen Kasten gesperrt und irgendwohin verschleppt, wo sich nichts regt. Bringt mich nach London! An den Hof.«

»Das kann ich nicht«, sagte er.

»Es klingt nicht gut, wenn ein Mann so etwas sagt.«

»Ich weiß«, antwortete der Oheim. »In meinen Ohren klingt es auch nicht gut, aber ich hatte mein Leben lang Zeit, mich an den Klang zu gewöhnen.«

Sie drehte den Kopf mit gerecktem Kinn von ihm weg.

»Ich kannte ein Mädchen«, sprach er zu ihrem abgewandten Gesicht, »das Euch erstaunlich ähnlich war. Sie war begabt und entschlossen und kam mir entgegengestürmt, wie Ihr es tut. Dieses Mädchen fühlte sich auch in einen Kasten gesperrt, fern von allem, das ihr teuer war. Sie hatte keine Lehrer und kaum eine Handvoll Bücher, aber sie hat sich an dem Wenigen selbst geschult, hat um Wissen gerungen und gebetet. Heute ist sie die klügste Frau, die ich kenne, und wenn ich irgend könnte, stellte ich sie Euch vor.«

»Sorgt dafür, dass mein Vater mich an den Hof holt. Dann kann ich sie treffen.«

»Sie lebt nicht bei Hof. Seid geduldig. Euer Tag wird kommen.«

Sie mochte ihn. Er war freundlich und sprach mit Bedacht, aber sich auf ihn zu verlassen, war, als vertäue man sein Boot im Schilf. Sie würde andere Helfer brauchen. Er ging, und sie sah ihm nach. Ihr Bruder kam tollpatschig wie ein Welpe über den Hof gesprungen. »Oheim Ned, Oheim Ned, wo ist mein liebster Oheim Tom?«

Es war Anfang Dezember, das Wetter seit Wochen abscheulich. Den Heimritt von Alnwick an der schottischen Grenze, quer durch England in peitschendem Regen, würden die Brüder, die Unzertrennlichen, gemeinsam antreten. Ihnen beiden hatten diese Monate das Letzte abverlangt. Wochenlanges Hausen in wasserdurchlässigen Zelten, schlechte Versorgung mit Dünnbier und Salzfisch, Beratungen bis tief in die Nächte, für Tom schließlich Kämpfe, diesseits und jenseits des Grenzflusses, den Stich in eine Schulter, eine klaffende Wunde, die nur dürftig heilte. Edward hatte ihn gescholten, ihm verbieten wollen, sich noch einmal in Gefechte zu begeben. »Ich bin dein Befehlshaber. Ich brauche dich hier, im Quartier.«

»Und wozu brauchst du mich? Um aus dem Lehnsessel guten Rat zu erteilen? Dazu tauge ich nicht, das dürftest du wissen.«

»Tom, warum begehrst du jedes Mal auf, wenn ich dir etwas ersparen will?«

»Erspar mir lieber, dass ich mit dem ganzen Haufen zum Scheißen gehen muss.« Er schnappte sich vom Kartentisch einen Zinnkrug, der als Nachtgeschirr herhalten mochte. »Davor graust mir, solche Sitzgrube ist ekelhafter als die Massenlatrine von Hampton Court. Ich habe das nie begriffen: Wie kann all das Pack mit beschmiertem Hintern beisammenhocken und furzend von Weiberbrüsten und Sülzfleisch schwatzen?«

Wider Willen musste Edward lachen. Zugleich aber fiel ihn der Wunsch an, den Bruder zu packen und durchzuschütteln, ihn zu einer Art von Vernunft zu bringen. Die Sicherung der Grenze, auch wenn in dem üblen Wetter kaum wirksame Angriffe geführt werden konnten, war kein Spaß für Knaben. Am Morgen hatten Edwards Späher ersoffene Gefährten, soweit sie zu finden waren, aus den Sümpfen gezerrt. »Verflucht, Tom, nimm das Leben endlich ernst.«

»Fein. Und weshalb sollte ich das tun?«

Edward schüttelte ihn nicht. *Er ist verwundet, und es ist nicht seine Schuld.* Ihm schien, als höre er gegen das Prasseln des Regens die Stimme seiner Schwester: *Seit Cathie fort ist, ist Tom allein.* Diesem Leutseligen, Schamlosen widerstrebte es, den gemeinsamen Abort zu benutzen. Ohne um Entlassung zu bitten, ging er des Morgens an den Fluss und wusch sich Hals und Hemd wie ein Weib. *Wer glaubt, dich zu kennen, irrt. Es gibt eine Saite in dir, die du uns alle nicht anschlagen lässt.*

So wie in mir. Meine verbotene Saite heißt Anne. William Paget, ein Mann seines Stabes, riss Witze darüber, dass der Graf von Hertford seiner Frau nicht schrieb: Hielt sich der frömmste der Reformer ein Liebchen hinter Ginstersträuchern, eine dralle Schottenmaid, die zugriff wie ans Euter ihrer Milchkuh und ihn die Reize der spröden Annie vergessen ließ? *Anne vergessen! Eher vergesse ich, wer ich bin und was ich treibe, ein Bücherwurm als Grenzwächter, in einem Zelt auf dem Sumpf.* Er riss sich zusammen: »Tom, ich bitte dich. Als dein Bruder, nicht als Befehlshaber. Zieh morgen nicht mit in die Schlacht. Wharton führt unsere Truppen, ihm können wir trauen.«

»Hier gibt es doch keine Schlacht.« Tom senkte den Kopf, sah seinem Fuß zu, der gelangweilt im Zeltboden scharrte. »Nur Scharmützel. Balgereien.«

Edward bezweifelte, dass er solche Worte gewählt hätte. Gewiss wirkten die Kämpfer des Grenzlandes lustlos, als stünden sie nicht hinter ihrem König, der sie auf Schloss Lochmaben verlassen und sich mit einer Unpässlichkeit ins Bett gelegt hatte. Dennoch musste Maxwell, der schottische Befehlshaber, Edwards Berechnungen nach etwa achtzehntausend Mann zusammengezogen haben, denen nur dreitausend Engländer gegenüberstanden. »Wünschst du dir das?«, fragte er, weil er sich jäh eines Gesprächs mit Cranmer entsann. »Eine richtige Schlacht? Bist du dir deiner Sache sicher genug, um dafür zu sterben?«

»Meiner Sache?« Tom hob eine Braue. Selbst so wild und verroht war sein Gesicht noch von einem Reiz, der Edwards Herz berührte. »Junker Tudors Sache, meinst du wohl. Ich prügele mich gern. Wozu tauge ich sonst? Der wohlgeratene

Sohn warst immer du, aber immerhin, ich weiß ein Schwert zu gebrauchen und habe zur Not zwei ziemlich gute Fäuste. Wäre dir lieber, dass ich damit weiter Howard-Küken aus Lotterbettchen reiße und bei den Haaren unters Schlachtbeil schleife?«

Edward hatte ihn gehen lassen, und so zog er am nächsten Tag wieder in den Kampf. Unter der Führung von General Wharton berannten die englischen Truppen das Grenzdorf Middlebie und stampften es in Grund und Boden. Damit zwang man die Schotten über den Esk auf die englische Seite. Es war November, und der Grenzfluss trieb Hochwasser. In dem unwegsamen Sumpfland würde zahlenmäßige Überlegenheit kaum eine Rolle spielen. Auf einer Anhöhe, zwischen Marsch und Strom, warteten englische Langbogenschützen im Morgengrauen auf die Vorhut ihrer Gegner.

Edward selbst hatte diesen Vorstoß am Kartentisch geplant, die zweihundert Bogenschützen mit ihrem Hagel von Pappelholzpfeilen, eine altmodische Waffe, aber eine, die selten ihre Wirkung verfehlte. In die entstehende Verwirrung sprengte eine Einheit der berüchtigten Grenzreiter, gefolgt von Toms Haufen mit Schwertern, Piken und Spießen. Sechs Standarten hatte Wharton auf dem Hügel aufziehen lassen, um eine größere Truppenstärke vorzugaukeln. Auf Edwards Geheiß. Die strategische Begabung, die man ihm nachsagte, besaß er offenbar tatsächlich. Zumute war ihm damit wie einer behüteten Jungfer, die nicht begriff, dass sie Männern gefiel, und deren Vertraulichkeiten fürchtete.

Sein Plan ging auf. Vor Furcht, einem gewaltigen Aufgebot in die Fänge zu geraten, platzten die schottischen Reihen auseinander, fransten an den Rändern aus, als die Entsetzten versuchten, über das Marschland zurückzufliehen. Der hohe Fluss verengte die Furt, wurde zur Falle, schwemmte zahllose Kämpfer mit sich und trieb die Nachrückenden, die wie ein Blutstau aufliefen, den Engländern in die Arme. Gefangene wurden eher gepflückt als ergriffen, ganze Trauben, darunter auch Maxwell und Sinclair, die beiden schottischen Befehlshaber. Damit war die Schlacht, kaum dass sie begonnen hatte, schon vorüber. Zu beklagen waren auf schottischer Seite mehr im Moor Ersoffene als auf dem Feld Erschlagene, und die Engländer kehrten mit dem Jubelruf »Nur sieben« ins Quartier zurück. »Nur sieben haben wir gelassen, beim Feind aber geht's in die Hunderte.«

Nur sieben. *Und dennoch sind wir das Salz der Erde.* Edward hätte froh sein sollen: Ihm blieb lediglich, den Transport der Gefangenen zu veranlassen, das Quartier abzubrechen und den Heimweg anzutreten. Trotz eines Umwegs über Portsmouth, wo er und Tom einen Blick auf die Nachbewaffnung eines Schiffes werfen sollten, wären sie Weihnachten daheim. Andere Kämpfe würden folgen, die Reibereien im Grenzland dienten lediglich der Absicherung, damit im Fall eines Krieges mit Frankreich nicht das Nordreich der Insel dem kämpfenden Süden in den Rücken fiel. Vorerst aber stünde eine Reihe ruhiger Tage bevor, Besuche bei Cranmer, Stunden bei seinen Kindern, denen der Vater ein Fremder war, die Weihnachtsfeiern mit Anne.

Weshalb war keine Freude in ihm, nur Beklommenheit? Weshalb hatte er, ein Mann, der auf die Schönheit seiner Frau hätte Verse schmieden wollen und stattdessen Schlachtpläne zeichnete, in all den Monaten nicht um seinen Rückruf gebeten? Warum hatte er sich dies antun wollen, Saufen aus Lederflaschen, Witze und Würfelspiele neben frisch ausgehobenen Gräbern, Schlafen am Boden und Erwachen, als sei man die Nacht hindurch geprügelt worden? *Wofür bestrafst du dich? Dafür, dass du nicht verhinderst, wie in der Heimat alles zerbricht?* Was blieb ihnen von ihren Errungenschaften, wenn der unbeweibte König, der rasend um sich schlug, ihnen jetzt noch Tyndales Bibel nahm? Edward fühlte sich stumpf und müde, schleppte sich durch die Tage wie an Ketten.

Er würde mit Tom darüber sprechen, wenn sie dem Heer voraus nach Hause ritten. Tom wenigstens war wieder der Alte, als er am Abend nach der Schlacht noch in den schweren Reithosen ins Stabszelt stürmte. Ein reinigender Windstoß, eine Woge Lebenslust, all das Bissige und Bittere daraus verschwunden. »Wie die Hasen gelaufen sind die!« Er packte

Edward, hob ihn vom Boden und stellte ihn nach einer halben Drehung wieder ab. »Wäre die Welt kein Garten Eden, wenn alle Dummköpfe sich so leicht in die Flucht schlagen ließen?« An seinem Bund, dem Gurt eines Schwertkämpfers, sah Edward eine Duftkugel hängen. Sein Ekel vor Menschengestank wurde nachgerade zur Besessenheit. Aus dem Beutel zog er seinen Läusekamm und zerrte ihn sich durch sein wildes, zu langes und zu rotes Haar. »Du bist mir nicht böse, oder etwa doch?«

»Hätte ich Grund?«

»Ach, Ned, erlass mir die Predigt.« Wieder packte er Edward und stellte ihn wie das zierlichste Stück eines Damenzimmers auf den alten Flecken. »Hattest du wahrlich Angst, dass ich sterb?«

»In der Tat.«

»Aber sieh mich doch an!« Tom warf den Kopf mit einem blitzenden Lachen in den Nacken. »Sterben kann ich ja nicht.«

Edward sah ihn an. Den abgemagerten, vor Kräften zitternden Leib. Dass aus der Schulterwunde wieder Blut sickerte, schien ihn nicht zu bekümmern. »Sterben musst du nicht können. Das wird für dich gekonnt, du Gotteslästerer.«

Der Bruder grinste, und noch einmal stürzte Edward ein Stein vom Herzen, und er grinste zurück.

Sie schonten sich nicht. Mit Tom sich beim Reiten zu schonen, war unmöglich, und dieser kleine weiße Gaul, den er ritt, erschien so unverwüstlich wie sein Herr. Nur ein paar Nachtstunden lang gönnten sie sich Rast, und als sie die Hafenstadt Portsmouth erreichten, glichen sie struppig und schlammbedeckt zwei Strolchen. Edward litt Schmerzen, als habe sich jeder Knochen in seinem Leib aus der Verankerung gelöst. Dennoch tat es gut, Tom so zu sehen: Ins Reiten versunken, gesünder denn je. *Wärst du andern Eltern geboren, hättest du deinen Überschuss am Pflug oder an Reusen verausgabt, wärst du dann kein Gratwanderer über dem Abgrund der Gefahr geworden?* Kaum trug der Wind ihnen die salzduftende Luft des Meeres entgegen, schliff Sehnsucht Toms

Züge weich. »Hier hätte ich leben wollen, weißt du das? Das Meer ist so stark. Es macht mir solches Vergnügen.«

Das Haus des Vizeadmirals George Carew hätte ihnen zur Verfügung gestanden, aber die Brüder blieben lieber für sich und kehrten in einem Gasthaus in Hafennähe ein. Tom verlangte sogleich nach einem Badezuber und gab sich eine geschlagene Stunde lang der Pflege seines Leibes hin, wobei er den Ohren, die er mit einem aus Bein geschnitzten Stab ausbohrte, besondere Sorgfalt angedeihen ließ. »Ich liebe dich, weißt du das?«, entfuhr es Edward, der Mühe hatte, den Blick von den ranken Hinterbacken seines Bruders fernzuhalten.

Tom drehte sich um. »Ich bin dein Bruder, oder etwa nicht?«

»Ja, das bist du, obgleich wir nichts gemeinsam haben. Ich bin ein farbloser Stockfisch und du die abenteuerlichste Kreuzung zwischen einem Heidengott der Manneskraft und einem weibischen Stutzer.«

Der nackte Tom warf den Kopf zurück, dass Wasser aus seinem Haar perlte. Mit einem Lachen schloss er Edward in die Arme. »Und ob wir etwas gemeinsam haben! Wir sind die Seymours. Und du, mein Bester, bist kein Stockfisch, sondern der klügste Kopf, der auf dieser Insel zwischen Schultern steckt. Ich habe dich mein Leben lang bewundert, Ned.«

»Du machst mich nass.« Edwards Stimme klang belegt.

Tom ließ ihn los. »Gehen wir, dem Herrn Wirt die Haare vom Kopf fressen und den Keller trocken saufen?«

»Erst in den Hafen.«

»Soll mir Recht sein. Wenn's ein Schiff zu sehen gibt, hat der Magen Trauer.«

Die Dezembersonne, weiß, nicht golden, sank schnell. Als sie vor dem Dock der *Mary Rose* mit Carew zusammentrafen, dämmerte es. Der Vizeadmiral war ein schwer gebauter Mann ihres Alters, trug einen Vollbart und wirkte angenehm ruhig. Er führte sie über die schwere viermastige Karacke, die seit einigen Monaten aufgedockt lag und für ein mögliches Seegefecht nachgerüstet wurde. Edward, dem zu Schiffen selten etwas einfiel, war froh, dass Tom und Carew das

Gespräch bestritten. Sie besichtigten eine Ausbesserung in dem aus Ulmenholz gebauten Kiel und neu angebrachte Geschützöffnungen für schwere Kanonen. In den dreißig Jahren, die sie für England segelte, hatte die *Mary Rose* sich wie kein zweites Schiff bewährt.

»Sie ist wie Hampton Court.« Tom, der an den Geschützpforten des Festungsdecks stand, drehte sich nach Edward um. »Junker Tudor hat sich die *Henri Grâce à Dieu* bauen lassen, größer und protziger als diese schlanke Schöne, so wie er sich den ruinösen Klotz von Nonsuch bauen ließ, aber lieben kann er beide nicht. Er liebt Hampton Court und die *Mary Rose*.«

Gottlob schien Carew das *Junker Tudor* wie den *ruinösen Klotz* zu überhören. »Wer wollte es ihm verdenken?«, fragte er. »Die *Mary Rose* war sein erstes Schiff, er hat sie just nach seiner Krönung in Auftrag gegeben und nach seiner Schwester benannt. Schmeckt nicht alles, was wir zum ersten Mal tun, süß wie nichts danach?«

»Und ob.« Tom ließ den Blick über das Hafenbecken schweifen. »Dieser Portugiese, Magellan, der als Erster die Welt umsegelt hat – kann ein Mann sein Leben köstlicher verprassen? Der Kerl hätte ich sein wollen.«

»Und wärt Ihr auch Eurem König davongelaufen wie Magellan, um einem anderen zu dienen?«, fragte Carew.

»Meinem König ja«, erwiderte Tom ohne Umschweife. »meinem England nicht.«

Edward spürte, wie ihm der Magen hart wurde. *Eines Tages sehe ich dich wie Cromwell, wie Barnes, wenn sie dich deinem Tod entgegenschleifen, und was soll ein Feigling wie ich dann für dich tun?* Carew aber schien auch dies zu schlucken, klopfte Tom auf den Arm und ging voran, um ihnen die Stabskajüte mit den Geräten zur Navigation, den Astrolabien und magnetischen Kompassen, zu zeigen. Sie sprachen über den Bericht, den Edward für den Rat abfassen würde, und dann lud Tom Carew ein, mit ihnen in der Herberge zu Abend zu essen. Auf dem Weg durch feuchtkaltes Dunkel wandte Carew sich an Edward. »Ist eigentlich etwas dran an dem Gerücht, John Dudley würde demnächst zum Großadmiral ernannt?«

Ehe Edward zu einer Erwiderung kam, hatte Tom sich dazwischengedrängt: »Das ist nicht Euer Ernst, oder doch? Um eine Flotte zu führen, braucht es Herz und Feuer. Dieser Dudley hat dort, wo bei meines Vaters Sohn das Herz schlägt, einen Lederlappen, und was er in den Lenden hat, will ich lieber nicht wissen.«

»Das klingt, als trüget Ihr Euch mit dieser Würde selbst ganz gern?«

»Großadmiral von England? Ich?« Tom blieb stehen. Der träge Nachtwind hob sein Haar. »Ja, vermutlich trüge ich mich damit gern. Täte nicht jeder gern, worauf er sich versteht?«

In der Schankstube hätte ein Sterbender nicht umstürzen können, so dicht quetschten sich die Leiber, und die Luft hing in Klumpen. Portsmouth und sein Hafen blühten, und in den Geldkatzen klimperten Münzen. Wer hier starken Wein und käufliche Schönheit feilbot, bestellte sich kein karges Feld. Eine der Dirnen, ein stattliches Geschöpf mit Ebenholzhaar, vertrat ihnen den Weg und hing gleich Tom um den Hals. »Wer bist denn du, mein Siebenschöner? Hätt ich dich hier schon gesehen, wüsst ich's, und du sollst's auch noch wissen, wenn du das nächste Mal kommst.«

Bevor sie ihm ins Gemächt langte, fing Tom ihre Hand.

»So einen Mast am Bug und dann spröde?« Noch einmal versuchte die Hure, ihre Hand in seinen Schritt zu schieben, aber Toms funkelnder Blick wies sie in die Schranken. Dieser Kerl, der Frauen im Dutzend verführte, scheute die Käuflichen wie der Satan das Weihwasser. Vermutlich waren sie ihm zu verdreckt oder reizten ihn nicht, weil niemand um sie focht. Schulterzuckend kehrte die Dirne an eine lange Tafel, um die sich Zechende drängten, zurück. Nicht weit davon saßen sechs Gerüstete der Hafenwacht beim Würfelspiel.

Der Wirt wuchtete ihnen einen Tisch vor die Theke, der rasch mit Fleischtöpfen, Krügen und Brot bestückt ward. Es herrschte Grölen, Singen und Fluchen, man verstand kaum sein Wort. Das kam Edward angesichts der Stimmung seines Bruders gelegen, aber Toms Mundwerk war ohnehin mit Kauen und Schlucken beschäftigt. Weltvergessen sprach er Wein und Lammkeule zu, bis sich an dem langen Tisch ein Streit entspann.

Ein paar Kerle beschimpften einander, hoben Bierhumpen, um damit dreinzuschlagen. Schemel stürzten um. Die Schwarzhaarige, die wohl doch keine Hure, sondern nur ein liederliches Weibsbild aus dem Ort war, sagte etwas zu einem bulligen Mann im Fleischerschurz, fing sich eine saftige Backpfeife und klatschte eine zurück. Gejohle und Pfiffe spendeten ihr Beifall. Der Mann holte aus, aber schlug ins Leere. Mit einem Satz sprang die Frau auf den Tisch. »Und ich sag's dir noch einmal, Paul«, schrie sie. »Das heilige Wasser, in dem am Sonntag dein Bub die Tauf bekommen hat, das ist nicht heiliger als dem Priester sein Gepiss.«

Vor Edwards Augen stürzten Farben und Formen umeinander. Mehrere Männer versuchten, die Frau vom Tisch herunterzuziehen, doch die sprang zwischen Krügen und Bechern umher wie über Flammen. Geschirr kippte, klirrte beim Zerschellen. Von der Seite stoben die Männer der Hafenwacht ins Bild, stiegen zu fünft auf den Tisch und stürzten sich auf die Frau. Die schrie wie am Spieß: »So heilig wie Priesterpisse, Priesterpisse!« Die Männer kämpften sie nieder. Einer drosch ihr mit der Faust auf den Mund.

Durch das Braun und Grau abgewetzter Kleider schnitt das leuchtende Blau von Toms geflickter Schaube. Sein unverkennbares Haar. Behände schwang er sich auf den Tisch, hob die Faust, schlug zu. »Lass die Frau los, du Papistendreck.«

»Ja, lasst sie doch los«, rief jetzt auch der Wirt. »Das ist die tolle Joan Butcher, die weiß ja nicht, was die sagt.«

»Und ob sie das weiß«, brüllte Tom. »Glaubt etwa jemand, sie hätte nicht Recht?«

Alle fünf zugleich waren um ihn, bogen ihm die Arme nach hinten und den Rücken krumm. Knüttel sausten in die Höhe. Wie auf einen Amboss sah Edward Schläge auf Kopf und Schultern seines Bruders prasseln. Tom bäumte sich mit der Wut eines Bullen, rang und hieb um sich, aber unterlag.

»Abführen«, rief der Wachsoldat, der stehen geblieben war. »Beide.« Die Männer zerrten erst Tom, dann die Frau vom Tisch.

Tom, von drei Wachen gehalten, spuckte aus, erhielt einen Stockhieb auf den Hinterkopf, fuhr herum und biss den Schläger ins Gelenk. Der Mann schrie. Toms Zähne hielten fest. Als ein anderer seinen Stock hob, geriet Edward in Bewegung, bahnte sich eine Gasse durch die Menge. »Haltet ein!« Die herrische Stimme war nie und nimmer die seine. »Ich bin der Graf von Hertford, König Henrys Schwager. Wer sich an meinem Bruder vergreift, der büßt es mir.«

Tom, dem man den Nacken niederzwang, sah mühsam auf, und ihre Blicke trafen sich. Des Bruders Augen waren weit und seegrün unter rührend geschwungenen Wimpern. *Was hat der Herrgott sich bei dir gedacht? Was bringt uns alle dazu, für dich die Hälse zu riskieren, Janie, Catherine, selbst einen Feigling wie mich, derweil du auf Stelzen tanzt, den tolldreisten Helden gibst, dir jede Narrenfreiheit einfach nimmst?* Er hörte Tom an einem Schmerzlaut würgen. »Lasst ihn los«, gebot er. »Der Mann ist verwundet, er hat an der schottischen Grenze für den König gekämpft.«

»Das ist leider nicht möglich.« Der Wachmann, der noch beim Tisch stand, wiegte betrübt den Kopf. »Hier gab es letzthin viel ketzerisches Reden. Ich habe Verdächtige festzusetzen und Meldung zu erstatten.«

»Lasst es auf sich beruhen, Charles.« Edward hatte nicht bemerkt, dass Carew neben ihn getreten war. »Ihr kennt Butchers Joan, eine Hündin, die bellt, nicht beißt. Und der Herr ist ein Gesandter des Hofes. Seine Abreibung habt ihr ihm verpasst, damit sei es genug.«

»Seid Ihr Euch dessen sicher, mein Vizeadmiral?«

»Völlig sicher. Weshalb ist neuerdings jeder, dem am Schanktisch die Pferde durchgehen, gleich ein Ketzer?«

Der Wachmann gab seinen Leuten ein Zeichen. Die ließen erst Tom, dann die Frau aus den Händen. Tom reckte sich,

rieb sich den Nacken. Carew und Edward sahen einander an.
»Dank Euch«, murmelte Edward.
»Mein Vergnügen«, erwiderte Carew.

Edward hatte ihr geschrieben. »Hilf mir, Catherine. Wenn du irgend kannst, komm zur zwölften Nacht nach Hampton Court.« Somit würde sie kommen. Auch wenn ihr die Brust vor Enge schmerzte, drückender denn je, und sie sich fragte: *Warum tue ich mir das an, warum tue ich Tom das an, halte Jahr für Jahr userm Verlangen vor, was hätte sein können und was nicht ist?* Tom zu sehen, dem leibhaftigen Tom gegenüberzustehen, rief ihr schneidenscharf ins Gedächtnis, wie sehr es sich lohnte zu leben. Und ließ hernach eine Sehnsucht zurück, die mit den Jahren harscher wurde, ohne Milderung, ohne Hoffnung auf einen nicht fernen Tag.

Sie hatte Calvin gelesen, Texte, die Kate von Edward erbettelt hatte, und dachte seither über den Zankapfel nach, den man Transsubstantiation hieß, der so geringfügig schien, als ließe er sich aus der Welt räumen, in den aber Menschen sich mit all ihrer Kraft verbissen. Sie starben im Feuer für die Frage, ob der Gläubige, dem der Priester das Brot des Abendmahls reichte, Christi Leib zu sich nahm, und ob der Priester, der vom Wein trank, sich das Blut des Erlösers in die Kehle zauberte. Oder ob, wie der Schweizer Zwingli herausfordernd verkündet hatte, Wein und Brot nur die Erinnerung an Jesu Liebe bargen, an sein letztes Mahl unter Menschen und an sein Versprechen. Der Franzose Calvin bot einen Mittelweg: Jesus, so schrieb er, habe gelobt, zur Stelle zu sein, wo immer Menschen in seinem Namen Brot und Wein teilten. Kein geheimes Wort des Priesters, kein magischer Ritus beschwor seine Gegenwart, sondern der Glaube des Empfängers, der den Erlöser liebte und sich nach ihm sehnte.

Priester sind keine Zauberer. Aber wir mit unseren Sehnsüchten und mit unserer Menschlichkeit sind es. Vielleicht, dachte Catherine, *hätte ich lernen sollen, so zu leben. Daran zu glauben, dass meine Sehnsucht Tom an meine Seite beschwört, dass er bei mir ist, weil ich es so sehr wünsche.*

Noch vor wenigen Jahren hätten solche Gedanken sie erschreckt, aber inzwischen war sie daran gewöhnt und verbot sich nichts mehr. *Denken befreit.* Menschen sahen eine unscheinbare Frau in mittleren Jahren und ahnten nicht, dass in ihr Feuersbrünste wüteten. So wie sie nicht ahnten, dass diese Frau einst jung war. *Ahne ich selbst es noch?* Toms Gedächtnis zu beschwören, genügte nicht. *Deine reale Präsenz will ich, weil sich mein Leib so sehnt wie mein Herz.* »Tom braucht ein Wort von dir«, hatte Edward geschrieben. Catherine brauchte mehr als Worte.

Also ging es noch einmal zur zwölften Nacht, in der erlaubt war, dass die Gestirne sich bewegten, dass Gott Englisch verstand und dass Menschen, die den Tod fürchteten, sich aneinanderkrallten. Da dem unbeweibten König nicht länger der Sinn nach Feiern in großem Kreis stand, war es nicht einfach, eine Einladung zu erhalten, aber Catherine hatte Fürsprecher. Das Herzoghaus Suffolk sandte ihr am Nachmittag eine Barke, die sie nach Hampton Court ruderte.

Unter den Augen der Gräfin von Hertford zu sitzen, blieb ihr erspart: Edward, der nach seinen Erfolgen in Schottland ausgezeichnet worden war, nahm mit seiner Gemahlin am Tisch des Königs Platz. Dort ging es schwunglos zu, als schlössen die männlichen Gäste im Festglanz Geschäfte ab. Nach dem Essen wurde ein Mirakelspiel aufgeführt, in dem eine Gruppe von sieben Jungfern die sieben Todsünden darstellte, eine Gruppe von neun Männern hingegen die neun Früchte des Heiligen Geistes. Der König, der wie ein erschlafftes Raubtier in zwei Stühlen lagerte, langweilte sich und ließ die Darbietung abbrechen. Drehleier, Flöten und leise Schalmeien spielten zum Tanz. Die Tische leerten sich.

Er stand auf. Stand ihr gegenüber. »Cathie«, sagte er. Da hob sie den Kopf, schenkte ihrer Sehnsucht einen Augenblick.

Wären meine Arme lang genug, so zöge ich dich an mich, verschränkte dir die Hände im Nacken und hielte dich fest. Er war so sehr der, der ihr gefehlt hatte, dass sie mit ihm gegangen wäre, jetzt und hier und wohin auch immer, hätte er ihre Hand genommen und sie aus dem Saal geführt. *Ich habe kein Kind, ich schreibe kein Buch, ich habe nichts als diese Sprünge, die mein Herz vollführt.*

»Liebste Cathie«, sagte er. »*Du bist schön wie Tirza.*«

Sie ließ ihr Lächeln frei. »Liebster Tom. *Deine Wangen sind wie Balsambeete, in denen Gewürzkräuter wachsen. Deine Lippen sind wie Lilien, triefend von fließender Myrrhe.*«

Seine Hand fuhr zum Mund. Sie lachten beide. *Unser Hohelied.* Toms Gesicht, wenn er lachte, war ein erhörtes Gebet. Dunkler, als sie es in Erinnerung hatte, die Haut gegerbter, nur die Augen noch zart. Sie hätte an ihm hinauf- und hinuntersehen wollen, ohne Scheu, und nie mehr damit aufhören. Er trug die Schaube geöffnet und auf der Hüfte gerafft. Selbst wenn sie der Schamkapsel auswich, hing sie unweigerlich an der Wohlgestalt seiner Schenkel fest. *Dreh dich, beug dich, zeig dich mir. Lass meine Augen tun, was so gern meine Hände täten, meine Beine, die sich um deine schlingen wollen, mein Schoß, in dem mein Blut Saltarello tanzt.*

»Meine Schöne«, sagte er, vor Sehnsucht weich. »Denkst du manchmal, wenn du hier bist, daran, wie Barnes, den sie umgebracht haben, uns den Keller gezeigt hat?«

»Immer«, sagte Catherine.

Er hob eine Braue, sie schüttelte erschrocken den Kopf, aber er schüttelte gleich darauf den seinen und sagte: »Ich möchte nur dort mit dir stehen, Cathie. Eine kleine Weile, die den Rest vom Jahr oder den Rest vom Leben lang genügen muss.«

»Und das glaubst du dir?«

Er zuckte eine Schulter. »In mir ist alles noch schwärzer geworden, aber dass ich dich liebe, ist nicht schwarz und macht kein Tier aus mir.«

Es war die zwölfte Nacht. Die eine, die erlaubte, was Menschen frommte. »Komm«, sagte Catherine. Seite an Seite, ohne einander zu berühren, gingen sie den Weg durch den Saal, über den Gang, die Treppe hinunter. Ein Tross Aufwarter mit Weinkrügen und Schüsseln voll Nüssen kam ihnen entgegen. Es duftete nach Butter, die auf röstendem Bratgut zerlief, und nach Toms Fleisch nah bei ihrem, nach langem Gras, wie im Winter keines wuchs, nach weich gerittenem Leder. Nicht er, sondern sie, gab nach: Sie nahm seine Hand, reckte sich und küsste ihn auf die Wange. Schmeckte Salz. Zarte Heiligkeit.

»Danke«, sagte er, ohne den Kopf zu wenden. Wie in eine Kirche, wie auf einen Altar, sahen sie in ihren Weinkeller.

Als Catherine in den frühen Morgenstunden ihr Haus im Charterhouse Yard erreichte, fand sie die Fenster von mehr Licht erhellt, als sie je in diesem Haus gesehen hatte. Kaum trat sie in die Halle, eilten Menschen die Treppe hinunter auf sie zu. Der Hausdiener. Zwei der Ärzte, ein Gehilfe mit einer Schüssel, und ihre Stieftochter Margaret, die seit ihrer Hochzeit im Sommer eine Lady Tyrwhit war. Catherine blieb stehen, und Margaret Tyrwhit, bleicher als Knochen, blieb ebenfalls stehen. Die Ärzteschar hinter ihr ward aufgehalten. Der Hausdiener aber lief bis zum Absatz der Treppe weiter und verbeugte sich mehrere Male. »*My lady, my lady*«, rief er. »Mein Beileid, Euch ärmster Witwe.«

Von der Treppe sprach einer der Ärzte: »Gott, dem Herrn, gefiel es, Euren Gatten abzuberufen in Seine Ewigkeit. In der Dreikönigsnacht. Er ist vor einer Stunde verstorben.«

Die neunte Nacht

Dem Kaiser, was des Kaisers ist
1543

*In der neunten Nacht des Christfestes
schenkte mir mein Liebster
neun Damen, die tanzen.*

Cranmer hatte Edward zum Abendessen in seinen Palast in Lambeth eingeladen. »So oft, wenn ich erschöpft war und der Ruhe bedurfte, fand ich sie in Eurem Heim«, hatte er gesagt. »Ich wäre glücklich, wenn einmal mein Heim Euch diesen Dienst erweisen könnte, obgleich es nicht recht gastlich bei mir ist. Die sorgende Hand einer Frau, mit der Lady Margery auf Wulf Hall noch das kleinste Ding ins rechte Licht rückt, fehlt.«

Er hatte Recht. Das Talent, Raumfluchten in ein Heim zu verwandeln, fehlte ihm. *So wie mir*, dachte Edward. Der erzbischöfliche Palast war ausgestattet, wie Cranmer ihn von seinen Vorgängern übernommen hatte. Fast verwunderte es, dass deren Hausmäntel und Schlafhauben nicht noch an Haken hingen. Der Freund hatte die Mahlzeit in seinem Privatgemach servieren lassen, aber selbst dort war alles mit altertümlichster Gerätschaft vollgestellt, als sei man zu Gast bei greisen Verwandten.

Den Stich Wehmut, mit dem Cranmer Edwards Mutter erwähnt hatte, rief diesem ins Gedächtnis, was dem Freund als jungem Magister in Cambridge widerfahren war: Er hatte sich dort seinerzeit in ein Mädchen verliebt und es geheiratet, wodurch seine Aussicht auf eine klerikale Laufbahn sich zerschlagen hatte. Seine Familie verstieß ihn dafür. Völlig allein hatte er in der Welt gestanden, als seine erste Frau mitsamt dem Neugeborenen im Kindbett gestorben war. *Er steht noch immer allein.* Die Einsamkeit hatte sich dem Mann ins Gesicht gekerbt. Er war liebenswürdig wie kein Zweiter bei Hof, aber wahrte Abstand, als lebe er in ständiger Menschenfurcht. *Wie ich*, dachte Edward wieder. *Lebt er auch wie ich in ständiger Gottesfurcht, oder ist Gott ihm nah?*

Das Essen war köstlich. Wildschwein, gebraten in Thymian, der Duft zärtlich und schwer wie ein Lied aus Wiltshire. Edward gab wenig auf Nahrung, meist war sein Magen gereizt, aber dieses einfache Mahl genoss er. Nach dem Fleisch gab es Eier in Senf, Käse, schließlich Früchte. Auf der blau emaillierten Schale ruhten neun exotische Kostbarkeiten, die sich jede ihres eigenen Reizes erfreuten. »Welche wählt Ihr, mein Freund?«

Edward beschied sich mit der kandierten Dattel, sah aber mit Freuden zu, wie Cranmer sich den purpurroten Granatapfel viertelte, die Liebesfrucht, und wie seine schlanken Finger die Tropfen aus der Wabe schälten. »Das ist Luxus, für den ich meinem Schöpfer danke«, sagte er. »Früchte zu jeder Jahreszeit, selbst jetzt nach einem langen Winter. Es ist schön, sie teilen zu können.« Er hob den Becher in Edwards Richtung.

Der Wein war weich und gehaltvoll, wie mit Samt umhüllt. *Wir haben dies bitter nötig*, dachte Edward. *Eine friedvolle Stunde im Auge des Sturms.* »Ich habe eine Bitte«, begann er. »Wollt Ihr nach Ablauf des Trauerjahres meinen Bruder trauen?«

Cranmers Finger bog sich, löste eine glänzende Perle aus dem Fruchtleib. »Das ließe ich mir nicht nehmen, mein Freund. Die Sorge um Euren Bruder hat Euch gequält, nicht wahr?«

»Mir scheint, die Sorge um ihn quält mich, seit er auf der Welt ist. Um meine Kinder sorge ich mich weniger.«

Cranmer lachte leise. »Manche Menschen zwingen uns, sie ein wenig mehr als andere zu lieben. Mir gefällt der nicht unblasphemische Gedanke, Gott habe gelächelt, als er sie schuf.«

Und rutscht Gott nie das Lächeln vom Gesicht? Cranmers Musiker schoben sich lautlos in den Raum, zwei Schalmeienbläser und ein Gambenstreicher. Sie begannen zu spielen, dass man sie kaum bemerkte, die Bögen der Melodie, sich zum Duft der Märznacht fügend. »Mir kommt es vor, als sei mir aufgetragen, meines Bruders Hüter zu sein. Und seit dem

Vorfall in Portsmouth schlafe ich schlecht, weil ich an dieser Aufgabe so erbärmlich scheitere.«

»Ihr wart ein Held in Portsmouth«, unterbrach ihn Cranmer.

»War ich? Ist der Held nicht Tom, der starrsinnig ausspricht, woran er glaubt? Haben wir, Ihr und ich, auch nur einmal eingestanden, dass wir Wasser für Wasser halten, Brot für Brot und den Wein, den der Priester säuft, für nichts als Wein? Verteidigen wir die, die dafür brennen? Verteidigen wir die Bibel, für die unsere Freunde brannten, für die meine Schwester Janie sich verkaufen ließ?«

Schalmeien und Gambe begannen ein neues Stück, eine Weise voll Schwermut, als gedenke ein Greis seiner Jugend. Cranmer legte die Granatapfelschale beiseite und tauchte die Finger in Wasser. »Ich weiß nicht, was sich retten lässt«, sagte er. »Ich habe Angst wie Ihr. Nicht wenige würden wohl Ihre Schwester dem König zuführen, wenn das Wüten in ihm dadurch zur Ruhe fände. *Gebt dem Kaiser, was des Kaisers ist, und Gott, was Gottes ist.* Da ich keine Schwester habe, werde ich ihm vorschlagen, die Bibelübersetzung den Universitäten zur Prüfung vorzulegen. Gewiss finden sich Möglichkeiten, die Ergebnisse dieser Prüfung hinauszuzögern, bis...«

»Bis wann? Bis Henry Tudor stirbt?«

»Es ist mir nicht möglich, so zu denken«, antwortete Cranmer. »Auch wenn es wohl darauf hinausläuft.«

»Betrachtet Ihr dieses mörderische Tier noch immer als Freund?«

Cranmers braune Augen hielten die seinen durch Brillengläser fest. »Er ist der Fels, auf den wir diese Kirche gebaut haben. Selbst wenn er sie zerschlägt, sie wird seine Kirche bleiben. Hört Ihr die Musik? Sie stammt von ihm. Kein Tier hat dies geschrieben.«

Als Edward nichts sagte, nur den Stein der Dattel von einer Hand in die andere gab, fügte Cranmer noch etwas hinzu: »Könnt Ihr Euch denken, wie hart es einen Herrscher, der allem gebietet, ankommt, dass er der Zeit nicht gebieten kann?«

Sie saßen still, bis die Musiker ihr Stück beendet hatten, dann sandte Cranmer sie schlafen. »Und Euch schicke ich auch heim, in Euer Bett. Fasst ein wenig Mut, mein Freund. Ihr habt schon so lange nicht mehr beteuert, Euer Tag werde kommen, aber seid versichert, auf der Hochzeit Eures Bruders werde ich es beteuern. Wenn es sein muss, von der Kanzel.«

»Ja, tut das.«

»Gott schaue auf Euch. Umarmt Eure Frau und stärkt Euch daran.« Cranmer erhob sich und reichte ihm die Hand. »Wie Euer Tom und seine prächtige Catherine sich aneinander stärken.«

Der Raum verschwamm. Löste sich in den gleißenden Funken der Kerzenflammen auf. »Ich gelobe Euch«, entfuhr es Edward, der vom Wein leicht schwankte. »Ich hole Eure Margarete zurück. Ihr sollt sie bei Euch haben, nicht auf Euch allein gestellt sein.«

Cranmer drückte seine Hand. Seine Augen glänzten.

Sie hatte den Abend mit Dudley verbracht. Der König hatte ihn zum Großadmiral der Flotte ernannt, und er war stehenden Fußes nach Temple Bar gekommen, die Gesichtshaut rot und sich schälend, zwei Schläuche teuersten Weines im Gepäck. »Diese stolze Stunde wollte ich mit meinen Freunden teilen. Wie ich aber sehe, ist Euer Gatte nicht daheim.«

Er bestand darauf, einen der Schläuche zu öffnen und Anne Wein zum Kosten einzuschenken. Die Flüssigkeit war quittengelb und schmeckte harzig wie eine Art von Medizin. »Wein aus Ungarn. Eine seltene Kostbarkeit, seit der türkische Süleyman dort waltet und den Weinbau beschränkt. Die Wirkung ist ohnegleichen.«

»Und ist es statthaft für den höchsten Admiral der Flotte, Wein zu trinken, an dem ein Feind der Christenheit verdient?«

»Ich denke: Wenn ein Mann sich nichts von seinen Feinden abschauen kann, dann verdient er bessere Feinde.«

Er hatte Recht. Die Wirkung des Weines war mit nichts zu vergleichen. Sie weckte etwas. Dudley stellte das Schachbrett auf. Wie gewöhnlich wusste er über alles, was vor sich ging, Bescheid. Henry Howard hatte für Aufsässigkeit vier Wochen im Fleet-Gefängnis verbracht. »Er hat seinen Stein im Brett verloren. Die eigene Schwester weiß über ihn kein gutes Wort zu sagen. Kein Wunder, Vater und Bruder haben schließlich alles drangesetzt, die holde Mary ins königliche Bett zu treiben, während sie von einer Heirat mit Eurem Schwager träumte. Von dem wiederum durfte man letzthin ja glauben, er erringe die Hand einer anderen Mary. Der Lady Tudor. Wer hätte erwartet, dass der begehrteste Junggeselle des Hofes sich mit der Witwe Latimer begnügt?«

Anne erstarrte, den Läufer in der Hand. »Was soll das heißen?«

»Nun, er hat natürlich das Trauerjahr abzuwarten, aber aus London sind sie beide verschwunden. Allenthalben blüht bunter Klatsch über sie, obgleich diese Nachricht für die Schnatterhennen des Hofes womöglich höchst betrüblich ist.«

Die schlimmste Schnatterhenne war Dudley selbst. *Schluck dein Bilsenkraut, deine Fratze ist purpurn gefleckt.* »Dass er mit einer Dame verschwindet, bedeutet bei meinem Schwager keineswegs, dass er sie ehelicht. Und die fragliche Dame besitzt ja wohl einen mehr als zweifelhaften Ruf.«

»Tut sie das? Zu hören ist nur das Beste. Sie stammt aus feiner Familie und hat ihren siechen Gatten über Jahre gepflegt, statt ihre Jugend auszukosten. Anmut und Leidenschaft allerdings sagt ihr keiner nach. Nicht gerade die Wahl, die man dem geilen Thomas Seymour zugetraut hätte. O verzeiht! Ich vergaß, Ihr seid verwandt.«

»Das bin ich mitnichten.« Anne, in deren Unterleib der Wein wie ein Nesselaufguss wütete, sprang auf. »Weder ich noch meine Kinder haben mit jenem Herrn etwas gemein.«

Sie spielte gern Schach mit Dudley, weil er wie sie mehrere Züge vorausberechnen konnte, auch wenn er ihr meist unterlag. Jetzt nahm er mit seinem Turm ihren König und legte diesen flach aufs Brett. »Ihr sagtet schon einmal etwas in der Art. Es verwundert mich nur, weil doch Euer Gatte als solches Muster der Bruderliebe gilt.«

»Ihr müsst gehen«, herrschte Anne ihn an.

»Selbstverständlich.« Dudley zog seinen Flakon aus dem Beutel, gab einen Tropfen auf den Handballen und leckte ihn auf. »Lasst Euch den Ungarwein munden. Und empfehlt mich dem Grafen.«

Sie war zu Bett gegangen, wollte schlafen, aber in ihr wühlte der verfluchte Wein. Zwischen den Schenkeln ein Kribbeln wie von Ameisen. Mehrmals sprang sie auf und legte sich wieder hin. Dann drang die Treppe hinauf Gepolter. Der Hanfstock. Er hatte bei Cranmer gegessen. Keinen Atemzug später stand er mit einer Kerze in der Tür. »Meine Anne.« Seine Stimme ging schwer. Er soff sonst nicht und vermied für gewöhnlich jeglichen Lärm, um ihren Schlaf nicht zu stören. »Ich liebe dich. Habe ich dir je gesagt, wie ich dich liebe?«

»Du weckst das Haus auf.«

Er trat ins Zimmer, hielt in einer Hand die Kerze, derweil die zweite an seinem Kragen nestelte. »Darf ich zu dir kommen, Anne?«

Sie rückte zur Seite. Er war ihr Mann und sie keine Frau, die ihre Pflicht vergaß. Anders, als man erwarten mochte, war er kein übler Liebhaber. In dem lachhaften Körper verbarg sich Begierde von überraschender Wildheit. Für gewöhnlich machte es ihr nichts aus, mit ihm zu liegen, solange er sich beeilte, wenig redete und sie danach sich selbst überließ. Dudleys Wein war schuld, dass diese Nacht anders geriet. Edwards Atem stank. Er hatte sich seiner Kleidung noch nicht entledigt, als er nach ihr griff. »Meine Anne. Ich verdiene dich nicht, aber dass du dich von allen Männern mir schenkst, macht mich zum glücklichsten Mann der Erde.«

Wir sind nicht auf der Welt, um uns zu schenken, sondern um das eine wiederzufinden, das wir verloren haben. Edward zerrte sich strampelnd die Hosen vom Arsch. *Ich habe dich genommen, um an deinem Bruder festzuhalten, bis einer von uns stirbt, dein Bruder oder ich.*

»Ich will dir so gern sagen, was du mir bist, ich hätte es dir aus Schottland schreiben wollen, aber mir fehlen die Worte, so wie Cranmer die Worte zu seinem Gebetbuch fehlen, weil wir nicht göttlich, sondern schwach und menschlich sind.«

Ja, das seid ihr, du und dein Cranmer. Schwach und menschlich, und eine Liebe, die uns nicht göttlich macht, was ist die wert?

Zuerst war sie froh, als er sie küsste, weil er endlich den Mund hielt, dann aber quoll sein Atem ihr in die von Dudleys Wein gereizte Kehle. Sie musste husten, glaubte zu ersticken.

Erschrocken setzte er sich auf. »Verzeih mir, Anne!«

Sie zog ihn auf sich, damit er in keinen neuen Wortschwall ausbrach. Er knotete ihr die Schlafhaube auf, wühlte die Hände in ihr Haar. Sie hielt ihr Haar sehr sauber und mochte keine Hände darin. Sein Becken drängte, bis er die Öffnung fand. Durch das Nachthemd spürte sie seine Knochen, die beim Zustoßen knackten.

Es war Dudleys Wein, der sie stöhnen ließ. Den Kopf ins Kissen werfen, den Körper bäumen. Dudleys Wein, der Bilder beschwor, Geräusche, die ihr auf die Ohren droschen. Grillenzirpen, raschelndes Gras, ihr Leib gehüllt in flüsterndes Lachen. Über ihr, mit dem Liebestakt sich hebend, weit geöffnete Augen. Sehnsucht, solange sie hart ist, lässt sich ertragen, aber wenn sie aufweicht, ist sie siedendes Blei, das man Gefolterten in Wunden gießt. Anne hörte sich schreien. Edward aber hörte offenbar nichts, sondern verrichtete wie ein beflissener Schüler sein Werk. Glitt ein, glitt aus, glitt ein, glitt aus. Anne schrie ja schon nicht mehr, sank zurück, zählte mit. *Gleitet aus, gleitet ein, dunkel, hell, gleitet aus, gleitet ein, leise, laut, gleitet aus, gleitet ein, platzt, plumpst, hat's vollbracht.*

Sie hörte ihn zu Atem kommen. »Meine Anne, ich danke dir.« Ehe er weitersalbaderte, schob sie ihn von sich und schenkte ihm aus ihrem Krug einen Becher Dünnbier ein. Nahm ein Leintuch, wischte sich das Gesicht. Nass von Speichel, nass von Tränen. *Verfluchter Dudley.* Aber die Wirkung des Ungarweins verflüchtigte sich, rann mit Edwards Saft aus ihr heraus. Sie war wieder sie selbst, ihre Haut auf den Unterarmen kühl. Ruhig richtete sie sich das Nachthemd, schnürte sich die Haube um den Kopf und zog eins der Betttücher um sich. Sah im Dunkel zur Decke. »Ich liebe dich«, sagte Edward.

»Wo ist dein Bruder?«, fragte Anne.

»Mein Bruder? Tom?« Wie ein Kind war er, ein sein Leben verschlafendes Kind.

»Wie viele Brüder hast du, um deretwillen man sich die Nächte um die Ohren schlagen müsste?«

Er richtete sich auf. »Falls du noch zornig bist wegen der Sache in Portsmouth...«

»Ich bin nicht zornig«, unterbrach sie ihn. »Ich weiß nur jetzt, wo ich stehe. In Portsmouth hast du dich für deinen Bruder und gegen Frau und Kinder entschieden, denn der König hätte durchaus uns alle dafür büßen lassen können. Ich habe also von dir keine Treue zu erwarten und bin dir im Zweifel keine schuldig.«

»Wie kannst du so sprechen? Ich hatte Angst, sie prügeln mir Tom zum Krüppel oder stellen ihn als Ketzer vor Gericht, ich habe doch an nichts anderes gedacht.«

»Eben.« Anne zwang sich, den Gestank seines Atems auszuhalten. »Wenn es um deinen Bruder geht, denkst du an nichts, auch nicht an mich.«

»Anne«, sagte er, »lass uns bitte nicht streiten. Hast du gehört, dass der König Schiffe für einen Krieg mit Frankreich rüstet?«

»Ja, das habe ich gehört. Dudley ist sein Großadmiral.«

»Der König wird auch mich mit einem Schiff hinüberschicken. Ich werde dich auf Monate nicht sehen. Vielleicht nie mehr. Das Leben ist zerbrechlich, Anne.«

Indem sie sich aufsetzte, zwang sie ihn, sie loszulassen. »Ich habe dir einmal gesagt: Gib mir, was ich will, und ich bleibe bei dir, bis du stirbst. Wo ist dein Bruder?«

Er senkte den Kopf. »Mit Cathie auf Wulf Hall. Es wird doch alles besser, wenn sie erst seine Frau ist. Cathie weiß ihn zu lenken.«

»Die Lady Latimer wird nicht seine Frau«, sagte Anne.

»Und du wirst ihm nicht länger erlauben, in deinem Haus das Andenken eines Peers von England zu schänden.«

»Aber, Anne!«

Etwas gebot ihm Schweigen. »Entscheide dich«, sagte sie. »Und bedenke: Wer zwischen zwei Stühlen sitzt, dem geht der Arsch auf Grund.«

Tom hatte ihr einen Wagen geschickt, vier Wochen nach Latimers Begräbnis. Einer Bitte bedurfte es nicht, sie waren beide zu Tode erschöpft. Seither waren sie hier, wo die Welt im Stillstehen Übung besaß. Catherine schlief unter den Eichenbalken, und Lady Margery kochte für sie, fand noch immer, sie gehöre aufgefüttert, und schenkte ihr Eselsmilch zum Frühstück ein.

Gerade hatte Lady Margery einen Kupferkessel übers Feuer gehängt und kochte *Pottage* von Erbsen. Seit ihre Familie nur mehr aus ihr selbst und ihrem verwitweten Sohn Henry bestand, kam sie ohne Küchenmagd aus. Catherine lehnte mit dem Rücken an der Fensterbank und sah ihr zu, wie sie von der Petersilie, die sie unterm Scheunendach getrocknet hatte, reichlich in die sich dickende, Blasen werfende Masse bröckelte. Sie tauchte den Löffel hinein, probierte mit spitzen Lippen und gab vom zerstoßenen Ingwer dazu, was zwischen zwei Finger passte. Dann Safran, auch zerstoßen, aber mit dem feinsten Stößel. Sie kostete wieder. »Zu sämig«, murmelte sie. »Noch Milch.« Die Milch, die sie aus ihrem schönen, an der Tülle angeschlagenen Krug ins Gargut schüttete, war nicht entrahmt, sondern buttergelb und seidig.

Ich hatte das nie, dachte Catherine. *Ein Feuer, über dem ich Nahrung hätte zubereiten können, ich wüsste nicht, wie man es anfängt, wie viel von den Brotkrumen, von den Erbsen und vom Salz man nimmt. In meinen Küchen in Snape Hall wie im Charterhouse Yard fände ich kaum einen Mörser. Ist es das, was Kate gemeint hat, als sie sagte, wir hätten kein Heim?* »Das habe ich mir gewünscht«, vernahm sie Lady Margery. »Ein Mädchen hier zu haben und es zu lehren, wie mein Tom seine *Pottage* gern isst. Einem solchen Gierschlund müsst Ihr ja viel *Pottage* geben, oder er frisst Euch arm an Fleisch.«

Sie war die schönste Frau, die Catherine kannte. Ihr Haar, das nussbraun gewesen war, war jetzt pfefferfarben, aber noch so füllig, dass es die Haube beulte. Catherine hätte auflachen wollen. *Wisst Ihr, wie sehr ich es mir gewünscht habe? Das könnt Ihr nicht wissen, denn ich habe es selbst nicht gewusst, nicht einmal geahnt, wie betörend ein so alltägliches Leben ist.*

Lady Margery goss noch Milch nach, rührte. Stellte den Krug ab, zerschlug ein Ei am Kesselrand und schenkte den Dotter hinzu, ohne vom Eiklar etwas zu verschütten. Das Gesicht dem Kessel zugewandt, sprach sie weiter. »Ich hab ihn mehr als die andern geliebt. Ich wollt's die andern nicht spüren lassen, meinen so folgsamen Ned, den genügsamen Henry und die Mädchen. Ich hab mir nie erlaubt, zart mit ihm zu sein, das bekommt solchem Rüpel ja schlecht, aber geliebt hab ich ihn mehr als die andern. Wer weiß, warum.«

Weil Tom Liebe trinkt wie das Erdreich Regen, dachte Catherine. Lady Margery gab das Eiklar in eine irdene Schale. Alles in diesem Haushalt kündete von Jahren, die es darin verbracht hatte, Händen, die es genommen und gebraucht hatten, Mahlzeiten, kleinen Unachtsamkeiten. Der Steinfußboden war krumm getreten, wie man Stein nur krumm treten kann, wenn man ein Leben lang darübergeht. In dieser Küche war es immer warm, die Wärme fing die Zeit und malte sie in Flecken an die Wände. »So ist das«, sagte Lady Margery, derweil sie ein verschwenderisches Maß kostbaren Pfeffers in den Sud streute. »Wenn einem unter Birnbäumen in seinem Garten ein Feigenbaum wüchse, so wüsste man nicht, wie man daran gekommen ist, aber liebte ihn mehr als alle andern.«

Sie wollte nach einem Topf mit Kapern greifen, zog jedoch die Hand zurück, fuhr herum und stiefelte längs durch die Küche auf Catherine zu. Ihre kleinen Hände, runzlig wie Nussschalen, schlossen sich um Catherines Oberarme. »Auch mein John«, wisperte sie, »hatte Tom von Herzen lieb.

Wenn ich ihn angebettelt hab, nimm ihn nicht so hart her, du machst ihn ja tückisch, dann hat mein John gesagt: Glaub mir, meine Feine, ich schlüge ihn Tag und Nacht, wenn sich nur ausprügeln ließe, was ihm den Hals kosten mag.«

Die honigbraunen Augen und die Zähne blitzten. Vielleicht verbrannte Lady Margery Rosmarin und polierte sich die Zähne mit der Asche wie Tom. »Verlasst ihn nicht«, flüsterte sie. »Ihr seid keine verzagte Frau, könnt es ihm tüchtig geben, wenn er's nötig hat, nur zweifelt nie daran, dass er Euch braucht.« Sie gab Catherines Arme frei und strich ihr flüchtig über das Gesicht. »Er hat mir nie so gefallen, mein Tom, dieser reizende Unhold, wie jetzt mit Euch.«

»Sprecht Ihr über mich?« Er hatte sich herangestohlen, füllte den schiefen Türrahmen aus.

»Wir sprechen doch immer über dich«, rief Lady Margery. »Was hätten zwei dumme Weibchen wie wir auch sonst zu sprechen? Ich habe der Lady Catherine erklärt, wie sie dich anzupacken hat. Bei den Ohren, meine Liebe, lammfromm wird er dann.«

In drei Schritten war Tom bei Catherine und schloss sie in die Arme. »Meine Cathie weiß mich noch anders zu packen. Da bricht der böseste Dämon in die Knie.«

»Pfui!« Seine Mutter griff nach einem Leintuch und klatschte es ihm auf den Rücken. »So etwas wagt ein braver Christenmensch vor seiner Mutter nicht einmal zu denken.«

»Wirklich nicht? Dann kennen all die braven Christenmenschen meine Cathie nicht.«

»Hinaus!« Lady Margerys Ruf schwang zwischen Lachen und Jauchzen, ihr Gesicht war gerötet und auf einmal jung. »*My lady*, schafft mir diesen garstigen Burschen aus den Augen. Behaltet ihn, ich schenk ihn Euch.«

Tom lachte, beugte sich nieder und küsste seine Mutter auf den Kopf. Dann führte er Catherine durch die Küche. Vor dem Kessel mit dampfendem, duftendem Inhalt hielt er inne. »Untersteh dich«, rief seine Mutter ihm nach. Tom tauchte einen Finger in den Sud, jaulte auf und steckte die verbrannte Kuppe in den Mund.

Sie hat Recht, dachte Catherine später, als sie im Abendlicht durch den Obstgarten gingen, zwischen Birnbäumen, die in Knospen standen. *Hier habe ich alles, was er war, beisammen, den wilden Knaben, der den andern Kindern Furcht einflößte, den blutjungen Heißsporn, der mir aus einem Paulusbrief ein Liebeslied machte, den Mann in der Blüte, zappelig vor ungenutzter Kraft. Sie gefielen mir alle, und etwas von allen ist noch da, aber dieser gefällt mir am besten, mein Freund, mein Liebster, der den Arm um mich legt und mich über sein Land führt, ein wenig stiller, als die Welt ihn kennt, ein wenig schüchtern und ein wenig staunend.*

Sie wollte stehen bleiben, ihm die Wangen streicheln, er aber kam ihr zuvor und wies voraus. »Schau dir den an. Im letzten Jahr habe ich Henry verboten, ihn zu fällen.«

Der Birnbaum war kahl, die Äste schwarz. Ein buckliger Greis unter prangender Jugend, der daran gemahnte, dass Zeit nichts von Umkehr wusste. Tom ließ sie los, und ehe sie sich's versah, sank dieser ausladende Mensch vor ihr auf ein Knie. »Der Himmel, Cathie«, sagte er.

Sie wollte schreien, aber stellte fest, dass sie schlucken musste, bevor ein Wort aus ihrer Kehle kam. »Der Himmel ist oben und die Erde unten.«

»Ins Feuer steckt man besser seine Finger nicht.«

»Und das Meer ist nass und schmeckt nach Salz.«

»Ich will dich zur Frau.«

»Um alles in der Welt«, rief sie und drehte sich weg. »Tom, steh auf.«

»Nicht ehe ich weiß, was aus mir wird.«

»Es wundert mich«, hörte sie sich sehr langsam sagen, noch immer ohne ihn anzusehen oder sich von Tränenströmen hindern zu lassen, »dass ich einem so klugen Mann etwas so Einfaches vorsprechen muss.«

»Wundert dich das wirklich? Nach bald zwanzig Jahren?«

»Nein«, sagte sie und dann: »Ja, Tom. Ja.«

Wider Erwarten war es einfach, glücklich zu sein. Es war auch einfach, zu trauern; um Latimer, der allein hatte sterben müssen, um jeden, der diesen Frühling nicht erlebte, um ein Amselgelege, das sich zerbrechlich in den Fliederstrauch schmiegte, und um die Gelege anderer Jahre, die Tom ihr nicht hatte zeigen können. Wenn sie weinen musste, ausdauernd, tränenreich, hielt er sie an sich gepresst. *Ich werde nie wieder ein tapferes Mädchen sein.* Kam sie zu Atem, blickte sie hoch in sein Gesicht, und er rieb ihr, ohne ein Tuch zu benutzen, die Wangen trocken.

»Glaubst du«, fragte sie, weil sie sich verlegen fühlte und ihn zum Lachen bringen wollte, »die Königin von Saba war auch mit rot geheulten Augen noch schön wie Tirza?«

Sie erntete einen seiner langen Blicke, aber kein Lachen, nicht einmal ein Lächeln. »Für König Salomo ohne Zweifel«, sagte er. »Den verfluchten Glückspilz, der sie beim Weinen halten durfte.«

Sie stürzte sich auf seine Schultern, warf ihn ins Gras und küsste ihn. *Ich küsse dir das Gesicht wund, jeden Zoll, jede Zeichnung, Küsse wie Siegelwachs, auf die Ohrmuscheln, das pochende Leben an der Schläfe, die erhobene Braue, den Ansatz des Haars.* Ihr war die Verzückung, mit der man sich bei Hof über seine Schönheit erging, stets albern erschienen, aber jetzt war sie selbst verzückt: *Mein Verlobter bist du, mein Bräutigam.*

»Mein schönes Mädchen.« Er stöhnte. Sie gab ihm noch einen Kuss, dann erschrak sie. In der Halsbeuge, von der sie den Hemdstoff herunterstreifte, prangte auf unversehrter Haut eine hässliche Narbe.

»Woher hast du das?«

»Aus Solway Moss.«

Sie mochte nicht, wenn er so lachte. »Warum hast du mir nicht erzählt, dass du dort verwundet worden bist?«

»Es war ja keine schwere Wunde. Ein Stich mit der Pike, nicht tief. Nur heilen wollte es nicht.«

Wir werden alt, mein Liebling. Was uns verletzt, wächst nicht mehr zu. Herr, mein Gott, lass dieses Trauerjahr kurz sein und die Jahre, die uns bleiben, reich. Sie streichelte ihn. »Deine Mutter soll mich lehren, Salbe zu rühren. Tut es weh?«

»Aber nein. Es wäre auch längst verblasst, nur ist es in Portsmouth wieder aufgeplatzt. Der arme Edward lief die Nacht lang aufgescheucht durch die Kammer, weil er fürchtete, dass ich verblute.«

Sie setzte sich auf seinen Bauch, spürte unterm Gesäß das Auf und Ab seines Atems. »In der Tat«, sagte sie. »Armer Edward.«

»Sei nicht böse auf mich.« Er schlang die Arme um sie und rollte mit ihr durchs Gras. Als sie auf dem Rücken lag, stützte er sein Gewicht auf die Arme und sah ihr in die Augen. »Vergib mir.«

Catherine stockte. »Hast du das je zu einem Menschen gesagt?«

»Das weiß ich nicht. Ich habe es noch nie gedacht.«

Sie hob die Hand an seine Wange und hielt still.

Am Waldsaum, wo der Rhododendron wuchs, graste sein Schimmel, und sobald sie Hunger verspürten, stand Tom auf, pfiff auf zwei Fingern und rief: »Nach Hause, Barnes.« Das Tier hob den Kopf mit den kleinen, beweglichen Ohren und kam im Schritt heran.

Sie aßen mit Henry und Lady Margery zu Abend, spielten Karten oder sangen. Tom, mit der Laute auf den Schenkeln, strich träge die Saiten, als liebkose er ihr, Catherine, das Haar. Sie betrank sich an ihm, ließ den Wein im Becher. Vor ihrer Kammertür aber, wenn er sie zur Nacht nach oben brachte, wies sie ihn ab. Als er sie festhielt, versetzte sie ihm einen schroffen Stoß. »Ich habe ein Trauerjahr zu halten, Tom. Und wenn der halbe Hof von dir Kinder hat, wünschst du dir nicht, dass meines deinen Namen trägt?«

Vor Glück erschrak sie: *Ich kann Tom mir ein Kind machen lassen. Ich bin ohne Eltern, aber Tom und ich werden jemandes Eltern sein.* Sein leuchtender Blick traf den ihren. Fedrig küsste er ihr die Wange, sagte: »Gute Nacht, mein Leben«, und ging.

Unter ihrem Birnbaum, der nie mehr Birnen tragen würde, lagerten sie oft. Tom breitete sein Wams ins Gras, hieß Catherine sich setzen und legte ihr, die langen Glieder ausgestreckt, den Kopf in den Schoß. So blickte er hinauf in die kahlen Zweige. »Da oben sehe ich immer Janie«, sagte er. »Ist es kein Jammer? Hätte dein Gott sie fliegen gelehrt, so käme sie jetzt auf Besuch und baumelte über uns mit den Beinen.«

»Musst du *dein Gott* sagen?« Am Morgen hatte Catherine einen Brief von Kate Suffolk erhalten, darin stand nur ein Satz: *Gott ist ein wunderbarer Mann.*

»Ich fürchte«, antwortete Tom. »Meiner kann er nicht sein, wenn er sich weigert, mir Rede und Antwort zu stehen.«

»Warte.« Sie trug neuerdings ihre Bibel, die er ihr geleimt und in ein vergoldetes Futteral geschlagen hatte, an einer Kette am Gürtel. »Nach wem bist du benannt?«

»Weißt du das nicht? Nach deinem Vater. Er war mein Pate.«

War er ihr damit nicht verbunden seit einer Zeit, die ihrem Anfang vorausging? »Dein Name passt zu dir. Weißt du noch, wie du mir aus Tyndales Übersetzung vorgesprochen hast, als ich kaum siebzehn war? Jetzt lese ich dir daraus vor: *Thomas aber, einer der Zwölf, der Zwilling, war nicht bei ihnen, als Jesus kam. Da sagten die andern zu ihm: Wir haben den Herrn gesehen. Er aber sprach: Wenn ich nicht in seinen Händen die Nägelmale sehe und meinen Finger in die Nägelmale lege und meine Hand in seine Seite, kann ich's nicht glauben.*«

»Der Kerl gefällt mir«, sagte Tom.

Catherine nickte. »Mir gefällt er wie sonst keiner. Ich wünschte, ich könnte ihn Vertrauen lehren.«

»Wäre es für Jesus kein Leichtes, sich ihm zu zeigen?«

»Das tut er«, antwortete Catherine. »Doch was folgt daraus? Jesus begibt sich noch einmal zu den Jüngern und fordert Thomas auf: *Reiche deinen Finger her und sieh meine Hände und reiche deine Hand her und lege sie in meine Seite.* Thomas gehorcht und ruft aus: *O mein Herr und Gott.* Da spricht Jesus zu ihm: *Weil du mich gesehen hast, Thomas, darum glaubst du. Selig aber sind, die nicht sehen und doch glauben.* So wie Janie.«

Es war, als hielte das Leben um sie, das Gras, der Wind, die wilden Vögel, still. Tom setzte sich auf. »Ich kann das nicht«, sagte er. »Was ich nicht anfassen kann, kann ich nicht glauben.«

Sein Schmerz war ihr Schmerz, selbst dieser ungeheure Schmerz, der ihr Entsetzen einjagte. Starr hielt sie ihn, wünschte sich, die maßlose Einsamkeit wegzulieben, das maßlose Dunkel, die Leere. »Graut dir vor mir?«, sprach er über ihre Schulter.

Ohne zu wissen, was sie tat, biss sie ihm in den Hals. So fest, dass er aufjaulte. Dass ihre Zähne ein Mal ließen. »Vor der Todesangst graut mir«, sagte sie, »vor der Angst vor dem Nichts.« *Und vor der Stille, wenn aller Menschenlärm um dich verstummt.*

Er rückte ab und rieb sich den Hals.

»Du sprichst mit keinem darüber, nicht wahr? Nicht mit Edward noch mit Cranmer, weil du fürchtest, ihnen müsse vor dir grauen.«

»Manchmal möcht ich's ihnen vor die Füße spucken: In diesem ganzen Kampf geht es mir um nichts als viel Platz, um die Freiheit, mit meinem Mädchen mein Leben zu verprassen. Ich bin schlimmer als Eure verteufelten Türken. Diesen Gott, von dem Ihr schwatzt, den kenne ich nicht.«

Sie sah ihn an und schwieg, bis er ausrief: »Nein, das nicht, Cathie, schimpf mich, reiß mir das Haar aus, aber sag nicht nichts.«

Sie stand auf. »Komm zum Haus, deine Mutter isst gern früh zu Abend.«

Die Luft unter dem für die Jahreszeit sehr blauen Himmel war auf einmal drückend. Sie riefen das Pferd nicht beim Namen, sondern gingen zu ihm und führten es nach Hause. Als der Bursche es übernahm und mit ihm über den Vorhof zum Stall ging, starrte Catherine auf das, was der peitschende Schweif freigab, die erschreckend riesenhafte Männlichkeit, die diesem zierlichen Reittier zwischen den Schenkeln baumelte.

Das Essen verlief ungewohnt schweigsam, weil Tom und

Catherine nicht sprachen. Tom aß schlecht. Hob sein Rippenstück mehrmals zum Mund und ließ es, ohne abzubeißen, wieder sinken. »Weißt du, wie du aussiehst, Rothirsch?« Sein Bruder Henry drosch ihm die Faust an die Schulter. »Wie mein walisischer Truthahn. Liebeskrank.« Tom lachte nicht und ließ seinen Wein stehen. Wenig später stand Henry auf und beschied: »Kein Kartenspiel heute. Tut ein gutes Werk, Lady Catherine, verschafft diesem armen Fiebernden frische Luft. Ich vergaß beim Schießstand einen Köcher Pappelholzpfeile, und wenn es regnet, verderben sie mir.«

Also machten sie sich auf den Weg nach der anderen Seite, durch den Küchengarten. Es war noch hell, der Himmel blass. Herb duftete die hüfthohe Brustwurz, von der Lady Margery Stängel schnitt und kandierte, würzig die Zitronenmelisse und schmeichelnd das Mädesüß. Sie gingen und schwiegen. Am Waldsaum, wo ein breiter Streifen Land als Übungsgelände für Langbogenschützen freigerodet war, fanden sie Henrys Köcher. Vor ein paar Tagen hatte Tom ihr hier seine Künste gezeigt, seine Treffsicherheit mit dem mannshohen Bogen. Hernach war er zu ihr gekommen wie ein schwanzwedelnder roter Jagdhund, der nach dem Lob seiner Herrin lechzt. Ihren Kuss hatte er wie eine Trophäe vor sich hergetragen. Jetzt warf er sich den Köcher auf den Rücken und wandte sich nach dem Wald. »Ich ginge recht gern noch ein paar Schritte.«

Weiter schweigend schlugen sie sich ins Gehölz, ein Bett von Tannennadeln unter ihren Sohlen. Wiederum Düfte, harzig und dunkel, ihre Schritte im Gleichtakt, sein Körper so nah, dass einmal ihre Arme, einmal ihre Hüften sich streiften. Er wartete auf ein Wort, und sie mühte sich verzweifelt, das Wort zu finden, das ihm Sicherheit schenkte. Da das Wort ausblieb, kehrten sie schließlich um. Wind kam auf, der an Zweigen und Kleidern riss. Als sie aus dem Wald heraustraten, war der Himmel, der so blau gewesen war, schwarz. Wie viel Zeit war vergangen, Tage, Jahre? Im nächsten Augenblick grollte Donner auf, und dann schnitt durchs Himmelsschwarz ein brandgelber Blitz.

Sie hätten laufen sollen. Sie blieben stehen, einen Schritt weit voneinander getrennt. Wieder brach Donner ihr Schweigen, als zerberste die Welt. Der zuckende Blitz, quer übers Firmament, tauchte das Land in grünliches Licht. Kaum kehrte das Dunkel zurück, platzte der Himmel auf, und Regen ergoss sich, prasselte in Trommelhieben auf die seit Tagen trockene Erde.

Catherine sah Toms Gesicht an, seine Züge hinter Strömen. Ihr Leib war so nass, als löse er sich Schicht um Schicht in Wasser auf. Es fiel ganz leicht. Nur ein Schritt. Sie fingen einander in den Armen. Erneut sprengte Donner den Himmel. Durch die sich schüttenden Fluten schnitt der Blitz. Catherine lehnte ihren Kopf an Toms Brust, schob ihre Hände unter die Köchergurte und ließ sie flach auf seinem Rücken liegen. Zusammen hörten sie dem erderschütternden Regen zu, bis er leiser wurde, die Tropfen weicher, und sie den Rückweg antraten. Es mochte die Nacht hindurch weiterregnen, und die Luft am Morgen würde feucht und rein sein wie ein frisch gepflügtes Feld. Das Gewitter war vorüber.

Durchnässt kamen sie in die Halle, ins hätschelnde Licht der Wandarme. Tom ging in die Küche, um am Feuer Tücher zu wärmen, Catherine hörte ihn mit seiner Mutter sprechen, ihr beteuern, sie hätten das Gewitter unbeschadet überstanden. Wasser troff in Rinnsalen aus ihren Kleidern. Sie wusste jetzt, was sie zu tun hatte, es hatten ja Abertausende von Frauen vor ihr gewusst. Tom kam zurück und breitete ein Wolltuch um ihre Schultern. Nahm ihr die triefnasse Haube vom Kopf und legte ein zweites Tuch um ihr Haar.

Im Licht der Wandarme, durch das Leinen, das an ihm klebte, glänzte seine Haut. Mit zwei Fingern streichelte sie den nassen Halsausschnitt. Dann nahm sie seine Hand, sagte: »Komm«, und führte ihn zur Treppe. Ihr Herz schlug heftig, doch in ihrem Kopf war alles ruhig. Sie zog ihn die Stufen hinauf, über den Gang bis vor ihre Tür. Tom, der Versucher, der Liebesmeister, stand eingeschüchtert wie ein Jüngling vor ihr. »In deine Kammer, Cathie?«

Sie schob ihn, dieses schwere Gestell von einem Mann,

voraus, fühlte sich leicht und stark, musste lachen, versetzte seiner Hüfte einen Klaps. »Nun geh schon. Was du nicht glauben kannst, werde ich dir wohl zeigen müssen.«

Du hast mich lieben gelehrt. Heute Nacht lehre ich dich, geliebt zu werden. Catherine schloss die Tür. Es war dunkel im Zimmer. An Lichtes statt herrschte der Duft der Eichenbalken und der Mädesüßblüten, die Lady Margery auf dem Boden ausgestreut hatte. Mit dem Rücken zum Bett stand ihr Liebster. »Bleib stehen«, gebot sie ihm flüsternd. »Rühr dich nicht.«

Sie stellte sich vor ihn. Entknüpfte die voll Wasser gesogenen Knoten der Nestelbänder. Die Ärmel, die sich sonst wie Segel bauschten, waren nur mit Mühe von den Schultern zu streifen. Sein nasses Fleisch war so glatt, es schimmerte im Dunkeln. Sie schälte Brust und Bauch aus dem Hemd, bedachte jeden Zoll Haut mit Zärtlichkeit, trat zurück und betrachtete ihn, entschlossen, sich nichts entgehen zu lassen, keinen Vorzug, keinen Makel. Ihre Musik war ihrer beider Atem, vom Regenklopfen wie von flinken Schritten durchtanzt. Diesmal ließ sie das Verlangen langsam steigen und war hellwach, als es ihr zwischen die Beine fuhr, ein Freudenfeuer, das sich in ihr dehnte.

Sie kehrte zu ihm zurück, zerrte die Stoffmassen, so kunstvoll gefältelt und gepufft, jetzt so traurig zusammengesunken, von seinen Hüften, konnte nicht widerstehen und griff ihm in die straffen Flanken. Küsste sein Brustbein. Als er die Hände streckte, um sie vom Gewand zu befreien, schüttelte sie den Kopf und tat es allein. Das Witwenkleid, das der Sorgfalt bedurft hätte, fiel im Nu auf den Boden. Kurz schien es, als stünde sie nackt vor sich selbst. Sie strich ihre Taille und Hüften hinunter wie zuvor die seinen. Gequält stöhnte er auf. Ihre Hände schlossen sich um ihre Brüste. *Lass mich dich noch einen Wimpernschlag länger quälen, Liebster. Süße Qual.*

Dann blieb ihr nicht mehr viel Zeit. Als sie die Arme öffnete, stürzte er mit seiner ganzen Schwere hinein. Umschlungen warfen sie sich aufs Bett, in den Wohlgeruch von Lady Margerys Wäsche, der sofort im Duft von Fleisch ertrank. Sie küssten, bissen, rupften, Bauch an Bauch, auf ihren Seiten lagernd. Das Letzte, was Catherine dachte, war: *Kommen wir so denn zueinander*, ehe er zu ihr kam, tief in den Leib, in dem sein Kind wachsen würde, in ihren schönen Leib. Sie schloss die Hände um seine Gesäßbacken, er schlang die Arme um ihre Mitte, und so liebten sie sich, erst wiegend, dann schwingend und sich auswerfend. Catherine hätte nicht sprechen können, auch nicht schreien, aber singen. Wie es sich auskosten ließ, wie sie so lange wie möglich daran festhielten! Kinder, die sich Kreiseln gleich drehten und auf die Mahnung der Alten – *Hört auf, hört auf* – zurückriefen: *Nur noch einmal, nur noch einmal.*

Und die Kraft. Und die Herrlichkeit. In Ewigkeit. Amen. So fest, wie sie seinen Hintern umklammerte, kam er kaum aus ihr heraus, musste die Hand zu Hilfe nehmen, zog und verspritzte sich über ihren Bauch. Sie holte drei oder viermal laut Atem. Dann nahm sie ihn voll Behutsamkeit in die Arme und hörte zu, die Hände auf der schweißnassen Haut, wie der Sturm sich legte, den sie geweckt hatte, wie der gehetzte Schlag seines Herzens sich beruhigte. Bedächtig tastete sie sich höher, zog die Finger durch sein Haar und dankte Gott dafür, dass er manchen Menschen solches Haar gab, schöner als der Schweif jeden Pferdes.

Als er den Kopf hob, war sie vorbereitet. Sie hatte darauf gewartet. »Wie kannst du das, Cathie?«

»Was? Den Teufel in den Armen halten, den Antichristen?«

Er sagte nichts. Im Dunkel waren seine Augen weder grün noch braun, sondern nur seine Augen. Sie beugte sich vor, gab ihm Küsse auf Brauen und Lider. »Erinnerst du dich an diesen Predigten haltenden Kerl im Weinkeller? Der mir erklärte, wenn mein Gott wolle, dass wir Engel seien, sei er selbst schuld, denn weshalb habe er uns als Menschen erschaffen? Mit den Teufeln wird es sich nicht anders verhalten. Gott hat dich, mein Liebling, und mich als Menschen erschaffen, als errettete Sünder, und weißt du, wie glücklich ich darüber bin?«

Wenn er es nicht wusste, so brachte sie es ihm bei. *Dir*

sollen Hören und Sehen vergehen, Verlassenheit, Zweifel und Furcht. Sie erschöpfte ihn und sich selbst. Just bevor er ihr in den Armen einschlief, der große Leib schlaff und voll Vertrauen, murmelte er an ihrem Ohr: »Ich schenke dir eine Schreibschatulle. Du musst dein Buch schreiben. Für böse Menschen wie mich.«

»Und was mache ich mit dir bösem Menschen, wenn du es nicht liest?«

Schlafweiche Lippen küssten sie. Auch sein Silberlachen schien schon eingedämmert. »Nicht prügeln, Liebste. Ich lese es, das gelobe ich dir.«

Noch ein Streicheln über Kopf und Schultern, dann rollte sie sich zum Schlafen. Unrast legte sich. Sie würde ein Buch schreiben.

Am Morgen stritten sie sich. Ein Bote brachte Tom einen Brief aus London, es war bereits der dritte, die ersten beiden hatte er ihr verschwiegen. Sie schalt ihn heftig. »Wenn du mich ausschließt, wenn du keine Gefährtin, sondern ein hübsches Pflänzchen willst, hast du dann nicht wie ein Blinder gewählt?«

»Du bist das hübscheste Pflänzchen, das mir einfällt, meine Blume in Scharon. Ich wollte einmal allein mit dir sein, kein Hof, kein Junker Tudor, keine Bibelverbote, nur meine Lilie und ich.«

»Kein Süßholz jetzt. Wie kannst du wochenlang schweigen, derweil dein Bruder dir schreibt, dass er dich braucht?«

Tom spannte die Schultern. »Vermutlich setzt es Zunder, wenn ich dir sage, dass mir mein Bruder gerade liebend gern gestohlen bleiben kann.«

Sie erschrak. In dem Brief, den ein vertrauenswürdiger Bote überbracht hatte, berichtete Edward von einer Verschärfung der Lage: Als Mitglied des Rates hatte er sich gezwungen gesehen, einen Erlass zu unterzeichnen, der Händlern, Bediensteten, Handwerkern und Frauen das Studium der Bibel untersagte, weil selbiges für jene ohne Nutzen sei. *Gottes Wort für seine Geschöpfe ohne Nutzen!* War es das, was Tom so zornig machte, Edwards Namenszug unter solchem Dokument? Oder fand sich der Grund auf dem zweiten Bogen, den er ihr nicht gezeigt hatte? Besänftigend berührte sie seinen Arm. »Sei doch nicht dumm, Tom. Ein Keil zwischen dir und Edward käme euren Gegnern gerade recht, oder nicht? Womöglich wünscht auch der König nichts anderes.«

»Der König? Ich wüsste nicht, was Junker Tudor damit zu tun hat, wenn mein Bruder mir schreibt, ich solle auf seinem Grund und Boden keine Unzucht treiben.«

»Wie bitte?«

Seine Augen wurden schmal. »Ich werde dir sagen, wer dahintersteckt. Nicht Junker Tudor, sondern die heilige Stanhope-Tochter. Meine reizende Schwägerin.«

»Tom.« Sie wollte ihn nicht so, wollte seine weiten Augen zurück, seinen Hang, alles, was ihm zu schwer wog, zu veralbern. »Was ist zwischen dir und Edwards Frau, warum hasst sie dich so?«

»Wie soll ich das wissen? Anne Stanhope hasst alles, was Blut und Gedärm in sich hat, im Sommer schwitzt, im Winter mit den Zähnen klappert, beim Scheißen stinkt und beim Lieben keine Bußgebete spricht.« Er kam zu ihr, hielt ihren Versuchen, ihn wegzustoßen, stand, bis sie nachgab und ihm die Arme um den Hals legte. »Sei mir nicht gram, Cathie. Ist es meine Schuld, dass dieser Schürhaken von Frau mir die Augen auskratzen will, solange ich sie kenne, und dass für meinen Bruder jedes Wort von ihr das Evangelium ist?«

In ihren Armen zappelte er, unbändig, unwiderstehlich, die leibhaftige Antwort auf ihre Frage. »Sie war in dich verliebt, nicht wahr? Und als du ihrer überdrüssig warst, hat sie zum Ersatz deinen Bruder genommen.«

Er erbleichte, schlug sich die Hand vor den Mund. »Zum Teufel, Cathie, das ist doch hundert Jahre her.«

Sie sah ihm scharf in die Augen. »Das ist so manches, Tom.«

Sein Mundwinkel zuckte. Ein Beben rann über seine Schultern. Dann ließ er die Arme sinken und senkte auch den Kopf.

»Du reitest morgen nach London. Ich will, dass du auf alles Acht gibst, um das wir in diesen Jahren gekämpft haben. Damit sie nicht sinnlos sind. Erinnerst du dich an das Buch, das du mir geschickt hast, zu meiner ersten Hochzeit?«

Er ließ einen Zischlaut hören, wie geohrfeigt von Erinnerung.

»Den Malory, die Geschichte der Tafelrunde. Camelot war unzerstörbar, solange Arthur und Lancelot als Brüder darin lebten. Hoch mit dem Kopf. Morgen eilst du deinem Bruder zur Seite und bittest ihn in unser beider Namen um Vergebung.«

»Das kann ich nicht.«

»Ich bin sicher, du kannst. Du hast einen hübschen Mund, der zum Reden taugt wie zum Küssen.«

Der Tag war noch einmal so schön, durch das zarte Grau des Himmels leuchtete die Sonne. Vor dem Abendessen ritten sie nach der lichteren Seite des Waldes, wo sie die Pferde ins Weite galoppieren lassen konnten. Hier hatte Catherine gelernt, furchtlos zu reiten, sich in die Bewegungen des Pferdes zu schmiegen und sich dem Rausch der Schnelligkeit hinzugeben. Im Charterhouse Yard würde sie zu solchen Ritten kaum Gelegenheit finden. Und zudem, was wäre all dies, Tannenduft, blitzende Himmelsdreiecke zwischen Baumwipfeln, wirbelnde Erdbrocken, ohne ihren Gefährten, der mit einer Hand sein Pferd zügelte und die andere nach ihr streckte? *Mein Leib sträubt sich, von hier fortzugehen, weil seine Lehre bitter ist: Sooft ich Wulf Hall verließ, warst du mir verloren.*

»Cathie.« Tom griff ihrem Wallach in den Zügel, und beide Pferde fielen in Schritt. »Ich halte das nicht aus. Nicht ohne dich. Bei Hof muss ich dreimal täglich mein Hemd wechseln, weil ich von all den Pranken, die mich befingern, wie ein Hammel stinke.«

So war Leben mit Tom. Sie hatte weinen wollen und musste schallend lachen. »Ich liebe dich«, sagte sie, packte einen schwingenden Fichtenzweig und pflückte ihn. »Wir werden es aushalten müssen, mein hammelbeiniger Liebster. Aber nur noch bis Zwölfnacht. Bist du dir sicher, dass du eine Frau willst, die dir im Leben kein Hemd schneidern wird?«

Er beugte sich hinüber, fasste sie um die Mitte und hob sie aus dem Sattel. Ihren rudernden Beinen entglitt der Pferdeleib, und gleich darauf setzte Tom sie rittlings vor sich auf des Schimmels Widerrist. An losen Zügeln senkte das Tier den Kopf zum Grasen, Catherine fiel nach hinten, aber Tom fing sie auf. »Die hier will ich«, sagte er. »Und weißt du was, Mistress Catherine Parr? Die gebe ich diesmal nicht her, sonst kommt wieder irgendein Borough oder Latimer und stiehlt, was mir gehört. Wenn mir aber so etwas noch einmal geschieht, dann platzt mein Herz, und was ich dann tue, ein gottloser Bösewicht ohne Herz, das wird schlimm.«

Catherine hegte daran keinen Zweifel. Obgleich sie zu rutschen fürchtete, hob sie die Hand vom Sattelknauf, um ihn zu streicheln. »Ich muss mein Trauerjahr halten. Aber ich gelobe dir, du liebstes Stück Schöpfung, mich bekommt keiner als du.«

»Gelobe mir nichts«, sagte Tom. »Ich habe eben beschlossen, diesmal hüte ich dich selbst. Du kommst mit mir an den Hof.«

»Und wie lebe ich dort? Unter Betttüchern versteckt und zwischen Tänzen mit ein paar Küssen abgespeist?«

Er hob eine Braue. »Gilt es der Tage als Christentugend, einem Mann nachzutragen, wofür man ihn zehn Jahre lang bestraft hat?«

»Ach, Tom.« Sie ließ sich gegen ihn fallen. »Glaubst du wahrhaftig, ich trüge dir etwas nach, von allen Menschen dir? Ich versteckte mich mit Freude in jeder Wäschetruhe, um bei dir zu bleiben, nur brächte solcher Leichtsinn uns alle in Gefahr.«

»Du brauchst dich nicht zu verstecken. Junker Tudor hat eine Schwäche für mich, der Teufel weiß, warum, das spiele ich aus und bitte für dich um einen Platz im Haushalt der Königin.«

»Aber es gibt doch keine Königin mehr. Oder hat der König etwa vor, ein sechstes Mal zu heiraten?«

Tom hielt sie im Arm und küsste ihr den Kopf. »Fände sich dafür ein Opfer, so fiele ich glatt vor deinem Gott auf die Knie. Sechs Ehefrauen aber sind selbst für das Gespött Europas zu viel. Der Haushalt der Königin bleibt bestehen, weil sonst all die Musikanten, Tanzmeister und Verseschmiede nichts mehr zu tun hätten. Als Herrin ist die papistische Trockenpflaume Mary Tudor eingesetzt.«

»Die Dame, die dich im letzten Jahr so dringlich heiraten wollte?«

»Steht darauf die Hundegerte? Wenn du mir für jede Frau, die mich heiraten wollte, eins überziehst, lasse ich mir ein Fell wachsen. Ich habe aber keine geheiratet. Was steht darauf, Catherine?«

Sie küsste ihm die klopfende Ader an der Schläfe.

Er schob ihr die Haube in den Nacken und rollte sich ihr Haar um die Finger. Dann ließ er es los und sprang vom Pferd. Reichte ihr die Hand. *Steh auf, meine Schöne, und komm.* König Salomos Hohelied, ihr Brautlied, mit dem er um sie warb. *»Siehe, der Winter ist vergangen, der Regen ist vorbei und dahin.«*

Ihr Herz, wie unverhoffte Musik, schlug bis in den Hals. *Ja, ja,* sang das Herz, und zu dieser Musik zog er sie zu sich hinunter, hielt sie auf den Armen und drehte sich mit ihr übers Moos. *Mein Freund ist mein, und ich bin sein, der unter den Lilien weidet.* Sie lehnte ihre Wange an seine und hätte einschlafen wollen, ehe der Taumel von Seligkeit ein Ende nahm.

Elizabeth saß im Knotengarten. Hier ließ sich gut sitzen und Arbeit verrichten, weil die hohe, zu verflochtenen Ornamenten gepflanzte Hecke Schutz bot. Die Pfirsichbäume, die zum Tor und zum Fluss hin die Wege säumten, taugten dazu nicht. Zu zart war ihr Geäst, zu fein ihr Schattennetz. Hier aber, halb von der Hecke verborgen, würde sie niemandem, der sich durchs Tor oder vom Wasser her näherte, ins Auge fallen, sondern konnte unbehelligt ihren Studien nachgehen. Zugleich behielt sie mögliches Geschehen im Blick, und deswegen war sie schließlich hergekommen.

Ihre Studien waren wichtig: Elizabeth las in der Bibel. In der *Great Bible,* die Oheim Ned Tyndale-Bibel nannte und die, vorgeblich ketzerischer Fehlübersetzungen wegen, ersetzt werden sollte. Elizabeth gab nichts auf solche Behauptungen, aus denen die Kabalen eines bestimmten Flügels sprachen. Sie las das Griechische flüssig genug, um sich ein eigenes Urteil zu bilden, wie sie es begonnen hatte, ehe die Bibel ihr genommen worden war. Dieser Tyndale verstand sich auf Worte wie ihres Vaters Narr auf Jonglierkeulen. Es gelang ihm, den Honigfluss des Griechischen aus der sich sträubenden englischen Tonerde nachzubilden, und das war unschätzbar. Seine Sprache verführte Engländer, in der Bibel zu lesen wie in Liebesbriefen. Es gab Schädlicheres, das man sie lesen lassen konnte.

Dass der Mann ein Ketzer sein sollte, erschloss sich ihr aus seinen Worten nicht. *Agape*, Gottes Begehr nach den Menschen, und *Eros*, die Begehr der Menschen nacheinander, das erste hinabsteigend, das zweite emporstrebend – weshalb sollte sich nicht beides in der Unermesslichkeit des Wortes *Liebe* finden? Der Unterschied, der einen Kontinent teilte, zerschmolz vor Elizabeths Augen: Mochte das eine am Kreuz enden, so endete das andere auf dem Schafott. *Liebe ist stark wie der Tod.* Für sie, die Tochter des Tudor-Königs und der Geköpften Boleyn, glichen sich beide im Wesentlichen: Sie wünschte weder vom einen noch vom andern abhängig zu sein.

Den Oheim Ned hatte sie geliebt, aber was hatte ihr das eingetragen? Hatte sie ihn nicht angefleht, sie zur Maifeier an den Hof zu bringen? Dieses eine Mal sollte er sich bei ihrem Vater verwenden. Aber Oheim Ned hatte Angst vor ihrem Vater. Oheim Ned hatte Angst vor seinem Schatten an der Wand. Sein Bruder, Oheim Tom, hatte Angst vor nichts. Elizabeth hatte ihn nie besonders gemocht, er war ihr zu ungehobelt, nicht fein wie Oheim Ned, und überhaupt, weshalb gab sie sich mit den Oheims ihres Halbbruders ab? *Weil ich selbst keinen habe. Der meine liegt verscharrt in der Towerkapelle, Oheim Georgie Ohnekopf, der seine Schwester liebte, meine Mutter, die Hure Boleyn.*

Sie hatte Tom, der den Halbbruder in Ashridge besuchte, ihr Leid geklagt: »Der Hof zieht zum Maien, und ich friere hier fest, wo ewig Winter ist.« Der Oheim hatte gelacht und seine Kappe mit der Feder gezogen. »So grau kann ein englischer Mai gar nicht sein, dass er solche Knospe im Schatten ließe.«

Somit war sie hier. Eine Woche nach der faden Maifeier, ohne Turnier und Morristänzer, saß sie im Garten von Greenwich, jede Sehne gespannt vor Wachsamkeit. Sie, Elizabeth Tudor, musste wissen, was den Hof umtrieb. In einem Winkel wie Ashridge lernte keine, selbst die Belesenste nicht, wie man ein Land regierte. Sie senkte den Blick wieder auf die Seiten ihrer Bibel. Dass sie das in Kalbsleder gebundene Buch, das Frauen inzwischen verboten war, zurückerhalten hatte, verdankte sie ebenfalls dem Oheim Tom. Sie hatte ihn gefragt, ob er sich nicht vor Bestrafung fürchte. »Weshalb sollte ich?«, hatte er zurückgefragt. »Wäre nicht eher der Mann zu strafen, der Elizabeth von England wie eine gewöhnliche Frau behandelte?«

Sie hatte ihn früher für dumm gehalten, und vielleicht war er das auch, zumindest verriet nichts, was er sagte, Tiefe. Aber er war gewitzt, und seine Zunge schien das Meisterwerk eines Schwertschleifers. Jäh fuhr Elizabeth sich mit der Hand ins Stirnhaar und riss, bis sie ein ingwergelbes Büschel in den Fingern hielt. Es tat weh. Nicht das Feuer auf der Kopfhaut, sondern der Verlust des Haars, und nicht anders hatte sie es verdient. Hatte sie Zeit zu verschwenden, über bedeutungslose Höflinge nachzusinnen? Sie war bald zehn Jahre alt, mit ihrem Fortkommen hatte es Eile. Gleich verordnete sie sich den Galater-Brief, den Vers über die neun Früchte des Geistes, der ihr so verhasst war: *Die Früchte des Geistes aber sind Liebe, Freude, Friede, Geduld, Freundlichkeit, Güte, Treue, Sanftmut und Keuschheit*. Wie Damen zur Gaillarde tanzten die Worte:

Die Früchte des Geistes waren jenen versprochen, die ihr Fleisch samt aller Leidenschaft ans Kreuz schlugen. Tat Elizabeth dies nicht täglich aufs Neue, versagte sich Schlaf, versagte sich ihr Milchgelee, und dies sollte ihre Ernte sein? *Liebe, die Tänzerin des Todes, Freude, die hinein- und hinaustanzte, Friede, der tanzte, aber nichts bewegte, und Geduld, die am tanzenden Fuß wie ein Klumpen hing. Freundlichkeit trug üble Tänzer ein, und Güte trieb Tanzende in Fallgruben. Wer auf Treue setzte, stand nach dem Tanz allein, und Sanftmut gereichte zur Pavane, doch zur Volta fehlte ihr der Schwung.* Einzig Keuschheit, mit ihren scharf gezirkelten Schritten, vermochte Elizabeth zu überzeugen. *Nicht dieser Tyndale ist ein Ketzer, sondern ich, Elizabeth, das Hexenkind, ich schreibe des Paulus' Briefe neu: Zu Früchten des Geistes ernenne ich Kraft, Mut und Willen, Beharrlichkeit, Klugheit und Bildung, Keuschheit, Freiheit und Einsamkeit.*

Sie blickte auf und erschrak: Wie lange saß die Frau schon dort? Unter einen Pfirsichbaum, keinen Steinwurf entfernt, hatte sie sich ihren Schemel gerückt und las in einem Buch. Für eins der Gebetbüchlein, die man bei Hof am Gürtel trug, war es zu dick. Zu ihren Füßen stand eine Schachtel aus dunklem Holz, eine Schreibschatulle, wie Elizabeth erkannte, als die Frau sich niederbeugte und der Schachtel Papier und Feder entnahm. Sie breitete den Bogen ungeschickt in ihren Schoß, tauchte die Feder ins Fass und begann, Zeilen aufs Papier zu werfen.

Elizabeth hatte sich ein treffliches Gedächtnis für Gesichter anerzogen. Als die Frau sich drehte, erkannte sie sie. Die Witwe Latimer, Schwester eines Höflings, dessen Frau kürzlich wegen Ehebruchs zum Tod verurteilt worden war. William Parr hieß der Mann. Seine Schwester war seit neuestem Kammerfrau. Eine geschmetterte Tonfolge riss Elizabeth aus ihrer Betrachtung. Gleich darauf eine zweite, vom Tor, das schon aufstand. Silbertrompeten. Hufgetrappel. In den Garten kamen im Trab zwei berittene Bläser, dann zwei Bannerträger, schließlich ein weiß gekleideter Schimmelreiter. »Den Weg frei für Seine Hoheit, den hochedlen Edward, Prinz von Wales!« Die Frau warf sich so hastig auf die Knie, dass ihr alles, Schreibpapier und Feder, auf den Boden fiel.

So sehr Elizabeth sich wehrte, der Anblick ließ sie nicht

kalt: In der Maisonne leuchtete das Wams des Reiters wie geschnitten ins Himmelsblau. Flüchtig fragte sie sich, wie ein Höfling es anstellen mochte, ein weißes Kleidungsstück so sauber zu halten. Der Reiter war Tom. Elizabeths Bruder, der Thronerbe Edward, saß vor ihm im Sattel. Tom rief den Begleitern irgendetwas zu, dann wendete er den Schimmel und lenkte ihn von der Gruppe fort, im leichten Galopp auf die Frau und Elizabeth zu.

Er trug keinen Hut. In einer Hand hielt er den Zügel des Pferdes, dem schaumiger Geifer auf Hals und Brust flockte. Der Fünfjährige trug roten Samt und jauchzte. Vor der Frau, die im Gras kniete, brachte Tom den Schimmel zum Stehen. »Warum reiten wir nicht weiter, Tom? Du hast versprochen, du zeigst mir die Waffenkammern, jetzt gleich will ich sie sehen!« Das Kind drehte sich um und trommelte mit seinen Fäusten Tom auf die Brust.

»Und ob Ihr sie sehen werdet, mein Prinz. Lasst mich nur erst meine liebste Freundin begrüßen, die Lady Latimer, die auf ein Wort von Euch wartet, damit sie sich erheben kann.«

Der Prinz, ein rundlicher Knabe, der fraglos hübsch war, beugte sich aus Toms Armen, um die Frau zu betrachten. »Das ist sie?«

»Ja, mein Prinz.«

»Sie darf aufstehen.«

Die Frau blieb auf den Knien liegen.

»Cathie!«, rief Tom, und es klang wie die Töne der Silbertrompeten, »Cathie, ich habe ein Haus gekauft, ich nenne es Seymour Place, und du musst es einrichten.«

Die Frau stand auf. Ohne den Prinzen loszulassen, neigte Tom sich zu ihr, packte ihre Hand und küsste sie. Nicht wie ein Herr die Hand einer Dame küsste. Sondern so, wie Tom Seymour alles tat, was er tat, eine Hasenkeule essen, eine Volta tanzen. »Mein Prinz, darf ich vorstellen? Dies ist Catherine, die Lady Latimer. Und dir, Cathie, stelle ich Seine Hoheit, Englands Prinzen Edward vor.«

So gehörte es sich nicht. Aber schön sah es aus. Viel zu schön. Elizabeths Herz raste. Die Frau knickste und sagte:

»Welche Ehre, mein Prinz.« Sie trug ein schwarzes Kleid, aus ihrer Witwenhaube hing eine Strähne. *Was ist an ihr, warum starrst du sie an, eine schlecht gekleidete, unscheinbare Frau?* Elizabeth erfasste eine Sehnsucht, die sie zwang, die Beine am Schemel festzuschlingen, damit sie nicht losrannte, hin zu der Frau und riefe: *Ich bin Elizabeth.*

Der Prinz wandte sich an Tom. »Magst du sie wirklich so gerne?«

»Und ob, mein Prinz«, sagte Tom. »Sie ist meine liebste Freundin auf der Welt.«

»Und ist sie auch meine Freundin?«

»Wartet, ich frage sie. Catherine, möchtest du die Freundin seiner Hoheit, Englands hochedlem Prinzen Edward sein?«

Die Frau bemühte kein dümmliches Grinsen, sondern blieb ernst. »Die wäre ich sehr gern.«

Der Prinz drehte seinen Kopf bald nach ihr, bald nach Tom und sagte schließlich: »Ich werde es mir überlegen. Jetzt haben wir keine Zeit mehr zum Schwatzen. Wir müssen in meines Vaters Waffenkammer, dort hat es Musketen, zum Krieg gegen Frankreich. Wenn ich sieben Jahre alt bin, schmiedet der flämische Meister mir ein eigenes Schwert!«

Tom umfasste die Schultern des Knaben und rückte ihn wieder gerade aufs Pferd. Dann beugte er sich zu der Frau. »Ich sehe dich später. Ich lasse dein Brautband aus flämischem Seidengarn weben, so lang wie die Zeit, die wir gewartet haben.«

»Willst du heiraten, Tom?«, fiel der Prinz ihm ins Wort.

»Ja«, rief Tom mit seiner Fanfarenstimme, als sollten noch die Ruderer, die ihre Mietbarken über den Fluss trieben, davon hören. »Die Lady Latimer will ich heiraten, was meint Ihr dazu?«

»Wenn du eine Frau hast, kann dann ich bei dir wohnen?«

Und ich, schrie Elizabeth stumm. *Und ich.* Sie hielt sich am Sitz ihres Schemels fest. Ihr Blick wich nicht von den drei Menschen.

Nan Herbert war wieder schwanger. Mit ihrem künftigen Schwager war sie nach Cheapside gefahren, um eine mit ungesponnener Wolle gestopfte Bettdecke für das neue Heim ihrer Schwester abzuholen, als eine Welle von Übelkeit sie überfiel und sie sich aus dem Wagen aufs Pflaster erbrechen musste. Nan hatte sich furchtbar erschrocken. Seit der Maifeier gingen Gerüchte, es gebe Pestfälle in der Stadt, nicht weit von Greenwich, wo der Hof residierte. Tom aber, der sich mit Frauenübeln auskannte und wusste, sowohl wie man Kinder als auch wie man keine bekam, hatte beim Mundabtupfen zu ihr gesagt: »Höchste Zeit wurde es, dass der junge Henry zu einem Bruder kommt.«

Als er in der Stickereiwerkstatt, bei denen er das Geschenk für Cathie in Auftrag gegeben hatte, ein mit Fabeltieren besticktes Säuglingstuch erwarb und ihr schenken wollte, warf sie es ihm in den Schoß und rief: »Das behaltet selbst. Zu einem Vetter soll mein Henry schließlich auch kommen.«

Verwundert sah Nan, wie sich das Gesicht dieses mit allen Wassern gewaschenen Burschen vom Hals bis zum Ansatz des Haars mit Röte überzog. Sie musste lachen. Sie liebte Tom. Seine Stimme, die nach Wein und schönen Nächten klang, als sei das Leben noch im Lot. Unentwegt neckte sie ihn, verpasste ihm Rippenstöße und fing sich Blicke, die sie von einem Bruder hätte fangen wollen. Ihr Bruder war ein blässlicher, wortkarger Streber, der es fertigbrachte, seine Gattin zu verstoßen, ohne seiner Schwester etwas davon mitzuteilen. Tom war das Gegenteil. Das Erröten stand ihm wie das Stirnrunzeln, mit dem er ihr Fragen stellte: Ob er bei einem Goldschmied einen wie ein Schiff geformten Salztrog kaufen sollte, und ob es Cathie wohl gefiele, dass zwei winzige Figuren, Tristan und Isolde, am Mast des Salzschiffs Schach spielten.

»Cathie ist das einerlei.« Voll Zuneigung klopfte sie dem verstörten Kerl die Wange. »Das Salz in ihrer Suppe seid Ihr, und wenn Ihr noch eins draufsetzen wollt, werft Euer Geld für Bücher hinaus.«

Sie hatten sich angesehen und gelacht. »Du heiratest den

nettesten Mann von England«, sagte sie später zu Cathie, als sie in einem der Damengemächer, von denen jetzt so viele im Palast leer standen, all die Dinge für das neue Haus ausbreiteten. »Was stört schon, dass er nicht treu ist und nicht eben wohlerzogen? Das Leben ist hell mit ihm, noch in so stockdunkler Zeit.«

»Den nettesten Mann von England hat Anne Stanhope geheiratet. Und Leben mit Tom wird so hell, so finster oder zwielichtig sein, wie Leben eben ist. Zum Ausgleich erscheint er mir treu, und an seiner Erziehung finde ich nichts auszusetzen.«

Nan strich die blau-goldene Bettdecke glatt. Ihre verbleibenden Jahre würden nicht genügen, um diese Schwester zu begreifen, aber das sollte ihr recht sein, solange sie beieinander waren, solange niemand ihr das bisschen Daseinsfreude aus den Händen riss. »Cathie«, sagte sie, »du solltest diese Bibel nicht am Gürtel tragen. Du musst dich daran gewöhnen, dass es verboten ist und dass du ständig jemandem ins Auge fallen kannst. Der Lady Mary zum Beispiel. Die ließe sich Reformer gern zum Frühstück servieren, schnitte sie kreuzweise auf und verspeiste sie mit Zwiebeln.«

»Ich bin zum Schlachten ein zu magerer Bissen.«

»Sei dir dessen nicht zu sicher«, erwiderte Nan. Sie durfte weiter nicht denken, sonst würde ihr übel, und sie brächte das Kindchen in ihrem Bauch in Gefahr. In diesen letzten Jahren hatte das Henkersbeil ihr zu viele friedliche Tage zerschlagen, das Feuer der Scheiterhaufen zu viele Träume verzerrt. Ohne dass sie ihnen Einhalt gebieten konnte, flogen ihre Gedanken zu ihrer Schwägerin, der prallen Annie, die sich um Bibeln, Bekenntnisse und Messwein keinen Deut scherte und dennoch auf dem Schafott sterben würde, weil sie wie Katharine Howard drall und niedlich, flatterhaft und nicht recht gescheit war. »Sie hat Will übel mitgespielt«, entfuhr es Nan. »Aber dass sie ihr dafür den Hals durchschneiden, ist eine Schande für ein Christenland.«

»Von wem sprichst du?«

»Das weißt du nicht? Von Annie, der Frau unseres Bruders.

Ich will nicht behaupten, ich hätte sie gemocht. Dennoch wünschte ich, es gäbe noch ein Kloster, in das Will sie schicken könnte wie weiland Ned.«

»Willst du damit sagen, unser Bruder lässt seine Frau ums Leben bringen – für Ehebruch?« Cathie sprang auf, dass die Bibel in ihrem schweren Futteral ihr ans Knie schlug. Ihre Stimme war stählern. »Er hat sie verklagt, und das Gericht hat sie verurteilt? Zerrt er demnächst auch seine Schwester vor Gericht? Ich kann ihm eine willige Zeugin nennen, die Gräfin von Hertford sagt gewiss mit Freuden gegen mich aus.«

»Aber nicht doch. William schwänzelt den Seymours hinterdrein wie ein Spaniel, er rührte niemals eine Hand gegen dich und Tom.«

»Ich lasse das nicht zu«, sagte Cathie. »Ich werde Tom fragen, was wir tun können.«

»Tom kann gar nichts tun. Der Einzige, der die Macht hätte, das Urteil aufzuheben, wäre der König, und von dem hältst du dein Juwel besser fern, denn wenn es einem Mann gelingt, seinen Fuß in jedes Fettfass des Landes zu setzen, dann ist es Tom Seymour.« Nan packte die Schwester am Arm. »Du willst nicht, dass sie ihn dir einsperren, Cathie, dass du auf Wochen nicht weißt, friert er, blutet er, stirbt er, bekommt er Schläge, Tritte, macht ihn der Knotenstrick blind, reißt ihm der Zwacker die Zunge aus dem Hals? Und am Ende schicken sie dir ein Wrack zurück, dem die Hände wie einem Alten zittern, wenn er dich berührt. Mein Willie und ich waren zwei leichtfertige, schlanke Kinder und auf dem besten Wege, zwei leichtfertige, dickliche Kinder zu werden, aber jetzt sind unsere Mahlzeiten quälend, und in den Nächten schreckt's mich aus Träumen von Willie ohne Gesicht.«

Ihre Schwester stellte ihre Schreibschatulle zu Boden, kam zu ihr und umarmte sie. »Ich weiß, wovon du sprichst. Mein Mann, John, nach seiner Haft war er keinen Tag mehr gesund. Und dabei war er gewiss der umgänglichste Gefangene, wohingegen Tom ...«

Die Blicke der Schwestern trafen sich. Der Lage zum Trotz

lachte Nan auf. »O mein Gott, Cathie. Du sagst dem Sturkopf kein Wort von Annie, nicht wahr?«

»Kein Wort.« Cathie ließ sie los. »Ich kümmere mich selbst darum.«

Das war noch schlimmer! Ehe aber Nan etwas herausbekam, wurde polternd an die Tür geschlagen, die gleich darauf aufschwang und den Blick auf einen Pagen und einen Gardisten freigab. In Nans Herzen begann im selben Augenblick ein dumpfer Galopp. »Die Damen Herbert und Latimer? Ich bitte, mir zu folgen.«

»Wohin?« Das war Cathie, denn Nan wusste, wohin es ging.

»Ihr seid zum König befohlen, *ma dame*.«

Auf dem Weg fühlte Nan sich wie ein Stelzengänger, ihr Kopf und das rasende Herz weit entfernt von den Sohlen, die in verrücktem Gleichmaß auf die Dielen klopften. Das an die Ränder gescharrte Stroh stank. Anders als in Hampton Court war es in Greenwich schwer, mit der Beseitigung des Unrats nachzukommen, und niemand konnte all die Leute hindern, sich in jeder Ecke zu erleichtern. *Werde ich mich je wieder an so etwas stören, Gestank nach ein bisschen Menschenpisse?* Cathie neben ihr ging stetig, aufrecht. Die schwere Bibel klatschte ihr ans Bein. Nan presste die Hände auf ihren Leib. *Verbrennen sie Kinder in den Bäuchen von Ketzerinnen mit?* Übelkeit quoll ihr in den Hals. Cathie packte zu. Nan erbrach sich in die Binsen. Der Page ließ ihr ein paar Atemzüge lang Zeit, sich zu erholen. Dann gingen sie weiter, Nan auf den Arm ihrer Schwester gestützt.

Lanzenträger, die an der Türe Wache standen, stießen die Flügel auf. Der Raum war kleiner als erwartet, mit Kirschholz getäfelt, zierlichem Schnitzwerk, das in der Junisonne leuchtete. Überwältigend war der Geruch: Trotz der Wärme standen in allen vier Winkeln Kohlebecken, in denen offenbar Wacholder verbrannte. Der Riesenleib des Königs hing in der Raummitte im Lehnstuhl wie eine Torte, die ungegessen zerschmolz. Ein Bein lagerte auf einem Schemel. Außer ihm befanden sich nur noch zwei Diener im Zimmer, die die

Wacholderfeuer anfachten. Nebeneinander knieten Nan und Catherine nieder. »Hinweg mit Euch«, rief die hohe Stimme des Königs, »mit Euch allen hinweg.« Nan zuckte zusammen, aber er meinte nur die Diener und Wachen, die sich eilig zurückzogen.

Die Türen schlossen sich. »Ei, ei, die Lady Herbert«, hörte Nan den König flöten. »Wie nett, Euch wohlauf zu sehen. Und die Dame zur Linken, im züchtigen Witwenschwarz, ist die Schwester, über die man Uns so Bemerkenswertes zugetragen hat?«

Nein, wollte Nan schreien, *nicht meine Schwester, lasst sie mir. Wisst Ihr, wie es sich anfühlt, in die Welt nicht gepflanzt, sondern ohne Wurzeln geworfen zu sein?* Aber der König wusste gar nichts darüber, wie sich das Leben gewöhnlicher Menschen anfühlte. Zu Nans Entsetzen stand Catherine auf. »Majestät, ich danke Euch, dass Ihr mir Audienz gewährt.« Als wäre es des Unglücks nicht genug, rieselten aus der verfluchten Bibel Seiten. *Verfluchte Bibel?* Hastig schlug die Reformerin Nan Herbert vor ihrer Brust ein papistisches Kreuz.

»Wir gewährten Euch Audienz? Wir Euch?«

Cathie scherte sich nicht. »Darf ich sprechen?«

Die Äuglein des Tudor-Monarchen verschwanden zwischen Wülsten. »Sprecht.«

»Ich komme, um für ein Leben zu bitten. Für das Leben von Anne Bourchier, meiner Schwägerin.«

Der Rauch der Wacholderfeuer kratzte Nan in der Kehle. König Henry beugte sich vor und rieb sich den gewaltigen Schenkel. »Bemerkenswert«, murmelte er, ohne den Blick von Cathie zu wenden. »Und was bringt eine sittenreine Witwe dazu, um Gnade für eine Ehebrecherin zu bitten, die ihrem Bruder Hörner aufsetzt?«

»Meine Christenpflicht, Majestät.«

»Eure Christenpflicht? Die, die Wir soeben schnöde zur Erde schweben sahen?«

Mit einem Finger wies er auf die verstreuten Blätter. Nan hielt den Atem an. Cathie ging in die Hocke und sammelte die Papiere auf. »Was ist das?«, fragte der König.

»Gebete«, sagte Cathie.

»Was für Gebete? Auszüge aus Eurem Stundenbuch?«

»Nein.« Cathies Blick war zu Boden gewandt. »Gebete, die ich selbst verfasst habe.«

Ins Schweigen knisterte der verbrennende Wacholder. Dann sprach wieder der König, Henry der Achte, Herr über Leben und Tod. »Und ist es einer Dame gestattet, sich ihre Gebete selbst zu verfassen, Catherine? Es ist Euch doch recht, dass Wir Euch Catherine nennen? Wir haben Euren Vater gekannt. Und Euch bekamen Wir zu Gesicht, als Ihr ein Schreihals im Steckkissen wart und Eure Mutter Euch nach Richmond brachte, um der Pfingstprozession zuzuschauen. Ach, ach, ach. Wie viele Jahre mag das her sein?«

»Einunddreißig, Majestät.«

»Einunddreißig? Dann sind wir ein mächtiges Stück miteinander alt geworden, richtig, Catherine?«

»Ja«, sagte Cathie. »Und es ehrt mich, dass Ihr mich bei meinem Taufnamen nennt.«

Der König streckte die Hand aus. Schnappend öffnete und schloss er die Finger, bis Cathie aufblickte. »Gebt das her«, sagte er.

Cathie sah auf die Papiere in ihrer Hand. Ohne den Kopf zu heben, stand sie auf, ging zum König und hielt sie ihm hin.

»Danke, Catherine. Ihr seid beherzt, aber solltet wissen, wann aus Beherztheit Torheit wird. Wisst Ihr es?«

»Ich kann es lernen.« Catherine war neben der Masse seines samtumhüllten Schenkels stehen geblieben. »Ich bin noch nicht lange bei Hof und bitte um Nachsicht, Majestät.«

Henry der Achte hob die dünnen Brauen. »Klug gesprochen. Sagt, wenn Wir Eure Bitte erfüllen und das Bourchier-Dirnchen mit dem Schrecken davonkommen lassen, würdet dann auch Ihr Eurem König eine Bitte erfüllen?«

»Mein König braucht keine Bitte. Sein Wunsch ist Befehl.«

»Und wenn Wir nicht befehlen wollen?« Seine Stimme klang, als greine ein Kind. »Wir sind einsam, Catherine. Einsam und alt.«

»Ihr seid nicht...«

»Haltet den Mund«, herrschte er sie an. »Keine Lügen. Kein Heucheln. Davon schmeckt man an diesem Hof so viel, dass man mehr kotzen als Luft einatmen möchte. Hört zu. Gott, dem Unergründlichen, hat es gefallen, über Unsere Hauptstadt die Pest zu senden. Wen keine Bürde niederdrückt, der mag bleiben und ins himmlische Reich auffahren. Wir aber haben eine Pflicht zu erfüllen, und welch teure, welch schwere Pflicht.«

Wie Catherine so unbeirrt stehen konnte, war Nan ein Rätsel. Die Rede des Königs ging in Klagesingen über. »Wir haben Englands Schatz zu bewahren, unser Kleinod, den Prinzen Edward. Wir verlassen die Stadt. Unser Schwager, der rote Teufel, geleitet uns in der Frühe nach Wiltshire. Kennt Ihr Wiltshire, Catherine? Wisst Ihr, wie süß dort der Honig mundet, welches Bett aus Gras und Blumen der frühe Sommer an den Hängen aufdeckt?«

»Ja, ich kenne es«, sagte Cathie. »Ich habe als Kind dort gelebt.«

»Es ist gutes Land für Kinder, richtig? Gar ansehnliche Knäblein lässt dieser Mutterboden sprießen. Dorthin bringen Wir Unsern Edward, in sein mütterliches Heim, obgleich das arme Lamm keine Mutter mehr hat. Unsere Janie mit den sanften Flügeln ist dahin.« Würde er zu weinen beginnen? Oder verstrich er einen Leim, auf den er sich nach all den Jahren selber ging? »Kommt mit Uns, Catherine. Unser Prinz wird Narren und Lautenschläger haben, sich die Zeit zu vertreiben, aber mehr als das braucht er die zärtliche Tröstung einer Frau!«

Nans Atem, von Erleichterung gepeitscht, ging in Stößen. Das Weitere hörte sie nur mehr wie durch Wolle, ihren eigenen Namen. Sie, Nan Herbert, dürfe die Schwester begleiten, man solle gleich packen, bei Tagesanbruch sei man auf dem Weg. *Gelobt sei Gott!* Nan, die noch immer auf Knien lag, faltete die Hände. Sie würde ihren Jungen mitnehmen, aus der pestverseuchten Stadt hinaus. Statt eines Todesurteils ein Sommer in Wulf Hall. Catherine drehte sich nach ihr um. Ihr Gesicht schien zu leuchten.

An jenem Abend konnte Catherine nichts aufhalten, keine Geheimhaltung, kein Trauerjahr. Sie hatte Tom in seinem Schlafraum aufgesucht, den er mit mehreren Kammerherren, womöglich mit seinem Erzfeind Henry Howard, teilte, und war ihm um den Hals gefallen. Die zwei Herren, die anwesend waren, verließen stumm das Gemach. Sie kannten es ja nicht anders von ihm und wussten nicht, dass dies hier anders war.

»O Tom, Gott sei es gedankt, dass der König von allen Damen bei Hof auf mich verfallen ist.«

»Dank nicht Gott«, sagte Tom. »Dank mir.«

»Du hast mit ihm gesprochen?«

»Und ob, mein Leben. Und ob. Zum Dank hätte ich gern auf jede Wange ein halbes Dutzend Küsse und ein volles Dutzend auf den Mund. Obgleich ich so recht keinen Dank verdiene, denn ich habe es nicht um deinetwillen, sondern für mich selbst getan. Dabei fällt mir ein: Es ist gut, dass du kommst.«

Catherine war sicher: An jenem Abend, an dem durch Londons Straßen die Pest tobte, war sie so glücklich wie nie zuvor. Nie zuvor hatte ihr Herz um ihn so hart geschlagen, und nie zuvor hatte sie ihn so schön gefunden, einen Mann in seiner Lebensreife, der, weil es ihm todernst war, verlegen Witze riss. Er drehte sich nach dem Spind und entnahm eine verkorkte Flasche aus dunkler Irdenware, wie seine Mutter sie besaß. »Hier. Schluck davon einen Löffel voll. Und deinem Perlhuhn von Schwester gib auch einen.«

»Was ist das?«

»Zerstoßene Blätter von Brombeer, Holunder und Salbei, gemischt mit Ingwer und getränkt in Essig und Wein. Auf dem Markt in Bedwyn sagen sie, wer das Zeug einnimmt, ist vierundzwanzig Tage lang vor der Seuche geschützt.«

»Und glaubst du daran?«

»Nein«, sagte er. »Aber ich lasse nichts unversucht, denn wenn ich dich nicht mehr hätte, was würde aus mir?«

Sie gab sie ihm. Sechs Küsse auf jede Wange und zwölf auf den Mund, aber geriet mit dem Zählen durcheinander, und weil sie beide glucksten, wurde das Küssen schwer. Sie fuhr dennoch fort, er sollte um keinen zu kurz kommen, und derweil sie ihn küsste, betete sie: *Herr, mein Gott, hab Dank für dieses liebste Geschöpf, und rechne ihm nicht zu, dass er sagt: Dank nicht Gott.* Hernach, zerrauft und blitzäugig, fragte er sie: »Und, meine Taube, was denkst du von Junker Tudor?«

Darüber hatte Catherine in dem Wirren nicht nachgedacht. Sie tat es noch immer nicht, sondern platzte heraus: »Er tut mir leid.«

Tom hob eine Braue.

Catherine lachte, strich ihm mit dem Finger darüber. »Lass uns ein andermal davon sprechen, ja?«

Und jetzt war sie wiederum hier. Saß im Innenhof von Wulf Hall, an einem Sitzpult, vor der Mauer voll purpurnem Wein. Tom hatte das Pult aus dem Pfarrhaus herübergetragen und sich, sobald es abgestellt war, wie ein Hund geschüttelt. »Wenn ich daran denke, dass ich da hineingezwängt über Latein schwitzen musste und dafür noch Saures bekam, tut mir bis heute mein Sitzfleisch weh.«

Der Prinz hingegen schlug vor Begeisterung die Hände zusammen. »Können wir es hier im Freien stehen lassen, und während ich lerne, zeichnet mir die Sonne Muster?«

Tom ging in die Hocke und ließ sich von dem Kind das Muster zeigen, das die Schatten der Weinreben auf die Holzplatte malten. »Nimm dein Messer, Tom, eil dich, ritz es ein.«

»Nein, mein Prinz. Ihr wärt enttäuscht, denn es würde nicht mehr tanzen. Ritzt es Euch in den Kopf. Manches, das man festhält, geht davon entzwei.«

Catherine betrachtete die beiden, ihre übers Pult gebeugten Köpfe, volles sonnenblondes und volles rotes Haar. Sie ritzte sich das Bild in den Kopf. Sie hatte sich so sehr sein Kind gewünscht, aber am Morgen war ihr eingefallen: *Vielleicht bin ich eine von den Frauen, die kein Kind empfangen können.* Und wenn es so wäre, dann hätten sie und Tom Janies Kind. Den Seymour-Prinzen, auf dem sich Hoffnungen wie Gebirge türmten und der jetzt im Hof seines Großvaters saß und nichts als ein quicklebendiges Menschlein war.

Tom musste fort. Der König, der zwei Männer brauchte, um ihn auf ein Pferd zu stemmen, erwartete ihn zur Jagd. Er küsste Catherine die Hand und dem Kind den Kopf. »Mein Prinz, hütet mir die Lady Latimer, dass sie mir keiner stiehlt, derweil ich reite.«

»Und wann jagst du mit mir, Tom?«

»Morgen. Es wird keine Hasen im Savernake mehr geben, wenn wir beide darin fertig sind.«

»Ich will keine Hasen jagen, sondern wilde Eber und Hirsche«, rief der Prinz.

Tom warf sich sein Zaumzeug über die Schulter. »Hirsch und Eber sind groß«, sagte er. »Aber Bruder Langohr, klein und wendig, der ist schwer zu treffen.«

Sie standen nebeneinander, Catherine und der Prinz, und sahen ihm nach. Wieder einmal war Wulf Hall zur Insel geworden, hinter deren Gestade sich das Meer zurückzog. Edward war auf Erkundung in Calais, und Kate Suffolk hatte mit ihrem Mann auf ein Landgut reisen dürfen. Catherine brauchte um niemanden zu fürchten, hatte alles, was sie liebte, kaum eine Armlänge weit. Dass der Tudor-König, der immerwährende Feind, sich mit ihnen auf der Insel befand, scherte sie nicht. Er nahm seine Mahlzeiten allein ein, Catherine bekam ihn kaum zu Gesicht. Das Schreckgespenst, das fleischgewordene Böse, war ein fetter Alter, der mit holpernden Schritten über Gänge lahmte.

Der Prinz zupfte an einer Falte ihres Kleides. »Warum trägst du immer Schwarz, Lady Latimer? Bist du eine traurige Frau?«

Mit weiten, gesprenkelten Augen sah er zu ihr auf. *O Janie, ich will bewahren, was du mir hinterlassen hast. Dein Kind, deinen Bruder, die Bibel, in der dein Name steht.* »Nein«, sagte sie, »ich bin keine traurige, sondern eine reiche Frau. Was meint Ihr, Hoheit? Wollen wir miteinander lernen?«

Das Kind wollte immer lernen, es war ein Schwamm, der Wissen wie Wasser saugte. Die Bücher, die seine Lehrer mitgegeben hatten, waren binnen einer Woche abgetan. Zu seinem Entzücken aber gab es im Haus, in Edwards Studierstube, Bücher wie einstmals in Klosterbibliotheken, vom schwersten Folianten bis zum lose gehefteten Manuskript. Tom war mit ihm hinaufgestiegen und hatte ihn wählen lassen, so viel sie beide auf den Armen hinausschleppen konnten. Die Ausbeute lag auf dem Pult gestapelt, zuoberst die *Divina Commedia*, eine herrliche Ausgabe im goldverzierten Einband. »Soll ich dir daraus lesen, Lady Latimer?«

»Ihr lest Italienisch, mein Prinz?« Dieses Kind war keine sechs Jahre alt und schwatzte Latein wie Cheapsides Marktschreier Gossenenglisch.

»Italienisch ist wichtig für einen großen König, sagt mein Oheim Ned. Die drei Kronen von Florenz, Dante, Petrarca und Pico, haben von Menschen geschrieben, und ein großer König muss von Menschen alles wissen. Ich soll mir die drei Kronen aufs Haupt setzen, und weil sie nicht nur Latein geschrieben haben, lerne ich Italienisch, ich kann es schon recht gut.«

»Ich leider nicht«, erwiderte Catherine.

»Wie schade!«, rief das Kind. Mit gerunzelter Stirn blätterte es, bis es im Triumph ein Blatt herauszog. »Da schau, das ist Englisch. Mein Oheim Ned hat es wohl übersetzt.«

Sie breiteten den beschriebenen Bogen zwischen sich aufs Pult. Mit seiner ernsthaften, süßen Stimme begann das Kind zu lesen:

»*Und zu mir sprach sie: Größer ist kein Schmerz
Als die Erinnerung an schöne Tage
Im Unglück.*«

Er blickte auf. Grünbraunäugig. Schön und erregt. »Kennst du das, Lady Latimer? Das sind Francesca und Paolo, die Ehebrecher in der Hölle, um die Dante weint.«

»Mein Prinz!«

»Ich weiß.« Sein Lachen war silbern. »Ich dürfte so etwas nicht kennen. Master Cox, mein Lehrer, wäre gewiss recht böse, aber einmal bin ich König von England, und dann darf ich kennen, was ich will.«

Catherine musste an sich halten, um nicht die Arme um das Kind zu werfen, das einmal König von England sein würde. Jäh fror sie in der Junisonne, deren Spiegelpunkte sich vor ihr auf dem Schreibpult drehten.

»Hast du Angst, Lady Latimer? Vor der Pest?«

Sie schüttelte den Kopf.

»Oder vor den Franzosen? Du musst nicht Angst haben. Tom hat gesagt, dass ich dich hüten soll. Komm, lesen wir noch von Paolo und Francesca. Ich weiß, wie es weitergeht: Sie lieben sich, obgleich sie's nicht dürfen, und dann kommt ihr Mann und bringt sie beide um. Erst aber lesen sie das Buch und haben nichts Übles im Sinn, bis Lancelot im Buch die Königin küsst.« Er beugte sich über das Blatt. Offenbar sah er schlecht, würde Augengläser brauchen wie sein Oheim Edward.

Als wir dann lasen, wie des Mundes Lächeln
Geküsst ward vom so sehr Geliebten,
Da küsste der, den nichts mehr von mir trennt,
Auch mir den Mund, der ganz erzitterte.
Das Buch und der, der's schrieb, war'n unsre Kuppler.
An diesem Tage lasen wir nicht weiter.«

Sie erstarrten beide. Blicke trafen sich über Buchseiten, bei etwas ertappt, das sich nicht benennen ließ. Dann wandten sie die Köpfe nach dem weinüberwachsenen Torbogen. Darin stand der Tudor-König, mit einer Hand den Leib am Pfeiler stützend. Das Kind sprang auf. Viel zu spät rutschte Catherine von der Bank und plumpste auf die Knie.

»*Quel giorno più non vi leggemmo avante.*« Der König, der Verse rezitierte, klang wie ein Mädchen, das sang. »Sehr schön, sehr schön. Auch Wir haben in Unserer Jugend diese trefflichen Terzinen geliebt und Tränen um den Schmerz jener Sünder vergossen. Ja, das Herz der Jugend ist empfindsam, es blutet um jede zertretene Kröte, aber das Herz des Alters leidet Qualen, die niemand beweint.«

»Seid Ihr nicht jagen, Vater?«

»Nein«, erwiderte der König, »nein. Der Sinn stand Uns nicht mehr nach Waidwerk. Somit haben Wir den Schwager, der ja die langen Läufe strecken muss, allein geschickt.« Er trug schwere weißliche Kleidung: Eine pelzbesetzte Schaube über zwei geschlitzten Wämsern und ein hochgeschlossenes Hemd, all das trotz der Wärme, und obendrauf zerquoll in gleicher Farbe das Gesicht. »Sehr schön, sehr schön«, wiederholte er. »Du studiere weiter, Sohn. In Unserer Knabenzeit gab Uns das Studium Trost. Die Lady Latimer schließe sich Uns zu einem Rundgang an. In diesem Licht, das zu viel Verlorenes beschwört, verlangt es Uns nach weiblicher Gesellschaft.« Er wartete, während Catherine sich steifbeinig erhob und zu ihm ging. Sie wagte nicht, sich nach dem Kind umzudrehen, sondern folgte dem König, der im Gehen ein Bein nachzog, als schleppe sich zwischen ihnen noch ein drittes, todkrankes Wesen.

Unter den Ulmen entlang kämpfte er sich allein. Den von Ächzen begleiteten Schritten zuzusehen, schmerzte Catherine. Als der König sich am Gatter zu schaffen machte, sprang sie ihm zu Hilfe und stieß es auf wie als Kind. Er hielt ihr den Arm hin, roch nach Rosenwasser und etwas Saurem darunter. »Wollt Ihr Uns behilflich sein, Catherine?«

Sie führte ihn den Hügel hinunter, hielt ihn mit aller Kraft fest, damit er nicht vornüberfiel. Am Fuß, wo die Reihen der Bäume begannen, erhob sich eine kniehohe Mauer. Tom hatte sie rings um den Obstgarten mauern lassen, nachdem sie im April von Wulf Hall aufgebrochen waren. Auf einem abendlichen Gang hatte sie ihn nach dem Grund gefragt, und er hatte zur Antwort gegeben: »Weil es sich so gehört. Das Paradies ist ein ummauerter Garten.«

Sie hatte ihm die Hand an die Wange gelegt und gebetet: *Herr, mein Gott, vergib uns beiden. Mein Paradies halte ich in einer Hand.* Jetzt half sie dem König über die Mauer. »Was das wieder Neues ist? Fehlt noch, dass Unser Schwager, der rote Satan, sich hier einen Irrgarten pflanzt.«

»Euer Schwager ist kein Satan.«

»Nein? Wirklich nicht? Ja, mit dem Weibsvolk hat er leichtes Spiel, selbst mit Unsern Wechselbälgern, Mary und Elizabeth.« Im Schleifschritt schlurfte er durchs Gras, stieß sich die Schulter an einem Ast voll erster Früchte. »Treulos, treulos«, murmelte er, in Gedanken noch bei seinen Töchtern. »Habt Ihr Euren Vater vergessen, Catherine? Der bejammernswerteste Tropf auf Erden ist der Mann, der von den eigenen Kindern vergessen ist.«

»Majestät, der Prinz liebt Euch von Herzen.«

»Tut er das?« Unter einem Apfelbaum, umflort von duftenden Zweigen, blieb er stehen. Vor seinem Gesicht schrak sie zurück. War dies das Werk des Bösen in einem Menschenantlitz, die Verheerung, der Verlust aller Anmut? »Wie stellt er sich denn an, Unser Augapfel, wenn er gerade keine italienischen Ketzer übersetzt?«

»Die Übersetzung stammt von ...«

»Unserm Schwager, das wissen Wir.« Die beringte Hand winkte ab. »Dem kreuzbraven Blassen oder dem unverfrorenen Roten, das nimmt sich weniger, als man denkt. Ketzer sind alle beide.« Er warf den Kopf zurück, dass sein Barett verrutschte und einen Streifen kahle Stirn freigab. »Und Ihr, Catherine, mit Eurem Kleinod am Gürtel, seid Ihr auch eine Ketzerin?«

Sie fühlte ihre Kiefer sich aufsperren, aber der König fuhr schon fort: »Das ist nicht einmal eine *Great Bible*, richtig? Es ist eine von den alten, echten, Tyndales. Für solches Schriftgut ist mehr als ein Unbelehrbarer im Feuer verschmort.«

Grillen zirpten im Gras. Mit aller Macht und von jeder Seite drängte der Sommer heran, bereit, das Land zu umarmen. War das möglich? Starb man im Juni, im Brautstand, unter blaugold flimmernden Himmeln? Hatte nicht Nan sie etliche Male beschworen, die Bibel vom Gürtel zu nehmen, hatte nicht ihr Liebster ihr Kräuter gemischt, weil er nicht leben konnte, wenn sie starb? Catherines Hände zogen die Kordel hoch und umfassten die Bibel. Wer vermochte, für sein Seelenheil zu sterben, der schwitzend vor Leben auf Paradiesboden stand?

»Hütet Euch, Catherine. Hütet Euch.« Der König setzte einen von Schnaufen begleiteten Schritt auf sie zu und tätschelte ihr die Finger. »Wir haben Euch mit dem Prinzen gesehen.

Ihr seid eine gute, lautere Frau. Und klug seid Ihr auch. Wir sind der Dummheit und des törichten Geschwätzes müde.«

Weil das Stechen seines Blicks sie verstörte, versuchte sie, auf seine Brauen zu sehen, ingwerhelle Linien im Weiß des gedunsenen Gesichts. Einen Herzschlag lang verloren sich ihre Gedanken, gesellten sich den Vögeln zu, dem Flattern und Tschilpen im Laub. Dann erschütterte ein Aufprall die Erde. Zuerst glaubte sie, der König müsse gestorben sein oder in Ohnmacht gefallen, er aber kniete nahezu aufrecht vor ihr. »England braucht eine Königin«, sprach die nicht unschöne Mädchenstimme. »Der Prinz braucht eine Mutter. Und Wir brauchen in diesen Hallen voll Lug und Trug eine Gefährtin, der Wir trauen können. Unsere Wahl ist auf Euch gefallen. Catherine, wir wollen Euch zur Frau.«

Sie streckte die Hände nach Halt. Zum Festhalten aber gab es vor ihr nichts als seine Schultern. Die Pelzbesätze seiner Schaube, weich wie Daunenkissen. In den Strudel in ihrem Schädel drangen verzerrte Stimmen. Die Stimme der Tante: *Für dich erging ein Antrag des Herrn Edwyn Borough aus Lincolnshire.* Ihre eigene Stimme: *Lass Lord Latimer wissen, ich fühle mich geehrt.* Und eine dritte Stimme, eine dunkle, wie Purpurwein: *Denn wenn ich dich nicht mehr hätte, was würde aus mir?* Der Strudel übermannte sie. Als sie sich wiederfand, einen Sack voll Glieder, hing sie dem König in den Armen. »Nun, nun«, sagte der. »Nun, nun.«

Catherine bewegte Kiefer und Lippen. Kein Ton brach sich Bahn. Eine gepolsterte Hand klopfte ihr die Wange. »Gehen Wir, die Nachricht zu verkünden? Das kleine Lamm wird jauchzen.«

Er brauchte einige Zeit, sich auf die Füße zu kämpfen. Dann streckte er die Hände nach ihr.

In den Hof, in leichtem Trab, ritt ein wohlgestalter, wenngleich nicht mehr jugendlicher Mann in einem Wams aus rostroter Seide. Er zog den Hut und verbeugte sich. Sein Lachen blitzte in den Tag. »Thomas, Freund«, rief der König, »Bruder Unserer Janie. Steigt ab und vernehmt die Neuigkeit.«

Der Mann schwang eins seiner langen Beine über den Pferderücken und glitt im Schlusssprung aus dem Sattel. Geschmeidig sank er auf ein Knie, warf dabei ihr einen schillernden Blick zu, wie einen Smaragden, den sie fangen und bewahren konnte. Er war nicht wohlgestalt. Er war schön wie Frühsommerlicht, wie verstreichendes Leben. Hastig sah sie zur Seite. *Dazu bin ich zu feig. Zuzusehen, wie dein ärgster Feind dir ins Gesicht schlägt, wie du nichts sagst, nur einen Muskel zuckst, nur die Schultern spannst, bis sie beben.* »Huldigt Eurer künftigen Königin, Thomas. Die Witwe Latimer wird Unser Weib.«

Sie spürte eine kleine Bewegung. Ein Schwanken, von einem Fuß auf den andern. Die nutzte sie aus, schaukelte, um ihr Gleichgewicht zu halten. Finger griffen nach ihren. Lippen streiften ihren Handrücken, federzart, dann fort. Als sie aufblickte, drehte Tom ihr den Rücken zu, im Begriff, den Hof zu verlassen. »Soll ich ein Fass Wein anstechen?«, warf er über seine Schulter dem König zu, der mit dem Prinzen beim Pult stand.

»Aber gewiss doch, Freund. Und mehr als eins.«

Wie andere königliche Bräute vor ihr war Catherine der Obhut Francis Bryans unterstellt worden, der sie, sobald bezüglich der Seuche Entwarnung erging, nach London brachte. Bryan war ein versoffener Haudegen, der im Februar einen Angriff gegen Frankreichs Küste lächerlich verpatzt hatte, aber so viel begriff selbst er: Dies hier war ernst. Deshalb sandte er einen Boten nach Dover, der Edward erreichte, kaum dass dieser sich ausgeschifft hatte.

In der Stadt, die sich von der milden Pestwelle erholte und nach Sommerleichen und dem verdreckten Burggraben des Tower stank, wurde Edward von Cranmer empfangen. »Sir Francis hat mich unterrichtet«, sagte der Erzbischof mit einem Kummer in der Stimme, für den Edward ihn liebte. »Noch eine Tochter von Wulf Hall, hat er gerufen, der Himmel stehe uns bei.«

»Aber Cathie wird nicht sterben«, erwiderte Edward und

verspürte in sich eine ungekannte Kraft. »Es ist verrückt, nicht wahr? Das Schlimmste, das diesen beiden Menschen widerfahren konnte, mag uns zum Segen gereichen. Wir hatten keine ledige Schwester. Aber Cathie hatten wir.«

»Edward«, sagte Cranmer. »Wenn es uns gelingt, ihr begreiflich zu machen, was für ein Segen sie für uns ist, dann könnte es sie retten. Sie ist die stärkste Frau, die ich kenne. Ihr Glaube stärkt sie.«

Die erzbischöfliche Barke stand bereit. »Fahren wir nach Hampton Court?«

»Wohin?«

Der andere nickte bekümmert. »Ihr bleibt nichts erspart, auch nicht die Orte des Glücks. Der König will sich auf Hampton Court mit ihr trauen lassen.«

Am zwölften Juli des Jahres 1543 wurde in der Kapelle von Hampton Court, unter der dem Sternenhimmel nachgebildeten Decke, König Henry mit der Witwe Catherine, geborene Parr, getraut. Nicht Cranmer vollzog die Trauung, sondern Gardiner, der papistische Bischof von Winchester. Erzbischof Cranmer, der sanfteste Mann seiner unsanften Zeit, hatte Catherine den Grund dafür erklärt: »Es gibt Gerede über Eure Glaubenshaltung. Der König hat nichts als Euer Wohl im Sinn, wenn er Zweifel ausräumen will und statt meiner Gardiner bestellt. Er hat aber mich als Euren geistlichen Beistand entsandt. Sprecht mit mir, sooft Euch der Sinn danach steht, lasst mich Euch helfen, wo ich kann.«

»Und wie solltet Ihr das können?«

Sie hatte in ihrem Gemach gelegen wie eine Kranke im Spital, eine Verurteilte in ihrer Zelle. Das Essen hatte sie aufgegeben, das Schlafen wie das Wachsein, auch das Beten. Es gab nichts mehr, das sie kümmerte. Solange sie liegen blieb, mochte alles vorübergehen, auch sie selbst. Dann waren Cranmer und Edward gekommen. Sie hatten sich vor ihr Bett gekniet und ihr über den Rücken gestrichen. Da musste sie sich rühren. Dass uns nichts und niemand mehr kümmert, ist immer zu kurz gedacht.

»Ich kann Euch helfen, indem ich Euch erzähle, dass in Windsor wieder Ketzer verbrannt werden. Reformer. Bibeltreue. Gäbe es Gott in Eure Hände, auch nur einen von ihnen zu retten, welch größere Gnade könnte er Euch schenken?«

Als sie sich umdrehen wollte, drückte er sie in die Kissen zurück und sprach weiter: »Er gibt Euch noch mehr. Den Prinzen. Ein Kind, das eines Tages entscheiden wird, ob die Kirche, die wir wollten, vergessen wird oder wächst und lebt.«

»Und ein zweites Kind«, sagte Edward. »Ein Mädchen, das keinem einen Blick wert ist, das aber das Zeug hat, Berge zu versetzen. Wie du, Cathie. Dieses Mädchen, Elizabeth, wurde im Juni gleich ihrer papistischen Schwester in die Thronfolge eingesetzt. Sie braucht jemanden, der sich um sie kümmert, ihr Lehrer, Bücher wählt. Was aus ihr und dem Prinzen wird, liegt bei uns. Bei dir.«

Noch einmal versuchte sie, sich umzudrehen. Vier Hände hielten sie nieder. »Unsere Bibel liegt den Universitäten zur Prüfung vor«, sagte Cranmer. »Sie mag dort liegen bleiben, unangetastet, wenn es gelingt, den König ruhig zu halten. Er ist ein schwer kranker Mann. Ein wenig Mitgefühl wirkt Wunder. Wie hart das ist, weiß ich selbst. So hart, dass ich mir in Nächten die Finger blutig beiße vor Sehnsucht, vor Trauer um mein Leben. Aber am Tage danke ich Gott. Und flehe zu ihm, mir Kraft zu schenken.«

Er ließ sie los. Auch Edward ließ los. Endlich konnte sie sich zu ihnen drehen und den Kopf aufstützen. Cranmer zeigte ihr seine Hände, die zerfetzten, wundroten Nagelbetten. »Erzbischof«, sagte Catherine. Ihre Stimme rasselte von mangelnder Benutzung, war aber noch ihre Stimme. »Holt Eure Frau zurück nach England. Ich werde mit dem König sprechen.«

Dann sah sie zu Edward, der unbewegt vor dem Bett kniete. Sie starrten einander an, zuckten kein Lid. »Catherine«, sagte er. »Ich gelobe dir...«

»Ja«, presste sie heraus. »Gelobe mir, dass du Tom nicht aus den Augen lässt. Wenn ihm etwas zustößt, werde ich es nicht ertragen.«

Cranmer trug sie auf, Tom zu segnen.

»Gott schaue auf Euch. Und wenn er sich sträubt?«

»Fragt ihn nicht, segnet ihn«, beharrte Catherine. »Lasst diesen Armen nicht allein. Und jetzt geht.«

Die Trauung wurde ohne Pomp, in der Stille begangen. Anwesend waren die wenigen Verwandten der Brautleute, dazu einige Damen und Herren. Nan und Will Herbert. Will Parr, frisch für ledig erklärt und zum Baron ernannt. Edward Seymour und Kate Suffolk, das Gesicht des ersten totenbleich, das der zweiten tränennass. Die Königskinder: die in bald schwarzes Violett gekleidete Mary, Elizabeth und der Knabe Edward, der Catherine winkte, bis sein Oheim ihn beiseitezog. Joan Denny. Liz und Gregory Cromwell. Die Gräfin von Hertford. Ein Notar und der Mann namens Dudley im Habitus des Großadmirals.

Der König trug Weiß. Als Catherine den Arm hob, um den Ring und die Brautgeschenke zu empfangen, sah sie, dass sie einen golddurchwirkten Grünton trug. Auf ihren Finger, auf dem ein schmaler Reif mit einer Raute aus Lapislazuli saß, schob sich ein breiter mit einem Klumpen aus Rubin. »Ich, Catherine, nehme dich, Henry, zu meinem vertrauten Manne, dich zu halten von diesem Tage an, im Guten wie im Üblen, in Reichtum wie in Armut, in Krankheit wie im Wohlergehen, gelobe, dir Trost und Freude zu sein bei Tisch und Bett.« Ihre Stimme ein Hall, ihre Worte ein Echo. *Sag Henry*, hatte sie sich einschärfen müssen. *Nicht Edwyn, nicht John. Ich, Catherine, nehme dich, Henry.*

Das Übrige kannte sie. Es war nicht anders für eine Königin von England, deren Bett der Primas der Kirche mit heiligem Wasser besprenkelte und mit Weihrauch segnete, als für ein besitzloses Mädchen von siebzehn. Die Angst und die Übelkeit. Das Vaterunser. Nach jeder Nacht wurde es Tag, selbst wenn nicht jeder Tag etwas lichter machte.

Heute verschloss sie sich nicht selbst bis zum Hals, sondern wurde von Kammerfrauen als Geschenk hergerichtet. Auf ihrem Schulterblatt, durch feinstes Leinen, spürte sie die streichelnde Hand ihrer Schwester. Nan meinte es gut. Catherine aber hätte lieber nichts gespürt, wünschte sich, Nan würde gehen und sie nicht zwingen zu sprechen. *Würde ich sprechen, dann wäre dies die Wirklichkeit.* Die Damen führten sie unter den Baldachin, schlugen das Bett auf, die Decken aus Webseide. In den Matratzen sank Catherines Körper ein, schrumpfte zur Korinthe im Zwölfnachtskuchen, winzig und runzlig, verschwindend, wo ein jeder nach der Bohne suchte. Neben das Bett stellte Nan einen Leuchter. Mit leisem Scharren tat die Tür sich auf. Catherine schloss die Augen.

Sie würde alles tun, um nur den leibhaftigen Menschen nicht zu sehen. Keinen Körper. Kein Gesicht. Einen Gegenstand beschwor sie. Eine Tafel aus schrundigem Holz, in das ihre Kinderfinger sich gekrallt hatten. *Pater noster, Vater Unser.* Aber auf der Tafel, auf dem Holz stand nichts. Das Bett geriet ins Wanken. Sie wünschte sich ein Gedächtnis, das leer war wie ihre Tafel, doch in ihr Gedächtnis kerbte sich eine Woge von Gerüchen. Weihrauch, Rosenwasser, Fleisch, das schwitzte, und Fleisch, das faulte. In die Ohren drang ihr das Schnaufen des königlichen Atems, kreischend, als werde ihr Körper in Teile gesägt. Auf ihren Mund traf ein schleimiges Tier. Ihre haltlosen Hände krallten sich in sich selbst. Und dann glaubte sie, unter ihren Nägeln das Holz zu fühlen, und auf ihrer Tafel erschien ein einziger Satz. Er gellte ihr durch den Kopf, als müsse ihr der Schädel platzen: *Dein Wille geschehe.*

Dein Wille geschehe.

Die zehnte Nacht

Klage einer Sünderin
1544

*In der zehnten Nacht des Christfestes
schenkte mir mein Liebster
zehn Herren, die springen.*

Wo die Böschung sie halbwegs vor Sicht schützte, gingen die Schiffe vor Anker. Es war noch früh. Über dem schwarzgrünen Wasser der Förde trieb stummer Wind die Nebel. Ein Sonntag im Mai. Vor der Ausschiffung ließ Dudley seine Leute zum Gebet antreten. Während der drei Tage, die sie den Fluss Tyne hinauf in Richtung schottische Grenze gesegelt waren, hatte Edward ihn einmal gefragt, was ihn zur Kirche der Reformer zog. Der gewitzte Großadmiral hatte umgehend Antwort gewusst: »Die Zukunft. Auf einen Gaul, der lahmt, springt nur ein Narr noch auf.«

Edward, von Bäumen gedeckt, sah der endlosen Reihe von Mann, Tier und Gerätschaft zu, die der vorderste Schiffsrumpf entließ. Kisten mit Schießpulver, die vier Kerle schleppen mussten, gefolgt von dem mächtigen Bronzegeschütz, dem Culverin, das ein gewisser Poppenruyter, Meister der Kanonengießer, gefertigt hatte. Seit König Henry und Kaiser Carlos allem religiösen Zwist zum Trotz verbündet waren, gelangte neuestes Kriegsgut vom Kontinent auf die Insel. Die Aufsicht über die Bestände war einem Mann übergeben worden, der etwas davon verstand. Einem Krieger. Tom, den der König zum Herrn der Ordonanz ernannt hatte. Edward wusste, dass seinem Bruder die achtbare Aufgabe wie eine Ohrfeige schmeckte, weil er überzeugt war, ihm gebühre das Amt des Großadmirals. Vielleicht brauchte er auch keinen Grund mehr, sich von jeder Liebkosung geohrfeigt zu fühlen. Der Tage würde er sich nach Calais einschiffen, zum Marsch durch die Picardie. Edward war froh darum. Dies hier war schon ohne einen Bruder, der geladen war wie sein schärfstes Geschütz, hart genug.

Sein erstes eigenes Kommando. Ein Befehl, der sich nicht

missverstehen ließ: *Legt Edinburgh in Schutt und Asche, lasst keinen Balken auf dem andern. Männer, Frauen und Kinder übergebt dem Schwert.* Edward wandte den Blick von der Rampe über den Küstenstreifen. Fast fühlte er Zuneigung für das Land, in das er stets als Todbringer kam, denn der frostige, bleiche Frühling, die grau zerrupften Hänge glichen der Landschaft in seinem Innern. Halbherzig hatte er versucht, den König zur Verhandlung zu bewegen. Henry Tudor aber stand der Sinn nicht nach Verhandeln, sondern nach Vergelten: *Legt Edinburgh in Schutt und Asche.*

Der Schottenkönig, Jamie, war nach der Schlacht von Solway Moss gestorben. Woran wusste niemand. An Schmach vielleicht. Tage zuvor hatte seine Königin ihm das Kind geboren, das Schottlands Krone erben sollte: Mary. Ein Säugling falschen Geschlechts war alles, was vom Stamm der Stuarts übrig blieb. König Henry sah seine Stunde gekommen: Er würde die zwei Reiche der Insel vereinigen wie vor ihm Arthur von Camelot. Tage vor seiner Hochzeit mit Catherine hatte er den Schotten einen Frieden aufgezwungen, der auf dem Verlöbnis zwischen Edward Tudor, dem Kronprinzen von England, und Mary Stuart, der Königin von Schottland, beruhte.

Bald ein Jahr lag das zurück. Wären sie alle noch am Leben ohne Cathies Opfer? Wie einst Janie vermochte sie König Henry zu mäßigen und ihm manch Zugeständnis abzuhandeln: Hier die Haut eines Reformers, dort eine zum Feuer verdammte Schrift. Die Schotten jedoch rettete niemand mehr. Angespornt von dem streitbaren Kardinal Beaton, hatten sie im Februar den Vertrag mit König Henry gebrochen und sich stattdessen auf die Seite seines Erzfeindes Frankreich geschlagen. Nicht den Prinzen Edward, sondern den Dauphin François sollte die kleine Königin ehelichen. Henry war außer sich. Sein Heer, samt eingekaufter Söldner, stand bereit, mit dem Kaiser gegen Frankreich zu ziehen. Zuvor jedoch würde er den Verrätern im Norden einen Schlag versetzen, von dem sie nicht mehr genesen sollten. *Legt Edinburgh in Schutt und Asche.* Henry Tudor raubte niemand ungestraft, was er besitzen wollte.

Edward sah wieder nach der Ausschiffung. In unablässigen Strömen quollen Bewaffnete über die Rampen. An Land wurden sie unverzüglich von seinen Feldwebeln in Empfang genommen und in drei ordentliche Blöcke kommandiert. Vorhut, Haupttruppe, Nachhut, unterteilt in Hundertschaften. Ganz vorn die Arkebusiere mit ihren langläufigen Handfeuerwaffen, an den Flanken die schweren Geschütze, die Langbogenreiter, schließlich im Herzen jeden Blocks die Pikeniere, von geschulterten Spießen um Leibeslänge überragt. Edward Seymour, der Meisterstratege, hatte jeden Schritt dieses Einmarschs geplant. Er würde mit seinen Mannen zwei Meilen die Förde hinunter nach Leith vorrücken und den Zugangshafen nach Edinburgh einnehmen. War dieser Kampf gewonnen, würde er ein Lager aufschlagen lassen und auf die Truppen des Lord Evers warten, die zum Angriff auf Edinburgh zu ihnen stoßen sollten.

So viele Männer, an die fünfzehntausend, so viel Metall und Tiere und Wagen, und alles bewegte sich nahezu lautlos, formierte sich ohne Reibung, wie eine Gruppe geschulter Tänzer. Über der Förde hatten sich die Nebel gelöst. Das Spiegelbild blasser Sonne tanzte glitzernd auf dem Wasser, vom Alter gebeugte Bäume tauchten ihre Zweige hinein. *Noch ist Zeit. Befiel deinem Heer, wieder einzuschiffen. Tritt vor den König und stirb. Warum nicht? Ist dein Leben teurer als das von Tausenden, die jetzt noch ahnungslos, vielleicht umschlungen und verschwitzt von Liebe, schlafen?*

Eine Hand berührte seinen Arm. »Woran denkt Ihr, mein Graf? An Eure Frau?« Dudley. Er trug den Helm in Händen, baute sich vor Edward auf. Rote Flechten verunzierten sein Gesicht. »Wer will's Euch verdenken? Ihr seid zu beneiden, wisst Ihr das?«

»Ja«, sagte Edward. »Das bin ich wohl.«

»Die schöne Anne, ja, ja, die schöne Anne. Meint Ihr nicht, es verlangt sie einmal nach einem Mann, der für sie scharf und grausam ist wie ein geschliffenes Schwert?« Er klopfte Edward den Arm.

»Ich würde sterben für Anne«, stieß dieser heraus und hasste sich dafür.

»Ja, sterben. Aber töten?« Damit drehte Dudley sich um und ging zu seinem Pferd. Er würde die Vorhut befehligen, Lord Shrewsbury die Nachhut und Edward selbst die tief gestaffelte Mitte. »In Stellung! Aufsitzen!«, hörte er sich brüllen. Dem Gellen seiner Stimme folgten Klirren und Trommeln. Das Heerhorn. *Du sollst nicht töten.* Im Kern jeden Blocks, zwischen den Piken, erhoben sich die Banner. Edward nahm sein Pferd entgegen und zog sich in den Sattel. Der Vormarsch begann.

Die Kunst der Strategie fußte auf dem Ausschluss von Unwägbarkeiten. Nicht anders als beim Schachspiel. Stets ging es darum, das ganze Brett zu bedenken, nicht an einzelnen Figuren festzuhalten. Jeder Schachzug erklärte sich bereit zum Opfer, und letzten Endes zählte kein Läufer, keine Dame, sondern einzig der König. Edward hatte gewusst, dass die Förde beobachtet wurde, dass die Ausschiffung dem Feind Zeit geben würde, ein Heer aufzustellen und ihnen von Leith aus entgegenzuziehen. Er spürte die Erschütterung des Bodens, noch ehe er die Anstürmenden den Hang hinunterkommen sah. Ein Blick genügte: knapp sechstausend Mann, schlecht geordnet, ungeschlossen, wenn auch verstärkt durch die gefürchteten Reiter des Lord Bothwell in quittegelben Hosen. In der Tat, nicht anders als auf dem Brett: Jede Figur vermochte jede andere aus dem Spiel zu werfen, der Bauer den König, der Junge mit dem Anderthalbhänder den Kanonier. Nur war Schach ein so leises Spiel. Hier dagegen brach, als werde der Morgen zertrümmert, Getöse los.

Das Schlachtgeschrei der Grenzlandkrieger war berüchtigt, aber auf einen Feldherrn wie Edward verfehlte es die Wirkung. Wie ein Standbild kam er sich vor, samt dem Pferd, das zu bepackt oder zu sorgsam geschult war, um zu scheuen. Eine Versteinerung inmitten von Leben und Lebensende. In seinem Kopf quoll der Lärm, Schüsse, Schläge, Getrampel und Gebrüll, zu einem Brei, durch den Befehle Scharten schnitten. »Absitzen«, brüllte er. Wie ein Mann sprangen zehnmal hundert Langbogenreiter von den Pferden und feuerten im gleichen Augenblick. Edward sah eine Reihe grüner

Waffenröcke wegbrechen, als stieße ein verdrossener Spieler mit einer Hand alle Bauern vom Brett. Nur war Schach ein so sauberes Spiel. Hier dagegen wirbelten Erdbrocken, spritzte Schlamm.

Die beiden Soldaten seiner Deckung trugen Morgensternlanzen von überraschender Reichweite. Käme es darauf an, so wären die zwei Männer in der Lage, einen Halbkreis vor ihm freizuhalten. Aber so tief in die eigenen Reihen würde der Nahkampf gar nicht dringen. Kaum saß seine Vorhut dem schottischen Heerkörper im Fleisch, gab er den Befehl zum Nachsetzen. Hufe durchpflügten die Erde, ein grasbewachsener Batzen traf Edward am Kinn. In den Sätzen des Ansturms, die den Hakenzügen eines Springers glichen, sah er jäh die Standarte von Kardinal Beaton aufblitzen. Gleich darauf brach die Salve seiner Arkebusiere los.

Der Donner war ohrenbetäubend. Das Pferd des Kardinals stieg, und einen Herzschlag lang stand Beatons Gesicht allein vor dem rauchgrauen Himmel. *Wofür kämpfst du,* durchschrie es Edward. *Für deinen Glauben gegen meinen? Aber mein Glaube wollte den Menschen, Gottes Ebenbild, in die Mitte allen Strebens stellen! Was haben wir getan, du und ich, was tun wir hier? Du sollst nicht töten.* Als hätte der Kardinal die Worte, die durch Edwards Kopf jagten, vernommen, riss er sein Pferd herum und trieb es im Handgalopp durch die zerstiebenden Reihen davon.

Wer konnte, floh den Hang hinauf hinter ihm her. Auf dem Seitenflügel schlug die Kugel eines Culverin geradewegs in einen Fußpulk wie ein schwarzer Turm, der ins weiße Bauernvolk vordrang. Einzelkämpfe dünnten aus. Getroffene stürzten, Entwaffnete suchten das Weite. Boden kam zum Vorschein, graues Gras, übersät von bunten Sprenkeln. Eine einzige Einheit, ein Haufen Schwertkämpfer in den Kettenhemden der Grenzländer, hatte sich durch die Vorhut geschlagen und lieferte sich mit Edwards Leuten erbärmlich tapfere Gefechte. Ehe die Sonne über der Hangkuppe stand und die Sohle in Licht tauchte, würde alles vorbei sein. Vor ihm schwang der Lanzenträger seitlich aus und landete mit dem Morgenstern einen Hieb gegen die Wange eines Angreifers. Dem Mann flog die Haube vom Kopf. Blut spritzte. Schreiend brach er in die Knie. Der Morgenstern hackte nach.

Ein anderes Geräusch, ein Klirren, lenkte Edwards Blick zur Seite. Neben ihm schlugen sich zwei Männer mit Zweihändern. Die Lage war unbedenklich, erforderte kein Eingreifen, das von ihm ohnehin niemand erwartete. Der Schotte verlor zusehends an Kraft, sank bei jedem Schritt tiefer ins Knie. Sein Gesicht war knabenhaft rundlich, von der Anstrengung feucht und gerötet. Edward glaubte zu hören, wie ihm in seinem Kopf etwas barst. Nichts Großes. Nur eine Ader, die zerpuffte. Er zog sein Schwert. Vollführte einen jener Schulterschwünge der Grundausbildung, mit denen selbst ein Stümper wie er nicht fehllief. Die Führung war sauber. Sich in den Hieb beugend, schlug er dem Schotten durch den Hals.

Einst verehrte ich den scharfen Geist des Erasmus, heute bin ich der Schnitter mit dem Schwert. Der Mann stürzte nach vorn, sein Kopf baumelte wie am abgeknickten Stängel. Das bisschen Metall, das er am Leib trug, schepperte beim Aufprall auf dem Boden. Dann hörte Edward nichts mehr, nur das fliegende Pumpen seines Herzens, als kämpfe es wie das Herz des Schotten um sein Leben. Im Aufrichten streifte sein Blick seine blutverschmierte Klinge. Er wischte sie nicht ab. Er würde nie wieder Schach spielen.

Alles in allem hatte das Gefecht keine Stunde gedauert, und hernach stand der Weg nach Leith ihnen frei. Sie nahmen den Hafen ohne Widerstand, schlugen ein Lager auf und richteten sich für die Zeit, in der sie auf Lord Evers warteten, ein. Am Abend betrank sich Edward, bis er besinnungslos in seinem Zelt zusammensackte. Anderntags erwachte er vom Regen, der gegen die Zeltwände prasselte, in weinrotem Erbrochenen. Immer Regen in Schottland. Er hatte kaum Zeit, sich zu säubern, ehe der Bürgermeister und zwei Volksvertreter aus Edinburgh eintrafen, die um eine Unterredung mit ihm baten. Die Herren, die Englisch in der rollenden Melodie des Grenzlandes sprachen, boten an, ihre Stadt kampflos zu übergeben, wenn Edward zusicherte, die Bewohner und deren Besitz zu schonen. Edward dachte nach, wie man über die Abwicklung eines Geschäfts nachdenkt. In ihm regte sich nichts. Der Tag, an dem er, vor Erregung stotternd, seinen König um Schonung für die schottischen Städte angefleht hatte, lag lange zurück.

»König Henry hat einen Befehl ausgegeben«, sagte er. *Legt Edinburgh in Schutt und Asche.* »Dem widersetzt man sich nicht.«

Am Abend traf Lord Evers mit weiteren fünftausend Mann und mehreren zielgenauen leichten Falkonetten ein, und tags darauf nahmen sie Edinburgh. Edward ließ rund um die verrammelten Tore drei Schützengräben ziehen und Palisaden errichten. Alsdann stürmte seine Vorhut, flankiert von Kanonieren, das Canongate. Von den Scharten der Mauer feuerten die Schotten nach Kräften zurück, aber die aufgekeilten Geschütze und Rammböcke hatten im Nu eine Bresche geschlagen, durch die das Heer in die Stadt quoll. Alles in allem hatte die englische Seite nicht mehr als vierzig Gefallene zu beklagen.

Den Rest besorgten Fackeln und Brandpfeile. Der Regen half wenig, und binnen zweier Tage brannte die Königsstadt lichterloh. Die Engländer sackten ein, was brauchbar schien, und zogen weiter gen Stirling, hinterließen ihre schwarz gebrannte Spur, so dass der Herbst dem Land keine Ernte bescheren würde. Stirling und Dunbar fielen wie Städte aus Kartenhäusern. Nach der Plünderung führte Edward seine Mannen über die Grenze nach Berwick, wo er auf seinen Rückruf wartete. König Henry würde ihn in London wissen wollen, ehe er sich nach Frankreich einschiffte. Fast vermochte er, die mädchenhafte Stimme zu hören: *Auf Unsere Seymours immerhin ist Verlass.* Und dann sah er Tom, der sich vor Ekel zitternd die Schaube von der Schulter riss. Edward schüttelte Stimmen und Bilder ab und schenkte sich unverdünnten Wein ein. Gleich darauf erschien die Gestalt Dudleys unter der Eingangsplane.

»Was wollt Ihr?«

»Euch meinen Glückwunsch aussprechen. Der Brenner von Edinburgh, was für ein Titel. Nur schade, dass der teure Bruder nicht hier ist, um den Triumph mit Euch zu teilen.«

»Ein Besucher für Euch.«

Wer kam um diese Stunde? Gewiss kein anderer als Dudley, aber war der nicht mit dem Hanfstock in Schottland? Anne saß in ihrer Kammer beim Spiegel, hatte die Haube gelöst, trug ihren brokatbesetzten Schlafrock, der sich so schwer anfühlte wie ihr Leben. Hinter ihr lag ein harter Tag, an dem sie getan hatte, was der Hanfstock versäumte, den richtigen Männern Briefe geschrieben, den richtigen Kreisen Geld gesandt, den einen geschmeichelt und die andern gewarnt. Vermutlich kam Dudley, um nächste Schritte zu erörtern. Sie hätte ihn gern fortgeschickt, in solcher Müdigkeit schien alles sinnlos, aber auf dem Weg, den sie begonnen hatte, gab es keine Umkehr. Eines Tages würde sie die mächtigste Frau der Insel sein.

Anne drehte sich um. Die Tür schob sich auf. Der Mann trat herein wie Gewissheit, wie Schweigen. Ihr Herz hielt inne, ballte sich, jagte dann los, als wolle es aus der Kammer fliehen. Er schloss die Tür, drehte sich eine Handbreit, ging auf leisen Sohlen weiter. Schwer in den Schultern, federnd in den Hüften, ein Mann, der Wahrheit ohne Halbheit war. Anne wagte nicht zu atmen.

»Blas deine Kerze aus, Schwägerin.«

»Ich dachte, Ihr wärt auf dem Weg nach Frankreich.«

»Dann dachtest du falsch.«

Er trat hinter sie, legte ihr die Hände auf die Schultern. Blies die Kerze aus. Sein Duft schien ihren Leib zu packen. Wider Willen blickte sie in sein Gesicht. Der volle Mond schien ins Fenster. *Gern wär ich der Himmel, um auf dich zu schauen aus Augen ohne Zahl.* Er zog sie zu sich und umschlang sie. Dann küsste er sie.

Was sie begehrt hatte, verzehrend in Tagen und Nächten, jetzt schmeckte sie es und roch und ertastete es, seinen Bauch, seine Schenkel, seine steinharte Männlichkeit.

Er drängte. Sie drängte nach. *Wir sind beide nicht zärtlich, Tom. Wie kein Hagelsturm zärtlich ist.* Er schob sie zum Bett, warf sie nieder, löste die Kordel ihres Schlafrocks. Sich seiner Kleider zu entledigen, all dieser teuren, geschmackvollen Kleider, war kein geringes Unterfangen, aber er verstand sich darauf, ließ Stück um Stück gleiten. Noch einmal sah sie hin, noch einmal hielt sie den Atem an vor seinen marmorblanken Schultern. Nur ein Makel darauf, eine wulstige Narbe, die zu berühren er ihr nicht erlaubte. *Damals im Frühling, waren wir makellos, und jetzt ist wieder Frühling. Damals war ich schuldlos, wusstest du das? Ich werde nie wieder schuldlos sein.*

In der Kälte trocknete Schweiß auf der Haut. Glitzernd wie Eis, zu schön zum Anfassen. Sie tat es trotzdem. Fasste zu, grub ihre Finger in Fleisch. *Ich habe dich geliebt. Und wenn ich dich nicht mehr liebe, weil du das Lieben in mir zermalmt hast, so gehören ich und du doch noch immer zusammen, weil die Welt zu klein ist für mich und dich getrennt.* Er gab keinen Laut von sich, senkte sich auf sie, ein gewichtiger Mann auf eine kraftvolle Frau, der Einzige, dem sie sich nie hatte entziehen können. Als er in sie kam, zersplitterte die lachhafte Welt zu Staub.

Als Jüngling hatte er vor Kraft gezittert. Jetzt beherrschte er sich, presste Kraft an Kraft. *Du sollst nicht ehebrechen? Ich breche ja nichts, das nicht längst zerbrochen ist.* Sie stießen beide, schneller und schneller, härter und härter, wie um Eis aufzuhacken, und dann hackte er noch einmal zu und durchfuhr sie ganz. Anne hörte sich schreien. *Ich war Laetitia, Agatha, war nichts und hätte jedes sein können. Jetzt bin ich Anne.* Sie fiel zurück, hielt ihn noch immer an den Schultern, aber löste den verkrampften Griff. Ungläubig entdeckte sie, wie ihre Fingerspitzen ihm den Nacken herzten.

Er rollte sich von ihr herunter, lag eine Weile bei ihr und ruhte sich aus. Sie brauchte ihn nicht anzusehen, um zu wissen, wie schön er war. Mit der flachen Hand zog sie die Linie seines Körpers nach, Hals, Schulter, Brustkorb, Beuge der Taille, knabenschlanke Hüfte, feste Schwünge von Gesäß und Schenkel. *Wenn etwas so Schönes stirbt, ist es der Welt einen Klagelaut wert?* Er lag reglos. Kühl und glatt seine Haut.

Aber ich will ja nicht, dass du stirbst! Sie hatte davon geträumt, ihn zu misshandeln, nicht, ihn zu liebkosen. Jetzt jedoch konnte sie sich nicht satt streicheln. Ströme von Wärme flossen durch ihren Leib, der schlotterte, als taue er. *Wer verstünde denn mich, wenn nicht du, und wer verstünde dich, wenn nicht ich? Die zwei Guten etwa, der Hanfstock und die zeisigbraune Königin? Was weiß das Licht vom Dunkel, der volle Magen von Gier?* Sie flüsterte seinen Namen. Zart tastete sich ihre Hand an sein Gesicht.

Er rappelte sich auf die Knie. Vor der Stirn ordnete er sich mit Sorgfalt das Haar. Dann stieg er über sie hinweg, vermied, sie zu streifen, und setzte sich auf den Bettrand. Vom Boden sammelte er seine Kleider, die er eins ums andere glättete. Letzthin trug er meist harsches Weiß und Schwarz, wie es Anne gefiel. Eng sich schmiegende Beinlinge, mit Rot versetzte Melonenhosen, das Hemd ohne Verzierung, das Wams aus glatter Seide. Sie berührte seinen Rücken, strich die Wirbel hinunter. Er stand auf.

»Übrigens«, sagte er und zog sich das Hemd über, »mein Bruder, dem du mit einem Hundsfott Hörner aufsetzt, hat Edinburgh genommen. Ich wette, er kommt mit mehr schottischem Geschmeide heim, als zwischen deine schlaffen Brüste passt.«

Anne erschrak erst, als ihre Hände nach ihren Brüsten griffen. Saftlos. Schlaff. Er stand vor ihr, das Hemd um die Hüften zipfelnd, der Schwanz träge zwischen den Schenkeln. Mondlicht fiel auf sein Gesicht.

»Warum?« Ihre Stimme war ein Krächzen.

»Warum? Muss ich das wissen? Vielleicht, um dich noch einmal brüllen zu hören, wie gewöhnliche Menschen brüllen, wenn sie Schmerzen leiden.«

Sie sprang auf. Packte ihn, als könne er sich vor ihr in Luft auflösen. Sie wollte ihn küssen. Er strich ihre Hände von sich ab. »Das warst du, oder nicht? Du hast dem Tudor-Tier erklärt, wo es die vollkommene Gefährtin für all seine Lebenslagen findet.«

Sie stürzte sich auf ihn, wollte ihn an sich reißen, aber hätte ebenso gut versuchen können, einen Wandpfeiler auszuheben. »O Tom, Tom, warum denkst du noch daran? Was immer das Zeisigweib für dich hatte, ich gebe es dir doppelt. Hundertfach.«

Er stieß sie weg. Rieb sich die Schulter. »Du gibst es mir, Schwägerin? Glaubst du, ein Mann, der einmal einem Mädchen voller Blut und Wärme in den Armen lag, nimmt hernach vorlieb mit einer aufgeputzten Haselgerte?«

Seine Worte waren nicht das Schlimmste. Das Glänzen seiner Augen war schlimmer. Tränen. Anne schlug zu. Schlug in das schöne, reglose Gesicht, als breche es davon entzwei. Sie hätte einen Gegenstand nehmen sollen, ihren schweren, geschmiedeten Gürtel, aber noch immer war der Drang, ihn zu berühren, übermächtig. Von der Wucht und der Leere stürzte sie auf die Knie. In ihrem Kopf mahlten Steine.

Tom stand still. Wischte sich mit dem Handrücken einen Tropfen Blut vom Mund und spuckte auf den Boden. Dann zog er sich an. Knüpfte mit Umsicht die Nestelbänder, strich jede Falte glatt. Schloss sich zuletzt die Riemen der Schuhe um überraschend schlanke Fesseln. Entsetzt bemerkte Anne, dass sie schluchzte. »Tom«, rief sie, »Tom.«

Den Mantel um die Schultern breitend, ging er zur Tür.

»Ich werde dich töten.«

Er wandte halb den Kopf. »Fein«, sagte er.

Sooft es Nacht wurde, wurde es auch wieder Tag, und derweil Tage und Nächte sich schleppten, verstrich ein Jahr. Es war von neuem Sommer. Die Pfirsichbäume trugen winzige, steinharte Früchte, die Luft hing voll Süße, aber Catherine ertrug keinen Sommer mehr. Wenn es Herbst wurde, würde ihr weniger häufig der Schweiß ausbrechen, und ihre Augen, die vor Anstrengung schmerzten, würden wieder klarer sehen.

Immerhin war sie froh, jetzt hier zu sein. Solange ihr Gemahl in Frankreich kämpfte, wachte sie als Regentin über

England und hatte in Whitehall residiert, bis die stickige Düsternis der Räume sie schlaflos machte und sie den Hof in das lichtere Greenwich verlegte. Den Kindern gefiel es. Elizabeth las gern im Knotengarten, und der kleine Edward, dessen beträchtlicher Haushalt kaum Platz fand, bekam in den Parkanlagen Bewegung, die ihm nottat. Catherine selbst mochte ihr kleines Empfangszimmer, das sie Schreibstube nannte und dessen Fenster zum Fluss hinausging. Von der Arbeit blickte sie zuweilen auf und sah hinunter zu Elizabeth, die mit ihrem Buch bei den Stechpalmen saß, und Elizabeth blickte ebenfalls auf und winkte Catherine. *Mein liebes Mädchen. Gott sei gedankt für dich.* Keine elf Jahre alt war das Kind und hatte mehr Bücher gelesen als die meisten, die lebenssatt starben.

Bedächtig öffnete Catherine den Deckel ihrer Schreibschatulle. Ihr Gemahl hatte die nicht eben kostbare Schachtel aus Walnussholz ersetzen wollen, dann jedoch war Elizabeth hinzugekommen und hatte ausgerufen: »Aber seht Ihr denn nicht, wie schön sie ist?«

Catherine betrachtete sie. Schön war sie ohne Zweifel. Ins leuchtende Holz des Deckels war eine Kulisse aus bedrucktem Papier eingelassen und davor eine zierliche Schnitzarbeit: Melchior, Kaspar und Balthasar, die Heiligen Drei Könige, die ihrem Stern gefolgt waren, um den Heiland zu sehen. Würdenträger, die in Demut niederknieten. *Zu Zwölfnacht*, schien eine Stimme durch den Sonnenglast zu flüstern. *In zarter Heiligkeit.* Unter den Rippen spürte Catherine einen schon vertrauten Stich. Hastig riss sie ihre Feder aus dem Halter und schrieb quer über den Bogen: *Du sollst dir kein Bildnis machen.*

Sah nicht einer der Walnusskönige, der Dunkle, sie an? Sie wollte den Blick nicht erwidern, sondern schreiben: *Um die Wahrheit zu sagen, ich habe mir ein Bildnis gemacht. Ich machte ein Bildnis aus mir selbst, indem ich mich mehr liebte als Gott.* So kam sie nicht weiter. Sie ließ die Feder sinken und stellte sich dem Auge des geschnitzten Königs. Klar gefeilt war sein Gesicht. Eine Spur zärtlicher Schalk stand darin, als zucke ihm das Ohr. Sachte fuhr ihr Finger der Schnitzkontur nach. Dann schrieb sie weiter: *Gott gebietet mir, ihn von ganzem Herzen zu lieben, mit Geist, Willen, Stärke und Verstand.* Im Schreiben langte sie nach einer der über den Tisch verstreuten Schriften. Marguerite von Navarra: *Spiegel der sündigen Seele.* Catherine schlug sie nicht auf, ließ nur die Finger darauf liegen. Die Zeilen, die sie an Tagen wie diesem trösteten, trug sie längst im Kopf.

Kate Suffolk hatte ihr die Schrift gebracht. Nach der Hochzeit war sie gekommen, als Catherine geglaubt hatte, nie wieder etwas zu lesen, denn welche Bedeutung konnte Geschriebenes haben, wenn die Welt zum Lärm von hämmernden Fäusten in einem Tränenstrom versank? Kate hatte ihr die Schrift hingelegt und gefragt: »Bezweifelt Ihr, dass eine Frau ein Buch schreiben kann? Diese hier hat eines geschrieben, und wenn Ihr meint, ihr Buch habe Euch nichts zu geben, dann lest es.« Hernach hatte sie ihr die Schreibschatulle zugeschoben, den Deckel mit den Königen aufgeklappt. »Wozu hat man Euch dies geschenkt, wenn Ihr nicht schreibt? Ihr seid uns ein Buch schuldig, Catherine.«

War sie nicht gesegnet? Sie konnte lesen und schreiben, und ihre Lage, an der sie verzweifelte, bedeutete Macht und Schutz. Von jenem Tag an hatte sie ihren Haushalt aufgebaut, die Frauengemächer zu Fittichen gemacht, die ihren Ganskreis deckten. Kate und Nan, Liz und Joan wurden ihre Kammerfrauen, und eines Tages bat ein kleinwüchsiges Weiblein um Audienz, dessen Gesicht an ein gemästetes Kaninchen gemahnte. »Die Lady Lane«, ward ihr die Dame vorgestellt. »Jüngst verwitwet.«

»Catherine«, schrie das Weiblein und stürzte auf die Knie. »Ich war nicht gut zu Euch, ich war immer neidisch, aber um unserer Väter willen, steht mir bei!«

»Maud?« Ungläubig bückte sich Catherine, um sie aufzuheben, als aber die andere sich nicht rührte, hockte sie sich zu ihr. Sie hielt die von Schluchzen geschüttelte Base in den Armen, roch den Duft, der ihren Kleidern entstieg, und glaubte einen Herzschlag lang, wieder mit ihr in einem Bett zu liegen, wie einst unter den Eichenbalken. *Ist er in dich verliebt und du in ihn?* »Du bist Witwe, Maud? Hast kein Auskommen?«

»Es ist schlimmer.« Die Base weinte. »Mein Schwager weist mich aus dem Haus, und mein Vater kann nichts für mich tun. Die Lage ist zu heikel, sagt er. Wer hoch steigt, kann tief fallen, und mit einer Ketzerin befleckt er sich nicht den Latz.«

»Du bist...«

Aufheulend warf Maud sich Catherine an die Brust, dass diese rückwärtstaumelte. »Ich habe Bibellesungen abgehalten, in meines Gatten Haus.«

»Das ist dir nicht verboten.« Immerhin, diese Milderung hatte sie dem König abgerungen: Frauen von Stand durften wieder in der Bibel lesen, solange sie es für sich, in der Stille taten.

Als hätte Maud ihre Gedanken vernommen, hörte sie auf zu weinen. »Ich habe Freundinnen dazu geladen. Meine Aufwarterin, die Mägde aus der Küche.«

War es kein Wunder? Die tumbe Maud war eine Predigerin. Die neue Kirche, die Catherine zuweilen als Schimäre erschien, als verstiegener Traum von ein paar Schwärmern, breitete sich über England aus wie Lady Margerys wollene Decken über Betten. Wer wollte sie denen, die sie wärmte, entreißen? »Du bleibst bei mir«, sagte sie zu Maud. »Ich nehme dich in meinen Haushalt auf.«

Und so war es geschehen. Durch Maud lernte Catherine andere Frauen kennen, die sich um ihres Glaubens willen in Not befanden, und durch diese wieder andere. Sie musste vorsichtig handeln, doch für die meisten Gefährdeten ließ sich ein Schlupfloch finden. Cranmer trug ihr gelegentlich Fälle in Verdacht geratener Geistlicher vor, für die sie sich verwendete. »Die, die bereits verloren sind, bringe ich nicht vor Euch«, erklärte er. »So hart es uns ankommt, jemanden aufzugeben, wir gehen über allzu dünnes Eis.«

Der Flügel um Gardiner, Norfolk und den immer rasender agierenden Henry Howard wartete nur darauf, dass einer von ihnen einen Fehltritt beging. Ob der König dem Sinkenden dann seine Hand reichen oder ihn ertrinken lassen würde, vermochte niemand zu sagen. Es galt, dankbar zu sein, für jedes bewahrte Leben. Catherine war froh, dass Cranmer die Auswahl traf. Sie liebte seine Besuche. Seit dem Frühling war seine Gattin wieder auf der Insel, lebte im Verborgenen auf seinem Gut in Fort. Der König wusste darum und verlangte lediglich Stillschweigen.

Catherine sah von dem Geschriebenen zur Schrift der Marguerite von Navarra und dann auf die Heiligen Könige. Wochenlang hatte sie darum gerungen, den Schmerz, der ihr den Leib wie einen Weinschlauch abfüllte, auszutrocknen, aber der Schmerz war geblieben und hatte sie starr gemacht. Jetzt ließ sie ihn, wo er war, und er machte sie weich. *Ich soll mir kein Bildnis machen, nicht mich oder einen andern und erst recht keine Liebesgabe aus Walnussholz an Gottes Stelle setzen. Aber die Bildnisse, mein Vater im Himmel, sind das Evangelium derer, die Dein Wort nicht lesen können. Auch meines, wenn meine Augen tränenblind sind.*

Als sie den Kopf hob, sah sie durch das geöffnete Fenster, wie Prinz Edward auf seinem walisischen Pony seinen Bewachern davonsprengte. Neuerdings trug er keine Röcke mehr, sondern Kniehosen und das winzige Schwert auf der Hüfte wie ein Mann. Einhändig winkend setzte er über eine Hecke und galoppierte auf seine Schwester Elizabeth zu. An Catherines Tür pochte es. Vermutlich wieder ein Aufwarter, der ihr Speise brachte, die Morgensuppe und Wein dazu, obgleich ihr Magen beides nur in winzigen Mengen vertrug. Den Kindern zuzusehen, tat ihr wohler. *Ich habe mir so sehr ein Kind gewünscht, ich werde keines gebären, aber habe mein kluges Mädchen und meinen Kobold von Knaben, Janies Sohn mit den grünbraun funkelnden Augen.* Als sie zur Tür sah, stand ihr Page darin. »Der Graf von Hertford, Euer Gnaden.«

»Edward!« Catherine sprang auf und eilte ihm entgegen. Edward sank auf ein Knie, Catherine lachte und gebot ihm, aufzustehen.

Zusammen mit Cranmer war er ihr, der Regentin, als Berater zur Seite gestellt worden. »Eure beiden Lieblingsketzer«, hatte der König gesagt. Auch nach einem Jahr, das sie mit Henry Tudor lebte, war es Catherine unmöglich zu deuten, ob dies als einer seiner fühllosen Scherze oder in tödlichem Ernst ausgesprochen war. Immerhin hatte er zusätzlich einen Mann namens Wriothesley, der dem verstorbenen Audley als Lordkanzler gefolgt war, zum Berater ernannt. Der Mann war für seine strikt papistische Haltung bekannt. Vorsicht war geboten, aber nicht alle Wände hatten Ohren.

»Arbeit am Sonntag?«, fragte Edward, sobald der Page sich zurückgezogen hatte. Er trat vor ihr Pult und nahm eine der Schriften zur Hand. »Und dann auch noch den schweren Calvin. Heißt es nicht, du sollst den Feiertag heiligen?«

»Diese Gebote sind die reinsten Springinsfelde. Immer hüpfen sie zur Tür herein, wenn man sich am frömmsten glaubt.« Catherine nahm ihm die Schrift ab und legte sie zurück. »Aber dies hier ist ja keine Arbeit. Es ist mein Gottesdienst.«

»Im Calvinschen Sinn?«

Sie schüttelte den Kopf. »Nein, mit Calvin habe ich abgeschlossen. Was er zum Abendmahl schreibt, ist mir teuer, aber seine Prädestination bleibt mir fremd. Ich halte es mit deinem Erasmus: Keinem Gotteskind sind Bosheit und Verdammnis oder Pflichttreue und Seelenheil vorbestimmt. Ob wir um die Erfüllung unserer Pflicht ringen und Gott um Beistand bitten, entscheiden wir selbst, und zum Heil sind wir alle, ohne Ausnahme, bestimmt.«

»Du überraschst mich stets aufs Neue, Cathie.«

»Warum? Weil ich lese und bete und ab und an etwas begreife? Ich habe ja Hilfe auch in den Lehrern, die wir den Kindern bestellt haben. Doktor Cheke stört sich nicht daran, seiner törichten Königin ab und an auf die Sprünge zu helfen.«

»Weshalb sollte er?« Über Edwards Züge, die immer ausgezehrter wurden, spannte sich flüchtig ein Lächeln. »Du hast ihn vor seinem Erzfeind Gardiner bewahrt. Hättest du ihn nicht hierhergeholt, er wäre längst Asche.«

»Ich hole noch jemanden her«, sagte Catherine. »Gerade erhielt ich die Dokumente. Seiner Ernennung zu Prinz Edwards Lehrer ist stattgegeben, und er befindet sich auf dem Weg.«

»Miles Coverdale?«

Catherine nickte. Der Kleriker, der seit Jahren um sein Leben fürchten oder sich im Ausland verbergen musste, mochte im prinzlichen Haushalt ein wenig Frieden finden. Ihr selbst und den Kindern konnte nichts Besseres geschehen als Unterweisung durch einen Mann, der Tyndale gekannt und mit ihm gearbeitet hatte.

»Gott segne dich«, sagte Edward. »Woher nimmst du die Kraft?«

Auch ihr fiel das Lächeln schwer. »Unser Tag wird kommen.«

»Glaubst du noch daran?«

Der Schmerz war Wein im zu dünnen Schlauch. »Ja, daran glaube ich. Womöglich sind wir nicht mehr da, wenn er kommt, aber was ändert das?«

Seit er aus Edinburgh zurück war, zuckte ihm überm rechten Auge das Lid, und er trug seine Brille nicht mehr. Er wandte sich ihrem Pult zu, dem Stapel beschriebener Bogen an der Kante. »Du hast alles geordnet, wie ich sehe. Ich nehme es also mit?«

Catherine hielt den Atem an. Jäh verschwamm der Raum, und so sehr sie sich wehrte, erstand vor ihren Augen ein Bild: Wulf Hall. Sie selbst als Sechsjährige im schlammverkrusteten Kleid, vor ihr der schlaksige Edward, der seinen Geschwistern von Büchern erzählte. *Wie lange habe ich davon geträumt? So lange, wie ich denken, so lange, wie ich mich an mich erinnern kann.* Und jetzt lag es hier, war ganz still und erschien nicht im Mindesten bemerkenswert. Edward nähme es mit, ließe es drucken und binden. Ihr Buch.

Eines Abends, noch in den schlimmen Tagen, war Elizabeth in ihre Stube gekommen und hatte gefragt, warum sie so viele Stunden mit der Feder in der Hand am Pult sitze, wenn sie nicht schriebe. Catherine hatte versucht, einen Scherz daraus zu machen: »Ich habe mir eingebildet, ich könne ein Buch schreiben. Aber wie es aussieht, wird es wohl keins.«

Elizabeth hatte den wüsten Berg ihrer über Jahre gesammelten Gebete und Gedanken aufgenommen und erwidert: »Wenn dies hier kein Buch wird, dann habe ich noch keines gesehen.«

Es würde eines werden.

»Ja, nimm es mit«, sagte sie zu Edward. »Lass *Gebete und Meditationen* als Titel prägen. Was der König missbilligen könnte, habe ich ausgesondert.« Sie wies auf die Bogen neben der Schreibschatulle, obenauf lag der, den sie eben noch beschrieben hatte.

»Und was wird damit?«

»Ich schreibe daran weiter. Noch ein Buch. Dass meine kleinen Gebete nun gedruckt und womöglich von Menschen gelesen werden, macht mir Mut.«

Edward beugte sich über das Pult, blätterte und las. Endlich richtete er sich, einen Bogen in der Hand, wieder auf: »*Ist es nicht maßloses Übel*«, las er vor, »*dem Wort Gottes die Verfehlungen der Menschen anzulasten? Die Heilige Schrift zur Gefahr zu erklären, nur weil es unter ihren Lesern Ketzer gibt? Entsagen wir der Nahrung, weil sich mancher überfraß? Verzichten wir auf die Wärme des Feuers, weil das Haus eines Nachbarn niederbrannte?*«

So also klang es! So war es geraten.

»Was ist das, Cathie?«

»Ich nenne es *Klage einer einfachen Frau*. Ein Buch für meinesgleichen. Mädchen, die glauben, in der Welt allein zu stehen und für Gott keine Worte zu haben. Menschen, die Fehler begehen, die sie nicht mehr begradigen können. Sünder, die an Gottes Platz in ihrem Dasein einen Hohlraum spüren, die den Tod fürchten, die vor Angst nicht denken können. Kein kluges Buch, nur eines, das all jenen sagt: Lest in der Bibel. Es gibt keinen besseren Trost.«

Sie sah, wie Edwards Hände sich um das Papier schlossen. »Du weißt, dass ein solches Buch unter der Herrschaft Henry Tudors nicht erscheinen darf?«

»Ja, das weiß ich. Geschrieben bleibt es dennoch.«

»Es wäre mir lieber, diese Blätter kämen aus dem Palast.«

»Das sollen sie auch. Ich will, dass du das, was schon fertig ist, mitnimmst, wenn du nach Frankreich gehst.«

Er wich zurück. »Du willst *was*?«

»Du bist nach Boulogne berufen, oder nicht?« Er hatte die Papiere niedergelegt, aber sie gab sie ihm erneut. »Nimm es mit. Du magst meinen, dass ich viel von dir verlange, aber das ist eben so. Du und ich haben unser Leben lang viel voneinander verlangt.«

Sein Lid zuckte. Als er den Mund öffnete, nickte sie. »Gib es deinem Bruder, Edward.«

»Im Leben nicht. Wie oft hast du mich so angesehen, wie oft? Und jedes Mal ist mir, als wolltest du mich fragen: *Wo ist dein Bruder Abel, Kain?*«

»Ich bete zu Gott, dass ich dich das nie fragen muss«, erwiderte Catherine.

»Ja, bete. Aber wisse: Mein Bruder ist kein Abel.«

»Wichtiger ist: Sei du kein Kain. Bring ihm die Schrift.«

»Mein Bruder liest nicht einmal Schriften.«

»Diese liest er.«

»Ist dir nie der Gedanke gekommen, dass du dich an einen Wertlosen verschwendest?«

»Nein«, schrie sie, »nein. Bist du von Sinnen?«

»Von Sinnen ist mein Bruder«, erwiderte Edward langsam, »der, während ich in Schottland Knaben schlachte, meine Frau begattet. Das ist der Mann, den du liebst, Catherine Parr.«

»In der Tat, diesen habe ich geliebt, und das macht mich reich. Und dich nicht weniger, Edward Seymour.«

Sie schwiegen. Dann fragte er: »Wirst du im Gegenzug etwas für mich tun? Nimm meine Frau in deinen Haushalt auf.«

»Das meinst du nicht ernst!« Ihre Stimme kippte. »Bist du deshalb gekommen? Um den Boten zu spielen für deine Ränkeschmiedin? Sag ihr, sie soll den Feiertag heiligen und nicht noch am Sonntag ihre Eisen heiß machen. Mein Haushalt ist unsere Zuflucht, und in ein Nest voll Amseln setze ich mir keinen Iltis.« *Ist das noch wahr? Sind das noch mein liebs-*

ter Freund Edward und ich? Ihre Augen waren blind. Wer hat diese zwei Mitleidlosen aus uns gemacht?

»Catherine«, hörte sie ihn. Sehr leise. Sehr weit weg. »Wir können doch beide nicht anders. Weder du noch ich.«

Sie legte sich die Hände an die nassen Wangen. Er weinte nicht. Sein Gesicht war grau. »Ich hab dich lieb, Edward«, murmelte sie. »Verzeih mir, ja?«

»Verzeih mir auch, Cathie.«

»Sag deiner Frau, sie ist mir willkommen.« Mit ungelenken Schritten lief sie zum Pult zurück und nahm die Schrift der Marguerite von Navarra auf. »Hast du das gelesen? Den *Spiegel der sündigen Seele*?«

»Ja.«

»Dann vergiss es nicht.« Sie schlug die Seite auf, obgleich sie die Zeilen längst im Kopf trug: »*Niemals soll ein Mensch die vollkommene Liebe Gottes erlangen, der nicht bis zur Vollkommenheit ein Geschöpf dieser Welt geliebt hat.*«

Sie sahen sich an. Zweimal zuckte sein Lid. Dann ging er.

Für England galt dieses 1544 als ein gutes Jahr. Im Mai hatte Ned Seymour die schottische Grenze befriedet, und im Juli hatte ein englisches Heer, vom König höchstselbst in die Schlacht geführt, nach kurzer Belagerung Boulogne erobert. Eine Zugmaschine war errichtet worden, um die gerüsteten Leibesmassen Henry Tudors auf ein Pferd zu hieven. Hatte man angenommen, der von Schmerzen gepeinigte Monarch könne die Strapazen des Feldzugs unmöglich durchhalten, so hatte man sich getäuscht. »Er ist im Felde gesundet«, berichtete Willie Herbert, der den Heeresdienst verabscheut hatte, seiner Frau. »Kaum standen die Belagerungstürme, gewann er seine Tatkraft zurück. Wir müssen uns darauf einrichten, dass er noch lange lebt und über uns herrscht.«

Nan Herbert war darauf eingerichtet. Auf das Schlimmste. *Es war ein gutes Jahr, anders darf ich's nicht nennen, denn alle, die ich liebe, leben noch.* Ihre kleinen Söhne, Henry und Charles, gediehen prächtig, ihr Mann war heil zu ihr zurückgekehrt, und sie diente mittlerweile der sechsten Königin.

Was durfte eine Frau mehr verlangen? In ein paar Stunden beging man die zwölfte Nacht, der Hof residierte wieder einmal in Hampton Court, und seit drei Tagen fiel Schnee. Nan sah aus dem Fenster in die unablässigen Ströme weißer Flocken und vermochte nicht zu fassen, warum sie so traurig war.

Kein Fest war ihr so lieb wie Zwölfnacht. Die Nacht aller Möglichkeiten. Die Ankunft der Könige, die ihrem Stern bis ans Ziel gefolgt waren. Für Cathie aber gab es keine Möglichkeiten mehr, und ihr Stern war ihr zum Greifen nah verloschen. Sie schlug sich wacker. Wie auch anders? War sie nicht tapfer gewesen, solange sie lebte? War Nan aber ehrlich, so brachte diese Tapferkeit, das festgezurrte Puppenlächeln, die erzwungene Milde, sie schier um den Verstand. Mit einer Cathie, die heulte, die ihr Schicksal verfluchte, hätte sie umgehen können. Die Cathie aber, die im balsamigen Ton eines Dorfpriesters sprach, war ihr fremd und fern. Einer Cathie, die vor Sehnsucht verging, hätte sie Nachricht von ihrem Liebsten aus Frankreich zugeschmuggelt. Der Cathie, die sich weigerte, Tom beim Namen zu nennen, wusste sie jedoch nicht zu helfen.

Sie redete häufig mit Kate, die Catherine womöglich besser als jede verstand. »Ihr dürft nicht vergessen«, sagte diese, »was droht, wenn der leiseste Verdacht aufkommt. Catherine mag ihren Kopf verlieren, aber Tom Seymour wird geschleift, kastriert und geviertelt. Nicht schaudern, liebe Nan. Ich wollte Euch nur bedeuten, mit welcher Furcht Eure Schwester lebt. Und der Feinde sind viele. Dem Bischof Gardiner, dem Herzog von Norfolk und dem Lordkanzler Wriothesley wäre nichts lieber, als die Königin dem Henker auszuliefern und wenn möglich den Erzbischof und ein, zwei Seymours dazu.«

»Ist es nicht merkwürdig?«, fragte Nan. »Solange wir leben, fürchten wir uns vor Feinden, die wir im Grunde kaum kennen. Fürchtet Ihr sie wirklich, Kate? Den uralten Herzog, der den Niedergang seiner Nichte knapp überlebt hat, und den griesgrämigen Bischof, den nicht einmal Henry Tudor leiden mag?«

»Sie stehen mächtigen Flügeln in Rat und Parlament vor. Es gilt ihnen als heilige Pflicht, die neue Kirche zu zerschlagen, den künftigen König papistisch zu erziehen und England wieder Rom zuzuführen.«

»Den künftigen König?« Der Gedanke an das Kind hellte Nans Betrübtheit auf. »Meint Ihr das Bürschlein von sieben, das meiner Schwester und Coverdale erklärt, wie man Calvin liest? Seid unbesorgt. Catherine hat diese Kinder, Edward und Elizabeth, an sich gerissen, als wären sie ihr Fleisch und Blut. Sie überließe sie keinem, der auch nur ein Haar auf ihren Häuptern papistisch machte.«

»Eben drum«, erwiderte Kate. »Nimmt es wunder, dass die Papisten ihren Sturz wünschen?«

»Nein«, gestand Nan zu. »Nur denke ich oft: Was können die zahnlosen Wölfe uns anhaben, wenn ihnen aus unseren Reihen keine Hilfe kommt?«

»Sagt an. Ihr sprecht nicht eben von der Gräfin von Hertford?«

»Und von ihrem Dudley, dem beflissensten Reformer des Rates. Die spröde Annie steckt unentwegt mit Mary Tudor zusammen, und mit wem Dudley zusammensteckt, will ich lieber nicht wissen.«

»Ich auch nicht«, sagte Kate. »Aber die Gräfin unterstützt in Not geratene Reformer. Gerade hat sie der frommen Mistress Askew Geld zur Flucht zukommen lassen. Uns ist aufgetragen, an einem Menschen das Gute zu sehen, nicht das Böse anzunehmen.«

»Jetzt redet Ihr wie Cathie. Ihr seid einander so ähnlich.«

»Glaubt das nicht!« Mit schwarz blitzenden Augen sah die andere sie an. »Eure Schwester ist hundertmal besser als ich. Seid versichert: Ich hätte Tom Seymour bei seinem sündroten Haar gepackt und ihn angeschrien: Flieh mit mir ins kälteste Schottland oder wohin auch immer, nur lass mich nie mehr los.«

Die Worte klangen in Nan nach, derweil sie hinaus, in den fallenden Schnee starrte. Dicht stürzte das Weiß. Die Rasenflächen, die Spaliere, um die sich im Frühsommer Rosen rankten, und die Wege waren längst bedeckt. *Wie schön, wie traurig, wie vergeblich. Als hätte all das Wirbeln und Stürmen gegen die Schmelze Bestand.* Der Vorhang der Schneemassen war so schwer zu durchdringen, dass Nan die zwei Reiter, die sich aus dem Saum des Jagdparks lösten, zunächst nur ahnte. Einer der beiden ritt einen Schimmel. Das wie aus Schnee geschaffene Tier wirkte zerbrechlich, hielt mit dem größeren Braunen aber mühelos Schritt.

Wer ritt jetzt noch aus, wo sich jeder im Palast für das Bankett aufputzte? Nan stieß die Fensterflügel auf. Durch Schneegestöber drang das Lachen der Reiter. War das möglich? Elizabeth Tudor, die Siebenschlaue, wann erlebte man die je so heiter? Und den Mann auf dem Schimmel hätte ein Blinder erkannt. Aber was machte der hier? Sollte er nicht im Feldlager vor Boulogne stehen und statt der sich biegenden Zwölfnachtstafel das schwarze Brot der Söldner teilen? Nach allem, was sie wusste, hatte er keine Erlaubnis, sich von den Truppen zu entfernen. Als Herr der Ordonanz war er für die Verproviantierung der Kämpfenden zuständig, hatte mit dem Nachschub geschludert und sich einen scharfen Verweis eingehandelt. Wie es aber aussah, ließ Tom Seymour sich nicht wie einen unfolgsamen Knaben abstrafen.

Nan hatte ihn lange nicht gesehen. Seit dem Sommer hatte er die meiste Zeit auf See oder in Frankreich verbracht. Zum Ärger des Königs hatte Kaiser Carlos ohne Absprache mit den Franzosen Frieden geschlossen, so dass England nun allein stand. Damit jedoch hielt man keinen Henry Tudor vom Kämpfen ab, im Gegenteil, man stachelte ihn an. Nie und nimmer hätte er Tom in solcher Lage zurückbeordert. In sachtem Trab ritten die beiden unter Nans Fenster vorbei. Tropfnasses Haar hing Elizabeth bis in die Taille.

Tom beugte sich zu ihr, berührte ihren Arm. Sie war groß geworden in diesem Jahr und schlank wie ein Zweig. Er raunte ihr etwas zu, und die Elfjährige warf den Kopf in den Nacken und lachte hell ins Gewirbel des Schnees. Nan sah, wie Tom das Gesicht zur Grimasse verzog, damit das Mädchen weiterlachte. Was für ein Kindskopf steckte in diesem

Mann von bald vierzig! Willie hatte Nan erzählt, dass er seine Welpen selbst aufzog und sich mit ihnen am Boden wie eine tolle Hündin balgte. War er bei Hof, so bekam man ihn von seinem Neffen nicht getrennt. Einem der Lehrer, Doktor Cheke, hatte er gedroht, ihn mit der Birkenrute zu verprügeln, falls der Gelehrte die Hand gegen den Prinzen erheben sollte.

Nan spürte, wie ihr Tränen in die Augen und Flüche auf die Zunge quollen, für die sie sich in papistischer Unart bekreuzigte. *Zur Hölle, Tom, du hättest deine Cathie zu den Schotten verschleppen und eine Horde wilder Bälger mit ihr haben sollen.* Ein Mann wie dieser war gemacht, um ein Kind aufzuziehen. Die kleine Bess Tudor aber, so durchzuckte es Nan, war keines mehr.

Die Reiter hatten die Biege zu den Stallungen fast erreicht, als Nan aus ihren Gedanken schreckte. Er war so gut wie ihr Bruder gewesen, so gut wie ihr Schwager, sie hatte das Recht, ihn zu grüßen. »Tom«, schrie sie aus dem Fenster, »Tom!« Schnee trieb in ihr Gesicht. Aber ob Tom sie hörte oder nicht, er drehte sich nicht um.

Auf den ersten Blick schien das Bankett gediegen, eines Königs, der seit nunmehr zehn Jahren seiner Kirche vorstand, würdig. Wer genauer hinsah, entdeckte jedoch all die nadelfeinen Spitzen und Anzüglichkeiten, die verrieten, dass der Hof im Krieg stand, nach außen wie im Innern, und dass er von Hass und Furcht zerrissen war. Die graubärtige Spottmaske, die sich John Dudley vor die rotfleckigen Wangen hielt – sollte die das Antlitz des Papstes vorstellen? Er saß mit zwei Damen ein Stück vom Königspaar entfernt, aß mit fahrigen Bewegungen und sprach derweil auf die Damen ein. Die, mit der er wohl lieber gesessen hätte, war nicht erschienen. Anne von Hertford lag zu Bett, gebar ihr fünftes Kind. Ihr Gemahl stand in Frankreich. Zuweilen sehnte Nan sich nach Ned Seymour, dessen gedankenverlorene Freundlichkeit sie seit ihrer Kindheit begleitet hatte. Jenen Ned aber, die gelehrte Sanftmut auf Storchenbeinen, gab es längst nicht mehr.

Dudley gegenüber saß Bischof Gardiner, gleichfalls hinter einer Spottmaske, einer verbissenen Fratze, die der Schönheit menschlicher Züge höhnte. Ein Zerrbild Calvins. Aus dem Schopf der Scheußlichkeit sprossen zwei gekrümmte Hörner. Flankiert wurde er von den Herzögen Norfolk und Suffolk, der erste mit aufgeschminkten Schwären auf den Wangen, König François darstellend, der Gerüchten nach an der Franzosenkrankheit litt. Der zweite, Kates Gatte und des Königs Freund aus Jugendtagen, war über seiner Mahlzeit eingeschlafen, das Haupt mit den eisgrauen Locken auf eine zerdrückte Wachtel gebettet und rundum garniert mit Zwiebeln und Rosmarin. *Die vor uns die Zügel hielten, sind zu Greisen geworden*, dachte Nan. *Und wir, die sie ihnen aus den Händen nehmen sollten, sind selbst schon mutlos und ausgelaugt.*

Sie stand im Kreis der Ehrendamen hinter der Königin, um nach Bedarf dieser aufzuwarten. Bei Catherine aber gab es noch weniger aufzuwarten als seinerzeit bei Janie. Sie ließ sich Speisen in winzigsten Mengen auflegen, pickte daran und vergaß sie. Krank sah sie aus. Das sonderliche Violett, das sie so häufig trug, verstärkte ihre Blässe. Der König neben ihr hatte ein Bein unter der Tafel hochgelagert und sprach dem Aufgetischten zu, warf aber zwischen Spießferkel und Zuckeräpfeln beständig Blicke zur Seite, die vor Argwohn starrten.

Wer war glücklich in diesem Saal? Cranmer womöglich, zu des Königs Rechten, mit den Gedanken bei der Liturgie, an der er schrieb, oder bei der blonden Lutheranerin, seiner Gattin, die auf Gut Ford sein Kind erwartete? Francis Bryan, so besoffen, dass er den Becher nicht heben konnte, ohne den Erzbischof in Wein zu baden? »Auf alle stolzen Töchter Englands!«, grölte er und wies mit dem Gefäß auf Catherine. »Janie von Wulf Hall, die Krone von allen, obgleich sie kein Latein kann.« Er schüttete sich Wein in den Schlund und bemerkte nicht, dass er in seiner seltsamen Welt längst alleine war.

Die Königstöchter, Mary und Elizabeth, waren sie glücklich, weil sie auf Catherines Betreiben nun fest zum Hof gehörten? Die Papistin Mary besaß an den Geschmack von

Glück vermutlich keine Erinnerung. Und Elizabeth? *Sie ist eine Schönheit*, stellte Nan verwundert fest. Ihr Haar, eben noch zerrauft wie nasses Katzenfell, fiel ihr rotgolden schimmernd in die Taille. Zum hellen Haar besaß sie die dunklen Höhlenaugen ihrer Mutter, die im Kerzenschein glänzten. Ja, Elizabeth in ihrem Brokatkleid mochte das glücklichste Geschöpf an dieser Tafel sein. Ihr Bruder Edward, der Prinz, war wie die drei Söhne Dudleys nach dem ersten Gang zu Bett geschickt worden. Die Kinder, hatte man befunden, waren zu jung für die zwölfte Nacht. *Aber nicht Cathie*, erinnerte sich Nan, als wären dreißig Jahre ausgestrichen und sie stünde wieder im Nachthemd an der Treppe und blickte hinunter auf das Treiben. Auf ihren kurzen Beinchen hatte Cathie damals die zwölfte Nacht durchtanzt, weil ihr Gefährte, Tom, sich nicht von ihr hatte trennen lassen.

Ein weiterer Gang wurde aufgetragen. Von der Galerie perlte leises Schalmeienspiel. Der König spießte ein geviarteltes Neunauge aufs Messer und sagte etwas zu Cranmer, das Nan nicht verstand. Cathie bekam einen salbeiduftenden Streifen Kalbsbrust vorgesetzt und vergaß, ihn zu essen. Dudley legte die Papstfratze nieder und zückte seine Silberflasche. Und dann kam Tom. Ungerüstet, doch im blau-roten Waffenrock, die Tudorrose auf der Brust. Er stob durch die Gasse zwischen den Tafelnden, als gelte es, ein Meer zu teilen. Mit einem Satz war er auf dem Podium, auf das nur Geladene gehörten. Dort verhielt er, zögerte. Nan glaubte, ihn atmen zu hören. Den Rücken straffend, sank er auf ein Knie.

Alles Klirren, Kauen, Schwatzen verstummte. »Oho«, sagte endlich der König. »Oho.« Behäbig wandte er sich zu Cranmer: »Haben Wir den Herrn eingeladen, Eminenz?«

Tom enthob den sich windenden Kleriker einer Antwort. »Nein«, rief er. »Ich bin aus eigenen Stücken gekommen. Den Tadel, mit dem meine Feinde meinen Ruf beschmutzen, nehme ich nicht hin.«

»Oho«, wiederholte der König. Und dann beugte er sich über die abgenagten Fleischknochen und fragte: »Nehmt Ihr jemals etwas hin, Thomas Seymour?«

Tom hob den Kopf. Der Monarch und sein Untertan maßen einander. »Sprecht«, sagte Henry Tudor. »Auf dass Wir befinden können, ob Euer Widerspruch berechtigt ist. Und worüber haben Wir anschließend noch zu befinden, he?«

»Über meine Bestrafung für unerlaubtes Verlassen der Stellung«, erwiderte Tom ungerührt.

Jemand kreischte. Dann wurde es wieder still.

»Ich war mit siebzehn Schiffen auf dem Weg nach Boulogne«, begann Tom. »Dass ich dort nicht ankam, ist unverhofftem Ostwind geschuldet, gefolgt von gegnerischen Schiffen vor Dieppe. Der ehrenwerte Henry Howard hätte bezeugen können, dass wir uns wacker schlugen, aber zur Umkehr gezwungen waren. Allein, dem ehrenwerten Herrn Howard stand nicht der Sinn danach.«

König Henry trank Wein. »Norfolk?«, fragte er dann.

Der Angesprochene sah verwirrt zu Gardiner, dann wieder zu seinem König. Müde zuckte er die Schultern. »Er hat Recht.«

»Hört, hört«, murmelte Henry Tudor, den reglosen Tom ins Auge fassend. »So ist es denn gebührlich, dass Wir den unverdienten Verweis wieder von Euch nehmen, richtig?«

»Ja«, sagte Tom.

»Ja? Sagt man so? Wir hingegen meinten, es hieße: Ich danke Euch, Euer Gnaden. Wollt Ihr Uns das wohl nachsprechen?«

Zwischen den erstarrten Gestalten der Tafelnden hindurch sah Nan auf Toms Rücken, über den ein Beben rann wie ein lebendiges Tier. Und dann sah sie Catherine, die ihre Schultern zusammenzog wie unter einem Schlag. Die ihre Hand auf den Arm des Königs schob und daran hinaufstrich, liebkosend, fast schamlos, über die Schulter an den Hals. »Lasst ihn«, murmelte sie. »Soll er Euch die Festlaune vergällen?«

Unvermittelt schrie der König Tom an: »Sprecht Uns nach!«

»Ich danke Euch, Euer Gnaden«, kam es pfeilschnell von Tom.

»Was meint Ihr, Weib?« Der König klopfte Catherines

Hand, die starr an seinem Kragen lag. »Sollen Wir dem Flegel im Fleet-Gefängnis eine Lektion erteilen lassen? Oder ist das vergebene Liebesmüh, schicken Wir ihn besser ohne Verzug auf den Block?«

»Schickt ihn wieder auf ein Schiff«, sagte Catherine, in der Stimme kein merkliches Zittern. »Lasst ihn sich abarbeiten. Ihr habt doch Vergnügen an ihm.«

Der König hielt die beringte Hand auf ihrer fest. »Schert Euch weg«, sagte er, ohne den Kopf nach Tom zu wenden. »Euer Kommando ist Euch entzogen. Morgen früh brecht Ihr nach Portsmouth auf, wo Admiral Carew mit meiner *Mary Rose* vor Anker liegt. Der hat schon anderen den Nacken gekrümmt, der brave Mann.«

Währenddessen sah er unverwandt Catherine an, und der kniende Tom sah ebenfalls Catherine an, aber Catherine sah von beiden keinen an, sondern blank vor sich hin. Wie zum Hohn strömten aus den Seitentüren zwei Reihen von Aufwartern, um die Zwölfnachtstorten aufzutragen, die verrieten, wem das neue Jahr gehörte. »Geht mir aus den Augen«, schrie der König. »Dass Ihr ungeschoren davonkommt, verdankt Ihr dem Gedenken an Eure Schwester, Unsere Janie, nicht *ihr*.« Ruppig riss er Catherines Hand von seiner Schulter. Tom zögerte. Dann stand er auf, drehte sich um und verließ mit gebeugten Schultern den Saal.

König Henry winkte die zwei Bediensteten mit der Tortenplatte heran. »Hütet Euch«, sagte er zu Catherine. »Sind ein Buch voll Ketzergebete und ein rothaariger Lümmel Euren Hals wohl wert?«

Die Torte wurde niedergesetzt und angeschnitten, Hände streckten sich nach Stücken, und der König gebot den Musikern, weiterzuspielen. Dudley sagte etwas zu seinen Tischdamen, aber ward von ihnen nicht beachtet. Die beiden, Lady Dorset und Lady Douglas, steckten im weichen Licht der Wachskerze die Köpfe zueinander und sprachen, als wären sie allein.

»Er ist noch immer Balsam für schmerzende Augen, nicht wahr?«, fragte Lady Dorset verträumt.

»Ach«, erwiderte Lady Douglas nicht weniger in Träumen, »auch das Schöne wird ja schal und gemein, und das Erhabene zerfällt zu Gewöhnlichem. Aber Ihr habt Recht. Selbst wenn er den König beleidigt, erscheint er nicht anders als vor Jahren, als unsere gute Königin Jane noch lebte und er hier seine zärtliche Weise für ein geliebtes Mädchen sang.«

Sich vielleicht wundernd, jedoch an Damen, die dem Wein zusprachen, gewöhnt, blickte der Aufwarter von seiner Tätigkeit auf. Dann zog er dem Grafen von Suffolk die Wachtel unter den Haaren weg und stellte stattdessen einen Teller voll Torte vor ihn hin. In dem Augenblick, in dem der Teigberg zerfiel, sah Nan es silbern blitzen. Sie dachte nicht nach, langte über den Tisch und schnappte sich die glückliche Bohne. Mit zwei Sätzen hatte sie die übrigen Damen umrundet und hielt die Hand mit der Bohne über Catherines Teller. *Es sei dein Jahr, auf welche Weise auch immer. So sehr wünsch ich's dir, so sehr, so sehr.*

Sie ward am Gelenk gepackt. »Du sollst nicht stehlen.« Ihre Schwester blickte zu ihr auf. Ihre Wangen waren trocken, um den Mund grub sich das festgezurrte Lächeln. »Schon gar nicht ein gesegnetes Jahr, das einem alten Mann geschenkt ward. Bring ihm die Bohne zurück, Nan.«

»Aber ich will...«

»Du sollst nicht stehlen«, wiederholte Catherine wie eine greise Betschwester. »Es sei das Jahr des Herzogs von Suffolk.«

Im Februar brachte ein schottisches Heer den Engländern auf dem Moor von Ancrum eine vernichtende Niederlage bei. Zugleich begann der französische Admiral d'Annebault, in der Seinemündung eine Kriegsflotte von nie gekanntem Umfang zu sammeln. Zwar schritt die Vorbereitung nur langsam voran, aber über kurz oder lang würden die Schiffe gen England aufbrechen, um Rache für die Besetzung Boulognes zu nehmen. Der Kriegsruhm, nach dem der alternde König sich verzehrte, drohte zu bröckeln wie Brot ohne Fett. Selbst Günstlinge stöhnten über üble Zeiten. Wer in Reichweite des missgelaunten Monarchen kniete, bekam nicht selten die Härte der beringten Hand zu spüren.

Fern des Hofes gab es Ärgeres zu leiden. Um die Kosten für die fieberhafte Rüstung zu bestreiten, wurden Steuern erhöht und Münzen entwertet. Am schlimmsten traf es Menschen, denen es nach Missernten am Nötigsten fehlte, sowie jeden, der es wagte, den verwundeten Löwen durch Widerspruch zu reizen. Nie hatte ein unbedachtes Wort so rasch den Hals gekostet. Im böigen Wind, der diesen Frühling durchpeitschte, brannten mehr Ketzer denn je.

Catherine war so dünn geworden, dass kein Kleid oder Unterkleid mehr wärmend ihrem Leib anlag. Ständig fror sie und verlor nur noch selten nach Frauenart Blut, als könne ihr schwerfällig pumpendes Herz keinen Tropfen mehr entbehren. Aber sie schlug sich gut. Niemand bestritt dies. Noch immer ließ sich manches Leben bewahren, und die zwei Kinder, Elizabeth und Edward, waren eine Freude. Als Geschenk für die Stiefmutter hatte die Elfjährige deren kleines Buch – *Gebete und Meditationen* – ins Lateinische, Italienische und Französische übersetzt. »Und mit diesem da«, sagte sie in ihrem so bestimmten Tonfall und tippte den Finger auf die Arbeit, die Catherine *Klage einer einfachen Frau* nannte, »mit diesem da werde ich eines Tages dasselbe tun.«

Eines Tages. Die *Klage* wuchs, und alles, was wuchs, so sagte sich Catherine – Kinder, Bücher, Scharen, die der neuen Kirche anhingen –, bedeutete Trost. *Herr, mein Gott, lass mich Deine Gebote halten, Deinen Willen kennen und der Vielzahl Deines Segens gedenken.* Sie schrieb es nieder. Wenn ihr ein Gewicht die Brust füllte und ihr das Atmen erschwerte, dachte sie an das Mädchen, das sie gewesen war, das nicht gelernt hatte, mit seinem Gott zu sprechen, und an nachgeborene Mädchen, die es vielleicht aus ihrem Buch lernen würden.

»*Die Gesunden brauchen keinen Arzt*«, schrieb sie. »*Ich aber komme zu Dir, mein Gott, als eine Kranke.*« Ehe sie sich Einhalt gebieten konnte, flog ihre Hand mit der Feder weiter übers Papier. Nie betete sie so innig, so ganz aus sich, wie wenn sie schrieb. »*Mein Gott, ich will alles ertragen, je-*

den Akt Deines Willens, nur nicht seinen Tod. Lass nicht zu, dass er allein ist, wenn er stirbt, allein mit dem Grauen vor dem Nichts.« So abrupt verhielt sie, dass die Feder einen Strich über die Zeilen zog. Ihr Herz hämmerte. Sie griff nach dem Löschsand. Schüttete ihn auf die Schrift, bis das Fässchen leer und kein Wort mehr lesbar war. Dann schrieb sie in steifen Lettern auf den verbleibenden Teil des Bogens: *Ich bin der Herr, dein Gott. Du sollst keine andern Götter haben neben mir.*

An diesem Abend ließ ihr Gemahl sie zu sich rufen, um ihr mitzuteilen, er wünsche ihre Begleitung auf einer Reise nach Portsmouth. Er wolle seine Flotte besichtigen, die dort in Erwartung der Franzosen vor Anker lag, und habe beschlossen, Weib und Kinder mitzunehmen. »Zur Feier des Tages, an dem Unsere Ehe mit Euch zwei Jahre währt. Glückliche Jahre, richtig? Gott mag sie in Portsmouth mit einer siegreichen Schlacht und der Zeugung eines strammen Prinzen krönen.«

Den strammen Prinzen vergesst. Ich bin dürr wie ein Zweig und ohne Blut und Frucht. Der König kam in mancher Nacht zu ihr, doch zumeist nur um der Wärme eines andern Leibes willen, wenn seine Schmerzen ihn rasend machten. Dann hielt sie ihn, den Riesen, bis zum Morgen in den Armen und streichelte ihm die schütteren Strähnen, wie sie seinem Sohn, sooft er krank lag, den vollen Schopf streichelte.

Sie reisten an einem drückenden Julimorgen. Catherine und Elizabeth teilten den Wagen mit Mary, was sie hinderte, während der ganzen Fahrt über Bücher zu schwatzen. Stattdessen verlief die Fahrt schweigsam. Die in dunkles Tuch gehüllte Mary sah aus, als brüte sie, ersinne Pläne, die keinem Gedeihen, aber vielen Verderben bringen würden. Und wie sollte sie anders? Man hatte sie um alles betrogen, was Geburt ihr verheißen hatte, den Stand einer Prinzessin, eine glanzvolle Heirat, womöglich gar den Thron. Statt mit der beargwöhnten Halbschwester und der ihr fremden Stiefmutter wäre sie wohl lieber mit der Gräfin von Hertford gereist, der einzigen Frau, der sie sich anzuschließen schien. *Seltsam*, befand Catherine. *Gräfin Anne ist Reformerin wie wir, sie ist sogar strikter, als wir schludrigen Menschen je sein könnten, aber Mary, die in allen Reformern den Teufel fürchtet, hat Vertrauen zu ihr.* Edwards Frau fuhr zusammen mit Maud. Die rundliche Base, die Catherine ans Herz gewachsen war, hatte gelobt, auf sie ein Auge zu haben.

Portsmouth erreichten sie im üppigen, sommerlichen Abendlicht. Erst als die Luft begann, wie ein nahrhaftes, gesalzenes Gericht zu duften, begriff Catherine: Sie reiste ans Meer. Weiß verputzt leuchteten ihnen die schmalen Häuser entgegen, zum Empfang des Königs mit Girlanden von Sommergrün geschmückt. Catherine kämpfte gegen Schwindel. *Warum bin ich nicht zum Meer gekommen, als in meinen Schenkeln noch Kraft war, um zu laufen, als ich Sommer noch ertrug?* Zudem vermochte das jubelnde Volk nicht zu verbergen, dass sich die Stadt im Kriegszustand befand. Aus jedem Torweg quollen Bewaffnete. Für den Fall, dass es den Franzosen gelang, an der Südküste zu landen, hatte man Einheiten von rund fünfundzwanzigtausend Mann nach Portsmouth verlegt.

Und dann lag es vor ihr und hatte kein Ende. Das Meer, dessen Weite einem Zweifler die Ewigkeit ersetzte. Graublau, in der Windstille achtlos tanzend und doch die Erde, die ein Ball sein sollte, umspannend. *Wenn ich hier auf ein Schiff stiege, ich könnte fahren, bis ich sterbe, und käme tot an eine Küste voller Menschen, die von uns nichts wissen.* Catherine füllte sich mit dem Duft des Meeres die Brust, mit seinem Singen die Ohren und die Augen mit seiner Unermesslichkeit. *Dein Meer. Zu den vielen noch ein Geschenk von dir.*

Ihr Gemahl tat umgehend kund, er wünsche an Bord der *Henri Grace à Dieu* zu speisen. Auf das Schiff strömte ein Heer von Bediensteten, um jede Planke von Schmutz zu befreien. Dass sich Prinz Edward, sein einziger Erbe, durch mangelnde Reinlichkeit eine Krankheit zuziehen könnte, erfüllte den König mit wahnwitziger Furcht. Das Kind, das zwischen Palastwänden wie ein Gefangener hauste und das doch so lebhaft, so wissbegierig war, genoss den Abend von Herzen. Sie speisten an Deck, die wohl fünfzig Schiffe in Sichtweite.

Kaum war die Sonne versunken, zog der wie blank geriebene Nachthimmel auf und füllte sich mit abertausend Sternen. *Wann sah man je so etwas, wenn man eingemauert lebte, in der Stadt, im eigenen Jammer?* Als riefe die unantastbare Höhe auf Catherine hinunter: *Du sollst keine anderen Götter haben neben mir. Begehre nichts, halte an nichts fest, dann kannst du nichts verlieren.*

In ihrer Gesellschaft aßen der Großadmiral Dudley, der nach jedem Gang seine Silberflasche zückte, und der Vizeadmiral George Carew sowie seine Gemahlin Lady Alice, zwei höchst angenehme Menschen, deren Vertrautheit miteinander spürbar war. Carew befehligte die *Mary Rose*, des Königs Lieblingsschiff, und ließ sich gutmütig von Prinz Edward ausfragen. »Habt Ihr eine Bronzekanone, wie mein Vater sie sich in seiner Waffenschmiede in Greenwich gießen lässt?« Das Gesicht des Knaben glühte. Vor Erregung ließ er sein Essen stehen.

»Wir haben derer sieben«, erwiderte Carew, im dichten Bart ein Lächeln. »Auf Lafetten, um sie an Deck umherzufahren, und dazu Kanonen im Rumpf. Wenn der Gegner sich nähert, ziehen wir die Geschützöffnungen auf und feuern aus allen Rohren. Solche Breitseite wirkt, als schlüge der Blitz ein, Euer Gnaden.«

Er ließ das Kind mit der silbernen Pfeife spielen, die er an einer Kette um den Hals trug, um im Schlachtlärm Befehle zu erteilen, und erklärte ihm, wie man Logrolle und Lotblei zur Navigation einsetzte. »Wir haben selbst drei Söhne.« Alice Carew steckte den Kopf zu Catherine. »Mein Gatte bekommt sie zu selten zu Gesicht, dabei hat er solche Freude an den Kleinen.«

»Habt Ihr das ganze Schiff voller Krieger?«, fragte Prinz Edward.

»Das nicht«, erwiderte Carew. »Denn wir brauchen ja auch Koch und Kämmerer, Zimmerleute, falls es zu Schäden kommt, und einen Barbierchirurgen, der uns die Kranken pflegt. Aber eine große Schar haben wir schon an Bord. Gut vierhundert Mann sind es gewöhnlich, jetzt jedoch, vor der Schlacht, an die siebenhundert.«

»Und der Mutigste«, der Knabe sprang auf und warf sich in die Brust, »ist mein Oheim Tom Seymour.«

Catherine wandte den Blick zum Himmel. »Fürwahr, Euer Gnaden«, hörte sie die Stimme Carews. »Ein todesmutiger Mann.«

Alle Sterne gleißten, und die Welt hielt nicht an. Das Meer wiegte den Schiffsleib, und die Luft war warm und roch nach Salz. Als Catherine den Blick wieder senkte, sah sie die Gräfin von Hertford bei der Reling stehen, still, als lausche sie. Ihr Kleid schälte sich silberweiß aus der Nacht. Kaum merklich drehte sich ihr Kopf, als Dudley an der Tafel den seinen hob. »Euer Oheim ist ein großer Seemann«, hörte Catherine Carew weitersprechen. »So wie Ihr einer sein werdet, ein großer Seemann, wie ein Inselreich ihn zum König braucht.«

Durch die Beschaulichkeit dröhnten drei Töne eines Horns. Das Zeichen. Sie waren vorbereitet, standen alle auf, streckten dem König helfend die Hände hin. Die Barke, die sie hergebracht hatte, würde sie eilig zurück an Land schaffen und eine zweite den Vizeadmiral zur *Mary Rose*. Das dreifache Hornsignal bedeutete, dass vor dem Solent, der Meerenge zwischen Portsmouth und der Isle of Wight, französische Schiffe gesichtet worden waren.

Leuchtfeuer flammten entlang der Küstenlinie auf. Der ausnehmend höfliche Carew begleitete die königliche Gesellschaft bis an die Rampe zur Barke. Vor seiner Königin sank er auf die Knie. Nach kurzem Zaudern legte Catherine ihm die Hand auf die Schulter. »Ihr gebt Acht auf Eure Leute, nicht wahr, mein Vizeadmiral?«

»Mit allem, was ich habe«, erwiderte der Mann. »Sie mögen schwer zu lenkende Männer sein, doch eben dies, ihr Eigensinn, macht sie zu Englands Stolz.«

»Dank sei Euch.« Sie ließ seine Schulter los.

»Mein Vergnügen«, sagte George Carew.

Die gerade erst fertiggestellte, auf ein Kliff gebaute Festung Southsea drohte aus den Nähten zu bersten. Die Befehlshaber der ringsum aufgestellten Einheiten waren hier untergebracht, und der königliche Haushalt wurde noch dazugezwängt. Maud half Catherine beim Auskleiden. Strich ihr, als sie ihr das Nachthemd überstreifte, mit ihren dicklichen Händen den Schulterknochen. »So dürr seid Ihr geworden. Wart schon immer ein Hälmchen, aber jetzt ist an dem Hälmchen gar nichts Grünes mehr.«

Daran ließ sich nicht rütteln. Schmerz, unter dem man sich wand, zehrte den Körper auf. Nach jedem Tag ging sie zu Bett wie geschunden, obgleich an ihre Haut nichts als Satin und Seide rührte. Sie klopfte der Base die Wange. »Ist bei Euch alles in Ordnung, Maud?«

»Ich denke schon. Dies hier gab mir die Gräfin für Euch.« Aus ihren Rockfalten fingerte sie ein paar geheftete Seiten. »Eine Denkschrift zur Transsubstantiation. Von Mistress Askew.«

»Ist denn Mistress Askew nicht längst außer Landes?«

Maud zuckte die Achseln. »Hat sich anders besonnen. Letzthin betrieb sie einmal mehr die Lösung ihrer Ehe. Wenn Ihr auf mich hört, lasst Ihr die Finger von dem Fall.«

»Warum, Maud? Wenn diese Frau ein Recht hat, soll es ihr auch zugesprochen werden.«

Hastig schüttelte die Base den Kopf. »Ihr könnt nicht allen helfen, das dürft Ihr nicht vergessen.«

»Ich spreche mit Erzbischof Cranmer darüber«, beendete Catherine das Gespräch. Der Blick der Base war bang, als sie einander gute Nacht wünschten.

Die dunklen Stunden hindurch glaubte Catherine, trotz des ruhigen Wetters das Meer gegen die Kaimauer toben zu hören. Den folgenden Tag verbrachte sie mit den Kindern, las und lernte mit ihnen, obgleich keiner von ihnen seine Gedanken beisammenhalten konnte. Über die Burg schien eine Glocke gestülpt, die sie vom keinen Steinwurf weiten Schlachtgeschehen abschirmte. Es war windstill, die Luft vor den Türen kaum weniger drückend als drinnen. Dort, wo Catherine mit Elizabeth und dem Prinzen saß, an einem Bogenfenster, das hinaus auf eine Plattform ging, hörte man Kanonenschüsse aus dem Hafenbecken. Von der Plattform ließ sich das Becken überblicken. Der König, so verkündete am Nachmittag ein Bote, wünsche dort zu speisen, um das Gefecht verfolgen zu können. Es sei noch nicht recht in Gang gekommen, die Flaute hindere französische Segler, ins Becken einzudringen, und englische, es zu verlassen. So hätten bisher nur mehrere Rudergaleeren einen Angriff gefahren, dem die englischen Schiffe wacker standhielten. Dem Bericht des Boten nach verlief der Kampf so lustlos wie die schwüle Witterung.

Erst als der Himmel sich zu röten begann, als Bedienstete Tisch und Stühle hinaus auf die Plattform trugen und ringsum Fackeln entzündeten, kam Wind auf. Nicht gleichmäßig, sondern in Böen, die am Leintuch des Tisches rissen und die Feuer flackern ließen. Die Kanonenschüsse folgten schneller aufeinander. Jetzt hielt den Prinzen nichts mehr in der Festung. Während Catherine und Elizabeth ihm ins Freie folgten, fragte das Mädchen: »Habt Ihr Angst?«

Kaum war die Frage, die ohne Antwort blieb, verklungen, begann Catherines Herz zu rasen.

Der Knabe war an die Brüstung vorgestürmt und beugte sich hinüber. Catherine stellte sich zu ihm und fasste ihn beim Arm, nicht sicher, ob sie das Kind zu halten wünschte oder selbst Halt suchte. Vor ihr zerfloss der rote Himmel. Die Reihe französischer Schiffe begrenzte die Sicht auf den Solent. Das Meer hatte begonnen, sich zu kräuseln, und schäumte, wo Kanonenkugeln ihm Krater schlugen. Die englische Flotte, Ruderbarken, Dreimaster und die mächtigen viermastigen Schlachtschiffe setzten sich im Wind, der aufkam, in Bewegung. An ihrer Spitze, Segel leuchtend, Banner und Wimpel flatternd, glitt die *Mary Rose*.

Wie schön sie war! Welche Freude musste ein Mann, der Schiffe liebte, an der Grazie dieser gewichtigen Karacke haben. In Catherines Rücken klang Musik auf, Krummhornbläser und Lautenschläger, die zum Essen aufspielten. Schritte und Stimmen erfüllten die Plattform, die Gäste trafen ein, die Befehlshaber der Landtruppen und Alice Carew. Die Männer waren in ein Gespräch über Freibeuter vertieft, die man zu Überfällen in der Seinemündung ermutigt habe, um die französische Flotte zu schädigen. Hin und her flogen Worte, in die sich sorgloses Gelächter mischte. Dann kam der König. Die Versammelten verstummten und sanken auf die Knie. Catherine hatte sich umgedreht, wollte ihrem Mann entgegengehen, aber er bedeutete ihr, stehen zu bleiben. Sein kleiner Mund war zum Lächeln verkniffen, womöglich gerührt von Weib und Kind, die seine Flotte bewunderten. Er kam zu ihnen, ein Bein hinterdreinschleppend wie ein erlegtes Tier.

»Nun, Weib? Ist das kein Anblick, der das Herz erwärmt?« Er reichte ihr den Arm. »Schließt Euch uns an, *my lady* Carew. Seht, was Euer Gemahl für ein Kunststück vollbringt.«

Die Frau trat zu ihnen. Ein Windstoß erfasste ihre Haube, »Vater, Vater«, rief der kleine Prinz. »Sie ist der Stolz unserer Flotte, ist es nicht so?«

»So ist es.« Schwer ging des Königs Atem neben Catherine. »Das Schiff Unserer Jugend, die *Mary Rose*, benannt nach der süßen Schwester, die Uns schon so lange verloren ist. Schätzt Euch glücklich, *my lady* Carew, mit Eurer weit verzweigten Sippe. Euer König hingegen hat keine Familie als diesen Augapfel von Sohn.«

Kanonendonner ließ ihn schweigen. Die *Mary Rose* hatte eine Breitseite abgefeuert, obgleich sie von der nächsten französischen Galeere für einen Treffer zu weit entfernt war. So deutlich zeichneten sich ihre Linien, so nah schien sie, dass Catherine glaubte, in dem Getümmel an Bord einen Mann zu erkennen, den Schnitt seiner Kleidung und die Farbe seines Haars. Verwehte Rufe drangen herüber, eine einzelne Stimme schälte sich vermeintlich aus den Übrigen. Das Schiff, schräg am Wind, die Segel sich blähend, setzte zur Wende an. Eine wilde Bö riss Catherine das Tuch vom Hals. Ehe sie danach greifen konnte, flog das blaue Gespinst über die Brüstung und segelte in Schleifen in die Tiefe.

Die *Mary Rose* schoss scharf herum, legte sich in die Biege. So tief senkte sich der Schiffsleib aufs Gezüngel der Wellen, dass die Banner ins Wasser lappten. Gleich würde sie sich erheben, in die Höhe schnellen und weitergleiten. Noch nicht. Und noch nicht. Berührte nicht die hölzerne Flanke des Schiffes schon die Meeresfläche? Aber aus dieser Flanke ragten Kanonenrohre, alle Scharten geöffnet wie Tore für die Flut. »Zu tief!«, brüllte Lady Carew, über die Brüstung gebeugt, »zu tief, zu tief!« Gleich darauf zerriss ein grauenhaftes Schreien die Luft, Klagegeheul um das Ende der Welt. Erst als es nicht aufhörte, als dieses Geschrei durch ihren Schädel dröhnte, wurde Catherine klar, dass sie es selbst war, die schrie.

Du sollst keine anderen Götter haben neben mir. Aber ich habe einen, und wenn der von der Welt geht, ist mir die Welt ein Nichts. Das Schiff neigte sich tiefer. Die fahrbaren Kanonen und die viel zu vielen Menschen rutschten auf die Seite, die aufs Wasser niederging. An Bugspriet und Fockmast klammerten sich Leiber wie Trauben. Wer versuchte, das Vorderkastell zu erklimmen, stürzte geradewegs in die Tiefe. Köpfe tanzten auf den Wellen, Arme reckten sich, Schreie gellten, wurden verschluckt und verhallten. Catherine schrie weiter. Am blutroten Himmel lief ihr Leben vor ihr ab.

Sie war wieder ein Kind, auf einer Baumwurzel kauernd, sein Arm um ihren Rücken. Sein Lachen im Ohr. Wenn sie aufblickte, das verschwörerische Funkeln seiner Augen. Sie war wieder ein Mädchen, nicht ganz siebzehn, seine Hände um ihre Mitte, sein Duft, der ihr vom Leben erzählte, ihr ein Schäferlied sang. Sie war wieder eine Frau. Ihr heil geküsster Leib auf seinem, ihr Evangelium im Weinkeller, *Agape heißt Liebe, alle Liebe ist eins.* Sie war wieder ganz Cathie. *Schreib ein Buch von der Liebe, meine Zyperblume. Für böse Menschen wie mich.*

Der Schiffsleib versank. Nur zwei Masten ragten noch aus dem Wasser, von denen Körper plumpsten wie abgepflückt. Einer der Ersaufenden streckte die Arme nach ihr, wuchs auf sie zu, bekam ein Gesicht, durchnässtes Haar, in Todesfurcht geweitete Augen. Catherine ergriff die Brüstung und zog sich hinauf. Über dem Kopf des Mannes schloss sich Schaum. Sie sprang ab und schrie.

Ehe sie fallen konnte, packten zwei Hände zu und rissen sie zurück. Arme schlangen sich um das rasende Flattern, das von ihrem Körper übrig war, schlossen es ein, pressten es hart an eine kräftig atmende Brust. Catherine schrie weiter, dann ging das Schreien in Schluchzen über, haltlos, endlos, Tränen, die in Bächen stürzten, Glieder, die sich schüttelten, und der Mann, der sie hielt, vollzog jedes Schütteln mit. Ein Mann, den sie fern und verloren, rettungslos zwischen den Wellen, den sie tot gewähnt hatte! Grausame Täuschung überreizter Sinne. Endlich befreiten sich ihre Hände, ballten sich zu Fäusten, trommelten auf sein Gesicht ein, und aus dem Weinen wurde Lachen, das irre Brüllen seines Namens.

»Ich bin ja hier, Cathie. Am Leben. Hier.«

Der König hatte seine Drohung zu Zwölfnacht nicht wahr gemacht, er hatte ihn nicht auf die *Mary Rose* geschickt, er war in Sicherheit, am Leben, warm und fest und bei ihr. Seine Hände fingen ihre Gelenke. Ließen los, umfassten ihre Wangen. Seine Augen im roten Licht, im Fackelschein, in ihren. Die Welt in Splittern von Grün und Braun. »Siehst du mich, Cathie? Es ist gut. Ich bin mit meiner Truppe hier stationiert und völlig unversehrt.« Er zog sie wieder zu sich. Bettete ihren Kopf auf sein Herz und ließ sie weinen.

Es hatte lange gedauert. Irgendwann hatten andere Hände sich ihr auf die Schultern gelegt. »Du musst Tom jetzt gehen lassen, Catherine. Der Tumult legt sich, du bringst euch beide in Gefahr.«

Sie hatte ihn gehen lassen, ihn mit sachtem Stoßen fortgeschickt. *Komm nicht wieder, mein Liebster. Bring dein teures Leben nie wieder in Gefahr.* Der getreue Edward, ihr Kampfgefährte, hatte sie zu ihrem Gatten geführt. »Euer Weib ist von dem schrecklichen Unglück mitgenommen, Majestät. Mein Bruder und ich haben uns um sie gekümmert.«

Die Augen des Königs glänzten tränenblind. Er hatte dem Anschein nach nichts bemerkt, aber Catherine brachte es nicht fertig, Gott zu danken. Weder dafür, dass Henry Tudor Gnade vor Recht ergehen lassen und Tom ein Kommando zu Land übertragen hatte, noch dafür, dass sie einen Herzschlag lang in seinen Armen hatte weinen dürfen. Erst Tage später, als das Scharmützel im Solent ergebnislos vorüber und der königliche Tross nach London zurückgekehrt war, als Kate Suffolk zu ihr kam, brach ihre Not aus ihr heraus: »Ich habe Gott verleugnet. In dem Augenblick, als ich das Schiff sinken sah und glaubte, Tom zu erkennen, gab es nur noch ihn, einem Götzen gleich. Ich habe solche Angst, dass Gott uns dafür straft.«

»So ein Unfug«, erwiderte Kate. »Ich denke, Ihr habt lediglich in dem Augenblick begriffen, was es bedeutet, den fehlbaren Menschen in die Mitte allen Strebens zu stellen. Demut, Catherine. Ich wünschte, ich wäre so weit.«

An diesem Abend strich Catherine den Namen ihres Buches aus und nannte es fortan *Klage einer Sünderin*.

Warum das Lieblingsschiff des Königs so jäh und ohne Beschuss gesunken war, ließ sich nicht feststellen. Manche mutmaßten, bei der Umrüstung sei das Gleichgewicht der Karacke zerstört worden, andere, es habe an Bord einen Aufstand gegeben, aber Sicherheit erlangte man nie. Der Krieg mit Frankreich war nach alledem nicht zu Ende, aber statt zu toben, schien er zu versickern wie die Leichen der Männer im Schlamm. Von den siebenhundert Menschen an Bord hatten keine vierzig überlebt. Ihre Besitztümer, eine Mütze, ein Spielstein, eine Mundorgel, wurden noch bis in den Herbst hinein an den Strand gespült. Einer der Verlorenen war George Carew, von dem Catherine im Gedächtnis behielt, dass er Vater dreier Söhne und ein freundlicher Mann gewesen war.

Für Elizabeth Tudor war dieser Winter der glücklichste ihres Lebens. Der Gedanke war blank wie ein Juwel. Einfluss und Rang standen der Tochter des großen Henry zu, und sie war entschlossen, sich beides zu erobern. Glück jedoch glich einer Frucht aus fremdem Garten, unerreichbar für das Hurenkind Elizabeth.

Nur war sie eben jetzt kein Kind mehr. Und ihre Mutter, die eine Hure gewesen sein mochte oder nicht, war länger tot, als sie denken konnte. Catherine hingegen lebte. Elizabeth wusste, sie sollte Vater und Mutter ehren, aber wer von diesen beiden wäre je zur Stelle gewesen, um sich ehren zu lassen? *Ich ehre Catherine. Wir sind eine Tochter ohne Mutter und eine Mutter ohne Tochter, wir sind zwei von gleicher Art. Wir lieben dieselben Bücher, dieselben Ideen.* Ihre Gedanken eilten weiter: *Dieselben Menschen.*

Catherine schloss sie nicht aus. Wenn sie mit ihren Freundinnen disputierte, erlaubte sie der Stieftochter, unter den klugen Frauen ihre Ansicht zu vertreten. »Nicht mehr lange, dann hast du uns überflügelt«, bekundete Catherine. »Du wirst, was wir beginnen, weitertragen.« *Das werde ich*, schwor sich Elizabeth. Sooft die Stiefmutter versuchte, sie fortzuschicken, weil ein Gegenstand gefährlich wurde, genügte es, dass das Mädchen fragte: »Hättet Ihr gewollt, dass man Euch derart schont?«

Ich habe eine Familie. Ich bin von etwas Teil. Der kleine Bruder, Edward, den sie durch Catherine erst lieb gewonnen hatte, verfügte über nahezu dieselbe Geisteskraft wie sie. Mit Sorgfalt erzogen, würde er einen großen König abgeben, und sie, Elizabeth, wäre seine Vertraute. *Zwei Philosophen als Staatslenker, als Häupter der neuen Kirche!* War es kein Glück, auf so Großes zu hoffen? *Ich werde Vater und Mutter ehren, indem ich die Kirche schütze, die mein Vater begründete, ob er sie wollte oder nicht. Und indem ich das Werk meiner Mutter achte.* Sie würde der Stiefmutter helfen, ihr zweites, so erregendes Buch zu vollenden. Auf ihrem Schreibpult türmten sich Schriften. William Tyndale, Robert Barnes, Marguerite von Navarra, Anne Askew.

Letztere war eine Landadlige aus Lincoln, eine lebenskluge Frau, die gegen faulen Zauber zu Felde zog, gegen Priester, die mit anrüchigen Formeln Wein in Blut verwandelten, gegen Kniefälle vor Holzkreuzen, Palmwedel zu Palmsonntag und weiteren Humbug, der Gottes Kindern unwürdig war. Wenn Elizabeth es bedachte, war die Dame, die von der Gräfin von Hertford bei Hof eingeführt worden war, Catherine im Denken ähnlich: Nicht mehr verlangte sie als Treue zum Wort der Bibel. Erst kürzlich hatte Catherine erklärt: »Wenn wir uns die genehmen Verse herauspicken wie Bohnen aus dem

Zwölfnachtskuchen, die schwierigen aber beiseitelassen, behandeln wir Gottes Wort wie einen Menschen, den wir zu lieben vorgeben, obgleich wir, was schwarz in ihm ist, verleugnen.«

Liebste Catherine! Wenn je ein Mensch geboren war, um Treue und Liebe zu lehren, dann sie. Sie verhinderte, dass der König die Universität zu Cambridge schloss, und Verfolgten wie Miles Coverdale gab sie ein Heim. Ja, sie war der Askew ähnlich, sie war mutig und firm. Aber die Askew hatte für ihren Glaubenskampf ihre Kinder verlassen, und Catherine, dessen war Elizabeth sicher, würde ihre Kinder nie verlassen. Sagte sie es ihr nicht oft genug? »Ich bekam euch geschenkt, deinen Bruder und dich, und ich gebe euch nicht her.« Im nächsten Augenblick klopfte der Page an die Tür, brachte die Kunde, auf die Elizabeth gewartet hatte. Jäh fiel ihr ein, dass sie vor Catherine lieber verleugnete, was schwarz in ihr war.

Mit schleifenden Röcken und ungeschnürter Haube stürzte sie die Treppe hinunter. Wie sie es vereinbart hatten, wartete er im Musiksaal. *Er nimmt mich ernst, ich bin wichtig für ihn. Wenn er gelobt, er besucht mich, dann hält er sich an Ort und Stunde.* Dabei war er nur auf wenige Tage hier, zu Absprachen vor dem Parlament, und kehrte sodann nach Frankreich zurück. Er war ein bedeutender Mann, Herr der Ordonanz und seit dem Herbst noch Aufseher über die Cinque Ports, den Bund der südöstlichen Hafenstädte. Andere mochten mehr vom Staatsgeschäft verstehen, aber er verstand das Meer, und England war ein Inselstaat.

Die Tür stand offen. Er wartete beim Tisch mit den Zupfinstrumenten, legte die Laute nieder und breitete die Arme aus. Elizabeth rannte, warf sich und ward aufgefangen. Er schwang sie einmal rings um sich. Sein Lachen in ihren Ohren klang, als müsse sie vor Glück zerplatzen. *Ich bin von etwas Teil.* Er stellte sie vor sich hin, strich ihr das Haar zu den Seiten und betrachtete ihr Gesicht. Dann ließ er sie los und sank vor ihr auf ein Knie. »Euer Segler entbietet seinen Gruß, Euer Gnaden.«

Die Anrede *Euer Gnaden* galt als verboten, weil Elizabeth

zwar in die Thronfolge eingesetzt, jedoch nicht von ihrem Status als Bastard befreit worden war. Er aber hatte sich nie darum geschert. Es tat gut, bemerkte sie. Und es tat gut, einen so stolzen Mann auf Knien zu sehen. Es hieß, er sei schwer zu zügeln, aber ihr erwies er Respekt. »Erhebt Euch, Sir.«

Mit Anmut stand er auf, und gleich darauf lag sie ihm wieder in den Armen. »Sagt, dass Ihr nicht sofort wieder fortmüsst, Tom.«

»Nicht ohne unsere Musiklektion abzuhalten, wie es ausgemacht war. Schaut, ich habe mich vorbereitet, doch wie ich sehe, war das verlorene Liebesmüh, denn das kleine Mädchen, das mit mir sein Lautenspiel üben wollte, ist nicht mehr da.« Er zeigte ihr seine Handfläche. Auf Ballen und Finger hatte er sich die Silben der Tonleiter, Ut – Re – Mi – Fa – Sol – La – Si – Ut, geschrieben, wie man es tat, um Kinder in Harmonielehre zu unterweisen. Sie musste lachen, schlug ihm tüchtig auf die Hand. »Das ist unverschämt. Darüber bin ich längst hinaus, das solltet Ihr wissen.«

»Ich weiß es«, sagte er. »Aber wer sieht schon gern ein Kind, mit dem er Kreisel trieb, erwachsen werden und sich selbst dabei alt?«

»Mit mir hat niemand Kreisel getrieben«, beschied sie ihn barsch.

»Doch. Ich.« Sein Gesicht war so klar und ruhig wie der Wintertag. »Damals ward Ihr kaum älter als zwei Jahre, und ich brachte Euch Spielzeug von Eurer Mutter.«

Die Frage war schneller als Elizabeths Vernunft: »Habt Ihr meine Mutter gemocht?«

»Ja«, erwiderte er ohne Umschweife. »Eine schöne Frau, die um das, was sie wollte, kämpfte und gewann, und als sie schon wusste, dass sie es wieder verlieren würde, kämpfte sie weiter, bis zum Schluss. Sie hat mich beeindruckt. Ihr habt Ihre Augen.«

Weil er von ihren Augen sprach, entdeckte sie, dass die seinen, die sich noch immer nicht rührten, schön waren. Die Erkenntnis schien ihr anstößig. Das Auge war ein Werkzeug Gottes, zum Lesen, zum Wachen, sonst zu nichts.

Abrupt entwand er sich. »Wollen wir zusammen spielen? Ich habe meine Laute mitgebracht, und Master James hat, wie ich sehe, eine für Euch bereitgelegt.«

»Nein«, verwies sie ihn scharf. »Spielt Ihr. Und singt.«

»Ich kann gar nicht singen.«

Das entsprach der Wahrheit und entsprach ihr auch wieder nicht. Sie warf den Kopf auf. Eine Schulter zuckend, nahm er seine Laute, strich sich die Schaube glatt und setzte sich.

»Wenn du mein eigen wärst,
Ach, wie liebte ich dich.«

Seine Stimme war warm und dunkel. Beim Spielen hielt er den Kopf geneigt, dass das zu lange Stirnhaar sein Gesicht in Licht und Schatten teilte.

»In meinen Armen wollte ich dich halten,
An meinem Herzen dich vor Leid bewahren.«

Weil er von seinem Herzen sang, entdeckte sie, wie ihres schlug.

»So innig liebte ich dich,
Wenn du mein eigen wärst.«

Das Lied hatte viele Strophen. Er aber hob die Laute aus dem Schoß und sah zu Elizabeth auf. Sie konnte ihm befehlen, weiterzusingen, es bereitete Freude, ihm zu befehlen, den herrischen Mann in die Schranken zu weisen. Aber sie befahl ihm nichts. Sie wünschte jäh, noch klein wie ihr Bruder zu sein, auf dass sie in seinem Schoß hätte sitzen können, dort, wo die Laute gelegen hatte.

»Ihr seid wahrlich kein Kind mehr«, sagte Tom. »Wollt Ihr mir einen Gefallen tun? Nicht als die kleine Bess mit dem Kreisel, sondern als meine Freundin Elizabeth?«

»Ja.«

»In Eurem Kreis, im Haushalt der Königin, verkehrt eine Dame aus Lincoln, Anne Askew mit Namen.«

»Ja«, sagte Elizabeth wieder und wünschte, sie könnte ihn aus den Augen lassen.

»Sagt der Königin, sie soll sie nicht mehr empfangen. Kein Wort mehr mit ihr wechseln, ihre Schriften verbrennen. Von heute an.«

»Weshalb denn? Mistress Askew ist ...«

Mit einem Satz war er bei ihr, nahm sie bei den Armen. »Ich weiß, was Mistress Askew ist, Elizabeth. Eine vernünftige Christin mit klugen Gedanken.«

Er roch gut. Die meisten Männer rochen übler als Frauen. »Aber dann ...«

»Ja«, sagte er, »aber dann. Du liebst die Königin, oder nicht? So, wie du deine Mutter lieben und ihr Leben schützen würdest, vor jedem, der ihr übel wollte?«

»Mistress Askew will ihr doch nicht übel!«

»Nein.« Er löste den Griff und legte stattdessen die Arme um sie. »Mistress Askew dient dabei nur als Werkzeug. Willst du mir vertrauen? Mir einfach glauben, dass die Königin in diesen Fall nicht verwickelt werden darf?«

Das ist recht sonderbar, bemerkte Elizabeth. *Hätte mich heute Morgen jemand gefragt, wem ich vertraue, so hätte ich, ohne zu zögern, deinen Namen genannt.* Jetzt steckte sein Name ihr im Hals. Sie musste schlucken. »Ja«, sagte sie.

Er gab sie frei, nahm ihre Hand und neigte den Kopf. Sie starrte auf sein Haar, die weindunklen Wellen, die sich vor ihren Augen verwirrten. Kaum dass seine Lippen ihren Handrücken streiften, waren sie schon wieder fort. »Danke, Elizabeth.«

Sie wusste nicht, was sie tat. Ihr Arm schnellte vor, ihre Finger gruben sich in sein Haar. *Manchmal*, durchfuhr es sie, *habe ich so eine Hand in die Mähne meines Ponys gegraben, als Kind in Ashridge.* Und manchmal hatte sie hernach das Gesicht hineingegraben und wie ein Wickelbalg geweint.

Sachte umfing er ihr Gelenk, griff nach dem Messer im Gurt und fuhr sich in den Schopf. Ehe sie sich versah, hielt er ihr die Strähne hin, rotes Haar, in dem sich Winterlicht vom Fenster fing. »Wir haben etwas gemeinsam, oder nicht? Wir sind die roten Schafe, Satansbrut, die sich nicht totprügeln lässt.« Er lächelte nicht. »Hat dich je ein Mensch geliebt, ein anderer als die Königin?«

Mit zitternden Fingern fasste sie nach der Strähne. Ein Tag zog vor ihr auf, bald drei Jahre her, ein Maientag voller raschelnder Blätter. Damals hatte er Weiß getragen, hatte mit leuchtenden Augen einer Liebsten ein Brautband versprochen, *flämische Seide, so lang wie die Zeit, die wir gewartet haben.* »Nein«, brachte Elizabeth heraus. »Mich hat niemand geliebt, nur Königin Catherine.«

»Wirst du sie schützen, wirst du tun, was ich dir sage?«

»Warum ich?«

»Weil du klug bist«, sagte er. »Eine kluge Falkin in einer Schar vertrauensseliger Gänschen. Hör mir zu: Seit sein Jugendfreund, der Herzog von Suffolk, tot ist, kommt Euer Vater darauf, dass Menschen sterben müssen, und das lässt ihn toller wüten denn je.«

Sie schrak zusammen. »Wisst Ihr, dass Euch für Euer Reden das Schafott gebührt, Sir?«

In seinem Antlitz zuckte kein Muskel. »Bekäme ich immer, was mir gebührte, so wäre ich schon siebenmal tot. Dies geht nicht um mich, sondern um die Königin. Mehr Menschen werden kommen, denen der Scheiterhaufen droht, ein ganzer Strom von Menschen. Allen ist nicht zu helfen.« Gewandt ließ er den schweren Leib auf ein Knie nieder, neigte den Kopf, bot ihr den bloßen Nacken. »Helft mir. Sorgt dafür, dass die Königin sich keines Bittstellers annimmt, den die Gräfin von Hertford ihr schickt.«

Sie nickte, sprach nicht, hielt in der Hand die rote Strähne.

»Danke.« Er drückte ihre Hand. Dann schwiegen sie beide, der Raum von nichts erfüllt als schweren Atemzügen.

»Ich muss gehen«, sagte er endlich.

»Ja.«

Ohne sich zu erheben, sah er zu ihr auf. »Wenn Euch der Tage ein junger Mann sagt, dass Ihr schön seid, Euer Gnaden...«

»Was ist dann?«

»Glaubt es ihm.«

Es war nicht dunkel in der Kammer. Edward hatte erwartet, es werde dunkel sein, doch in Halterungen, an dreien der vier Wände, steckten Fackeln, die ihr Licht die Stiege hinaufwarfen. »Ihr kommt spät, Hertford«, rief der Lordkanzler Wriothesley ihm entgegen, als träfen sie in einer Schenke zusammen, auf einen Schwatz und einen Becher Ale.

»Eine lecke Barke, ich war gezwungen zu wechseln«, erwiderte Edward und überwand die letzte der schief getretenen Stufen. Duckte sich unter dem gemauerten Türstock, der für einen Mann seiner Größe nicht bemessen worden war. In Wahrheit war ihm übel geworden. Der Bootsmann hatte in die Uferböschung rudern müssen, wo der gräfliche Fahrgast seinen Mageninhalt, den starken Wein, den Anne ihm als Frühstück kredenzt hatte, in junigrüne Gräser und Kräuter spie. Während er würgte, sein Leib sich in Krämpfen krümmte, rauschten ihm Annes Worte in den Ohren: »Mit Gott kommst du mir? Glaubst du wahrhaftig, dass Gott einem Mann zürnt, der sein Weib vor dem Schlimmsten bewahrt?« Und dann hatte sie ihm erklärt, was auf dem Spiel stand, um was oder wen es ging, und hatte damit den Wahnsinn auf die Spitze geschraubt.

Jetzt war er hier. In einer einstigen Wachkammer im Gewölbe des Wakefield-Turms, der so dicht an die Towereinfahrt des Königs gebaut war, dass Edward vermeinte, die Themse, die quirlige Lebensader, gurgeln zu hören. »Kommt näher, Graf.«

Edward tat wie ihm geheißen. Mit halb gesenktem Kopf warf er den unvermeidlichen Blick in die Runde. Der Raum war nackt bis auf das Instrument, das mehr als mannshohe Holzgerüst mit der Winde. Edward sah rasch zur Seite, über den feuchten Steinboden auf zu den Männern. Im Fackellicht standen ein schlanker Scherge, der Lordkanzler, sein Gehilfe Rich und Dudley, der sich sein Silberfläschchen mit Gewalt auf den Handrücken klopfte. Ein kleines Geräusch entstand dabei. Ein hohles Pochen.

Wriothesley gab dem Schergen ein Zeichen. Der reckte sich auf die Zehenspitzen und ergriff die eisernen Hebel der Winde. Schön sah das aus, wie der grazile Mann sich streckte. Er bewegte die Windenrolle um nicht mehr als zwei Handbreit nach unten. Das Gerät gab ein quietschendes Geräusch von sich, als sei es lange nicht benutzt worden. Kaum verstummte das Quietschen, durchdrang ein pfeifendes Stöhnen die Stille.

»Uns ist bekannt«, überdeckte die Stimme Wriothesleys das Stöhnen, »dass Ihr die Transsubstantiation leugnet, die Verwandlung der Heiligen Hostie in Fleisch, Blut und Knochen unseres Herrn. Dafür gebührt Euch der Feuertod auf Erden und das Ewige Feuer hernach. Wollt Ihr für Eure sündige Seele Vergebung erlangen, so erklärt hier vor uns, wer Euch in Eurem schändlichen Tun unterstützte und Euch half, Euer Teufelswerk zu verbreiten.«

»Niemand!«, schrillte eine Stimme dagegen. Keine männliche Stimme. Edward versuchte, seinen Blick auf den Stein des Bodens zu heften, aber scheiterte, als werde ihm der Kopf in die Höhe gezogen, an eisernen Ketten wie jenen, in denen der Leib auf dem Gerüst hing, die Glieder gespreizt, die Knöchel und Gelenke festgeschmiedet. Weiß vor dem Dunkel des Holzes und nackt bis auf den krausen braunen Keil von Haar. Die Rippen übersät von glänzenden Schlieren, Schweißrinnsalen wie Schneckenspuren. Der Bauch mager und flach, die Brüste noch nicht zerpflügt vom Alter. Der Körper einer Frau.

Anne Askew. Drei Tage zuvor hatte Edward sie zuletzt gesehen, eine ruhige Frau im braunen Kleid, schlicht und sauber, wie ein Gatte für gewöhnlich sein Weib gern sah. Er hatte sie vernommen, gemeinsam mit Cranmer. Nicht vernommen. Bestürmt und bekniet. »Schwört ab, und Ihr geht straflos aus.« *Und reißt keinen von uns mit ins Verderben.* Die Frau aber, in jenem feinen, besonnenen Ton, blieb ungerührt: »Soll meine Freiheit mir teurer sein als mein Seelenheil? Bedrängt nicht Ihr mich wider Eure Kenntnis von der Schrift? Bedenket, meine Herren, was Gott uns gebietet: Du sollst nicht falsch Zeugnis reden.«

Du sollst nicht falsch Zeugnis reden. Gibt es überhaupt ein Gebot, das wir, die wir für Treue zum Wort Gottes kämpfen, nicht gebrochen haben? Wenn Catherine Recht hat, wenn diese Gebote Springinsfelde sind, die zu unbekannter

Stunde aus dem Himmel schnellen, welcher wird dann zuvorderst als Ankläger vor mir stehen? Ficht es mich, der getötet hat, noch an, dass ich lüge, ficht mich noch irgendetwas an, selbst dieses hier?

Jemand stöhnte. Nicht die Gefolterte auf der Streckbank, sondern Edward im Schatten zwischen Fackelkegeln. Er wollte zur Seite sehen, aber war zur Starre verdammt. Im Augenwinkel nahm er wahr, wie Wriothesley dem Schergen erneut ein Zeichen gab. Die Winde knarrte, derweil sie den Balken, an den die Gelenke der Frau gefesselt waren, in die Höhe hievte. Die dünnen Arme, weiß wie der Brotteig seiner Mutter, wurden sie nicht dünner, länger, wie von emsigen Händen gerollt? Die Frau verdrehte den Unterkiefer zur Seite, entblößte ein Gebiss voll frisch geschlagener Lücken. Ein winziger Laut entfuhr dem fratzenhaft verzerrten Mund, dann kehrte die Stille zurück, durchsetzt von Dudleys Klopfen.

»Gottverflucht!«

»Ich muss doch bitten, mein Herr Admiral.« Dieser Wriothesley sprach wie eine jüngere Ausgabe seines Vorbilds, näselnd und tonlos wie Bischof Gardiner. »Dass Euer Leib- und Magenelixier Euch ausgegangen ist, bedaure ich, aber ist das ein Grund, den Namen des Herrn sinnlos auszusprechen?«

Dudley zischte etwas. Man mochte meinen, er hätte Mitleid mit der Geschundenen, aber dem war nicht so. *Wir haben alle für Mitleid zu viel Angst. Deshalb hat uns der König herbefohlen, auf dass sich zeigt, ob unsere Angst uns verrät. Wen wird die Ärmste bezichtigen, ehe ihr überm Fleisch die Haut platzt, wen werden wir bezichtigen, Dudley und ich, ehe es uns ans Teuerste geht?*

»Und Ihr macht weiter«, herrschte Wriothesley den Schergen an. Der Lordkanzler, ein Aufsteiger aus kläglichsten Verhältnissen, und sein Gehilfe, Richard Rich, ein ebensolcher, wünschten sich nichts mehr, als den entscheidenden Schlag zu landen, die geballte Macht der Reformer wie einen Schweinskopf auf der Platte zu servieren. »Schafft mir eine der Zangen her und macht sie an der Fackel heiß.«

»Haltet ein, Herr!« Der Scherge krümmte die Schultern.

»Dies ging schon zu weit, eine Frau ihres Standes peinlich zu befragen, ist verboten.«

»Verboten? Zu weich seid Ihr alle, das ist die Krux mit diesem Land!« Wriothesley stieß den Schergen beiseite und packte die Hebel der Winde und riss sie herum. Bevor der Schrei der Gequälten Edward erlöste, schnellte ein grauenhaftes Schnalzen in sein Ohr. Das Bersten einer Sehne. Der Schrei war eine Wohltat dagegen. *Ich bin an Schreie gewöhnt.*

»Wer hat Euch geholfen, die Namen will ich!« Unbeherrscht ruckte Wriothesley an der Winde. Anne Askew röchelte nurmehr. Sie würde nie mehr gehen, nie mehr einen Menschen in die Arme schließen. Edward wandte sich ab. Ein Seitenblick zeigte ihm Dudley, der mit ausgebreiteten Armen an der Mauer lehnte. Rich, der statt des Schergen eine eiserne Zange an einer der Fackeln erhitzt hatte, reichte das Werkzeug seinem Herrn. Der hielt die Zange der Gestreckten an den Leib. Zwei Kinder, ein Mädchen und ein Knabe, waren darin gewachsen. Es zischte, stank, dann platzte die gedehnte Haut. Blut sprudelte spärlich, kein Schrei ertönte. »Zum Teufel«, fauchte Wriothesley. »Sie ist ohnmächtig.«

Edward überkam ein unbändiger Drang, die Frau zu betrachten. Welche Farbe hatte ihr Haar? Sie hatte es unter der Haube getragen, sooft er ihr begegnet war, Mistress Askew, streitbare Christin aus Lincoln, die eine Scheidung auf Grundlage der Korintherbriefe forderte, weil ihr Gatte ihr die Verbreitung von Gottes Wort verbot. Mistress Askew, die noch nicht dreißigjährige zum Tod Verdammte, der das Haar strähnig über den Wangen klebte, zu schweißfeucht, um die Farbe zu erkennen. An der Schläfe trocknete ein wenig Blut.

Woran ließ das zerquälte Antlitz, ließen die gespreizten Arme ihn denken? *Der Gekreuzigte!* Edward schauderte. *Sieh weg, sieh weg.* Aber sein Blick, schmieriger als Schweiß, glitt den geschundenen Körper hinunter, über die Wunde, die ins Schamhaar blutete, auf die besudelten Schenkel. Gestank bemerkte er nicht, sah jäh Anne vor sich, die Haut wie milchweißer Samt auf dem Bett. Er hörte ihr Lachen. Würde er je aufhören, dieses Lachen zu hören, den Schall seines Schlages und das Lachen, das hernach weiterging?

»Holla, habt Ihr Erscheinungen?«, Wriothesley packte seinen Arm. »Los, jemand helfe mir sie abzunehmen, schöpft Wasser, die bekommen wir schon wach.«

Edward sah zu, wie der junge Rich die Gelenkfesseln öffnete, wie der Leib der Frau, als entweiche ihm Luft, zusammenschnurrte, wie Rich und Wriothesley ihn von der Streckbank zerrten und auf den Steinboden sacken ließen. Der Scherge schöpfte mit einer Holzkelle Wasser aus einem Bottich und trug es zu den zwei anderen. Der Lordkanzler ging in die Hocke, ließ einen Hagel schneller Schläge auf die Wangen der Ohnmächtigen prasseln und winkte dann Rich, der den Inhalt der Kelle über das misshandelte Gesicht goss. Der Kopf zuckte vor und zurück. Die Askew hustete, spuckte. Wriothesley packte ihr Haar und riss es in die Höhe. »Da sind wir ja wieder beieinander.« Fast spielerisch geriet der nächste Backenstreich. »Und, Mistress, wollt Ihr Euer schwarzes Gewissen erleichtern? Wir wissen längst, dass eine hochgestellte Dame Euch geholfen hat. Sie steckte Euch Geld zu, nicht wahr? Wir wollen nur ihren Namen, dann habt Ihr Ruhe und müsst nicht mehr dort hinauf.«

Zu Edwards Entsetzen sperrte die Frau den Mund auf, stieß zersplitterte Worte heraus: »Acht Pennys.« Wen würde sie nennen? Welche von beiden ließe er über die Klinge springen? Anne, sein Begehren, sein Schicksal, oder Catherine, den Balsam seines Lebens? »Von einem Diener«, krächzte Anne Askew. »Den Namen weiß ich nicht.«

Klatschen und Poltern hallten von den Wänden. Wriothesleys Backenstreich schleuderte den Kopf der Frau auf den Boden zurück. »Los, hoch mit der Metze. Seid Euch gewiss, Mistress, ich bekomme den Namen, und wenn ich Euch die Glieder wie Spinnenbeine aus dem Torso rupfen muss.«

Die Spinne ist ein Tier des Glücks, besagte ein alter Aberglaube. *Wer ihr Leid zufügt, verdirbt.* Zu mehreren hoben, spreizten und banden sie die Frau wieder auf die Streckbank. Auch Dudley gab vor zu helfen. Sein Blick flog zu Edward, ehe er zurücktrat und Wriothesley an die Winde ließ. *Ich habe ihm nie getraut. In dieser Falle aber sitzen wir beide, und wenn wir entkommen, sind wir auf Gedeih und Verderben aneinandergefesselt.*

Wriothesley hatte keine Zeit mehr zu verlieren. Hurtig, mit immer kürzerem Einhalt betätigte er die Hebel der Winde. Die Gepeinigte stöhnte, keuchte, wimmerte. Als Gelenke knirschten, presste Edward sich die Hände auf die Ohren. Ihr Schreien hörte er dennoch. Vor ihm drehte sich der Raum, der zu Schanden gehende Frauenleib ein wirbelnder Fleck. Jemand riss ihm den Arm herunter. »Hört doch hin, was sie brüllt!«

Das Brüllen schien ein einziger, in die Länge gellender Schmerzensschrei. Wriothesley riss die Winde herunter. Ehe Edward seine Ohren schützen konnte, zerbarst die Kammer in Getöse. »Niemand«, schrie Anne Askew. »Süßer Jesus, steh mir bei!« Schemenhaft sah er den Kopf zur Seite sacken. Es war vollbracht. Aus dieser Ohnmacht würde die Frau so rasch nicht erwachen. Wenn Gott Gnade walten ließ, wenn Gott überhaupt von Gnade wusste, ließe er sie vor dem Erwachen sterben.

Du sollst den Namen des Herrn nicht sinnlos führen, herrschte er sich an, aber blieb teilnahmslos.

»Holt sie runter«, befahl Wriothesley. »Wir haben genug gehört, den Namen jener höchsten Dame, oder stimmen die Herren mir nicht zu?« Seiner Gurttasche entnahm er Schreibgerät, beugte sich ins Fackellicht, ließ von unten einen Blick von Rich zu Dudley und zu Edward krauchen.

Rich nickte eilfertig.

Dudley nickte ermattet, nach einem Atemzug des Zögerns.

Edward stand starr.

»Graf von Hertford? Ihr habt nichts gehört? Das teuflische Weibsstück hat aber doch die Königin benannt, oder täusche ich mich, und in all dem Gewinsel verbarg sich der Name Eurer Frau?«

Du sollst nicht falsch Zeugnis reden. Die Zehn Gebote,

wie hatte er sie geliebt, als Tyndale sie ihnen auf Englisch geschenkt hatte, aber jetzt ließ ihn auch dieses kalt. »Die Königin«, sagte er, seine Worte wie Rauch. »Gewiss doch. Die Königin.«

Seit Wochen hatte Catherine nicht schlafen können. Fiel sie nach qualvollem Wachen in Schlummer, so schreckte sie alsbald wieder auf, saß unter dem erdrückenden Betthimmel und presste die Hände auf ihr Herz. Sie ertrug keinen Sommer mehr. Käme erst der Herbst mit verhangenen Himmeln, so würde sie nicht mehr fürchten, Fäuste schlügen an ihre Tür, Schergen stürmten ihre Kammer, zerrten sie aus dem Bett und hinaus in eine Barke, trieben die Barke den Fluss hinauf, den Umrissen des Tower zu. Käme der Herbst, so fände sie Ruhe für ihre Arbeit, ihr Buch, das nicht fertig war, die Kinder, die einen Lehre für Astronomie brauchten, die Universität von Cambridge, über der noch die Axt schwebte, die Scharen, die kamen, um für sich oder andere zu bitten.

Allen konnten sie nicht helfen. Catherine warf sich auf die Seite, zog die Knie an die Brust, schlang die Arme drum. Anne Askew, die Predigerin mit den rehbraunen Flechten war auf den Scheiterhaufen getragen worden, war schnell gestorben, hieß es, kannte keine Schmerzen mehr. Catherine fror und spürte zugleich, wie Schweiß ihr zwischen fleischlosen Brüsten hinunterrann. Nahte nicht schon der Morgen? Vor dem schmalen Fenster, verblich nicht das Schwarz? Sie stand auf. Tappte barfuß zum Schreibpult, setzte sich nieder, entspannte sich, sobald der Kerzendocht Feuer fing. Licht genug, um zu schreiben, sie war Trübnis gewöhnt.

Als sie die Schreibschatulle aufschlug, fing das Gesicht des Walnusskönigs ihren Blick. Sie hätte an ihrem Buch schreiben sollen, an einer schwierigen Stelle zur Missgunst, aber schrieb: *Wenn ihr euch fragt, was wir wollten, so wisset: Nicht die harschen Doktrinen eines Luther, nicht Calvins mitleidloses Gesetz der Vorbestimmung, sondern die Einfachheit, Liebe und Freundlichkeit, die Erasmus uns lehrte.* Klang das nicht, als verfasse sie ein Testament? Der Herzog von Suffolk fiel ihr ein. Auf dem Leichenbegängnis hatte Kate, seine Witwe, gesagt: »Fünfzehn Jahre habe ich neben ihm gelebt, aber kannte ihn nicht und behalte nichts zurück.«

Der, der mich kannte, soll meine Worte zurückbehalten. Ihr Herz schlug in der Stille. Dann polterten Fäuste an die Tür, die gleich darauf aufflog. Catherine fuhr herum, sah die Männer im Rahmen, die lederne Mappe in erhobenen Händen. Sie sprang auf, stieß den Schemel um. Schrie, floh, warf sich zu Boden und kroch unter das Bett. Rollte sich zur Kugel, den Kopf zwischen Armen und Knien geschirmt. Schrie, bis die Brust vor Schmerz zu reißen drohte und das Schreien in ein Wimmern überging.

Was sie zu Neid und Missgunst hatte schreiben wollen, jagte ihr durch den Kopf: *Übel bekommt es uns, wenn wir unseres Nachbarn Gut begehren, unseres Nachbarn Glück, sein Leben – aber eben das tun wir, weil wir Menschen sind. Böte man mir das Leben der ärmsten Frau Londons, ich nähme es an und ließe sie dafür sterben! Böte man mir noch eine Handvoll Sand aus dem Stundenglas, einem andern gestohlen, noch einen Kuss, ein Lachen, ich nähme es an und jede Strafe in Kauf.*

Ich habe so gern gelebt. Wie seltsam es war, das festzustellen, während man sich im Düstern in Staubflocken duckte, dicht über sich Holz, wie eingesargt. *Es war so anders, als ich es wollte, als ich es auf Wulf Hall, unter den Ulmen, erdachte, aber ich mochte es gern. Ist das Sünde, mein Gott? Dass ich bleiben will, nicht gehen? Die Ulmen sind noch da, nicht wahr? Sie sind zwanzigmal höher als ein Mensch. Als ich ein Kind war, glaubte ich, der Himmel könnte nicht höher sein.* Catherine gebot ihren lärmenden Gedanken Einhalt und lauschte. Still schien es. Kein Rascheln von Kleidern, kein Scharren von Füßen, keine Stimmen. Hatte sie vollends den Verstand verloren, sich die Männer, den immerwährenden Nachtmahr, nur vorgemacht? Sie zwang sich auf Arme und Knie. Robbte vorwärts. Alles blieb still. Unter den Volants der Betttücher steckte sie den Kopf ins Freie.

Sie war allein im Raum, die Männer fort. Aber sie waren

da gewesen. Wenige Schritte weit, bei ihrem Pult am Boden, lag die Mappe, das Wappen des Königs ins Leder geprägt. Catherine kannte solche Mappen. Anne Askew, Robert Barnes, Katharine Howard und Elizabeths Mutter Anne Boleyn hatten darin ihre Namen gefunden. Der Gedanke an Elizabeth war zu scharf, ihn zu ertragen. Das Mädchen, dieses kühl besonnene, frühreife Kind, hatte sie angefleht, sich vorzusehen. »Mistress Askew dürft Ihr nicht helfen, Ihr dürft nicht.« Und in wie weit entferntem Ton hatte sie hinzugefügt: »Man hat mir schon eine Mutter zerhackt.«

Catherine hätte aufstehen können, aber dazu fehlte ihr die Kraft. Sie robbte weiter, bis zu der Mappe am Boden. Mit einem Blick sah sie, was sie nicht geglaubt, aber gewusst hatte: Zwischen den Lederdeckeln lag eine Anklageschrift wegen Hochverrats, ein Todesurteil, darauf in steilen Lettern ihr Name. Kein Zweifeln, kein Hoffen mehr. Sie stieß die Mappe von sich und schrie.

Die Tür schlug. Schritte fegten über die Dielen. Schon kamen sie und holten sie weg, keine Zeit mehr, etwas zu ordnen, Papiere fortzuschaffen, einen Brief zu schreiben. Kurz erwog sie, zurück zum Bett zu krauchen, aber ihre Glieder erschlafften. Sie kippte einfach zur Seite, ein schreiendes Bündel, über das ein Schatten fiel und dann ein Leib sich beugte. »Euer Gnaden? Euer Gnaden, Catherine!« Der Mann umfasste ihr Gesicht, und als sie noch immer nicht verstummte, glitt er neben sie auf die Knie und zog sie in die Arme. Sie spürte rauen Stoff an ihrer Wange, roch die bittere Süße von Weihrauch. »Meine Tochter in Gott, fasst Mut. Das Urteil ist ja nicht unterschrieben.«

Ungläubig hörte sie ihren Schrei verhallen, blickte unter zuckenden Lidern auf, entdeckte, dass es längst Tag war, und sah in die braunen Augen Cranmers. »Sie haben es hier liegen lassen, um Euch zu Tode zu erschrecken«, sagte er. »Aber zur Unterschrift haben sie den König bisher nicht bewegt. Es ist noch nichts verloren, Catherine. Ich weiß, wovon ich spreche, denn auf meinen Namen ward auch schon einmal solche Schrift ausgestellt.«

Er erwartete keine Antwort, sprach einfach weiter, die Worte im Einklang mit seinen Händen, die ihr das Haar glatt strichen, die Staubflocken daraus kämmten. »Der König rast. Er fühlt sich umzingelt von Verrätern, die nur darauf warten, dem alternden Herrscher das Zepter zu entreißen. Boulogne wird er wieder verlieren, aller Kriegsruhm, den er jemals besaß, ist wie geschmolzener Schnee. Er hat Schmerzen, als faule das Bein ihm vom lebendigen Leib, und will doch niemandem Schwäche zeigen. Seit sein Freund Suffolk tot ist, hat er keinen Menschen mehr, dem er zu trauen wagt. Haben nicht wir, Catherine, Ihr und ich, so viel mehr?«

Ihre Blicke trafen sich, in seinem Mundwinkel die Ahnung eines Lächelns. *Wir sollen unseres Nachbarn Gut nicht begehren, es bekommt uns übel, doch wir tun es alle, weil wir Menschen sind.* »Ja«, sagte Catherine. »Wir haben so viel mehr.«

»Ihr wollt leben, nicht wahr?«

Die Frage schien jäh absurd. Der dürre, ungewaschene Leib in seinen Armen pulste, bäumte sich vor Leben. Absurd der Gedanke, jemand könne eine Klinge aus Metall erheben und all diesem Leben, dem ungelachten Gelächter, diesem und jenem Einfall, von dem sie unbedingt Elizabeth erzählen musste, dem Bild der Ulmen, die nach dem Himmel griffen, ein Ende setzen.

Cranmer streichelte ihr Haar. »Um Euch zu retten, bedarf es der Gabe, die Euch auszeichnet. Mitleid, Catherine. Mitleid mit einem einsamen, schwer kranken Mann, der das Leben nicht mehr begreift. Geht zu ihm. Gebt ihm, was wir seit Jahren einander geben, ein wenig Trost, ein jedes Geschöpf verlangt ja danach, selbst das verstockteste, dem man die Hand zum Segen auf den Schopf zwingen muss.« Sein Lächeln breitete sich aus.

Wie der Mond, dachte Catherine, *Nacht um Nacht.*

»Ich schwebte in derselben Gefahr und fürchtete mich so wie Ihr«, sagte Cranmer. »Ich will mein Gebetbuch vollenden, die Liturgie für meine Kirche, und will meine Tochter zur Frau werden sehen. König Henry schimpfte mich Ketzer und Verräter, aber ließ mich am Leben, weil in dieser Bedrängnis ein Mensch ohne Freund dem Wahn anheimfällt. Das sind seine Worte, Catherine. Betet. Dann geht und seid Eurem Gatten ein Freund.«

Sehr langsam kam sie zu Kräften, fühlte sich unter seinen Händen Glied um Glied erstarken. Endlich stand sie auf. Kaum auf den Füßen, wurde ihr bewusst, wie sie sich vor ihm zeigte, vor dem Primas ihrer Kirche, barfuß, im schmutzigen Nachthemd, das Haar zerrauft, wie ein irres Weib. Mit einem kleinen Lachen ging sie zum Pult, nahm aus einer Lade einen Gegenstand und sammelte alles Papier auf einen Arm.

Er stand ebenfalls auf. Sie hielt es ihm hin. »Wenn es nicht gut geht«, *wie leicht es auf einmal fiel, dies auszusprechen*, »werdet Ihr dies für mich erledigen? Die Papiere gebt Edward, er weiß, was damit zu geschehen hat. Und dies hier gebt Elizabeth.«

Der Erzbischof nahm beides und ließ den Gegenstand, das Medaillon mit dem Bild des heiligen Gregorius, vor seinen Augen baumeln. »Ihr seid allerdings die letzte Dame des Königreiches, von der ich erwartet hätte, dass sie ein Heiligenbildnis bei sich trägt.«

»Getragen habe ich es nie«, sagte Catherine. »Meine Mutter ließ es mir nach ihrem Tod, ich habe sonst nichts von ihr. Somit soll es Elizabeth bekommen. Ich glaube, wir waren in diesen drei Jahren mehr Mutter und Tochter, als meine Mutter und ich es je waren.«

Er schob die Papiere und das Medaillon unter seine Soutane und nahm Catherine beim Arm. »Gott schaue auf Euch.«

Und auf Euch, wollte Catherine sagen, aber weil man wohl in derlei Augenblicken immer sagt, was man längst hätte sagen wollen, sah sie den schmächtigen Mann an, der sich nie durch Mut hervorgetan, aber in seiner biegsamen Menschlichkeit schon so viele Berge versetzt hatte, und sagte: »*Auf diesen Felsen will ich meine Kirche bauen*. Meine Gemeinde, wie Tyndale schrieb.«

Sein verhuschtes Lachen war vertraut. »Eine schwankende, bröckelnde Gemeinde allerdings.«

»Eine, die uns angemessen ist. Eine Bitte noch: Könnt Ihr wohl in den Küchen veranlassen, dass man mir Eibisch zu einer Salbe schickt? Des Königs Bein wird mit Drachenwurz behandelt, nicht wahr? Eine kluge Frau erklärte mir einst, das wirke reizend, Eibisch hingegen sei für Narben und offene Schwären die reinste Wunderkur.«

Sie hatte sich Wasser bringen lassen und die Angst abgewaschen wie den Schweiß. Sie hatte ein Kleid angelegt, das der König ihr geschenkt hatte, ein goldbraunes Brokatkleid, das im Schlitz einen roten Samtrock freigab. Sie hatte die Salbe gerührt, wie Lady Margery es sie gelehrt hatte, wenn auch in Eile und mit kaum abgehangenem Eibisch. Dann hatte sie den Tiegel genommen und das kleine Buch, *Gebete und Meditationen*, das Elizabeth übersetzt hatte. Sie ging über die Gänge, warf aus einem der sonnendurchfluteten Fenster einen Blick auf die Pfirsichbäume und sprach stumm ihrem jagenden Herzen zu. Sie würde Bedienstete bitten, den Stuhl des Königs in den hellen Tag zu tragen, und sich von ihm erzählen lassen, wie er die Pfirsichbäume einst gesetzt hatte.

Der König war in seinem privaten Empfangsraum, längst angekleidet, weil seine Schmerzen ihn wie so oft nicht hatten schlafen lassen. Gardisten wollten Catherine den Eintritt verwehren, ihr Gatte wünsche nicht, sie zu sehen, aber sie blieb unbeirrbar und gewann. Er hing mehr, als er saß, im Polsterstuhl, hatte das Bein auf einen Schemel gestreckt. Sein Arzt war bei ihm, Dr. Wendy, der dem alten Butts nach dessen Tode nachgefolgt war. Dazu ein Gehilfe, der kniete, den aufgerollten Verband in Händen. Die Szene erstarrte, als Catherine eintrat. Drei Köpfe wandten sich ihr zu.

Das Mitleid, zu dem sie sich hatte zwingen wollen, es sprang sie just in diesem Herzschlag an. »Lasst mich«, rief sie und war schon bei ihm, kniete neben dem Gehilfen. Das Geschwür auf des Königs Schenkel war größer als eine Menschenhand, schwarz, als habe man das Fleisch verkohlt, war aber nicht trocken, sondern suppte und stank. Hier gab es nichts mehr zu heilen, nur zu lindern. »Nicht schließen«, wies sie den jungen Mann an, »beschafft mir frische Seidenbinden zu einem Umschlag.« Sie sah ihm fest ins Gesicht, und als er dennoch den Kopf schüttelte, förderte sie ihren Tiegel zutage und deckte die flache Hand auf die Schwäre.

Der Arzt, den Catherine flüchtig kannte, ein den Reformern zugeneigter Mann, nickte dem Helfer zu, und der Junge tat wie ihm geheißen. Erst jetzt hob Catherine den Kopf so weit, dass ihr Blick den des Königs traf. Ihr war, als hätte sie ihn nie gesehen. Sie kannte ihn als den Tyrannen, der die sechs Artikel zur Knechtung des Glaubens erlassen hatte und Bücher ins Feuer werfen ließ. Sie kannte ihn als den Mörder Barnes' und Anne Askews, den Schrankenlosen, der ihr alles Licht genommen hatte, alle Heimat, alle Zärtlichkeit. Diesen Kranken, der die dünnen Brauen in die Stirn riss, die Augen verschleiert vor Schmerz, den kannte sie nicht. Sie rief ihn: »Henry.«

Er sah sie an und doch durch sie hindurch. »Seid Ihr das, Catherine? Ihr kommt zu Uns?«

Sie hatte gefürchtet, sie würde jedes Wort herauspressen müssen, sich vor den geheuchelten Worten ekeln. Aber so war es nicht. Gott zeigte ihr unter allen Schichten sein Geschöpf, damit sie die Aufgabe bestand. »Ihr wart so lange nicht bei mir. Ich meinte, Ihr müsstet unwohl sein oder mir gram.«

»So, so.« Die Stimme des Königs ging schwer. »Und welches von diesen, meint Ihr, trifft zu?«

»Beides, mein Gemahl.«

»Nehmt Eure Hand von Unserm Bein«, schrie er sie jählings an.

Sie tat es, erlaubte der Angst keinen Laut, hob den Deckel vom Tiegel, strich die dünne Salbflüssigkeit auf die Binde, die der Gehilfe ihr reichte. »Ich bringe etwas, das Euch helfen mag. Zumindest wird es nicht Eure Pein vergrößern, wie das Mittel, das bisher verwendet wird.«

»Setzt Ihr Euch zum Doktorhut der Theologie jetzt auch noch den der Medizin auf und kommt, um Euren Gatten zu belehren? Wer sind Wir, Wendy? König von Gottes Gnaden oder ein törichter Narr, der sich von seinem Weib belehren lassen muss?«

»Ich will Euch nicht belehren«, rief Catherine. »Im Gegenteil, ich bitte Euch, belehrt mich. Ein jeder weiß, Ihr seid der gelehrteste Herr der Christenheit, wer will es einem dummen Weib verdenken, dass sie von Euch zu lernen hofft?« Sie nahm Salbe auf die Finger und strich sie geradewegs auf die Schwäre, hielt inne, als sie seinen Schenkel zucken fühlte. Langsam hob sie die Hand, von der es gelblich davon troff. Sie ekelte sich nicht. Nicht vor der Angst, nicht vor dem Winseln um ihr Leben. Sie würde noch tiefer sinken und doch bei sich bleiben können. *Mein Weg ist noch nicht zu Ende.* »Ich habe mein kleines Buch mitgebracht, auf dass Ihr mir Fehler darin aufzeigt. Es ist die Fassung Eurer klugen Tochter.«

»Ja, sie ist klug, die Ingwerrote, das Hurenbalg, richtig?« Seine Stimme knickte wie bei einem Jungen.

»Sie ist eine Tudor.«

Er sah sie wieder an. »Nicht übel pariert. Und wer seid Ihr?«

»Euer Freund«, sagte Catherine, stand auf, ging zu ihm, zerrieb mit der sauberen Hand den Schweiß auf seiner Stirn.

»Ist das die Wahrheit?« Er verdrehte die Augen nach ihr. »Oder brecht Ihr mit jedem Wort Gottes Gebot?«

»Jesus sagt: *Das ist mein Gebot, dass ihr einander liebt, wie ich euch liebe.*«

»Belehrt Ihr Uns schon wieder?«

»Von der Liebe sprechen darf wohl ein Weib zu ihrem Mann.«

Er musste lachen. Sie spürte es, bevor sie es hörte. »Was habt Ihr Uns da auf Unser Bein getan?«

»Eibisch. Ein Rezept aus Wiltshire, so sacht wie die Landschaft dort. Mit mehr Zeit bereite ich Euch einen Auszug davon.«

Jemand schlug an die Tür. Der Gardist zog die Tür auf, und der Lordkanzler Wriothesley steckte den Kopf in den Spalt. Gleich hinter ihm entdeckte Catherine den Bischof Gardiner, der die lederne Mappe vor der Brust trug. Ihr Herz stand still.

»Hinweg mit Euch!«, schrie der König, griff nach ihrer Hand, der mit Eiter und Salbe beschmutzten, und hielt sie. »Dumme Jungen, Rüpel. Und Ihr, Wendy, schert Euch auch davon. Unsere Gattin hier sieht heute selbst nach Unserm Verband.«

Die Männer widersprachen nicht. Wendy und der Gehilfe sammelten Flaschen und Tiegel zusammen. Im Rückwärtsschritt, sich mehrmals verbeugend, verließen sie den Raum. Die Tür schloss sich. König und Königin, Henry und Catherine, waren allein.

»Und, Weib«, fragte er, zu ihr aufsehend, »ist es denn so, sind wir Freunde?«

»Ja«, sagte sie.

»Dann wollen wir wohl noch einmal Zwölfnacht in Hampton Court feiern, richtig? Wie in den tollen, jungen Jahren, mit Masken und Tänzen, und erlaubt soll sein, was uns frommt.«

Catherine lachte leise. »Es ist ja Sommer.«

»Ach«, erwiderte der König. »Ach, ach. Wie schnell geht ein Sommer vorbei.«

Die elfte Nacht

Unter den Planeten
1547

*In der elften Nacht des Christfestes
schenkte mir mein Liebster
elf Pfeifer, die pfeifen.*

Noch ehe der Winter richtig begann, schien es Edward, als gefriere die Zeit. Der König, der an ständigen Schmerzen und Schwermut litt, kam ohne Flaschenzug keine Stufe mehr hinauf. Die Verlegung des Hofes nach Hampton Court ward aufgeschoben, weil das Geschwür an seinem Bein kauterisiert werden musste. Die gefrorene Zeit stand reglos und klirrte im Gehäuse der Stille.

Mitte Dezember residierte der Hof weiterhin in Whitehall. Versuchte noch jemand, zu ergründen, was in Englands Herrscher vor sich ging? Am zwölften Dezember wurden der Herzog von Norfolk und sein Sohn Henry Howard verhaftet und in den Tower verbracht. Der Sohn ward beschuldigt, er habe sich unrechtmäßig mit königlichen Wappen geschmückt, und dem Vater warf man vor, er habe dies geduldet. Zwölf Tage später erging Befehl an die Haushaltung der Königsfamilie: Königin Catherine, Prinz Edward und die Damen Mary und Elizabeth hatten sich unverzüglich nach Greenwich zu verlegen.

Er selbst, so bekundete der König, wolle sein Parlament in die Feiertage entlassen und sodann den Seinen folgen. Nach Wochen der Bettlägerigkeit stand er auf, berief eine Vollversammlung ein und gab, nachdem der Sprecher seine Rede gehalten hatte, statt des Lordkanzlers selbst darauf Erwiderung. Er sprach lange und in wohlgesetzten Worten. Seine Stimme klang jetzt, als habe ein zartes Mädchen sich erkältet.

Er dankte den Anwesenden. Das hatte er selten getan. Er dankte Gott für die Stärken und Talente, die er über ihn, Seinen Diener Henry, ausgeschüttet hatte. Das hatte er noch seltener getan. Schließlich hob er an, aus dem ersten Brief des Paulus an die Korinther zu zitieren: »*Barmherzigkeit ist lang-*

mütig und freundlich, Barmherzigkeit eifert nicht, Barmherzigkeit treibt nicht Mutwillen und bläht sich nicht auf.« Er sprach die Verse auf Englisch, und das hatte er nicht nur selten, sondern nie getan. Als er fortfuhr, ersetzte er das Wort Barmherzigkeit durch jenes, das William Tyndale gewählt hatte: »Gedenket der Liebe, meine Untertanen, wenn einer von Euch den andern Ketzer schimpft und jener schimpft den ersten Heuchler und Papist. Habt Ihr einem Mann etwas zur Last zu legen, so meldet es dem Rat, aber schwingt Euch nicht selbstgerecht zu Richtern auf.«

Hernach entließ er das Parlament. Am Morgen war seine Familie samt Gefolge abgereist. Am Nachmittag aber erging kein Befehl an seinen Hofstaat, ebenfalls den Weg anzutreten. Seltsam geräumt erschienen Kammern und Gänge, auf denen kein Kleid raschelte, kein flinkes Getrappel verklang und die Binsen frisch blieben, weil so viel weniger Menschen sich darauf erleichterten. Weiß und schwer hing das Winterlicht. Der Palast von Whitehall wartete.

Der König ließ wissen, er sei erschöpft und habe sich ein Fieber zugezogen. Sobald er erholt sei, würde man aufbrechen. Im Lauf des Weihnachtstages aber entließ er zahlreiche Herren, auf dass sie mit ihren Familien die Geburt des Erlösers feiern konnten. Die zweite Nacht verstrich wie die dritte. Am Morgen der vierten kamen Gärtnergehilfen mit Karren, die in der Picardie gezogene Birnbaumschösslinge heranschafften. Weshalb sollte ein Mann Obstbäume pflanzen, wenn nicht, um sich im Frühjahr ihrer Blüte zu erfreuen? Als aber auch die fünfte Nacht ohne Veränderung verging, als alles so schweigend und lastend blieb, begannen die Eingeschlossenen zu ahnen, worauf der lautlose Palast wartete.

Wer es aussprach, dem drohte die Todesstrafe. Aber, so fragte sich Edward, was drohte denn dem, der es auch nur für möglich hielt? Mit sonderlicher Ruhe besann er sich des Tages, an dem er erfahren hatte, dass er selbst sterblich war, jenes Morgens auf Hampton Court, als er vor den König gerufen worden war und sich in Todesfurcht die Beinlinge besudelt hatte. *Wie kann der, der uns sterblich macht, sterblich sein?* Edward fröstelte. Er hatte sein Feuer aus Zedernholz aufs Höchste schüren lassen und rieb sich dennoch die Hände in Handschuhen. *Was für ein Winter!*

Liebend gern hätte er mit Cranmer gesprochen. Der Erzbischof hatte sich in seinen Palast in Lambeth zurückgezogen, vorgeblich einer Unpässlichkeit wegen, in Wahrheit jedoch, weil die Luft des Hofes ihn hinderte, an seinem Gebetbuch zu arbeiten. Edward hätte um Entlassung bitten und den Freund besuchen können, doch seit dem letzten Sommer wich er seinen Freunden aus. Seinen Freunden. *Cranmer und Catherine.* Stattdessen kam, am letzten Morgen des Jahres, der unvermeidliche Dudley zu ihm.

»Wir müssen den König sprechen.«

»Der König liegt krank.«

»Eben deshalb.« In der von hohen Feuern ausgetrockneten Luft schälte die Haut des Mannes sich böser denn je. Nach der Hinrichtung der Askew hatte er sich einen Fehler erlaubt und dem Bischof Gardiner auf einer Ratssitzung eine Ohrfeige versetzt. Daraufhin hatte der König ihn vom Hof verbannt. Inzwischen aber war Gardiner selbst verbannt und Dudley in Gnaden wieder aufgenommen. Sein winziges Fläschchen hatte er durch einen handtellergroßen, am Gürtel getragenen Flakon ersetzt. »Sekretär Paget erwartet uns. Ihr macht Euch doch nichts vor, Graf? Viel Zeit bleibt uns nicht.«

Zeit wofür?

Dudley besaß ein feines Ohr für ungestellte Fragen. »Die Todesurteile der Howards sind nicht unterzeichnet. Aber Ihr wisst so gut wie ich: Wir brauchen etwas für die Zukunft in der Hand.«

Der König empfing sie. Seine Schlafkammer war mit Lüstern wie ein Festsaal ausgeleuchtet. Er wirkte wohler, als Edward erwartet hatte, obgleich es im Raum erbärmlich stank. Aufrecht saß er im Bett, eine Unzahl Kissen in den Rücken gestopft, den Leib unter Decken verborgen und darüber Dokumente verstreut. »Guten Morgen, guten Morgen.« Er blickte kaum auf, als Dudley, Paget und Edward das Zimmer betraten, und hieß sie nicht, sich von den Knien zu erheben.

Den Arzt Wendy, der gegenüber am Bett stand, fragte er: »Ist Unser Sekretär da? Er soll hergeben, was er Uns vorzulegen hat.«

Dudley reichte die beiden Dokumente Paget, der reckte sich aus kniender Stellung und schob sie dem König hin. Jetzt erkannte Edward, dass der König zwar in den Schriftstücken suchte, aber kaum etwas sah. »Und dabei handelt es sich worum?«

»Zwei Parlamentsbeschlüsse«, warf Dudley eilfertig ein. »Ein Strafbefehl für Henry Howard, der sich anmaßte, Euer Gnaden Wappen zu missbrauchen.«

»Der kleine Howard?« Der König kniff die Augen zu Schlitzen. »Das gelockte Hitzköpflein mit den säuerlichen Versen?«

Um des Himmels willen, lass es ihn nicht unterzeichnen, flehte Edward stumm. *Nimm uns nicht die Welt, die uns vertraut ist, nicht die Feinde, die wir beim Namen kennen.*

»Stempeln«, sagte der König. Er war zu blind oder die Hand ihm zu schwach, seinen Namenszug, *Henricus Rex*, auf das Blatt zu werfen. Paget förderte den Trockenstempel zutage und gab ihm dem König in die Hand. Der setzte den Abdruck und lehnte sich mit einem Seufzen wieder in die Kissen.

Sobald Paget zurücktrat, sprang Dudley vor und langte nach dem zweiten Dokument. »Euer Gnaden!«

Der König hob die Hand. »Genug für heute, guter Admiral. Was es noch geben mag, hat zu warten.«

»Euer Gnaden«, wiederholte Dudley, die Finger um die Flasche am Gurt krallend, »da wir doch einmal hier sind und Eure Zeit so kostbar – böte es sich nicht an, einen Blick auf Euer Testament zu werfen, das Ihr gewiss wie sonst zur Jahreswende zu ergänzen wünscht? Euer Gnaden haben Arbeit zuhauf, aber womöglich wollt Ihr uns das Schriftstück zu treuen Händen lassen, auf dass wir es prüfen und Euch nur behelligen, wenn es nötig scheint?«

Dudleys Atem ging schwer. König Henry wandte ihm das Gesicht zu und sprach lange Zeit kein Wort. »So, so«, sagte er dann, »nun, weshalb nicht?« Ohne hinzusehen, ertastete er das Gewünschte, aber zog es Dudley, der danach griff, unter den Fingern weg. »Gemach, gemach. Zu treuen Händen sagtet Ihr, richtig?«

Dudley senkte den Kopf.

»Ihr!« Edward hatte ebenfalls den Kopf gesenkt, aber wusste, dass der Finger des Königs auf ihn wies, in seinen Nacken, von dem ein krampfender Schmerz ihm in den Kopf kroch. »Junger Edward, Sohn Unseres John. Kommt her zu Uns.«

Edward stand auf.

»Näher«, zirpte die Stimme des Königs, »viel näher«, bis Edward sich so weit über das Bett gebeugt hatte, dass sein Monarch ihm mit der nicht ganz steten Hand die Wange klopfen konnte. »Zu treuen Händen, junger Edward. Und welche Hände im Königreich wären treuer als Eure?« Zwischen Edwards Finger schob sich das glatte Pergament. Des Königs Hand tastete sich auf seinen spärlichen Schopf und blieb liegen, wie um den Segen eines Vaters auszuteilen. »Und jetzt geht«, murmelte der König, »ich will ruhen, geht.«

Es war Dudley, der Edward am Arm packen, aus dem Raum zerren und dabei Acht geben musste, dass dieser das Dokument nicht fallen ließ.

Das Wetter änderte sich nicht. Es herrschte Kälte wie klirrendes Glas. Die zwölfte Nacht verstrich ohne Masken, aber Edward erschien der ganze Palast maskiert, verborgen hinter erstarrtem Material. Der König, so erging Meldung, käme wieder zu Kräften und empfange demnächst französische Gesandte, um über die Lösesumme für Boulogne zu verhandeln. Die Königsfamilie wurde dennoch nicht zurückgerufen, sondern in die winterliche Einsamkeit von Enfield verlegt. Am Morgen des neunzehnten Januar wurde Henry Howard auf dem Hügel vor dem Tower enthauptet. Das Todesurteil für seinen Vater blieb weiterhin ungezeichnet. Einen Tag später suchte Dudley Edward in seiner Schreibstube auf.

»Ich habe Euch Zeit gelassen«, sagte Dudley. »Jetzt aber drängt es. Wir brauchen das Testament.«

»Er hat es mir...«

»Zu treuen Händen übergeben, ich weiß. Und wenn Ihr dem Teufel einen Eid schwört, verpflichtet Euch auch der zur Treue?«

Edward holte das Testament aus der Lade. Kurz darauf erschien Paget, und zu dritt vertieften sie sich in das Schriftstück. Die Thronfolge war eindeutig festgelegt: Als Erstes folgten Prinz Edward und dessen Nachkommen, dann die Lady Mary und deren Nachkommen und schließlich samt Nachkommen die Lady Elizabeth. Beide Töchter durften sich wie die Königswitwe nicht ohne Zustimmung des Kronrats verheiraten. Sollten all seine Kinder ohne Nachkommen sterben, so hatte der König seine Nichte Frances Grey, die Lady Dorset, als Erbin vorgesehen und nach dieser ihre Tochter Jane. »Ein frommes, gelehriges Mädchen«, berichtete Dudley. »Wir sollten darauf achten, dass man sie in einen reformerisch gesinnten Haushalt gibt und im Geist der neuen Kirche erzieht.«

Warum Dudley Interesse an einer Elfjährigen hegte, die an fünfter Stelle der Thronfolge stand, blieb sein Geheimnis. Die nächste Klausel enthielt Vorkehrungen für den Fall, dass der König starb, ehe sein Sohn die Volljährigkeit erreichte. Sechzehn Herren waren als Mitglieder eines Kronrats benannt, der das Königreich für den jungen Edward verwalten sollte. Keiner von ihnen durfte vor den andern Vorrang haben oder ohne deren Mehrheit entscheiden. Aus der Liste der Namen sprach die Absicht, ein Gleichgewicht zwischen Reformern und Papisten zu halten. »Dass wir uns gegenseitig zerfleischen, will er«, empörte sich Dudley. Paget entnahm seiner Schatulle einen Schaber, tat selbst aber nichts, sondern gab ihn Dudley, der ihn mit Sorgfalt handhabte.

»Wriothesley und Rich lasst stehen. Wenn keiner von ihnen benannt bleibt, kommen Zweifel auf.«

»Wir dürfen das nicht tun.«

»Wir dürfen nicht, mein Graf? Und wer verbietet es? Gott, dessen Kirche wir damit bewahren?«

»Der König ist auf dem Wege der Genesung«, begehrte Edward auf und starrte seine treuen Hände an.

Dudley sandte ihm unter den Wülsten seiner Brauen einen langen Blick, wie man ihn einfältigen Kindern schenkt, und setzte hernach seine Arbeit fort.

In den nächsten Tagen verließ Edward kaum noch seine Räume. Es wurde kälter. Dem Anschein nach hatte niemand zu tun, nur das Heer der Bediensteten briet und buk stillschweigend weiter Mahlzeiten, wärmte Wein, wechselte Binsen, wusch kalten Schweiß aus Hemden. Eine Woche nach Henry Howards Tod wurde Edward in den kleinen Empfangssaal gerufen.

Doktor Wendy empfing die Handvoll Ratsmitglieder. Sie sprachen im Flüsterton wie Verschwörer, die Schlafkammer des Königs keine zwei Türen weit entfernt. »Ich muss die Herren bitten, sich bereitzuhalten«, sagte der Arzt. Der König nähme weder Nahrung noch Flüssigkeit zu sich, fände kaum noch Schlaf und könne seinen Leib nicht mehr entleeren.

»Hat er Schmerzen?«

»Ja«, erwiderte Doktor Wendy, als hätte er selbst welche. »Wir wissen nicht mehr, was wir ihm geben sollen, Alraune, Bilsen, nichts schenkt Gnade.«

Blicke flogen durch den Raum, Schweigen sirrte, knisterte, scharrte mit den Füßen. Endlich wandte Dudley sich zum Gehen. »Jemand muss es ihm sagen.«

Der Gedanke, sich an diesem Abend in sein Bett zu legen, schnürte Edward die Kehle zu. Frierend blieb er in seinem Lehnstuhl sitzen, und als ihn am folgenden Nachmittag ein Page holen kam, war er, um sich selbst gerollt, darin eingeschlafen. Er nahm sich nicht die Zeit, seine Kleider zu richten. Seine Verpflichtung duldete keinen Aufschub.

Ihm war, als trete er in ein verbotenes Heiligtum. Der Raum im Dämmer. Die Luft in Schlieren die Wände hinuntertropfend. Statt Weihrauch der betäubende Gestank von faulem Fleisch. Sie standen stumm im Halbkreis. Edward zählte ihrer zehn: Am Kopfende Somers, des Königs Narr, der sich wie geprügelt duckte. Das Papistengespann, Rich und Wriothesley, neben dem Reformergespann, Paget und Dudley, zweimal zwei Köpfe zusammengesteckt. Catherines Bruder, der linkische Will Parr, und ihr schafsgesichtiger Schwager, Will Herbert. Doktor Wendy am Fußende, Tiegel und Flaschen auf einem Falttisch sortierend. Dann der ältliche Anthony Denny und schließlich, stockstarr an der Wand, Edwards Bruder. Tom. Einst wäre dies undenkbar gewesen, ein Seymour, der nicht wusste, dass der andere sich unterm selben Dach befand. *Wir waren unzertrennlich, weißt du's noch?* Auf Zehenspitzen schlich Edward näher und stellte sich dazu.

In dem Bett lag, was übrig war. Auf dem Kissen, wie ein Fischbauch gedunsen, ein Gesicht, Bart und Haar fadendünn. Der Ballonleib blähte die Decken, und der Atem – nach Luft gieren und Luft wieder preisgeben – klang, als pflüge er den Brustkorb um. War der König bei Bewusstsein? Nahm er wahr, dass Menschen ihn umringten? Seine Augen, zwei Ritzen im Weiß, standen offen.

Wie kannst du mir sterben, Henry Tudor, Herr über Leben und Tod? Wie kann jetzt zu Ende gehen, was, solange wir hofften, nie zu Ende ging? Haben wir die Macht des Teufels wahrhaftig einem Sterblichen verliehen? »Majestät«, ließ die Stimme Dudleys den Raum erschaudern, als störe ein Unverfrorener einen Priester in der Transsubstantiation. »Das Urteil für den Herzog von Norfolk!«

Ein Tumult entstand. Mehrere rissen Dudley, der mit dem Bogen winkte, vom Bett des Königs zurück. »Verdammt«, schrie der Gehaltene, »hat es ihm keiner von Euch Feiglingen gesagt?«

Paget griff dem andern in den Gurt, zog die blitzende Flasche heraus und hielt sie ihm hin. Dudley ließ die Schultern sacken, packte das Gefäß. Mit steifen Schritten ging Denny zum Bett und bog ein Knie. »Mein König«, krächzte er. »Ich habe Euch zu sagen, dass Ihr nach Menschenermessen nicht mehr lange unter uns weilen werdet. Wünscht Ihr, dass jemand Euch zur Seite steht?«

Henry Tudor rührte sich nicht. Widerstrebend beugte Denny sich näher, um zu verstehen, was er unter dem Getöse des Atems murmelte. Gleich darauf erhob sich der Mann, floh zur Tür, warf im Vorbeigehen Edward zu: »Er will den Erzbischof. Ich lasse ihn holen.« Wenig später kehrte er zurück an seinen Platz.

Elf sind wir. Und der zwölfte ist auf dem Weg. Bringt Brot und Wein. Die Nacht hatte sich an ihren Aufstieg gemacht. Bedienstete kamen, das erstickende Feuer neu zu schüren. Auf einmal erbebte das Bett, der König geriet in Bewegung, wölbte den Rücken, als stemme er sich gegen ein Gewicht. Mit dem nächsten Atemzug schrillte ein Wort heraus, drang Edward ins Mark und grub sich ein: »Janie!« Der Leib sackte in die Polster zurück. »Lehr mich fliegen, Janie.« Dann schloss sich der Mund.

In den Stunden, die folgten, sprach der König nicht mehr. Wäre der Atem nicht gewesen, der die Stille pflügte, hätte jemand hintreten müssen, der Arzt wohl, und prüfen, ob von dem, was Leben hieß, noch etwas auffindbar war. Auf dem Nachtkasten, im Licht der Kerze, sah Edward in Trümmern die Ringe, die man dem König von den verquollenen Fingern hatte brechen müssen. Ehe sein Blick auf das Gesicht fiel, wandte er sich zum Fenster. Samt verbarg die glänzende, sternklare Nacht.

Jemand schrie. Der harsche Atem stand still. Dudley und Wriothesley sprangen vor, hielten inne. Kurz hörte man gar nichts. Dann schwoll der Leib von neuem, und die zerfurchten Lungen nahmen ihren Kampf wieder auf. Sehr leise ward die Tür geöffnet. Ein Mensch schob sich ins Zimmer. Der zwölfte. Der zum Bett seines Königs eilte und dort auf die Knie fiel. Der die Hände, die verfroren sein mussten, um die Hand des Todkranken schloss und sie küsste. »Ihr sterbt, mein König«, sagte er. »Gott schaue auf Euch.«

Der Erzbischof bettete seinen Kopf auf das Kissen, sein Ohr vor des Königs Mund. Er ölte ihm nicht die Stirne, sprach kein Sterbegebet, hielt nur die weiße Hand fest und sagte: »Mein Sohn in Gott. Gebt mir ein Zeichen, dass Ihr im Vertrauen auf den Herrn sterbt.«

Womöglich sah es keiner der andern. Aber Edward, der am nächsten stand, sah es: Die verschwollene Hand, die mit al-

541

ler Kraft die schmale drückte und dann ganz langsam, von aller Spannung befreit, losließ. Cranmer schloss die Augen. Hielt die Hand seines Königs noch ein, zwei Herzschläge lang, legte sie schließlich auf die reglose Brust und stand auf. »Der König ist tot«, sagte er.

Paget und Dudley stellten in den Gängen Posten auf. »Von diesen Stunden hängt es ab. Nirgends darf ein Wort laut werden, ehe alles geordnet und bestätigt ist.«

Edward hatte in die Kälte der Nacht fliehen wollen, ward aber von den beiden aufgehalten. In erregten Fingern zitterte das Testament, tanzten die Schatten der Fackeln zerhackt über Zeilen. Dudley klopfte ihm den Arm. »Zwölf waren dabei. Erst wenn wir diese zwölf auf das Testament und den Protektor des Reiches eingeschworen haben, geben wir die Nachricht bekannt.«

»Welchen Protektor des Reiches? Verfügt ist, dass keiner der Ernannten vor den andern Vorrang hat.«

»Seid kein Narr. Wenn keiner die Zügel hält, wie lange dauert es, bis der papistische Gaul uns überrennt?«

»Bedenkt Eure Entwürfe zu den Bauernrechten«, beschwor ihn Paget, seine Stimme eine Engelszunge. »Eure Verordnung gegen die Einfriedung von Land, das alles könnt Ihr in die Tat umsetzen.«

Edward fühlte sein Herz von Klauen gepackt und um sich selbst gedreht. *Zwölf waren dabei. Elf treue Apostel und ein Judas.* »Wer?«

Die Schaube schwingend, deutete Dudley eine Verbeugung an. »Euer Tag ist da, mein Herr Protektor. Der Tag der Seymours.« Im nächsten Augenblick schnellte seine Hand an sein Schwert. »Dort!«

Köpfe schossen herum. Im Fenstererker, im Halbschatten, stand ein Mann mit dem Rücken zur Wand. Edward rannte. »Tom.«

Der Bruder rührte sich nicht. Edward streckte die Hand. Der Schweiß, der dem andern die Stirn hinunterrann, war kalt. Mit fliegenden Fingern, die Gedanken zu rasch, um sie zu fassen, ordnete Edward ihm das Haar. »Wir haben keine Wahl«, sprach er auf das bleiche Gesicht ein, »du weißt ja selbst, worum es uns geht. Komm doch zu dir, Tom, es ist vorbei, es ist jetzt alles vorbei!«

Toms Mundwinkel zuckte. Paget und Dudley drängten in den Erker nach. »Was ist los mit dem Kerl? Ist er besoffen?«

Tom hob eine seiner schönen Brauen. »Noch nicht, mein Herr Bilsenkraut. Aber dem kann abgeholfen werden. Eurem Wachhund dort vorn sagt, er trete mir besser aus dem Weg.«

»Zum Teufel, Kerl, wo wollt Ihr denn hin?«

»Das soll mich nicht kratzen. In irgendein verlaustes Hurenhaus.«

»Ich verbiete Euch, den Palast zu verlassen.«

»Ihr verbietet es? Ihr mir?«

Nahezu komisch mutete an, wie der schmächtige Dudley den Größeren bei den Armen packte und mit allen Kräften schüttelte. Tom ließ sich beuteln, stoßen, rührte keinen Finger, bis Dudley ihn, nicht ohne Zaudern, ohrfeigte. Entsetzt sah Edward, wie die Hand seines Bruders auf die Hüfte niederfuhr, und war einen endlosen Augenblick lang sicher, Tom griffe nach dem Schwert. Der aber entnahm lediglich seinem Bund einen Handschuh, zog ihn sich sorgsam über die Finger und versetzte Dudley eine Maulschelle, die den Mann zur Seite taumeln ließ. Hernach zog er den Handschuh wieder ab, rieb sich die Wange damit und warf ihn weg.

Ehe er fiel, ward Dudley aufgefangen. Der Mann, der auf leisen Sohlen den Gang hinaufgekommen war, stützte ihn. Er hatte die Bundhaube, seine zweite Haut, vom Kopf gelöst. Sein Haar, das Edward wie mattes Ebenholz kannte, war grau wie Gestein. »Thomas«, sagte er. »Kommt zu mir, ich bitte Euch.«

»Oho. In diesen Hallen ein Mann, der bittet, nicht befiehlt?«, entgegnete Tom.

»Der Mann kommt Euch sogar entgegen.« Cranmers Gesicht war tränennass, und beständig strömten Tränen nach, doch seine Stimme klang stet. Mit dem entblößten Haupt, die Hände dem großen Kerl auf die Schultern legend, wirkte er zerbrechlicher denn je. »Auf die Knie, mein Sohn. Ich gelobe, es tut Euch nicht weh.« Er drückte den Verdutzten nieder, schloss einen Arm um ihn und legte ihm die Rechte auf den Kopf. »Der Herr segne und Er behüte dich. Der Herr lasse Sein Angesicht leuchten über dir und sei dir gnädig.«

Liebkosend glättete die Hand das wirre Haar. »Das war ich Euch seit langem schuldig.« Damit gab er Tom frei und wandte sich zu Edward. »Mein Freund, wollt Ihr den König holen? Euer Bruder könnte Euch begleiten.«

»Den König?« Dudley, der sich kaum gefasst hatte, wies wie irr den Gang hinunter nach der verschlossenen Tür.

Wehmütig schüttelte Cranmer den Kopf. »Der König ist tot. Lang lebe der König.«

Der verstörte Tom bemerkte offenbar nicht, dass er sich hätte erheben können. Auf einen Wink von Cranmer trat Edward zu ihm, sah in leere, geweitete Augen. »Ist das Tier wirklich tot, Ned? Ganz und gar und für alle Zeit tot?«

»Ja, mein Lieber. Und wir reiten nach Enfield, um Janies Sohn in seine Hauptstadt zu holen.«

»Wie könnt Ihr den Narren mit nach Enfield nehmen?«, schrie Dudley dazwischen.

Dies übte auf Tom sichtlich mehr Wirkung aus als Zuspruch und Zärtlichkeit. Er stand auf und patschte Edward auf den Rücken, dass der glaubte, er höre seine Knochen krachen. »Mein Bruder kann tun, was ihm passt, mein Allerwertester. Wie es aussieht, ist ja wohl unser Tag gekommen, ob wir ihn noch wollen oder nicht.«

In dieser Nacht begann Schnee zu fallen. Catherine hatte mit Edward und Elizabeth in der Turmkammer gesessen und ihnen wie kleinen Kindern vorgelesen. Aus dem Malory. *Einst bei des Königs Geburt, da strahlten alle Sterne, aber jetzt fällt Regen über das Land.* Es erheiterte sie, wie Elizabeth sich sträubte und beharrte, solche Lektüre sei für saumselige Jungfern. Der Prinz schwankte zwischen dem Ehrgeiz, bei seiner weltklugen Schwester Eindruck zu schinden, und der Sehnsucht des Neunjährigen, in einer Mär von Rittern,

Helden und unverbrüchlichen Schwüren zu versinken. »Der König ist der Vater, nicht wahr? Der von Gott Erwählte, der dem Land die wahre Gerechtigkeit bringt?«

Catherine wollte eben Elizabeth hindern, ihrem Bruder den Zauber zu zerstören, da spürte sie den Atem des Mädchens an der Wange und sah, dass es, statt auf die Worte des Prinzen zu achten, den Samt betastete, in den das Buch geschlagen war. Er war von einem Grün, wie man es im Winter entbehrte, gleichwohl in zwanzig Jahren abgeschabt. Elizabeth zog ihr das Buch aus der Hand. »Der Himmel ist oben und die Erde unten«, las sie. »Ins Feuer steckt man besser seine Finger nicht, und das Meer ist nass und schmeckt nach Salz.« Sie blickte auf. Darüber, wie schön sie war, bitterschön wie eine Quittenfrucht, erschrak ihre Stiefmutter stets aufs Neue. »Ich weiß, wer das geschrieben hat.«

»Ich auch«, entfuhr es Catherine.

Der kleine Edward drängte sich hinzu. »Aber wer denn, wer?«

»Der Oheim Ned«, sagte sie und schlug das Buch mit Bestimmtheit zu. »Er und ich waren Freunde, seit wir Kinder waren.«

Elizabeths Blick schien sich geradewegs in ihren Kopf zu bohren. »Das war recht dumm vom Oheim Ned«, sagte Edward, »solche Dinge, die jeder weiß, in Euer Buch zu schreiben.«

»Ja, das war es wohl.« Flugs stand Catherine auf. »Und Ihr geht jetzt zu Bett, denn ich bin grausig müde. Ich sage der Kämmerin, sie soll noch Decken bringen.« Es war ein harter Winter, und in dem Gemäuer, fast wie auf Snape Castle, wurde es nie richtig warm.

Sie setzte sich ans Fenster, schlang ihren Pelz um sich und sah ins Dunkel, in dem der schüttere Schneefall blitzte. Zuweilen döste sie ein und schreckte dann wieder auf. Irgendwann verblich das Schwarz des Himmels zu Grau, aus dem Konturen der Mauern sich lösten. Das Fensterglas klirrte, gleich darauf klopfte es an der Tür, ein dünnes, hastiges Pochen. Catherine sprang auf und fand sich Mary gegenüber, die stets zum Primgebet vor Tagesanbruch aufstand. Ihr Atem flog. »Am Torhaus sind zwei Reiter aus London. Wir sollen die Kinder ankleiden, vielleicht holt man uns endlich aus diesem verlorenen und verkommenen Loch.«

Wie auf ein Zeichen drängten sich beide vor das schmale Fenster. Die Besucher, auf einem zierlichen Schimmel und einem höheren Tier mit vor Nässe schwarzem Fell, ritten im Trab in den Hof. Der eine trug eine Kapuze ins Gesicht gezogen, der Kopf des andern war bloß. Mary entfuhr ein hohes Kreischen, das an die Stimme ihres Vaters gemahnte. »Seht doch, seht.« Aus dem Portal trat Mistress Ashley, Elizabeths Erzieherin, mit einem Diener, der ein Tuch über die Köpfe der Königskinder hielt. Die beiden drängten sich zueinander, wirkten verschlafen und verwirrt. Catherines Herz schlug ihr dumpf in den Hals. Mit einem Satz stürmte sie an Mary vorbei aus der Kammer und die gewundene Treppe hinunter.

Eine dünne Schneedecke verbarg den Stein. Die Ashley und der Diener hatten die Kinder vor die Reiter geführt. Einer der Männer sprang vom Pferd und warf sich in der Nässe auf ein Knie. Da stieg auch der andere ab, schauderte, als sein Knie den Boden berührte, griff nach der Hand des Prinzen und küsste sie. Catherine, an den Pfeiler gelehnt, umklammerte mit beiden Händen ihren Hals.

»Euer Gnaden, *my lady* Elizabeth.« Mehr konnte sie nicht verstehen, da Edwards Stimme im Schneewind verwischte, aber sie wusste ohnehin, was er sagte, begriff es mit einem Schlag und begriff es doch nicht, starrte auf das Geschehen wie auf ein Bildnis voll fremder Gestalten. Sie hörte die Kinder schreien und war nicht fähig, einen Schritt zu tun. Die Ashley schrie auch. Edward kauerte am Boden. Sein Bruder stand auf und zog die Kinder in die Arme, an vor Nässe triefende Kleider. Sie hielten sich aneinander fest, wiegten sich auf sechs Beinen, weinten, als heulten sie den Himmel an. *Ich sollte nicht zusehen. Man sieht bei so etwas nicht zu.* Aber Catherine sah zu, blieb stehen und ließ sich den weichen Schnee ins Gesicht treiben, bis irgendwann Edward, vor Kälte schlotternd, zu ihr kam und sie in die Halle drängte.

Er sah sie an, als fiele ihm ihr Name nicht ein. Dann sagte er irgendwann: »Cathie.«

Sie sagte nichts. Aus seiner Kapuze lief Wasser in Strömen.

»Kannst du etwas Wein wärmen lassen? Kannst du dich um Elizabeth kümmern? Wir bringen den Prinzen nach London, in den Schutz des Tower, bis sich alles beruhigt.« Und dann fiel ihm etwas ein, und er plumpste, dort wo er stand, auf seine Knie. »Nicht den Prinzen. Den König. Mein Beileid, Euer Gnaden.«

»Ja, ja«, hörte Catherine sich murmeln, wie sie es von ihrem Gatten kannte. »Ja, ja.«

Wenig später brachte die Ashley die Kinder ins Haus, Elizabeth, die haltlos schluchzte, und den bleichen, totenstillen Knaben, der zum Aufbruch gerüstet wurde wie ein teures Stück Fracht. Catherine schloss die Stieftochter in die Arme. Sie wollte mit ihr in die Stille der Turmkammer flüchten, sie aus nassen Kleidern schälen, die aus den Angeln gesprengte Welt vergessen. Mit stockstarrem Rücken stand Mary. »Ich hole Sir Thomas ins Haus«, sagte sie. »Er wird in dem tückischen und rauen Wetter Schaden nehmen.«

Elizabeth, die eben noch an Catherines Brust gewimmert hatte, warf den Kopf auf. »Lass Sir Thomas Schaden nehmen, woran er will, er bedarf deines Schutzes nicht.«

Die zwei Schwestern, zwischen denen siebzehn Jahre, die Spaltung einer Kirche und die Opfer ihrer Mütter lagen, sahen einander an, und Catherine wurde kalt. Sie umfasste Elizabeths Schultern. »Bitte komm«, sagte sie, »du bist erschöpft«, und schob das Mädchen zur Treppe. Elizabeth und Mary ließen die Augen nicht voneinander, bis die eine die andere aus dem Sichtfeld verlor.

Oben schürte Catherine ihr Feuer, wickelte Elizabeths Haar in Tücher, ihren Körper in trockene Kleider, war froh, zuzupacken, die festen Glieder zu reiben, Haut, die sich mit allmählicher Erwärmung rötete. Es dauerte lange, bis eine von ihnen sprach.

»Er ist tot«, sagte Elizabeth, am Fenster stehend, in das sich verdichtende Schneegewirbel starrend.

»Ja, mein Herz«, antwortete Catherine.

»Sie werden mich von Euch trennen.«

»Von dir trenne ich mich nicht, das gelobe ich.«

Elizabeth wandte den Kopf. Catherine ging zu ihr, berührte ihren Arm. »Lass uns zusammen beten, willst du?«

Sie rückten ihre Schemel zueinander. Catherine wollte sie in ein stärkendes Gebet leiten, sie hatte so viele Gebete erdacht, aber jetzt kam ihr keines in den Sinn, nur unablässig die Stimme des Mannes, den sie geliebt und der ihr aus den Briefen des Paulus vorgesprochen hatte: »*Und wenn ich mit Menschen- und Engelszungen redete und hätte der Liebe nicht, so wäre ich ein tönendes Erz und meine Stimme eine klingende Schelle.*«

Also sprach sie nur das und begann dabei zu weinen. Sie saßen beieinander und weinten mit zuckenden Schultern. Als sie begannen, sich zu beruhigen, hörten sie von unten Hufschlag und verwehte Rufe. Die zwei Männer, den König von England auf seinem Pferdchen zwischen sich, verließen den Hof.

Am neunzehnten Februar 1547, einem Tag, der noch winterlich kalt, aber gefirnisst vom harschen Licht der Frühlingsnähe war, ritt der junge Edward durch die Straßen der Hauptstadt nach Westminster, seiner Krönung entgegen. Er saß auf einem Rappen in purpurner Schabracke, war in goldbestickte Seide gehüllt und gegürtet mit Perlen und Rubinen. All die Pracht, die gebauschten Kleider sollten ihn älter als seine Jahre wirken lassen, aber sie ließen ihn jünger wirken, ein zerbrechliches Knäblein im zu großen Rock. Sah er die Banner und Wandbehänge, die die Fassaden der Häuser bedeckten, die Brunnen, aus denen Wein sprudelte wie zu seiner Geburt, und die Menschen, die den Marktplatz von Cheapside säumten, die ihre Hüte warfen und aus winterrauen Kehlen sangen? Oder sah er gar nichts, die Zügel tapfer umklammernd und den Blick geradeaus gezwungen? Hinter ihm, die Kruppe seines Pferdes flankierend, ritten Edward und Thomas Seymour, seiner Mutter Brüder, gefolgt vom Adel und Klerus des Landes.

»Hoch, unser junger König Salomo, der den schändlichen Götzenglauben aus Londons Straßen kehrt!« Eine Frau hüpfte vor den Zug und warf dem Knaben zwei Hände voll Stoffblumen zu. Edward sah, wie sein Neffe den Kopf wand und sehnsüchtig nach den bunten Fetzen haschte. Gleich darauf saß er wieder still. Die Stoffblumen trieben im leichten Wind zum Fluss. Jäh vermeinte sein Oheim, der frisch gekürte Herzog von Somerset und Protektor des Reiches, einen anderen Edward zu sehen, einen Knaben mit spindeldürren Beinen, der in den Obstgarten stolperte, just als seine Schwester aus einem Birnbaum fiel. *Lehr uns fliegen, Janie.* Die Schausteller, die auf rasch gezimmertem Podium ein Historienspiel zum Besten gaben, zeigten die Mutter des Königs als Phönix aus feurigen Wolken, der sich mit einem Löwen vereinte, worauf ein geflügelter Löwe aus den Bühnenbrettern brach. Edwards Schwester aber war eine stille Frau mit hellen Augen und halbem Lächeln gewesen. Von fern vernahm er ihre Stimme: *Tom, heirate Catherine.*

Ein Windstoß fuhr in seine Schaube, ließ ihn frösteln. Er fühlte sein Lid so heftig zucken, dass er das Auge zukneifen musste. Andere Stimmen löschten die seiner Schwester aus. So die Stimme von Dudley, dem frisch gekürten Grafen von Warwick, am Abend vor der geheimen Ratssitzung, in Edwards Haus: »Seid Ihr wahrhaftig so verblendet? Gebt Eurem Bruder einen Fuß Boden, und er drängt Euch vom Feld, dafür nehmt mich beim Wort.«

Und dann Anne. Seine Anne. »Er wäre der Erste nicht, der eine Königswitwe ehelichte, um ein Königsgeschlecht zu begründen.«

Sie sprach von Owen Tudor, der die Witwe Henrys des Fünften zur Frau genommen und damit dem Geschlecht der Tudors ans Licht verholfen hatte. »Das ist an den Haaren herbeigezogen«, beharrte Edward. »Was Tom und Catherine verband, ist Jahre her.«

»Sei auf der Hut«, hatte Anne ihm in der Nacht zugeflüstert, zwischen zwei Küssen auf seine Lippen. »Bedenke, was Dudley gesagt hat. Stutz deinem Bruder die Flügel, ehe es zu spät ist. Dass er das Parr-Weib heiratet, wird der Kronrat niemals dulden.«

»Er heiratet sie ja nicht. Sie wechseln miteinander kein Wort.«

»Und das genügt dir? Ich warne dich, was dein Hundsfott von Bruder sich herausnimmt, mag man auch dir ankreiden. Wenn aber die Köpfe der Unzertrennlichen Seite an Seite auf der London Bridge prangen, werde ich nicht darunter stehen und weinen.«

Er hatte es getan. Er hatte seinem Bruder vor dem Rat die Flügel gestutzt und ihm einen Sitz in der neu gebildeten Regierung verweigert. Nicht weil Anne ihm dafür die Lippen küsste. Einst hätte er für einen Kuss von ihr sein Seelenheil verscherzt, aber inzwischen war er ohne Unterlass müde, waren ihm Küsse wie Schläge einerlei. Er hatte es getan, weil er weniger denn je wusste, wie er ohne sie hätte leben sollen. Wer blieb ihm als sie, den er nicht verraten hatte? Wer als sie war ihm schuldig, bei ihm auszuharren, bis er starb?

Silbertrompeten zerfetzten die quälenden Bilder, aber löschten sie nicht aus. Zu Edwards Linken lauerte das unerträglichste Bild. Das Gesicht seines Bruders. Die klaren, verletzlichen Züge, und auf einmal sah er sie nicht mehr vor gleißender Wintersonne, sondern in strömendem Regen, von Blattwerk verschattet, nass vor Tränen, die er um Edwards Erstgeborenen geweint hatte. *Was immer zwischen uns treten könnte, diese nassen Wangen werde ich dir nie vergessen.* »Tom«, rief Edward, als wären sie beide allein, und dann leiser: »Tom.«

Er streckte die Hand nach ihm, rutschte gefährlich im Sattel. »Es ist unser Tag, Tom. So spät und so anders. Aber unser Tag.«

»Der deine, Ned.«

»Versteh mich doch. Ich muss Dudley...«

»Fein«, fuhr ihm Tom ins Wort. »Der deine und Dudleys.«

Zum Teufel mit Dudley. Um dreißig Silberlinge habt ihr mich erschachert, und die dreißig Silberlinge verprasse ich auf meine Weise. »Ich gebe dir sein Amt«, rief er in den strahlenden Himmel. »Großadmiral von England, dir gebührt es, nicht ihm.«

Sie hatten den Platz vor dem St. Paul's Cross erreicht, wo Cranmer gepredigt hatte, als all dies begann, wo Barnes gepredigt hatte, als die Hoffnung hochschlug, und wo jetzt ein Akrobat auf einem Seil von der Kirchturmspitze zum gegenüberliegenden Haus des Dekans tanzte, um den neunjährigen Thronfolger zu erfreuen. Unter Trompetenklängen kam der Zug zum Stillstand. Der ausstaffierte Knabe vergaß, dass er an diesem Tag ein König werden sollte, und starrte fassungslos in die Höhe.

»Du tust was?«, fragte Tom nicht minder fassungslos.

»Ich liebe dich«, sagte Edward und wünschte einen Herzschlag lang, der Bruder möge wie als Jüngling aus dem Sattel springen und ihn zu sich hinunterreißen, als sei dies hier noch Wulf Hall, eine Welt, die sie beide sich aus Kieseln bauten. Tom blieb sitzen, als habe er Edwards Worte im Gejohle überhört. Als Edward aber nochmals die Hand ausstreckte, gab Tom ihm die seine. Der Festtrubel blitzte auf, und das Bild stand still. So würde Edward es bewahren: *Unser Tag.*

Der Hof verbrachte die Nacht in Westminster, von wo zuvor der Sarg König Henrys nach Windsor verbracht worden war, um an der Seite seiner Janie beigesetzt zu werden. Darin zumindest ward der Wunsch des Verstorbenen erfüllt. In allem andern jedoch regierte ein neuer Geist. Über Portalen und Kaminaufsätzen hobelten Tischler hurtig das Schnitzwerk glatt und ersetzten jedes »H« durch ein »E«.

Am Morgen schritt König Edward der Sechste zur Krönung in die Abtei von Westminster. Ihm voran trugen Gardisten drei Schwerter, zum Zeichen seiner Herrschaft über England, Irland und einen Teil von Frankreich. Zu Tom und Edward, die ihm zur Morgensuppe Gesellschaft leisteten, sagte er: »Stattdessen sollten sie mir die Bibel vorantragen, damit ich über ihren Geist herrschen kann.«

Vor Lachen verspritzte Tom wie in alten Tagen sein Bier. Edward war nicht sicher, ob er die Bemerkung zum Lachen fand. Zudem wusste er, was Anne und Dudley davon hielten, dass er Tom so nahe an den König ließ. Für heute aber sollte ihn das nicht scheren. Diesen einen Tag lang sollte alles glänzen.

Erzbischof Cranmer salbte den jungen Edward nach uraltem Brauch mit dem Öl der Könige und setzte die uralte Krone auf des Kindes Kopf. Hernach aber erklärte er in seiner Predigt: »Nicht das Öl, das ein Bischof geweiht, und nicht die Krone, die ein Schmied geschmiedet, machen Euch zum König, sondern Gottes Gnade. Niemandem schuldet Ihr Rechtfertigung als Eurem Glauben allein.«

Gab es noch einen Mann in der Abtei, der zweifelte, so ward er überzeugt, als das *Te Deum*, Brausen aus übervollen Kehlen, das Kirchenschiff erfüllte:

Dich, Gott, loben wir,
Dich, Herr, preisen wir,
Dir, dem ewigen Vater,
Huldigt das Erdenrund.

Die Übersetzung stammte von Cranmer selbst, entnommen dem fast vollendeten Gebetbuch. Die neue Zeit war angebrochen.

Den Rest des Tages füllten Turniere und Mirakelspiele und zum Abschluss ein Bankett mit Tanz in Westminster Hall. Der junge König aß ein Bröcklein Lachs- und Feigenpastete und trank einen ganzen Kelch Wein, dann sackte ihm der Kopf mitsamt der Bürde der Krone auf den Tisch. Kammerherren trugen das schlafende Kind zu Bett, derweil der Überschwang der Feiernden Woge um Woge seinem Höhepunkt zutrieb.

Catherine war eine reiche Frau. Der neue Kronrat hatte einen Gesandten nach Enfield geschickt, um das Testament ihres Gatten vorzutragen. Für ihre große Liebe, ihren Gehorsam, ihre Gottesfurcht und ihre Weisheit vermache er ihr, was für ein Leben in Anstand nötig sei, eintausend Pfund in Geld, dreitausend Pfund in Gold und Juwelen und mehrere Anwesen, die der Gesandte namentlich nannte. Vertraut klang keines davon. Sie war eine reiche Frau mit einer Anzahl von Häusern und wusste doch nicht, wohin sie mit ihrer Stieftochter gehen sollte. Bis die letzte Besitzung aufgezählt ward: ein Haus mit dem Namen *The Swan Manor*.

»Wo liegt das?«, fragte Catherine.

»In Chelsea am Fluss«, erklärte der Gesandte. »Es ist nur ein mittlerer Landsitz mit einer Kapelle und ein paar Gärten.«

»Dank Euch. Könnt Ihr es wohl für unsere Ankunft herrichten lassen? Lady Elizabeth und ich brächen gern schnellstmöglich auf.«

Seit der Nachricht von des Königs Tod hatte sie in dumpfer Tatenlosigkeit verharrt. Sie und Elizabeth sprachen kaum, umschlichen einander, als erwarte eine jede von der andern, was sie selbst nicht über die Lippen brachte. Was aber war das? *Ich bin eine Frau*, stellte Catherine fest, *nicht mehr jung und dreimal verwitwet. Mir hat man, sooft ich glaubte, mein Leben zu lenken, dieses Leben aus der Hand genommen, und jetzt weiß ich nicht mehr, was damit zu tun ist.* Das Haus in Chelsea gab ihr zumindest ein Ziel. *Einst hatte ich Wünsche. Einen Mann und ein Buch. Ich habe das Buch geschrieben und den Mann verloren, mir fällt kein Wunsch mehr ein.* Drei Tage nach Aufbruch des Gesandten siedelte sie mit Elizabeth und ihrem Haushalt um.

Die Gärten des Hauses erstreckten sich wahrhaftig bis zum Fluss. Kahle Weiden hängten ihre Ruten ins Wasser. Das Gras war zerdrückt, gesprenkelt von den Resten grauen Schnees. Es war gut, hier zu sein, stellte Catherine fest, es war still, der Lärm des Lebens, das weiterstrich, ein beträchtliches Stück weit entfernt. Im Sommer mochte es weniger gut sein, wenn Süße und Fülle den Duft nach verwestem Laub ersetzten, aber der Sommer schien noch weiter entfernt als der Lärm.

Mary war nach dem Tod ihres Vaters an den Hof zurückgekehrt und ließ nicht mehr von sich hören. Der Prinz, der im

Tower auf seine Krönung wartete, schrieb einen Brief in seinem so possierlichen Latein: *Vale, regina veneranda – lebt wohl, verehrungswürdige Königin.* Elizabeth schließlich, die bei ihr lebte, entzog sich ihr. Catherine war darum nicht böse. In diesen Februartagen, auf Wanderungen zwischen struppigen Ligusterhecken, fragte sie sich ernstlich, ob sie je anderes gekannt hatte als Einsamkeit. Sie war müde. Häufig vergaß sie zu essen. Und dann war Kate Suffolk gekommen.

Catherine strich im Schneeregen durch den Obstgarten, in dem im Viereck um die Reihen der Nussbäume Damaszener Rosen gesteckt worden waren. In kahlen Ranken verzweigten sie sich über die hüfthohe Mauer. *Das Paradies ist ein ummauerter Garten.* Catherine streichelte einen der verholzten Triebe, betrachtete dabei ihre Hand, Janies blauen Stein unter dem roten Stein des Traurings und die feinen Risse in der Haut. »Catherine«, rief jemand hinter ihr.

Sie drehte sich um und sah Kate unter einem der Nussbäume. Die Freundin trug Trauer wie sie, aber zum schwarzen Umhang eine bald kecke französische Haube. »Ihr fehlt uns.«

Die andere kam auf sie zu und öffnete die Arme. Als Catherine zögerte, zog sie sie zu sich. Die zwei mageren Frauen hielten einander, spürten durch raschelnde Kleiderschichten ihre Knochen und mussten wie so oft zuvor lachen. »Ich bin gekommen, weil Ihr auf die Einladung zum Krönungsbankett keine Antwort gesandt habt. Euer Prinz wird König, und Ihr vergrabt Euch? Eure Gänseschar ist entschlossen, Euch derlei nicht zu gestatten.«

»Ich kann nicht kommen, Kate. Wisst Ihr das nicht selbst?«

»Doch«, erwiderte die Freundin. »Ich denke, ich weiß es. Ich weiß, wie schwer die Last vergeudeter, geraubter Jahre wiegt und wie lachhaft der Gedanke scheint, man könne als müde Alte das Geschenk auswickeln, nach dem man sich als Mädchen sehnte. Ich komme ohne Geschenk. Ich wünsche einzig, dass Ihr Euch Euren Freunden nicht versagt. Selbst wenn wir nur noch trüb und stumm beisammenhocken, bleibt uns unsere Körperwärme. Kommt nach Westminster, Catherine. Weil ich sicher war, Ihr würdet Euch weigern, habe ich zuerst mit Elizabeth gesprochen. Dem Kind werdet Ihr den Wunsch nicht abschlagen: Begleitet Eure Elizabeth auf ihres Bruders Krönungsfest.«

Dem Kind, hatte Kate gesagt, aber die Elizabeth, die am Tag des Festes in einem Kleid aus schwarzer Brokatseide in der Halle wartete, war eine Frau. Sie hielt sich wie in Stein gemeißelt. An ihrem Kragen blitzte rührende Spitze. Die Tage über war sie in sich gekehrt, aber auf dem Weg, in der Kutsche, fragte sie Catherine: »Habt Ihr Euch je verliebt? So wie die törichten Dämchen in Eurem törichten Buch, so wie meine törichte Mutter, die den Kopf verlor?«

»Ja, das habe ich wohl«, murmelte Catherine. »Aber es ist lange her.«

»Sehr lange?«

»Mein ganzes Leben, glaube ich.«

Der Winternachmittag dunkelte schon, ließ die festlichen Lichter der Hauptstadt glänzen. Als Catherine den trutzigen Palast von Westminster vor sich liegen sah, verwandelte er sich einen Augenblick lang in das liebliche Hampton Court, das ihr, sooft sie ihm nahegekommen war, entgegengelächelt und gesungen hatte. Vielleicht würde sie Hampton Court nie wiedersehen, wie so vieles nicht. Westminster war ihr fremd geblieben, aber die Treppe hinaufgeleitet zu werden, im Eingang innezuhalten und ihre Namen durch den Saal schallen zu hören – »Catherine, die Königswitwe, und die Lady Elizabeth« –, glich dennoch einer Heimkehr. Im Nu war ein Heuschreck bei ihr und warf die Arme um sie. »Cathie, Cathie, Cathie!« Die lachende Nan schwang sich mit ihr im Kreis. »O Kate, feiern wir Zwölfnacht? Ihr habt wiederum Recht: Gott ist ein wunderbarer Mann.«

Ehe Catherine die Horden begrüßt hatte, die ihre Schwester herbeiwinkte, Liz, Joan und Maud, ihren Bruder Will als eben geadelten Marquis, ihren Schwager und etliche andere, war Elizabeth verschwunden. Catherine sah sich um. Der Saal, wenngleich voller Gäste, die durcheinanderwimmelnd ihre

Plätze einnahmen, schien ihr leer. Statt blendender Farbenpracht herrschte sachtes Braun und Gold. Am Tisch des Königs versank in dem gewaltigen Lehnstuhl ihr Kind, ihr kleiner Knabe mit der Krone. Nach dem ersten Gang trug man den entkräfteten König davon. Catherine hätte ihr Mahl an jenem höchsten Tisch einnehmen können, aber zog es vor, sich mit Nan in den Winkel beim Eingang zu drängen. Dort saß bereits Francis Bryan, der verloren auf die Zukunft der schönen Töchter Englands trank.

Sie wollte nach dem Tisch des Königs nicht den Kopf drehen. Auf dem leeren, jetzt von Pfeifern umringten Platz würde sie immer Henry sehen. Die Pfeifer, aufgereiht wie Jünger zum letzten Abendmahl, spielten, um an den Tod zu gemahnen. Starben aber Männer wie Henry wirklich, starb, was sie ausmachte? Sie drehte den Kopf nicht, bis man Karpfen und Krabben auftrug, deren Geruch sie nicht ertrug. Am Tisch des Königs saßen Mary, Dudley, Lord und Lady Dorset mit ihrer Tochter Jane, Cranmer, nach dem sie eine plötzliche Sehnsucht verspürte, der trockene Paget und daneben Edward, der Protektor des Reiches, ein dünner, müder Mann in Grau. Seine Gräfin, die jetzt eine Herzogin war, saß an seiner Seite. Schön war sie und mehr Königin, als Catherine es je gewesen war. Catherine schloss die Augen. *Ich möchte mehr nicht sehen.* Nicht lange darauf begann der Tanz.

Vielleicht wäre es ihr gelungen, nichts zu sehen, hätte sie sich nicht mit einem Schlag Elizabeths besonnen. Wo war das Mädchen, wer trug für sie Sorge? Catherine blickte auf und sah die Stieftochter tanzen. Die Mäuler, die sich darüber zerrissen – *die Hexenbrut, um ihren Vater trauert die keine vier Wochen* –, vermochte sie förmlich zu hören. Aber solches fand in einer anderen Welt statt, in einer blassen Welt, gegen die das tanzende Paar vergoldet leuchtete. Elizabeth ward um die Mitte gepackt und in die Höhe gehoben. Ihr Tänzer schwang sie zu wirbelnden Trommeln und Flöten um seine Achse und setzte sie in der Drehung wieder ab. Sein Lachen klang, als sei es Teil der Musik. Dann wechselte der Takt. Der Mann stemmte die Hände in die Hüften und begann, vor ihr zu springen, dass seine Beine flogen und zwei Damen hinter ihm bewundernd klatschten.

Catherine glaubte, seine Stimme zu hören. *Ich werde wahnsinnig*, schrie sie in sich hinein, kniff die Augen zusammen, presste sich die Hände auf die Ohren, vernahm nur ihr rauschendes Blut. Eine Ewigkeit flog vorüber, ehe jemand, Kate, ihr eine Hand vom Gesicht zog. »Macht die Augen auf. Was Ihr tut, liegt bei Euch, aber Ihr müsst wissen, dass Ihr selbst jetzt noch die Wahl habt.«

Die Musik hatte ausgesetzt. Die Tänzer standen still. Über Elizabeths Kopf hinweg sah sie in sein Gesicht, in das ihre Geschichte gegraben war. *Jedes Mal, wenn ich dein Gesicht sah, schlug mir aufs Herz, dass ich das Leben liebte.* Sie stand auf. Er trat an Elizabeth vorbei. Sie setzte einen Schritt. Der seine geriet zum Satz. Jemand befahl den Pfeifern auf dem Podium und den Trommlern und Flötisten auf der Galerie, sich zur Gaillarde zu vereinen. Und dann rannten sie beide. Verhielten voreinander. Hoben die Hände, ließen sie fallen. Öffneten die Lippen, schlossen sie.

»Guten Abend«, sagte er endlich.

»Guten Abend, Sir.«

»Ich heiße Tom«, sagte Tom.

So kam der Frühling auf die Insel.

Es war der Frühling, in dem ein schüchterner Staatsmann, der auch ohne Augengläser wie ein Gelehrter wirkte, die sechs Artikel des Glaubens, die der mehr als lebensgroße Henry Tudor erlassen hatte, außer Kraft setzte. Im nächsten Zug erließ er eine Verfügung, mit der die Einfriedung von Gemeindeland verboten und das fragliche Land Kleinbauern zur Nutzung überstellt wurde. Verhängte Todesurteile hob er auf, darunter das gegen zwei Lehrburschen von zwölf Jahren, die Brot gestohlen hatten, das gegen einen vermählten Priester und dessen Weib und das gegen den alten Herzog von Norfolk.

Es war der Frühling, in dem ein Erzbischof von Canterbury seinen eigenen Sohn aus der Taufe hob. Die Paraphrasen des Erasmus, die Catherine als Königin hatte übersetzen lassen, wurden zu Hunderten gedruckt und jeder Gemeinde des Landes ausgehändigt. Statt der Heiligenbilder, Reliquien und Schreine verblieben auf den Altären nur zwei Kerzen. Wem all dies widerstrebte, der war frei, dagegen zu wettern. *Denken befreit.* In diesem Frühling sammelten sich auf Kirchhöfen, an Straßenecken, in Schenken und Garküchen Knäuel von Menschen, die um ihren Glauben stritten. Verfolgte vom Kontinent wurden eingeladen, auf der Insel Zuflucht zu suchen und sich dem Frühlingssturm, der durch Städte und Dörfer wirbelte, anzuschließen.

In diesem Frühling legte Catherine den Schlüssel zu ihrer Gartenpforte in einen Korb, um ihn bei sich zu tragen, derweil sie am Flussufer auf die Dunkelheit wartete. Es war nur ein Frühling, dem ein Sommer folgen würde, und Catherine wusste, ehe der Sommer kam, wäre dies zu Ende, wie es immer zu Ende gewesen war, die Knospe einer Damaszener Rose, die nicht aufsprang, sondern an den Rändern bräunte und versteinerte. Am Uferhang sprossen Märzenbecher, den Weiden wuchsen Kätzchen, die Seerosen knospten in prallen Dolden und die Magnolien standen perlmuttweiß in Blüte. Kam die Nacht, war sie sternenübersät. Catherine hörte dem Gurgeln der Flusswellen zu und dem Streichen des Windes durch die Weiden, aber das Geräusch vom Weg vernahm sie trotzdem, es entging ihr nie. Wenn sie es hörte, Hufgetrappel, das anschwoll, rannte sie den Hang hinauf nach der Gartenpforte.

Er kam über die Felder. Im Galopp. »Nein, Cathie«, hatte er auf jenem Fest in Westminster zu ihr gesagt, die Augen flackernd, die Hände zu Fäusten geballt. »Ich verstecke mich nie wieder in einem Keller mit dir, ich krauche nie wieder mit eingeklemmtem Schwanz vom Hof. Mir wirft das Weibsvolk noch immer Rosen vor den Latz, damit ich ihm den Hofnarren mache, aber ich bin vierzig Jahre alt, mein Buckel ist krumm und mein Inneres verrottet, dass es bis zum Himmel stinkt.«

Catherine hatte ihn sich angesehen, einen Mann, von dem

der Saal tuschelte, er habe auf dem nachmittäglichen Turnier die Farben von sechs Jungfern getragen und acht Gegner aus dem Sattel gefegt. Seinen erhobenen Kopf, seine straffen Schultern, die wie eh und je gereckte Brust. Er roch nach Gras, wie es im Winter keines gab. Die Lohe, die in ihr aufstob, zwang sie, die Hand an seine Wange zu legen, die sich heiß anfühlte, in der Blut klopfte.

Er hatte sie abgeschüttelt. »Wenn ich für dein Haus nicht gut genug bin, dann rühr mich nicht an. Ich bin ein Hundsfott, ich schrecke vor nichts zurück, und der kleinen Bess Tudor ist einerlei, dass ich dreimal so alt bin wie sie und nicht wert, aus ihrem Nachttopf zu saufen. Euer Mitleid, Hoheit, habe ich nicht nötig.«

In meinem Leben voll leidender, mich dauernder Menschen habe ich keinen gesehen, der Mitleid nötiger hatte als du. Über die Verzweiflung, mit der deine wilden Augen von mir fordern, dich zu schlagen, möchte ich lachen und weinen zugleich. Sie streichelte ihn, mit zwei zitternden Fingern die Wange hinauf, über die Sprünge im Augenwinkel, die geschwollene Ader an der Schläfe. Bemerkte er, dass sie durch Schleier kaum etwas sah? Er stöhnte auf und legte steif die Arme um sie.

»Komm zu mir«, flüsterte sie. »Komm bei Nacht. Dass wir niemandes Verdacht erregen, sind wir deinem Bruder schuldig.«

»Meinem Bruder?«

»Sag jetzt nichts, Tom.« Sie strich sein Haar zurück, sah, wo es an den Wurzeln graute. »Wir ertragen beide nicht mehr. Lass mich wissen, wann du kommst, ich werde an der Gartenpforte warten.«

So kam der Frühling auf die Insel. Sie sprachen nur wenig, gingen nie ins Haus, sondern blieben im Garten, in eiskalten, sternklaren Nächten. Wenn sie ihm den Rücken liebkoste, unaufhörlich, mit ruhelosen Händen, war ihr, als riebe sie Salbe auf Wundbrand, wohl wissend, dass er so wenig heilen würde wie Henry Tudors sieches Bein.

Hänge hinauf lief sie noch immer so flink wie als Mädchen. Das Tor des Gartens knarrte. Sie riss es weit auf. In den letzten Galoppsprüngen des Schimmels glitt er aus dem Sattel, an dem Tierleib hängend und auf dem Boden aufsetzend, just als der Hengst Barnes zum Stillstand kam. Er trug seine schöne blaue Schaube, am Kragen mit Pelz versetzt, darin hüllte er sie ein. Sie küsste ihm den Hals, Kehle, Blutschlag und die Grube unterm Ohr. Dann lehnte sie den Kopf an seine Schulter. Er knotete ihre Haube auf und streichelte ihr Haar, und sie sah in den Himmel, ins Blauschwarz und die Aussaat der Sterne.

Sie gingen stundenlang durch den Garten, blieben alle paar Schritte stehen, um den anderen in die Arme zu schließen, ihn mit Zärtlichkeit darüber zu trösten, dass es keine Worte mehr gab. *Wir armen Sünder. Haben die Worte verloren, können einander nicht verzeihen, woran wir nicht einmal schuldig sind.* Der Nachtwind war kühl, kroch unter alle Kleider. Wenn die Nacht verbleichte und in den Tag hineinwuchs, die Händler mit ihren Karren oben an der Straße den Toren Londons entgegenlärmten und vom Fluss der Frühnebel aufstieg, ritt Tom davon. Catherine floh in ihr Bett, die Zähne klappernd und die Glieder bebend, und blieb den Vormittag über dort kauern, ohne sich durch und durch zu erwärmen.

Wenn der Kronrat tagte, dem Tom jetzt wieder angehörte und der oft bis tief in die Nacht über Entscheidungen saß, wollte sie nicht, dass Tom zu ihr kam und sein Fehlen auffiel. Sie mahnte ihn zur Rücksicht auf Edward, der schwer genug um seine paar Zoll Boden kämpfte, auch ohne dass sein Bruder sich über den Beschluss des Rates hinweg der Königswitwe bemächtigte. Solche Mahnung machte ihn wieder zum Knaben, die Wangen brennend, die Augen schmal vor Zorn. Oft brach er ohne Abschied auf und blieb tagelang fort. Einmal aber sandte er ihr während solcher Zeit einen Brief. Tom Seymour, den man an ein Schreibpult prügeln musste, das verstockteste Rabenaas von ganz Wiltshire, das keinen Menschen um Verzeihung bat. *»Du fehlst mir, Cathie. Das Pack bei Hof ertrage ich nicht, keinen als deinen Quälgeist von Schwester, die mir mit ihrem Necken das Blut ins Ge-*

sicht treibt. Sie verkürzt mir die Zeit, die mir lang wird, jeder Herzschlag um ein Dreifaches länger als eine Nacht unter den Planeten von Chelsea.«

Über dem Briefbogen weinte Catherine. Rannte hinaus an den Hang, wo in süßen Rispen der Liguster aufbrach, und weinte, bis ihr die Augen brannten und die Tinte auf dem Bogen verlief. Dann sah sie nach oben. *So hoch ist der Himmel. Welche Wahl hätten wir, als uns ihm anzuvertrauen und auf Schonung zu hoffen, Herr, erbarme Dich?* Sie ging zurück ins Haus, nahm ihre Schreibschatulle und schrieb zur Antwort: *»Komm wieder zu mir, wir haben so viel ausgegeben, wie hätten wir denn eine letzte Münze zu vergeuden? Lass mich wissen, wann du kommst, damit deine Pförtnerin am Tor zu den Feldern auf dich warten kann. Du hast Recht. Jede unserer Nächte war zu kurz. Ich war immer dein, Tom. Wahrhaftig und ganz. Cathie.«*

Als er wiederkam, peitschte das Land ein Frühlingsgewitter, eine Sturmflut aus der Höhe, so dass sie sicher war, er werde nicht reiten. Schlafen konnte sie nicht, der Ausbruch der Himmel hielt sie wach. Der Donner verstummte endlich, und der Regen schwächte sich zu silbrigem Rieseln, da schoss ihr durch den Sinn: *Und wenn er doch gekommen ist, wenn er nicht anders konnte?* Ihr Tuch zubindend, lief sie unter den Nussbäumen entlang zum Tor. Da standen sie beide, Herr und Pferd, zum Erbarmen durchnässt, geduckt vom Getrommel auf die Nacken. »O Tom«, schrie sie, »warum bist du nicht umgekehrt, nicht weit von hier ist ja ein Gasthaus?«

Er war zu erschöpft, zu kleinlaut, um zu sprechen. Sie griff nach seinem triefenden Mantel, zog ihn zu sich, nahm ihn mit ins Haus. Hieß ihn sich setzen, rieb ihm mit warmen Tüchern das Haar, wie er einst ihr das Haar getrocknet hatte, in einem Frühling vor unzähligen Jahren. Sein Gesicht rieb sie nicht. Es schimmerte nass im Licht der Kerze, aus schwarzen Wimpern rann Wasser. Dass sie ihn küsste, riss ihn nicht aus der Verstörtheit. In dieser Nacht, der Morgen nahte schon, schlief sie mit ihm.

Der Hanfstock ließ ihr ein Haus bauen. *Somerset House.* Keinen beengten Notbehelf wie Temple Bar, sondern den Stadtsitz einer Herzogsfamilie. Anne konnte es ausstatten, wie es ihr gefiel, den Marmor, den Damast einkaufen, der ihrem Anspruch genügte. Äußerer Glanz und Reichtum hatten ihr ein Leben lang weniger Befriedigung verschafft, als man es Frauen gemeinhin nachsagte. Das reine Gold, die Diamanten, nach denen es sie verlangt hatte, waren geistiger Art, aber da ihr diese versagt blieben, hielt sie sich an den anderen schadlos. Anne verabscheute Minderwertiges. *Hättest du mich um einer Marguerite von Navarra, einer leuchtenden Schönheit oder einer Geistesgröße willen verschmäht, ich hätte dich mit meinem Segen ziehen lassen. Dass du mich aber mit schlechtem Geschmack beschämst, mit einer zeisigbraunen Stümperin, die Gebetbüchlein für Milchmägde schreibt, kostet mich das Herz und dich den Hals.*

Für kurze Zeit beschwichtigte es ihre aufgepeitschten Sinne, die teuren Baustoffe und den Zierrat durch die Finger gleiten zu lassen. Sie ließ sich Kleider nach der neuesten Mode fertigen, Röcke, in die Reifen aus Walgebein eingezogen wurden, damit sie wie Glocken vom Leib der Trägerin abstanden. Anne hatte sich immer gekleidet, wie ihr Stand es vorschrieb, aber diese neue Machart schien eigens für sie erfunden. In ihrer Jugend hatte sie sich danach gesehnt, wie ein Mann eine Rüstung umzulegen. Der Reifrock erfüllte denselben Zweck: Er gebot Abstand. Respekt.

»Meinen Glückwunsch«, hatte Dudley nach der Palmsonntagsprozession, auf der kein Palmwedel mehr geschwenkt worden war, zu ihr gesagt. »Ihr seid nun, was Ihr immer hättet sein sollen, die mächtigste Dame des Landes.«

Und was steht in der Macht der mächtigsten Dame des Landes? Serviert ihr jemand den Kopf eines Mannes auf der Silberplatte?

»Ihr solltet die Juwelen der Königin tragen«, fuhr Dudley fort. »Unser Kindskönig wird ja noch auf Jahre keine Gattin heimführen, und wem gebührte inzwischen der Schmuck, wenn nicht Euch?«

Anne befand, dass er Recht hatte, und stellte ein Gesuch an den Kronrat. Am Karfreitag tagte dieser wiederum in Temple Bar. Bisher wäre undenkbar gewesen, am Tag von Jesu Kreuzigung zu arbeiten, und die papistischen Ratsmitglieder blieben der Sitzung fern. Der Hanfstock und sein Erzbischof aber schufteten der Feiertage ungeachtet. Was ihnen an Glanz fehlte, suchten sie durch Beflissenheit wettzumachen und kamen dennoch nur in schleppenden Schritten voran: Zwar kroch an diesem Karfreitag kein Hofstaat mehr zu Kreuze, aber wer den abergläubischen Brauch fortführen wollte, war frei, dies zu tun. Am folgenden Morgen erhielt Anne die Antwort auf ihr Gesuch: Es war abgelehnt.

Den Tag über bekam sie den Hanfstock nicht zu Gesicht, und am Ostersonntag formierten sich Männer und Frauen getrennt zum Einzug in die Kathedrale von St. Paul. Anne kam spät. Sie hatte einen jener weinerlichen Briefe beantworten müssen, die Mary Tudor ihr sandte. Die papistische Königstochter war vom Hof, den sie eine ketzerische Schlangengrube nannte, geflohen und wollte von niemandem mehr hören als von ihrer »aufrechten und guten Anne«. Der schrieb sie bald täglich, und Anne schrieb geflissentlich zurück, denn der König wurde schmal und zog sich oft Krankheiten zu, und wer wollte wissen, was als Nächstes geschah?

Fraglos gebührte ihr, der ranghöchsten Herzogin, der Platz an der Spitze des Damenzuges. Als sie jedoch beim Kreuz vor der Kathedrale aus ihrem Wagen stieg, sah sie die andere, die milchlose Ziege, mit ihrer Amazone Elizabeth bereits am Portal stehen. Hinter ihr reihte sich, als sei der alte Henry noch am Leben, ihr Gefolge, die klauenbewehrte Suffolk, die dummdreiste Herbert und die Base Maud, das durchtriebene Fass. Von ihr, Anne, ward offenbar erwartet, dass sie sich eingliederte. Um den Affront zu krönen, trug auch die andere einen Reifrock, ein staubig schwarzes Zelt, über dem sich ihr kümmerliches Körperchen krümmte. Anne entfuhr ein irres Kreischen. Sie vergaß sich. Rannte.

»Den Weg frei«, schrie sie. »Ich bin die Frau des Protektors, die erste Dame des Landes, ich!« *Und ich, auch wenn es niemand von Euch ahnt, bin geboren, nicht um an Eurer Spitze, sondern um Euch meilenweit vorauszuschreiten.* Sie erreichte die beiden Schwarzgewandeten, als diese ansetzten, durch das Portal zu treten, rechts und links von Gardisten flankiert. Anne, Herzogin von Somerset, drängte sich zwischen sie.

Das Walgebein ihres Rockes verfing sich im Walgebein der andern. Jemand rief etwas, aus dem Kircheninnern sprang ein Mann hinzu. Anne spürte, wie ihr Fuß ihr ausscherte und den Boden entlangglitt, wie der festgehakte Rock sie abwärtszerrte. Die andere schrie, stürzte mit, ward aber von dem Mann gefangen, hochgerissen. Anne, Herzogin von Somerset, hingegen konnte eben noch die Arme ausstrecken, ehe sie der Länge nach, bäuchlings, im Gang der Kirche hinschlug.

Später, auf dem Bankett, wo Anne die Haut am ganzen Leib brannte wie einer durch die Stadt gepeitschten Hure, beteuerte ihr Dudley: »Ich wollte Euch beispringen, doch es gelang mir nicht beizeiten. Zuerst meinte ich, Euer Gatte werde zur Stelle sein, und dann war die raumgreifende Präsenz Eures Schwagers im Weg.«

Sie wünschte sie beide zur Hölle. *Die Unzertrennlichen.* Das Fleisch sollte ihnen auf den Knochen verkohlen, dem einen, der mit hängenden Armen sein Leben beglotzte, und dem andern, der kalt lächelnd fraß, was ihm schmeckte. Am Abend riss sie ihren Mann aus seiner lauschigen Zweisamkeit mit Cranmer, in der sie alberne Brieflein an führende Reformer aufsetzten, in der sie sich Kosewörtlein in die Ohren wispern und von Zeit zu Zeit im Schritt die Schenkel tätscheln mochten. Sie beschimpfte ihn, bis ihr die Stimme versagte, schrie alles nieder, was er großsprecherisch vor ihr aufbauschte, seine winzigen Erfolge, Gesetze für Schweinehirten und Galgenvögel, Bettelepisteln an Führer und Vordenker. »Calvin lacht über euch, hörst du? Über den Schneckenschleim, den ihr Kirchenreform nennt, rümpft Calvin die Nase und lacht.«

»Aber Martin Bucer und Peter Martyr sind unserer Einladung gefolgt.«

»Warum auch nicht? Welcher Hungerleider setzte sich nicht gern an den von dir so eilfertig gedeckten Tisch? Ein voller Wanst sieht darüber hinweg, dass die Reformation sich schlafen gelegt hat, dass in Cheapside Papisten Priester aus Kirchen prügeln und in Cambridge Protestanten statt liturgischer Weisen Spottgesänge grölen. Weißt du, wie dein geliebter Pöbel dich nennt, mein Herr? *Herzog Arsch zwischen zwei Latrinen.*«

»Darauf mussten wir gefasst sein. Denken befreit, Anne.«

»Freiheit bedenkt, Edward. Was soll denn einer mit der Erlaubnis, seinen Kopf zu gebrauchen, der nie etwas draufbekam als Kopfnüsse?«

»Hab doch ein wenig Geduld«, bettelte er.

»Derweil du Geduld hast, zieht die Gunst des Augenblicks an dir vorbei«, versetzte sie. »Wie der Tölpel Tyndale bist du, der Pflugburschen mit seiner Bibel selig machen wollte. Pflugburschen können nicht lesen. Pflugburschen wollen fressen und saufen, und wenn Tyndales Bibel und deine Gedankenfreiheit sie vom Pflügen abhalten, sind Brot und Bier hernach knapper als zuvor.«

Er strich sich die hageren Wangen. »Seltsam«, murmelte er. »Etwas Ähnliches hat Tom vor Jahren auch einmal gesagt.«

»Wage es nicht«, schrie Anne, »von diesem Satan in einem Atemzug mit mir zu sprechen.«

»Anne, Anne! Was hat mein Bruder denn getan?«

Sein bleiches Gesicht verschwamm vor ihren Augen. »Nichts. Sich seines Lebens erfreut, des Amtes und des Baronentitels, mit denen du ihn überschüttet hast. Dem König, den du kurzhältst, weil der Staatsschatz leer ist, Silber zugesteckt. Einer Thronfolgerin das Herz gebrochen, einer zweiten den Schoß zum Flimmern gebracht und eine dritte, die kleine Jane Grey, ihrem Vater abgeschachert. Getanzt, Wein gesoffen und gewartet, bis der heilige Edward die Äuglein schließt und er ihm mit seiner Königswitwe eine Nase drehen kann.«

»Tom und Catherine haben einander aufgegeben«, sagte er,

als bedaure er dies. »Sie täten nichts gegen den Kronrat, und es ist ja auch alles schon so lange vorbei.«

»Bist du wirklich so blind?« Sie drehte ihm den Rücken zu und sah aus dem Fenster in den Himmel, die wie Dolchspitzen blitzenden Sterne. »Hast du in dem Hinterwald, aus dem du stammst, nie gesehen, wie der Wolf nach der Wölfin lechzt? Hast du nie einen Hengst gesehen, dem du das geile Blut aus dem Leib peitschen kannst, und er bäumt sich doch weiter nach der Stute? Hast du deinen Bruder je gesehen? Oder siehst du noch immer das großäugige Früchtchen, dem du kein Haar krümmen durftest, weil dein Vater dich beschwor? Wie ich dich kenne, gellt es dir bis heute in den Ohren: *Sei deines Bruders Hüter. Lass nie zu, dass meinem Augapfel ein Leid geschieht.*«

Ich bin die Lauscherin hinter dem Vorhang, dachte Elizabeth. *Das nimmermüde Auge, dem nichts entgeht.* Auch jetzt noch versagte sie sich Schlaf, sooft sie mit ihrem Tagwerk nicht zufrieden war. Dann saß sie im Kerzenlicht über Büchern. Tom hatte ihr von der Beleuchtung in Schiffskabinen erzählt, in denen es offene Flammen nicht geben durfte, sondern einzig mit Horn umspannte Lampen. »Alles, was Ihr seht, ist gelbgrau, wie getaucht in Hafergrütze. Lesen könnt Ihr da nicht. Höchstens Würfel spielen oder Laute, wenn das Meer einen schläfrigen Tag hat und nicht einen Ton um den andern verschluckt.« *Ich hätte dennoch gelesen*, dachte Elizabeth. Ihre Zeit war knapp und ihre Augen scharf wie die von Jagdfalken.

Sie war dabei, Catherines *Klage einer Sünderin* in drei Sprachen zu übersetzen, eine willkommene Übung für ihren Wortschatz und zugleich Gelegenheit, Catherine zu erfreuen, ihr von der Fülle der Wohltaten, die sie Elizabeth erwies, zumindest einen Krumen zu vergelten. Vor der Stiefmutter fühlte sie sich wie ein Schuldner, der einen Penny gegen einen Sack voll Sovereigns aufbot. Dass Catherine ihr die Treue hielt, sich ihrer nicht entledigte, obgleich nichts mehr sie an das Balg einer anderen band, ließ sich nicht begleichen. *Für dich gäbe ich alles, was ich habe. Aber ich habe ja nichts. Nur mich.*

In einer der klaren Aprilnächte saß sie wiederum wach über der *Klage*, als sie Hufschlag hörte und dann fliegende Schritte über die Wiese des Obstgartens. Sie öffnete ihr Fenster, ohnehin war es stickig in der Kammer, und verbarg sich im Wandbehang. Am Tor sprang ein Mann von einem Schimmel. Catherine rannte, riss das Tor auf und warf sich ihm an die Brust.

Habt Ihr Euch je verliebt?
Ja. Aber es ist mein Leben lang her.

Das Bild stand still. Der Duft der Nacht, der ins Fenster strömte, war von unerträglicher Süße, und aus der blauen Schwärze stachen alle Sterne.

Wenn Euch der Tage ein Mann sagt, dass Ihr schön seid, glaubt es ihm.

Hatte sie vorher schon gesehen, dass Männer Frauen umarmten, hatte sie je darauf geachtet? Dass eine Frau, selbst eine große, kluge Frau wie Catherine, so ganz in die Arme eines Mannes passte, dass sie sich darin verlieren konnte, ohne zu fallen, hatte sie das wahrhaftig nie gesehen? Und dass ein Mann, selbst ein starker, selbstherrlicher Mann wie Tom seinen Kopf auf die Schulter einer Frau neigen und dort bergen konnte, dass zwei so verwuchsen, wie es bei Platon stand, hatte sie daran geglaubt? Eine Spitze formte sich in ihrer Kehle, stach, schlitzte auf. *Wart ihr denn nicht mein?* Die Liebenden, während die Welt um sie stillhielt, wiegten sich, und Elizabeth erkannte, dass sie hätte schreien, heulen, rufen können, und jene beiden hätten nichts davon bemerkt. Einzeln hatte ein jeder von ihnen zu ihr gehört, aber an dem, was sie zusammen waren, besaß sie keinen Anteil. Wäre sie hingerannt, um sich dazwischenzudrängen, sie wäre abgeprallt, als hätte ein Bildhauer das Paar in Stein gehauen.

Sie schlug das Fenster zu. Ganz starr stand sie, wollte sich zwingen, hinüber zum Frisiertisch zu gehen, aber fand, dass sie sich nicht rühren konnte. Erinnerungen krochen aus dem Tiefsten hoch: Sie sah sich in Ashridge, über den Block im

Hof gezwungen, die Röcke aufgeworfen, dass sie den Stoff im Nacken spürte und die beschämende Kühle auf den Schenkeln. Wenn Mistress Ashley den Stock beiseitegelegt und gesagt hatte: »Erhebt Euch, *my lady*, der Strafe ist es genug«, hatte sie aufspringen und davonstürzen wollen und schien doch mit den Knien an den Boden geschmiedet, der erniedrigte Leib bar jeder Kraft. So war es auch jetzt. *Aber Catherine und Tom täten doch mir kein Leid!* Sie spürte einen stechenden Schmerz in der Kopfhaut und entdeckte ihre Hände in ihr Stirnhaar verkrallt. *Komm zu Sinnen, törichte Gans. Niemand hat dich verraten, niemand war dir etwas schuldig.* Als Tränen kamen, griff sie nach einem Beutelriemen und drosch sich ins Gesicht.

Der nächste Gast traf am folgenden Nachmittag ein. Elizabeth und Catherine saßen in der Halle, eine jede über ihre Beschäftigung gebeugt, Catherine über Listen mit Ausgaben und Elizabeth über eine lederne Buchhülle, die sie für ihren Bruder bestickte, jedoch die eine nicht lesend und die andere nicht stickend. Catherine hatte mit ihr sprechen wollen: »Warum bist du so bleich, schläfst du schlecht, wo hast du dir die Wange verletzt?« Elizabeth aber hatte das verstockte Kind gespielt, und Catherine war keine Frau, die andere bedrängte. So saßen sie stumm, als der Gast kam. Über den Fluss, nicht zu Pferd über die Felder. »Ich muss dich sprechen, Catherine.« Der Oheim Ned.

Er warf Elizabeth einen Blick zu, als wolle er sie aus dem Zimmer schicken, und auf einmal hasste sie ihn, diesen dürren, grauen Mann mit seinem ewig zuckenden Lid, den sie als Kind so glühend verehrt hatte. Er hatte sich nie dieser Verehrung würdig gezeigt. Ein Feigling war er. Selbst jetzt duckte er sich. »Was gibt es denn«, fragte Catherine, »das Elizabeth nicht hören darf?«

»Das weißt du selbst.«

Die Stiefmutter stand auf. »Nun gut. Entschuldige uns, Elizabeth.« Dem schlurfenden Oheim voraus ging sie die Treppe hinauf.

Ich bin die Lauscherin hinter dem Vorhang. Das nimmer-

müde Auge, dem ihr nicht entgeht. Elizabeth wusste, wohin die beiden verschwanden, in Catherines Schreibstube, und kaum hörte sie die Tür schlagen, folgte sie auf Zehenspitzen.

»Ich bitte dich«, hörte sie den Oheim sagen, in jenem weinerlichen Tonfall, in dem er ihr einst, mit den Armen rudernd, erklärt hatte, was er nicht konnte. Inzwischen war er der Protektor des Reiches, der mächtigste Mann Englands, aber blieb eine Puppe, schlenkernd und wankend, sobald jemand an den Schnüren zog. »Um unserer Sache willen – wenn ein Verräter noch ein Recht zu bitten hat, verrate mich nicht.«

Elizabeth schob die Tür einen Spaltbreit auf. Sie knarrte leise, aber keiner der beiden achtete darauf. Einander gegenüberstanden sie vor dem Pult, auf dem sich nicht mehr wie früher Catherines Papiere häuften, sondern alles geordnet lag. »Um unserer Sache willen? Unsere Sache, war das nicht der Kampf um den Menschen im Mittelpunkt allen Strebens? Und dieser Kampf, meinst du, verbietet mir, dem Menschen, den ich am meisten liebte, noch zuweilen Trost zu sein?«

Seine Arme ruderten. »Du weißt doch, was geredet wird.«

»Nein«, erwiderte sie, »das weiß ich nicht, wer redet denn? John Dudley und Anne? Sind das die Menschen, die wir uns zu Wegbereitern unserer neuen Zeit wünschten? Sind sie das wirklich? Oder heiligt der Zweck jetzt auch dir jedes Mittel?«

Wie ein gemaßregelter Bube stand er vor ihr, ein Bild des Jammers, seine eigene Verhöhnung. Elizabeth widerte er an, aber Catherine nahm seine Hände in ihre. »Verzeih mir, Edward.«

»Bist du toll? Du bittest mich um Verzeihung, von allen Menschen du?«

»Ich weiß, wie schwer man es dir macht«, sagte Catherine, »und dass du mehr geopfert hast als wir alle. Ich will dich nicht verraten.«

»Und ich habe dich...«

»Scht«, machte sie, legte ihm die Hand auf den Mund. »Aber Tom zu verraten, zerrisse mich. Weißt du, wie einsam er ist, in welche Hölle ich ihn schickte?«

Sie zog die Hand von seinem Mund. Er sah nicht auf. »Der Kronrat duldet es nicht.«

»Was? Dass der Mann mit dem übelsten Ruf von ganz England in einem Garten in Chelsea ein Liebchen trifft?«

»Dass Ihr heiratet. Ihr bräuchtet eine Lizenz vom König *in persona*, vom Rat bekämt ihr keine.«

Catherine ließ seine Hand los, tastete über die Platte des Pults, als müsse sie nach etwas suchen. Auf der Schreibschatulle hielten ihre Finger inne. »Ich kann kaum fassen, wovon du sprichst«, murmelte sie wie zu sich selbst.

»Halte dein Trauerjahr«, fiel er ihr in ein Wort, zu dem sie den Mund noch nicht geöffnet hatte. »Lasst Gras wachsen, wer weiß, wie sich nächstes Jahr die Dinge stehen.«

»Ja«, antwortete Catherine, noch immer, als sei sie allein, »wer weiß das denn?«

Elizabeth hatte genug gehört. Sie drehte sich um und lief, so schnell ihre Zehenspitzen sie trugen, hinüber in ihre Kammer. Dort nahm sie ihre Übersetzung der *Klage* vom Tisch und riss sie in Fetzen, wie man einen Schuldschein zerreißt. Hernach rief sie nach der getreuen Ashley, die sich abgewöhnt hatte, Elizabeth nach den Gründen ihres Handelns zu fragen, und wies sie an, ihr Barke und Geleit für eine Fahrt nach London zu bestellen.

Das Mädchen hatte eine Nachricht hinterlassen. Sie sei nach London gefahren, um ihren Bruder und ihre Freundinnen bei Hof zu besuchen. Diese Nachricht war nicht dazu angetan, Catherine ihre Sorge zu nehmen. Der Bruder war König von England, ohne Grund besuchte ihn kein Mensch, und Elizabeth hatte keine Freundinnen. Gereist war sie mit lediglich einem Gardisten, und nach den Berichten, die in die grüne Stille von Chelsea drangen, tobten in der Hauptstadt Höllenbrände. Reformer, die sich nach Jahren des Schweigens bekennen durften, prügelten sich mit Papisten, die forderten, den ketzerischen Protektor samt seinem Neffen abzusetzen und stattdessen Mary, die Hüterin rechten Glaubens, auf den Thron zu heben.

Hinzu kam Volk, dem ein Glaube wie der andere war, solange es ihm an Brot fehlte, an Dächern über Kinderköpfen, an Flecken Gras für eine Ziege und zwei Schafe. Hatte Edward geglaubt, die Horden, die Geldentwertung und Steuerwahn um Henry Tudors Kriegsruhm willen erduldet hatten, wären weiter duldsam, wenn er ihnen den kleinen Finger gab, Gemeindewiesen, Straferlässe für Schuldner, und die ganze Hand, ein Dasein in Würde, in einer fernen Zukunft versprach? *Welch tückischer Irrtum, armer Edward. Das einzige Leben, das wir haben, ist ein Pfund, um das es sich schlecht schachern lässt.* Berichte von Gräueln schwemmten den Fluss herauf: Adlige Reisende seien auf offener Straße aus Kutschen gezerrt und sämtlicher Kleider beraubt worden. Von Verstümmelungen war die Rede, auch von geschändeten Frauen. Die Angst um ihre Stieftochter schnürte Catherine die Kehle zu. *Warum weiß ich nicht, was sie nach London trieb? Weiß ich noch irgendetwas von ihr? Um was habe ich mich gekümmert, wenn nicht um mein Land, wenn nicht um mein Kind?*

Dann kam Tom. Nicht bei Nacht und nicht durch Boten angekündigt, sondern an einem kühlen Abend, der gerade erst anfing, sich zu röten. *Ich schicke ihn weg. Ich sage ihm, ich ertrage all dies nicht länger, ich habe Sorge für Elizabeth zu tragen, damit sei es genug.* Als er vom Pferd sprang, fiel ihr auf, wie lange sie ihn nicht bei Licht gesehen hatte. »Von der kleinen Bess soll ich dich grüßen«, rief er. »Sie bleibt zu den Maifeiern bei Hof. Und du, Catherine? Kommst du auch, kommst du mit mir?«

»Du weißt, dass das nicht möglich ist«, versetzte sie, aber er machte sich am Sattel des Pferdes zu schaffen, als höre er sie nicht.

»Ich habe den ganzen Tag nichts gegessen«, schimpfte er, dem Pferd den Gurt lockernd, vor sich hin. »Ich komme geradewegs aus einer elenden Sitzung, Stunde um Stunde Gewäsch um nichts. Neuerdings verhandelt der Kronrat über die Rente jedes Fischweibs einzeln, und wo bei meines Vaters Zweitgeburt der Magen brüllt, hat die Erstgeburt einen Hohlraum, der sich von dicker Luft und salbungsvollen Worten nährt.«

Bangen Herzens nahm sie ihn mit ins Haus, ließ ihm in der Halle eine Mahlzeit auftragen, er aber setzte sich ihr gegenüber und rührte nichts an. Tom vor gefüllten Schüsseln zu sehen, von denen er nicht aß, den schweren Körper, der lauerte, den Blick, der nicht von ihr wich, erfüllte sie mit einem Unbehagen, das sie nicht still sitzen ließ. Sie ging im Zimmer umher, spürte ihr Blut unter der Haut, spürte, wie sich das Haar auf ihren Armen sträubte.

Tom aß nichts. Trank aber Wein. »So wird es immer sein, oder nicht?«, fragte er. »Dass ich dich bitte, komm mit mir, und du verpasst mir meine Abfuhr: *Du weißt, dass das nicht möglich ist.*«

Sie schoss herum. Er hatte sie nie zuvor so angesehen, die Brauen gefurcht, die Augen verschattet, und sie glaubte zu erkennen, wie die Zähne auf dem Innenfleisch der Wangen mahlten. »Das ist ja kein derber Hieb. Nur patsch, eins über den Mund, um unverschämte Knaben in die Schranken zu weisen.«

Ein Laut entfuhr ihr. Sie lief zu ihm, blieb stehen, stützte erschöpft die Arme auf den Tisch. »Quäl mich nicht, Tom. Nicht heute. Ich war toll vor Sorge um Elizabeth, ich habe nächtelang nicht geschlafen.«

»Ich schlafe auch nicht mehr«, sagte er leise, sich vornüberbeugend. Dann sprang er auf. Ging mit seinen langen Schritten zum Kamin, nahm den Schürhaken, stocherte in den rasch herunterbrennenden Flammen. »Wann, glaubst du, habe ich das letzte Mal gut geschlafen? In der Nacht, nachdem die arme *Mary Rose* unterging, all die Kerle in ihren Schweinekoben von Kajüten, die ich beim Würfeln über den Tisch zog und beim Bier *mein bester Herr Stinkstiefel* nannte? In der Nacht, nachdem du mich umarmt hast, als hätte noch etwas in dir etwas in mir lieb? In dieser Nacht, als du und Junker Tudor traut vereint eures Wegs gezogen wart, bin ich auf der verdammten Plattform geblieben, zur Nachtwache, auf zehn mal zehn Schritten. Ich bin hin und her gestrichen wie ein tolles Tier und habe über das Meer, das außer sich war, nach dir gebrüllt, als wärst du mir da draußen ersoffen, derweil du in meinem Rücken unterm Baldachin schliefst.«

»Tom!«

Ruhig wandte er sich ihr wieder zu. »Du willst, dass es nicht mehr wahr ist, weil in mir alles schwarz ist und keine brave Christin von solchem Satan geliebt sein will. Aber es ist noch wahr. Du kannst es mir nicht verbieten. Und mein Bruder auch nicht.«

»Was hat dein Bruder damit zu tun?«

»Er war hier, oder nicht?«

Sie sah zu ihm auf. Er stand starr, die Arme vor der Brust verschränkt, im Licht des Feuers, das er viel zu hoch geschürt hatte. »Ja, er war hier. Um mir zu sagen, dass im nächsten Jahr alles anders sein mag, dass wir warten sollen, bis die Zeit gekommen ist.«

»Hat dich dein Leben nicht gelehrt, kluge Catherine, Bücherschreiberin, dass Zeit nicht kommt, sondern geht?«

Sein Stich traf ins Mark. »Ich habe ein Trauerjahr zu halten«, herrschte sie ihn an, um nicht vor Schmerz aufzuheulen.

»Ach, wieder einmal? So lang wie das letzte?«

Dass so viel Kraft in ihrem schlaffen Leib gärte, so viel Wut, verwunderte sie. Sie flog auf ihn zu, hatte die Hand erhoben, hielt aber inne und ließ sie sinken. Um ihm wehzutun, genügten Worte. »So lange, bis feststeht, dass ich kein Kind des Königs trage.«

Er erbleichte vollkommen. Öffnete mit zitternden Lippen den Mund und brachte doch kein Wort heraus.

»Was wolltest du fragen? Ob denn möglich ist, dass ich ein Kind von ihm trage, ob ich in seinen Armen lag, auch in jener Nacht in Portsmouth? Ja, Tom, da lag ich in vielen Nächten, in mehr Nächten womöglich, als du in den Armen von Anne Stanhope. Und falls du zudem noch zu wissen begehrst, ob ich mich, wenn ich seinen Leib umfing, nach deinem verzehrte, so ist die Antwort nein. Hätte ich mir auch nur einen Gedanken an dich gestattet, wäre ich daran verreckt.«

Einen Herzschlag lang blieb er stehen. Dann bückte er sich, hob den Schürhaken auf und gab ihn ihr. »Spar deine Stimme.« Die seine war ein tonloses Flüstern. »Das Ding tut es auch.« Quälend langsam kehrte er ihr, ihren Blick so lang wie möglich haltend, den Rücken zu.

Catherine starrte von dem Werkzeug in ihren Händen auf seine schwarz beseideten Schulterblätter. Kurz schüttelte sie ein solcher Zorn, dass sie glaubte, sie werde ihn tatsächlich mit dem Eisen schlagen. *Wenn es das ist, was du so unbedingt von mir willst, wenn du hoffst, davon ließe sich Schuld leichter tragen, sollst du's haben.* Und dann erkannte sie, was der Zorn bedeutete, die Kraft, die ihr die Arme hochriss, das Leben, das raste, sein Recht verlangte. Quer durch den Raum warf sie den Schürhaken von sich. Hörte etwas klirren. »Den brauche ich nicht«, sagte sie. »Von mir bekommst du etwas Härteres, das du dein Lebtag nicht vergisst.«

Sie trat um ihn herum, stellte sich vor ihn und sah, wie es in seinen Zügen, so sehr er sie zu beherrschen suchte, zuckte. Als sie sich reckte, schlossen sich seine Augen. Sie berührte ihn nicht. Küsste ihn auf den Mund. Sah seine Lider flattern, küsste ihn wieder und fuhr mit beiden Händen in sein Haar. »Sieh mich an, Tom. Ja, es ist noch wahr. In dir ist alles schwarz, und ich bin unentwegt müde und ertrage keine Sommer mehr. Aber es ist noch wahr. Mit dir habe ich noch immer den Himmel, die Planeten über meinem Kopf und die Erde unter meinen Füßen, scheuen meine Finger das Feuer, quillt mir das Meer aus den Augen, nass und voll Salz.«

Er sah sie an. Die Augen schillernd, aufgerissen. »Wann?«

»Morgen«, sagte Catherine. »Heute sind wir beide zu schwach und brauchen Schlaf.«

Er war auf dem Bettrand sitzen geblieben, ihren Kopf in seinem Schoß, bis sie eingeschlafen war. So leise war er, sie hörte ihn kaum atmen. Einmal tastete sie in der Dunkelheit nach seinem Gesicht. Seine Wangen waren nass. Sie strich darüber und legte sich die Finger an die Lippen. So schlief sie ein.

Am Morgen gab es keine Trauung. Catherine hatte noch

keinen Kaplan für die zum Haus gehörige Kapelle bestellt, und Tom bestand darauf, nach London zu reiten, um Cranmer zu holen. »Sag nie wieder zu mir: *Du weißt, dass das nicht möglich ist.*«

Sie sagte nichts. Es war nicht möglich. Tom barst vor Zorn, als er wiederkam. »Weißt du, wie er mich abgefertigt hat? Er könne es meinem Bruder nicht antun, hat er gesagt, meinem liebenden Bruder kann er nicht antun, die einzige Trauung meines Lebens zu segnen.«

»Er hat Recht, Tom. Soll er sich zerreißen?«

»Ein feiger Judas ist er.«

Sie nahm seine Hand und sagte, ohne ganz zu begreifen, weshalb: »Selig sind die Friedfertigen.«

Sie wollte jemanden aus dem Dorf rufen lassen, aber anderntags stand ein Mann vor ihrer Pforte, den sie kannte, der ihr in ihrer Zeit bei Hof vertraut geworden war, obgleich er nie viel sprach. Miles Coverdale. Tyndales Weggefährte. »Erzbischof Cranmer schickt mich. Er sagte, Ihr seid auf der Suche nach einem Kaplan.«

Eine weitere Überraschung war die Lizenz des Königs, die aus London eintraf, noch ehe Tom darum gebeten hatte. Beigefügt war ein Brief, in dem der Neunjährige seiner Mutter Königin riet, Thomas Seymour zu ehelichen, »meinen Oheim, dessen Wesen so liebenswert ist, dass er Euch keinen Kummer machen wird«.

Elizabeth, durchfuhr es Catherine. Ihr kluges Mädchen war noch um so vieles klüger und wachsamer gewesen, als ihre Stiefmutter geahnt hatte, klüger und wachsamer womöglich, als einem so jungen Menschen guttat. Sehnlichst wünschte sie sich, Elizabeth käme zurück und ließe sie noch einmal ihre Mutter sein.

Sie würde ein anderes Mädchen bekommen. Tom hatte Jane, die elfjährige Tochter der Dorsets, in Obhut genommen, er hatte ihrem Vater Geld dafür gezahlt und wollte sie in Catherines Haushalt aufziehen. »Sie hat einen Platz in der Thronfolge. Wenn wir uns nicht um sie kümmern, wirft mein höriger Bruder sie dem geifernden Dudley in den Schlund.«

Catherine war es recht so. *Wenn man ein Kind hätte, gäbe man ihm ein Heim und hätte selbst eines. Mein Tom und ich hätten ein Dutzend Kinder haben wollen, wir haben keines, warum sollten wir also nicht noch eines zu uns nehmen?* Ihre Tochter aber, ihr Herzenskind, würde immer Elizabeth sein.

Das Haus, das er einst für sie erworben und Seymour Place genannt hatte, wollte Tom verkaufen. »Das Unglückshaus, in das du nie mit mir gezogen bist, mag ich nicht leiden.« Unausgesprochen stand zwischen ihnen fest, dass sie in Chelsea bleiben würden, obgleich der König Tom ein Schloss schenkte. »Sudeley in Gloucestershire. Wer eine Königin heimführt, braucht ein Schloss, schreibt er. Ich brauche auch einen Ring für dich. Und ein Brautband.«

Einst hatte ihn all dies mit überschäumendem Stolz erfüllt. Jetzt erschien er ihr kleinmütig und gepeinigt von Zweifeln. Sie zog sich zwei Ringe vom Finger, legte den größeren, einen breiten Rubinring, in ihre Schatulle. »Wirf ihn weg«, begehrte Tom auf.

»Er steht für Jahre meines Lebens«, erwiderte sie. »Die kann ich nicht wegwerfen. Aber diesen hier«, sie legte ihm Janies Ring in die Handfläche, »den streif mir noch einmal über, einen anderen will ich nicht. Und auch kein anderes Brautband als jenes aus flämischem Seidengarn, so lang wie die Zeit, die wir gewartet haben.«

Mit gesenktem Kopf gestand er, er habe es verbrannt.

»Das mag gut so sein. Wir haben Bänder genug.«

»Dann reite ich jetzt und komme erst wieder, wenn wir Hochzeit halten. Bist du dir sicher, dass du im Mai heiraten willst? Es heißt, die Jungfer, die unter dem schwülen Mond des Mai die Ehe einginge, bekäme einen lüsternen Unhold zum Mann.«

Sie strich sein Haar zur Seite. »Du meinst, hätte ich es nicht dreimal im Sommer, sondern im Mai versucht, so hätte ich den lüsternen Unhold bekommen, den ich mein Leben lang wollte?«

Er stöhnte, wie er immer gestöhnt hatte, wenn sie ihn dort berührte, wo nichts ihn schützte. Sie umspannte mit der

Hand seinen Nacken, fühlte sich, als hielte sie sein Leben darin. »*Wie ein Apfelbaum unter den wilden Bäumen*«, sagte sie, »*so ist mein Freund unter den Jünglingen. Seine Frucht ist meinem Gaumen süß.*«

Er hob die schweren Lider. »Cathie«, sah sie seine Lippen formen, derweil kein Laut aus seiner Kehle kam.

»Geh, mein Liebster. Komm wieder, wenn wir Hochzeit halten.«

An einem Frühlingsmorgen, auf einer Wiese in Wiltshire, hatte ein ruppiger rothaariger Knabe mit dem Balzlied des Finkenhahns um sie geworben. Sie hatte ihn erhört: »Ich werde deine Braut sein müssen. Hübsche kannst du viele bekommen. Aber mich nur einmal.« In mancher Mär geschah es so: Jemand schnalzte mit den Fingern, es war noch immer Frühling, doch statt des Knaben stieg ein Mann vom Pferd, und sein Mädchen, das vor der Kapelle auf ihn wartete, war eine Frau mit stumpfem Haar. Er hatte sie verdient. Er hatte dreißig Jahre lang auf sie gewartet.

Es war die erste ihrer vier Hochzeiten, zu der sie sich selbst etwas gewünscht hatte: »Es soll am frühen Morgen sein.« Durch den Nachttau war sie von ihrem Haus hinunter zur Kapelle gelaufen, ohne Geleit, ihren Bruder William, den Tom zu ihrem Brautführer bestellt hatte, traf sie am Portal. Sie hatte niemanden einladen, niemanden in einen Zwiespalt treiben wollen. Vor der Kirche aber, bei einem hohen, in Trauben blühenden Weißdornstrauch, standen Nan und Willie Herbert, Joan und Maud, Liz und Greg Cromwell, Henry Seymour und Kate Suffolk. Als Catherine in taudurchnässten Schuhen den Weg hinunterkam, brachen alle in Jubel aus. Sie hätte sich freuen sollen, aber sah nur, dass ihr Freund Edward und ihre Tochter Elizabeth fehlten. Dann erschien Tom, ohne sein Pferd. Catherine, die letzthin tief schlief und sich vom Schlaf noch schwindlig fühlte, musste, als er den Hut zog, lachen, weil er sich so ordentlich gekämmt hatte.

Miles Coverdale führte sie beide an den Händen ins Vestibül, schob Will zwischen sie, um ihre Leiber zu trennen.

Sprach einen Segen, gemahnte an den Ernst der Ehegelübde und verkündete: »Damit endet die Zeit Eurer Verlobung.« Catherine durchfuhr ein solcher Schrecken, dass sie nicht mehr wagte, nach dem Gesicht ihres Bräutigams zu sehen. Wie noch immer gezogen, folgten sie Coverdale vor den Altar.

»Wer bringt vor uns diese Frau, dass sie diesem Mann vermählt werde?«

In seinem näselnden Tonfall erklärte ihr Bruder, er sei William Parr, Marquis von Northampton, und bringe vor den Priester seine Schwester Catherine, Königswitwe von England, auf dass sie vermählt werde mit Thomas Baron Seymour, Großadmiral der königlichen Flotte. *Spricht er von uns? Steckt in dieser Königswitwe noch Catherine, die Latein lernte und mit Edward disputierte, Cathie Parr, die Tom Seymour gehörte, steckt darin noch ein Funke von mir?* Ihr Herz schlug so laut, sie hörte kaum, was Coverdale aus keinem Buch, sondern aus einem Packen loser Seiten verlas. Erst als er vor sie trat, Will bat, sich zurückzuziehen, und sich dann an den Mann an ihrer Seite wandte, begriff sie: In dieser Trauungszeremonie, ihren liturgischen Gesängen, den uralten Beschwörungen, gab es kein Latein. *Und jedes Wort, das er uns predigt, wird englisch sein*, klang es in Catherine auf. *Als spräche Gott zu uns nicht in seiner göttlichen, sondern in unserer menschlichen Sprache. Als blicke er nicht auf uns herab. Sondern uns in die Augen.*

»Du, Thomas, nimm mit deiner Rechten die Rechte deiner Braut und sprich mir nach.«

Ihre Hand ward ergriffen und umklammert. »Ich, Thomas, nehme dich, Catherine, dich zu halten von diesem Tage an.«

Ihr war so schwindlig, ihr Herz raste so harsch bis in die Kehle. Erst als er ihre Hand losließ und Coverdale sie aufforderte, nun ihrerseits die seine zu nehmen, zwang sie sich, den Kopf zu wenden, irr vor Angst, in ein von Pusteln entstelltes, ein skeletthaft hageres oder schwammig aufgetriebenes Gesicht zu sehen. Sie sah in die weiten grünbraunen Augen, in denen ihr Bild zu Hause war, und platzte heraus, ehe Coverdale ihr ein Wort vorgesprochen hatte:

»Ich, Cathie, nehme dich, Tom, zu meinem vertrauten Manne, dich zu halten von diesem Tage an, im Guten wie im Üblen, in Reichtum wie in Armut, in Krankheit wie im Wohlergehen, gelobe, dir Trost und Freude zu sein bei Tisch und Bett, dich zu lieben und zu ehren, bis dass der Tod uns trennt.«

Als der Priester ihnen Tyndales Bibel vorhielt, auf der Janies Ring lag, sah Catherine, dass er sich ein Schmunzeln verbiss. »Herr, segne diesen Ring, auf dass die, die er verbindet, einander die Treue halten und in deinem Frieden bleiben, miteinander alt werden in deiner Liebe, um unter ihrem Feigenbaum und ihrer Rebe ihrer Kinder Kinder zu erleben.«

Tom nahm den Ring und presste ihn, statt ihn auf ihren Finger zu schieben, in ihre Handfläche. »Mit diesem Ring gelobe ich dir meine Treue.« Coverdale berührte ihre Schultern, hieß sie niederknien.

»Was Gott zusammenfügt, soll fortan kein Mensch scheiden.«

Wie ein Brausen, in das sie sich fallen lassen konnte, vereinten sich in ihrem Rücken die Stimmen der Gäste zum Vaterunser. Es folgte der Segen, dann die Weisung, sich zu erheben. Catherine rappelte sich schwankend auf. Tom blieb auf Knien liegen. »Erhebe dich«, wiederholte Coverdale, »und küsse dein Weib.«

Tom rührte sich nicht. Hinter sich hörte Catherine ihre Schwester schallend lachen. »Hilf ihm doch, Cathie, der arme Kerl weiß nicht, wie ihm geschieht.«

Der Kleriker hob die Brauen. »Er ist der Eure, meine Königin. Wärt Ihr uns wohl behilflich, ihn aus dieser Kirche zu schaffen?«

Catherine ging in die Knie, schlang die Arme um den großen Leib, küsste ihm die Augen und weinte mit ihm.

Später, als sie beide zerzaust und rotäugig aus der Kapelle geleitet worden waren, als die Schar ihrer Freunde sich die Schuhe von den Füßen gerissen und die Vermählten zum Segenswunsch damit beworfen hatte, als Nan den riesigen

Weißdornstrauch gepackt und geschüttelt hatte, dass weiße Blütenfetzen wie Schnee um sie wirbelten, als Wein verteilt war und man ihnen Ruhe ließ, trat Coverdale noch einmal zu ihnen und legte den dicken Packen, aus dem er die Liturgie verlesen hatte, Catherine in die Hände. »Euer Freund Cranmer schickt Euch dies mit seinem Segen.«

Allgemeines Gebetbuch, stand darauf. *Für den Gebrauch der Kirche von England.*

Als Catherine aufblickte, war der Priester gegangen, hatte sich den Übrigen zugesellt, hob einen Becher und trank ihnen zu. Tom starrte ungläubig auf die Papiere und schüttelte wieder und wieder den Kopf. »Zum Teufel mit dem verdammten Bierhausprediger«, sagte er endlich. »Weshalb ist es eigentlich unmöglich, diesem Judas böse zu sein?«

Catherine musste lachen, drückte Cranmers Gebetbuch an die Brust, schlang den freien Arm um ihren Mann und begann, mit ihm zu tanzen, durch das Gras, auf dem der Tau längst getrocknet war, den Hang hinauf, von ihren Gästen fort. »Selig sind die Friedfertigen. So ist unsere Kirche, mein Liebling, und so musst du sie nehmen. Geschaffen von einem mutlosen, zarten Heiligen und seinem schwankenden Gefolge.«

Sie legte den Kopf in den Nacken und wusste, er tat es ihr gleich. Sich Kreis um Kreis drehend, bis zu völligem Taumel, sahen sie miteinander in den Himmel.

Die zwölfte Nacht

Selig sind die Friedfertigen
1548

*In der zwölften Nacht des Christfestes
schenkte mir mein Liebster
zwölf Trommler, die die Trommeln schlagen.*

Es war der Sommer unter den Nussbäumen. *Wenn ich noch viele solcher Sommer erlebe,* dachte Catherine, *vielleicht lerne ich dann wieder, ihr Füllhorn zu ertragen.* Der Mann, den sie liebte, umsorgte sie wie eine Genesende. Sooft er daheim war, nicht bei Hof oder auf See, bettete er sie in den Schatten der Zweige, an denen kugelige Früchte reiften, stellte Schemel für Jane und Elizabeth dazu, würzte Wein, spielte Laute »für meine Schar schöner Mädchen. Ich muss um diesen Garten eine hohe Mauer ziehen, denn wenn ich einem zu sehen gebe, was für ein unverschämt glücklicher Mann ich bin, kann er nicht anders, als mich totzuschlagen.«

Sie wollte ihm verbieten, so zu sprechen, aber sie verbot ihm nichts. Sie wollte ihn mahnen, *Tom, versäume nicht schon wieder eine Sitzung, bring den Rat nicht gegen dich auf, versöhne dich mit Edward,* aber sie ließ ihn sein, wie er war, und liebte ihn. In den schwülen, halb dunklen Nächten liebte sie ihn so sehr, dass sie sich in seinen Armen in den Schlaf weinte. »Bist du nicht glücklich, meine Blume in Scharon?«

In diesem Sommer aber lernte Catherine, dass Furcht sich vom Glück nährte wie die Nussbäume von reichlicher Sonne. In den Nächten, wenn er sie so voll Andacht und Leidenschaft liebte, weinte sie um den Mann, der er hätte sein können, um seine Lebenskraft, die Siedlungen errichten und Ödland hätte umpflügen sollen. Wenn sie sich erschöpft an seine Schulter lehnte und ihm den schweißnassen Rücken streichelte, bis er wohlig seufzte und sich streckte, betete sie: *Herr, lass mich gut zu ihm sein, lass mich ihm nicht noch einmal Leid antun.* Kaum war ihr die Bitte entwichen, erschrak sie: *Das aber hieße, dass ich eines Tages ihn verlöre, nicht er mich. Das ist zu viel.* Sie grub die Finger in sein Fleisch.

»Weinst du schon wieder, meine Liebste?«

»Verzeih.«

»Sei nicht töricht. Du tust einem Kerl, der's nicht verdient, viel Ehre an.«

Sie schloss ihn so fest in die Arme, wie sie konnte. »Ach Tom, du geliebtes Untier, du bist ja viel törichter als ich.«

Es tat weh, aber es war der süßeste Schmerz, an dem sie je geschluckt hatte. »Warte ab«, hatte Nan gesagt, »die Liebe wird dich wieder jung sein lassen«, aber sie hatte nicht Recht behalten. Die Liebe, fand Catherine, ließ sie alt sein, eine Greisin mit mürben Knochen, die am Fluss entlangging, ihren Mann auf einer Barke ihr entgegentreiben sah und dabei dachte: *Wie oft noch, wie oft?*

Sie gaben viel Geld aus. Sie besaßen es ja in Hülle und Fülle und brauchten es nur mit leichten Händen aus den Fenstern zu werfen. Das Haus, in dem sie wenige Räume benutzten, weil sie sich so selten aus den Augen ließen, statteten sie mit allem aus, was ihnen gefiel. Bienenwachskerzen, Tisch und Truhen aus duftendem Kirschholz, einen geknüpften Überwurf für ihr Bett, der die Hochzeit des König Salomo zeigte. Für den Garten kauften sie Lavendel und Rosmarinsträucher aus Navarra, denen Tom im Rund um ihr Haus Gruben aushob. Den Gärtner hatte er empört zum Schneiden der Hecken geschickt und hieb den Spaten mit so viel Kraftaufwand in die lockere Erde, dass ihm das Hemd am Rücken klebte und Catherine verzückt herauslachte.

Weil er mit solcher Lust aß und trank, stellte sie zwei Köche ein und füllte ihren Keller mit honigschwerem Wein aus Zypern. »Unter euch sitze ich wie ein verfressener Keiler unter Kirchenmäusen«, beklagte sich Tom, wenn Catherine und die Mädchen in all der Üppigkeit stocherten, während er keine Schüssel ungeleert ließ.

»Die Mäuse sind satt«, sagte Catherine, schob ihm ein unberührtes geröstetes Huhn zu und küsste ihn, ehe sie ihn weiteressen ließ, auf beide Wangen. Ihm bei diesen Mahlzeiten zuzusehen, sprengte eine Zwinge um ihr Herz. *Was konnte ein Mensch, der mit so viel Hingabe aß, von Sorge wissen, von Gefahr?* Das Fleisch, das er ansetzte, das Wohlleben, stand ihm, und die Mädchen, seine Familie um den Tisch, standen ihm noch besser. Er hatte ihr Elizabeth zurückgebracht, nur Tage nach der Hochzeit: »Stell dir vor, diese junge Dame, die als die klügste von England gilt, hat wahrhaftig geglaubt, sie fiele uns zur Last.«

Catherine zog Elizabeth an sich, bemerkte dabei, dass diese so groß war wie sie selbst, und flüsterte »danke« in ihr Ohr.

»Dankt mir nicht«, erwiderte Elizabeth und machte sich los.

Mein armes Mädchen. Glaubst du, ich verübelte dir, dass du nicht nur dieselben Bücher, dieselben Gedanken liebst wie ich, sondern auch denselben Mann? Oder glaubst du, ich hielte dich zum Lieben für zu jung? Du bist vierzehn. Ich war halb so alt. Müsste ich sterben, wünschte ich, dass alles, was ich habe, du bekämst, dass meine Kirche bei dir bewahrt bliebe und mein Liebster nicht verlassen wäre.

In der Woche darauf war Tom mit Jane Grey, der Tochter der Dorsets, gekommen, die viel jünger als ihre elf Jahre und neben der strahlenden Elizabeth grau wirkte. Als Catherine die Hand ausstreckte, um sie willkommen zu heißen, fuhr das Mädchen herum und floh den Hang hinunter. »Von dem Bastard, der sich rühmt, ihr Vater zu sein, hat sie mehr Schläge als Milch bezogen«, erklärte Tom, als sie am Abend in ihrer Schlafkammer beim Wein saßen. »Er hat keinen Sohn, und vor Enttäuschung darüber prügelt er dem Mädchen den Willen aus dem Leib, um es dann meistbietend zu verscherbeln. Dudley will sie für einen seiner Blagen, aber für diesmal hat er die Rechnung ohne den Wirt gemacht.«

»Und du?«, entfuhr es Catherine. »Bist du auch enttäuscht, weil du keinen Sohn hast?«

Er sah sie sehr lange an, so dass sie sich fühlte, als umspanne sein Blick mit behutsamen Händen ihr Gesicht. »Einer wie ich«, sagte er, »hat wohl nie genug. Auch wenn er zu viel hat. Viel zu viel.« Darauf küsste er sie mit weit geöffneten Augen, und dann liebte er sie auf den Dielen, sacht und wie in tiefen Zügen trinkend.

Jane fasste kein völliges Vertrauen, sie blickte nie jemanden, der das Wort an sie richtete, an, aber immerhin begann sie zu sprechen, beteiligte sich an Elizabeths Unterricht und musste über Faxen, die Tom veranstaltete, mitunter kichern. Sie war klug und lernte mit verbissenem Eifer, doch ihr Geist war nicht stark wie der von Elizabeth. Sie würde immer Schutz brauchen.

Der Sommer unter den Nussbäumen starb in einen Herbst reifer Nüsse, geknackt an lodernden Zedernfeuern, zu Virginal und Laute und Gesang. Eines Abends, als Kate Suffolk auf Besuch kam, gab Tom ein neues Lied zum Besten, das er aus London mitgebracht hatte und das *Die zwölf Nächte des Christfestes* hieß. »Passt auf«, rief er hingerissen, »es ist nicht nur ein Lied, es ist ein Spiel, denn mit jeder Strophe kommt ein Geschenk dazu. Die Sänger müssen alle Geschenke wiederholen, und wer einen Fehler begeht, der zahlt ein Pfand und muss es durch ein Kunststück wieder auslösen.«

Die Mädchen waren begeistert, und Kate, die im Feuerlicht beinahe glücklich aussah, sang eifrig mit. Tom vertat sich bei jeder Strophe und musste hernach auf den Händen von einer Wand zur andern laufen, um seine Pfänder auszulösen. Es war ein großes Geschrei und Gelächter, ein fröhlicher Abend, nur Catherine mochte das Lied nicht. Das erste Geschenk, das somit zwölfmal wiederholt wurde, war ein Rebhuhn in einem Birnbaum. Als alle sich halbwegs beruhigt hatten, nahm Tom die Laute, sang das Lied noch einmal und sah dabei Catherine an, mit einem Blick, der sich ihr rückhaltlos hingab. *Mein Gott, schütze ihn mir, mein Gott, mein Gott.* »Das ist ein Lied über mein Leben«, sagte Tom, als er geendet hatte. »Mit einem Rebhuhn im Birnbaum fing es an.«

Ehe sie sich besinnen konnte, waren die Worte heraus: »Und ich will nicht, dass es mit zwölf Trommlern, die trommeln, endet.«

Einen Herzschlag lang schien er nicht zu begreifen. Dann lachte er auf und schloss sie in die Arme. »Meine Cathie.

Hast du noch immer Angst um meinen Hals? Aber sterben kann ich doch nicht, und wenn mein Bruder tausendmal beharrt, es würde für mich gekonnt.«

»Halt den Mund!«

In seinen Augen zuckte es. Kate erhob sich. »Vielleicht solltet Ihr Eurer Frau jetzt erklären, dass dieses Lied in Wahrheit dazu dient, Kinder in den Grundbegriffen der Religion zu unterweisen. Das Rebhuhn im Birnbaum, das zwölfmal besungen wird, steht für unsern Herrn Jesus, unter dessen Fittichen wir behütet sind, und die Trommler sind die zwölf Doktrinen, mit denen wir unseren Glauben vor der Welt bekennen.«

Tom ließ Catherine los. »Dem Glauben täte eine Schar Trommler not, so zahnlos und zimperlich, wie die erlauchte Regierung ihn verteidigt.«

»Geht und schämt Euch, Sir Thomas«, verwies ihn Kate. »Eure Königin hätte Besseres als Euren Trotz verdient dafür, dass sie Euch mehr liebt, als Euch zukommt.«

»Nicht«, rief Catherine, dann aber sah sie, dass Kate lächelte.

»Keine Sorge. Meine Nasenstüber steckt Euer schöner Freund mit Grazie ein, habe ich Recht?«

»Die Euren meinethalben.« Toms Stimme war kalt. »Die von irgendwelchen selbst ernannten Herren nicht.«

»Das wissen wir.« Begütigend klopfte Kate ihm den Arm. »Darauf, dass Ihr in Eurem Alter zur Vernunft kommt, wagt niemand mehr zu hoffen. Nur dürft Ihr denen, die Euch lieben, wohl kaum zürnen, wenn sie um Eure tolldreiste Gurgel bangen.«

Tom senkte den Kopf.

»Jetzt lasst uns alle diese Missstimmung vergessen. Ich danke Euch für den Abend, den ich von Herzen genossen habe. Höchst selten kommt man ja in ein Haus, das wahrhaftig ein Heim ist und dessen Wärme man teilen und mit hinausnehmen darf. Catherine, begleitet Ihr mich noch zum Fluss?«

Ihre Barke wartete am Steg. Die Nacht war schwer verhangen und duftete nach Laub und Holz, nach überreifen, schon in Eis kandierten Äpfeln. Kate, die sah, wie Catherine zitterte, zog ihr den Pelz um die Schultern. »Lasst Euch bitte von mir nicht Euren Frieden stören. Eure Familie ist wundervoll, und Ihr seid ein erstaunliches Geschöpf. Als Hausherrin so ganz Catherine, wie Ihr als Königin wart.«

»O Kate, ich habe das Gefühl, ich habe hinter meinem Liguster ein Jahr lang das Treiben meiner Zeit versäumt.«

»Und wer wollte es Euch verdenken? Habt Ihr dem Treiben dieser Zeit nicht Jahre genug geschenkt?«

»Kann man denn aufhören? Sich wie eine Karte aus dem Spiel ziehen? Und selbst wenn ich es könnte, soll ich es von Tom verlangen?«

Kates Fuß scharrte in der dampfenden Erde. »Genauso könntet Ihr vom Fluss verlangen: Stehe still. Seinen gotteslästerlichen Zoten zum Trotz liegt Eurem schönen Freund diese Kirche mehr am Herzen als Dudley, der den Eiferer gibt.«

»Und Cranmer und Edward?«

»Cranmer und Edward sind zwei gütige Menschenfreunde, aber Menschenkenner sind sie beileibe nicht.« Ihr Lächeln, im Licht der Laterne, die ihnen ein Diener voraustrug, geriet schief. »Zwei Träumer, die Welten erdenken, doch um sie zu erbauen, braucht es schwielige Hände. Euer Tom durchschaut den Haufen. Er weiß, dass Dudley so wenig wie die Horde um Gardiner und Mary Tudor davor zurückschreckt, den Aufruhr im Volk für seine Zwecke zu nutzen und über die Leiche eines Protektors zu gehen. Es kränkt ihn zutiefst, dass sein Bruder diesem Falschspieler eher traut als ihm, und er ist eben keiner, der Kränkungen schweigend schluckt.«

»Er würde ersticken, Kate.«

»Daran zweifle ich nicht. Aber soll ich ehrlich sein?«

Sie hatten den Steg erreicht, an dem das kleine Boot auf kurzen, scharfen Wellen schaukelte. Catherine löste sich aus der anderen Arm. »Ja.«

»Wäre er mein«, sagte Kate, »ich packte ihn beim Kragen und brächte ihn weit, sehr weit aus dem Zugriff von John Dudley und Anne Stanhope fort.«

Als sie ins Haus zurückkam, waren die Mädchen zu Bett gegangen. Tom kniete vor dem Kamin und befestigte das Feuergitter. Betreten sah er zu ihr auf. »Bist du mir böse?«

In drei Schritten war sie bei ihm, zog seinen Kopf an ihren Leib. »Wenn ich könnte, ich schenkte dir ein Rebhuhn im Birnbaum, zwei Turteltauben, drei französische Hennen, vier Singvögel... wie geht es weiter?«

»Fünf goldene Ringe, sechs Gänse für die Schöpfungstage.«

»Sieben Schwäne, die nur einmal lieben, acht Mädchen, die melken.«

»Neun tanzende Damen brauche ich nicht. Ich tanze nur mit einer.«

»Heuchler. Süßholzraspler.«

»Küss mich.«

»Nichts da. Zehn Herren, die springen.«

»Elf Pfeifer, die pfeifen.«

»Aber keine Trommler.« Sie küsste seinen Kopf. »Tom, ist wirklich schon Dezember, und müssen wir um jeden Preis zur zwölften Nacht an den Hof?«

»Um jeden Preis?« Er sprang auf und griff nach ihren Händen. »Es sind doch keine Dudleys und Stanhopes, die uns dazu bitten, sondern unser heiliger König, und es ist nicht irgendein Hof, sondern unser Hampton Court. Unsere zwölfte Nacht, in der endlich erlaubt ist, was uns frommt.« Er blies die Kerze aus, umfing seine Frau und küsste ihr, was immer sie noch hätte sagen wollen, vom Mund.

In dieser Nacht träumte sie von Trommeln.

Der Gedanke, ihren ummauerten Garten zu verlassen und sich in die Löwenhöhle zu begeben, bereitete Catherine Übelkeit, aber der Hochseiltänzer, den sie liebte, war selig. Er schwärzte sich sein Gesicht mit fettiger Schminke, dass die Augen darin betörend schillerten. »Wir sind unser eigenes Mirakelspiel.« Für sich und die Mädchen hatte er orientalisch anmutende Gewänder schneidern lassen und für Catherine einen golddurchwirkten Umhang mit schweiflanger Schleppe. »Wir sind die Heiligen Könige. Und der Stern, der uns den Weg weist, bist du.«

In ihrer Barke, die das Wappen der Seymours schmückte, glitten sie durch den milden roten Winterabend. Tom hielt ihre Hand. Als das Schloss in Sicht kam, drückte er sie. »Du fürchtest dich nicht, oder doch?«

Wie kann ich dir denn in deine zappelige, mit den Füßen scharrende Freude spucken? Seinem Mund wich sie aus. »Bleib mir vom Leib, oder glaubst du, mir liegt daran, mit schwarz gestreiften Wangen in den Saal zu ziehen?«

»Warum denn nicht? Dann sieht das Pack, zu wem du gehörst.«

»Das sieht das Pack ohnehin.«

Hampton Court mit seinen Türmen und Schloten hob sich in den Himmel, als singe es und riefe ihren Namen. Ein Schwall Wärme durchströmte ihre Brust. *Meine Schatztruhe Hampton Court.*

Edward war müde. Er hatte Tag und Nacht gearbeitet, die Ergebnisse einer Befragung gesichtet, aber nichts Befriedigendes erreicht. Die Beamten, die den Bestand an Gemeindeland und Maßnahmen zu dessen Neuverteilung hatten prüfen sollen, waren zu dem Schluss gekommen, dass derlei Maßnahmen zwar nottaten, in der Ausführung aber zu viel kosteten. Edward wusste, was das zur Folge hatte: Erneut empörte Mienen im Rat, Hetzreden über vergeudete Zeit, umsonst aufgewendetes Geld, erneut Spott im Volk: *Der Reichsprotektor verwandelt Wein in Wasser und speist fünfzigtausend aus leeren Körben.*

Er wäre gern an seinem Schreibpult sitzen geblieben, den Kopf über verstreuten Papieren, sinnlos darin wühlend, bis die Kerze heruntergebrannt war und er im Dunkeln vor sich hin sann. Vor der zwölften Nacht jedoch gab es kein Entrinnen. Über das glanzlose Fest, das er ausgerichtet hatte, herrschte Entrüstung genug. Der König, der an einem hartnäckigen Husten litt, saß so schwach und schlaff an seinem Platz, als schliefe er bald ein. Cranmer schien ebenfalls in den Schlaf entwichen. Er feilte fortwährend an seinem Gebetbuch, weigerte sich, es zur Drucklegung freizugeben. »Allen könnt Ihr es nicht recht machen«, hatte letzthin Dudley gewettert.

»Mir wird nichts anderes übrig bleiben«, hatte Cranmer erwidert, »wenn dieses Buch seinen Zweck erfüllen und uns unter dem Dach einer Kirche einen soll. Die Katholiken im Norden, die an ihren Pfosten und Palmwedeln Halt suchen, wie unsere Neuerer im Süden, die am liebsten alles zerschmettern würden, was uns bis hierher trug. Die Liturgie, die wir brauchen, schließt niemanden aus.«

Aber schloss sie nicht eben deshalb jeden aus? Der Weg in der Mitte schien lau, ohne Anziehungskraft, derweil die Ränder sich schärften und mit Leidenschaft lockten. *Womöglich sind Cranmer und ich die Einzigen auf der Insel, die von einer stillen Kirche ohne Aufhebens und nur voll Frieden träumen.* Steif saß Edward zwischen Anne und Dudley, die über sein Tranchierbrett hinweg parlierten, wie sie es jetzt häufig taten. *Von mir ist immer weniger da. Was wollte ich denn? Für mein Land ein wenig Glück, von dem ich annahm, es sähe aus wie ein Petrarca-Gedicht. Die meisten Menschen macht Petrarca offenbar nicht glücklich, doch wenn Glück nicht in herrlichen Versen steckt, nicht in der Freiheit, nach Herzenslust zu lesen und zu denken, was verstehe dann ich davon?* Er trank Wein, den Anne ihm verdünnt hatte. »Etwas Leben magst du dir ja antrinken, aber die Folgen eines handfesten Rausches will ich nicht abzubüßen haben.« *Etwas Leben.* Stimmlos murmelte Edward in das schwache Rot im Becher. Beim nächsten Schluck hörte er unnachahmliches Gelächter, blickte auf und sah im Eingang des Saales seinen Bruder.

Wie üblich zog er alle Blicke auf sich, ein Mohrenkönig mit kirschrotem Schopf, lachend und schulterschlagend, der breite Mund voll weißer Zähne. Sein Gefolge bildeten zwei entzückende Königskinder und Cathie Parr im Sternengewand. *Unser Stern Cathie, der uns an allen Enden fehlt.* Tom versuchte, ihr den Hals zu küssen, erntete einen Streich auf die

Lippen, bekam den Himmel versprochen für eine spätere, verschwiegene Stunde. Edward, der seit langem ernsthaft fürchtete, er könne den Verstand verlieren, erschrak vor dem Irrsinn seines Gedankens: *Braucht ihr keinen Esel, der euch Weihrauch, Gold und Myrrhe trägt? Ich wollte, ich dürfte euer Esel sein.* Mit einer Kraft, die von Mattigkeit nichts übrig ließ, sehnte sich Edward an den Tisch vor dem Podium, von dem die schönen Frauen des Ganskreises aufsprangen, um die Ankömmlinge zu begrüßen, derweil die Männer schon Becher füllten.

Noch einer wandte den Blick voll Sehnsucht nach dem Zwölfnachtszauber. Der junge König. Aber in seiner Sehnsucht war keine kindliche Kraft, nur ein dreingeschicktes Seufzen. Dieses Kind erlaubte sich nichts, und ihm frommte nichts mehr. *Nein, Janie, laste mir nichts an, quäl mich nicht. Ich bin Protektor des Reiches, ich bewahre deinem Sohn sein England, wie könnte ich ihm dabei noch ein Freund, ein Oheim sein?* Der erste Gang wurde aufgetragen, bescheiden im Vergleich zum Überfluss vergangener Jahrzehnte. Der Staatsschatz, jenes aus dem Reichtum der Klöster gespeiste Vermögen, war aufgezehrt. »Keine Musik zum Essen?«, brüllte Tom, wie er sein Lebtag nach allem, was sein Herz begehrte, gebrüllt hatte.

»Singt Ihr uns eins, Sir Thomas«, rief die dicke, einfältige Lady Dorset vom Podium herunter, und zu ihrer Nachbarin, der Lady Douglas sagte sie: »Ist er nicht noch immer ein Festmahl für hungrige Herzen, auch wenn er schlechte Manieren hat?«

»Eben weil er schlechte Manieren hat«, versetzte verträumt die Lady Douglas.

Die andere, weinselig, prustete: »Recht habt Ihr. Meine kleine Jane findet in seinem Haushalt gewiss Brauchbareres zu lernen als bei dem Tugendbold Edward von Somerset, dessen Haus einer Grabkammer gleicht, oder bei Dudley, neben dem sich mir, der Herrgott weiß, warum, das Fell im Nacken kraust.«

Irgendwer lachte. Dudley schluckte Bilsenkraut. Anne stieß

Edward den Ellenbogen in die Rippen: »Tust du nichts? Tust du wie ewig und drei Tage nichts?« Edward schloss die Faust um einen Gegenstand in seinem Beutel, den er seit Jahren bei sich trug. *Einst war ich Teil von euch. Einst stand ich nicht hinterm Zaun.*

»Aber nur eines«, rief Tom und lud sich die Laute aufs Knie. »Wenn ich Hunger habe, kann ich nicht singen.«

Er sang eine Art Kinderlied, das derzeit in den Straßen der Hauptstadt die Runde machte und in das bald der gesamte Saal einfiel, eine heitere Lobpreisung göttlicher Geschenke, *neun Damen, die tanzen, zehn Herren, die springen, elf Pfeifer, die ihre Pfeifen blasen*, Aber weil Tom eben Tom war, gelang es ihm, in der letzten Strophe wieder alle zu übertönen und das Lied auf seine Art zu Ende zu singen, die *zwölf Trommler, die trommeln* durch *zwölf Zwölfnachtsbohnen* zu ersetzen. Hernach küsste er Catherine auf ihren goldenen Kopfputz, den fortan ein schwarz verschmierter Streifen zierte. Der Saal johlte. Edward umklammerte die Bohne in seinem Beutel. Seit Tom und Catherine sie ihm vor einer kleinen Ewigkeit geschenkt hatten, hatte er sie immer bei sich getragen. »Wir hätten aber lieber Euer Hochzeitslied gehört, Sir Thomas«, rief Lady Dorset vom Podium.

»Ich heiße Kaspar«, sagte Tom, sich verbeugend. »Und dieses war mein Hochzeitslied.«

»Wäre dies nicht noch immer ein Hort papistischer Zuchtlosigkeit, ich ließe den Kerl aus dem Saal prügeln«, zischte Dudley unter seinem Atem ins Getöse.

»Ich gäbe ihm seine zwölf unterschlagenen Trommler«, zischte Anne zurück, als säße Edward nicht zwischen ihnen.

Nach dem Zwischenfall erlangte das Fest jene Ausgelassenheit, die als die Kraft der zwölften Nacht galt. Die Kraft, hinter sich zu lassen, was bleiern an Gelenken hing, und ein anderer zu werden, eine Nacht lang an Neubeginn zu glauben. Der Herr des verkehrten Gesetzes sprang zwischen Tischen umher, vertauschte Schüsseln, goss Wein über Köpfe, riss Tom mit sich, der von Platz zu Platz spazierte und sich von irgendwelchen Kumpanen füttern ließ. *Ich sollte dich hassen, Tom. Die um mich sind, beschwören mich, du wolltest mir nehmen, was ich habe. Um deinetwillen zürnt mir der Rat, ich habe mein Leben lang hinter dir aufgekehrt und bekomme deinen Dreck nicht mehr von meinem Stecken. Zum Dank hast du mir gestohlen, was mein Ziel war, mein Stern, Annes Liebe. Aber ich hasse dich nicht. Dich zu hassen, wäre, als hasste ich das bisschen Blut in mir, das noch klopft, als risse ich mir meinen Anfang aus. Du fehlst mir, Tom.*

Während ein weiterer Gang aufgetragen wurde, hatte der Herr des verkehrten Gesetzes endlich ein paar Musiker auf die Galerie gescheucht und zerrte nun jauchzende, kreischende Gäste von den Bänken, um mit ihnen durch den Saal zu hüpfen. Tom bezirzte seine Pflegetöchter und flocht sich mit ihnen in den Rundtanz, ein Dreigespann heilloser Könige. Berater warnten Edward unablässig, der Bruder erschleiche sich die Gunst zweier Thronfolgerinnen für eine mögliche spätere Eheschließung, aber Edward vermochte nicht, daran zu glauben. Nicht wenn er Tom mit Jane und Elizabeth sah, diesen aus dem Nest geworfenen Amselküken, für die er sprang und tollte, als wollte er zwischen ihnen Purzelbäume schlagen. *Hat einer der Aufwiegler je daran gedacht, dass diesem Mann kein Kind vergönnt war?* Für Tom, dessen war Edward sicher, gab es keine spätere oder frühere Eheschließung, sondern nur diese eine.

Er wandte sich ab. Vom schwarz verschmierten Gesicht seines Bruders fort, um am kalkweißen seiner Schwägerin hängen zu bleiben. *Cathie.* Die ihn mit ihrer Heirat verraten hatte wie er sie. Sie wich seinem Blick nicht aus, also tat auch er es nicht. Dudley hatte gesagt: »Es gibt keinen besseren Beweis dafür, dass diese Ehe aus Machtgier geschlossen wurde: Weshalb sollte der verwöhnteste Junggeselle des Hofes ein Geschöpf ehelichen, das weniger einer Frau als einer Krähe gleicht?« Aber nur ein Mann wie Dudley, dem man im Alter von acht Jahren sämtliche Sinne stumpf geschlagen hatte, konnte etwas so Falsches, so Entstelltes sagen. Cathie war schön. Sie hatte den klarsten Blick, den Edward an einem

Menschen kannte. Sehr dünn war sie geworden, die Sternenhaube zu schwer für das ausgezehrte Antlitz. Wenn sie lächelte, gruben sich in eine ihrer Wangen Furchen, als stemme ihr Lächeln ein Gewicht. *Meine Freundin Cathie. Ich habe dich verraten, und doch war ich bis ins Tiefste enttäuscht, als du mich verrietst. Jetzt aber erleichtert es mich, dass du nicht anders gewählt hast als ich. Wir sind von einer Art. Du fehlst mir, Cathie.*

Aufwarter mit Platten und Terrinen traten an Catherines Tisch. Vor ihr wurde eine jener Kreaturen abgesetzt, die sich zu Zwölfnacht besonderer Beliebtheit erfreuten, Kopf eines Hahnes an Brust und Leib eines Hammels genäht, und das Ganze stellte ein Fabeltier, den berüchtigten Basilisken, vor, von dem es hieß, sein verpesteter Atem brächte Getroffenen den Tod. Edward behagte der Anblick des Gebildes nicht, das der Schöpfung höhnte, doch waren Zwölfnachtsbasilisken selbstredend nicht mit tödlichem Brodem, sondern delikat mit gespickten Datteln und Äpfeln gefüllt. Catherine aber schrie auf, kaum dass der butterglänzende Braten vor ihr niedergesetzt ward, und erbrach sich in hohem Bogen.

Die meisten bemerkten nichts und aßen oder tanzten weiter. Edward aber war schon aufgesprungen, eilte um den Tisch, um den schlafenden König herum und vom Podium herunter zu Cathie, die, von ihrer Schwester und Kate Suffolk gestützt, noch immer würgte. Von ihren Lippen troff in Brocken Unverdautes. *Gift.* Seit Wochen rankten sich Gerüchte darum, brachten Gäste ihre Vorkoster mit, misstraute einer dem andern. *Cathie vergiftet.* Im selben Zug wurde ihm klar, dass es nichts gab, das er Dudley nicht zugetraut hätte. *Und was traue ich Anne zu, meiner Anne?*

»Ned«, rief eine Stimme. Die reizende Nan Herbert. Wie lange hatte ihn kein Mensch mehr Ned genannt? »Holt Euren Hansdampf von Bruder, schnell.«

Catherine stöhnte, spie einen neuen Schwall Erbrochenes heraus. »Ich darf nicht sterben. Ich muss Tom...«

»Du stirbst doch nicht.« Ungerührt zerrte Nan Herbert die Schultern ihrer Schwester aus der Tunke. »Weiß die Belesenste von uns allen wahrhaftig nicht, was geschieht, wenn sie mit ihrem Liebsten Nacht um Nacht ein Bett aus Rosen teilt? Du bist nicht vergiftet, Cathie. Du bist schwanger.«

Sie hatte noch nicht ausgesprochen, als Tom durch den Ring der Umstehenden brach. Er fegte Kate Suffolk aus dem Weg, verlor den Halt und stürzte vor seiner Frau auf die Knie. Mit bloßen Händen rieb er ihr Erbrochenes von Kinn und Lippen. »Cathie, Cathie.« Schreckgeweitete Augen starrten zu ihr auf. Über die schwarze Stirn lief Schweiß in Rinnen. »Wer hat dir das angetan, wer?«

»Ihr, teurer Schwager.« Nan erhob sich, ein Bild strahlender Heiterkeit, der bestickte Reifrock besudelt. »Mein Admiral, ich habe Euch mitzuteilen, dass diese arme Seekranke gedenkt, Euch zum Vater eines ruhmreichen Seglers zu machen.«

Tom hielt ganz still. Als lausche er auf Musik von draußen, auf Geräusche vom Fluss, auf ein Flüstern. In Drehungen verebbte der Lärm. Man hörte jeden schmerzhaften Atemzug, jedes ungläubige Ringen nach Luft, sah das Flackern der Augen, Schnappen der Lippen, Tasten bebender Finger, wollte sich abwenden, weil man kein Recht daran hatte, und blieb doch stehen und gaffte. *Die Kraft der zwölften Nacht*. In einem jähen Einfall griff Edward in seinen Beutel, zog die silberne Bohne heraus und schob sie vor Catherine auf den Tisch. »Hier.« Seine Kehle war rau. »Die Bohne, die ihr mir damals geschenkt habt, jetzt gebe ich sie euch zurück. Dies ist euer Jahr.«

Er drehte sich um. Den Beifall, der hinter ihm aufbrandete, hörte er kaum. Im nächsten Schritt fand er sich vor Anne. »Sei still«, sagte er zu ihr, »sei dieses eine Mal still.« Ohne sie anzusehen, trat er um sie herum und kehrte auf das Podium zurück.

Scharf abgegrenzt wie eine Klingenspitze, ragte der Turm der Kathedrale in ein vages Himmelsblau. Auf dem Platz, dort, wo ihr kurzer Morgenschatten auftraf, standen Kreuz und Kanzel, von Volk umringt. Die meisten der Versammelten trugen viel zu dünne Kleidung für den frostigen Tag. Einige aber erkannte Anne, die wie sie selbst warm und schützend bekleidet waren, darunter die hagere Gestalt und das zähe, verlederte Gesicht von Stephen Gardiner. Beinahe hätte sie aufgelacht. Seit dem Sommer hatte dieser Schwertarm der Papisten im Gefängnis gesessen, und kaum hatte das Waschweib Cranmer einfältig seine Freilassung verfügt, trat er wieder auf den Plan, bereit, den ersten Stein zu werfen und nicht abzulassen, bis der Tempel seiner Gegner in Stücke ging. Anne spürte, wie der Mund ihr trocken wurde. *Wem seine Feinde mehr Achtung abnötigen als seine Gefährten, der ist bedauernswert.*

Der Mann, der heute die sonntägliche, dem Land die Richtung weisende Predigt halten sollte, stand schon auf der Kanzel, aber wartete noch auf verspätet Eintreffende. Er war Nicholas Ridley, der neue Bischof von London, von dem erzählt wurde, er habe in seiner Pfarre die Altäre aus den Kirchen reißen und dafür schlichte Holztische aufstellen lassen, an dem die Gläubigen die Kommunion empfingen. Der Hanfstock hatte Anne von dieser Abendmahlsfeier, bei der es gesellig herging wie in einer Schenke, vorgeschwärmt: »Eines Tages wird in ganz England ein Bruder beim anderen sitzen, derweil er zu Jesu Gedenken sein Brot bricht.«

Ja, wenn es nach Euch geht, dann wird eines Tages ganz England in eine Wirtschaft verwandelt, in der Papisten und Reformer aus einem Trog fressen. Ich für meinen Teil nähme lieber das hohle römische Gepränge zurück als solche Lachhaftigkeit. Einmal, als sie einander noch Fragen stellten und auf Antworten hofften, war er in sie gedrungen: »Hast du nicht diese Kirche so gewollt wie ich?«

Anne hatte nicht ihm, sondern sich selbst hinter ihrer Stirne Antwort gegeben: *Ich wollte eine starke Kirche. Eine, die über das Land kommt wie der Hagelsturm über die Felder, die schlägt, verwüstet und reinigt, die ausreißt mit Stumpf und Stiel. In einer Kirche, die du und dein Cranmer auf Halbheit und Verzärtelung baut, erkenne ich nichts von mir.* Bischof Ridley, auf der Kanzel, schlug ein Buch auf. Das *Buch der Verfügungen,* all der laschen Betteleien, die Cranmer und der Hanfstock für das, was sie behutsame Reform nannten, erlassen hatten, Weisungen, für deren Übertretung keinem mehr drohte als ein väterlicher Handstreich auf den Arsch. Ridleys Vorgänger zum Beispiel, ein papistischer Bluthund namens Bonner, der im Ruf stand, verurteilte Reformer zerhackt, in Petersiliensud gesotten und verspeist zu haben, war lediglich seines Amtes enthoben und in eine Diözese aufs Land versetzt worden. Selbstredend gedachte er dort nicht zu bleiben, sondern schmiegte hier und jetzt seinen Fettwanst an den dünnen Gardiner. Anne konnte es ihm nicht verdenken.

Bischof Ridley entnahm dem Buch das Blatt mit seiner Predigt. Er hatte noch kein Wort gesprochen, als die erste Frucht flog. Ein brauner Apfel, so matschig, dass er im Flug auseinanderbrach und vor der Kanzel zu Boden klatschte. Man konnte solche Äpfel körbeweise vor jedem Schandpfahl kaufen. Nicht immer aber waren die Früchte völlig verfault. In Cheapside, hieß es, hatte ein Priester ein Auge verloren, zerschmettert von einer steinharten Zwetschge.

»Meine Kinder in Gott, euer Zorn ist mir begreiflich.« Eine weitere Frucht schoss aus der Menge, traf Ridleys Wange und troff als brauner Schlamm auf die Buchseiten. Mit dem Ärmel der Soutane wischte der Bischof sich das Gesicht. »Euch graut vor Veränderung«, rief er hastig, als fürchte er, das nächste Wurfgeschoss könne ihm den Mund stopfen. »Vor Bilderstürmern, die Altvertrautes aus euren Kirchen rupfen, die euch, so meint ihr, jeder Planke, die euch trägt, berauben.«

Platschend traf ihn ein Apfel auf der Brust. »Zieh den Bischofsrock aus, du schweinischer Ketzer«, schrie ein Mann. »Dafür, dass du das Bildnis des heiligen Elmar entweiht hast, sollen dir die Gedärme aus dem Leib quellen.«

Früchte prasselten. »Aber dem ist nicht so, dem ist nicht so!«, brüllte Ridley, der immerhin kein feiger Mann war, und hob die Arme vors Gesicht. »Lasst Gott eure Planke sein, Er trägt euch unbeschadet durch Stürme!«

»Verrecken soll der Ketzer!«

»Ach was, ein Speichellecker Roms ist der, hält die Reform am Schwanz und prasst aus goldenen Klosternäpfen!«

Ridley duckte sich hinter die Brüstung der Kanzel, aber die Aufgebrachten hatten längst begonnen, sich gegenseitig zu bewerfen, einander die Kältestarre aus dürftig bekleideten Gliedern zu prügeln. Annes Blick wanderte hinüber zu Gardiner und Bonner, auf einen hämisch verkniffenen und einen zu feistem Grinsen verbreiterten Mund. Gelassen wies Gardiner noch einmal ins Knäuel der Schlägerei, dann nahm er den anderen beim Ellenbogen und wandte sich mit ihm zum Gehen. Mehrere Frauen vor dem Haus des Dekans stimmten ein Lied an:

»*Herzog Brotversprecher, Bischof Bilderbrecher,*
Wartet, wartet, denn schon nahen Rächer,
Und bald leert ihr selbst den bittren Becher.«

»›Welch billige Reime‹, würde Euer in Poetik bewanderter Gatte klagen«, vernahm sie die erwartete Stimme hinter sich. Dudley bot ihr den Arm. In der trockenen Kälte schälte sich fetzenweise Haut von seinen Wangen. »Gehen wir ein paar Schritte, meine Herzogin? Ich bringe die erhoffte Kunde.«

Sie gestattete, dass er sie berührte, wohl wissend, dass ihr weiter nichts drohte. Ein einziges Mal, nach Zwölfnacht, hatte sie ihn gefragt, warum er all dies für sie tat. »Was wollt Ihr, Dudley? Mich?«

Er hatte sie unter den entstellenden Wülsten seiner Brauen angesehen, dann ihre Hand genommen und, ohne die Haut zu streifen, einen Kuss darauf gehaucht. »Wenn das Fleisch irgendeines Menschenwesens einen Reiz für mich hätte, dann wäre es zweifellos das Eure, Bezauberndste. Wie sich die Dinge aber stehen, verdirbt mir der Duft von Fleisch den Appetit. Mir schmeckt nur, was seit Jahrhunderten die Freuden der Liebe in einen blassen Schatten stellt: Macht.«

Sie umrundeten das Haus des Dekans, wichen dabei der Schar berittener Gardisten aus, die einrückte, um die Tumulte aufzulösen. Dudley lehnte sich gegen die Hauswand, lächelte schwach. »Hübsche Predigt heute Morgen?«

»Kommt zur Sache.«

»Zur Sache. Gern doch. Die Frucht ist reif und kann dem Kronrat aufgetragen werden.« Dudley klopfte auf den prallen Beutel, der ihm vom Gurt hing. »Ich habe die Aussagen zweier Bediensteter, denen ihr Gewissen keine ruhige Stunde mehr gönnte.«

»Erspart mir das Geschwätz. Den Preis für derlei Gewissen kenne ich. Was sagen Eure Zeugen?«

»Die Einzelheiten?«

Statt einer Antwort sandte Anne ihm einen Blick.

»Er wird Morgen für Morgen gesehen, wie er die Kammer der Lady Elizabeth verlässt. Im Schlafrock, auf langen, bloßen Beinen.« Dudleys Zünglein fuhr heraus, um seine Lippen zu befeuchten. »Einer der Bediensteten geriet durch einen Zufall in das Zimmer und sah sie beide auf der Bettstatt sitzen, die Lady Elizabeth im Nachthemd, eine Decke sich eilig bis ans Kinn ziehend. Der Bedienstete verständigte Mistress Ashley, damit diese dem Admiral die Leviten lese, aber das tumbe Weib ist selbst von ihm behext. Sie ließ es bei ein wenig neckischer Schelte bewenden, ihr Schützling sei noch zu zart für solche Spiele, worauf der Admiral beteuerte, er habe nichts Übles im Sinn, er kenne doch Elizabeth ihr ganzes Leben.«

Wie ein Bediensteter durch Zufall ins Schlafgemach einer Jungfer geriet, fragte Anne ihn nicht. Sie fragte gar nichts, stand nur still und hörte Schläge und Schreie vom Vorplatz der Kathedrale.

»Eure königliche Freundin hat, wie es aussieht, nicht viel Freude an ihm«, bemerkte Dudley.

Und was wüsstest du von der Freude, die eine Frau an einem Mann hat, Freude und Schmerz in einem, gegen die kein Bilsenkraut gewachsen ist? »Wenn wir das vor den Rat bringen«, sagte sie, »was trägt ihm das ein? Den mahnenden Zeigefinger seines Bruders, *gehe hin und sündige fortan nicht mehr*?«

»Wenn wir es richtig anpacken, einen scharfen Verweis und ein paar Wochen in einem höchst unbehaglichen Gefängnis.«

»Und das, meint Ihr, genügt mir?«

Dudley erwiderte ihren Blick. »Nein.«

»Habt Ihr mehr?«

»Noch nichts, das ich beweisen könnte. Wenn Ihr aufs Ganze gehen wollt, braucht Ihr Geduld, Salome. Sagt Euch der Name Fowler etwas? Und Sharington, Thompson?«

»Fowler ist einer der Kammerherren des Königs und Sharington der Vize-Schatzmeister der königlichen Münze. Aber Thompson?«

»Ein Pirat.« Dudleys Versuch, durch die Zähne zu pfeifen, misslang. »Ein Freibeuter. Uns bekannt seit den Scharmützeln von Portsmouth, als er Geld zugesteckt bekam, damit er den Franzosen in der Seinemündung das Leben vergällte. Jetzt bekommt er wieder Geld, scheint mir. Von Eurem leutseligen Schwager, der zwei Kanalinseln gekauft und sie dem Piraten als Unterschlupf angeboten hat. Zum Dank teilt der seine Beute mit ihm.«

»Und dieser Sharington?«

»Den hat er auf seine Seite gezogen, damit er bei der kommenden Münzentwertung für sie beide einen Batzen abzweigt.«

»Er sammelt also weiterhin Geld.«

»Wie er es sich auch durch seine Heirat verschafft hat.«

Durch seine Heirat hatte er sich verschafft, was Anne nicht kannte. Von dem sie nicht wusste, wie es schmeckte. Vielleicht wäre es ihr zuwider gewesen, hätte sie es je zu kosten bekommen, länger als eine Ahnung lang, ein zärtliches Lachen, eine Hand in ihrem Haar. »Und wohin fließt all das Geld?«, fragte sie Dudley.

»Auf seinen Besitz vor der walisischen Grenze. Alles spricht dafür, dass er auf seiner Festung dort ein Heer zusammenzieht. Zu gleicher Zeit lässt er dem König über seinen Freund Fowler unentwegt Schillinge zukommen, um sich seine Gunst zu erschmeicheln. Euer Gatte gesteht dem Knaben ja keinen Penny für persönliche Ausgaben zu.«

Um sich eines Menschen Gunst zu erschmeicheln, braucht Tom Seymour keine Schillinge, und um sie zu verscherzen, braucht mein Hanfstock keinen Geiz. Aber wie lange fällt noch ins Gewicht, welchen Oheim ein Kind von zehn Jahren liebt? Der kleine König, für den die Seymours ihre Schwes-

ter herschenkten, sitzt auf dem Thron wie eine Puppe mit durchschnittenen Fäden. »Das genügt«, beschied sie Dudley, sich den Pelz vor einer jähen Windbö um die Schultern zerrend. »Wann gedenkt Ihr zuzuschlagen?«

»Wie ich schon sagte, Salome, Ihr braucht Geduld. Derzeit verfüge ich über keinerlei Beweise.«

Hufschläge und ein wenig Gezeter kündigten den Rückzug der Gardisten an. Mehrere gingen in Paaren hinter den Reitern, schleppten zwei oder drei zerlumpte Aufrührer zwischen sich. Bis zum Abend wären sie mit einer Mahnung und einem Napf Suppe im Wanst wieder auf freiem Fuß. »Dann eilt Euch mit Euren Beweisen«, fuhr sie Dudley an. »Geduld fängt Schnecken, keine Vögel.«

Sie wollte sich umdrehen und über die überfrorene Straße zu ihrem Wagen laufen, aber Dudley hielt sie am Unterarm fest. »Wisst Ihr was?«, fragte er, die Brauen hochgezogen. »Es heißt, wenn einer seinem Ebenbild ins Auge blicke, beginne er, um sein Leben zu fürchten. Mir ist eben dies geschehen. Hier. Vor Euch.«

»Mir nicht«, sagte Anne.

Als der Herr des Hauses den Fluss hinauf nach Hause kam, stand Elizabeth am Steg. Es war einer der Abende, an denen auch die Zugvögel heimkehrten, Elizabeth sah in den Himmel, an dem blasses Blau, blasses Rot und blasses Gold zerflossen, und mit einem Mal stob ein solcher Schwarm geflügelter Leiber darüber hinweg, dass das gesamte Firmament von ihnen erfüllt schien. *Wie schön das ist*, dachte Elizabeth. Sie hatte auf Schönheit nur selten Zeit verwendet, aber in diesen Tagen fand sie in sich zuweilen eine Andacht, die sie dazu zwang. Vom Frühling ließ sich etwas lernen, nämlich dass Stärke auch zart sein konnte, dass eine ungemeine, verborgene Stärke in Zärtlichkeit wohnte, die jederzeit hervorbrechen konnte. *All die Knospen, der ganz andere Wind und jetzt die Vögel.* Als zöge ein Ruf sie über den Himmel. Ein Ruf zog Elizabeths Blick zurück auf die Erde. Die Weidenruten streiften die Flanke der Barke. Der Mann winkte.

Oft wollte sie zornig auf ihn sein, ihn zurechtweisen: *Ich bin kein Kind mehr, und Ihr braucht für mich nicht mehr wie für Kinder Possen zu reißen.* Er zog sich die Schuhe aus, zerrte am Nestelband in der Leibesmitte, rollte die Beinlinge von den Waden und schmiss alles achtlos ins Boot. Dann sprang er ins Wasser. Watete ihr im seichten Uferschlick entgegen, pflückte von den Seerosen eine große Knospe und warf sie ihr zu. »Was für ein Anblick. Womit kann ein Mann, der heimkommt, so viel Glück verdienen?«

Jemand hätte ihn Mäßigung lehren müssen, als er jung war. All den Wildwuchs beschneiden. Auf dem Weg zum Steg umspielte das Wasser seine Hüften, durchnässte die gepufften Hosen. Sie wollte sich abwenden, die Seerosenknospe ins Gekräusel der Wellen schleudern. Stattdessen schleuderte er seinen Hut. Dann stand er vor ihr und öffnete die Arme. Sie ließ sich fallen. Sein Lachen kitzelte ihr Ohr. Das Wasser war eisig. Ihr samtener Überrock und die blitzende Brüsseler Spitze würden verdorben sein.

»Ist alles wohl, schöne Wächterin? Wo ist Catherine?«

»Sie hat sich niedergelegt. Das Kind hat ihr wieder solche Übelkeit bereitet. Es ist ein Schlimmes.«

Er lachte, küsste ihr die Stirn. »So wie ich. Sieht man es, Elizabeth? Wölbt sich Cathies Leib, weil mein Kind darin wächst?« Mit der Hand beschrieb er über seinem Bauch, halb im Wasser, einen Bogen.

Sie schlug ihm auf die Hand. Nichts an ihm war, wie es sein sollte, nichts gehörte sich, Gerede über Schwangerschaften, gierig leuchtende Augen, rascher Atem in der Stimme. Verwirrt sah er auf seine Hand, dann in ihr Gesicht. »Ja, man sieht es«, rief sie hastig. »Ein wenig.«

Sie standen still. Das Wasser um ihre Taille erschien längst nicht mehr kalt. »Elizabeth«, sagte er. »Ich wollte dich nicht kränken, hörst du? Du darfst dir, was immer ich schwatze, nicht zu Herzen nehmen, ich bin ein unmanierlicher Grobian und stecke ständig meinen Fuß in den Mund.«

Er zog ein Bein an, hob, ohne zu schwanken, seinen Fuß aus dem Wasser. »Schämt Ihr Euch nie?«, fragte Elizabeth, aber sie schämte sich selbst, weil sie den Fuß anstarrte, das rötliche Haar auf dem Rist, aus dem Wasser rann.

»Selten«, sagte Tom. »Wenn ich es tue, gebe ich es nicht zu.« Er tauchte den Fuß wieder ins Grün des Wassers, legte Elizabeth die Hände unter die Rippen und hob sie aus dem Fluss. Behutsam setzte er sie auf dem Stegrand nieder und verneigte sich. »Jetzt noch einmal mit Anstand. Guten Abend, *my lady*. Gern beugte ich mein Knie vor Euch, aber ich fürchte, dann müsste ich ersaufen.«

»Das geschähe Euch recht.«

»Wirklich?«

Er lachte nicht, und sie lachte auch nicht. Er war in Portsmouth gewesen, auf der Isle of Wight und im Kanal. Sie war zu jung, um zu begreifen, was er dort tat, hätten andere befunden, aber sie beide wussten es besser. Sie war Elizabeth Tudor, Schwester eines tapferen, kränklichen Königskindes und einer Rasenden, der nichts als ihre Rachsucht blieb. Sie musste bereit sein, und er war es mit ihr. »Nein«, sagte sie. »Wohl nicht.«

Er schwang sich neben sie auf den Steg, ließ die Beine ins Nass baumeln. *Treffliche Beine. Doch nicht dafür liebe ich dich.* Sie erschrak, *Liebe bringt Trommler am Morgen*, war aber klug genug, um sich an Zweifeln nicht erst zu versuchen. »Verlief alles nach Wunsch?«

»Ja. Keine Sorge. Du hast Catherine nichts gesagt, oder doch?«

»Kein Wort.«

»Gut so. Wir wollen sie nicht damit belasten. Ein paar Wochen lang bleibe ich jetzt hier.«

»Dann wäre es weise, keine Sitzungen des Rates zu versäumen«, sagte Elizabeth, »und nicht Dudley Erklärungen für Euer Fehlen erfinden zu lassen.«

»Dein Fehlen«, verbesserte er. »Ich bin hier zu Hause, oder nicht?«

»Deines oder Eures ist mir einerlei. Du verbesserst deine Stellung nicht, indem du den Rat gering achtest, Tom. Im Gegenteil. Du bringst Männer gegen dich auf.«

»Den Tadel muss ich wohl schlucken.« Er sah von ihr fort in die Weiden, um die das Licht allmählich verschwamm. »Es ist nicht leicht zu ertragen, wie mein Bruder mit dem Rat umspringt, wie er das, was er einst mit unser aller Leben verteidigt hätte, an Blutegel wie Dudley verschenkt.«

»Andere ertragen es auch.«

»Andere sind nicht seine Brüder«, erwiderte Tom, den Blick noch immer in den Weiden. »Andere haben nie mit ihm an einem Bach gehockt, derweil er mit einer Handvoll Kiesel die Welt erklärte. Andere haben sich nicht für ihn verprügeln lassen, weil er ihnen so weise und wundervoll und tausendmal schützenswerter erschien als sie sich selbst.«

Als sie aufblickte, sah er sie wieder an, die Augen beinahe schwarz. Ihre Stimme geriet zum Wispern: »Ich fand ihn auch weise und wundervoll.«

Er legte den Arm um sie. »Ich fürchte, ich finde das selbst jetzt noch. Es ist nur nicht immer leicht, die gar nicht weise, gar nicht wundervolle Satansbrut neben ihm zu sein.«

Der Blick, den sie einander gaben, wog so schwer, dass sie einen Herzschlag später in Gelächter ausbrachen. Ein linder Windstoß blies Toms Haar in seine Stirn. Er blies es zurück, vielleicht kitzelte es ihn. Und dann hörten sie die Stimme, wandten die Köpfe und sahen Catherine im roten Kleid im Abendlicht stehen. »Elizabeth! Hast du uns unseren Segler an Land geholt und rufst mich nicht?«

Tom löste sich sehr sachte von ihr und stand auf. Streckte ihr die Hand hin und half ihr auf die Füße. »Du bist ein feiner Mensch, Elizabeth.«

»Du nicht immer. Aber schon zuweilen.«

Sie glaubte zu sehen, wie seine Wangen, bis zu den Ohren, sich mit einem Schimmer überzogen. »Danke dafür.« Er küsste ihr die Hand und drehte sich um. »Cathie«, brüllte er, dass die Planken des Steges zitterten. Und stürmte ihr entgegen.

In vielen Nächten riss die Übelkeit Catherine aus dem Schlaf. Dann erbrach sie sich in eine Schüssel auf dem Gang, um

Tom nicht zu wecken, wusch sich den Mund aus und kehrte in ihr Bett zurück. Oft lag sie hernach wach bis zum Morgen und sah ihrem Mann zu, der schlief. Immer war ihm zu warm, in diesen Mainächten riss er sich das Nachthemd herunter und warf es an die Wand, streifte sich die Decken in die Kniekehlen. Catherine legte den Arm um ihn und küsste ihm die Schulter. Die meisten Frauen bekamen ihre Gatten wohl nie so zu sehen, so ausgeliefert, so ihnen anvertraut. Sie liebkoste seinen Nacken, der bei Tag sich wie Stein verhärten konnte, ein Panzer, der keinen Schlag einsteckte, und der jetzt ruhte, alles Wehren still.

Wenn er erwachte, schwang er sich ungeniert aus dem Bett, ging zum Waschtisch, beugte sich über die Schüssel und spritzte sich mit ungemeinem Spektakel Wasser über Brust und Gesicht. Catherine musste lachen, was ihn aus der Fassung brachte. Er drehte sich um, sein schlafzerdrücktes Gesicht eine Offenbarung. »Lachst du über mich?«

»Wäre das sehr schlimm?«

Er straffte sich, sah an sich hinunter, dann fragend, bald furchtsam wieder Catherine an. Die öffnete die Arme, obgleich sie eine neue Welle der Übelkeit aufsteigen fühlte. »Eitelkeit ist eine Todsünde, Schönster.«

»Glaubst du das wirklich?«

»Nein. Komm her zu mir.«

Er war im Nu in ihren Armen und dabei so schwer, dass sie um ein Haar hintenüberfiel. »Du hast mich noch lieb, oder nicht? Ich bin dir nicht zu viel?«

Catherine gab ihre Haltung endgültig auf, ließ sich rücklings fallen, bekam zu spüren, wie viel er war, seine Kraft, sein Gewicht, seinen Lebensdurst, sich herstürzend über ihr bisschen Haut und Knochen. Seine Zärtlichkeit. Abrupt hielt er inne. Schob seine warme Hand auf ihr frierendes Fleisch. Hielt den Kopf schräg, um zu lauschen. Sooft er das tat, sooft seine breite Hand sich um die kleine Kugel, die ihr Leib war, wölbte, ballte sich in Catherines Brust ein Schmerz, der ihr den Atem nahm. *Herr, mein Gott, wie hält ein Mensch die Größe dieser späten Gabe aus?* »Seltsam, oder?«, versuchte sie, es auf die leichte Schulter zu nehmen, »wir, die Kirchen gründen, Bücher schreiben, wir, die Schlachten schlagen und uns daran gewöhnen – an dies hier, das auch Rinder und Ratten vollbringen, gewöhnen wir uns nicht.«

»Gar nicht seltsam.« Tom setzte sich auf, ein Bild der Entrüstung, splitternackt, den harten Schwanz zwischen den Schenkeln, die Hand um den Leib seiner Frau. »Das hier ist ein Halbes von Cathie Parr und ein Halbes von Tom Seymour, das ein Ganzes wird. Das können nicht Kirchen und Bücher und Schlachten und bestimmt keine Ratte und kein Rindvieh.«

Sie setzte sich auch auf und zog ihn in die Arme. Sie würde ihn sogleich lassen müssen, die Übelkeit saß schon im Schlund, aber zuvor fuhr sie ihm das Rückgrat hinunter, so innig sie konnte, und gab ihm in die Grube zwischen Hals und Schulter einen Kuss, von dem sie wünschte, dass er dort bliebe und ihn schützte. *Ich darf es dir nicht sagen, mein liebster Gottesleugner, du würdest aufbegehren, aber in meinem Leben voller Glaubenskämpfer habe ich keinen so frommen Mann gekannt wie dich.*

Er hob ihr Kinn. »Was ist dir denn?«

Sie klopfte ihm die Wange, dann riss sie sich los, rannte auf den Gang und erbrach.

»Eine schwere Schwangerschaft«, hatte der Arzt gesagt, den Tom aus Wiltshire hatte kommen lassen. Catherine hatte ihn deshalb verspottet: »Andere reisen um der Ärzte willen nach London, du aber holst einen Arzt aus dem Wald?«

»In diesem Wald hat meine Mutter ihre Kinder geboren«, hatte Tom erwidert. »Schwer wie Hinterschinken und nicht totzukriegen. Ich wünschte, auch Janies Kind wäre dort zur Welt gekommen.«

Er sprach ab und an von Janie und von dem kleinen König, von dem der Kronrat ihn fernhielt, verstummte aber, sobald er sich dessen bewusst wurde. Vor Tagen hatte der Zehnjährige ihnen ein Porträt geschickt, das Bild eines Kindes mit greisenhaftem Gesicht, das in schlaffen Händen eine Blume hielt.

Toms Gewissen, das nicht wenige ihm absprachen, war eine Geißel, die erbarmungslos zuschlug. Er hatte den Sohn seiner Schwester nicht beschützt.

Der Arzt aus Wiltshire versicherte, Catherine sei völlig gesund und werde ein gesundes Kind gebären, wenn sie auch an der Schwangerschaft leide, wie bei so mageren Frauen ihres Alters üblich. Sie solle starken, gekräuterten Wein bekommen, weißes Fleisch und aus Mark gekochte Brühe. Ihren Mann mahnte der Arzt, er solle ihr keinen Kummer bereiten und ihr nicht zu häufig beiwohnen. Catherine hingegen wünschte, dass er ihr in jeder Nacht beiwohnte, ihre Umarmung sein Panzer, ihr Liebesgeflüster sein Schild. *Wer in der Nacht so geliebt wird, dem darf der Tag nichts anhaben.* »Bereite ich dir Kummer, Cathie?«

Sie legte ihm einen Finger auf den Mund.

Er musste häufig nach London, in die Häfen der Cinque Ports, auch auf See. Wenn er nicht da war, hetzte Furcht sie durch alle Räume. »Zitterst du, meine Taube in den Felsenklüften? Ich kann, bevor ich aufbreche, hinüberreiten und Kate Suffolk herbestellen.«

Catherine lehnte ab, doch Tom ließ nicht mit sich reden. »Mir ist es lieber so. Du hast Gesellschaft und ich Gewissheit, dass jemand Acht auf dich gibt.«

Gib nur du Acht auf dich. Kate kam am Nachmittag. Ein Mann namens Bertie begleitete sie und wartete dann in Catherines Pagenkammer, um seine Herrin später nach Hause zu geleiten. »Mein Haushaltsvorstand«, erklärte Kate, obwohl Catherine nicht danach gefragt hatte. »Ihr seht sehr schön aus. Euer Haar glänzt. Das Kind bekommt Euch gut, und Euer schöner Freund scheint, was immer geschwatzt wird, brav für Euch zu sorgen.«

»Was wird geschwatzt, Kate?«

»Herr des Himmels, bitte vergesst es. Geschwätz gibt es doch immer, und der arme Sir Thomas war sein Leben lang das liebste Gargut der Klatschküche.«

Die beiden Frauen gingen durch den Obstgarten, entlang der Mauer mit den Damaszener Rosen. Der Tag war milde und trüb, durch Klumpen von Himmelsschwarz brach mitunter gelbes Licht. »Kate«, platzte Catherine heraus, »ich habe solche Angst. Am liebsten würde ich Tom hier einsperren, wo ich ihn Tag und Nacht im Auge habe.«

»Und was nützt Euch das?«, versetzte Kate ungewohnt schroff. »Wenn die Wurzel der Gefahr mit ihm eingesperrt ist, ein Mädchen von eben erblühenden vierzehn mit einem Mann, der mit Menschen umgeht wie ein Fasan auf der Balz.«

Catherine wich einen Schritt zurück, taumelte gegen die Mauer. »Das ist Euch nicht ernst. Sagt, dass Euch das nicht ernst ist.«

»Ich meine doch nicht«, suchte die andere einzulenken, »dass Ihr es ihm zurechnen müsst. Vermutlich dürfte er mit Eurem Segen noch das Mädchen die Liebe lehren, und warum auch nicht, Ihr kennt ihn seit Kindertagen und wisst, dass Ihr Euch keinen getreuen Schwan ans Herz genommen habt.«

»Doch«, schrie Catherine, zu ihrem Schrecken tränenblind, »doch, das habe ich, und ich erlaube niemandem, ihn in meinem Haus zu schmähen. Wie könnt Ihr unsere Freundin sein und begreift nichts von uns? Tom ist mein. Mehr, als gut für ihn ist.« Ihr Herz raste. Sie presste die Hände vor den Mund.

Sogleich war Kate bei ihr und nahm sie in die Arme, ihrem Wehren zum Trotz. »Verzeiht mir, Catherine. Ihr habt Recht. Um die Treue, die dieser Mann Euch hält, zu erfassen, haben die meisten von uns ein zu enges Herz. Ich wollte keinen Argwohn säen, kein böses Blut. Mir macht nur Angst, dass Ihr offenbar beide vergesst, wer Elizabeth Tudor ist.«

Catherine drehte sich um, sah durch Tränenschleier den Stein der Mauer und darauf die sich öffnenden Knospen. »Ihr seid mir so lieb«, hörte sie Kate in ihrem Rücken murmeln. »Als wärt Ihr meine Schwester, nicht die von Nan.«

Catherine, an Tränen und Übelkeit würgend, musste lachen und wandte sich ihr wieder zu. »Ich glaube, das wäre Nan nur recht. Eine solche Trübsalbläserin wie mich zur Schwester hat sie beileibe nicht verdient.«

»Aber ich.«

Sie umarmten sich aufs Neue. »Kate, was reden sie in London über Tom?«

»Dass er zwei Thronfolgerinnen unter sein Dach geholt hat, um sie sich hörig zu machen und sie für seine Zwecke zu missbrauchen.«

»Die kleine Jane auch? Gibt es irgendeine Schändlichkeit in der Welt, die sie ihm nicht zutrauen?«

»Wenige, fürchte ich.«

Ein unverhofftes Geräusch, ein Schritt, hieb ihr ins Wort. »Verzeiht, *mes dames.*« Zwischen zwei Nussbäumen stand der Mann namens Bertie. »Ein Besucher für die Königswitwe ist beim Haus.«

»Ein Besucher, jetzt? Schickt ihn doch weg«, herrschte Catherine ihn an, völlig vergessend, dass er nicht zu ihrem Haushalt gehörte.

»Das geht nicht, *ma dame.*«

»Wer ist es, Richard«, rief Kate, lief zu dem Mann und packte ihn am Aufschlag seiner Schecke. »Wer ist es denn?«

»Der Protektor des Reiches«, sagte der Mann.

Edward hatte Catherine seit Zwölfnacht nicht gesehen. Als er aufgebrochen war, in kopfloser Eile von seinem Haus, war er nicht einmal sicher gewesen, was er vorhatte. Jetzt war er sicher. Sie kam mit Kate Suffolk und deren Buhlen Richard Bertie den Weg hinunter, sie war eine schwangere Frau in der Lebensmitte, die wie als Mädchen rannte, der die Haube vom Kopf rutschte, und in ihm sammelte sich eine schwarze, leere Traurigkeit. Er hatte sie so oft auf sich zustürmen sehen, hatte sie seinen Namen rufen hören und ihre kleinen, warmen Hände an seinen Wangen gespürt. Abrupt verlangsamte sie ihren Schritt. »Edward«, sagte sie, sich fassend.

»Ich hätte dich gern allein gesprochen«, brachte er heraus.

Dieser Eindringling Bertie schüttelte den Kopf. »Der Herr Admiral hat die Herzogin seiner Gattin zum Beistand hergebeten.«

Catherine drehte sich nach der anderen um. »Geht ruhig«,

sagte sie. »Ich denke nicht, dass meine Freunde sich zu Feinden wandeln, gegen die ich Beistand brauche.«

Kate Suffolk, sonst eine so kühl beherrschte Streiterin, klammerte sich an Catherines Arm. »Ich mag Euch nicht lassen, mir ist, als bekäme ich Euch nicht mehr zu Gesicht.«

»Seid nicht albern, Kate, wir sind Nachbarn. Kommt, wenn Tom aus Dover zurück ist, zum Essen, wollt Ihr?« Wie es ihre Art war, so fröhlich und forsch, klopfte sie der Freundin die Schulter. Die ließ schließlich los und ging mit Bertie den Hang hinunter zum Steg. Unten drehte sie sich noch einmal um. »Cathie!«, rief sie unter einem Dach aus Weiden hervor. »Wenn Ihr mich braucht, gebt mir Nachricht. Jederzeit.« Dann stieg sie in die Barke, und Edward und Catherine standen allein auf dem gepflasterten Rondell vor ihrem Haus.

»Und du«, fragte Catherine, »bist du nach einem Jahr gekommen, um deine Schwägerin in der Familie willkommen zu heißen?«

»Das konnte ich wohl kaum«, erwiderte er dumpf. »Nach dem, was Tom getan hat.«

»Was *wir* getan haben, Edward. Tom ist nicht der Satan, und ich bin keine Wachsfigur in seinen Händen.«

Derweil er versuchte, ihr standzuhalten, begann sein Lid aufs Heftigste zu zucken, so dass er schließlich den Blick zu Boden senken musste. »Du hast wohl Recht«, murmelte er.

»Aber du möchtest nicht, dass ich Recht habe, nein? Lieber verteufelst du deinen Bruder, wie deine Frau und Dudley es dir vorsprechen. Deinen jüngeren Bruder, der sein Leben lang zu dir aufgesehen hat und der das noch tut, so viel Schimpf und Verachtung du auch über ihn ausschütten magst.«

»Das ist nicht wahr. Er verachtet doch mich.«

»Nein, Edward, du selbst verachtest dich. Und Tom ist eben so: Hole aus, um ihn zu schlagen, und er schlägt dich zuerst. Aber das heißt nicht, dass dein Hieb ihn nicht trifft. Ich dachte, du von allen Menschen wüsstest das.«

Ja, dachte Edward, *ich weiß das. Zu vieles weiß ich. Dass mein Bruder, mein jüngerer Bruder, der mir mit leuchtenden Augen an den Lippen hing, meinen Sturz plant, dass er* vor Wales ein Heer zusammenzieht. Dass er vor dem Rat erklärt, ich hätte mir Macht angeeignet, die mir nicht gehört, mein zärtlicher Bruder, der nichts auf mich kommen ließ, der für mich Schläge einsteckte, viel zu harte Schelte, die Wangen glühend vor Stolz. Ja, Tom, ich habe mir angeeignet, was mir nicht gehört, und aus etwas so Falschem wird wohl nie etwas Rechtes. Aber das heißt nicht, dass ich das Rechte, unser Rechtes, nicht wollte. Ich hatte gehofft, du von allen Menschen wüsstest das.

Er erschrak. Catherines Hände schlossen sich um seine Gelenke. »Komm ins Haus, Edward.« Sie zog ihn. Es hatte zu regnen begonnen, und er hatte nichts davon bemerkt. Ihm voraus ging sie durch mehrere Räume bis in eine schöne Halle, in der es nach Walnussholz duftete und im Kamin ein Feuer brannte. Auf dem Sims sah er ein Buch liegen, das er erkannte. Es war das Neue Testament, das Londoner Tuchhändler auf die Insel geschmuggelt hatten, das er von Cranmer geschenkt bekommen und an Catherine weiterverschenkt hatte. Jenes Buch, für das der kleine Tyndale gestorben war. *Wie lange das her ist. Und jetzt liegt es hier, und niemand stört sich mehr daran, ja, womöglich fällt es niemandem mehr auf.* Eine Wärme durchströmte ihn, die nicht vom Feuer kam. An einem Tisch, auf dem ein Krug Wein stand, lehnte Toms Laute.

»Setz dich.« Catherine wies auf einen der Stühle. »Ich habe mir oft gewünscht, dass du kämst, um unser Haus anzusehen.«

»Ich bin nicht deshalb gekommen.« Seine Stimme zitterte, dennoch hegte er keinen Zweifel, dass er es durchstehen, dieses eine Mal tun würde, was er für richtig hielt.

»Ich weiß«, sagte Catherine.

»Ihr müsst hier weg.«

Ihre Hände, wie zwei kleine Pfeile, flogen auf ihren Bauch und schlossen sich darum. Jetzt sah er es. Sie war noch magerer geworden, und unter der Wölbung, die aus ihren knochigen Hüften ragte, wuchs das Kind. »Hier weg? Dies ist unser Heim. Wir haben ein Leben lang darauf gewartet, und jetzt sollen wir uns davonmachen, weil wir euch im Wege sind?«

»Ja«, sagte Edward. »Und schnell. Wenn Tom aus Dover kommt, habe alles bereit und geh mit ihm. Wohin auch immer, nur weg von London. Nehmt Elizabeth nicht mit.«

»Hast du vollends den Verstand verloren? Ich habe Elizabeth gelobt, mich nicht von ihr zu trennen, ich werde nicht um deiner Frau und John Dudleys willen...«

»Catherine!« Er war zu ihr gesprungen, er packte sie. »Es geht nicht um Anne und Dudley, es geht um unsere Kirche. Um alles. Wenn der König nicht lange lebt, bleibt uns Elizabeth oder das Ende. Schick sie mit Mistress Ashley zu Liz, die selbst Töchter hat. Wir dürfen nicht zulassen, dass Elizabeths Ruf zu Schanden geht.«

Er ließ sie los. Rang nach Atem. Kurz stürzte sie gegen ihn, dann fing sie sich und richtete sich auf. Er wich zurück. Sah zu Boden. »Und um des Himmels willen, bring Tom hier weg. Lass Tom, wenn er aus Dover kommt, keine Nacht länger bleiben.«

»Sonst?«

Sonst stürmen sie des Nachts in dein Haus und reißen ihn dir aus dem Bett. Stoßen ihn zu Boden, treten ihn, schlagen ihn, dass er aus Mund und Nase blutet, dass er sich selbst beschmutzt, dass er vor ihnen weint. Schleifen ihn aus deinem Haus, in ein Boot, rudern ihn zum Tower. Und dann töten sie ihn. Ehe dein Kind zur Welt kommt. Ein Parlamentsbeschluss genügt. Wenn du nahe genug an den Towerhügel fährst, hörst du die Trommeln und hernach die Kanone. Tom hörst du nicht mehr. So wie ich ihn kenne, verstockt und blödsinnig stolz, sagt er am Ende kein Wort. Und das Beil hörst du auch nicht. Es ist viel leiser, als man denkt. Er hatte Anne angeschrien, von Schluchzen gebeutelt, bis in den grauenden Tag: »Das ist doch nicht möglich, du kannst nicht von mir fordern, dass ich meinen Bruder in den Tod schicke.«

»Doch. Ich kann.«

»Sag mir nur dies, Anne, hast du einen von uns je geliebt?«

Anne hatte still gestanden und wie verfroren die Achseln gezuckt. »Ach. Geliebt. Das weiß ich nicht mehr. Einst dachte ich: Tom Seymour und ich, das ist ein Gespann, dem ein Himmel zu Füßen fallen muss. Jetzt denke ich: Für Tom Seymour und mich ist unter einem Himmel nicht genug Platz.«

»Edward!« Das war nicht Annes Stimme, sondern die von Catherine. »Edward, was tun sie sonst?«

Edward hustete. »Ihr müsst weg. Wenn ihr nach Sudeley geht, euch in die Stille zurückzieht, dann denke ich, kann ich den Rat dieses Mal noch umstimmen.«

Er wartete, den Blick wie gebannt auf Toms Laute geheftet. »Wir sollen also verzichten«, hörte er endlich Catherine sprechen. »Aber auch wir haben für diese Kirche gekämpft. Wir haben in den Kampf gesteckt, was wir hatten, obgleich wir womöglich nicht immer wussten, worum es eigentlich ging.«

»Das wusste ich auch nicht immer. Vielleicht gäbe man, wenn man es wüsste, auf.«

Er verstummte. Stierte auf poliertes Eibenholz, von groben Knabenhänden hier und da zerkratzt. Wollte beten, aber fand keine Worte. »Nimm sie«, befahl sie in sein Schweigen.

»Was?«

»Die Laute. Nimm sie.« Sie ging zum Tisch, holte das Instrument und brachte es ihm. Er rührte es nicht an, sah nur auf die Einlegearbeit aus dunkler Kirsche, ein wenig plump gemacht, ein wenig abgesplittert. »Weißt du, was Tom zu mir gesagt hat, vor ein paar Wochen, nach dem Streit im Rat über deine eigenmächtigen Erlasse? Ich habe ihn gefragt: Warum vergisst Edward seine Grundsätze? Und er hat mir zur Antwort gegeben: Es gibt gar keinen Edward mehr. Edward ist Dudley und Anne Stanhope. Und dann hat er gesagt: Cathie, in dieser Kirche, an die ich nicht glaube, stecken vierzig Jahre meines Lebens, und deshalb werde ich sie Dudley und Anne Stanhope nicht lassen, denn die geben mir meine verdammten vierzig Jahre nicht zurück.«

Edward zuckte zusammen.

»Was ist?«

»Nichts. Ich glaubte nur kurz, ich hörte Janie, die Tom

mahnt: ›Sag nicht verdammt. Wer flucht, kommt in die Hölle.‹«

»Ja«, sagte Catherine. »Janie und mir, uns gibt auch niemand etwas zurück. Aber ich tue dennoch, was du sagst. Ich bringe Tom von hier weg und lasse unsere Kirche jenen, denen du sie lässt. Nimm die verdammte Laute, Edward. Nimm sie.«

»Ich kann ja nicht spielen.«

»Das weiß ich. Es gibt verdammt wenig, das ich von den Seymour-Brüdern nicht weiß.«

Edward nahm mit beiden Händen die Laute, zog sie an seinen Körper und schloss die Arme darum. »Cathie«, sagte er, derweil ihm in Strömen Wasser aus Augen und Nase rann, und solange er sprach, glaubte er felsenfest an das, was er sagte: »Diese Kirche ist eure so wie meine. Vor Jahren hat Cranmer mich einmal gefragt: Wenn wir neben eine Kirche, die so klobig ist, dass niemand über sie hinweg in den Himmel sehen kann, eine klobige zweite stellen, was wäre gewonnen? Aber unsere ist so nicht geworden. Weil sie unsere ist. Die Kirche eines Königs, der sie nicht wollte, eines Ungläubigen, dem sie vor die Füße fiel, einer frommen Papistin, die ihren Brüdern nichts abschlagen konnte, eines scheuen Erzbischofs und seines Schwächlings von Freund, eines lebenslustigen Mönchs, eines kleinen Helden, der für Pflugburschen focht, eines Kreises reizender Gänschen und einer wundervollen Königin. Sie ist eine reichlich rissige, fadenscheinige Kirche. Aber durch die Risse und Löcher sehen wir den Himmel.«

Sie wartete, bis er sich Augen und Nase getrocknet hatte. »Richte dem Erzbischof meine Grüße aus«, sagte sie dann. »Und jetzt geh. Ich bringe dich den hinteren Weg hinunter zum Steg, damit du nicht den Mädchen in die Arme läufst.«

Sie gingen durch ein kurzes Stück Gehölz, an blühendem Weißdorn und der Kapelle des Anwesens vorbei zum Fluss, Edward hielt die Laute in den Armen. Er war nicht in der herzoglichen, mit acht Ruderern bemannten, sondern in einer gemieteten Barke hergefahren und hatte den Bootsmann bezahlt, auf ihn zu warten. Verschwiegen wandte dieser sich ab, sobald er sie kommen sah. Was mochte er sich zusammenreimen? Der beneidenswerte Gatte der schönen Herzogin Anne habe ein Verhältnis mit seiner zerrupften, schwangeren Schwägerin? *Viel Ehre*, dachte Edward. *Viel Ehre*. Als er den ersten Schritt auf das Holz des Stegs setzte, zog sich etwas in seinem Hals zusammen. Weil Catherine stehen blieb, glaubte auch er, nicht weitergehen zu können. Sie aber versetzte ihm einen leichten Stoß, und er ging.

Er hatte den Fuß schon auf dem Trittbrett, da fuhr er noch einmal herum. »Cathie«, rief er. »Werde ich dich je wiedersehen? Wirst du mir je verzeihen?«

»Das Erste weiß ich nicht«, sagte sie. »Aber das Zweite.« Sie ging den Steg entlang und stellte sich vor ihn hin, wie sie als Sechzehnjährige vor ihm gestanden hatte, um ihn zu fragen, ob Gott Latein spreche. »Hab Dank für die Bohne«, sagte sie, reckte sich auf die Zehen und küsste ihn auf den Mund. »Leb wohl, mein Edward.«

Catherine hatte sich vor dem Gespräch mit Elizabeth gefürchtet. *Mir hat schon einmal eine Stieftochter nicht vergeben, damals verlor ich ein Stück von dem, was ich war. Wenn aber du mir nicht vergibst, verliere ich, was von mir bleibt. Das ertrage ich nicht.* Zu Elizabeth sagte sie: »Du weißt, ich habe dir gelobt, mich nie von dir zu trennen.«

»Von dem Gelübde entbinde ich Euch«, entgegnete Elizabeth.

Catherine setzte an, zu erklären, doch das Mädchen schüttelte den Kopf. »Ich bin die Lauscherin an der Wand, der nichts entgeht. Um mich braucht Ihr Euch nicht zu bekümmern, für meine Abreise sorge ich selbst. Ihr habt Schweres genug vor Euch.«

So wie sie dastand, gerader als die Bäume, gewappnet und durchscheinend zugleich, nicht zerbrechlich, aber zart, eines Glasbläsers kunstvollstes Bildnis, würde Catherine sie im Gedächtnis behalten. Sie war ein Mädchen von vierzehn. Sie war die Frau, der man mehr überlassen konnte als die Schlüssel seines Hauses, ein mutiges Geschöpf, das Lasten schulterte und trug. »Elizabeth«, sagte sie. »Mir ist auch etwas nicht entgangen. Es tut mir leid, dass selbst dies für dich Schmerz bedeutet. Ich hätte es dir anders gewünscht.«

Der Blick der dunklen Augen traf sie. »Nein, es ist gut so, wie es ist.« Sie war noch mutiger, als Catherine geglaubt hatte, mutig genug, es auszusprechen. »Es ist wahr, ich bin in ihn verliebt, und Liebe, sagt Dante, bewegt die Sonne und die anderen Sterne. Euch aber liebe ich mehr.«

Dann war sie noch einmal zum Kind geworden und Catherine in die Arme gefallen, sie hatten sich eine kleine Weile lang gehalten und dann losgelassen. Elizabeth griff sich in den Halsausschnitt, zog eine Kette heraus und legte das Medaillon, ein Bildnis des heiligen Gregorius auf ihre Brust. Zum Abschied wünschten sie einander nichts, denn mehr hätte keine von ihnen ertragen.

Tom kam drei Tage später, als Elizabeth mit Mistress Ashley schon abgereist war, brachte wie üblich Körbe voll nutzloser Geschenke mit, darunter zwölf farbenprächtige Wandbehänge, auf denen die Monate des Jahres dargestellt waren. »Für meinen kleinen Segler«, sagte er und breitete das Tuch für den Januar, das Bild der drei Könige, Catherine über den Bauch. Sie war erschöpft und ruhte auf der Liege unter den Nussbäumen, die er im vergangenen Sommer aufgestellt hatte. Das Kind schlug so hell und hurtig an ihre inneren Wände, als hätte es statt der Arme Flügel.

»Tom«, sagte Catherine. »Häng sie nicht hier auf. Kannst du mit mir auf das Schloss gehen, das der König dir geschenkt hat?«

Sie hatte erwartet, sie würde ihn nötigen müssen. Er aber sagte: »Nach Sudeley? Also ist es so weit. Ja, ich denke, dorthin kann ich mit dir gehen. Ich habe das Schloss seit dem Herbst für den Haushalt meiner Königin herrichten lassen.«

Er hielt sie, streichelte ihr den zuckenden Rücken, derweil in Stößen der überstandene Schrecken aus ihr herausbrach. Sie krallte die Hände in seine Schultersehnen, weinte und rief: »Tom, ich hatte solche Angst, sie tun dir etwas an.«

Wie schon so oft rieb er ihr mit den bloßen Händen die Wangen trocken, verteilte Küsse über ihr Gesicht. Das seine war still, die Lider schwer, die feinen Falten um die Augen schärfer. »Wer soll mir denn etwas antun?« Seine Stimme klang matt.

»Frag nicht. Lass uns noch heute reisen. Ich habe zwei Wagen richten lassen, die Gardisten sind zum Aufbruch bereit, und Jane hat das Nötigste gepackt.«

»Nicht heute«, sagte Tom und stand auf. »Du bist nicht wohl, wir nehmen mehr mit, als auf zwei Wagen passt, und ich wüsste nicht, welchen Grund ich hätte, mit meiner Familie aus meinem Haus zu fliehen. Ich habe ja nichts Verbotenes getan.«

»Hast du nicht?«

Er sah sie an. Sie kannte diesen Blick ihr ganzes Leben. *Schlag zu, es kümmert mich nicht*, begehrten die Augen auf, derweil ein Beben über die gespannten Schultern rann. »Doch«, sagte er. »Ich habe vieles getan.«

»Ich weiß.«

»Ich habe dich gewarnt. In mir ist alles schwarz. Ich mache mich mit Freibeutern gemein und ziehe im Verborgenen ein Heer zusammen, ich besteche Palastbeamte und hetze meine Offiziere gegen meinen Bruder auf.«

»Und warum?«

»Musst du das wissen?«

»Nein«, sagte sie. »Hör um alles in der Welt auf, dich zu quälen.«

»Ich brauche ein Bad.«

»Dann troll dich.«

Er wandte sich zögerlich zum Gehen, dann fuhr er herum, fiel vor ihr nieder und barg seinen Kopf an ihrem Leib. »Ich weiß selbst nicht, warum, mir kann das alles einerlei sein, Englands verdammte neue Kirche, Edwards verschrobene Pläne, einen ummauerten Garten aus der Insel zu machen, all seine Träume, die er dem Aasfresser Dudley in den Rachen stopft. Ich bin kein edler Mensch. Ich wollte nichts als viel Platz und einen Weinschlauch voll Leben, um ihn mit meinem Mädchen leer zu saufen. Stattdessen habe ich vierzig Jahre lang auf einen albernen Tag gewartet, den ich jetzt eben nicht den Tag der Dudleys sein lassen kann. Soll er den Kindern gehören. Janies Kind, solange es lebt, Liz' Töchtern, Edwards halbem Dutzend, der gescheiten Bess und meinem kleinen Segler.«

»Gewiss doch, Tom«, sagte Catherine, ihm ein Schulterblatt klopfend. »Du bist ein unedler Mensch, der reinste Teufel. Ich gebe dich trotzdem nicht her, deshalb weise ich jetzt meine Gardisten an und reise mit dir nach Sudeley.«

Gepeinigt hob er den Kopf. »Nicht heute, Cathie. Ich kann mich nicht wie ein Dieb vom Acker schleichen.«

Einen Herzschlag lang wollte sie ihn anherrschen, *ist dein Stolz so viel teurer als mein Frieden*, aber dann sah sie in sein Gesicht, sah, dass er bettelte, und besann sich seines atemberaubenden Opfers. Sie zog ihn an sich und biss ihn in den Nacken. »Du stinkst, Tom.«

»Das sage ich doch.«

»Pack dich, schrubb dir das Fell. Und dann lieb mich, bis wir morgen reisen.«

Die Nacht war hart. Catherine schlief vor Erschöpfung ein, träumte schwer und schrak nach ein paar Stunden wieder auf. Toms Atem an ihrer Seite fehlte. Sie war im Nu hellwach. Ihr Mann stand vor dem Fenster, das Mondlicht auf seinem Fleisch. Bloß und still der ihr zugewandte Rücken. Eine leise Ewigkeit verstrich. Dann wandte er sich um. »Cathie«, sagte er. »Kannst du etwas für mich tun, kannst du mir ein Gelöbnis geben?«

»Wie wohl nicht?«

»Wenn ich sterbe, lass dir das Ding aushändigen, das übrig bleibt.«

Ein Schrei entfuhr ihr.

Er trat einen Schritt auf sie zu. »Lass das Herz herausschneiden. Sie tun so etwas, wenn man es ihnen sagt. Gib mein Herz in die Küche, lass es dir schmoren und iss es auf.«

»Hör sofort damit auf.« Sie sprang aus dem Bett, hob die

Hand, um ihn auf den Mund zu schlagen, damit er schwieg, hielt aber inne und schlug ihn nicht, sondern umarmte ihn. Seine Haut war kalt und schweißnass. Sein Herz raste. »Du bist ja wahnsinnig, mein armer Liebling, völlig außer dir.«

»Nein«, sagte er ruhig. »Ich hätte das gern, dass mein Herz in dir ist, wenn ich sterb. Ich bitte dich, gelob es mir.«

»Du hast mir doch versprochen, dass du nicht sterben kannst.«

Silbern lachte er, nahm sie fest in die Arme, wiegte sie. »Nur fürs Ärgste, meine Taube, für den Fall, dass es für mich gekonnt wird. Tu mir den Gefallen, versprich es. Ich kann dann ruhiger schlafen.«

»Gut«, sagte sie, die Hand auf seinem jagenden Herzen, »ich gelobe es.«

»Danke, mein Leben.« Er führte sie zum Bett zurück. Obwohl die Nacht so warm war, krochen sie beide tief unter die Decken. Hielten sich, sprachen kein Wort, aber schliefen, bis der Morgen graute, nicht ein. Ehe Tom aufstand, Catherine jedoch bedeutete, liegen zu bleiben, streichelte er ihren Leib, in dem sein Kind noch schlief.

»Tom«, flüsterte Catherine, die zusah, wie er sich das Hemd überstreifte, sich am Hals den Kragen band. »Wie willst du unseren Jungen nennen?«

Sein Lächeln war leuchtend, als hätte es in der Nacht keinen Schrecken gegeben. »John«, sagte er. »Nach meinem Vater.«

Dann ging er, um zum Aufbruch zu rüsten.

Erst gegen Mittag war der Haushalt reisefertig. Der Tag war blau und warm, nicht zwei, sondern sechs Wagen warteten in der Sonne auf die Abfahrt, dazu gut zwanzig Reiter zum Geleit, die ihre Tiere noch am Gras rupfen ließen. Weitere würde Tom nachkommen lassen, alles in allem einen Haushalt von mehr als hundert Menschen. »Glaubst du, ich bringe dich auf mein Schloss als Bettlerin? Schlimm genug, dass du in diesem klapprigen Gefährt sitzen musst. Eine Königin, die ein Kind trägt, gehört in eine Sänfte.«

Der Anblick des emsigen Gewimmels, der Frauen, die sich Körbe zureichten, der Männer, die Sattelgurte festzurrten und den Verbleibenden Abschiedsgrüße hinwarfen, beruhigte Catherine. Sie suchte in sich nach Schmerz, blickte vom Torweg zurück zu ihrem Haus, hinunter auf den von Weiden liebkosten, grün schillernden Fluss, dann hinauf zum Obstgarten, in die prangenden Kronen ihrer Nussbäume, aber fand keine Regung, keine Trauer, spürte nichts als Erleichterung. *Um mein Heim, meine Tochter, meine Freunde trauern kann ich, wenn wir in Sicherheit sind.* Sie sah Tom, der auf seinem Schimmel zwischen den geschäftig sich Tummelnden hin und her ritt, der keinen Hut, aber trotz der Wärme seine blaue Schaube trug, und kam allmählich zu Atem. *Du bist mein Heim.* Er zügelte den Schimmel, sah ihr strahlend entgegen. »Das Tor auf«, rief er den Männern zu, die unverzüglich die großen Holzbolzen packten, um den Wagen die Zufahrt zu öffnen. Dann glitt er dem Schimmel vom Rücken und bis auf die Knie. »Catarina, *regina amatissima*, die du Herrin über England warst – willst du Herrin auf meinem Schloss Sudeley sein?«

»Ihr stellt noch immer reichlich törichte Fragen, *my lord*«, rief Catherine und hörte sich lachen, hörte ihren Haushalt einstimmen, hörte Tom, der schwieg, und den Pirol, der das Balzlied sang. Und dann den Donner der Trommeln. Das Getrampel einer Rotte, Füße in schweren Stiefeln, die Gras und Erde in Brocken auffliegen ließen. Vom Fluss her, aus Booten gesprungen, stürmten sie den Hang hoch, vor blau-roter Brust die Tudorrose, Hellebarden und Schwerter in der Sonne blitzend. Catherines Schar verstummte. Die Trommeln schlugen sie still.

Tom schnellte auf die Füße. Seine Rechte fuhr an sein Schwert, aber kam zu spät. Das Pferd Barnes scheute und stieg, ward von irgendwem gefangen. Vor Toms Gesicht kreuzten sich zwei Hellebarden. Catherine wollte schreien. Aus ihrer Kehle drang kein Laut. Kaum zwei Schritte weit von ihrem Mann, der von Händen ergriffen ward, der Rücken gekrümmt, der Nacken niedergezwungen, stand die Frau im bronzeroten Kleid. Noch einmal legte Catherine den Kopf zurück und stieß einen Schrei aus, der keinen Laut verursachte. In ihren Leib fuhr ein Schmerz, der ihn in Teile riss. Sie fiel.

Dudley hatte angeraten, Anne solle daheim, in Somerset House bleiben, eine Verhaftung sei letzten Endes kein Anblick für eine edelblütige Frau. Viel Hoffnung auf ihre Einsicht schien er jedoch nicht zu hegen. »Was wollt Ihr, ihm eigenhändig Fesseln anlegen? Das wird nicht gemacht, wenn ein Verhafteter von Rang keinen Widerstand leistet.«

»Dieser leistet Widerstand. Darauf nehmt Gift.«

»Gift nähme ich darauf«, murmelte Dudley, »dass Ihr dem Henker die Axt aus den Händen reißen und den tödlichen Streich höchstselbst führen werdet.«

»Kein tödlicher Streich«, erwiderte Anne. »Ich will, dass er geschleift wird. Kastriert, gehängt und geviertelt.«

Dudley hatte sie angeglotzt, als fürchte er, sie könne sich in schwarzen Rauch auflösen, hatte den Mund zu einem verdorrten Lächeln verzogen und den Kopf geschüttelt.

Ja, das glaubt ihr nun alle. Anne, die Teufelin. Einst war ich ein Mädchen. Glaubt ihr das auch, glaube ich es noch? Als sie aus dem Boot gestiegen war, sich von niemandem hatte helfen lassen, war ihr eingefallen, dass dies die Zeit der Rhododendronblüte war. Die überladene Süße, sie roch sie nicht. Ihr Geruchssinn, der sie stets belästigt hatte, war letzthin schlechter geworden, aber vielleicht wuchs hier auch gar kein Rhododendron, nur dorniges Gesträuch und Gras, über das die zwei Leiber sich gewälzt hatten und das jetzt von Gardisten zertrampelt wurde. »Bergan, vor das Haus!« In der Frühsommersonne leuchteten die weißen Planen der Wagen, die schon ausgerichteten Banner, hier und da ein Kleid.

Er trug seine blaue Schaube. Er schwamm in Geld, musste Truhen voller Schauben besitzen, aber in seiner bodenlosen Selbstgefälligkeit bereitete es ihm wohl Vergnügen, dass der blaue Lumpen war wie er: Nicht mehr jung, vom Gebrauch verschlissen, doch noch immer unverwechselbar. »Reiß ihm das ab«, sagte Anne zu dem Hellebardisten, der zu ihrem

Schutz abgestellt war. »Ich bezahle dich dafür.« Der Wachmann stierte sie an, als verstünde er ihre Sprache nicht.

Die Gardisten stürmten das Rondell, ließen das lachhafte Treiben zerplatzen. Stießen Körbe um, scheuchten zwei Frauen aus dem Weg, von denen eine die kleine Lady Jane an sich presste. Ein Ei flog durch die Luft und zerschlug auf dem Pflaster. Der weiße Gaul, der tückische Neapolitaner, bäumte sich mit rudernden Hufen, aber ward niedergebracht, mit Schlägen auf die Kruppe bezwungen. Ein wie leer gefegter Halbkreis bildete sich um seinen Herrn. *Weicht alle zurück, lasst ihn stehen, ächtet ihn. All dein Volk, das du bezirzt und umschäkert hast, wo ist es jetzt? Du bist am Ende, Tom Seymour. Sieh mich an.*

Er sah stur geradeaus, auf den Schergen, der vor die gekreuzten Hellebarden trat. Zwei bogen ihm die Arme nach hinten, ein Dritter schloss die Hand um den stierhaften Nacken. »Thomas Baron Seymour, Großadmiral von England. Ihr seid des Verrates an Land und Krone beschuldigt. Ich habe Befehl, Euch in den Tower zu verbringen.«

Er rührte sich nicht. Kein Sträuben. Kein Wehren. Der Gardist, der ihm den Nacken hätte beugen sollen, wich leicht zurück und ließ ihn aufrecht stehen. In dem ganzen schreckstarren Hof hielt nichts so still wie der gefangene Mann. Nur ein Blick flog auf. *Du schaust auf zu den Sternen, mein Stern. Gern wär ich der Himmel, um auf dich zu schauen aus Augen ohne Zahl.* Ein Wind, wie ein verzücktes Händchen, zupfte an seinem Haar.

Schlagt ihn nieder, wollte Anne gebieten. *Dringt auf ihn ein, drescht und tretet, bis er sich seine schwarze Seele aus dem Leib kotzt, bis er sich aus diesem Pfuhl auf allen vieren schleppen muss.* Sie spannte sich, spürte die Kraft, mit der Hass sich in ihr ballte. *Schön bist du. Aber Schönheit, die nicht Schönes, sondern Verderbtes lehrt, ist widerlicher als Scheußlichkeit.* Sie öffnete den Mund, um Befehle zu erteilen, *schlagt all das, was noch immer tut, als sei es schön, entzwei,* doch dann sah sie, dass es nicht mehr nötig war. Der Gefangene, der kraftvolle, spöttische Mann, der ihr unbezwingbar erschienen war, krümmte sich vornüber wie zerbrochen. Er fiel seinen Häschern in die Arme, warf den Kopf und brüllte, wie kein Tier brüllt und erst recht kein Menschenwesen.

Er versuchte, sich loszureißen. Jetzt schlugen sie ihn, schwangen Knüppel über seinem Rücken, und er zerrte und bäumte sich wie der Bär, der Todbringer aus den Wäldern, der an Ketten machtlos war. Scharf klatschten Ohrfeigen, dass Anne das Herz hüpfte. In das Pack, das gaffend herumgestanden hatte, kam Bewegung. Die zwei Frauen mit der schmächtigen Lady Jane knieten sich auf den Boden, ein zottiger Greis, den Anne aus Wulf Hall kannte, drängte sich dazwischen. Auf dem Pflaster, sich windend und stöhnend lag die andere. Die Zeisigkönigin. Tom Seymours Liebste.

Keine Schläge mehr. Er hat genug. Lasst ihn in Frieden zusehen, wie sein Kind zwischen den Schenkeln seiner Stümperin herausquillt und verreckt. Weißt du noch, jenen Regentag in Chester? Damals habe ich so gebrüllt wie jetzt du: Mir ist mein Kind gestorben, lass du mich nicht los, Tom Seymour, nass und warm geritten und voll raschem Atem. So breit, dass selbst eine große Frau sich an dir verlieren konnte, so strotzend vor Kraft, dass du kaum gespürt hast, wie mein Gewicht dir in den Armen hing. Lass mich nicht los. Aber du hast losgelassen. Heute lasse ich dich.

In den ohrenbetäubenden Lärm, Schreie, Schläge, Schritte, schnitt ein Geräusch, das nicht hineingehörte, ein Geräusch wie eine helle, frisch geschliffene Klinge. *Fanfaren.* Köpfe flogen herum, Leiber stoben auseinander. Eine Hand riss Anne am Arm herum, eine zweite hielt ihr den silbernen Flakon hin. »Wir haben zu früh zugegriffen. Für diesmal zu früh, meine Herzogin.«

Am Steg, wo ihre eigenen Boote lagen, drehte eine prächtige, mit blau-weiß-goldenen Bannern geschmückte Barke zum Anlegen bei. Zwei Fanfarenbläser verkündeten die Ankunft des hohen Gastes, der sich, noch ehe das Boot vertäut war, unter seinem Baldachin erhob. Ein alter Mann, auch wenn man es solchen wie ihm, die ohne Saft geboren waren, nicht recht ansah. Beim Versuch, vom Boot zu steigen, fiel er um ein Haar in den Fluss, wurde aufgefangen und machte sich schließlich, geleitet von einem Gefolge, das er sonst nie aufbot, den Hang hinauf auf den Weg.

Noch einmal schwangen sich Fanfarenklänge in den strahlenden Himmel. Hinter Anne hielt das Getöse den Atem an. Der Alte winkte. »Guten Morgen, Herr Graf«, begrüßte er Dudley. »Ich komme, um meinen Freunden Gottes Segen für die Reise zu wünschen. Wie ich sehe, hattet Ihr dieselbe Absicht.«

»Nicht ganz, Eminenz.« Dudley deutete eine Verbeugung an. »Aber das tut wenig zur Sache, habe ich Recht?«

Cranmer, der stehen geblieben war, nickte. »Der Beschluss, den Ihr bei Euch tragt, ist aufgehoben. Aber vielleicht lässt sich Euer Anliegen ja ohnehin auf friedliche Weise bereinigen? Der Admiral geht mit seiner Familie nach Sudeley. Er wird somit Euer Missfallen nicht länger erregen. Gott schaue auf Euch alle.«

Mit einem knappen Schwenk des Kopfes gab Dudley den Gardisten den bereits überflüssigen Befehl. »Loslassen.«

Anne griff nach der silbernen Flasche, setzte sie an und trank. Die Flüssigkeit loderte in ihrer Kehle auf, sprang ihr als Lauffeuer in den Kopf. Sie sah nicht mehr klar, nur zwischen wimmelnden Beinen die Leiber ihrer Feinde, die eins zum anderen krauchten. *Zu früh*, dröhnte es durch das Zischen der Flammen, die ihr den Schädel ausbrannten, *zu früh und zu spät. Er entkommt mir, er lebt und stirbt ohne mich.* Ihre Hände öffneten, leerten sich. Mit einem scheppernden Laut schlug Dudleys silberne Flasche aufs Pflaster.

Der Sommer von Sudeley war süß wie das Fleisch von geplatzten Äpfeln. In ihrem Garten lag Catherine und las einen Brief ihrer Schwester:

»Liebste Cathie. Nun ist deine Stunde schon nahe, und es ist mir solche Seligkeit, zu hören, dass du wohl bist. Kate und ich fürchteten, von dem Schrecken könntest du dich nie erholen. Ich wünschte, dieser Satan von Weib stürbe an der

Pest, und wir alle verkehren auch mit Ned Seymour nicht mehr. Dass seine Frau Euch dies antun wollte und dass er es geduldet hat, zerschmettert alles, was wir gemeinsam hatten.«

Und ich wünschte, dachte Catherine, *du schriebest mir keine Briefe vom Zerschmettern. Was wir gemeinsam hatten, halte ich fest, daran rüttelt mir nichts. Ich wünschte, ihr ließet Edward nicht allein.*

»Liebste Nan«, schrieb Catherine, obwohl ihr das Schreiben über dem prallen Leib inzwischen schwerfiel. *»Was wir gemeinsam hatten, lässt sich nicht zerschmettern. Es ist zu geschmeidig dazu.«*

Es war Ende August. Seit ihrem Auszug aus Chelsea waren drei Monate verstrichen. Sie hatte selbst geglaubt, sie würde sich von dem Schrecken nicht erholen, und gewiss tat sie das nicht, gewiss erholte sich von so etwas kein Mensch. Sie schlief schlecht und erschrak vor jähen Geräuschen. Aber der Sommer von Sudeley, der um ein Haar verlorene, war süß. Im Garten ihres Schlosses, in dem sie auf einer Liege ruhte, war ihr jeder Tag einer, den sie nicht mehr erwartet hatte. Es war ein wuchernder Garten, so üppig, dass er ein wenig verwildert wirkte, aber den Pfad, der vom Torhaus zu den Wohngebäuden führte, säumten in ordentlichen Reihen Bäume. Sie waren gerade erst mannshoch, ihr Schatten noch karg. »Ulmen haben Wurzeln wie Pfähle«, hatte Tom ihr erklärt. »Die rammen sich in die Erde. Wenn sie älter werden, lassen sie sich nicht mehr umsetzen, sie bilden diese starken Wurzeln nicht neu.«

Du trägst mir Ulmen nach und stellst sie mir an den Weg. Mein Heim bist du.

»Du hast gesagt, du heiratest mich, damit du für immer auf Wulf Hall bleiben kannst. Ich dachte, wenn ich Wulf Hall hierherbringe, bleibst du für immer bei mir.«

Sie hatte ihn stumm in die Arme genommen. So erging es ihr jetzt häufig, dass ihr die Worte entglitten, es war ein Erbe jenes Tages in Chelsea. Damals war er über den Hof zu ihr gekommen, auf Armen und Knien gekrochen, die Erniedrigung steinern, kaum zu tragen. Sie hatte ihn trösten wollen, ihm sagen, der Schmerz sei verebbt, und sie habe im selben Augenblick gewusst, dass ihr Kind ihnen bliebe, doch kein Wort hatte sich eingestellt. Der Arzt aus Wiltshire hatte es ihm gesagt: »Solches geschieht schon einmal bei arger Erschütterung. Aber Euer Weib ist stark und das kleine Bürschlein nicht minder. Die beiden brauchen Ruhe. Reisen könnt Ihr nicht.«

Das allerdings ließ sie die Worte wiederfinden und darauf bestehen, sie reise jetzt sofort, sie dulde niemandes Widerspruch. Sie wollte, dass Tom, der von den Misshandlungen sichtlich Schmerzen litt, mit ihr im Wagen fuhr, aber Tom erhob sich, ließ sich den Schimmel Barnes zuführen und stieg auf. Neben der Straße her zogen Pferd und Reiter mit hängenden Köpfen. Niemand sprach.

Sie kamen nicht weit an jenem Tag, mieden London auf dem Umweg über die Nordstraße und rasteten zur Nacht in einer Ortschaft namens Ware, wo Tom alle Zimmer einer Gaststätte mietete. Für Catherine ward ein Bett gerichtet, in dem, wie der Wirt sich rühmte, ein Dutzend Paare zugleich nächtigen konnten. Catherine aber lag darin allein. Ihr Mann kam nicht zu ihr.

In der zweiten Nacht, kurz hinter Oxford, ertrug sie es nicht länger und ging zu ihm. Er saß allein im dunklen Schankraum der Wirtschaft, einen großen Krug Wein vor sich, zweifellos in der Absicht, sich zu betrinken, aber nicht in der Lage dazu, weil es ihn bei jedem Schluck würgte. Sie presste sich die Hände auf die Wangen, weil sie zu spüren glaubte, wie ihm die seinen brannten. *Tu dir das nicht an. Ich will nicht, dass du dich schämst, vor mir hast du keinen Grund.* Kein Wort stellte sich ein. Sie ging zu ihm und legte die Arme um ihn.

Seine Schultern versteiften sich. »Nicht du solltest mir beistehen, sondern ich dir, Catherine.«

Sie ließ ihn nicht.

»Frau und Kind muss der Pfaffe schützen, weil der Mann ein Hundsfott ist, eine leere Schweinsblase, und besser wär's, sie hätten mich auf der Stelle totgemacht.«

Kein Wort stellte sich ein. Sie schlug ihm auf den Hinterkopf, dass er erschrak und im Dunkeln zu ihr aufsah.

»Aber wahr bleibt es doch. Wir haben alles aus der Ordnung gerissen wie die Herren des verkehrten Gesetzes, die Lumpen zur Seide, den Scheißdreck zum Gold. Mein Bruder hätte dich bekommen sollen und ich die Teufelin Stanhope, dann wäre das Schwarze beim Schwarzen, und ihr hättet euch viel Leid erspart.«

Mein armer Liebling, dachte sie. *Ich wünschte, ich könnte dich Demut lehren, denn es lebt sich so viel leichter damit.* Gegen Tränen kämpfend, streichelte sie den geschundenen Rücken. »Sei nicht so furchtbar tapfer, Tom.«

Seine Schultern schauderten. »Ich habe eine wahnwitzige Hölle aus deinem Leben gemacht. Mein Rebhuhn im Birnbaum ist tot, bei mir turtelt, singt und pfeift nichts mehr. Dir bleiben nur die verdammten zwölf Trommler.«

»Dann nehme ich eben die. Gib sie mir. Die Trommler, hat Kate gesagt, stehen für das Bekenntnis unseres Glaubens.«

»*Credo in unum Deum, patrem omnipotentem?*«

»Sprich es in deiner Sprache.«

Er wand sich. »Das kann ich nicht.«

»Sprich, was du kannst.«

»Ich liebe dich«, sagte er.

Zwei Tage später waren sie nach Sudeley gekommen, auf ihre Festung in den Hügeln, auf deren gelbem Stein die Sonnenflecken tanzten. Als Catherine die beiden Türme des Torhauses ihnen entgegentrutzen sah, wusste sie: *Hier werden wir sicher sein.* Das Anwesen, eine Meile vor der Ortschaft Winchcombe gelegen, war von Weideland und Laubwald umgeben. Einige der Bäume, gewaltige Eichen, die noch die höchsten Zinnen des Schlosses überragten, waren mehr als fünfhundert Jahre alt, und am Weg zu ihrem Haus hatte ihr Mann junge Ulmen gepflanzt, die sich mit ihren starken Wurzeln in die Erde pfählen, mit ihren Kronen in den Himmel greifen und eines Tages Jahrhunderte alt sein würden.

Jetzt lag sie in ihrem Garten, auf einer Liege, die Tom ihr

hinausgetragen hatte, und hörte von Zeit zu Zeit eines der Schafe blöken, die auf den Weiden Gras rupften. Wenn sie ihr Gewicht verlagerte, rührte sich das Kind in ihr. Sonst lag es still. Es war den Sommer hindurch, derweil seine Eltern zu Atem fanden, gewachsen und brauchte nun mehr Raum, als Catherines bis zum Äußersten geblähter Leib ihm bieten konnte. Jedes Mal, wenn sie Tom vom Torhaus ihr entgegenkommen sah, vermochte sie, sich das Gesicht ihres Sohnes vorzustellen, die hohe Stirn, die geschwungenen Brauen über runden Kinderwangen, den zärtlichen Spott, mit dem ihr Mann den Mund verzog, ohne die Kerbe, die das Leben dazu gegraben hatte. Sie hatte ihn nie so schön gefunden wie jetzt. Er stand seinem Haushalt vor, kümmerte sich um Belange der Pächter und um die Befestigung der Burg. »Weißt du, was ich eben dachte, als ich dich durch das Tor reiten sah?«, hatte sie ihn eines Abends gefragt, als sie wie oft im letzten Licht sitzen blieben und er sie mit Süßigkeiten zu füttern suchte, die sie nicht wollte und die er schließlich selbst aß. »Du wirst deinem Vater ähnlich.«

Er vergaß die Honigfeige, nach der er schon gegriffen hatte. »Findest du das wirklich?«

»Ja. Warte ab. Wenn dein Haar bleicht, siehst du es selbst.«

Zu ihrem Entzücken trat auf seine von der Sonne gemaserten Wangen eine Spur von Röte. Er war nicht fähig, sie länger anzusehen. »Frauen haben mich mit Schmeicheleien nicht eben knapp bedacht«, bekannte er dem Boden. »Aber etwas, das so wohltut, hat mir noch nie ein Mensch gesagt.«

Gemeinsam hatten sie ein Zimmer für die Ankunft ihres Kindes ausgestattet, die Teppiche mit den Bildern der zwölf Monate an die Wände gehängt und einen Polsterstuhl aufgestellt, in dem Catherine sitzen und ihren Jungen herzen würde, eine Wiege aus Ahorn, eine Truhe für Kleider. Die schmächtige Jane, die seit jenem Tag in Chelsea noch stiller geworden war, bestickte ein winziges Hemd um das andere. Tom hatte bei Hof um die Herausgabe der Kinderkleider gebeten, die seine

Schwester, Janie, für ihren Jungen gesäumt und bestickt hatte, war aber abgewiesen worden. »Dort heißt es nun, ich verlange nach königlichen Kleidern, weil ich einen königlichen Thron für meinen Sohn begehre.«

Catherine brauchte lange, um den Zusammenhang zu begreifen: Das Kind, die Winterkirsche, die sie sich erträumt hatten, seit sie ihre Namen miteinander in die Wand einer Pferdebox geritzt hatten, war vor den Augen der Welt ein gefährliches Geblüt, Spross einer Königswitwe und eines königlichen Oheims, Bedrohung für das zerbrechliche Gefüge der Macht. »Lass es auf sich beruhen«, bat sie Tom.

»So gebe ich jetzt für den Rest meines Lebens klein bei, nicht wahr? Und eines Tages wird mein Sohn fragen: Warum ist mein Vater ein so schlaffer Schlauch und hat nie für mich gekämpft?«

»Dann werde ich ihm zu antworten wissen«, beschied sie ihn.

Von Zeit zu Zeit verließ Tom die Sicherheit der Burg, reiste an die Küste, und sie waren übereingekommen, dass Catherine ihn bis zur Geburt des Kindes nicht fragte, was er dort tat. »Ich bin noch immer Englands Großadmiral und der Aufseher über die Cinque Ports.«

»Und um diese Pflichten zu versehen, musst du schon wieder nach Hastings?«

Er hatte keine Antwort gegeben, und sie hatte ihm die Hand in den Nacken gelegt. »Danke, dass du mich nicht mit Lügen abspeist.«

»Ich wünschte, ich täte es. Der Arzt hat gesagt, ich soll dir keinen Kummer bereiten.«

Sie hob sein Gesicht, zwang ihn, sie anzusehen. »Ich werde dich nicht fragen. Nicht bis unser John geboren ist. Nur eines verlange ich: Vergiss die Nacht in Portsmouth nie, als ich glauben musste, du wärst mir ertrunken. Ich habe mit Gottes Hilfe manches, das mich zu Tode schreckte, ausgehalten, aber dass dir etwas zustößt, weigere ich mich auszuhalten.«

Er war aufgestanden, hatte hinüber zu der Kette der Hügel gesehen, die den Rest Sonne aufschluckten, und sie gefragt: »Damit hältst du mich, weißt du das? Ich hatte mein Leben lang das Gefühl, überm Abgrund zu tanzen. Lass mich nicht los, Cathie.« Er schwang herum und war wieder bei ihr, barg seinen Kopf in ihren Armen. »Ohne dich bin ich nicht Herr meiner selbst.«

Damit hatten sie sich einander in die Hand gegeben. *Und wohinein hätte ich je so ganz gepasst wie in deine Hand?*

Dies war der letzte Abend, der ihnen beiden allein gehörte. Am Morgen würden ihre Kammerfrauen sie feierlich in ein eigens hergerichtetes und gesegnetes Schlafgemach geleiten, zu dem ihrem Mann der Zutritt verboten war, bis die Winterkirsche ihr Gehäuse verlassen hatte. Ein Halbes von Cathie Parr und ein Halbes von Tom Seymour, das ein Ganzes werden würde.

Sie legte den Brief an Nan beiseite, als sie den Hufschlag seines Pferdes hörte, sie würde ihn fertig schreiben, wenn die Welt um einen Menschen reicher wäre.

Er ritt einhändig, hatte den Arm voller Blumen, üppige Dolden vom Rittersporn, die er über ihr fallen ließ. »O Cathie«, stieß er heraus, und es war noch einmal ein Wunder für sie, dass ein Mensch imstande war, in einer struppigen, blassen Frau mit aufgetriebenem Leib die ganze Schönheit der Schöpfung zu sehen. *Unter dem Apfelbaum weckte ich dich, wo deine Mutter mit dir in Wehen kam, wo in Wehen kam, die dich gebar.«*

Sie streckte die Arme nach ihm. *»Lege mich wie ein Siegel auf dein Herz, lege mich wie ein Siegel auf deinen Arm, denn Liebe ist stark wie der Tod und Leidenschaft zwingend wie das Totenreich.«*

Beim Lächeln zuckten ihm die Ohren. »Nichts vom Tod heute, meine Königin von Saba. Sonst graut mir. Ohnehin werde ich Höllenqualen leiden, bis ich dich wiederbekomme.«

»Und dafür heischst du im Voraus Mitleid?«

»Ja«, sagte er und sprang ab, schob das Pferd beiseite und

drängte sich in ihre Umarmung. »Weißt du, was unter dem Mannsvolk geredet wird? Wenn eine Frau erst einen kleinen Knaben zum Küssen hat, dann küsst sie ihren Liebsten nicht mehr.«

»Das trifft nicht auf mich«, sagte sie und küsste ihn auf den Scheitel. »Denn ich werde bald zwei kleine Knaben haben, und der größere der beiden ist ein Nimmersatt, der jeden Abend zulangt, als wäre ihm der Tisch zum letzten Mal gedeckt.«

Er lachte mit ihr. »So lässt das Leben sich ertragen. Den Bauch, den ich mir vollgeschlagen habe, macht mir keiner leer.« Und dann nahm er sich, was ihm schmeckte, und sie überschüttete ihn, bis der glühende Hochsommertag einer milden Nacht wich, bis sie zu frieren begann und ihr Mann sie auf den Armen ins Haus trug.

Am Morgen erwachte sie früher als die Sonne, schlug die Augen auf und war hellwach. Seit Wochen hatte sie nur mühsam, mit behäbigen Bewegungen aufstehen können, jetzt aber schwang sie die Beine aus dem Bett und war schon auf den Füßen. *Heute,* dachte sie. *Heute.* Mit dem nächsten Herzschlag platzte etwas in ihrem Leib und ergoss sich im Schwall ihre Beine hinunter auf den Boden. Es tat nicht weh. Der Schmerz begann erst, als sie einen Schritt aus der Pfütze setzte, ein Schmerz, als packten zwei Hände ihr Eingeweide und rissen es aus dem Weg. Schmerz, der Bahn brach. Statt aus der Nässe zu flüchten, fiel sie mitten hinein auf die Knie und rief: »Danke.« Vielleicht laut. Vielleicht stumm.

Wir, die wir Bücher schreiben, Kirchen gründen, wir, die wir Schlachten schlagen, wissen doch: Jedes Buch, jede Kirche, jede Schlacht erlaubt Einhalt, wenn uns die Kräfte schwinden, aber von diesem hier gibt es keinen Einhalt, bis vollbracht ist, was keine Ratte und kein Rindvieh kann, nur ich, nur ich.

Mit der nächsten Wehe schrie sie. Fand den Schrei, in den sich ihr Körper legte, schön. Tom erwachte. »Cathie. Jetzt?«

»Ja.«

»Nicht jetzt!«, rief er und sprang aus dem Bett. »Ich habe Angst, ich brauche noch Zeit.«

Catherine, unter einer Wehe, musste lachen, weil er ihr vorkam wie der König, der das Meer peitschen ließ, um es aufzuhalten, und dann schleppte sie sich und rief ihre Frauen, ehe er es tat, so kopflos, so nackt und berückend, wie er war.

Sie feierlich zu betten, Coverdale zu holen, auf dass er ihr Lager mit Weihrauch besprengte, blieb keine Zeit, aber Catherine Parr, niederkommend mit Thomas Seymours Kind, war die letzte Frau, die sich darum scherte. Sie hatte sofort in den Takt gefunden, Takt, in dem die Erde Atem holte, lag still auf dem Rücken, um ihren Leib sich versammeln zu lassen, wie Tom es ihr beim Pferd, vor dem Wechsel zum Galopp gezeigt hatte, und ließ, wenn der Schmerz kam, ihr Becken in die Höhe schnellen, gab sich ganz hinein und spürte, wie der Schmerz sie aufriss, ihr Tor weitete.

Zuweilen hörte sie die Frauen reden, die Wehenfrau aus Winchcombe, eine Magd und zwei ihrer Damen. »So schnell kommt es.«

»Dabei ist's das Erste, die kommen sonst schwer und über Tage.«

»Ein Stürmisches ist es. Wie der Admiral.« Gelächter. Als Catherine die Augen aufschlug, traf sie blendende Sonne.

»Aber trefflich macht sie's. Wie eine junge, dicke, und als wär's das Zehnte.«

Die nächste Wehe war stärker, und die folgende hieb ihren Takt in Stücke. Catherine schrie. Etwas näherte sich, die Hand der Magd mit einem grellweißen Tuch. Sie schlug danach. Dann war der Schmerz vorbei. Als er wiederkam, krümmte sie sich um sich selbst, schlang die Arme um die Knie und rollte sich zur Kugel, als holpere sie einen Hang hinunter, in gleißender, stechender Sonne.

»Hängt ein Betttuch vors Fenster. Die Hitze ist Gift.«

Sie wollte Atem schöpfen, dem Verebben der Welle nachlauschen, da kam der Schmerz von neuem, und diesmal zog er alles, was in ihr war, mit nach unten und zerfetzte sie. Ihre Augen schlugen auf. Hinter Schleiern tanzten Gesichter.

Janie, die lachte und winkte, *ich kann fliegen, Cathie, ich muss nur still sein und warten. Gott hat es mir gesagt.* Noch ein Gesicht, ein schönes, das sie mehr als alles liebte. *Deine Mutter sieht aus wie eine Krähe mit Brüsten.* Dazwischen ein gegerbtes, ähnlich schönes, unter pfefferfarbenem Haar. Lady Margery. *Zweifelt nie daran, dass mein Tom Euch braucht.*

Kühle traf ihre Lippen, die ausgedörrt brannten. Sie schrie, warf den Kopf zur Seite. Wasser rann ihr den Hals hinunter, schlüpfrig, wie lebendig. »Lasst sie, zum Saufen ist's jetzt zu spät.«

Der Schmerz griff zu, wrang sie aus. Dann ward sie von Händen gepackt und aufgebogen, der Bauch geknetet, die Schenkel gespreizt, und sie wünschte all die Hände fort, wollte allein sein, mit der Kraft, die ihren Leib in die Höhe schleuderte und auffing, allein. *Wir, die wir Kirchen gründen, wir, die wir kämpfen, worauf hoffen wir denn, wenn nicht auf dies?* Mit aller Kraft ihrer Lungen schrie sie den dunklen Blitz zwischen ihren Schenkeln ins Freie, schrie sie ihr Kind in die Welt, *zweimal ein Halbes, jetzt ein Ganzes, zweimal Streben und Suchen und Hasten durch ein Leben, jetzt am Ziel.*

»Was für ein Riese«, sagte eine Frauenstimme.

»Hübsch wie gemalt«, eine zweite. »Und eine Stimme wie ein Stier.«

Hände hatten das Kind gefangen, das aus Leibeskräften brüllte, sich ins Gedächtnis der Welt schrie, aber Catherine gelang es, sich vorzubeugen und den kleinen Leib zu ergreifen. Er fühlte sich an, als hätte sie nie zuvor Fleisch berührt. Sie erkannte sein Gesicht. Seinen Mund. Sein Haar. Musste laut lachen, spürte, wie sie beim Lachen eine Woge Blut verlor. Zog ihr Kind auf sich, verschmierte Blut über seine Haut und ihre. Sang. Betete. Vielleicht laut. Vielleicht stumm. Kein Wort stellte sich ein, und kein Wort war nötig.

»Nicht zu fassen«, sagte die dritte der Frauen. »So ein Bröcklein und dann ohne Schwänzchen.«

In der Nacht, wenn es eine Nacht war, träumte sie von Licht und Dunkel. Von Ulmen. Einem Birnbaum. Dichtem Mischwald, durch den Hufschläge brachen. Von zwei Birken, die durch alle Jahreszeiten kahl wirkten, einer Kiefer und einer fast schwarzen Tanne. Von blühenden Pfirsichbäumchen, unter denen Janie entlanglief und winkte. Von Nussbäumen. Wieder von Ulmen. Von sehr grellem Licht träumte sie, in das Gelächter drang, und dann wieder von Dunkel, von Stille, von ein wenig Angst, mehr Angst, von Cranmer, wieder von Licht und wieder von Lachen, jäh erneut von Dunkel. Von Edwyn Borough, der kälter als alles, was kam und ging, an ihrer Seite lag, von Latimers Tochter, bleicher als Knochen, von Henry, der sagte: »Ach, ach. Wie schnell ist denn ein Sommer vorbei.« Von Gras, das es nur im Frühling gab. Von jemandem, der ihren Namen rief. Von Rheinwein. *Und hätten der Liebe nicht.* Von Leder. Von Tom.

Hitze weckte sie. Schwere. Als sie die Hände hob, schienen sie in Verbänden oder Fesseln zu stecken, aber wurden sacht daraus befreit, gehalten, die so warmen Hände in noch wärmeren, und dann von Lippen berührt. Die Lippen waren trocken und gierig. Catherine wollte ihre Beine zur Seite schwingen, aber fühlte sich, als gehörten die Beine nicht ihr, als hätte sie von sich nichts übrig als den mit siedendem Blei gefüllten Kopf. Sie lag in Schweiß.

»Sie kommt noch einmal zu sich. Doch noch einmal.«

Heute, dachte ein Fremdes in ihr. *Heute.* Und dann hatte sie nicht mehr allein den Kopf, sondern auch das Herz noch übrig, hörte es pumpen, spürte den kleinen Schwengel darin wie wild ins Leere schlagen.

»Cathie?«

Auf ihrem Bauch, der war auch noch übrig.

»Cathie?«

Sie schlug die Augen auf. Henry Seymour war ein dicklicher, leutseliger Bursche, den für gewöhnlich nichts aus der Ruhe brachte. Sein Bruder Thomas hingegen war ruppig und kräftig und hatte Haar so rot wie dunkle Kirschen.

Er sah sie an.

Catherine Parr und Thomas Seymour tanzten die Gaillarde

auf Hampton Court. Sie war nicht ganz siebzehn. Seine Augen waren nicht ganz braun.

»Bist du wieder bei mir? Cathie, Cathie, du warst vier Tage lang fort, die Quacksalber haben gesagt, du lässt mich hier allein, und ich hatte solche Angst um dich.«

Die Schleier hoben sich. Sie wollte lächeln. *Jedes Mal, wenn ich in dein Gesicht sehe, schlägt mir aufs Herz, dass ich das Leben liebe.* Sie mühte sich, ihn beim Namen zu rufen, aber den Mund zu öffnen, den Atem für das eine Wort einzuholen, kostete das rasende Herz so viel Kraft, dass sie ermattet zusammensackte. Gleich darauf blieb ihr die Luft weg, fühlte sie, wie ihre Lungen mit verzweifelter Anstrengung rangen, hörte den schrillen, ins Leere rasselnden Ton. Und mit dem Ton begriff sie. *Heute,* dachte ein Lautes in ihr. *Heute.* Und dann hörte sie sich schreien, vielleicht laut, vielleicht stumm: *Herr, mein Gott, doch nicht jetzt, ich habe noch so viel zu tun, ich habe noch so viel zu denken, ich muss meinem Kind einen Namen geben, ich brauche für Jane einen Griechischlehrer, der ihre taugt nichts, ich muss an Nan schreiben, an Cranmer, an Edward, unsere Kirche hat kaum einen Dachstuhl, ich muss Tom etwas sagen.* »Tom?«

Mit einem Satz, der ihr leeres Gewicht in die Höhe schleuderte, war er bei ihr auf dem Bett, warf die Arme um sie und presste sie an sich, klammerte sich mit seiner ganzen Schwere, seiner Lebenskraft an ihr fest.

»Tom«, sagte sie, die Lungen sich blähend, der Schwengel des Herzens wild ausschlagend, ohne sein Ziel zu treffen.

Ganz klein wurde sie. Ganz klein. *Ich habe so gerne gelebt.*

»Es ist das Fieber«, hörte sie die Frau am Bett reden. Sie packte Tom bei der Schulter. »Fasst Euch, mein Admiral, es hat ja keinen Sinn, und niemand kann etwas tun.«

»Jetzt kommt der Tod so schnell, wie's Kind gekommen ist.«

Er heulte auf. Umklammerte sie noch härter.

»Margery.« *Hörte er sie?* »Nach deiner Mutter. Margery.«

Bist du enttäuscht, mein Liebster, dass dein Segler ein Mädchen ist?

»Sie hat mein schlimmes Haar, Cathie. Sie hat deine Taubenaugen. Wenn ich zu Zwölfnacht in Hampton Court mit ihr tanze, wird der Hof quittegelb vor Neid.« Seine Stimme ertrank im Weinen und ihre in Atemlosigkeit. »Du darfst mich nicht lassen, hörst du? Du darfst nicht.«

Sie kämpfte, um ihn zu berühren, wollte die Hand an seine Wange heben, aber fand ihre eigene Hand nicht.

Den Kopf bewegte sie um ein Winziges, streckte die Kiefer, traf mit den Lippen seinen Hals. Wollte ihn küssen, aber musste röhrend Atem holen und bekam keinen. *Lehr mich vertrauen, Janie. Den Ast loslassen.*

Sie wollte ihm noch ein Wort sagen.

Und wenn ich mit Menschen- und Engelszungen redete und hätte der Liebe nicht, so wäre ich ein tönendes Erz und meine Stimme eine klingende Schelle. Von der klingenden Schelle war nichts mehr übrig. Nichts vom tönenden Erz.

Epilog

Wiltshire
April 1556

Der Mann steckte den Kopf zur Türe herein und hielt mit fragend erhobenen Brauen eine Decke hoch.

Kate Suffolk nickte. Er traf sie auf halbem Wege, sie nahm ihm die Decke ab und breitete sie über das Kind, das zusammengerollt wie ein Welpe vor dem Kamin lag.

»Ist das arme Rothirschkalb eingeschlafen?«

»Ja. Gerade erst. Sie hat geweint, bis ihr die Kraft ausging.« Da sie sah, dass der Mann sich schon zum Gehen wandte, rief sie ihm hinterdrein: »Verzeiht, Henry. Wärt Ihr so freundlich, ein paar Scheite nachzulegen? Es ist auf einmal kalt geworden. Und bis die Sonne aufgeht, dauert es ja noch. Ich weiß, wir sind eine Last.«

»Ja«, sagte Henry Seymour. »Eine Last seid Ihr. Aber keine, die man erfrieren lässt.« Mit seinen behäbigen Schritten machte er sich auf den Weg, kniete vor dem Feuer nieder, um es neu aufzuschüren, hielt dann aber inne und wandte sich nach seiner schlafenden Nichte um. »Kaum zu fassen«, murmelte er, Scheit und Schüreisen beiseitelegend. »Dass auf dem Schädel eines lebenden Geschöpfes solches Fell sprießt. Dass es wächst.«

Das Kind krümmte sich und stöhnte im Schlaf. Sein Haar fächerte sich in üppigen Wellen über die Dielen, als hätte ein unachtsamer Trinker einen ganzen Schlauch Wein verschüttet. Henry Seymour versorgte das Feuer. Erst als es lichterloh brannte und mit seinem Prasseln und Gleißen dem staubgrauen Raum etwas von seiner Gottverlassenheit nahm, drehte er sich noch einmal um.

»Wir reisen ab, sobald es Tag wird«, versprach Kate hastig. »Die Geschichte ist zu Ende.«

»Ihr könnt bleiben, solange Ihr wollt. Gastlich ist Wulf

Hall nicht mehr, aber wir paar Geister, die übrig sind, werden uns nicht gegenseitig austreiben. Ist die Geschichte wirklich zu Ende? Habt Ihr dem Rothirschkalb das alles erzählt?«

»Nein«, erwiderte Kate, ging zu dem beschlagenen Fenster und sah hinaus in die Nacht. »Ich habe ihr erzählt, dass Miles Coverdale den Leichnam ihrer Mutter zu Grabe geleitete, dass sie die einzige Königin Englands war, die nach dem Ritus unserer Kirche bestattet wurde, dass er über ihr sprach: *Selig sind die Friedfertigen*. Und: *Ihr seid das Licht der Welt. Es kann die Stadt, die auf einem Berge liegt, nicht verborgen sein*. Ich habe es ihr erzählt, obgleich es mir noch heute den Atem raubt, von Catherines Leichnam zu sprechen. Wisst Ihr, wie viel Leben in ihr war?«

»Ja«, erwiderte Henry. »Ich denke, das weiß ich. Sie war ein magerer, mausiger Sperling, so dass man sich fragte: Weshalb starre ich sie an, weshalb kitzelt's mir im Mundwinkel? Sie war meines Bruders Gefährtin. Er war anstrengend, hitzig und grauenhaft eitel, aber sie mochte ihn, unter all den Weibern, die sich nach ihm verschmachteten, und den Männern, die in seinem Schatten segelten, war sie der einzige Mensch, der ihn mochte. Hätte er sich länger in ihre Armen ducken und sich die Schultern klopfen lassen dürfen, so hätte er womöglich bewiesen, dass unter all dem Getue ein ziemlich braver Kerl aus Wiltshire steckte.« Seine Stimme war schwächer geworden. Er hielt inne, um sich flugs die Augen zu reiben. »Ihr hasst meinen Bruder, nicht wahr?«

»Ich habe ihn gehasst«, erzählte Kate der Nacht. »Dafür, dass er das Taubenkind, das Catherine ihm geschenkt hatte, allein ließ, dass er nicht einmal blieb, bis seine Frau in der Erde lag, sondern nach London ritt, in solchem Galopp, dass der Schimmel, den er so liebte, sich den Hals brach. Ich habe ihn gehasst, weil nicht mit ihm zu reden war, keine Vernunft in ihn zu hämmern, weil er uns alle nicht brauchte. Dafür, dass er Tom Seymour war, der allein Cathie Parr gehörte, habe ich ihn gehasst. *Er hat den Verstand verloren*, hieß es. Aber er hatte sein Herz verloren. Was er tat, war wahnsinnig. Vor Wales Truppen sammeln, Beamte bestechen, in den

Palast eindringen, auf bellende Hunde schießen. Obwohl ich ihn hasste, beschwor ich Nan Herbert, wir müssten etwas für ihn tun, dürften ihn um Catherines willen nicht dem Verhängnis überlassen. Nan aber sagte: *Ach. Lasst den armen Mann doch sterben. Er zeigt ja deutlich genug, dass er sich danach sehnt.«*

Sie drehte sich um. Henry Seymour kauerte am Boden und streichelte, als bemerke er nicht, was er tat, der kleinen Margery das Haar. Vermutlich begriff er noch weniger als sie selbst, warum von all dem Leben, das hier groß geworden war, von all der Kraft, keiner übrig war als er und die todtraurige Liz.

»Ich hasse ihn nicht mehr«, sagte sie. »Einen Mann, der toll vor Schmerz war und ganz allein. Eure beiden Brüder, ich hasse sie schon lange nicht mehr. Ich trauere um sie wie um Catherine, um Nan, die dann auch so plötzlich starb, um den scheuen Cranmer, den sie letzten Endes zwangen, ein Held zu sein. Um unsere Kirche. Um unsere Zeit, unsere zwölften Nächte, unsere Fröhlichkeit. Eine Schar lebenstoller Gänse waren wir, in einem Morgengrau der Zeit. Wir haben im Tau gebadet. Einen Herzschlag lang. Nein, ich habe Margery nicht alles erzählt. Es war zu viel, sie ist erst sieben Jahre alt und schleppt sich mit Gewicht genug, um ein ganzes Dasein zu erdrücken. Aber wenn wir nicht morgen schon Mary Tudors Häschern in die Hände fallen, erzähle ich ihr irgendwann den Rest.«

»Was? Dass ihr Oheim ein Brudermörder war, der das Todesurteil über ihren Vater ohne ein Wimpernzucken unterzeichnete?«

»Edward zuckte ständig mit den Wimpern«, sagte Kate. »Er konnte ja gar nicht mehr damit aufhören.« Sie kehrte zurück zu ihrem Schemel, rückte ihn sich näher ans Feuer. *Ich muss mich setzen, muss mich wärmen, sonst halte ich dies nicht durch.* Sie hätte auch gern Wein getrunken, aber ihr Becher war leer, und um mehr mochte sie nicht bitten, da nicht zu übersehen war, in welchem Mangel Henry lebte. Als die Sterne seiner Brüder vom Himmel gestürzt waren, hatte man ihn, der mit den Füßen auf der Erde stand, mit bestraft. Das Gut war verfallen. Es ernährte seinen Herrn und dessen greise, durch leere Räume geisternde Mutter, weil beide nur bescheidene Bedürfnisse hatten, aber Kate wusste, wie hart es den Haushalt angekommen war, sie und das Kind zwölf Tage lang zu beköstigen. »Ich werde ihr erzählen, dass ich ihren Oheim kannte, lange ehe die Welt ihn als Brudermörder ächtete. Und dass ich wünschte, wir hätten ihm beigestanden.«

»Wünscht Ihr das wirklich?«

»Ja. Hätte jemand von uns ihn bei der Hand gehalten, so hätte er sich vielleicht noch einmal aufgebäumt und das Urteil zerrissen. Edward und Tom waren die Unzertrennlichen. Einer fehlte am andern – und dann fehlten beide einander. Wie ausgerissene Glieder. Wie Halt und Wurzel. Die kümmerlichen Reste ihrer Leben lang.« Kate brach ab.

Henry, so schwerfällig er war, hievte sich auf die Füße und gebot ihr zu warten. Als er aus dem Zimmer trottete, bezweifelte sie nicht, dass er mit einer Kanne Wein zurückkehren würde. *Darin ist er wie Tom*, durchfuhr es sie. *War es nicht wundervoll gewesen, bei ihnen zu Gast zu sein? Sie waren maßlos, die Brüder Seymour, und nicht wenig größenwahnsinnig, denn man muss ja größenwahnsinnig sein, um zu glauben, man könne der Welt ihr Glück bescheren. Aber sie waren auch zärtlich, freigiebig, rückhaltlos, sie hätten Gästen ihr letztes Hemd hingeworfen, ohne sich zu sorgen, woher ein neues käme.* Henry schenkte ihr ein. Sie musste lächeln. »Wulf Halls Würzwein. Catherine hat davon geschwärmt wie vom Met des Elysiums.«

»Die Zeiten sind lange vorbei. Die Mischung, die mein Vater verwendete, hat keiner nach ihm zustande gebracht.«

»Ich glaube nicht, dass Catherine sich daran störte. Wulf Hall war ihr ummauerter Garten. Ihr Heim. Deshalb habe ich ihre Tochter hierhergebracht. In all dem Schrecklichen, das ich zu erzählen hatte, wollte ich ihr etwas geben, das heil ist.«

»Heil? Die Geburtsstätte zweier Geköpfter?«

Sie zuckte zusammen. Noch immer.

Er trug sich einen Weinbecher zurück zum Kamin und blieb dort stehen. Herausfordernd sah er ihr ins Gesicht. »Euer Verständnis für Edward ehrt Euch. Für mich bleibt er der Unmensch, der den Rothirsch, über den wir uns die Haare gerauft, über den wir gestöhnt und gelacht haben, unter die Axt geschickt hat, die Stufen hinauf, vor johlendem, geiferndem Volk. Armer Tom. Einmal wollte Vater ihm vor unsern Augen das Fell versohlen, damit wir lernten, was bösen Buben blüht, aber Tom hat's ihm abgehandelt: *Gebt mir zehn Hiebe mehr, nehmt die Rosspeitsche, nur lasst keinen dabei zuschauen.* Dieser Kerl, der herumprotzte, bis jeder glaubte, er kenne weder Angst noch Scham, war schamhaft wie eine Jungfer und hatte eine grauenhafte Angst in sich.«

»Ihr wart dabei, als er starb?« *Weshalb hast du nicht mich geholt, weshalb haben wir alle einander nicht geholfen? Weshalb bist du gestorben, Cathie? Dein Schiff war leck und deine Mannschaft kopflos, kaum dass ihr Stern sie verließ.*

»Ja«, sagte Henry und ließ sich auf einen Schemel nieder, für diesmal jeden Blick auf seine schlafende Nichte meidend. »Ich war dabei. An einem dieser sonnenglastigen Märzmorgen, die Tom zum Reiten liebte, zum Holzfällen, Tom hatte ja schlicht zu viel Kraft, den musste man immer zum Holzfällen schicken. Ich hab meinen Bruder gesehen, wie er die Stufen hinaufging, Nacken geschoren, Kragen heruntergerissen, Hals blitzblank. Wie er sich weigerte, ein Wort zu sagen. Dabei hatte ich auf ein Wort gehofft, das ich meiner Mutter hätte bringen können, meiner Mutter, die hier am Ende der Welt gutgläubig Kinder geboren und mit *Pottage* und Honigmilch aufgezogen hatte. Meiner Mutter, die den Verstand verlor. Aber Tom hätte kein Wort herausgebracht. Ich hab sein Gesicht gesehen, verstört, verstockt, zu Tode erschrocken, bevor er sich hinkniete und den Hals auf den Block legte, bevor das Getrommel begann. *Wacker, Tom,* habe ich gedacht, bis ich sah, dass er die verdammten Schultern nicht still halten konnte. Einfach nicht still.«

Kate spürte die Klinge, die anfing, sich in ihrer Brust zu drehen. Dabei hatte sie geglaubt, sie sei seit langem stumpf.

Weshalb bin ich zu Cranmers Hinrichtung gefahren, weshalb habe ich Margery nach Wulf Hall gebracht, weshalb höre ich mir an, wie Cathies schöner Freund gestorben ist? Sie hätte Henry gern berührt. Über sein pauswangiges Gesicht rannen Tränen. »Es heißt, er starb außerordentlich tapfer«, presste sie heraus.

»So, heißt es? Und warum? Weil er nicht brüllte? Männer, die keinen haben, zu dem es sich zu brüllen lohnt, gelten immer als tapfer, nicht wahr? Zudem, wer weiß denn, ob ein Mann noch brüllen kann, derweil die Axt ihm in den Nacken saust wie in einen Hauklotz, dreimal, dass der Körper in Krämpfen zuckt und das Blut aus dem Mund schießt, und der Kopf will noch immer nicht fallen, das Leben will's nicht leiden.«

Kate schrie, schlug beide Hände vor den Mund. Sie waren kalt.

»Er hatte einen ungemein geraden Rücken, mein Bruder Tom. Und einen Sturschädel, durch den es wohl bis zum Schluss dröhnte: *Jetzt erst recht*. Ich war ja der tumbe Klotz der Familie, aber eins habe ich gelernt, derweil er hundeelend, mit zerhacktem Hals verreckt ist: Die Kirche, die Edward gründen wollte, muss eine hohle Kirche sein, wenn sie vor der Schöpfung nicht mehr Achtung hat.«

Kate ballte die Fäuste, um Kräfte zu sammeln. Entschlossen stand sie auf, ging die paar Schritte zum Kamin, ließ sich von der Funken schlagenden Wärme umfangen. Sie kniete sich zu Margery, glättete ihr Haar, ließ ihre Hand auf der wohlgeformten Ohrmuschel des Kindes ruhen. *Cathie, Cathie. Ich habe deinen schönen Freund nicht beschützt. Solchem grausamen, würdelosen Tod habe ich ihn überantwortet, deinen Liebsten, die Freude deines Lebens. Ich habe deine Kirche nicht beschützt. Ich habe zugelassen, dass Mary Tudor im Wahn ihrer Rache alles zerschlägt, das an uns erinnert, das verkündet, woher wir kamen und wohin wir wollten. Aber ich werde dein Kind beschützen. Ich habe geglaubt, ich wäre die Nächste, der sie den Garaus machen, doch diese Nächste darf ich nicht sein.*

Kaum hatte sie so weit gedacht, vernahm sie ihr Herz, scharf und springlebendig. »Edward hat dasselbe gelernt«, sagte sie zu Henry, ihre Stimme noch rau, aber mit jedem Wort sich kräftigend. »Er wusste, dass er damit alles aushöhlte, was er gewollt hatte. Er hat Tom und sich zugleich bestraft. Dass Dudleys beharrliches Zerstörwerk drei Jahre später Früchte trug, dass er den Rat dazu brachte, den Protektor zu entheben und aufs Schafott zu schicken, war nur noch eine Sache der Form. Edward hat keine Hand gerührt, um sich zu wehren, und jetzt liegen ihre Körper beieinander.«

»Verscharrt in St. Peter ad Vincula. Ohne Köpfe. Ich wollte, man erlaubte mir, Tom herzuholen und neben Vater zu begraben.«

»Tut das nicht«, bat Kate. »Ich weiß, es mutet an wie Hohn, aber lasst sie dort beisammenliegen. Selbst Dudley, der sich so viel gewitzter wähnte, der seinen Sohn mit der kleinen Lady Jane vermählte und diese als Thronerbin ausrief, landete ja schließlich dort, kaum dass unser armer König, unser Seymour-Prinz, gestorben war. Mary Tudor und ihr Gardiner fegten über uns hinweg, schonten einzig die allgewaltige Anne Stanhope, und deren Strafe, die Überleben genannt wird, möchte ich nicht leiden. Wir Übrigen sind den Papisten nichts als Unkraut, Todgeweihte, ob wir ihnen als Erzbischöfe oder als Erzschurken kommen. In den drei Jahren ihrer Herrschaft hat Mary mehr Menschen hinrichten lassen als ihr Vater in drei Jahrzehnten, und das Gemetzel nimmt noch lange kein Ende. Von uns bleibt niemand, wir sind im Tod vereint. Wäre uns Gleiches im Leben gelungen, vielleicht hätte unsere Kirche Bestand.«

»Sie hat Bestand. Wenn du es zulässt, Kate. Du bist nicht tot.«

Sie sprang halb auf, fuhr herum, erstarrte. Sah, als sie Richard Bertie in der Tür erkannte, dass schon das Morgenlicht graute.

»Ich hätte es Euch sagen sollen«, hörte sie Henrys Stimme. »Euer Gatte traf bereits gestern ein, aber er bestand darauf, ich solle Euch und das Rothirschkalb nicht stören.«

»Ich hätte auch jetzt nicht gestört«, sagte Bertie. »Aber die Zeit mag drängen.«

Kate sah ihn sich an. Er war groß, leicht gebeugt und nicht mehr jung. Er hatte ihr beigestanden in den Jahren vor der Betäubung, in denen sie von einem Entsetzen ins andere gestürzt war und ihre Welt nicht mehr begriffen hatte. Er war ihr nicht von der Seite gewichen, und es war ihr schließlich nur recht und billig erschienen, ihn zu heiraten, dem Standesunterschied zum Trotz. Nicht zum ersten Mal verspürte sie den Wunsch, ihm entgegenzugehen und ihn zu umarmen, aber sooft sie daran dachte, sah sie Catherine, die quer durch einen Raum gelaufen war, Tom Seymour in die Arme. »Danke, dass Ihr gekommen seid«, murmelte sie schwach. »Wenn Margery wach wird, sind wir reisefertig.«

Er setzte einen Schritt in den Raum. »Darf ich etwas sagen zu dem, was ich mit angehört habe?«

Henry und Kate sahen zu ihm auf wie Kinder.

»Edward Seymour war einer von jenen, die eine Welt gewinnen und dabei ihre Seele verlieren. Dafür hat er sich so hart bestraft wie nur denkbar. Er hat nicht nur sein Leben, sondern sein Andenken zerstört. Euer Freund Ned, der sich den Menschen im Mittelpunkt allen Strebens, das befreite Denken wünschte, ist vergessen, und im Gedächtnis bleibt der Protektor Somerset, der, um seine Macht zu bewahren, kalten Blutes seinen Bruder schlachtete. Ihr bestraft Euch nicht minder hart, Kate. Seit sieben Jahren wartet ihr darauf, dass der Henker endlich an Eure Tür schlägt und sich Eurer erbarmt, auf dass es von Euch heißt: Die neue Kirche war auf Sand gebaut. Im ersten Sturm riss das Meer sie fort. Ich wollte Euch beknien, nicht zur Hinrichtung des Erzbischofs zu reisen, Euch nicht noch weiter zu quälen. Dann aber begann ich zu hoffen, unser Erzbischof habe Euch vielleicht etwas anderes zu hinterlassen als: *Sterbt. Gebt auf.*«

»Gott schaue auf Euch«, platzte Henry heraus. »Er war ein komischer Vogel. Wir alle hier hatten eine Schwäche für ihn. Tom hat er völlig aus der Fassung gebracht, aber selbstredend hätte Tom das niemals eingestanden.«

»Er war bei ihm in der Nacht, bevor er starb«, sagte Richard. »Um ihn zu segnen.«

Kate frage nicht, woher ihr Gatte das wusste, sie wollte nichts wissen, wollte nur glauben dürfen, dass es so war.

Richard ließ einen Blick durch den Raum, der sich zusehends mit Licht füllte, schweifen, trat schließlich zu einer Truhe und nahm den blauen Samtumhang davon herunter, das Schultertuch, das Kate Margery aus der Schaube ihres Vaters hatte schneidern lassen. Ihr Mann ging damit zu dem Kind und wickelte es ein. »Rotes Haar, kluge Augen, ein Stück blauen Samt...«

»Und eine Zwölfnachtbohne.«

»Nicht viel, was ihr nach der Enteignung von ihren Eltern bleibt. Wir könnten ihr mehr geben, wenn wir wollten.« Er wartete kein Wort von ihr ab. »Ich bin gekommen, weil ich eine Nachricht für Euch habe. Aus Nürnberg. Von Margarethe Cranmer. Sie lässt Euch sagen, dass dort, wo sie mit ihren Kindern lebt, auch Platz für Euch wäre. Dass sie Euch gern in Sicherheit wüsste.«

»Wir sollen die Insel verlassen?«

»Und wiederkommen.«

Sie maßen einander. Sie war so müde, in ihrer Brust, an ihren Schläfen wühlte ein solcher Schmerz und solche Schwäche rang sie nieder, aber dem zum Trotz klang es auf einmal möglich. *Dem Kind mehr geben. Die Vergangenheit in elf Nächten und am Ende der zwölften noch die Zukunft dazu. Erlaubt ist, was uns frommt.*

»Mary Tudor ist so krank, wie sie bitter ist. Sie wird kein Kind bekommen, und ihre Erbin ist eine junge Dame, die Ihr, soweit ich weiß, bestens kennt.«

Elizabeth. Catherines Elizabeth.

»Kate«, sagte Richard, der das schöne Mädchen, das Cathie und Tom ihnen hinterlassen hatten, auf die Arme hob. »Kate, ich habe einen Wagen bereit und unsere Überfahrt in niederländisches Gebiet erhandelt. Ich bitte Euch. Geht mit mir.«

Darf ich es wagen, Catherine? Noch einmal zu glauben und zu hoffen? Kate, die am Boden kniete, kämpfte sich auf die Füße und setzte einen Schritt auf ihn zu. Von jetzt an mochte ihr jeder Schritt so schwerfallen wie dieser erste, aber die Richtung fände sie blind. *Muss ich es nicht ebenso wagen wie du? Zu lieben, Catherine.*

»Master Seymour«, sagte Richard.

»Henry«, rief Kate.

Der Mann hatte sich abgewandt und am Stehpult zu schaffen gemacht, hatte offenbar dessen Bodenplatte herausgebrochen, um ein Fach freizulegen. Dem entnahm er einen Packen vergilbtes Papier, der ein Buch gewesen sein mochte, ehe man ihm das Futteral heruntergerissen und den Rücken gebrochen hatte. Als Henry sich mit den Resten des Buches in Händen umdrehte, erkannte Kate in seinem verquollenen Gesicht einen unverwechselbaren Zug. »Wollt Ihr dies mitnehmen? Näht es Euch ins Wams, Master Bertie, inzwischen steht ja der Tod darauf, auch nur daran zu denken. Tom hat einen seiner Wärter dafür bezahlt, es hierherzusenden. Eigentümlicher Gedanke, dass mein Satansbraten von Bruder, bevor er starb, in der Bibel las.«

Im Nu war Kate bei ihm, streckte die Hände aus und ließ sich die Blätter geben. *Deine Bibel, Catherine. Und hineingeleimt, in deiner Handschrift, deine Klage einer Sünderin. Wir nehmen beides mit und bringen es irgendwann hierher zurück.* Das alte Buch schlug sich von selbst auf, und die Stelle, das ganze Kapitel des Paulusbriefes, war angestrichen. *Agape heißt Liebe, alle Liebe ist eins*, hatte jemand an den Rand geschrieben, Cranmer, Edward, Catherine oder Tom, das war nicht mehr zu bestimmen. »Eure Brüder«, sagte sie zu Henry, »waren keine Satansbraten, sondern zwei ziemlich brave Kerle aus Wiltshire. Verzeiht ihnen. Beiden. Wir sehen uns wieder.«

»Ich beschwöre Euch, erzählt mir nicht, der Tag der Seymours käme.«

»*Unser Tag?* Dessen bin ich mir nicht sicher«, versetzte Kate. »Aber Zwölfnacht kommt in jedem Jahr.«

Anhang

Glossar:

Annaten. Abgaben, die bei der Verleihung niederer kirchlicher Ämter an den Papst entrichtet werden mussten.

Arkebusiere. Mit Handfeuerwaffen – Arkebusen – Bewaffnete. Arkebusen waren langläufige Großkaliberwaffen, deren Mechanismus durch ein Luntenschloss ausgelöst wurde.

Barbierchirurg. Dem deutschen Bader verwandter medizinischer Praktiker. Barbierchirurgen waren berechtigt, von der Schönheitspflege abgesehen, bestimmte Behandlungen und Operationen an Kranken durchzuführen. Ihr Berufsstand wurde unter Henry VIII. anerkannt.

Basilisk. Mythisches Mischwesen, häufig mit Hahnenkopf und Schlangenschwanz dargestellt. Blick galt als tödlich.

Bulle, hier speziell *päpstliche Bulle:* Feierlicher, versiegelter Erlass des Papstes, der einen Rechtsakt enthält.

Cinque Ports. Zusammenschluss wichtiger Hafenstädte an der englischen Südküste, zu wirtschaftlicher und militärischer Zusammenarbeit, gegründet um die Zeit der normannischen Eroberung. (Dover, Hastings, Hythe, Roniney und Sandwich, später auch Rye und Winchelsea.)

Culverin. Leicht konstruierte Kanone mit langem Lauf.

Dispens. Im kanonischen Recht der römisch-katholischen Ansprache ist die Dispens (das Wort ist in der katholischen Amtssprache weiblichen Geschlechts) die offizielle Befreiung von einem Gesetz der Kirche.

Exkommunikation. Absprechung der Kirchengemeinschaft und wichtiger Rechte ihrer Angehörigen.

Gaillarde. In der Tudorzeit besonders beliebter, aus Frankreich stammender höfischer Sprungtanz im Dreitakt.

Gran, engl. Grain. Kleinste englische Gewichtseinheit, entspricht rund 65 mg.

Großadmiral, engl. *Lord High Admiral*. Höchster Admiral und Oberbefehlshaber der Flotte.

Hosenbandorden. Am höchsten angesehener Orden Großbritanniens, auf maximal vierundzwanzig Ordensritter zuzüglich der Mitglieder der Königsfamilie beschränkt. Gestiftet im Pestjahr 1348 durch Edward III. als Nachfolger der legendären Tafelrunde des König Artus.

Kammerherr bzw. *Kammerfrau*. Inhaber bzw. Inhaberin eines Amtes am Hof eines regierenden Monarchen.

Karacke. In der frühen Neuzeit beliebter, ursprünglich in Genua entwickelter Segelschifftyp.

Kastellan. Verwalter/Aufseher einer Burg.

Kronrat, engl. *Privy Council*. In der Tudorzeit höchstes legislatives und judikatives Regierungsorgan unterhalb des Monarchen.

Kurie. Leitungs- und Verwaltungsorgane des Heiligen Stuhls der römisch-katholischen Kirche.

Lollarden. Reformbestrebte, christliche Bewegung, die im 14. Jahrhundert entstand und sich aus der Anhängerschaft des Theologen John Wycliffe rekrutierte. Die Lollarden forderten eine grundlegende Reform der katholischen Kirche, eine Rückkehr zu Idealen der biblischen Urkirche und eine Übersetzung der Bibel in die Landessprache. Die Bewegung setzte sich bis ins 16. Jahrhundert fort, ihre Anhänger wurden als Häretiker verfolgt.

Lordkanzler, engl. *Lord Chancellor*. Sehr hoher Regierungsbeamter, traditionell bevorzugt mit hohen kirchlichen Würdenträgern besetzt, was sich erst nach der Amtsenthebung Kardinal Wolseys änderte.

Lordsiegelbewahrer, engl. *Lord Privy Seal*. Einflussreicher Regierungsbeamter, ursprünglich zuständig für das königliche Privatsiegel.

Mirakelspiel. Dem Mittelalter entstammende Schauspiele, die vornehmlich biblische Geschichten darstellten. Häufig von Gesang begleitet.

Mitra. Kopfbedeckung von Bischöfen, zusammengesetzt aus zwei umgekehrten Schilden.

Morris-Tanz oder *Moriskentanz*. Akrobatischer, aus Nordafrika stammender Tanz in Kostümen, der in Tudor-England traditionell die Maifeiern begleitete.
Ordonanz, Herr der, engl. *Master-General of the Ordnance*. Hoher Offiziersposten. Der Inhaber war vor allem für militärische Materialbeschaffung und Bevorratung zuständig.
Ochsenziemer. Schweres Schlagwerkzeug zwischen Stock und Gerte, das erhebliche Verletzungen hervorruft.
Pallium. Einer Stola ähnlicher Bestandteil des Messgewandes, von den Vorstehern einer Kirchenprovinz getragen.
Pavane. Schlichter Schreittanz in geradem Takt, aus dem romanischen Raum stammend, häufig mit lebhafterem Sprungtanz gepaart.
Peer. Angehöriger englischen, später britischen Adels.
Pentateuch. Griechischer Begriff für die fünf Bücher Mose.
Pike. Zwischen drei und sechs Meter lange Stangenwaffe der schweren Infantrie.
Pilgerfahrt der Gnade, engl. *Pilgrimage of Grace*. Aufstand von Katholiken im Norden Englands, der im Oktober 1536 die Regierung von Henry VIII. schwer erschütterte und gewaltsam niedergeschlagen wurde. Die Anführer wurden hingerichtet.
Pottage. Dick eingekochtes, breiartiges Suppengericht.
Prädestination. Glaubensvorstellung, nach der das menschliche Schicksal, Heil oder Verderben, nicht vom Handeln des Menschen, sondern allein von Gottes Vorbestimmung abhängt. Von Augustinus erstmals aufgebracht, von Calvin in strengster Form vertreten.
Primas. Bischof des Hauptsitzes innerhalb eines Landes (in Tudor-England Canterbury).
Protektor des Reiches, engl. *Lord Protector of the Realm*. Während der Minderjährigkeit oder anders begründeter Regierungsunfähigkeit eines Monarchen eingesetzter Regent.
Psalter. Schrift des Alten Testaments, Buch der Psalmen, enthält 150 Gebete, Lieder und Gedichte.
Reale Präsenz. Tatsächliche Gegenwärtigkeit Christi in Brot

und Wein der Eucharistie, die sich durch die Einsetzungsworte des Priesters in Leib und Blut des Erlösers verwandeln.

Saltarello. Stark bewegter, aus Italien stammender Tanz mit typischen Hüpfsprüngen.

Schaube. Weiter, faltiger, meist offen getragener Mantel.

Schecke. Kurze, die Formen des Körpers betonende Männerjacke.

Schmalkaldische Liga. Verteidigungsbündnis protestantischer Fürsten unter Führung von Kursachsen und Hessen gegen die Religionspolitik Kaiser Karl V. (Carlos). Geschlossen in Schmalkalden am 27. Februar 1531.

Soutane. Dem Talar vergleichbares schwarzes Priestergewand.

Stundenkerze. Mit Ringen bezeichnete Kerze zur Zeitbestimmung, die während der Tudorzeit bereits stark an Bedeutung verloren hatte.

Te Deum. Lobgesang in ungebundenen Versen; gebräuchlich seit dem 4. Jahrhundert.

Transsubstantiation. Lehre von der realen Präsenz Christi in Brot und Wein der Eucharistie, die damit eine Wesensverwandlung durch die Einsatzworte durchmachen. Geht auf den aristotelischen Begriff »Substanz« zurück.

Virginal. Tischartig gebaute Spezialform des Cembalos mit nur wenigen Registern.

Volta. Der Gaillarde verwandter, aus Frankreich stammender, sehr lebhafter Paartanz, der im sechzehnten Jahrhundert in ganz Europa in Mode kam.

Wittum. Teil des Frauengutes; vom Ehemann zu entrichten, verbleibt nach dessen Tod im Besitz der Frau.

Zwölfnacht – Twelfthnight. Das traditionelle Dreikönigsfest, das den Abschluss der zwölf Nächte des englischen Weihnachtsfestes bildet. Christliche Traditionen mischen sich in diesem Fest mit heidnischen Gebräuchen, man denke z. B. an die zwölf Raunächte. In Tudor-England wurde Twelfthnight als krönender Abschluss der Weihnacht mit Banketten, Tanz und Maskeraden gefeiert, bei denen die gesellschaftlichen Regeln gelockert und die Herrschaftsverhältnisse ins Gegenteil verkehrt wurden. Es war ein sinnesfreudiges, berauschendes Fest, dessen Höhepunkt der Verzehr eines Früchtekuchens (dem deutschen Stollen nicht unähnlich) bildete. Wer die darin eingebackene Bohne fand, dem stand ein glückliches Jahr bevor. Ob Shakespeares Komödie den Namen »Twelfthnight« erhielt, weil darin manches in sein Gegenteil verkehrt wird, weil sie am Dreikönigstag spielen oder weil sie an diesem uraufgeführt werden sollte, ist umstritten.

Verzeichnis historisch verbürgter Personen

Könige, Königinnen, Kaiser:

Henry VII., dt. *Heinrich VII.* Erster Monarch der Tudor-Dynastie. Gelangte nach der Schlacht von Bosworth Field trotz umstrittenen Anspruchs auf den Thron von England. Regierungszeit: 1485–1509.

Henry VIII., dt. *Heinrich VIII.* Sein zweitgeborener Sohn, wurde nach dem frühen Tod des älteren Bruders *Arthur* zum zweiten Monarchen der Tudor-Dynastie. Gilt als Gründer der anglikanischen Kirche. Regierungszeit: 1509–1547.

Catalina, dt. *Katharina von Aragon.* Seine erste Frau. Tochter der regierenden Monarchen *Isabella von Kastilien* und *Ferdinand von Aragon,* Witwe von *Henrys* Bruder *Arthur.* Heirat: 1509, Annullierung der Ehe: 1533. *Catalina* starb 1536.

Anne Boleyn. Seine zweite Frau. Entstammte dem englischen Adel, mütterlicherseits der Howard-Familie. Heirat: 1533. 1536 wurde ihre Ehe für ungültig erklärt. Nach einer Verurteilung wegen als Hochverrat geltenden Ehebruchs wurde *Anne* im Mai 1536 innerhalb des Tower enthauptet.

Jane Seymour. Seine dritte Frau. Entstammte dem englischen Landadel. Heirat: 1536. Tod an Kindbettfieber: 1537. Siehe auch: *Die Seymours.*

Anna von Kleve, engl. *Anne of Cleves.* Seine vierte Frau. Schwester des *Herzogs Wilhelm von Jülich-Kleve-Berg.* Heirat und Annullierung der Ehe: 1540.

Katharine, auch *Catherine Howard.* Seine fünfte Frau. Entstammte dem englischen Adel, namentlich der mächtigen Howard-Familie. Heirat: 1540. Die Ehe endete im Februar 1542 mit dem Tod von *Katharine,* die wegen als Hochverrat geltenden Ehebruchs innerhalb des Towers hingerichtet wurde.

Catherine Parr. Seine sechste Frau. Entstammte dem englischen Adel und war zweimal verwitwet. Heirat: 1543. Die Ehe endete 1547 mit dem Tod *Henrys*. Siehe auch: *Die Parrs.*

Edward VI. Sohn von *Henry VIII.* und *Jane Seymour*. Bestieg nach dem Tod seines Vaters als Neunjähriger den Thron von England, unter Regentschaft von *Edward Seymour, Herzog von Somerset*. Regierungszeit: 1547–1553.

Mary I., auch »die Katholische« oder *Bloody Mary*. Tochter von *Henry VIII.* und *Catalina von Aragon*. Wurde nach dem Tod ihres Halbbruders *Edward* Königin von England und versuchte, die römisch-katholische Kirche in England wiederherzustellen. Regierungszeit: 1553–1558.

Elizabeth I. Tochter von *Henry VIII.* und *Anne Boleyn*. Bestieg den Thron nach dem Tod ihrer Halbschwester *Mary*, besiegelte die Trennung von Rom und stellte die anglikanische Kirche wieder her. Regierungszeit: 1558–1603.

James V. Stuart. König von Schottland. Regierungszeit: 1513–1542.

Marie de Guise. Seine Frau.

Mary Stuart, auch *Mary Queen of Scots*. Seine Tochter und Thronerbin.

Francois I. König von Frankreich. Regierungszeit: 1515 bis 1547.

Maximilian I. Entstammte der Habsburg-Dynastie. Kaiser des Heiligen Römischen Reiches Deutscher Nation. Regierungszeit: 1508–1519.

Carlos, engl. *Charles*, deutsch *Karl V.* Entstammte der Habsburg-Dynastie. Kaiser des Heiligen Römischen Reiches Deutscher Nation. Regierungszeit: 1519–1556 (Abdankung).

Die Parrs:

Thomas Parr. Englischer Adliger aus Kendal, Westmoreland. 1483–1518.

Maude Parr, geb. *Greene*. Seine Frau, gestorben 1532.

Catherine Parr. Deren älteste Tochter, spätere Königin von

England. Geboren um 1512, gestorben 1548, begraben auf Sudeley Castle, Gloucestershire. Verfasserin der *Prayers and Meditations* und *Lamentation of a Sinner*.

William Parr. Deren einziger Sohn, später Marquis von Northampton und Graf von Essex. Geboren um 1513, gestorben 1571.

Anne Parr, geb. *Bourchier*. Erste Frau von *William Parr*. Tochter und Erbin des Grafen von Essex. Die Ehe wurde wegen Untreue der Frau 1543 annulliert.

Anne »Nan« Parr. Zweite Tochter von Thomas und Maude, spätere Ehefrau von William Herbert. Geboren um 1515, gestorben 1551.

William Parr of Horton. Bruder von *Thomas Parr*. Onkel von *Catherine Parr*.

Mary Parr. Seine Frau.

Maud Parr. Später *Lady Lane*. Deren Tochter. Base und spätere Vertraute von *Catherine Parr*.

Die Seymours:

John Seymour. Englischer Landadeliger aus Wiltshire. Geboren um 1474, gestorben 1536.

Margery Seymour, geborene *Wentworth*. Seine Frau. Geboren nach 1480. Gestorben nach 1556.

Edward Seymour, später Lord Beauchamp, Graf von Hertford, Herzog von Somerset, Lord Protector of the Realm. Deren zweiter Sohn und Erbe, älterer Bruder starb jung. Geboren um 1505. Im Januar 1552 wegen Hochverrats auf dem Tower Hill enthauptet.

Katherine Seymour, geborene *Fillol*. Seine erste Frau.

Anne Seymour, geborene *Stanhope*. Seine zweite Frau. Geboren: 1497. Gestorben: 1587. Heirat mit *Edward*: 1534. Der Ehe entstammten neun Kinder. Nach *Edwards* Tod verheiratete *Anne* sich neu.

Thomas Seymour, später Baron Seymour von Sudeley und Lord High Admiral von England. Deren dritter Sohn. Geboren um 1507. Im März 1549 wegen Hochverrats auf dem Tower Hill enthauptet.

Henry Seymour. Deren vierter Sohn. Geboren um 1508. Gestorben nach 1568.

Jane Seymour, spätere Königin von England. Deren erste Tochter. Geboren um 1509. Gestorben 1537 im Kindbett.

Elizabeth »Liz« Seymour, spätere Frau von *Gregory Cromwell.* Deren zweite Tochter. Geboren um 1511. Gestorben: 1563.

Weitere Kinder der Seymours treten im Roman nicht auf.

Mary, im Roman *Margery Seymour.* Einzige Tochter von *Thomas Seymour* und *Catherine Parr.* Geboren 1548. Der Obhut von *Katherine, Herzogin von Suffolk* übergeben, im Alter von zwei Jahren verliert sich ihre Spur.

Die Übrigen in alphabetischer Reihenfolge:

Ashley, Kate. Gouvernante und Vertraute der heranwachsenden *Elizabeth I.*

Aske, Robert. Rechtsgelehrter aus York. Führte 1536 eine Rebellion gegen die Religionspolitik von *Henry VIII.* und *Thomas Cromwell,* die sogenannte *Pilgrimage of Grace.* Wegen Verrats 1537 hingerichtet.

Askew, Anne. Reformerin aus Lincolnshire. Verließ ihre Familie, um für ihren starken protestantischen Glauben zu arbeiten. Wurde 1546 verhaftet und gefoltert in der Hoffnung, sie würde gegen *Catherine Parr* aussagen, wiewohl Folter für Frauen verboten war. Als Ketzerin verurteilt und 1546 im Alter von 25 Jahren verbrannt.

Audley, Thomas. Lordkanzler unter *Henry VIII.* von 1533 bis zu seinem Tod 1544.

Barnes, Robert. Reformerischer Theologe. Wurde im Juli 1540 wegen Häresie öffentlich verbrannt.

Bertie, Richard. Bürgerlicher zweiter Mann von *Kate Suffolk.*

Boleyn, Jane, geb. *Parker.* Lady Rochfort. Frau von *George Boleyn.* Sagte in der Affäre um *Anne Boleyn* gegen ihren eigenen Mann aus. Wurde wegen Verwicklung in die Affäre um *Katherine Howard* 1542 hingerichtet.

Boleyn, George. Viscount von Rochford. Bruder von *Anne*

Boleyn. Wegen angeblichen Ehebruchs mit seiner eigenen Schwester 1536 auf dem Tower Hill hingerichtet.

Bonner, Edmund. Konservativer Bischof von London.

Borough, Edward, im Roman *Edwyn*. Adliger aus Lincolnshire, erster Mann von *Catherine Parr*. Gestorben: 1533.

Brandon, Charles. Herzog von Suffolk. Schwager und bester Freund von *Henry VIII*. Einflussreicher Staatsmann.

Brandon, Katherine »Kate«, geborene *Willoughby*. Herzogin von Suffolk. Zweite Frau von *Charles Brandon*. Kämpferische Reformerin und engste Freundin von *Catherine Parr*. Heiratete nach dem Tod ihres Mannes ihren Bediensteten *Richard Bertie* und ging unter *Mary I*. ins Exil. Gestorben 1588.

Brandon, Mary, geborene *Tudor*. Herzogin von Suffolk. Erste Frau von *Charles Brandon* (zuvor Frau des greisen Königs *Ludwig XII*. von Frankreich). Schwester von *Henry VIII*.

Brereton, William. Höfling und Vertrauter von *Henry VIII*. Wegen angeblichen Ehebruchs mit *Anne Boleyn* 1536 hingerichtet.

Bryan, Francis. Höfling und Diplomat unter *Henry VII*. Gestorben: 1550.

Campeggio, Lorenzo. Politiker und Kardinal bis 1539. Verweigerte *Henry VIII*. seine Unterstützung in dessen Scheidungsangelegenheit.

Carew, Georg. Vizeadmiral unter *Henry VIII*. Kommandant der *Mary Rose*, bei deren Untergang im Solent vor Portsmouth er 1545 starb.

Cheke, John. Reformerisch gesinnter Gelehrter, Philologe. Lehrer von *Edward VI*. Ging unter *Mary I*. ins Exil.

Coverdale, Miles. Theologe. Vervollständigte die *Tyndale*-Übersetzung und produzierte damit die erste vollständige Übersetzung der Bibel ins Englische. Kaplan von *Catherine Parr*, leitete ihr Begräbnis nach anglikanischem Ritus. Gestorben: 1568.

Cox, Richard. Gemäßigt reformerischer Gelehrter und Theologe, Lehrer von *Elizabeth I*. und *Edward VI*.

Cranmer, Margarete. Frau von *Thomas Cranmer*. Nichte des

Reformers *Andreas Osiander*. Geboren in Nürnberg. Nach der Verhaftung ihres Mannes floh *Margarete Cranmer* mit ihren beiden Kindern nach Deutschland.

Cranmer, Thomas. Theologe, Erzbischof von Canterbury von 1533–1556, Mitbegründer der anglikanischen Kirche, Verfasser der ersten anglikanischen Liturgie »*Book of Common Prayer*«. Geboren um 1489. Wurde unter der Regierung von *Mary I.* im März 1556 in Oxford wegen Häresie öffentlich verbrannt.

Cromwell, Gregory. Sohn von *Thomas Cromwell*. Mann von *Elizabeth Seymour*.

Cromwell, Thomas. Bürgerlich geborener späterer Graf von Essex. Lord Privy Seal, einflussreicher Minister unter *Henry VIII*. Reformfreundlich. Wurde im Juli 1540 wegen Hochverrats im Tower hingerichtet.

Culpeper, Thomas. Höfling unter *Henry VIII.*, Angehöriger der *Howard*-Familie. Liebhaber von *Katharine Howard*, deshalb wegen Hochverrats 1541 hingerichtet.

Denny, Anthony. Einflussreicher, reformerischer Staatsmann unter *Henry VIII*.

Denny, Joan. Seine Frau. Reformerin.

Dereham, Francis. Sekretär und möglicher Liebhaber von *Katharine Howard*. Deshalb wegen Hochverrats 1541 durch Hängen, Schleifen und Vierteilen hingerichtet.

Dudley, Edmund. Unbeliebter Staatsmann unter *Henry VII*. Hingerichtet unter *Henry VIII*.

Dudley, John. Später Graf von Warwick, Herzog von Northumberland, Protector of the Realm. Sohn von *Edmund Dudley*. Beteiligt an der Enthebung von *Edward Seymour*. Suchte, seine Schwiegertochter *Jane Grey* zur Königin zu machen, wurde 1553 unter *Mary I.* wegen Hochverrats hingerichtet.

Erasmus, Desiderius, auch *Erasmus von Rotterdam*. Theologe und glänzender Humanist aus Rotterdam, überragender Geist seiner Zeit. Verfasser u.a. von *Lob der Torheit* und *Adagia*. Herausgeber einer griechischen Ausgabe des Neuen Testaments. Geboren: um 1466. Gestorben: 1536.

Fisher, John. Bischof, Kardinal und Kanzler von Cambridge. Wurde im Juni 1535 aufgrund seiner Weigerung, *Henry VIII.* durch einen Eid als Oberhaupt der Kirche von England anzuerkennen, hingerichtet.

Fitzroy, Henry. Herzog von Richmond. Außerehelicher Sohn von *Henry VIII.* und *Bessie Blount.* Gestorben 1536.

Fitzroy, Mary. Herzogin von Richmond. Frau von *Henry Fitzroy,* Tochter von *Thomas Howard.*

Frith, John. Reformerischer Priester und Autor. Leugnete die Existenz des Purgatoriums und der Transsubstantiation. 1533 wegen Häresie verbrannt.

Gardiner, Stephen. Bischof von Winchester, Gegenspieler *Cranmers,* später Lordkanzler unter *Mary I.* Gestorben: 1555.

Grey, Frances, geborene *Brandon.* Marquise von Dorset. Tochter von *Charles Brandon* und seiner Frau *Mary.* Mutter der späteren »Neun-Tage-Königin« *Jane Grey.*

Grey, Jane. Tochter von *Frances Grey, Lady Dorset,* Großnichte von *Henry VIII.,* dadurch mit Anrecht auf den englischen Thron. Kurzzeitig unter der Obhut von *Thomas Seymour* und *Catherine Parr.* Auf Betreiben von *John Dudley* verheiratet mit dessen Sohn und als protestantische Königin anstelle von *Mary Tudor* gekrönt. Nach neun Tagen abgesetzt durch *Mary Tudor* und im Februar 1554 sechzehnjährig im Tower hingerichtet.

Herbert, William. Reformerisch eingestellter englischer Adliger; Mann von *Anne Parr.*

Hitton, Thomas. Reformfreundlicher Bürgerlicher, der wegen Besitzes von englischen Bibeltexten 1530 vermutlich auf Betreiben *Mores* und *Fishers* verbrannt wurde. Seine Hinrichtung fand nicht wie im Roman in Lincoln, sondern in Maidstone statt.

Howard, Henry. Graf von Surrey. Sohn von *Thomas Howard.* Einflussreicher Höfling und Poet unter *Henry VIII.* Erbitterter Gegenspieler der *Seymours.* 1547 wegen Hochverrats im Tower hingerichtet.

Howard, Thomas. Herzog von Norfolk. Sehr einflussreicher

konservativer Staatsmann unter *Henry VIII*. Onkel von *Anne Boleyn* und *Katharine Howard*.

Latimer, John, eigentlich *John Neville, Baron Latimer*. Adliger aus Yorkshire. Zweiter Mann von *Catherine Parr*. Gestorben: 1543.

Latimer, Margaret. Dessen Tochter.

More, auch *Morus, Thomas*. Rechtsgelehrter und Staatsmann, Humanist, Verfasser der *Utopia* und zahlreicher weiterer Schriften. Nachdem *More* zunächst als Freund von *Henry VIII*. galt und zu seinem Lordkanzler wurde, wurde er im Juli 1535 aufgrund seiner Weigerung, den König durch einen Eid als Oberhaupt der Kirche von England anzuerkennen, hingerichtet.

Norris, Henry. Staatsmann und enger Vertrauter von *Henry VIII*. Wurde 1536 wegen angeblichen Ehebruchs mit *Anne Boleyn* hingerichtet.

Paget, William. Einflussreicher, reformerischer Staatsmann unter *Henry VIII*.

Pole, Margaret, Gräfin von Salisbury. Letzte Angehörige der *Plantagenet*-Dynastie und Mutter des römisch-katholischen Kardinals *Reginald Pole*. Ohne nachvollziehbare Begründung im Alter von fast 70 Jahren 1541 hingerichtet, was einen Aufschrei in der römisch-katholischen Welt auslöste.

Poppenruyter, Johann; auch *Johan, Hans*. Hoch angesehener Kanonengießer der mittleren Tudorzeit.

Ridley, Nicolas. Reformerischer Theologe, Bischof von Rochester. Zusammen mit *Thomas Cranmer* und *Hugh Latimer* einer der drei »Oxford Martyrs«. Wurde 1555 zusammen mit *Hugh Latimer* wegen Häresie in Oxford verbrannt. *Hugh Latimer* tritt im Roman nicht auf, um Verwechslung mit dem zweiten Mann von *Catherine Parr* zu vermeiden.

Tunstall, Cuthbert. Konservativer Bischof von Durham. Gegenspieler *Tyndales*, Gegner der englischen Bibel.

Tyndale, William. Reformerischer Theologe aus Gloucestershire. Übersetzer des Neuen Testaments und von Teilen des Alten Testaments ins Englische. Unschätzbare Verdienste um die Entwicklung des modernen Englisch. Geboren um 1594. 1536 wegen Häresie in Vilvoorde öffentlich verbrannt.

Warham, William. Theologe aus Hampshire, Erzbischof von Canterbury von 1503 bis zu seinem Tod 1532. Konservativer Vorgänger *Cranmers.*

Weston, Francis. Höfling und Vertrauter von *Henry VIII.* Wegen angeblichen Ehebruchs mit *Anne Boleyn* 1536 hingerichtet.

Wolsey, Thomas. Höchst einflussreicher Staatsmann, Kardinal und engster Vertrauter von *Henry VIII.* Erster Eigentümer von Hampton Court, das er auf dessen Anordnung dem König schenkte. Da es ihm nicht gelang, den Scheidungswunsch des Königs bei der Kurie erfolgreich zu vertreten, entzog dieser ihm seine Gunst. *Wolsey* starb 1530 völlig entmachtet.

Wynkyn, Jan, auch *Wynkyn de Worde.* Drucker und Verleger. Sorgte für weite Verbreitung von Druckerzeugnissen und gab mehr als 400 Werke heraus. Gestorben: 1534.

»Unser Tag wird kommen – der Tag der Seymours.«
Kleines Schlusswort des liebenden Autors

Dass sich diese Geschichte jetzt tatsächlich anschickt, ein Buch zu werden, scheint mir schwerlich fassbar. Seit ich vor zwanzig Jahren das Glück hatte, den Seymours und ihrer Schar über den Weg zu laufen, habe ich sie erzählen wollen. Ich verdanke ihr meinen Mann, meinen Beruf, meine Heimatstadt und meine Kirche. Sie war immer bei mir, hat immer mir gehört. Jetzt ist sie zu Ende erzählt, kommt ohne mich aus und gehört allen, die sie lesen wollen.

Ich habe mich bemüht, sie zu erzählen, wie ich sie gefunden habe: jeden Schauplatz zu besuchen, jeden Schritt nachzugehen, jeden Brief zu lesen, jedes Ohrenstäbchen in der Hand zu halten. Wenn dabei Bilder entstanden wären, die atmeten und zuckten, würde mich das freuen. Noch mehr freuen würde mich, wenn jemand anschließend mehr wissen wollte und die Reise auf den Spuren der Seymours selbst anträte. Ich halte diesen kleinen Ausschnitt englischer Geschichte nach wie vor für erstaunlich, wegweisend – und für viel zu wenig beachtet. Selbstredend erhebe ich nicht den Anspruch, die einzige Wahrheit erzählt zu haben. Dieser Roman ist lediglich meine Wahrheit. Eine von zahllosen Möglichkeiten.

Um Verwirrung zu mindern, habe ich hier und da an der Historie gerückt: Einen von zahllosen Edwards zum Edwyn (und einen gar zum John) gemacht, Ereignisse räumlich oder zeitlich geringfügig verschoben, einen Bruder oder einen Schauplatz gestrichen. Ich hoffe, damit der Lesefreundlichkeit meiner Geschichte aufgeholfen zu haben – und habe mich bemüht, solche Eingriffe in engsten Grenzen zu halten.

Dass die Seymours und ihre Weggefährten in Vergessenheit geraten sind, dass man den bemerkenswerten Edward Seymour höchstens als Brudermörder in Erinnerung behält, ist in meinen Augen bedauerlich und unverständlich. Zum Ausgleich erfreut ihr Werk sich unverwüstlichen Lebens: Die originelle, lebensnahe Kirche, die sie uns hinterlassen haben, ist die drittgrößte der Welt. In der Towerkapelle St. Peter ad Vincula, wo ihre sterblichen Überreste unter den Bodenplatten liegen, wird Sonntag um Sonntag – in kaum veränderter Form – die herrliche Liturgie verlesen, die Erzbischof Cranmer dieser Kirche gab.

Und zudem feiern wir immer noch Twelfth Night! Das ausgelassene Spektakel der zwölften Nacht, das Ende der Weihnachtsfeiern, erwuchs aus vorchristlichen Traditionen und gemahnt an die zwölf Raunächte, die römischen Saturnalien und die keltischen Samhain-Feiern. In der Tudorzeit bildete es den Höhepunkt der Feiertage, die Nacht der Freude über die Ankunft der Heiligen Könige, die einem Stern gefolgt waren – aber auch die Nacht der Geheimnisse, Prophezeiungen und Wunder. Überreste dieser Traditionen leben fort. Zwar wird kein Herr des verkehrten Gesetzes – »Lord of Misrule« – mehr ernannt, aber nach wie vor veranstalten viele anglikanische Gemeinden sinnesfrohe Twelfth-Night-Partys mit (nicht immer jugendfreien) Maskeraden, Tanz und Gesang, Bergen von Speisen und Getränken und dem Twelfth-Night-Kuchen mit der Bohne, die Glück für das neue Jahr verheißt.

Einen Ton davon habe ich meinem Roman zu geben versucht und möchte meine Leser einladen, mit mir ein Fest der Renaissance zu feiern: Twelfth Night – die zwölfte Nacht, in der nichts bleibt, wie es vorher war, und nichts verboten ist. Denken befreit. Ich hoffe, Sie lassen sich von der Geschichte, die mich mein Leben lang verführt hat, ein kleines Stück weit mit verführen.

Die lange Zeit der Recherche war geprägt von Engagement und Begeisterung vieler Fachleute, die ihrer Arbeit mit Leidenschaft nachgehen, die Gebäude, Exponate und Dokumente hüten als die Schätze, die sie sind. Ich bin ihnen zu Dank verpflichtet und danke mit Freude:

Den Trusts, Organisationen und Institutionen:

Historic Royal Palaces, insbesondere dem Stab von Hampton Court Palace und The Tower of London
The Mary Rose Trust, Portsmouth
Sudeley Castle, Gloucestershire
The British Library
Jesus College, University of Cambridge
The Tyndale Society
St. John on Bethnal Green, Church of England.

Den Einzelpersonen:

Eduard Milstein
Stephen Laskey
Father Regan O'Callaghan
Uschi Timm-Winkmann
Barbara Slawig
Sabine Adler
Anne Loehr-Goessling
Andreas Goessling
Ines Thorn
Roman Hocke
Uwe Neumahr
Sigrun Rahner
Eva Schmeling
Sowie vor allem Alan und Raul, meinen geliebten Recherchebegleitern auf der Jagd nach »unserem Henry«.

Charlie Lyne in London. Januar 2008.

Liebe und Intrigen
im hochmittelalterlichen Hamburg.

672 Seiten. ISBN 978-3-442-37689-6

Hamburg, 1269: Nach der nicht standesgemäßen Liebeshochzeit mit dem Ratsherrnsohn Albert beginnt für die junge, mittellose Dänin Ragnhild ein Leben in Feindschaft mit Rat und Kirche. Als die Kogge ihres Gemahls während einer Flandernreise sinkt, bleibt sie schutzlos im Kreise ihrer missgünstigen Familie zurück. Trotz allem entschlossen, den totgesagten Albert zu finden, gerät sie zwischen die Fronten der Macht. Sie erfährt Verrat und Unterdrückung, aber auch Freundschaft und Liebe, bis ein gewaltiger Stadtbrand ihre Zukunft für immer dramatisch verändert ...

Lesen Sie mehr unter: **www.blanvalet.de**